说唐全传

清 佚名 著

魏徵

凤凰出版社

图书在版编目（CIP）数据

说唐全传 /（清）佚名著. --南京:凤凰出版社,
2005.4（2020.4重印）
ISBN 978-7-80643-990-6

Ⅰ.说… Ⅱ.佚… Ⅲ.章回小说—中国—清代
Ⅳ.I242.4

中国版本图书馆CIP数据核字(2005)第018527号

书　　名	说唐全传
著　　者	(清)佚　名
责任编辑	常宁文
出版发行	凤凰出版社(原江苏古籍出版社) 发行部电话025-83223462
出版社地址	南京市中央路165号,邮编:210009
出版社网址	http://www.fhcbs.com
照　　排	南京理工出版信息技术有限公司
印　　刷	北京天恒嘉业印刷有限公司 北京市朝阳区豆各庄乡水牛坊村村南218号
开　　本	850毫米×1168毫米　1/32
印　　张	15
字　　数	417千字
版　　次	2005年4月第1版　2020年4月第7次印刷
标准书号	ISBN 978-7-80643-990-6
定　　价	30.00元

(本书凡印装错误可向承印厂调换,电话:010-87331836)

秦叔寶

尉遲恭

程咬金

宇文成都

出 版 说 明

《说唐全传》是一部流传广远、深受百姓喜爱的通俗小说。从秦彝托孤、隋文帝平陈、统一南北开始，一直到唐代削平群雄、太宗登极为止。小说情节曲折，人物形象鲜明生动。书中许多传奇性人物的活动和英雄们的形象，几百年来一直为百姓所喜闻乐见。秦叔宝、罗成、李元霸、裴元庆、尉迟恭、单雄信、程咬金等等，他们的独特个性，他们的武艺，他们的发迹变泰，他们的传奇生涯，至今仍活跃在屏幕和舞台上。

这部由清人编纂成书的《说唐全传》，是多少年来同类隋唐讲史说部演进和结集的结果，中间不知经过多少有名或无名作者的纂修以及书坊店主无数次的增删。另外，民间鼓词唱本如明刊本《大唐秦王词话》等，对于《说唐》系列的形成，也起了一定的作用。民间说书艺人的口头创作，同样为此作出了贡献，提供了丰富的素材。远在南宋吴自牧《梦粱录》卷二十《小说讲经史》条里，就有“讲史书谓讲说通鉴汉唐历代书史文传兴废争战之事”的记载，可见唐代开国故事，在宋代就流传于勾栏瓦舍了。因而，《说唐全传》就具有浓厚的话本色彩。

《说唐全传》自问世以来，仅清代就有乾隆四十八年(1873)刻本，嘉庆六年(1801)会文堂刻本、善成堂刻本，还有其他多种坊刻小本存世，民国年间亦有石印本、排印本流传。此次出版《说唐全传》，我们以渔古山房刊本《绣像说唐前传》为底本，参校姑苏会文堂刻大字本，并参照其他版本,补足了原本中缺漏之处,并纠正了不少错别字和民间俗体字,使之成为最接近原貌的本子。

二〇〇五年二月

目　录

目　录

目 录

第一回　秦彝托孤宁夫人　李渊决杀张丽华

诗曰：

繁华消长似浮云，不朽还须建大勋。
壮略欲扶天日坠，雄心岂入驽骀群。
时危俊杰姑埋迹，运启英雄早致君。
怪是史书收不尽，故将彩笔补奇文。

从古三皇相传五帝，虞、夏、商、周、秦、汉、两晋，晋自五马渡江，天下已一分二，号称南北两朝。刘裕篡晋称宋，萧道成篡宋号齐，萧衍篡齐称梁，陈霸先篡梁号陈。那北朝拓跋称魏，后又分东西两魏。东魏被高洋所篡，称号北齐；西魏宇文泰篡位，称周。其时周主国富兵强，起师吞并北齐，封护卫大将军杨忠为帅，其弟杨林为行军都总管，发大兵六十万，侵征北齐。

这杨林生得面如傅粉，两道黄眉。力能举鼎，善格飞禽，两臂有千斤之力。身长九尺，腰大十围，善使两根囚龙棒，每根重一百五十斤，有万夫不当之勇，按上界计都星下凡，大隋称第八条好汉。逢州夺州，逢府夺府，所到之处，势如破竹。兵到济州，离城扎寨。

且说济州镇守武卫大将军秦彝，父名秦旭，在齐授亲军护卫。夫人宁氏。妹名胜珠，远嫁勋爵燕公罗艺为妻。宁夫人只生一子，名唤太平郎，按上界左天蓬大将临凡，隋唐称第十六条好汉。生时，秦旭道："目今我邦南连陈国，西接周朝，干戈不已，只要使我祖孙父子同建太平之意。"年方五岁，齐主差秦彝领兵镇守济州，父旭在晋阳护驾。因周兵大至，齐主出奔檀州，只留秦旭、高延宗把守。与周兵相持月余，延宗被擒，杨林奋勇打破城池，秦旭孤军力战死节。正是：

苦战阵云香，轻身报主恩。

吞兵空有恨，厉鬼尚犹存。

周兵攻破晋阳，起兵复犯济州，离城下寨。探子飞报入城。秦彝闻报，放声大哭，欲报父仇，提兵欲出。有齐主差丞相高阿古协助，高阿古惧杨林威风，急止住道："将军且住！晋阳已破，孤城被围，何不开城投降？此为上策。"秦彝道："主公恐我兵单力弱，故令丞相协助，岂可偷生无志？"阿古道："将军好不见机。周兵势大，杨林猛勇，守此孤城，亦徒劳耳！"秦彝道："我父子誓死国家，各尽臣节。"传令紧守城门，自己回府进衙，见夫人道："公公晋阳被难守节，这周兵已至城下，高丞相决意投降。我想我父子世事北齐，岂可偷生苟延性命？若势败，我当以死报国，见先人于地下。妹子远适罗门，音信杳然。只有太平郎这点骨血，我今托孤与汝，切勿轻生。可将金装锏留下，以为日后存念。秦氏一脉，赖你保全，我死亦瞑目矣！"

正在悲泣之际，忽听外面金鼓振天，军声鼎沸，原来高丞相已开门投降了。秦彝连忙出厅上马，手提浑铁枪，正欲交战，只见周兵如潮一般涌来。部下虽有数百精锐，如何挡得杨林这员骁将？被他左冲右突，如入无人之境。秦彝部军十不存一，杀得血透重袍，箭攒遍体。他遂大叫道："非臣不能御敌，实被奸臣卖主求荣，臣力竭矣！"手提短刀，连杀数人，被杨林抢入，望咽喉下耍的一枪，结果了性命，亡年四十三岁。杨林遂得了秦彝的盔甲。正是。

父子轻生全社稷，忠魂应向白云来。

此时城中鼎沸，宁夫人收拾细软，同秦安即出私衙。周兵填街塞巷，使婢家奴，俱各乱窜，单剩太平郎母子二人，东跑西走，无处安身，又是黄昏天黑，十分着急。急转到一条僻静小巷，家家门户紧闭，听得一家有小儿啼哭甚响，知道有人在内，连忙叩门。却走出个妇人和个三岁孩子来，把夫人看了一看，见夫人不是下人，连忙接进，关了门，问道："这兵慌马乱，娘子却从何处来的？"夫人把家庭被难、仆从俱无、没处栖身，哭诉一遍。那妇人道："原来是一位夫人，失敬了！我家丈夫程有德，不幸早丧，妾身莫氏，守寡在家，此儿一郎，别无他人，至亲两口度日。夫人何不在此权住，候乱定再去？"夫人千恩万谢，就在程家住下。

不几日，杨忠收拾册籍，安民退兵。夫人将所带金珠出来腾换，就在本巷觅了一所房，与莫氏一同居住。却喜两姓孩子，却是一对顽皮，甚是相合。按程一郎是上界土德星临凡，大唐福将。二人整日打街骂巷，闯祸生非。直至太平郎长成十五岁，生得方面大耳，身长八尺，腰大十围，河目海口，燕颔虎头，最喜读书。宁夫人将他送入馆内攻书，先生为他取名秦琼，字叔宝。程一郎取名咬金，讳知节。后因济州年荒，咬金母子别了夫人，自往历城去了。这是后话。

且说杨忠自获胜班师，周主十分大喜，封为隋公，自此江北已成一统。这杨忠所生一子，名杨坚，生得目如朗星，手有奇文，俨成"王"字。杨忠夫妇知他是个异人，后来有个老尼对他母亲道："此儿贵不可言，但须离父母方得长大，贫尼愿为抚视。"其母便托老尼抚育，直至杨忠封了隋公，老尼将来还与杨家。不几年，杨忠病亡，遂袭了隋公之职。其周主见杨坚相貌瑰奇，十分忌他，累次着人相他。相者知他后有大福，俱各为彼周全。杨坚知道后主疑他，遂将一女，夤缘做了太子宠妃。直至周主晏驾，幼主庸懦，他倚着杨林之力，将太子废了，竟篡夺了周主江山，改称国号大隋。正是：

莽因后父移刘祚，操纳娇儿覆汉家。
自古奸雄同一辙，莫将邦国易如花。

杨坚即了帝位，称为隋文帝，立长子杨勇为太子，次子杨广为晋王，封杨林为靠山王，独孤氏为正宫，勤修国政，早朝晏罢。文有李德邻、高颎、苏威等，武有杨素、李国贤、贺若弼、韩擒虎等，一班君臣，并胆同心，渐有辟土开疆、混一天下的意思，意欲并吞南陈不表。

且说陈后主是个聪明颖异之人，因宠了两个美人张丽华、孔贵嫔，每日锦帐风流，管弦沸耳。又有两个宠臣孔范、江总，他二人百般迎顺，每日里扛帮主上。不过是杯中快乐，被里欢娱，何曾把山河为念，只图眼前快乐。有《玉树后庭花》之曲。正是：

陈主机权未有涯，如何不惜恋娇奢。
将来即入宫前井，犹自催歌玉树花。

隋主驾坐早朝，与杨素等计议，陈主荒淫，欲起兵吞陈，恐北汉起兵。正在议论间，忽见次子杨广出班奏道："陈后主荒淫无度，自取灭亡。臣儿请一旅之师，誓灭南陈，混一天下，臣之愿也！"你道晋王那一刀一枪不相让的事业，如何亲身要去？因哥哥杨勇虽然仁孝，却是慈懦，杨广却不甘心日后面北称臣，遂起夺嫡之念，故要统兵伐陈，贪图可以立功。又且总握兵权，还好结交外臣，收纳英雄，以作羽翼。那隋主怀疑不决，忽报罗艺兵犯河北冀州一带地方，即下旨着杨林领兵平定复旨。又差晋王领兵为都元帅，杨素为副元帅，高颎、李渊为长史司马。晋王发兵二十万，以韩擒虎、贺若弼为先锋，这两人都是杀人不转眼的魔君。自六合县出兵，由永安而下，总管九十员，胜兵二十万，皆听晋王节制。一路进发，东连沧海，西接川巴，舟楫连接千里，一路金鼓喧天，干戈耀日，所到之处，望风而降。按晋王乃上界珠婆龙临凡，后为炀帝。陈国边将雪片告急，俱被江总、孔范捺过不奏。仆射袁宪连朝候驾面君，不想隋兵已至广陵了。正是：

北来烽火照长江，血战将军志未降。

赢得深宫明月夜，银筝弦板度新腔。

却说左先锋韩擒虎兵至广陵，悄悄渡江，贺若弼又自横江直犯采石，守将徐子健正欲整兵迎敌，不料韩擒虎轻兵直上，已至采石了。徐子健只得弃了采石，赶至石头城。又值后主醉极，自早至晚才得到见，后主道："卿且退，明日会议出兵。"次日又鬼混了一日，一连数日，方议得二员将官出兵拒战，一个武贲将军肖摩诃，一个武英将军任忠。二人结束齐整，领兵到钟山，与贺若弼会战。只见若弼怎生打扮：

面如蟹壳双眉拂，狻猊铠甲丝蛮结。

胭脂马上火尖枪，大隋首将贺若弼。

两下排成队伍，肖摩诃出马当先，抡手中大刀搦战，贺若弼挺枪迎战。两下战有十五个回合，三十个照面，贺若弼大喊一声，把摩诃挑于马下。那陈兵大败，任忠匹马逃生，回见后主。后主并不责他，道："王气在此，昔日齐王兵来，周师再至，无不立败，隋兵岂能奈何我哉？"于是反与任忠黄金二柜，叫做重赏之下必有勇夫的意思。这任忠只得再整兵马出城，到石子岗，却撞着韩擒虎的人马排立阵前。但见韩擒虎：

凤翅金盔寒气吐，红袍战甲麒麟补。

五明花马绿沉枪，大隋上将韩擒虎。

那任忠一见，不敢交兵，倒戈投降，反引隋兵入城，以作初见首功。这时城中百姓，乱窜逃生，可笑后主还呆呆坐在殿上等诸将报捷，及至隋兵进城，连忙跳下御座便走。仆射袁宪上前一把扯住道："陛下衣冠御殿，料他不敢加害。"后主忙忙的道："兵马杀来不是当耍的，怎么不要走？性命为重！"死命挣脱，飞走入后宫，寻了张、孔二妃道："北兵已来，我们一处去躲，不可失落。"左手挽了贵嫔，右手挽了丽华，慌慌忙忙走得到景阳井边。只听一派军声呐喊，后主道："罢罢，去不得了，同死在一处罢！"一齐跳下井去。喜是冬尽春初，井中水只打在膝下，后主道："纵躲得过，不知杀得怎样了，决难出去。"正是：

凯歌却换后庭花，箫鼓翻成羯鼓挝。

王气六朝今日息，阿谁不笑井中蛙。

三人躲了半日，只听人声喧嚷，是隋兵搜掳珠宝宫女。见正宫端坐宫中，太子闭门而坐，单不见后主。兵士四下找寻，擒了个宫女吓他，要他说。宫女实说道："适见跑至井边，想是投井死了。"众人听说，都到井边探望，见黑洞洞的，军士用撩钩来搭，后主躲过，却钩不着。众人无计，遂把大石打下。后主见大石飞下来，着了急，大喊道："不要打！快把绳筐放下来扯我便是了。"众军急取绳筐放下井去，等了半日，听得后主道："你等须要牢牢扯紧，不可跌坏了人，我将金玉重重赏你们。"初时两个扯扯不动，又加两个，也扯不动。众兵道："毕竟是个帝王，所以骨头重。"一个道："毕竟是个蠢物。"发声喊，扯得起来，却是三个人束做一堆，故此这等沉重。军士簇拥了去见韩、贺二人。后主倒也冠冕，对着二人一揖。贺若弼笑道："不必恐惧，不失作一归命侯耳！"着他领了宫眷，暂住德教殿，外面派军把守。这时晋王领兵在后，闻得后主作俘，建康已破，先着李渊、高颎进城安抚百姓，禁止焚掠。不数日，晋王遣高颎之子记室高德宏，来取美人张丽华营前听用。高颎道："晋王为元帅，伐暴救民，岂可先以女色为事？"不肯发遣。高德宏道："晋王兵权在手，取一女子，若抗不与，恐触其怒。"李渊道："张贵妃狐媚迷君，窃权乱政，陈国灭亡，本于二人，岂可留此祸祟，再秽隋王。不如杀却，以正晋王邪念。"高颎点头道是，高德宏苦苦争阻，李渊决意不听，叫军士带出张丽华、孔贵嫔，双双斩于清溪之畔。可怜正是：

秋水为神冰玉骨，等闲一笑国城芜。

却怜血染清溪草，不及夷光泛五湖。

李渊斩却二妃，陈国军民无不欢悦，弄得个高德宏有兴而来，没兴而去。回至行宫参见晋王，晋王笑容可掬道："张美人可到了么？"高德宏恐晋王怪他父亲，把这事都推在李渊身上道："小臣承命去取，父亲不敢怠慢，着备香车细辇，还选美貌嫔御十人陪送军前。"晋王笑道："若非记室去取，高长史也未必如此知趣。"高德宏道："只是奈何李渊……"晋王道："李渊便怎么？"高德宏道："他言祸根，不肯容留，连孔贵嫔都将来斩了。"晋王失惊道："你父亲怎不作主？"高德宏道："臣与父亲三番五次阻挡，他只是不依，反说：'你们父子做美人局，愚媚大王。'"晋王闻言，大怒道："这厮可恶！他是个酒色之徒，定看上这两个美人，怪我取他，故此捻酸捻醋，把两个美人双双杀了。"心中暗想道："我虽不杀二妃，二妃因我而死，毕竟杀此贼子，方遂吾愿！"恨恨不已。当下懊恼一场，早已种下祸根了。

头悬小白惩亡陈，谁道匡君是忤君。

最羡鸱夷东海畔，智全家国又全身。

当下晋王闻李渊将张、孔二妃斩了，一团高兴付之流水，心中恨这李渊，存忍在心，留意害他，不表。

且说这李渊，乃成纪人也，按上界亢金龙临凡，后兵举太原，称号唐王。夫人窦氏，乃周主之甥女，颇有英名，胸生三乳，天日之表，曾在龙门镇破贼，发七十箭，杀七十二人，如此威名远近皆知。当下灭陈，杀却张、孔二妃，却不致紧，早与晋王结下一段深仇了。不期晋王兵到，勉强做个好人，把江总、孔范尽行斩首，以息三吴民怨。只收图籍，封固府库，厘毫不动，只将营内之物散给三军，以博贤名。

却道贺若弼先期有违军令，李渊怠惰不修职事，上疏拘拿问罪。隋主知灭陈贺若弼功劳居首，俱免罪，还朝赐绢万匹。封晋王为太尉，赐衮冕之服，元圭白璧，封杨素为越国公，其子杨元感为开封府仪同三司；贺若弼封宋公；韩擒虎纵放士卒淫污陈宫，不与爵禄，封上柱国;高颎为齐公;李渊为唐公;随征将士,俱各重赏。

但是晋王威权日盛,名望日增,奇谋秘计之士多入幕府,使他图谋之心越急了。重用一个宇文述,叫做小陈平,晋王曾荐他为州刺史,因欲议谋密事,故留在府。又有左庶子张衡,同谋不轨。这宇文述有一子,名叫化及,按上界壁水貐临凡,后篡位灭隋,于扬州称大许王,此是后话不表。

再说张衡,却教晋王在皇后处阳为孝敬,阴布腹心,说东宫过失,称晋王贤孝。却又重贿内宫,使他们张扬晋王勤修国政,功高望重。内庭无一个不赞晋王威能才德,都说东宫懦弱无能,满宫中说个不了。宇文述道:"大王要成此事,还少三件大事。"晋王忙问道:"不知还少什么三件大事?卿且说来。"正是:

若非天意兴唐业,那许隋炀篡逆成。

不知宇文述怎样说来,且听下回分解。

第二回　谋东宫晋王纳贿　定燕山罗艺兴兵

诗曰：

四皓招来羽翼成，雄心岂肯老公卿。
直教豆向釜中泣，宁论燃萁一体生。

宇文述道："大王，那第一件，皇后虽不大深喜东宫，然还在两便，必须大王做个苦肉计，动皇后之怜，激皇后之怒，以坚其心，此其一也。第二件，须要一位亲信大臣，言语足以取信于上，平日间进些谗言，临期一力撺掇，这便是内外夹攻，万无一失了。第三件，废斥东宫是件大事，若没罪恶，怎好废斥，须是买他一个亲信，要他首发。无事认有事，小事认大事，有了此见证，使他分辨不得，那时不怕不废。内有皇后作主，中有大臣取信，外有首人作证，何愁此事不稳？必须万全方可。"晋王道："我自有备，只要足下为我谋之，他日功成，富贵共享。"正是：

巧计欲移云掩日，深谋致令腊回春。

当下晋王不惜赀财，从朝中宰执起，下至僚属，俱各有厚赠馈送，宫中宦官姬侍，皆重赏赐。在朝各官，只有唐公虽为旧属，却不受晋王礼物。时有大理寺卿杨约，乃越公之弟，却与宇文述是厚交好友。一日偶来拜望，宇文述延至内坐，但见：

商彝、周鼎、秦环、汉玉。彝上朱砂连翡翠，鼎中烟内结青云。琼脂玉碾就双扣连环，玻璃盏镶嵌玛瑙珍珠。玉鸳鸯玩夜光珠，珊瑚树伴金如意。正是：

漫道王宫多富贵，安排妙策动人心。

杨约见奇珍异宝辉煌射目，不转睛观看道："小弟家中金珠颇有，此类甚少，常从家兄处见来，觉兄所有更胜。”宇文述道：“弟乃武夫，如何有这些古玩？此皆晋王有求于兄处，故托弟送上。”杨约道：“晋王之物，弟如何敢领？”宇文述道：“弟有一论，还有一场大富贵送与令兄，可容纳否？”杨约道：“请教。”宇文述道：“兄知东宫所不欲于令兄久矣。他日得登大位，则岂有与令兄专权乎？况权高招谮，今之屈首于贤昆玉之下者，安知他日不危及贤昆玉乎？今幸东宫失德，晋王溺爱于宫中，主上久有废立之心，若贤昆玉有赞成之功，能援立之，则晋王当铭于肺腑，这才算永远悠久的富贵。兄以为何如？”杨约点头道：“兄言固是，但废立是件大事，容回舍慢慢与兄图之。”二人痛饮至夜而散。

到次日，杨约心中想道：“得了晋王许多古玩，须为他转回吾兄之心方好。”故意每值杨素回府相见之际，假作愁容。一日杨素问道：“每日汝愁容可掬，却是为何？”杨约道：“前日东宫护卫苏孝慈道：‘兄长过傲太子，太子道：‘必须杀此老贼。’老贼非兄而何？愁兄白首恐遭危耳。”杨素道：“太子无奈何我。”杨约道：“不然。太子乃将来人主，若有不测，身命所关，岂可不作深虑？”杨素道：“据你意思，还是谢位避他，还是改心顺他？”杨约道：“谢位失势，顺他不能释怨，只有废得他更立一人，不惟免祸，还有大功。”杨素抚掌道：“不料你有奇谋，出我意外！”杨约道：“这事若行，宜速不宜迟，若太子一旦用事，祸无日矣。”杨素点头会意。

于是杨素在隋主面前，把晋王好东宫歹，一齐搬将出来。隋主十分听信。起初，杨素还忌皇后，后来皇后反要他相帮。内外谗言，使个东宫太子如坐针毡，十分难过。那宇文述却又打听得东宫有个幸臣，唤作姬威，与段达相厚。宇文述便多将金宝托段达买嘱姬威，要伺太子动静。又密对段达道：“若见姬威，且许他日后晋王自立，富贵共之。千乞留心。”那段达受托而去。自此积毁成山。晋王又每日与张衡谋划，将玩好之物，百般献进后宫，孝顺皇后，欲使母子离心，按下不表。

且说靠山王杨林，统兵五万，直抵冀州。那罗艺，字廉庵。父名允刚，乃北齐驾下勋爵，因功高望重，封在燕山，世袭燕公。因罗允刚中年早丧，那罗艺少年就袭了燕公之职。他为人刚勇异常，一生耿介，淡薄清廉。能使一杆滚银枪，沙漠驰名。夫人秦氏，乃亲军护卫秦旭之孙女，结发二十载，并无所出。其时罗艺闻杨林兵破马鸣关，秦旭父子尽忠死节，夫人闻得这个消息，一哭几绝。后闻杨坚篡位，灭了周主。罗艺得了此报，心中大喜，正好复仇，遂起强兵十万，战将千员，俱系训练精锐，即日起身，进犯河北冀州等处。所到之处，势如破竹。忽报隋主着杨林领兵五万前来，罗艺一闻此报，派兵镇守冀州，自却领兵迎敌。

且说杨林，先锋乃是四太保张开，七太保纪曾。二人正行，忽报罗艺兵马挡住去路。张开闻报，吩咐扎下营寨，次日开兵。来日，那张开、纪曾全身披挂，立于旗门之下。只见对阵上，二根素罗旗迎风飘荡，闪出一位英雄，坐在马上，面如满月，海下一部美髯。怎生打扮？但见：

> 头戴金盔镶珠嵌宝，身穿银甲雪片飞飘。勒甲绦上排八宝，白罗袍暗绣神鳌。烂银枪神愁鬼泣，银花锏打将英雄。五明马如龙似虎，统貔貅燕郡名标。

张开一见，知是罗艺，举手中丈八蛇矛，当心便刺。罗艺挺枪劈面来迎。不数合，张开看来招架不住，怎当罗爷这杆枪神出鬼没，只望左腋下，不离心窠腹上，一枪紧一枪。战到情浓，罗艺逼开蛇矛，扯起银花锏，道声："我的儿，照爷爷的家伙罢！"耍的一锏，打中后心。张开叫声："不好！"吐血伏鞍而走。纪曾大怒，仗着开山斧厉声高叫："呔！罗艺休得无礼，太保爷爷抓你驴头下来！"举斧盖顶劈来。罗艺回马便走，纪曾随后追赶，罗艺看得真切，将坐骑一磕，那马忽失前蹄，纪曾取斧照顶砍下，罗艺举枪一晃，向纪曾咽喉耍的一枪，挑于马下。这便是罗家回马杀手独门枪。罗艺挥兵过来，冲杀有数里之遥。杨林大兵已到，闻得罗艺锏打张开，枪挑纪曾，好不骁勇，领兵冲杀过来了。杨林大怒，催兵前进，到了九龙山扎下营寨。次日摆齐队伍，亲出营前。那边罗艺用强弓硬弩射住阵脚，见对阵白旗招展，闪出一位英雄，怎生结束：

> 头戴烂银冠，上插冲天金翅；身披素锦袍，时新巧绣飞龙。外着鱼鳞镔铁甲，紧系蓝田碧玉带；手执虎头枪，暗插囚龙棒。

坐下抓蹄白虎马。按天宫计都星，大隋首将，横行天下，靠山王位，四海驰名。

罗艺见杨林白面黄眉，髭须三绺，勒马横枪，立于旗门之下，遂叫道："杨林，俺闻你名称大将，曾保隋帝南征北讨，以成天下，尚且贪心不足灭北齐。恨不踏平营寨，灭你邦家，吾之愿也！"杨林道："罗将军，汝之所论，理固当然。但知其一，不知其二。古云：'天下非一人之天下，惟有德者居之。'今天时在隋，故一战而定北，再战而平陈，四海咸平，边疆敬服。将军虽有旧仇宿怨，亦只好待时而动。陈、齐一灭，天下归宿，料不能再兴齐室。看将军拥甲兵十万，虎视一方，何不归我大隋？老夫到长安，自当保奏将军永镇燕山，自有蟒袍挂体，玉带垂腰，不知将军意下若何？"罗艺闻言，心中想了一想，叫道："杨林！且休饶舌，惑俺三军。自古兵来将挡，水来土掩，俺何惧之有？你今巧言抵饰，要俺顺隋，也罢，必须依俺三件，俺就降隋；如若不依，俺誓死不降。"杨林道："将军，哪三件？乞道其详。"正是：

永镇燕山寰宇宙，虎踞北地显威风。

当下罗艺据鞍说道："第一件，我虽降隋，但俺部下有十万精兵须听俺自调度，永镇燕山。这可使得么？"杨林道："这件且便依你。""第二件，俺罗艺名虽降隋，却不上朝见驾，听调不听宣。这可使得么？"杨林道："且依你。""第三件，凡有诛戮，不行文书，生杀自专。这使得么？"杨林笑道："将军，此三件乃易事，都在老夫身上。"遂吩咐三军退下十里之路。罗艺见杨林退兵，自把鞭梢一展，大小三军也退十里。罗艺邀杨林去燕山府，杨林道："将军如不放心，老夫同将军到府，动表奏闻圣上，候旨下，却再长行。"罗艺大喜，同杨林并辔而行。不一日，已至燕山府。大开四门，迎接杨林入城，竟至帅府。罗艺大排筵宴，犒赏三军。杨林忙修表章，差官星夜至长安上表章。这边罗艺三日一小宴，五日一大宴，每日请杨林观兵，以候圣旨。非止一日，忽报隋主差夏国公赍表，已离城二十里了。罗艺闻报，吩咐三军摆齐队伍，出城迎接。不一时，夏国公窦建德入城。罗艺忙摆香案，窦建德开读诏书曰：

奉天承运皇帝诏曰：今据靠山王所奏，燕公罗艺，廉明刚勇，腹隐忠良，实乃干城之将，堪为冀北屏藩。兹尔，罗艺加封为靖边侯，统本部强兵百万，虎踞冀北，使沙漠丧胆，屈突寒心；听调不宣，生杀自专，永为镇主，世袭斯职，无负朕意。钦哉！谢恩！

大隋开皇二年　　月　　日敕

罗艺接过圣旨，命香案供着。即杀牛宰马，大排筵宴，厚待天使。送杨林赤金五千两，白银五万两，彩缎千端，明珠一匣。又送窦建德黄白金银各一千两，彩缎百端。以下三军，俱各重赐。次日，罗艺摆酒长亭，与杨林饯别，亲送十里而别。正是：

丈夫踪迹类如此，应作风云变豹斑。

却说杨林收服罗艺，就同窦建德出巡冀州、大同，只要有强人贼盗生发之处，即便提兵征灭。忽报登州海寇作乱，上岸抢掳子女金帛，杀人放火，十分急迫。杨林闻报，对窦建德道："汝且先回复旨，老夫亲往登州便宜行事。"于是带领大小儿郎，竟往登州而来。正是：

凛凛威风镇六州，南征北讨显奇谋；

观兵海寇抚夷乱，从此经纶辅帝猷。

杨林兵到登州，那边海寇闻知杨林兵到，不敢交战，各各呼哨而散，杨林却扑个空。但见人烟稀少，半为瓦砾之场；屋宇零星，难作皇华之地。那杨林十分叹息，就屯兵城内，令军士帮民修造屋宇，动表奏闻。自却镇守登州，亲行临督，整治府库，作筑城垣，不一年，把登州修得十分齐整坚固，按下不表。

单讲晋王日日图谋东宫之事，凡朝中宰执僚属，皆有厚赠；就是宫中姬侍宦官，皆有赏赐。在朝各官，只有李渊不受礼物，道："臣虽旧属，但人臣不敢私交。"这晋王见李渊不受礼物，心中好生不喜道："我的内外已成，不怕你怎的。若我如愿，必杀此老贼，方消我恨。"不想一废一兴，自有定数。那杨素得了晋王厚礼，素知文帝惧内，最听妇人之言，每每乘内宴之时，在皇后面前称扬晋王贤孝，挑拨独孤皇后。妇人心地偏窄，见识浅露，常在文帝面前冷言冷语，外面又加杨素赞成废立之事，弄得他父子们百般猜忌。况文帝素性多疑，常常遣精勇卫尉，打听太子消息，宫门不时差禁军把守。

到开皇三年十月，有东宫幸臣姬威出首太子，道："东宫叫师姥卜吉凶，道圣上忌在十八年，此期速矣。又于厩中养马千匹。”只这两件，把个太子生扭做悖逆的罪子。大凡失于遗爱的，内有母亲救解，外有大臣谏诤，有这两件，就好挽回若干。杨林去镇山东登州，一发无人解救了。文帝得这个首章，大怒，亲御武殿，身着戎服，排立勇士，敕召太子。太子跪在殿下。宣读诏书，废东宫太子为庶人，立晋王为东宫，宇文述为护卫。东宫旧臣唐令臣、邹文胜等，皆被杨素诳奏，斩首市朝。朝中侧目，无敢言者。大夫袁旻奏道：“父子乃天性至亲，今主公反听谗言，有伤天性。今依臣奏，将杨素、姬威以诬罪太子之事反坐，伏乞主公将杨素等俱皆斩首，则朝野肃清，臣等幸甚。”又有文林郎杨孝政进章谏诤，略曰：

> 臣文林郎杨孝政，诚惶诚恐，稽首顿首！切念东宫贤孝素著，有何师巫之事？况深居内宫，所养之马何在？有何实据？乞圣上将出首之奸徒杨素等，同着法司审明果否，废立不迟，不可误听谗言，有伤天性。此奏。

当下，杨孝政言道：“只宜训诲，不当废黜。”文帝不准所奏，将袁、杨二臣并皆拿下，再无敢言者。只有不怕事的李渊上疏道：“太子失德，既经废黜，但不可废天下之重任。况几件事情俱无实据，又无对证，还宜悯恤。”文帝虽不全听，却给五品俸禄终养太子于内苑。太子不甘，常常扒在树上申冤叫屈，皆被杨素蒙蔽，言是疯颠之疾，文帝置之不理。还有太子的亲弟名秀王，因见晋王与杨素诬陷太子，心中常常不平，要与他申冤理白。不期又被张衡用计，埋两木人在华山之上，身藏杨坚、杨谅名讳，反缚钉心，诬奏是秀王故魇圣主，也将来废了。似此非礼，满朝俱各不服。适有贝州刺史裴肃上本道：“二庶人得罪内庭，宁无革心？伏愿君父天心之容，封小国观其所为，若能迁善，永作藩篱，亦圣上之宏恩也。”这裴肃，乃李渊亲故。太子见本，大怒大恼，即召宇文述、张衡计议道：“这明明是李渊那厮，为斩丽华之故，恐我怀恨，怕我为君，故行阻挠。必须杀此老贼，你我方得安稳。”张衡道：“这却不难。主上素性猜疑，常梦洪水淹没都城，心中不悦。前日成公李浑之子，名唤洪儿，圣上疑他名应图谶，叫他自尽，全家自行杀害。只要散布流言，说渊洪从水，却是一体，未有不动疑者。只如此谣言，恐难免杀身之祸。"正是：

奸谋阴自蜮，暗里欲飞灾。

世乱忠良厄，无端履祸芽。

自此张衡暗布谣言，道："李子结实而得天下，杨主虚花而没根基。"又道：

日月照龙舟，淮黄水逆流。

扫尽杨花落，天子季无头。

初时乡村乱说，后来街市喧喧，巡城官禁约不住，渐渐传入禁中。晋王故意奏道："里巷妖言，大是不祥，乞行禁止。"文帝听了，甚是不悦。连李渊也担着一身干系，坐立不安。但文帝只疑在李浑身上，又值中郎将裴仁基上表道："李浑之子名唤洪儿，暗合图谶，阴谋不轨。"正是：

妖言暗播害忠良，李浑无辜却受殃。

这本一上，不知文帝怎么批发，且听下回分解。

第三回　造流言李渊避祸　当马快叔宝听差

诗曰：

决杀陈宫双美人，皆因一片赤忠心。

岂知谄谀将谗献，勋业名臣受害侵。

那晓圣旨发下来，可怜把成公合家五十三口，尽赴市曹。又有晋王心腹方士安伽陀奏道："李氏当为天子。"劝文帝尽杀天下李姓之人。亏得丞相高颎奏道："主上若再务杀戮，反至人心动摇，大为不可。如圣上有疑，可将一应姓李的不用，在朝不管兵事便了。"此时蒲山公李密，文帝心甚疑他，却喜杨素与密相交最厚，杨素要保全李密，遂赞美高颎之言，密令李密暂且退避。按李密系上界娄金狗临凡，后兵反金墉，称西魏王不表。其时在朝姓李者多有乞归田里，乞解兵权，李渊也趁这势，乞回太原。圣上准行，令他为太原留守，节制西京，克日起程。

晋王闻李渊解任，对张衡道："计策虽好，只是不能杀他。"宇文述道："饶得过便罢，饶不过时，下一计把他全家不留一个便了。"晋王大喜道："计将安出？"宇文述道："只消点东宫骠骑，命臣子化及，悄悄出城，到临潼山预先埋伏，扮作强人，把他父子一齐杀绝，岂不干净。"晋王拍掌道："若得如此，孤尽将他家口内囊女眷一并赐汝。只是他系武官，须再得一勇士方好。"宇文述道："臣子足矣，又得殿下亲行，何愁大事不成？"晋王欢喜无限，依计而行不表。

且说唐公见圣上允奏，心中大喜，忙收拾起程。着宗弟李道宗、长子建成带领四十名家将，护着夫人、小姐车辇。只见夫人道："得回故里，乃是好事。但妾身怀六甲，出去陆路车马劳顿，况分娩将及，不若俄延半月起程。”唐公道:“夫人有所不知,目今主上多疑,奸人造谤,今圣上要杀尽姓李的,我在此一刻,如居虎穴龙潭。今幸旨意着我还乡,如放笼内之鸟,若再羁迟,李浑榜样不远。那时要想回家,除非再世了。”窦夫人嘿嘿无言,于是众人一齐上路,正是:

回首长安不胜情,惊心客路白云横。

纷纷尘起随征骑,几阵昏鸦噪暮晴。

此是中秋天气,一路轻车快马,望太原进发不表。

且说秦叔宝久居山东历城县,学得一身好武艺,在街坊专打抱不平,好出死力,不顾口舌。宁夫人常常哭着对他道:“秦氏三代,只你一人,不可负气轻生以绝秦后。”自此与人斗口,一闻母唤,飞身跑回家去了。因此人便叫他“赛专诸”。幸家中还稍有积蓄,叔宝又情性豪爽,济困扶危,结交附近好汉,因又称为“小孟尝”。他的祖上传留下来一件绝世武艺,是两条一百三十斤镀金熟铜锏,有万夫不当之勇。娶妻张氏,贤德无比。最相好的是济州捕快都头,姓樊名虎,号建威,也有三五百斤气力,为人慷慨好义,与叔宝通家往来,如一个人相似。又一个豪杰姓王名勇,字伯当,此人胸襟洒落,器宇轩昂,且志气不凡,武艺绝伦。又每每忠义自许,所以常人没几个与他说得来,正如鹤立鸡群。他时时听叔宝议论,辄自叹服。还有两个是历城东门头开鞭杖行的贾顺甫、伙计柳周臣。他两个不但全身武艺,还有一桩好处:但是过往豪杰,无不交结。他宅子又宽大得紧,所以叔宝在他家时居多。正是:

才奇惊海宇,谊重世人钦。

莫恨无知己,天涯尽弟昆。

且说当时青齐一带,连年荒旱,又兼盗贼四起,本州刺史刘芳出了一张告示,召募有谋勇的充当本州捕快。这日,叔宝正在贾顺甫家闲话,只见樊虎走来对叔宝道:“今日州里发下告示,新招有勇谋的充当捕快。小弟一时在本官面前赞得哥哥武艺好,做人又慷慨,智勇双全。本官欢喜得紧,道:‘若如此,得他来时,就把他做个都头。’因此着小弟奉请哥哥,不知哥哥意下如何?”叔宝道:“你不知身不入官为贵。况我屡代将门,若得志,斩将搴旗,开疆展土,也得耀祖荣宗;若不能，守几亩田园，供养母亲，一样足以栖身，村酒野蔬，亦可与知己谈心。虽不会吟诗和赋，抡枪论剑，也是英雄待时之法，强如向这些贼辈听他使动，拿得贼是他的功，起得赃是他的钱。至于尽心竭力拼命拿着真盗，他暗地得钱买放了，反坐个诬良的罪名到你。若一味掇臀捧屁，狐假虎威，诈害良善，这便是畜生所为。你想这捕快，劝我当他则甚？”叔宝说了这一遍话，拂然竟走回去了。

樊虎见叔宝去了，自想在官府面前夸了口，不料他不肯，又想道：“再往他家里去说说看。”于是一径也往秦家来。只见宁夫人在堂前，樊虎作了个揖，把前事一一告诉。宁夫人道：“小儿怎样推辞？”樊虎将叔宝的言语叙了一遍。宁夫人听了便说道：“做官也非容易，祖上有甚荫袭？也想将就靠他。”樊虎道：“如今后生时的所为，一刀一枪的事业，谁不愿为？奈时未至，如今且将就从权，哥哥偏不肯。”樊虎正咕嗒未了，叔宝从里面走出来道：“母亲不要听他。”宁夫人道：“你虽志大，但樊家哥哥的话，我想也是。你终日游手好闲，也无出息。且进公门，身子有管，不至胡为，倘得机会，把个出身，从来人不可料，不宜固执。”叔宝是个孝顺的，只得诺诺连声道是。樊虎见允了，道：“如此，明日我来约会哥哥同去。”次日两人同见刺史，刺史问道：“你是秦琼么？”叔宝道：“是。”刺史又道：“我这里也要论功才升，因闻你是个了得的人，一来就与你做个都头，须要小心任事。”叔宝叩谢了出来。樊虎道：“哥哥当差，须要个好脚力。”叔宝道：“如此，我们就到贾顺甫行中去看看。”

二人径到行内，贾顺甫远远看见，拱手道：“恭喜叔宝兄，还不曾奉贺。”叔宝道：“何喜可贺？不过是奉母命耳。但今新充差役，须早晚有差，要寻个脚力，故到你这边。”贾顺甫道：“马是昨日又到好些，只是要好眼力看了。”叔宝道：“这还仗你。”于是三人齐向后面来看，果然又到了四百匹好马。顺甫、樊虎两个道这一匹好，那一匹强。叔宝只不中意，踱来踱去。顺甫道：“这一群马才到，难道都看不中？”正说间，听得后边槽头有马嘶之声，叔宝举目观看，却是一匹羸瘦黄骠马。虽身高八尺，却是毛长筋露，不十分雄壮。叔宝问贾顺甫道：“此马为何这般瘦？”顺甫道：“一言难尽，这马是关西客贩来到此，三月有余，每日上料喂养，无奈只是落膘不起，谁肯要他？那客人不能担搁，弟这里应了三十两马价与他，两月前起身去了。此马又养两月，总是这样羸瘦。若只如此，弃了这宗马价，要当头口卖了。”

叔宝到槽边细看，那马一见叔宝，把领鬃毛一扇，双眼圆睁，蹀躞之状如见故主一般。叔宝已知是一匹好马，未遇其主，就对顺甫道：“此马待弟收养了罢。”樊虎笑道：“花朵般坐骑，却不中意，哥哥偏要这匹瘦马。”叔宝微笑不言。贾顺甫道：“既叔宝兄爱此坐骑，即当解槽相赠。”叔宝又与樊虎拣了一匹青花马，兑银五十两作马价。顺甫置酒与叔宝相贺，尽醉而散。

叔宝带了那匹黄骠马回家，不上半月，养得十分肥润，十分峥嵘，人人多夸奖叔宝眼力，无不钦服。正是：

马逢伯乐能知骨，琴遇知音作刎交。

是时秦叔宝与樊虎、连明奉公缉盗。叔宝人又威风，马又强壮，远近盗寇谁不羡慕，都愿结交叔宝，因此济州七府、山东一省，无不驰名，捕快秦琼是个豪杰。

忽一日，刘刺史发下一案未得财的盗犯，律该充军，要发往平阳驿潞州府收管。恐山西地面有失，当堂就点了叔宝、樊虎二人。樊虎该解往平阳驿进发，秦琼往潞州府投递，当堂点明起解。叔宝将二十名人犯交与连明，自回家中装束行李，拜别母亲妻子，同樊虎往长安司处挂了号，然后押着人犯，望山西进发。正值暮秋天气，红叶黄花，西风飒飒，一路饮食渴饮，夜住晓行。不止一日，到了长安道上。离长安五十里有一山，名临潼山，上有伍相国神祠。此山颇是险峻：

高冈连野岫，古木带云阴。
红绣天孙锦，黄飘佛国金。
林深鸟自乐，风紧叶长吟。
萧瑟生疏意，征人恐不禁。

叔宝对樊虎道：“我闻伍子胥，昔日身为明辅，挟制诸侯，临潼会上举鼎千斤，名震海宇。生前忠义，死后为神，我欲上山瞻仰一番，以便胸襟省悟。可代我押着人犯到关外等我便了。”樊虎欣然应诺，把人犯缓缓带过，自到关口去了。那叔宝纵马由大路上山，只见殿宇萧条，人烟冷落。下马进庙，拜了神圣，站起来，见神像威仪，十分钦仰。正在闲玩之际，不觉十分困倦，就在拜板上打盹片时，不表。

却说唐公李渊，辞朝别驾，于路饥食渴饮，夜住晓行，陆续望太原进发，不止一日，来到临潼道上。日当正午，过了村镇，方到临潼山楂树冈地方。李道宗和建成并马前行，唐公保着家眷在后，那晋王等扮着响马在此伺候，却好等个正着。那李道宗和建成指点山冈峻岭，林木深幽，正在赞叹，只听得树林中一声呐喊，抢出无数强人来，都用白布缠头，黑煤涂面，长枪阔斧，拦住去路，厉声高叫道："咦！留下买路钱来！"建成吃了一惊，带回马跑往原路去了。李道宗大着胆喝道："你这班该死男女，吃了大虫心狮子胆来的么？谁不知洒家是陇西李府，你敢来阻截道路！"说罢，拔出腰刀便砍。这些家丁都拔短刀相助。那建成骤马跑回，对唐公道："不好了！前面都是强人，围住叔父要钱买路。"唐公道："怎么辇毂之下，就有贼盗？"叫家将取过方天画杆银剪戟，叫建成看着家小，却待上前，不料后面又有贼人一齐杀来。唐公不敢上前，与建成保着家眷，欲待冲出郡道，贼人围上数重，焉能得出，骑马纵然得去，车辆焉能冲突得出？唐公大吼一声，摆开银戟，同家将左冲右突，众贼虽有着伤，死不肯退。

却说晋王同宇文父子闪在林中，见唐公威武，兵丁不敢近身，晋王自用青纱蒙面，手提大刀，冲杀过来。宇文父子随后夹攻，把李渊团团围住，十分危急，此话不表。正是：

九里山前列阵图，征尘荡漾日模糊。

项王纵有千斤力，垓下兵多也着魔。

却说叔宝在伍员庙中拜毕，就蒙眬睡去。梦中来到一高台，叔宝徐步上台，台上有块大匾，匾上大书"麒麟阁"三个金字，两边挂着一副对联，上写道：

双锏打成唐世界，单鞭挣定李乾坤。

正看之间，只听得正南上一声响，现出五朵彩云，拥护着一条五爪金龙，正在半空盘旋，忽见西天上一派乌云，云内现出一物，似龙非龙，似犴非犴，骋强飞来，把金龙便咬，十分凶勇。金龙虽然迎斗，到底势弱。正是危急之际，只听脑后叫道："秦琼还不救驾，更待何时！"

叔宝一闻此言，精神抖擞，手提双锏。忽台前坠下一骑，乃麒麟也。叔宝跨上麒麟，手提金锏，看得较真，望那怪物嗖的一锏，正中那物。那物大吼一声，坠下云头。忽听得黄骠马连声嘶叫，把叔宝惊醒，却是南柯一梦。于是叔宝重把神明再叩，暗诉道："若得如梦中之事，重修庙宇，再塑金身。"只听那马嘶鸣不已，叔宝出看，竟有奔驰之势。叔宝心疑，牵缰上马，那马如飞，奔下山冈。行至半山，只见山下平冈上烟尘四起，喊杀连天。叔宝勒住马定睛一望，却是无数强人，围住了一起隋兵，在那边厮杀。叔宝一见，心上半疑，按一按范阳毡笠，扣紧了挺带，提着金装锏，把马一夹，借那山势冲将下来，厉声高叫："呔！响马不要逞强，'赛专诸'来也！"只这一声，似牙缝内迸起春雷，舌尖上跳起霹雳。众强人吃了一惊，回头一看，见只是一个人，那里放在心上，及至叔宝马至垓心，方有三五个上来抵敌，被叔宝手提锏落，耍耍耍一连几下，把强徒打死十数个。

话说那唐公正在危急，听得一声喝响，有数人落马，一员壮士撞围而入，偷眼一看，那人头戴白色范阳毡笠，身穿皂色箭衣，外罩淡黄短褂，脚蹬虎皮靴，坐下黄骠马，手提金装锏，左冲右突，如弄风猛虎，醉酒斑斓。但见：

一锏起斜冲白雾，两锏来冷透寒泉。飘飘密雪向空旋，滚滚怒涛随风卷。也有着伤落骑，也有跌倒岸边。征尘滚滚欲遮天，猛虎潜藏胆战。

战不多时，叔宝顺手一锏，照晋王顶上打来，晋王眼快，忙忙侧身一闪，那锏梢打中晋王肩上。晋王负痛，大叫一声，败下阵去。宇文化及刚欲上前，见晋王着伤，不敢上来，勒回马，保着晋王败下阵来。众人见晋王受伤，各各无心恋战，被叔宝一路锏打将下来。只打得：

犹如落叶遭风卷，却似轻冰见日消。

众人四散乱窜。叔宝早追一人至山湾，拿住问道："你等何处毛贼，敢在皇都地面行劫？"那人慌了道："爷爷饶命！只因东宫太子与唐公不睦，故扮作强人欲行杀害，适才爷爷打伤的就是。求爷爷饶命！"叔宝听罢，吓出一身冷汗，想道：太子与唐公不睦，我在是非丛里管他怎的，若还认出，性命难保。便喝道："这厮胡言，谁知真假，饶你狗命去罢!”那人抱头鼠窜而去。叔宝自思:若再迟延,必然有祸。将范阳毡笠向前一按,遮下脸,放开坐骑,豁辣辣一马,竟望长安大道而去。

那唐公既离虎口,见那壮士一马跑去,忙对道宗道:“你快护住家小,待我亲自赶去谢他。”遂弯弓插箭,紧紧赶来,大叫道:“壮士请住,受我李渊一礼!”叔宝只是跑,此时早已赶下十余里远。叔宝见唐公不舍,紧紧赶来,只得回头道:“李爷休赶,小人姓秦名琼便是。”把手摇上两摇,将马一夹,如飞的去了。唐公再欲追赶,奈马是战疲了的,不能前去。只听得风送銮铃响处,他说一个“琼”字,只见他把手一摇,错认为“五”,牢牢记在心上。正要回马,忽见尘头起处一马飞来,唐公道:“不好,这厮们又来了!”急忙扯满雕弓,嗖的照面一箭射去,早见那人两脚蹬空,翻身落马。正是:

误将一箭伤行客,惹出英雄结怨深。

不知射死者是谁,且看下回分解。

第四回　临潼山秦琼救驾　承福寺真主临凡

诗曰：

天佑唐公福庆多，晋王枉自起风波。

紫微星降兴唐室，梵院祥光映碧罗。

那唐公一箭射去，来人应弦落马。再看尘头起处，乃是自家家将。唐公对道宗道："幸亏了壮士，救我一家性命，这莫大之恩不可忘了。"只见几个彪形大汉，与村庄农夫赶到马前啼哭道："不知小人家主何事触犯老爷，被老爷射死。"唐公道："我并未射死你家主。"众人道："适喉下拔出箭来，现有老爷名号。"唐公想道："呀！是了。方才与一班强盗厮杀方散，遇你主人飞马而来，我只道是响马余党，误伤你家主人。你主人姓甚名谁？待我与你白银百两，买棺收殓回籍，待我前面去，多做功德超度他便了。"家人道："俺主人乃潞州单道便是。二贤庄人，今往长安贩缎回来，被你射死，谁要你的银子！俺还有二主人单二员外，名通号雄信在家，他自会问你讨命。"唐公道："死者不能复生，教我也无可奈何。"众人不理，自去买棺收殓，打点回乡。

此话不表。唐公见这个意思，十分过意不去，心灰意懒，教家将一齐同回。至车辇前问说："夫人受惊了。贼已退去，好赶路矣。"于是一齐起行。夫人因受惊恐，忽然腹痛，待要安顿，又没个驿处，旁边有个大寺，名曰承福寺。只得差人到寺中，说要暂借安歇。本寺住持法名五空，连忙聚集僧众，迎接进殿。唐公领家眷在附近后房暂宿，明日早行。又着家将巡哨，以防不虞。自却全装甲胄，带剑观书。刚定三更时候，忽闻异香阵阵扑鼻，十分惊讶，步出房外时，只见半空中箫韶迭奏，剑佩铿锵，紫雾盘旋，祥云缭绕。却是中天紫薇临凡，满天香雾氤氲，一寺瑞烟笼罩。惊异间，忽有侍儿来报：“夫人分娩世子了。”李渊大喜，捱到天明，参拜如来，住持率众僧叩贺。唐公道：“寄居分娩，污秽如来住持清静，罪归下官，何事可贺？怎奈夫人分娩，未可路途辛苦，欲待再借上刹宽住几时如何？”五空道：“贵人降世，古刹生光，何敢不留。”唐公称谢。吩咐家丁不许生事，暂住半月，候夫人身健，起行回太原后，发钱粮，重修庙宇，再整金容。此时却在寺中闲玩，见屏门上有副对联，上写道：

宝塔凌云，一目江山无边清静；

金钟代月，十方世界何等悠闲。

侧边写道：“汾河柴绍熏沐手拜书。”唐公见词义深奥，笔法雄劲，问五空道：“这柴绍是甚人？”五空道：“这是汾阳县柴爷公子，向在寺内攻书，见此浮屠，偶题此联。”唐公十分羡慕，对五空道：“你可领我去看。”于是五空在前，唐公在后，向柴绍书房而来。只见曲径幽深，竹林丛茂，左右苍松掩映，两行翠柏参天。唐公好生称赞。五空道：“那厢垂丝柳下，斑竹荆扉，即是书房。”唐公行至门前，听得琴声正美，五空即欲叩门，唐公止住道：“琴韵甚美，且慢叩门。”不一时，琮琮声定，五空上前叩门。见一书童启扉，问是何人。五空道：“是太原唐公，特来相访。”柴绍听得，即忙迎接。逊至书斋，柴绍下拜道：“久违年伯，不知驾临，有失远迎。”唐公道：“贤契少礼。”连忙扶起。唐公逊坐，柴绍移座于侧，彼此闲叙。看柴绍时，果然好个郎君，但见：

双眉入鬓，凤眼朝天，目炯明星，鼻如悬胆。语言洪亮神清朗，玉骨冰心气宇昂。胸襟豁达称英俊，善武能文是丈夫。

按柴绍号嗣昌，乃上界金府星君临凡，后为大唐驸马护国公之职。那唐公询知未有妻室，对柴绍道：“老夫有一小女，年已及笄，尚未受聘，贤契不弃，可托住持为媒，愿将小女以附丝罗，不知贤契意下如何？”柴绍道：“小侄一介寒儒，蒙年伯不弃寒微，敢不如命。”唐公大喜，一茶而别。至方丈，对人说知，即令五空为媒，择日行聘已毕。光阴迅速，不觉半月有余，窦夫人身体已健，着五空通知柴绍，收拾起行。柴绍将一应事体托了得力家人，自随唐公往太原进发，就亲去了。正是：

云拥蛟龙奋远扬，风从虎豹啸琳琅。

天为唐家开帝业，致令英杰赘东床。

当下唐公回返太原，按下不表。且叙秦叔宝，单身独骑，一马跑有八九里路程，方才住鞭。见樊虎在店，把打抱不平的话说了一遍。到次日，早饭已过，匆匆的分了行李，各带犯人分路去了。这叔宝不止一日，到了潞州，寻了王小二家做下处，赶早把人犯带到衙门前，投过了文，少时发出来，着禁子把人犯收监。回批要候蔡太爷太原贺唐公李爷回来才发。叔宝只得回到下处，耐心等候。

不想叔宝十分量大，一日三餐要吃斗米。王小二些小本钱，二十余天都被他吃完了。只得与妻柳氏计议道："这秦差公是个退财白虎，自从他进门，并无别客来下顾，几两本钱都葬送在他肚里了。这几日，连招牌灯笼都不挂出去，再是数天，大门都不必下了。怎么处？我要开口，又恐他着恼，故此与你商量。"柳氏道："你这人不识面目，那秦爷是山东豪杰，难道少了饭钱不成？等官府回来，领了批文，少不得算还你。"又过数日，实是挨不过了，只得候他得便时，陪过笑面道："秦爷，小人有句话对爷说，犹恐见怪，不敢启口。"叔宝道："俺与你宾主之间，有话便说，怎的却恐见怪？"王小二道："只因小店连日没有生意，本钱短少，菜蔬都是不敷，我的意思要问秦爷预支几两银子，不知使得么？"叔宝道："这是正理，怎么要你这等虚心下气？是我忽略了，不曾与你银子，你去那里有这长本钱供得起我？你停一会，秤与你罢。"那王小二千欢万喜，走出去了。叔宝却在挂箱里去摸一摸，吃了一惊。你道他是个好汉，为何吃惊起来？却有个缘故：因在关内与樊虎分行李时，急促了些，有一宗银子是州里发出做盘缠的，库吏因樊虎与叔宝交厚，故一总兑与樊虎。这宗盘费都在樊虎身边，及至匆匆分别，他二人哪里把这几两银子放在心中，行李文书件件分开，单有银子不曾分得。心内踌躇，想起母亲要做寿衣买潞绸的十两银子，且喜还在挂箱内，且用了再处。就取出来，对王小二道："这几两银子交与你，写了收帐。"王小二收了。叔宝口中不言，心里焦闷。

又过数日，蔡刺史到了马头，本州应役人员都出郭迎接，叔宝是当差的人，随着众人迎接。刺史上轿回衙，因一路辛苦，乘暖轿进城。

叔宝跟进城门，事急难忍，于心内想道：“这一进衙门，事体忙乱，就难得禀见了，不如在此禀明。”只得当街跪下，禀道：“小的是山东济南府解差，伺候太爷回批。”蔡刺史在轿内半眠半睡，哪里去答应。从役们喝道：“太爷难道没有衙门的，却在这里领回批？还不起去！”说罢，轿夫一发走得快了。叔宝只得立起身来，心内想道：“在此一日，多一日盘缠。若是官府辛苦了，倘有几日不坐堂，怎么了得？”便抢几步赶上前去，意思要求轿上人慢走再禀。不想一则性急，二则力大，用手在轿扛上一把，将轿子拖了一侧，四个轿夫、两个扶轿的，都一闪支撑不定。幸喜太爷是睡在轿里，实实坐着，不曾跌将出来。刺史大怒道：“这等无礼，没我的宪体！”叫皂隶扯下去打。叔宝自知理屈，被皂隶按翻了重打十下。

叔宝被责，回到店中，晚饭不吃，竟去睡了。等到天明，负痛到府中领文。正是：

　　在他檐下过，怎敢不低头。

那蔡知府果是贤能，到此早升堂，文书积案甚多，赏罚极明，人人感戴。叔宝这番直等公事将完，方才跪将下去，禀道：“小的是济州刘爷差人，伺候老爷文批回去。”叔宝今日怎么说出刘爷差人？因刺史与刘爷是个同年好友，要使他周全的意思，果然，那蔡刺史回嗔作喜道：“你就是济南刘爷的差人么？昨日鲁莽得紧，故此责你几板。”遂唤经承取批过来签押，着库吏取银三两，付与叔宝道：“本州与你家爷俱系同年，念你千里路程，这些银两赏你为路费。”叔宝叩头谢了，接着批文银两出府回店。

王小二在柜上结算饭钱，抬头看见叔宝领批文回来，满脸堆着笑道：“秦爷，饯行酒还不曾齐备，却怎么好？”叔宝道：“不消了。”王小二道：“如今闲着，且把帐算算如何？”叔宝道：“拿帐来。”小二道：“秦爷是八月十六日到的，如今是九月十八了，共三十二日。前后两日不算，共三十日。每日却是六钱算的，该十八两纹银，收过秦爷好银子十两，尚少八两。”叔宝道：“这三两是蔡太爷赏的，也与你罢。”王小二道：“再收三两，还欠五两，乞秦爷付足。”叔宝道：“小二哥且莫忙，我还未去。”小二道：“回批领了，没甚事了。”叔宝道：“我有个朋友到泽州投文,有些盘费银两都在他身边,等他来会我,才有银子还你。”那王小二听了这句话,即变下脸来道:“小人是开饭铺的,只要你老人家住一年,才是好生意。只是小人店内乏本,设或那朋友亦像你老人家的性子,忘怀了,竟回济州去了,怎处?”一边说一边想道:“他行李又不多,马又是开口货,若骑去饮水,一溜风走了,我怎得到济州寻他?只有回批是件出手货,留住他的,倒是稳当。”即赔下一脸冷笑道:“秦爷,这文书是要紧的,拿在里面去,着拙荆收藏,你老人家也好放心盘桓。”叔宝不知是计,就将回批递与王小二了。正是:

无情诈摘神仙佩,巧计生留卿相貂。

叔宝自此,日日去到官塘大路去寻樊虎,那里见他个影儿。远远望见个公门中打扮的长大汉子,及至走到面前,却又不是,只急得两眼火星直喷。自古道:“嫌人易丑,等人易久。”早见金风送暑,红叶飘零,只是痴心呆等,哪里见个建威影子?茶饭不是隔宿,就是冷的。到晚来又听小二冷言冷语,受那腌脏之气。一日晚上回来,见房中已点灯了,叔宝心中想道:“这厮为何今日如此小心,老早的掌灯了?”住一步看时,见里面猜三喝五,掷骰饮酒。王小二跑将出来道:“我的秦爷,不是我有心得罪爷的。偏今日一伙客人是贩什么珠宝古董的,可可里看得秦爷房好要住,偏生你老人家房门又不锁,被他把铺盖搬进里面去,道三五日就去的。我怕搬错了行李,故搬到后面一间僻静小房内,秦爷权宿数夜,待他去了,依然移进。”叔宝此时人穷志短,见小二和颜悦色的奉承,便道:“小二哥,屋随主便,怎么说这等话。但是有房与我安身就罢。”王小二掌灯引路,叔宝后跟,转弯抹角,到后面一间靠厨房的破屋,地上铺着一堆草,叔宝的铺盖却在草上,四面风来,灯儿也没挂处。只听得王小二虚心冷气的道:“秦爷只好权住住儿,等他们去了,仍旧搬到房内去。”叔宝也不答应。小二带上门,竟走去了。叔宝坐在草铺上,把金装锏按在自己膝上,用手指弹锏,口内作歌道:

旅舍荒凉风又雨,英雄守困无知己。
平生弹锏有谁知,尽在一声长叹矣。

正吟之间,忽闻脚步到门口,将门上搭钮反扣了。叔宝住手道:

"你这小人,我秦琼来清去白,焉肯做无耻之事? 况有文书鞍马俱在你家,难道我走去不成?"外边道:"秦爷切勿高声,妾乃王小二之妻柳氏便是。"叔宝道:"你素有贤名,今夜黄昏来此何干?"妇人道:"我那拙夫是个小人,见秦爷少了几两银子,出言无理,秦爷是个大丈夫,把他海涵些儿。我丈夫睡了,存得些晚饭在此,还有几索线,如今深秋时候,身上还是夏衣,背上碎绽,故将针线在此,秦爷自己缝好,外有钱数百,买些点心充饥,晚间早些回寓。"叔宝闻言,不觉眼中落下几点英雄泪来,道:"贤人,你就是昔日淮阴的漂母,恨秦琼他日不能如三齐王答报千金耳! 鄙人若得侥幸,自当厚报。"那柳氏道:"我是小人之辈,不敢自比君子施恩,岂望报耶?"说完,才把门钮开了,将饭篮放在地上,竟自去了。正是:

萧萧囊橐已成空,谁复留心恤困穷。
一饭淮阴遗国士,却输妇女识英雄。

叔宝开门,将饭掇进,又见青布条捻成钱串,穿着三百文青钱,针线完备,盘中却是一碗肉羹,叔宝只得连忙吃了。此时秋宵耿耿,月魄清清,总是难成梦来。乘着月色将衣脱下,乱缝一番,披在身上,趁早出门。正是:

补衮方奇识者稀,鹑衣百结事多非。
缝时惊见慈亲线,惹得英雄泪洒衣。

叔宝身边有了三百文钱,每日望樊虎,不几日用尽了,又受小二冷言冷语,忽然想道:"我又没甚么当头,只有两条金装锏,拿来变卖,还了饭钱,也得早回乡井。"于是回店对小二道:"我望朋友不来,只有一对金装锏在此,拿去卖了罢。"小二痴心想道:"他有金装锏,今日才说,若是卖与别人,便宜他了。"因说道:"秦爷,这锏不要卖罢,一时那个来买? 何不拿到三义坊典铺中,当他几两银子,将就度过去,等泽州朋友来,有银子赎回去,岂不两便?"叔宝闻言大喜,只道王小二是个好人,忙去把锏将来拿了,别了店主,望三义坊来。正是:

穷途谁是知心友,失路多逢轻薄儿。

当下叔宝只道这锏是人人晓得,是个祖上遗下的,犹如传家之宝一般。急忙拿着到三义坊,问到当铺内,将锏放在柜上。当铺内的人看了道:“兵器不当,只好作废铜秤。”叔宝等着要银子,见管当的装腔,没奈何说道:“就当铜秤罢!”当铺人拿大秤来称,两根锏重一百二十八斤,又要除些折耗,四分一斤算,该五两银子,多要一分也不当。叔宝暗想道:四五两银子,做几日吃在肚里,又端的不能回乡。只得说:“价少,不当。”拿了回店。王小二如逼命的一般,进来道:“你老人家怎的依旧拿了回来?”叔宝道:“铺中道兵器不当。”小二道:“如此,做秦爷不着,再寻些甚值钱的当罢。”叔宝道:“小二哥,你好呆,我公门中除了这随身兵器,难道有什么金珠宝物带在身边不成?”小二道:“这却顾你老人家不得了,你却教人担饥受饿得起么?”正是:

龙逢浅水遭虾戏,虎落平阳被犬欺。

不知秦琼怎样设法,且听下回分解。

第五回 潞州城秦琼卖马 二贤庄雄信驰名

诗曰：

英雄受困运难通，卖马他乡路已穷。

何日得乘云雾起，奋鳞舒爪显神龙。

当下王小二逼秦琼，又说："你那匹尊骑，再两日饿死了，却不关我事。"叔宝道："我这匹黄骠马，可有人要么？"小二道："秦爷在我家住这好几时，再不听见你老人家说这句好话。我们潞州城里都是用得脚力着的，马若出门，就有银子了。"叔宝道："这里马市在那一方？"小二道："就在西门里大街上，五更时开，天明时散了。"叔宝道："明早去罢。"

叔宝走至槽头，看那马时，但见蹄穿鼻塌，肚细毛长，见了叔宝，摇头流泪，如向主人说不出话的一般。叔宝止不住眼中流泪，叫声："马啊马……"要说，一个噎塞，也说不出了，只得长叹一声，把马洗刷一番，断些草与他吃。这一夜，叔宝如坐针毡。盼到五更时分，起身出门，那马竟是通灵的一般，晓得才交五鼓，若是回家，得备鞍辔，捎了行李，方才出门，除非是饮水、放青，没有起五更之理。他把前蹄站定在门槛上，两只后腿倒坐将下去。叔宝因马体瘦得紧，不忍用力，只得调息他，慢慢的扯。王小二却是狠心的人，见马不走，提起那根门闩，照这瘦马后腿上尽力两下，打得那马负痛，扑地跳将起来。小二把门一关，口内喃喃的道："卖不得，再不要回来。"叔宝不理他，牵了马到西市里来。

那马市已开，但见王孙公子往来不绝，见着叔宝牵了一匹瘦马，有几个浮浪子弟道："列位让开些，穷汉子牵着一匹瘦马来了！"叔宝听见，对着马道："你在山东时，何等威风！怎么今日就如此垂头落颈，却到那个光景。"复把自己身上看了一眼道："怪你不得，我却也是这般模样。都只为少了几两店帐，弄得如此，何况于你。"正是：

人当贫贱语声低，马瘦毛长不显肥。

得食猫儿强似虎，败翎鹦鹉怎如鸡？

牵着马在市上，没有人睬。因空心出门，走着路都是打睡眼，顺着脚走过了马市，城门早已大开。乡下人挑柴进城来卖，那柴上还有些青叶，马是饿极了的，见了青叶，一口扑去，将卖柴的老儿冲了一交，喊叫起来。叔宝如梦中惊觉，急去搀扶老儿起来。那老儿望着马问叔宝道："此马敢是卖的么？那市上来往俱是王孙贵宦，那里看得上眼。这马骠虽跌了，缰绳实是硬挣，老汉今却认得此骑是个好马。"叔宝懊闷之际，听得此言，心中欢喜起来，道："老丈，你认得马之筋骨，却在哪里去卖好？"老儿道："卖金须向识金家。要卖此马有一去处，一见包管成交。"叔宝大喜道："老丈，你同我去，卖得时送你一两茶金。"那老儿听得，欢喜道："这西门十五里外，有个二贤庄，庄上主人姓单，双名雄信，排行第二，人都称他为二员外，常买好马送朋友。"叔宝闻言，如醉方醒，似梦初觉，暗暗自悔失了检点。在家时闻得朋友说，潞州二贤庄单雄信，是个招纳好汉的英雄。我怎么到此许久，不去拜他？如今衣衫褴褛，若去拜他，也觉无颜。欲待不往二贤庄去，犹恐错过了机会，却没有识货的了。也罢，我只认卖马的便了。就叫老丈快去。那老儿把柴寄在一个豆腐店内，引叔宝出城。约有十余里，果见一所大庄院。但见：

碧流萦绕，古木阴森。碧流萦绕，往来鱼跃纵横；古木阴森，上下鸟声啁杂。小桥虹跨，景色清幽；大厦云连，规模齐整。若非旧阀，定是名门。

这座二贤庄，主人姓单名通，号雄信。这人生得面如蓝靛，发赛朱砂，性同烈火，声若巨雷。使一根金钉枣阳槊，有万夫不当之勇，专好结交豪杰，山东几府算为第一。收罗亡命，做的是没本营生，随你各处劫来货物，尽要坐分一半。凡是绿林中人，他只一枝箭传去，无不听命。所以十分富厚，青齐一带，处处闻名。按上界青龙临凡，在隋朝是第十八条好汉。时当秋收之后，闲坐在厅，只见苏老儿走进来，在二员外面前唱了个大喏，雄信回了半礼，道："许久不见你了。"苏老儿说："老汉今日进城卖柴，撞着一个汉子牵匹马卖，我看那马虽瘦，却是一匹黄骠马，特领他来，请员外出去看看。"雄信便随身出来。

叔宝隔溪望见一人，身长一丈，面若灵官，青脸红须，戴万字皂包巾，穿藕色道袍，粉底乌靴，觉得自身不像个样，便躲在树后，抖下衣袖，牵过马来。雄信走过桥去，且看马，不问人。把两袖一展，用力向马背一捺。雄信膂力最大，那马却分毫不动。将手一度，足有八尺，遍体黄毛，如纯金细卷，并无半点杂色。怎见得？有诗为证：

奔腾千里荡尘埃，神骑驯良君子材。

遍体金光笼玉辔，龙驹飞下九天来。

雄信看完了马，才与叔宝见礼道："这马可是足下卖的么？"叔宝道："这是小可的脚力，今在穷途，货于宝庄。"雄信道："这却不管你自骑的，买来的，咱这里只问你价钱罢。"叔宝道："人贫物贱，不敢言价，只赐五十两作回乡盘费足矣。"雄信道："马价讨五十两也不多，只是膘跌重了。若上细料，喂养得起来，若不加细料，这马就是废物了。见你说得可怜，咱与你三十两罢！"雄信还了三十两，也不十分要买，转身过桥就走。

叔宝无奈，只得跟过桥来，口里说道："凭员外赐多少罢了。"雄信进庄，立在大厅滴水檐前。叔宝见主人立在檐前，他只得站在月台旁边。雄信着手下人将马牵到槽头去，上些细料来回话。见叔宝状貌魁梧，因问道："足下不像我这里人。"叔宝道："在下是济南府人。"雄信听得"济南府"三字，早动了一个念头，向叔宝道："请进来坐，有话动问仁兄。济南府咱有个慕名朋友，兄可认得否。"叔宝问是何人。雄信道："此兄姓秦，咱不好称他的名讳，这时只讲他的号罢，叫做秦叔宝，山东六府俱称赛专诸、小孟尝君，却在济南府当差。"叔宝随口应道："就是在下——"即住了口。雄信失惊道："得罪！"连忙走下来。叔宝道："就是在下同衙门朋友。"雄信方立住了，道："既如此，失瞻了。请问老兄尊姓？"叔宝急转口道："贱姓王。"雄信道："小弟还有一事相烦，请兄略坐小饭。要写个信与秦兄，不知可否？"叔宝道："有尊托尽可带得，饭是决不敢领。”雄信进内，去封了三两程仪，潞绸二匹，并马价，出厅前殷勤作揖道：“小弟本欲寄一封书，托兄奉与叔宝兄。因是不曾会面的朋友，恐称呼不便，只好烦兄道个单通仰慕之意罢了，小弟异日要到他府上拜识。这是马价三十两，外具程仪三两，潞绸二匹，乞兄收下。叔宝兄同袍分上，弗嫌菲薄。”叔宝再三不肯收，雄信执意送上，叔宝只得收了。雄信留饭，叔宝恐露自己声名，急辞出门。雄信送叔宝转来，只见苏老儿在阶沿下瞌睡，雄信道：“马已买成，卖马的去远了。”老儿醒来道：“如此，我要去追他。”拿了扁担就走，一竟赶上叔宝，叫道：“王老爷，你先走了么？”叔宝见那老儿赶来，他是个慷慨的人，就将程仪拈了一锭，递与老儿。那老苏千欢万喜，拱手作谢去了。

叔宝自望西门而来。正是午牌时分，见旁有酒肆，叔宝腹中有些饥饿，进入店来。买酒的道：“客官吃酒呢，还是吃饭？”叔宝道：“先取些酒肴来吃了，然后吃饭。”“如此里边请坐！”秦琼入内一看，却是三间大厅，摆着些精致桌椅，两边厢房也有些座头。叔宝看看自己身上这样光景，难道去坐在上厅？竟投厢房，拣一座头坐下，将银子放在怀内，将二匹潞绸放在一边。酒保摆上酒来，叔宝吃不多几杯，只见外边来了两个英雄，后面跟着些家人。为首一个，戴一顶皂缎包巾，穿一件团花战袄，腰系一条鸾带，脚踹一双皂靴；这一个，戴顶白绫扎巾，穿件紫罗战袍，踏一双吊跟靴。两个走将进来。叔宝一看，却认得一个是王伯当，连忙把头别转了。

你道这王伯当是何等样人？他乃金陵人氏，曾做武状元，文榜眼。若论他的武艺，一枝银尖画戟，神出鬼没，更是箭法高强，百发百中，真有百步穿杨之巧，时人称他为“神箭将军”。只因他见奸臣当道，故此弃官，游行天下，结纳英雄。这一个却是长州人氏，姓谢名应登，善用银枪。因往山西探亲，偶尔遇见王伯当，同到店中饮酒。叔宝回转头，早被王伯当看见，便问道：“那位好似秦大哥，为何在此？”走入厢房来。秦琼只得站起身来，叫声：“伯当兄，正是小弟。”王伯当一见叔宝这个光景，连忙把自己身上那件团花战袄脱下，披在叔宝身上，叫一声：“秦大哥，你在山东历城何等英雄，到此何干，却弄得这般光景?”当下叔宝与二人见过了礼,方说道:“伯当兄,一言难尽。小弟与樊虎当了历城县一名马快,奉差到此。樊虎走泽州,小弟走潞州。不料太爷迎接唐公,去了一月有余,樊虎又不见来,盘费用尽,只得将马来卖。方才在二贤庄单雄信处,卖了三十两银子,他问起贱名,弟不与他说明。”王伯当闻言道:“啊呀,叔宝兄!雄信与弟相知,既问起兄长,缘何不道姓名与他?休说不收兄马,定然还有厚赠。如今兄同小弟再去便了。”“嗳!伯当兄,说那里话,我若再去,方才便道名姓与他了。如今卖马有了盘费,回到下处,收拾行李,即转山东,自然后会有期。雄信处,烦兄代致谢慕想之情。”伯当道:“兄长既不肯前去,小弟也不敢相强。兄长下处却在何处呢?”叔宝道:“小弟下处,却在府前王小二店内。”伯当点首,便叫酒保摆上酒肴,三人同饮。直至下午,叔宝告辞,伯当二人欲送,叔宝再三不肯。二人作别,往二贤庄去了。

叔宝回到下处,小二见没有马回来,知道卖了,便道:“秦爷,这遭好了。”叔宝听了不言语,把饭钱一一算还与小二,取了文书,谢别柳娘,打并包裹与双锏,背上肩头。因恐雄信追来,故此连夜赶奔出城,望山东而来。闲话不表。

单讲王伯当、谢应登到了二贤庄,雄信出迎,伯当叫道:“单二哥,你今日却做了一件大不妙的事了!”雄信慌忙问道:“今日罗子不曾做什么不妙的事,这话从何而来?”伯当微微一笑:“你今日可曾买一匹马么?”雄信道:“罗子今日果然买一匹马,乃千里龙驹。二位缘何得知?”伯当道:“若要不知,除非莫为。你贪小利,将三十两银子买了这马,他却怪得你狠哩。”雄信道:“他因何怪我,二位却在哪里遇见?”伯当道:“我们方才在城里,因遇着他,故此知道。”雄信道:“二位缘何认得他?”伯当笑道:“休说我们认得他,就是天下的人,虽不相识,闻他名声,也就知道了,哪像你当面也不识他!”雄信道:“他不过是个快手,有何名望呢?”伯当道:“你说他没有名望,比你稍有些儿。我问你,你既买他的马,难道不问他住在哪里,姓甚名谁?”雄信道:“罗子怎么不问,他说住在山东济南府历城县,姓王。我便问起秦叔宝,他说是他的同衙朋友,罗子也曾托他问候叔宝。”王伯当闻言,拍手哈哈大笑道："单二哥，你正是踏破铁鞋无觅处，得来全不费工夫。你却当面错过。他正是山东的小孟尝、赛专诸秦叔宝。"雄信吃惊道："啊呀！他缘何不肯通名，如今却在哪里？"伯当道："他的下处就在府前，他自回下处去了。"雄信道："事不宜迟，我们快赶去便了。"伯当道："天色已晚，也赶进城不及了，明日绝早去罢。"雄信十分性急，与二人吃了一夜的酒，哪里还睡，等到天色微明，三人即忙上马，赶入城，竟奔府前。来到王小二门前下马，小二慌忙来接。雄信问道："有一位山东秦爷可在内么？"小二叫声："啊呀，三位爷来迟了。这秦爷昨晚起身去了。"雄信跌脚道："此时料他行不多路，我们一路赶去便了。"三人正待上马，只见家将飞忙跑来，叫声："二员外，不好了！"雄信吃了一惊道："住着！有何事故，这样慌张？""啊呀！二员外，大员外在楂树冈被唐公射死，如今棺木到庄上了。"雄信闻言，放声大哭，只得叫道："伯当兄，小弟不能去赶叔宝，兄若得便去山东，多多致意，代为请罪。"雄信话也说不完，心慌意急，飞马去了。王伯当、谢应登各自去了，此话不表。

单表叔宝恐雄信赶到，不往大路上走，却奔山谷而行。走了一夜，叔宝自觉头内有些疼痛，只得硬着身子而走。捱了十多里，不料两只脚竟不是他的了，要往前走，却往后退了。见那边有所庙宇，却是东岳庙。叔宝奔入庙来，却要去拜板上坐坐，不料一个头晕，仰后一交，豁啷一声振天响，倒在地下。背上却背着双锏，一倒在地，竟把七八块磨砖都打碎了。惊得道人慌忙来扶，一似有千斤重，那里扶得动？只得报与观主。这观主姓魏名征，曾做过吉安知府，因见奸臣当道，与知县徐茂公，也是范阳人氏，挂冠闲行，从师徐洪，客在此东岳庙住。那徐茂公深知阴阳，过去未来。算定天蓬星失运受难来此，半月之前，吩咐魏征道："某日有个人得病在庙，可好好服侍他。迟几日，自有青龙星来救他的。"吩咐了魏征，自却云游别处去了。当下魏征闻报，连忙出来，见秦琼倒在地上，面色发红，双眼紧闭，口不能言。忙自坐倒，与叔宝把了脉，便道："你这汉子，只因失饥伤饱，风寒入骨，故有此症，大事不妨。"教道人取金银汤，化了一服药，与叔宝吃了。叔宝渐渐能言，叫一声："啊唷！"魏征道："汉子，你是何方人氏，却到此间?”叔宝将从前之事说了一遍。魏征点头,叫声:“兄长,既如此,且在敝观将息好了回乡不迟。”吩咐道人取几束草,在西廊下打铺,把席铺好,扶叔宝去睡了,却与他取出被来盖好。魏征却日日按方定药与叔宝吃。

一连过了几日,这一日,却有许多人来到了,道人摆正了经堂,只等员外到来即便开经。你道这个法事是何人的?原来就是单雄信因哥哥死了,在此看经。少时,雄信到了,魏征出迎。叔宝却在廊下草铺上,见是雄信进来,忙把头向里睡了。雄信来至大殿,参拜了圣像。只见家丁们吵吵嚷嚷,雄信喝问何故,家丁道:“可恶这道人放肆,昨日吩咐他打扫殿上,他却把一个病人睡在廊下,故此打他。”雄信听了,不觉大怒,便叫:“魏征,你这邋遢道人,罗子吩咐你打扫殿上必须洁净,你缘何容留病人睡在廊下?你这囚入的,看做罗子什么人!”魏征满面堆下笑来,叫声:“员外有所不知,这个人却是山东人,七日前得病在此,上天有好生之德,难道贫道赶他去不成?故此睡在廊下,望员外详察。”正是:

　　一叶浮萍归大海,人生何处不相逢?

未知雄信再有何言,且看下回分解。

第六回　建威冒雪访良朋　雄信挥金全义友

诗曰：

英雄义气重丘山，患难交情不等闲。

行孝感恩回故里，怀财惹祸遇凶顽。

万金不惜全孤友，千里何辞配远关。

试看离亭斟别酒，牵衣犹自泪潸潸。

其时雄信听见说山东人，便问道："你可晓得他姓甚名谁？""员外，他是个官差，叫做秦叔宝。"雄信闻言，一似半空中掉下一个霹雳来，又惊又喜，飞跑到廊下。此时叔宝恨不得有个地洞也爬下去了，把头在草里乱撞。雄信赶到跟前，往草内坐倒，扯住了叔宝的手，只叫一声："叔宝哥，你端的想杀了单通也！"叔宝自料回避不得，只得坐起身来，叫声："单员外，我秦琼有何德，蒙员外如此爱慕？"雄信把手捧住了叔宝的脸，看他这般形景，眼中掉下泪来："啊呀，哥啊！你原见我单通，不肯实说。后来王伯当兄说知，小弟次早赶至兄的下处，不料兄连夜长行。正欲追兄回去，又遭先兄之变，不得赶来。谁知兄长却落难在此，皆单通之罪！"叔宝道："岂敢！小弟只因贫困在此，所以瞒了仁兄。今日得见仁兄，是小弟万分之幸了。"雄信就叫道人烧起浴汤，着家丁扶秦爷去洗澡，换了新衣。吩咐魏征做道场。又叫一乘轿子，抬了叔宝。雄信上马，竟回二贤庄来。

到得庄上，叔宝欲要叙礼，雄信一把扯住道："秦哥贵体不和，你我何必习此客套？"连忙收拾床铺，与叔宝睡了，即请医生调治，不消十数日，把叔宝的病都治好了，雄信方才摆酒接风。座中问起落难之故，叔宝把前事从头细说了一遍。雄信把亲兄被唐公射死之事告知，叔宝十分叹息。自此叔宝住在二贤庄养病。

你道樊建威缘何不来？他泽州得了回文，竟忘记了叔宝约他在潞州相会，竟回济南衙门去了。完了公干，来到秦家，老太太便问："叔宝一去许久，为何还不回来？"建威道："老伯母，你且宽心，谅叔宝兄自有主意。闻唐公回乡，府尹必定不闲。没有回文，所以不得回来。文书到手，一定回来了。"樊虎安慰了老太太一番，作别去了。

却又过了半月，不见叔宝回来。老太太十分疑惑，叫秦安去请樊虎。正值建威从县中回来，见了秦安，便问道："来此何干？"秦安说："樊大爷，我家老太太相请有话。"樊虎即便来到秦家。老太太出来，见了樊虎便道："小儿一去两月有余，缘何不见回来？我想他初次出门，不曾惯的人，恐怕他病在潞州。樊大爷，老身有封书信在此，意欲烦大爷去潞州走一遭，不知你意下若何？"樊虎道："既是老伯母吩咐，小侄敢不从命？明日就去便了。"当下樊虎接了书信，老太太取出十两银子做路费。樊虎道："不必老伯母费心，叔宝兄还有银子在小侄处。"老太太定要他收，樊虎那里肯，离了秦家，竟入衙门，告了一个月假，次日收拾行李，径往山西潞州府来。

将近潞州，忽然彤云密布，朔风紧急，早已纷纷落下一天雪来。樊虎在马上，见路旁有所东岳庙，忙下马来，进庙避雪。把马拴在廊下，自却走上殿来。魏征一见，慌忙道："到此有何公干？"樊虎道："只因一个朋友在此潞州，许久不回，特来寻他。不料遇了这样大雪，难以行走，到宝观借坐一坐再走。"魏征叫道人送茶，便道："敢问客官寻那个朋友，姓甚名谁？"樊虎道："这个人，他也有些名望，叫做秦叔宝。"魏征闻言，拍手呵呵大笑道："老兄，你正是踏破铁鞋无觅处，得来全不费工夫。这个人远不远千里，近只在目前。"樊虎连忙问道："这人今在哪里，为何老师晓得？"魏征道："前月廿七日，有个人病在庙中，叫做秦叔宝，近来在二贤庄单雄信处。不知足下是他何人？"樊虎道："在下姓樊名虎，与叔宝兄是同袍好友。因他母亲不见他回去，记念之极，所以央我前来寻他回去。不想他有这些缘故，如今就烦老师同去走一遭。"魏征道："贫道也与单雄信相识，时常在他庄上。既然兄长要去，待等雪一住，同行便了。"樊虎道："若等雪住，今日去不成了。不要管他，我们冒雪去罢！”魏征见樊虎十分要去，只得备了一匹驴子，同樊虎离了东岳庙，踏着那乱琼碎玉，背着西北风，望二贤庄来。

二人到了庄门，魏征对庄客说道：“今有山东秦爷的朋友来访。”庄客连忙入内。雄信正与叔宝酌棋，一闻此言，二人起身出来。叔宝见是樊虎，只叫一声：“建威兄，你等得我好苦！”四人来至厅上，见礼坐下。叔宝便问：“建威兄，你缘何直到这时候才来？害得我十分苦楚。若没有单二哥，我死多时了！”樊虎道：“兄何尝约我在此相会？小弟回济南两月有余，且不见兄长回来。令母记念，因此差小弟前来，遇见这位魏老师，相引至此，小弟不知兄在此受苦。”叔宝便把从前之事说了一遍。樊虎取出书与叔宝看了，叔宝便欲回山东。单雄信道：“秦大哥，你却去不得。”叔宝道：“为何弟去不得？”雄信道：“兄贵体不算强旺，病未痊愈，若冒这样雪天回去，恐途中病又复发，难以保全令堂老夫人爱子之心。兄有不测，使老夫人无靠，反为不孝。”叔宝闻言，良久道：“如兄所言，事当如何？”雄信道：“小弟的主意，待雪晴了，烦建威兄先回济南，安慰令堂老夫人。兄却过了残年，到来春二月回去。一全兄母子之礼，二则尽弟朋友之情。”樊虎道：“单二哥之言有理，叔宝兄不可不听。”秦琼允诺。雄信吩咐摆酒，与樊虎接风。至晚，魏征自回观去，樊虎却住在二贤庄上。

一连几日，天色已晴。叔宝写了回信，将批文一并交付樊虎：“代为禀官，说我病在潞州，待病好回家，自来面禀。”樊虎说声：“晓得，这事在我。”雄信备酒饯行，取出白银五十两，潞绸五匹，寄与秦母；另外十两银子，潞绸一匹，送与樊虎。樊虎不好推却，只得受了，别了雄信、叔宝，自回济南去。此话不表。

你道单雄信为何不放叔宝与樊虎同去？只因意欲厚赠，恐叔宝不受，只得暗地里把他的黄骠马养得十分雄壮，照着马的身躯，用细巧匠人打一副镏金鞍辔，一对踏镫，却把三百六十两银子打做一块整段，做在一条缎被内，枕头铺盖，十分齐备。你想单雄信有多少家私，在朋友面上这般用情？他本是山东、山西、河南、河北、两川、二广，天下绿林中一个坐地分赃的头儿，如有强盗犯出到官，他便来上下使用相救，故此得以家财巨富，挥金如土，却也在朋友面上十分有义。这些闲话休提。

且说叔宝在二贤庄上住过了年，又过了灯节，辞别雄信要行。雄信摆酒饯行，叔宝饮了几杯，立起身来。雄信吩咐将叔宝的黄骠马牵将出来，却是鞍镫俱全，铺盖已捎在马鞍上，双锏挂在两下。叔宝见了道："何劳兄长厚赐鞍镫？"雄信道："岂敢！无甚物件相送兄长，少尽小弟一点心耳。"吩咐取程仪过来。家丁一盘托过，雄信送与叔宝道："白银五十两，潞绸十匹，权为路费。"叔宝再三推辞不受，却不过面情，只得收下了。雄信送出庄门，还欲远送，叔宝再三辞谢，雄信只得住了。遥见叔宝飞马而去，望不见了，方才进庄。

秦琼离了二贤庄，已是下午时分。行不上八九十里，天色将晚了。见有一村人家，地名皂角林，内有客店，叔宝下马，店主人来问道："老爷可在小店安歇么？"叔宝道："正是。可把我的马好好去槽上加料，取一间房，把我的铺盖拿进来，取些酒来，就在房内吃罢。"当下走堂的把行李送入房内。叔宝到里边坐下，摆上酒肴来。叔宝饮酒，此话不表。那走堂的却来对主人吴广说道："这个人有些古怪，马上的鞍镫黄澄澄的好似金子，行李又十分沉重，又有两根锏，尤其利害。前日前村失盗，这些捕人快手在左近缉访，此人莫非是个响马强盗？"吴广叫声："轻口！你可曾打开他的行李么？"走堂的说："这到不曾。"吴广道："不可泄漏，待我去张他怎生的，再做道理。"

当下吴广来至房边，在门缝里一张，只见叔宝吃完了酒饭，收拾在一边，却打开铺盖来睡，觉得被内有些沉重，把手一提，噗的一声，脱出许多砖块来，灯光照得雪亮。叔宝吃了一惊，取来一看，却是银的，将来放在桌上，对着灯想道："雄信何故不与我明言，暗放在内？"吴广一见，连忙出来叫小二："不要声张，果是响马无疑了，待我去叫捕人来。"

当下吴广出得门来，正遇着二三十个捕人快手来他店中吃酒。吴广道："列位来得正好，有一个响马在我店中。"众人道："怎见得他是个响马？"吴广道明从前进门之事，众人就要下手。吴广道："你们不可造次，我看这人十分了得，又且两根锏甚重，若拿他不住，吃他走了,反为不美。你们可埋伏在外,把索子伏在地下,待我去引他出来,绊倒了他,有何不可。”众人点头,各各埋伏了。吴广却把斧头拿在手中,一斧打开了房门,叫声:“做得好事!”抢将进来。叔宝正对着银子思想,忽见有人抢进来,只道是响马来打劫银子,立起身来,吴广早至面前,叔宝把手一隔,叫声:“不要来!”吴广立脚不定,噗的一交,倒撞在风火墙上,把脑子都跌了出来。外边众人呐一声喊,秦琼取双锏在手,抢出房来。两边索子拽起,扑通一声,把叔宝绊倒。众人一齐动手,叔宝在地上乱滚,众人把兵器往下就打。叔宝把头抱住,众人便拿住了,用七八条绳子将叔宝绑了,吊在房内。见吴广已死在地下,他妻子连夜央人写了状子,次日天明,众捕人取了双锏及行李、银子,绑着秦叔宝,带了吴广的妻子,投潞州来。

到府前,蔡建德听得拿了一个响马大盗,即刻升堂。众捕人上堂跪禀道:“在皂角林拿得一名响马。”吴广的妻子哭告道:“响马行凶,打死丈夫。”蔡公问了众人口辞,喝令把响马带进来。众人答应一声,把叔宝带到丹墀。蔡建德看了,吃了一惊,问道:“你是历城差人,缘何做此响马?”秦琼跪下,叫一声:“青天老爷啊! 小人是历城县的差人,并不是响马。”蔡建德大喝道:“好大胆的奴才,你既是历城县差人,却是去年十月内得了回文,到今已是四个月了,难道还不曾回山东,却在这里作何勾当? 况皂角林又不往山东去的大路,你明明做了响马,怎敢在本府跟前巧辩!”秦琼在下,只叫:“青天老爷,小人去岁十月得了老爷的回文,行不多路,因得了病,在朋友家将养,到今方好,才回山东。这些银子,俱是朋友赠小人的,乞青天爷爷明察!”蔡建德微微一笑:“你那朋友住在哪里呢?”秦琼想:若还说出,恐连累了单雄信,若随口说个所在,万一去勾,怎生是好? 便道:“啊呀,青天老爷,这朋友是做客的,如今去了。”蔡建德双眉一竖,拍案高声:“哇! 好大胆的奴才! 焉有做客的留你住这几时,有这许多银两赠你? 你面容雄健,怎像个有病方好的人? 明明是做响马的了,又且行凶打死吴广,你还敢将言语搪塞么?”叔宝无言可答,低头伏罪。蔡建德差人收了吴广的尸首,把叔宝一干人,发下参军厅审问明白,定罪施行。参军孟洪问了口词,叔宝只是不肯认做响马。打了四十板,且收监,另日再审。

不料这桩事沸沸扬扬传将开去，说历城县差人做了响马，今在皂角林拿了，收在监内。渐渐有些风声传到二贤庄，单雄信一闻此言，三十六个牙齿捉对儿厮打，心头一似十五个吊桶七上八下，两手如中风麻木，双腿如斗败公鸡。打听得果然是实，连忙进城来寻个下处歇了，却叫家将备了些酒肴，一径来到监门口。那单雄信，衙门中无有一个不熟的，禁子一见："啊呀，我道是谁，原来是单二员外，到此何干？"雄信道："罗子有个朋友，前日在皂角林被人拿来认做大盗，下在牢内，故此特来与他相见。"禁子见说，连忙开了牢门，引雄信来到一处，只见叔宝用木梼梼在那里。雄信一见，抱头大哭，只叫得一声："叔宝兄，弟害了你了！"忙令禁子开了木梼。禁子怎敢不依，连忙开了。雄信叫声："叔宝兄，小弟本欲助兄，不想反害你受这般苦楚，小弟虽死难辞矣！"秦琼把头摇一摇，叫声："单二哥，这是小弟命该如此，岂关兄长之故。单二哥，小弟今日有一言相告，不知兄肯见怜否？"雄信道："兄有何见教，弟敢不从命？"叔宝道："兄啊，小弟今番料不能再生了。客死他乡，固不足恨，只可怜家母在山东无人奉养。二哥，弟若死之后，兄寄信与家母，若念朋友之谊，时时照看家母，俺秦琼在九泉之下感恩不尽矣！"雄信闻言，叫声："兄，你说哪里话！不必忧心，权坐牢中，弟自去上下周全，剥轻了罪名，那时便有生机了。"吩咐家人摆上酒肴，同叔宝吃了。取出十两银子给禁子，雄信吩咐道："秦爷在此，早晚须你照看。"禁子道："不必员外吩咐，小人自然服侍秦爷。"

当下雄信别了秦琼，出了牢门，就去挽一个虞候，在参军厅蔡府尹处上下用了银子，端整一张辨状。雄信认做秦琼胞弟秦瑶，竟在山西大行台袁天罡衙门告准，辨得秦琼系历城县差人，实因有病，至今方回，所有银两，乃朋友王伯当所赠。在皂角林，有店主吴广误认响马，纠合捕快，打进房内，误伤跌死吴广是实。大行台袁天罡看了辨状，他阴阳有准，明知左天蓬有难，他是兴唐的擎天玉柱，架海金梁，日后同为一殿之臣，况他灾星将满，何不借此出罪，使他姑侄相逢？但单雄信假冒秦瑶来告辨状，若不说破他，岂不被他笑我无能？便吩咐带秦瑶。雄信到大堂跪下，袁天罡叫近案前，喝道："好大胆的单通！谁不晓得你是坐地分赃的强盗头儿，擅敢冒称秦瑶来告辨状，本该将你究罪，亏你肯费千金，义全知己，不亏友道，暂且饶你。"此时雄信唬得浑身冷汗，脸都涨红了，磕了二三十个响头，退将出来，心里还在不住的跳。那袁大爷接着移文，着府发配秦琼河北冀州燕山罗元帅标下为军。那蔡建德太爷接着文书，吩咐牢中取出秦琼，当堂发付，上了枷，点了两名解差。这二人却也是本府好汉，一个姓金名甲，字国俊；一个姓童名环，字佩之，与单雄信却是好朋友，故此雄信买他二人押解。当下领了文书，带了叔宝，出得府门，早有雄信接着同到酒店内来。正是：

把臂衔杯斟别酒，牵衣滴泪洒秋风。

不知秦琼配军凶吉如何，且听下回分解。

第七回　打擂台英雄聚会　解幽州姑侄相逢

诗曰：

远戍燕山路已穷，千磨百折运方通。

不因耐雪经霜骨，怎显孤标别有风。

彼时四人坐定，店家摆上酒馔，一面饮酒，一面雄信开言，叫声："叔宝兄！这个燕山却是一个好去处，弟有几个朋友在彼，一个叫张公瑾，他是帅府的旗牌，又有弟兄二人叫尉迟南、尉迟北，现为帅府的中军。弟今修书在此。那张公瑾，他住在顺义村，兄去必先到他家，下了书，然后金、童二位贤弟方可去投文。"叔宝闻言，起身作谢道："难弟秦琼，蒙二哥不惜千金，拚身相救，此恩此德何时能报！""嗳，叔宝兄说哪里话。为朋友者，生死相救，患难相扶，岂有惜无用之财，而不救朋友之难也！况此事皆弟累兄，弟虽肝胆涂地，不足以赎罪。兄此行放心，若到燕山，可写一字回复小弟，令堂老伯母处，小弟自差人去安慰，兄都不必挂念，但愿有日重回故里，那时母子团圆，夫妻完聚。"叔宝十分感谢。吃完了酒，雄信取出白银五十两送与叔宝，将二十两银子送与金甲、童环。三人执意不受，雄信哪里肯听。只得收了，与张公瑾的书一同收拾，别了雄信，径投河北冀州去了。雄信心中悒悒，自回二贤庄不表。

单讲叔宝三人离了山西潞州府天堂县，在路晓行夜住。不日将近燕山，天色已晚，金甲道："叔宝兄，我们且寻个客店住了，明日少不得要去会张公瑾。"叔宝道："说得是。"三人寻了客店住下，便问店主："这里有个顺义村么？"店主人道："东去五里便是。"叔宝道："你可晓得村中有个帅府旗牌官张公瑾么？"店主人道："怎么没有？近来元帅罗爷又选一个中领军,叫做史大奈。帅府的规矩,选领职的演过了武艺,还恐没有本事,却在顺义村土地庙前造一座擂台,限一百日,没有人打倒他才有官做,倘有好汉来打倒了他,就把这领军官与那好汉做。如今这个史大奈在顺义村将有百日了,若明日没有人来打,这领军官是他的。张公瑾、白显道日日在那里经管,你们若要寻他,明日只到庙前去寻便了。”叔宝闻言,不觉大喜,吃了酒饭,与金甲、童环自去睡了。

次日绝早起来,吃了早饭,算还饭钱,三人离了店门,一路向顺义村土地庙而来。到了庙前,叔宝一看,却是好一个所在:庙前方圆一块大空地,对山门一座擂台,高有一丈,阔有二丈,周围挂着红彩,四下里也有人在那里赶市做买卖,十分热闹。这史大奈却还不曾来。叔宝三人看了一回,走进山门,这原是个土地庙,却是顺义村的香火,十分齐整。到了殿上,也有那些男男女女挨挤不开,一来烧香,二来今日史大奈打满之期,故此左右村坊特来观看。叔宝三人转出庙门,只见远远有三个人,骑着马豁辣辣一路下来,到得庙前,各人下马,随后有人抬了酒席。史大奈上前参拜了神道,转身出来,脱了团花战袍,把头上扎巾按一按,身上却穿一件皂缎紧身护胸的小袄,脚下裹脚绞腿,蹬一双多耳麻鞋,上了擂台。这边张公瑾、白显道自在殿上吃酒。那史大奈在台上打了几回拳棒。此时看的人却也挨挤不开,叔宝三人也杂在人丛里观看。只见史大奈在上边叫道:“台下左右村邻,或远来的豪杰,小可奉令在此。今日却是百日满期,若有人敢上台来与我交手,降服得我,这领军职分便让与他,可有人上来交手么?”连问数声,无人答应。那金甲看了叔宝、童环道:“二位,你看他目中无人,哪一位上去打倒了他,也与人笑笑。”童环一时高兴,便道:“待我去打这狗头下来。”遂大叫道:“我来与你做对!”径奔石阶上来。这史大奈以为一百日并无人敢来交手,今乃圆满日期,却有人来做对,也全不在他心上,狮子大开口的立着一个门户等候。童环上得台来,便使个高探马的势,抢将进来,被史大奈把手虚闪一闪,将左脚飞将起来,一腿踢去,童环却待要接他的腿,不想史大奈的力大,开一腿把童环踢了一个翻筋斗,倒撞下擂台去了。金甲看见大怒,飞奔上台来，使个大火烧天势，抢将过来。史大奈把身一侧，回身假走。金甲见史大奈长大，恐一只手捞他不倒，赶上前来狠叫一声："不要走！"便拦腰抱住，要吊史大奈下去，却被史大奈用个关公大脱袍，把手反转，在金甲腿上一挤，金甲一阵酸麻，手一松，被史大奈两手开个空，回身狠一膀，喝声："下去罢！"扑通的一响，把金甲打下台来。那些看的人齐声喝彩，呐一声喊。

叔宝看了，哪里忍得住，心中大怒，两手在人头上一按，托地跳上擂台，看的人都吃了一惊。史大奈劈的一跳，叔宝到了身边，两个搭上手打将起来。史大奈却不敢小觑了，用尽平生气力，把全身本事都拿出来招架。下面看的人齐声呐喊。他两个打得落花流水，却有张公瑾跟来的家将看见势头不好，慌忙走入殿后，叫声："二位爷，不好了！谁想史爷的官星不现，今朝遇着敌手了！"张公瑾忙问道："何以见得？""二位爷不要说起，先时原被史爷打了两个下去，不料在后人从里跳上一个配军来，颈上还戴着行枷，与史爷交手，实是利害。小的们旁观者清，看史爷有些不济事了。"二人闻言，吃了一惊，连忙跑将出来。张公瑾抬头一看，见叔宝人材出众，状貌魁梧，暗暗喝彩。便问那些看的人道："列位可知道台上这个好汉是哪里来的？"有晓得的，便指着金、童二人说道："他们是同来的。"张公瑾上前一步，把手一拱，说："敢问二位仁兄，上面打擂台好汉何人？"金甲因自己打输了，没甚好气，今见叔宝有些赢局，甚是得意，看着张公瑾道："凭他打罢了，着什么紧！"张公瑾笑道："不是这等讲，既来赌胜，必是道中朋友。弟恐不好挽回，所以动问。"童环气烘烘道："这倒不打紧，老实对你说了，我们也是来得来的。上面打的便是山东六府驰名的秦叔宝，在下两个是山西潞州人。"张公瑾闻言，又惊又喜，也不等说完，对着台上大叫道："叔宝兄，请住手！岂不闻君子有成人之美。"叔宝心中明白：我不过见他打了金甲、童环，一时气忿，与他交手，何苦坏他名职。就虚闪一闪，跳下台来。史大奈也下了台。

叔宝上前道："不知哪一位是张爷？""岂敢，小弟便是张公瑾，兄何以见问？"叔宝闻言，慌忙上前见礼道："有山西单雄信书在此。"公瑾闻言，请叔宝三人来至后殿，各各见礼，现成酒席，大家坐下。叔宝取出书来递与公瑾，公瑾拆开观看，内中备细写着叔宝的根由，不过要他照看之意。公瑾看罢，对叔宝道："兄诸事放心，都在小弟身上。"当下略饮几杯，公瑾起身拱手道："残肴浊酒，唐突兄长，幸勿见罪。""岂敢。"忙吩咐备马三匹，与叔宝三人骑了。六人上马，家将们收拾杯盘，回到村中，重铺拜毡，顶礼拜见，大排筵席，欢呼畅饮。史大奈因要进城料理自己正事，不敢过饮，叔宝三人要打点次日早堂投文一事，所以要起身告辞。张公瑾不敢再劝，就与白显道同众人上马进城。一路竟到中军府来。尉迟南、尉迟北、韩固忠、李公旦一齐迎入，见了叔宝三人，叩问来历。张公瑾道："就是你们日常所说的山东秦叔宝。"四人闻言，急忙起身下来，请叔宝见礼，便问为何刺配到此。张公瑾就把单雄信的书与四人看了，尉迟兄弟只把双眉紧锁，长叹一声道："嗳！雄信兄你好为人谋而不忠也。"张公瑾笑道："单二哥为了叔宝兄力费千金，如此仗义，怎么二位倒说他的不是？""嗳，公瑾兄，怎连你也不明白起来。雄信兄既有通天手段，能将叔宝兄改重从轻，我想天下有多少卫所，为何偏偏配到这里来？公瑾兄，你难道倒不知元帅的利害，从来性子十分执拗，凡有解到罪人，先打一百杀威棒，十人解进，九死一生。如今雄信兄不知就理，将叔宝兄托在你我身上，这便怎么处？"此时，众人一闻此言，一个个面面相觑，秦叔宝浑身发抖，金甲、童环目瞪口呆。有李公旦开言说："列位不必愁烦，小弟倒有个计在此：我想元帅生平最怕的是牢瘟病，若罪人犯牢瘟病的就不打了。天缘凑巧，叔宝兄的尊容如金样黄的，何不竟装做牢瘟病？"张公瑾道："此计甚善。"当时计议定了，大家欢喜，尉迟南大排酒筵，一来与叔宝接风，二来与史大奈庆贺。传杯弄盏，饮至更深方散。

次日天明，吃了早饭，俱在帅府前伺候。少刻辕门上二鼓，两边鼓亭上吹打三通，轰隆三个大炮，吆吆喝喝，帅府开门。张公瑾自同旗牌班白显道归于左领军，尉迟南、尉迟北自到中军位，韩固忠、李公旦自随右统制班，一齐走边阶进角门，上堂参见。随后又有这干辕门官、听事官、传宣官，与五营、四哨、偏副牙将，戎装披挂，上堂打拱。惟有史大奈在辕门伺候，他因还不曾受职，故此在外。此时有十数起人犯解到帅府发落的，金甲、童环将一扇板门抬着叔宝，等候投文不表。

单讲到罗元帅升坐大堂，好不威风，年纪五旬上下，一张银盆大脸，海下五绺花白长髯。头上戴一顶金幞头，二龙抢珠；身穿大红蟒袍，四爪勾肩，正面金龙；腰悬九曲玲珑玉带，脚踹粉底皂靴。在隋朝官封靖边侯，掌生死之权，统属文武，镇守西北一带地方，十分严整。怎见得：

蛮夷拱服遵王化，将士倾心畏虎威。

这一座帅府堂，恍似森罗殿，中军帐好比吸魂台。两旁边明盔亮甲，密布刀枪，出生入死，果然利害。众将参见之后，有张公瑾上前跪禀道："小将奉令在顺义村监守擂台，一百日已满，史大奈并无敌手，特来缴令。""站过一边。传史大奈！"一声令下，史大奈全装甲胄，嘀嘀嘀来到丹墀下面，把甲拦裙一撩撒，即跪将下来："小将见帅爷磕头！"归班站立。然后投文，早有一起的犯人解将进来，十个内大约有九个打杀威棒，吃打不起死了，就把尸首吊将出来。叔宝在板门上看了如此利害，早已惊个半死。少停，只听得中军官出来喝道："呔！潞州府解子呢？大老爷有令，带军犯秦琼进见！"金甲、童环火速上前答应，战战兢兢捧着文书，有报门官报门而进，二人在仪门内远远跪下。旗牌官接了文书，当堂拆封，送将上来。罗公看罢，吩咐把秦琼带上来。金甲跪上几步禀道："犯人秦琼，在路不服水土，又兼犯上牢瘟病，不能进见。如今抬在辕门，候大老爷发落。"罗公从来怕的是牢瘟病，见禀上来，欲待就发放了，又恐他装假，抬进来亲看，恐惹瘟气，便吩咐左右焚起异香来，才命抬秦琼进来。罗公站起身来，远远望去，看他面色焦黄，乌珠定着，牢瘟病是真非假，便把头一点："将犯人发落去调养刑房，发回文。""嗄！"两旁一声答应，金甲、童环叩谢出来。罗公退堂，放炮吹打，帅府封门不表。

单讲张公瑾、史大奈、尉迟南七人，都到外面来见叔宝，恭喜相邀，同到尉迟南家中摆酒庆贺。此时豪杰开怀畅饮，不在话下。彼时罗公退堂，夫人来接，每日如此。今朝退进私衙，并不见夫人，只有公子罗成前来迎接。这位英雄，按天朝白虎星官临凡，年方一十四岁，生得眉清目秀，齿白唇红，面如傅粉，智勇双全，七岁曾打猛虎，十二岁破过番兵，用一条家传丈八滚云枪，重二百四十斤，名震燕山，大隋朝排他第七条好汉。罗公不见夫人来接，便问道："我儿，今日乃是你母亲的生日，也曾吩咐摆酒，为何不见你母亲出来?"罗成道："母亲不知为什么，早上起来愁容满面，如今在那里啼哭。"罗公见说，吃了一惊，连忙来到上房，只见夫人眼泪汪汪坐在一边。罗公满面春风走近前来，抚着夫人的背道："今日乃是夫人寿旦，下官曾吩咐备酒与夫人庆寿，为何夫人反在此啼哭，莫非怪着下官么?"秦氏夫人住了哭道："老爷何出此言？妾身只因思念先兄为国捐躯，尽忠战死，撇下寡妇孤儿，不知逃往何方，存亡未卜。不想昨夜三更得其一梦，梦见先兄对我说：'侄儿有难，在你标下，须念骨肉之情，好生看顾。'妾身醒来，想起伤心，故此啼哭。"罗公道："令侄不知叫何名字?"夫人道："但晓得乳名叫太平郎。"罗公道："没有名字，哪里去查。"心中一想，对夫人道："方才早堂，山西潞州府解来一名军犯，名唤秦琼，却与夫人同姓，令先兄托兆，莫非就应在此人身上么?"夫人着惊道："不好了，纵然是我侄儿，此时也不相干的了，这一百杀威棒，岂不要打死么?"罗公笑道："只怕不是令侄，夫人何须着急。若说杀威棒，却不曾打，因他犯牢瘟病，所以下官从轻发落了。"夫人道："如此还好，但不知这姓秦的军犯是那里出身?"罗公道："下官倒不曾问。"夫人叫声："老爷啊，妾身怎能得亲见那人，盘问家世根由。倘然果是我的侄儿，也不枉了先兄托梦一番。"罗公说："夫人，这哪里能够。"罗成在旁微微一笑："据孩儿愚见，却也不难。"夫人道："儿啊，你便怎么样?"罗成道："爹爹不要坐大堂，就在后堂挂下帘子，差人去唤这军犯到来，只说带进私衙复审，那时细细将他盘问，母亲在帘内听他，是与不是，就知明白了。"夫人闻言，十分欢喜，请老爷就出后堂，命丫鬟挂下帘儿，夫人出来坐下。罗公取令箭一枝，吩咐带山西解来的军犯秦琼后堂复审。家将罗春，接了令箭来到大堂，交与旗牌官说："大老爷有令，速带军犯秦琼后堂复审。"旗牌官接过令箭，飞马径赶到尉迟南府里来。

此时众朋友正在饮酒，忽见家丁来报："曹彦宾老爷在外。"众人出来相见，曹彦宾道："有本官令箭在此，要带秦大哥后堂复审。"众人道："这又奇了，从来犯人解到，打与不打，早堂发放了是了，从不曾见又要什么复审。”张公瑾问道：“兄可晓得些端的么？”曹彦宾道：“这令箭是里面传出来的，小弟哪里知道。”叔宝此时十分着急，金甲、童环捏着一把汗，众朋友面面相看，主意全无。再要装牢瘟病，一时又来不及了。曹彦宾道：“我想早堂已经发落的了，谅来杀威棒不打的。”正是：

着急之中休着急，宽心之处且宽心。

不知此番秦琼怎么复审，且听下回分解。

第八回　叔宝神箭射双雕　伍魁妒贤成大隙

诗曰：

天挺英豪勇绝伦，两枝银锏荡征尘。

功名未逢遭谗阻，空负凌云志不伸。

当下曹彦宾对叔宝说道："后堂听审，决然没甚利害，可以放心前去。"秦琼无奈，只得随在马后来到帅府。曹彦宾下马，将叔宝交与罗春带进。只见张公瑾等众人，都不放心，俱到辕门上来打听消息不提。

再讲叔宝来到后堂，此时却不像前头装病的样子，现出本来面目了，同了差官，怀着鬼胎，被带进私衙。罗春上前缴令。叔宝远远偷觑，看罗公却不似早堂的威仪了，头上戴一顶九梁巾，身上穿一件百花袍，坐在虎皮交椅上。两边站几个青衣罗帽的家丁，堂上挂着珠帘，却也不知夫人公子在内。只听罗公吩咐带秦琼上来，有家将引叔宝在阶前跪下。罗公便道："秦琼，你是那里人氏，祖上什么出身，因何犯罪到此？一一讲上来。"叔宝心中一想："好奇怪，他要盘问我的家世根由，必有缘故。啊，罢罢罢！大丈夫生有方儿死有地，说个明白，就死也是甘心。"便道："大老爷啊，犯人祖籍济州，祖爷爷秦旭，乃北齐亲军护卫。父亲秦彝，在齐主驾前，官居武卫大将军，可怜为国捐躯，战死沙场。只留犯人，年方五岁，赖老仆秦安相救，母子相依，山东避难。犯人后来蒙本府太爷抬举，点为捕盗都头。去岁奉差，押解军犯到潞州府，时衰患病，皂角林误伤人命，发配到大老爷这里为军。此是句句实情，并不敢隐瞒。"老夫人在内听了好不伤心，几次三番要出来相认，罗成阻住说："母亲，就等他说完了再认未迟。"外面罗公又问道："你的母亲什么姓氏，你可有乳名么？"叔宝见问，心内骇然,只得跪上几步,叫声:“大老爷啊,犯人母亲宁氏,年将六旬,我的乳名叫太平郎。”罗公忙又问道:“你可有姑娘么?”叔宝道:“有是有一个姑娘,犯人三岁时,就嫁与一个姓罗的官长,至今杳无音信。”罗公掀髯大笑道:“远不远于千里,近只近在目前。夫人,你令侄在此,快来认下来。”老夫人听得分明,也不等丫鬟卷起珠帘,自己推开了帘子,忙移莲步,急出后堂,一把抱住叔宝,放声大哭,只叫得一声:“太平郎,我的儿!你嫡嫡亲亲的姑娘在此。”

叔宝此时不知就里,唬得遍身发抖:“啊呀,夫人不要错认了,我是犯军。”罗公站起身来,叫声:“贤侄,你不必惊慌,老夫罗艺是你的姑夫,这就是你的姑娘,一些不错。”叔宝此时如醉初醒,似梦大觉,大着胆上前拜认姑爹、姑母,虎目中也掉几点痛泪。又与表弟罗成见过了礼。然后罗公吩咐家人,服侍秦大爷沐浴更衣,与夫人庆寿的酒席摆起来,与叔宝接风,还差人外边叫来戏子。张公瑾探知消息,十分大喜,俱送礼进来贺喜。有尉迟南看单雄信朋友情分上,好生留待金甲、童环,那话不提。

单表叔宝此时更换新衣,来到后堂,重新见礼。老夫人喜笑颜开。自古道人要衣装,佛要金装,叔宝起初是犯军打扮,把真相隐藏过了,所以看不上眼,此时性情开爽,精神矫健,所谓人逢喜事开怀抱,月遇中秋斗彩华,好不威风!罗公看了叔宝人材出众,相貌魁梧,身高平顶有九尺向外,面如淡金,五绺长髯飘扬脑后,腰大数围,膀阔三停,坐如泰山,声若铜钟。罗公暗暗喝彩:好一个人品!便叫一声:“贤侄,老夫想你令先尊,为国忘家,归天太早,贤侄彼时年幼,未谙人事,可惜这两枝金装锏不知落于何人之手,谅得来秦家锏法不复传于天下了。”叔宝起身说道:“不瞒姑爹所讲,当初父亲赴难的时节,就将侄儿并这金装锏托付母亲,潜身避祸,以存秦氏一脉。后来侄儿长成,赖有老仆秦安教这家传锏法,侄儿不才,略知一二。”罗公闻言,十分大喜说:“贤侄,如今这锏可带在此么?”叔宝又禀道:“侄儿只因在皂角林被祸,潞州知府将侄儿认为响马,双锏当作凶器,还有马匹银子铺盖,都作盗赃入了官了。”罗公道:“这不打紧,你只消将各项物件并银子多少,开一小帐,待我修书,差官去见蔡知府,不怕他不差人送来。”叔宝开言说：“若得姑爹如此用心，侄儿不胜感谢。连差官也不必的了，现有解侄儿来的两个解子，尚未回去，明日就着他们带书去见本官，岂非两便。”罗公道：“这也讲得有理。”当下姑侄相逢，喜出望外，说说谈谈，酒至更深，酩酊方散。罗夫人早已吩咐家人收拾书房，请秦大爷安睡。

此时叔宝谢酒告罪，来到书房坐下，取过文房四宝，灯下修书，托金、童二友带到二贤庄致谢单雄信，并及报一个喜信。然后又开了一张细帐，准备停当，方才去睡。一宵晚景，次日早早起身梳洗，进内堂来请姑爹、姑母的安。罗公就写书一封，取令箭一枝，命叔宝出堂着解子回潞州见本官投下。叔宝奉命出帅府，竟到尉迟南家来。恰好金甲、童环正待起身，一闻叔宝到来，一齐出接。张公瑾、史大奈、尉迟兄弟、曹彦宾、白显道、韩固忠、李公旦上前恭喜，彼此见礼坐下。茶罢之后，叔宝开言说：“金、童二兄若回贵府，小弟有书信一封，敢屈驾到二贤庄雄信兄那边投下，多多拜上雄信兄，秦琼感铭五内，愧无以报。外有细帐一纸，家姑夫手书一缄，烦兄送与太爷，就此相托。”说罢，袖中取出十两银子，说道：“碎银几两，送与二兄途中买杯茶吃，幸勿见却。”金甲、童环推辞不得，连书信收了，起身辞谢，大家拜了四拜。金、童二人作别，众豪杰相送，叔宝直送到城外，珍重而别。他二人离却燕山，径走潞州的话，我且不提。跌转来还讲秦琼。秦琼回到中军府，谢过了众友，然后进帅府来，到后堂来禀姑爹。罗公把头点了一点，吩咐摆酒上来。至亲四人，相对开怀。席间，罗公讲些兵法，叔宝应答如流，夫妻二人甚是欢喜。当下酒散，叔宝自回书房安睡。罗爷在于上房，夫人开言说：“相公，妾身想你既为边关帅总督兵权，侄儿在此，你还该看秦氏先人之面，将他提拔，巴得一官半职，日后回乡，也使嫂嫂知我夫妻情义。”罗公道：“夫人有所不知，朝廷爵禄不可以私亲，下官从来赏罚分明。况令侄系是配军，到此无寸箭之功，下官若是加他官职，犹恐众将不服。我的意思欲待下教场演武，使令侄显一显本事，那时将他补在标下，以服众心。不知夫人尊意如何?”夫人道：“相公主见不差。”

次日，帅爷升帐，众将打拱已毕。罗公传令五营兵将，整顿队伍，明日下教场操演。众将遵令。罗公退帐回到后堂，对叔宝说明就里，秦琼道："可惜侄儿锏在潞州，不曾取到。"罗成道："这不打紧，我的锏借与表兄用一用罢。"叔宝大喜，说："如此甚好。"

一宵耽搁，次早五鼓，罗元帅起身梳洗，冠带出堂。放炮开门，众将行礼。罗公吩咐打道上轿下教场，随后有罗府家将保着爵主，罗成、叔宝相随，一路往教场来，十分威武。罗公子头戴银冠二龙抢珠抹额，前发齐眉，后发披肩，身穿白袍，外罩鱼鳞铠甲，弯弓插箭，挂剑悬鞭，坐一骑西方小白龙，用一杆丈八滚云枪，果然英勇。怎见得，有诗为证：

兴唐虎将降幽州，七岁曾经破虏囚。

龙马银枪欺信布，指挥谈笑觅封侯。

当下叔宝却不敢披挂，虽然罗公是他的姑爹，到底是个军犯，这演武场中，却要依朝廷的法度。所以只穿一领黄布直裰，外披一副熟铜铠甲，头戴一顶范阳毡笠，捧两条蟠龙银锏，同着一班家将来到教场。忽见三声大炮，罗公到演武厅下轿，朝南坐定。众将官参见之后，五营四哨兵丁将校，各按队伍，分列两行。罗公下令三军演武。一声号炮，儿郎踊跃，战马咆哮，依队行动，来往盘旋，排成阵势。将台上令字旗一展，三声号炮，鼓角齐鸣，人马奔腾，杀气漫天。又换了阵势，呐喊摇旗，互相攻击，真有鬼神不测之妙。叔宝观之不尽，赞之有余，看了姑爹年过五旬，手握重兵，身为大帅，衣蟒腰金，专征任讨，名扬四海，威震诸夷，想大丈夫立身处世，如龙得志，烈烈轰轰做一番事业，必当如此。正在叹慕之间，又听三声号炮，一棒鸣金锣响，收了阵势，三军各归队伍。元帅令下："众将比箭。"教场之中，百步之外，立一高竿，上面悬挂金钱，要走马射金钱，连中三箭者有赏。彼时就有尉迟南、张公瑾等，与同那些偏副牙将，一个个全装甲胄，耀武扬威，各逞精神，如雁翅排开，轮流来射金钱。只见马走如疾风猛雨，箭发似掣电流星。中箭的磨旗擂鼓，不中的吊胆惊心。大约中三箭者少，中两箭者多。少停，比箭已完，军政官上来缴令，罗爷赏功罚罪甚是严明，那话不提。

罗公又传令下来，唤山西解来的军犯秦琼。叔宝在旁闻唤，连忙答应上前，跪下说："军犯秦琼见帅爷磕头。"罗公道："今日本帅操兵非为别事，欲选一名都领军，不论马步兵丁囚军配犯，只要弓马熟娴，武艺高强，即授此职。你可有什么本事，不妨演习。"叔宝禀道："小的会使双锏。"罗公吩咐取锏，赏他坐马。叔宝答应一声，有军政官给了战马。叔宝提锏上马，加上一鞭，那马两耳一竖，叱利利一声嘶叫，放开四蹄，跑将下来。叔宝把双锏一摆，兜回坐马，勒住丝缰，在教场中间往来驰骋，把两枝银锏使将开来，万道寒光，冷气飕飕，果然好锏。大隋朝原有几家兵器是天下闻名的，如李家的锤，宇文家的镋，罗家的枪，秦家的锏，都是家传的，其中奥妙无穷，并没有外人晓得。若说叔宝的锏，不是父亲所传，一定平常的了，这却又有个缘故：当时秦彝见国家多故，社稷将倾，不知这一腔热血溅于何地，所虑儿子尚幼，恐这秦家锏法从此绝传，岂不可惜。因见总管秦安为人诚实，可托大事，所以将九九八十一路锏法，尽心教传。更有一桩绝技：在阵上杀得人家过便罢，如若杀不过，只消败下去使出他秦家的杀手锏来，真乃百发百中，取上将首级如探囊取物。秦安受此重任，后来传了小主，不至埋没秦家双锏。今日叔宝在教军场中，一来要显他山东驰名的豪杰，二来要夺这都领军，与姑爹争气，将全身本事都拿出来。起初还看见他一上一下，或左或右，护顶盘头，前遮后躲。舞到后来，但听得呼呼风响，两枝锏好一似银龙摆尾，玉蟒翻身，裹住英雄体，只见银光不见人。罗公暗暗喝彩，罗成不住称赞，张公瑾等深服秦琼，众三军看得眼花缭乱。霎时使完，收了锏，叔宝下马，进演武厅缴令。罗公叫一声："好。"便对两边众将道："秦琼锏法精明，世所罕有，本帅意欲点他为都领军，你们可服么？"当下尉迟南等巴不得叔宝有了前程，日后回去有些光彩，大家打拱齐声应道："我等俱服。"言还未完，话犹未绝，左军队里闪出一员战将，大声叫道："我偏不服！"叔宝吃了一惊，抬头一看，此人身高八尺，紫草脸，竹根须，戴一顶凤翅金盔，斗大红缨盖顶，穿一副连环甲，官绿战袍衬里，大步上前，他姓伍名魁，乃是隋文帝亲点先锋，当朝宰相伍建章是他的族叔。罗公见他连称不服，心中大怒，喝道："好大胆的匹夫！本帅今日操兵演武，量才擢用，众将俱服，你这厮擅敢喧哗，乱我军法么？"伍魁道："元帅差矣。

秦琼乃一个配军，并无半箭之功，元帅突然补他为都领军，若是小将等久战沙场，屡有战功的，还该早已封侯拜将了。元帅赞他使的锏，天上少，地下无，据小将看起来，也只平常，内中还有不到之处。"罗公此时被伍魁一席话，说得脸涨得通红，哑口无言，唤过秦琼，大喝道："不中抬举的军犯，怎敢将这些学不全的锏法来搪塞本帅！"叔宝暗暗称奇，想这秦家锏，天下无双，四海无二，在山东谁不慕我之名，何等威风！不料我秦琼，近来倒了运，连这锏都被人看低了。难道此人的锏法，比我秦家还高么？以心问心，未肯就信，只得认个晦气，跪禀道："小的该死，望帅爷开恩恕罪！"

罗公心内明白，怎奈伍魁在此作对，难以回复，只得又问道："你可还有什么本事么？"叔宝道："小的能射天边飞鸟。"罗公大喜，命军政官给副弓箭。叔宝磕了一个头，站将起来，伍魁大叫道："秦琼，你好大胆，擅敢戏弄元帅，妄夸大口，少刻没有飞鸟射下来，我看你可活得成么？"叔宝从容答道："巧言无益，做出便见，我秦琼如射不下飞鸟，自甘按军法伏罪，何用将军如此费心，与古人担忧？"叔宝三言两语，把一个伍魁气得个面皮紫涨，两眼通红："嗳唷唷唷，好恼，好恼！我把你这该死的配军，敢这等撒野挺撞俺老爷！也罢，你果有本事射下飞鸟，俺把这颗朝廷钦赐的先锋印输与你，如射不下来，你便怎的？"叔宝道："六阳魁首。"罗公道："军中无戏言。"吩咐立了军令状。当下二人赌头争印，众朋友多与叔宝捏着一把汗。

叔宝此时拈弓搭箭，等候飞禽，哪里有得来？罗成上前禀道："爹爹在此操演，三军喧闹，那得鸟雀飞来？还该下令偃旗息鼓，三军伏地，自然有鸟飞来。"罗公便传令："大小三军偃旗息鼓，伏地禁声，不许喧哗。"将令一下，谁敢不遵？顷刻之间，静悄悄的如无人的一般。止有叔宝，一人站在教场中间，手持弓矢仰天遥望。那些众将兵丁，伏在地下，响都不敢响，只把头往天上看。只见远远的有两只饿老鹰，在前村抓了人家一只鸡，一只雌的抓着鸡在下，一只雄的扑着翅在上，带夺带飞的追将下来。事有凑巧，那雄的在上，雌的在下，两边扑将拢来，合着油瓶盖踏起雄来。叔宝觑得较真，搭上朱红箭，扯满虎筋弦，弓开如半轮秋月，箭发似一点寒星，嗖的一声响，那两只鹰和那小鸡,一箭贯了胸脯,扑地跌将下来。大小三军齐声呐喊,众将官拍掌称奇,同声喝彩。军政官取了一箭双鹰,同叔宝上前缴令。罗公看了,赞道:"好神箭也!"心中大喜。要晓得叔宝的箭,乃是王伯当所传,原有百步穿杨之巧。若据小说上说,罗成暗助一箭,非也,并无此事。当下罗公吩咐传伍魁,说:"秦琼已经射下飞禽,你还有什么讲的?快取先锋印上来。""嗳,元帅说那里话?俺这先锋印乃朝廷钦赐,岂可让与军犯秦琼!元帅果是要此印,还须问朝廷肯不肯。"正是:

任君纵有通天手,难取将军印一颗。

不知罗公怎样取他的先锋印,且听下回分解。

第九回　夺先锋教场比武　犯中原塞北鏖兵

诗曰：

　　胡笳牧马扰边城，此日英雄始得名。

　　一战功成平丑虏，威传双锏梦还惊。

当下罗元帅闻伍魁之言，十分大怒，把虎威一敲，喝道："哇！我把你这该死狗匹夫，擅敢违吾军令！"喝叫："刀斧手，与我绑去砍了！"两旁一声答应，把一个伍魁只气得三尸神暴跳，七窍内生烟，大叫道："元帅假公济私，要杀俺伍魁，俺就死也不服。秦琼果有本事，敢与俺比一比武艺？胜得俺这口大砍刀，愿把先锋印甘心让他。"罗公怒气少息，喝道："本该将你这厮按军法开刀取斩，本帅今日看朝廷金面，头颅权寄在你颈上。""是！多谢帅爷。"罗公又唤秦琼："本帅命你同伍魁比武，许胜不许败。着军政官给副盔甲。"叔宝遵令，全装披挂，跨马抡锏。只见伍魁怒冲冲催开战马，恶狠狠举着钢刀，大叫道："秦琼我的儿，快来受死！"叔宝纵骑，当先喝道："伍魁休得无礼，放马过来！"

伍魁此时眼空四海，目底无人，哪里把这秦琼放在心上。仗平生本事，双手舞刀，分顶梁劈将下来。叔宝架得一架，嚓！又是一刀。拦得一拦，嚓！又是一刀。叔宝念他是姑爹标下一员大将，所以让他三合。至第四刀盖将下来，叔宝将左手的锏嗒啷往上一迎，右手这枝锏劈面飞来。伍魁把刀迎得一迎，那锏打在刀口上，火星乱迸，震得伍魁两膀酸麻，面皮失色："啊唷我的儿，好家伙！"只得耳壁厢呼呼风响，两条锏如骤雨相同，弄得伍魁这口刀只有招架之功，并无还兵之力。叮叮当当战将下来，不上十几个回合，二三十个照面，实在挡不住。伍魁就虚晃一刀，思量要走，早被叔宝右手的锏，在前胸一捺，护心镜震得粉碎，仰面朝天，嚯咙一交，跌下鞍鞒。此时，他靴尖不能褪出葵花镫，那骑马溜缰，拖了一个辔头。可怜伍魁不为争名夺利，只因妒忌秦琼，反害了自己性命。正所谓：

是非只因多开口，烦恼皆因强出头。

伍魁一死不打紧要，只把一个罗元帅唬得面如土色，众将军目瞪口呆。叔宝惊慌，魂飞魄散，不敢上前缴令。有军政官来禀元帅说："伍魁与秦琼比武，两边不分胜败。秦琼锏梢挂中伍魁，击碎护心镜。战马惊跳，把将军颠下鞍鞒。马走如飞，众将不能相救。伍先锋被马拖碎头颅，脑浆迸流，死于非命，请元帅定夺。""有这等事！"吩咐将伍魁尸骸用沙方盛殓。罗元帅话还未绝，那右军队里竟恼了一位英雄。此人姓伍名亮，乃先锋之弟，厉声叫道："反了！反了！配军罪犯，擅伤大将，元帅不把秦琼开刀取斩，是何道理！"罗公大怒，喝道："哇！好大胆匹夫，你敢喧哗胡闹本帅么？伍魁身死，与秦琼无涉。况且军中比武，有伤无论。你这厮适才叫反，乱我军心，该得何罪？"命军政官除了伍亮的名字，将他撵下去。两边一声答应，七八个赶将过来，不由伍亮做主，夹脖子叉出演武场来，弄得伍亮进退无门，心中一想："可恨罗艺老匹夫，偏护内侄秦琼，纵他行凶，杀我亲兄，此仇不可不报！也罢，趁此罗艺不知，反出幽州，投奔沙陀国，说动可汗兴兵，杀到瓦桥关。我若不踹平燕山一带地方，生擒罗艺、秦琼，碎尸万段，剖肠剜心祭兄，也不显俺二老爷的利害。"伍亮主意已定，多带干粮路费，反出幽州，星日星夜走沙陀国的话，我且不提，跌转来还讲到罗公。罗公传令散操，回到帅府。三军各归队伍，众将皆散。只有叔宝、罗成随进后堂。夫人上前接住，见老爷眉头不展，面带忧容，十分奇怪，动问根由，罗公细言一遍，夫人大惊。正在埋怨叔宝，忽有中军传将进来，报称伍亮不缴巡城令箭，赚出幽州，不知去向。罗公闻报，满心大悦，叫声："夫人，天使伍亮反了燕山，令侄恭喜无事了，下官也脱了干系。"一面差探子打听明白，一面做成表章申奏朝廷。夫人见说无事，愁容变喜。叔宝、罗成俱各放心。按下不提。

再讲伍亮当日赚出城门，诈称公干，星日星夜走瓦桥关，将这枝巡城令箭叫开关门，竟投沙陀国，拜在大元帅奴儿腥扇帐下，说动可汗起兵来犯燕山不表。还讲罗元帅，那日得报："伍亮出瓦桥关公干，现有令箭回缴。"罗公大喜，立刻草成奏章，差官起身走长安去了。正是：

遍江撒下线和钩，从今钓出是非来。

话分两头，再讲金甲、童环那一日离了幽州，晓行夜住，非止一日，赶回潞州。此时蔡公正坐堂上，二人进见，缴上回文，然后将罗公书帖并叔宝回帐呈上。太爷当堂开拆，方知就里，即唤库吏取寄库的赃罚簿来查看。蔡公将朱笔对罗公的来书：第一行整银十块，计重三百六十两。当日皂角林捕人进房时，已失了些，又加参军厅乘机影射，今日对簿却差得远了。蔡公无奈，只得又对第二行，是碎银九十两，却也少了些。第三行是黄骠马一匹，镏金鞍辔一副，镫挞俱全，已经官卖，册上注明马价银三十两。第四行是潞绸十匹，缎绵铺盖一副，枕褥俱全，金装全金锏二根。蔡公将朱笔逐一点明，吩咐库吏速备文书，就命金甲、童环将银两等物并马价当堂交付，限三日内起程，送往幽州罗将军衙门候缴。金甲、童环不敢违命，喏喏连声。蔡公又命库吏取本府项下公费银一百两，付与二人为路费使用。库吏答应，连忙取出交付。金甲、童环叩头退出。蔡公掩门退堂不表。单提金甲、童环回家安宿一宵，来日即将秦琼书信托人转送二贤庄单雄信得知，即便起程公干幽州。一路上趱程前进，正是：

逢山不看山中景，遇水不看水边云。

早行夜宿，非止一日，前往幽州等候罗公坐堂投送。此话慢表。单讲叔宝在罗公帐下空闲无事，日日与罗成闲耍。这一日，双双同在内花园里，两个演武耍子。罗成叫道："表兄，小弟的罗家枪，别家不晓得的，就是表兄的秦家锏，也算天下无二的。不若小弟教了哥哥的枪法，哥哥教了小弟的锏法，如何？"叔宝道："兄弟说得有理，只是大家不可私瞒一路，必须盟个咒方好。"罗成道："说得有理。哥哥，做兄弟的教你枪法，若还瞒了一路，不逢好死，万箭攒身而亡。"叔宝道："兄弟，我为兄的教你锏法，若私瞒了一路，不得善终，吐血而亡。"他弟兄二人在花园盟誓。

戏言只道无凭证，过往神祇监察明。

所以后来俱应前言。他二人盟过了咒，秦琼把锏法一路路传与罗成，看看传到杀手锏，心中一想："不要罢，表弟十分勇猛，我若传了他杀手锏，天下只有他没有我了。"呼的一声却住了手。罗成叫道："哥哥，完了么？"叔宝应道："正是，兄弟，完了。"罗成学了一回，却把枪法也是一路路传与秦琼，看看传到了回马枪，也是心中一想："表兄英雄无比，若传了他，只显得他雄威，不显我的手段了。"也便一声响，把枪收住。叔宝道："兄弟，完了么？"罗成道："正是。哥哥，完了。"叔宝学了一回。罗成道："哥哥，这样学习却没甚意思，不若哥哥拿了枪，小弟拿了锏，厮杀一回，才算有兴。"叔宝道："兄弟说得有理。"当下提枪在手，使个势子，耍的一枪，刺将过来。罗成把锏将枪一迎，叔宝几乎跌了一交，那枪杆却撞在金鱼缸上，哄的一声响，把那缸打得粉碎。

罗公正在后堂同夫人坐着说话，忽听得一声响，吃了一惊，同着夫人悄悄步入后花园内张看，只见表弟兄二人在那里演武，打碎了金鱼缸。只听罗成叫道："哥哥，我再教你的枪法。"叔宝道："兄弟，你教会了我，愚兄传你的锏法便了。"当下罗成一路路传授枪法，到了回马枪，便住了手，只说完了。罗公叫声："夫人，你看这畜生，他既教表兄枪法，却不教会。他分明恐显了他不显自己，你道这畜生可恶么。"罗公说罢，同夫人移步走入园内。罗成一见，说："哥哥，爹爹、母亲来了。"叔宝同罗成上前迎接。罗公道："你在此教表兄的枪法，可曾演熟么？"叔宝道："承贤弟传授，尚未演熟。"罗公道："既如此，待我教授你一回。"叔宝连忙称谢。罗公当下捻枪在手，一路路传与叔宝。刚刚使到回马枪，忽报圣旨下，罗公连忙弃枪，出来迎接圣旨。原来罗公上年破番有功，加封靖边侯。罗公谢恩已毕，款待天使，相送出衙。来日行香拜客升堂，众将官俱来祝贺道喜。金甲、童环也便投送文书，罗公当堂拆看，照文收明，即发回批。金甲、童环叩辞回去不表。

单讲秦琼在府，虽然罗公看待犹如己子一般，怎奈远离膝下，时时记念老母，两年不曾见面，不知在家安乐否？这晚闷闷不悦。罗成一见，便问："哥哥，为何今晚愁容满面，甚是不乐？"叔宝道："不瞒兄弟说，愚兄记念你的舅母，欲回山东，感蒙姑爹、姑母恩待，急切难以启口，故此忧愁。贤弟若肯见怜愚兄，可与我在姑母前转言一声。”罗成道：“哥哥思念舅母，乃是孝道。为子者理当定省晨昏，侍奉膝下。哥哥远离已久，怪你不得。既蒙见托，小弟自然鼎言便了。”叔宝听他几句宽慰之言，心中十分大悦。谁想罗成口虽应承，却不去说。

一日，罗公忙完了，退堂进来，老夫人接着，罗公问道：“两个孩儿在哪里？”夫人道：“想是在外边。”罗公道：“两日有事，不曾见他们，待我去看来。”罗公说罢，走出后堂来到书房。不见二人在内，便令家将去寻，自却走进叔宝的房内来。忽见粉壁上写着一行大字，罗公见是叔宝笔迹。虽然叔宝写的，却不是叔宝做的，原是旧诗，今日触情，写于壁上。罗公却不晓得此是旧诗，只认是叔宝心上所发，一见便拂然不悦。看官，你道是何诗句，罗公见了便不喜起来？这四句是：

一日离家一日深，犹如孤鸟宿寒林。
纵然此地风光好，还有思乡一片心。

罗公见了，他不等二子相见，转身竟回后堂。夫人迎着道：“老爷到书房去，亲看二子近来学业，为什么匆匆就进来了，面有怒色，却是为何？”罗公叹道：“他儿不是养，养杀是他儿！”夫人惊问道：“老爷何发此言语？”罗公道：“夫人，自从令侄到家，老夫看待他与我儿罗成一般，并无亲疏。我只待边庭有变动，着他出马立功，我表奏朝廷封他一官半职，衣锦还乡，不想边庭宁息，不能如我之愿。谁想令侄却不以老夫为恩，而反以老夫为怨。适才进他房中，见壁上写着四句胡言，后边两句一发可笑得紧，说道：‘纵然此地风光好，还有思乡一片心。’这等看起来，反是老夫留他在此的不是了。”夫人一闻罗公之言，不觉眼中下泪道：“先兄去世太早，家嫂寡立异乡，只有此子，出外多年，举目无亲。老爷如今就使舍侄有了一品官职，他也思念老母为重，必不肯在此久待。依妾愚见，不如叫他归家省母，免得两地悬念。”罗公道：“夫人意思也要令侄回去？”夫人道：“妾身怀念久矣，因老爷见爱舍侄，故不敢启齿。”便泪如雨下。罗公道：“且免伤感，待老夫就打发令侄回去便了。”传话后堂，速备酒筵饯行。又传令出去与中军营，备一匹好马，用长路的鞍韂，进帅府供用。

罗公便令书童请叔宝。却好叔宝弟兄,家将寻回。一闻送行之言,公子罗成便笑对叔宝道:“哥哥何如?前日小弟对家母说了,家母再四不肯,被弟恳求不过,所以今日对爹爹说了,就要打发哥哥回山东去望舅母了。快些同去饮酒送行。”叔宝满心欢喜道:“有感贤弟。”说罢,同进后堂。夫人说:“侄儿,你姑夫见你怀抱不开,知道你念母孝思,故此备酒,替你饯行。”叔宝闻言,拜哭于地。罗公用手搀扶起说道:“贤侄,不是老夫屈留你在此,只为要待你建功立业,求得一官半职,衣锦荣归,才如我愿。不意你姑母道你令堂年高,无人侍奉,所以今日勉强打发你回去。前日潞州蔡知府已将银两等物造册注明送来,一向不曾对你说得,今日回去,逐一点收明白。我还备书一封在此,投送山东大行台节度使唐璧处。他是老夫年侄,故此举荐你在他标下做个旗牌官,日后有功,也可图些进步。”叔宝接过,叩谢姑爹、姑母,然后起身与表弟对拜四拜,方才入席饮酒。酒至数巡,告辞起身,此时鞍马行囊俱已收拾停当。出了帅府,去辞尉迟昆玉。这些朋友闻得叔宝回乡,俱备酒伺候。叔宝略领其情,都有相赠,因俱系官身,不能远送。独有张公瑾要款留叔宝再住几日,又因叔宝归心如箭,不好相强,只得修书一封,附复雄信,遂各分手。

叔宝上马,马不停蹄,径奔河东,来到山西潞州府。入城到府前下马,饭店内王小二看见了,往内飞跑,叫声:“婆婆,不好了!”柳氏忙问道:“你好好一个人,怎么说起不好来?”小二道:“当初在我家少饭钱的那个秦客人,到挣了一个官来,鬃缨大帽,骑着马到门前来了。他恼我得紧,此番来,必然要将我差官打一顿板子出他的气,故此我好不着急。”柳氏道:“丈夫,所以好话都被古人说尽了,常言道:‘万事留人情,后来好相见。’当初我劝你不要炎凉,你不肯听我言。如今难以见他,你且暂时躲过。”小二道:“我躲不得。”柳氏道:“你多大个人,躲不得?”小二道:“不是人大躲不得,做的生意不好。你若说我不在家,他说你是开饭店的,待我住在此等他回来,叫我怎么样躲得过,这几时的么?倒不如你说我死了罢。人死不记冤,打发他去了,我再出来。”那王小二是着慌的人,一边说出这个题目与了妻子,就慌忙的溜开了。柳氏只得依了丈夫之言,装着哀苦的形状。叔宝在外面拴好了马，柳氏迎着道："秦爷，你来了么？"叔宝道："贤人，正是来了，要见你丈夫。"柳氏闻言，哭拜于地说道："我丈夫向日多少炎凉，得罪秦爷，后来秦爷遭事，捉拿窝家，拙夫用了几两银子，心中不悦，就亡故了。"叔宝道："贤人请起，昔日也不关你丈夫的事，是我囊中空乏，使你丈夫白眼相看。世态炎凉，古今皆然。只是我承你一针一线之恩，到今铭于心腑。如今你丈夫亡故，你也是寡妇了，我曾有言：淮阴溪口贤漂母，怜念王孙落难贫。"

不知叔宝怎样报答，且听下回分解。

第十回 秦叔宝星夜回乡 唐节度贺寿越公

诗曰：

只为当差别老亲，潞州遭难配充军。

若非骨肉相逢会，那得还乡显姓名。

叔宝道："贤人，既是你丈夫亡过，也是寡妇孤儿，我恨不能学韩信有千金相报于漂母。今日权以百金为酬，报答贤人。"即便取银相送。柳氏感谢不尽。叔宝报了柳氏之恩，正待出门上马，却好金甲、童环看见，忙来叙礼，细诉阔别之情。因要见单雄信，金甲、童环、秦琼同往，三人径出西门，望二贤庄而来。

却说单雄信因爱惜叔宝，不使他同樊虎回乡，后便惹出皂角林事来，发配燕山，使他母子隔绝，心中不安，真乃有力没处使。今闻有人报叔宝重回潞州，心中大喜，谅他必来望我，吩咐备酒，倚门等候。再说叔宝，因马力不济，步行迟缓，直到月上东山，花枝弄影，才到庄上。雄信等候已久，远远听得林中马嘶声，即便高声问道："可是叔宝兄来了么？"叔宝应道："不敢，小弟秦琼，特来叩谢。"雄信拍掌大笑道："真乃月明千里故人来！"到庄相见，携手登堂，喜动颜色，命家童搬行李入书房，取拜毡与叔宝顶礼相拜。酒已完备，摆将过来，四人入席坐下。叔宝取出张公瑾回书，雄信看罢，便举杯道："上年兄到燕山，行色匆匆，不能十分为情，况此事皆由小弟而起，心中着实不安，使兄母子各方，罪莫大也。兄在燕山二载，虽有书来，不能道其详细，所做何事，那几位朋友之中谁好谁丑，备细情由，今日愿闻。"叔宝停杯道："小弟有千言万语要与兄语，及至相见，一句都无，待等与兄抵足细诉衷肠。"雄信把杯放下了道："不是小弟今日不能延纳，有逐客之意，杯酌之后就放兄行。”叔宝道：“却是为何？”雄信道：“自兄去燕山二载，令堂老夫人有十三封书在此，前边十二封书，俱是令堂写的，小弟也薄具甘旨，回书安慰。只有今月内第十三封书，却不是令堂写的。”叔宝道：“又是何人写的？”雄信道：“尊正也能书。书中言令堂老伯母有恙，不能执笔修书。小弟如今速速要兄回去，与令堂相见一面，以全母子之情，岂可因友道而绝孝道。”叔宝闻言，五内皆裂，泪如雨下，道：“单二哥，若这等，小弟时刻难容，只是燕山来，马被骑坏了，路程遥远，心急马迟，怎生是好。”雄信道：“兄长不说，我倒忘了。自兄刺配去后，潞州府将兄的黄骠马发出官价卖了。小弟思此良马不可落于庸夫之手，将三十两银子纳在库内，买回寒舍，养得仍旧如初。”叫手下把秦琼的黄骠马牵出来，手下忙应诺，不一时牵将出来。那匹良马见了故主，便嘶喊乱跳，摇尾翻肚，有如人言之状。人马相逢，喜不自胜，旁观却也感动。叔宝拜辞，雄信就将向日的鞍辔，原是单雄信按这马的身儿做下的相送，擦抹干净，然后将重行李捎上，不入席吃酒，连夜起身。辞别三友，牵马出庄，纵辔加鞭，如逐电追风，十分迅速。那马四蹄跑乱，耳内如闻风声。逢州过县，一夜到天明，走一千三百里路。日色中午，已到济州地方。

叔宝在外，首尾三年，又到本地，看见城墙，恨不得肋生两翅，飞到家中，反焦燥起来。翻身下马，牵着步行，把缠鬃大帽往下按一按，但在朋友人家经过，遮着面孔，低头急走。转进城来，绕着城脚下，到自己家后门。可怜这叔宝三年不在家，房屋凋零，门墙颓败。叔宝一手牵马，一手敲门，他娘子张氏在内应道：“呀，风雨不洒寡妇之门。我丈夫经年在外，甚么人叩我家的后门？秦安快去看来。”叔宝闻得此言，扑簌簌泪落下来，一阵心酸咽哽，便道：“娘子，我母亲有病在房么？我回来了。”张氏听丈夫回家，慌忙亲自出来开门，应道：“婆婆还不曾好。”叔宝心中略宽些。张氏急开门，叔宝牵马进来，张氏闭了门，叔宝拴上马，与娘子相见。张氏道：“婆婆方才吃了药睡着，虚弱得紧，你缓着进去。”叔宝蹑足，轻轻走进老母的卧房来。两个丫头，三年不见都长大了。叔宝上踏板，伏在床边，见老母面向里，鼻息只有一线流气，摸了膀臂身躯，犹如枯柴一般。叔宝自知手重，只得住手，将身跪在床前，就床边叩首，低声道："母亲醒了罢。"那老母游魂缓返，身体沉重，翻不过身来，面朝床里，还如梦中，叫声："媳妇。"张氏站在床前应道："媳妇在此。"秦母道："儿啊，你的丈夫想已不在世了，我方才瞑目略睡一睡，只听得他在床面前絮絮叨叨叫我，想是已为泉下之人，千里游魂来家见母了。"张氏道："婆婆，那不孝的孩儿回来了，跪在这里。"叔宝叩首道："太平郎回来了。"

秦母原没有重病，因思想儿子想得这般样的，听见儿子回来，病就好了一半。平日起来解手，媳妇同两个大丫头要扶半日扶起来，如今听见儿子回来了，就自己爬起来，坐在床沿上，忙扯叔宝的手。老夫人哭不出眼泪，张着大口只是喊，在叔宝膀臂上捏。叔宝叩拜老母，老夫人吩咐道："儿，你不要拜我，你拜着你的妻子。你三年在外，若不是你妻子能尽妇道，我死久矣，也不得与你再相见了。"叔宝遵母命，回身拜张氏四拜。张氏跪下道："侍奉姑嫜乃妇道之礼，何敢当丈夫拜谢。"夫妻对拜四拜起来。秦母问道："你在外三年，作何勾当，至今方回？"秦琼将潞州颠沛，远配燕山，得遇姑夫姑母提拔，在他府中羁留三载，今日始得回来，前后细说一遍。老母道："姑夫做何官职，姑母可曾生子？"叔宝道："姑夫为北道幽州大元帅、靖边侯之职，统领大兵十万，镇守燕山。姑母已生表弟罗成，今年十二岁了。"秦母道："且喜你姑娘有后了。"说罢，便挣着起来，命丫头取水洗手，叫媳妇拈香，要望西北下拜，谢潞州单二员外救儿活命之恩。儿子、媳妇一齐搀住道："母亲婆婆病体未愈，怎生劳动得。"老母道："今日得夫妻完聚，母子团圆，皆赖此人恩德，怎不容我拜谢。"叔宝道："待孩儿媳妇代拜了罢，待母亲病体好了，改日再拜不迟。"秦母听说，只得住了，看儿媳拜罢，方才安息。次日，有樊虎等众友拜访，叔宝拜接，相叙阔别之情。就取罗公那封荐书，自己开了脚册手本，因荐他为将，戎装打扮，带两根金装锏，往唐璧帅府投书。

这唐璧，他是江都人物，原是世荫出身，因平陈有功，官拜黄县公、开府仪同三司、山东大行台兼济州节度使。是日，正放炮开门，升堂坐下，叔宝遂投文书进去。唐璧看了罗公的荐书，又看了秦琼的手本,叫秦琼上来。叔宝答应一声:“有!”这一声似牙缝中放出春雷,舌尖上发起霹雳。唐公抬头一看,秦琼跪在月台上,身长八尺,两根金装锏悬于肋上,身材凛凛,相貌堂堂,淡金脸明飘三绺胡须,金睛眼光射寒星,两道眉如初月,胸脯横阔,有万夫难敌之威风,器宇轩昂,吐千丈凌云之声价。唐璧喜得其人,叫:“秦琼,我衙门中大小将官,都是论功行赏,王法不能私亲,权补你一个实授旗牌官,日后有功,再行升赏。”秦琼叩头道:“多谢大老爷!”唐公吩咐中军付给秦琼本衙门旗牌官的服色,点鼓闭门。叔宝回家,取礼物馈送中军,又遍拜同袍。叔宝名下管二十名军汉,这二十人开连名手本到秦爷宅上叩见。

秦琼实是个有作为的人,自幽州回来,不下千金囊橐。当年父亲在江南陈邦为官,老夫人曾授封诰,因此修改门楼。虽在唐行台府中作旗牌官,唐公待为上宾,另眼相看,言听计从。

时值隆冬天气,叔宝伺候本官,已完堂事,俱各出府,唐公叫秦琼不要出去,后堂伺候。叔宝随至后堂跪下,唐公道:“你在标下为官四月,不曾重用。来年正月十五日,长安越国公杨爷六旬寿旦,我已差官往江南造一品服式,昨日方回。今欲差官送礼前去,因天下荒乱,盗贼生发,恐途中有失,劳而无功。知你有兼人之勇,能当此任,你可去得么?”叔宝道:“老爷,养军千日,用在一朝,小人焉有不去之理。”唐公大悦。吩咐击云板,开取私宅门,传礼出来。卷箱封锁,另取大红毡包。公座上有发单,开卷箱照单检点,秦琼入包。计有:

圈金一品服五色,计十套,玲珑白玉带一圈,光白玉带一围,夜明珠二十颗,白玉玩器十件,马蹄金二千两,寿图一轴,寿表一道。

话说杨越公,乃突厥可汗一种,又非皇亲,如何用寿表贺他?因有个缘故,他在隋时大有战功,御赐姓杨,出将入相,官居仆射,宠冠百僚。因他废了太子,立了晋王,在朝文武,在外藩镇,半出他门下,以此天下官员皆以王侯事之,差官赍礼俱用寿表。唐璧赏秦琼马牌令箭,又赏些安家之费,传令中军官营中发三匹马,两匹骑坐背包,一匹差官骑坐。叔宝与中军官上下相和,另选两名壮丁健步服侍。那营中选的坐骑,因叔宝躯重坐载不起,因此折了一匹草料银两,坐了自己的黄骠马。回家献了神福，把福礼与两名健步，自回房中拜辞老母。老夫人见秦琼又要出门，眼中掉下泪来道："我儿，我为娘残年暮景，喜的是相逢，怕的是别离。你在外三载，归家不久又要出门，使我老身又要像当初般倚门而望。"叔宝道："儿今出门，非昔日之长远，明年二月准拜膝下。"说罢，别了妻子，令健步背包上马长行。正是：

英雄来往红尘内，骏马奔驰紫陌中。

那叔宝拜别了老母并妻子，与健步上马长行，离了山东、河南一带地方，走潼关渭南三县，来到华州华阴县少华山地面。只见少华山八面嵯峨，四围陡峻。叔宝正行之间，见山势凶恶，吩咐两个健步："你们后行，待我当先前去。"那两个骑坐背包的马，乃营中平常的马，焉能赶得千里龙驹，故此皆在后走。秦琼此处却要上前，叫二人慢慢而来，二人道："秦爷，在此赶路，怎么倒叫我们后行？"叔宝道："你二人不知，此处山势险恶，恐有歹人出没，故叫你们后行，待我自己当先上去。"二人晓得路上难走，赖秦爷是个豪杰，壮下胆，让叔宝当先。来到前山，只听得树林内当当的数十声锣响，闪出三四百喽罗，拥着一个英雄，貌若灵官，横刀跃马，拦住去路。怎生打扮，有赞为证：

须髯倒卷，二目铜铃，一声高喝震天庭，魔王更甚。雄赳赳，浑身板肋；青靛靛，满臂虬筋。头戴紫扎巾，花分五彩；腰束银河带，耀日光明。拍马迎风，似神龙戏水；挥刀闪电，如猛虎奔腾。万人莫敌有威名，齐国远是他名姓。

此人横刀立马，大叫一声："要性命，留下买路钱来！"这一喊不打紧，吓得两名健步尿屁直流，叫声："秦爷，果然有歹人来了，如何是好？"此番可见叔宝的勇处，会者不慌，见了许多喽罗，付之一笑道："离家三尺远，别是一天风。那山东、河南绿林中响马，闻了俺秦琼的名字，皆望风而逃。今日进了此关中地方，盗贼反来讨买路钱。如今不要通名姓，恐吓走了他，叫做走了猢狲没得弄了。"叔宝言罢，把双锏一挥，叫健步站远些，纵马挥锏，照他顶梁门当的一锏，那个惧者不来，来者不惧，叫声："我的儿，好锏！"把金背刀往上招架。那双锏打在刀背上，只打得火星乱爆。他二人约斗了七八个回合，马打十四五个照面，叔宝把双锏使得开来，呖呖的如风车一般。那人只有招架之功,没有还兵之力,这口刀渐渐抵敌不住。那些小喽罗见不是路,连忙报上山来。山上还有两个豪杰,一个是叔宝的通家王伯当,因别了谢应登,打从此山经过,也要他的买路钱,二人杀将起来。战他不过,知他是个豪杰,留他入寨,拜做兄弟。那拦叔宝的叫做齐国远,山上陪王伯当吃酒的,叫做李如圭。二人正饮之间,喽罗报上山来:“启二位老爷,了不得! 齐爷下山观风,遇见一个衙门将官,向他讨常例钱,不料那人不服,就杀将起来。七八个回合,齐爷刀法散乱,敌不过他,请二位爷早早出救。”二人一闻此言,立即吩咐备马,各拿兵器,离了聚义厅,出了宛子城,一齐纵马当先。王伯当在马上一看,那下面交锋的好似秦叔宝模样,恐怕伤了齐国远,就在半山中高声大叫道:“秦大哥,齐兄弟,不要动手!”此山有二十余里高,就下来了一半,还有十余里,却怎么叫得应? 空谷传声,却是不同,况且豪杰的声,犹如巨雷相似,山鸣水应。此时齐国远交战,一心招架,哪里听得叫唤? 不一时,尘头起处,两匹马早到面前。王伯当叫道:“果然是叔宝兄。齐兄弟,快住了手,大家都是相好朋友。”叔宝见是伯当,也住了手,放落兵器。

伯当请叔宝到山寨,叔宝来看军健,他两人已惊坏了,忙将好言安慰他。那两名军健,自叔宝交战之时,就将礼物抬在松树根下安了,将马牵转,拴拴肚带。倘秦爷不济,弃了礼物,逃命还乡。叔宝叫道:“你两人不要着忙,不是外人,乃是相知朋友,不妨碍的。”二人方才放心。王伯当道:“是兄的从者么?”叔宝道:“是两个健步。”李如圭吩咐手下抬秦爷的行李,大家一齐同上少华山。进宛子城,到聚义厅,摆酒与叔宝接风。王伯当道:“自从仁寿元年十月初一日,在潞州西门外市中分手,次日单二哥到王小二家来奉拜,兄已长行。单二哥又有胞兄情变,不得追兄,我们自分散。后来闻得兄长潞州遭了一场官司,因路程遥远,首尾不能相顾。今日幸得相逢,愿闻兄行藏。”叔宝就讲那雄信赠金,皂角林误伤人命,一进潞州,多亏单二哥仗义,不惜千金之费,改罪从宽,远戍燕山。幸遇舍亲罗公镇守幽州,提拔在帅府效用,并习了些武艺,因念老母在堂无人侍奉,故此辞别回乡。有罗公书荐,在唐节度标下做个旗牌官。今奉本官差遣赍礼物,赶正月十五日长安杨越公府中贺寿，适才齐兄见教，得会诸兄，实出三生之幸。因问谢应登踪迹，伯当道："他因有事回乡去了。"叔宝又问伯当："你缘何在此？"伯当道："小弟因过此山，蒙齐、李二弟相招，故得在此。今日遇见兄长进长安公干，小弟却被鼓起这个兴来。"正是：

长安大闹花灯夜，多少英雄聚会来。

不知王伯当说出什么话来，且听下回分解。

第十一回 国远哨聚少华山 叔宝引入承福寺

诗曰：

敛取民间赋税财，起突权贵免生灾。

英雄埋没徒长叹，哨聚山林避虎豺。

那王伯当道："如今我要陪叔宝兄往长安去看看灯，何如？"叔宝道："小弟也有此意，同往甚好。"齐国远、李如圭二人齐道："王兄同行，小弟们愿随鞭镫。"叔宝却不敢招架，心中暗想道："王伯当偶在绿林中走动，却是个斯文人，进长安还可。这两个却是鲁莽之人，进长安倘有泄漏，如何处置？你看那齐国远这副嘴脸，若同到长安，定要惹出事来，决然波及于我。如今要回说去不得，这却又使不得。"想了一回，只得用粉饰之言搪塞道："二位贤弟不要去罢，王兄也不是爱功名富贵的人，因此弃了前程，游于四海。我看你二人志向不凡，适才相遇，齐贤弟那等刀法，井井有条，行行有款，我秦琼尽平生伎俩，还拦挡不住。蒙邀我山寨来，你看，创立的关隘城池、房屋殿宇，规矩森严，仓廪富足，人丁壮健。隋朝将乱之秋，举少华之众，可得隋家疆土，事若不果，退居此山，亦足以养老。若与我同到长安看灯，不过儿戏小事，此去有一月方回。蛇无头而不行，众人散去，二位归来将何为根本？那时岂不归罪于我？所以不去的为妙。"齐国远以叔宝为诚实之语，便也迟疑不言语了。李如圭却大笑道："秦兄小觑我等，难道我们自幼习武艺时，就要落草为寇不成！只为粗鄙不能习文，只得习武。岂不欲学成文武艺，货与帝王家！只恨奸臣当道，我们没奈何，哨聚山林，待时而动。兄明明说我们在此山打家劫舍，养成野性，进长安看灯，恐怕不遵约束，惹出事来，有害兄长。不领我二人去是真心了，若说怕小弟们后无归着，是小觑我二人了，是说我二人要把绿林做终身的了。”这一番话，把秦琼说得透心凉，却又不好认做薄情，只得又说道：“啊呀，二位贤弟，如此多心，同去好了。”齐国远吩咐喽罗收拾战马，背负包裹行囊，多带些银两，选二十名壮健的喽罗同去，其余千百名不许擅自下山，小心看守山寨。叔宝也吩咐两名健步不可泄漏，二人答应。三更时分，四骑、两乘牲口、二十名健卒，离了少华山，取路奔陕西。

恰是残冬之际，那一日离长安只有六十里之地，夕阳时候。先是王伯当、李如圭做一伙，连辔而行。远远望见一座旧寺，新修大雄宝殿，屋脊上现着一座镏金瓶，被夕阳照射，金光熠目。伯当在马上道：“李贤弟，可见得世事有成有败，当年我进长安时候，这座寺已颓败，今番却不知何人发心，修得这等齐整。”李如圭道：“如今我们到山门口去歇歇脚力，进去看看，就晓得是何人修的。”那齐国远却与叔宝同行，叔宝自下少华山，再不敢离了齐、李二人，官道上行商过客最多，恐二人放一响箭，吓下人的行李。心中暗暗思想：“这两个人到京，只住三四日便好，若住得日子多了，少不得有桩大祸。今日才十二月十五日，还有一个整月，倒不如在前边修造的这个寺内，问长老借僧房权住几日，至灯节边进城，三五日时光好拘管。”他那番思算已定，又不好明言，只得把马夹一夹，对齐、李二人道：“二位贤弟，今年长安城内的下处贵得紧，便怎么处？”齐国远笑道：“秦大哥不像个大丈夫，下处贵，只消多用几两银子罢了，也拿在口里说？”叔宝道：“贤弟，有银子却没用处。”二人都笑道：“秦大哥，怎么有银子没用处呢？”叔宝道：“长安歇家房屋都是有数的，每年行商过客捱挤不开，今年却多我们这辈朋友。我一个带几个健步，会见列位，就是二三十人。还有许多伴当，难道我有朋友，天下的差官却没有？这些朋友高兴到长安看灯的，也不知多多少少，人多屋少，挤在一块受许多拘束，甚不爽快，岂不是有银子没处用？”他二人养成野性，怕的拘束，回道：“这样便怎么好？”叔宝道：“我的意思要在前边新修的寺里借间书房权住。你看这荒郊旷野，走马射箭，舞剑抡枪，岂不快活。住过今年，到灯节边，我便进城送礼，列位就去看灯。”王伯当因二人有些碍眼，也便极力撺掇。

说话之间早到山门首，下了马，命手下看了行囊、马匹，四个整衣，一齐入寺。进了二山门，过韦驮殿，有一进深远甬道，望将上去，四角还不曾修好。佛殿的屋脊便画了，檐前还未收拾。月台下搭了高架，匠人修葺檐口。架木边设公座一张，公座上撑一把深檐的黄罗伞。伞下公座上，坐一位紫衣少年，旁站六人，各青衣大帽，垂手侍立，甚有规矩。月台上竖两个虎头火焰硬牌，用朱笔标点，还有刑具排列。这官儿不知何人。那王伯当眼空四海，旁若无人，他哪里看得上那黄伞下的紫衣少年。那齐国远、李如圭哨聚山林，青天白日放火杀人，天地鬼神也都不怕，哪里怕那做官的。却不像秦叔宝委身于公门，知高识低，赶到甬道中间，将三友拦住道："贤弟不要上去，那黄伞下坐的少年，就是施主修寺的官长。"齐国远拍掌道："施主罢了，怎么就不走？"叔宝道："若是那林下乡宦，黄伞打得，却用不得那两面硬牌，他用这两面虎头牌，就是现任的官了。我们四人走将上去，还是与他见礼的好，不见礼的好？刚则取祸，柔则受辱，不如避他，好么？"伯当道："有理。我们与他荣辱无干，只往后边去，与长老借住便了。"

兄弟四人齐下东丹墀，下走小甬道，至大雄宝殿东边，见许多泥水木作在那里刮瓦磨砖。叔宝叫声："走来。"众人都近前道："老爷叫小的们有何吩咐？"叔宝道："问你们一声，这寺是何人修理得这般齐整？"匠人道："是并州太原府唐国公千岁修盖的。"叔宝道："我闻知他告病还乡，如今又闻他留守太原，怎么又到此间来干此功德？"一人道："李千岁因仁寿元年七月十五日奉旨驰驿还乡，晚间在此寺权住，窦夫人分娩生了第三位世子在里面，李千岁怕秽污了佛像，发心布施万金，重新修建这大殿。上坐的紫袍少年官人，就是他的郡马，姓柴名绍，字嗣昌。"叔宝心内明白。他四人进了东角门，便是方丈。又见东边新建启虎头门楼，悬朱红大匾，大书"报德祠"三个金字。伯当道："我们且进去看看，报什么德的。"那四人走进里边，乃小小三间殿宇，居中一座神龛。龛内座上有三尺高，神龛直尽天花板，有丈余。里边站着一尊神道，却是立身。头上戴一顶荷叶檐彩青色的范阳毡笠，穿着一件皂布海青箭衣，外罩上黄色罩甲，熟皮铤带，左右挂牙牌解手刀，下穿黄鹿皮靴。面前一个长生牌位，上写楷书金字六个，乃

“恩公琼五生位”。旁边又有几个细字，写道：“信官李渊沐手奉祀”。叔宝一见，暗暗点头。你道为何？只因那年叔宝在临潼山，打败了一班响马，救了李渊，唐公要问叔宝名姓，叔宝恐有是非，不敢通名道姓，放马奔走。唐公赶十余里，叔宝只得通名“秦琼”二字，摇头叫他不要赶，唐公听得“琼”字，见他伸手，错认“五”字，误书在此。叔宝心中想道：“我那年在潞州颠沛穷途，十分狼狈，原来是李千岁折罚得我如此。我是个布衣之人，怎当得国家勋爵塑位，焚香作念于我。”叔宝肚中暗想，那三个都看着像儿。齐国远连这六个字都不认得，问道：“伯当兄，这神道可是韦驮么？”伯当笑道：“适才进山门，里面朱红龛内，戴金兜鍪，穿金锁甲，捧降魔杵，那便是韦驮。因有六度万行，方得与佛齐肩。这个生像，其人还在，李渊乃是唐公的尊讳，唐公必定受过这人的恩惠，故建这个报德生祠。”齐、李二人闻说其人还在，都惊诧起来，看看这个像，又瞧瞧叔宝的脸。那个神龛左右却塑两个从人，一个牵一匹黄骠马，一个捧着两根金装锏。伯当走近叔宝，附耳低言：“往年兄长出潞州，是这样打扮么？”叔宝点头道：“贤弟，正是。这就是我的形象了。”伯当道：“怎么却在此处？”叔宝遂将救唐公的事一一说了一遍。

不想柴绍见他四人进来，器宇轩昂，即着人随着，看他们作何勾当。叔宝所言之事，却被家丁听见，忙忙报与柴绍道：“这四位里边，有一位是老千岁的恩人。”柴绍听了，整衣下阶，入东角门，径走进生祠来看。他打拱道：“哪位是妻父的活命恩人？”四人答礼，伯当道：“此兄便是老千岁的故人，姓秦名琼，当时千岁仓卒之间错记琼五，如若不信，双锏、马匹现在山门外面。”嗣昌道：“四位杰士，料无相欺之理，请至方丈中献茶。”各通姓名，柴绍便差人到太原府中通报唐公，就把四人留在寺内安住，每日供给，无物不备，柴绍陪伴盘桓。

看看年尽，又到新正。那十四日，叔宝要进长安公干，柴绍亦要同往，道：“小弟也陪兄等同行进城，看看花灯，等兄完了公干，再来候家岳的回书便了。”柴绍只带四个家丁，共有三十一人。离了寺中，到长安门外，歇宿在陶家店内。叔宝道：“有事相烦店主。”陶店主道：“不知何事吩咐？”叔宝道：“我奉差公干，那长安街道日间好认，如今我不等天明要进明德门，宝店中决有识路的尊使，借一位引引路儿，自当厚谢。”主人便指一个收拾家伙的道：“这个就是舍下的老仆，名叫陶容，不要说路熟，连那称呼都是明白的。陶容过来！这位是山东秦爷，要进明德门，往越公杨爷府中送礼，你可引路，好生服侍秦爷。”陶容应道：“老仆还有一个兄弟陶化，他又在行，我叫他帮拿礼物，可好么?”叔宝道：“甚好。”到房中取两串钱，赏了陶容、陶化，即取礼单物件，分作四个绒包与两名健步，与陶容、陶化，乘众人睡后，不与他们说知，径进明德门来。正是：

欲投相府潭潭宅，且与陶容悄悄行。

话说长安，乃古王都，自东西两魏分据，也多兵火。到隋文帝混一天下，四海殷繁。长安有十门，隋时定名：东面通化、春明、延兴三门；南面启夏、明德、安化三门；西面延平、金花、开远三门；北面光化一门。六街三市，舞榭歌楼，好不繁华。当日长安十门，三更天就开了。皆因天下进礼的官员在城外的多，所以越公三更天就发了兵符，大开城门，放那各处地方进礼官员，都到巡视京营官总录，一个个报单递到越公府中。你道那巡官是何人？却是宇文化及的长子，名唤宇文成都，用一根镏金镋，万夫难敌，乃隋朝第二条好汉。因李元霸还未出生，故算他为第一条好汉。后来元霸一出，他算第二条了。

每年灯节，文武官员俱五鼓进朝上贺表。今年奉天子旨意，提早一个更次，四更朝贺天子，留五鼓让文武官员与越公上寿。这越公却也尊荣得紧，彼时驾坐银安宝殿，戴七宝如意冠，披暗龙银裘褐，执玉如意，后列珠翠，群妾如锦屏一般围绕，原是文帝赐与越公为晚年之乐，称金钗十二品。左首执班的那员女官，乃江南陈后主之妹乐昌公主。曾配驸马徐德言，因国破家亡，夫妻分别时曾将宝镜一面分为两半，各怀一半，为他日相见之验。越公见他不是全身，问他红铅落于何人之手，此妇哭拜于地下，取怀中半面宝镜诉告前情。越公着军士将半面宝镜货于市，巧遇着徐德言，收于门下为幕宾，夫妻再合，破镜重圆。右首那领班女官，就是红拂张美人，不惟修眉曼脸颜色过人，还有侠气沉心。又有个异人，乃是陕西京兆三原人氏，姓李名靖，号药师，他是林澹然门下第一个徒弟，善能呼风唤雨，驾雾腾云，能知过去未来，现为杨越公府中主簿。此日京堂文武官员，一品、二品、三品者，进越公府中登堂拜寿，越公优礼相待，献茶一杯。以下四品、五品大夫郎官，就不上堂，只在滴水檐前，直至丹墀下总拜。天下藩镇官员差遣赍礼官将，有许多难为人处：凡赍礼官员，除表章外，各具花名手本，将彼处土产礼物相送，稍不如意，便有许多掯勒波查。

且不讲别处，只表山东一路，各官礼物晓谕在三原李靖处交割。李靖见叔宝上厅来，一貌堂堂，仪表不凡。他早已晓得天蓬星到此，众星相斗，大有灾患。因传叔宝到来相见，礼毕，看他手本，乃旗牌官秦琼。表章礼物一览全收，并不苛刻，独留入后堂，命手下取酒款待。因日后同为一殿之臣，必作国家大将，只是眼下有些气色不正。便问：“赍礼来时，还有同伴几人？”叔宝不敢实言，说：“小可奉本官差遣，只有两名健步背包，并无他人。先生为何问及？”李靖微微笑道：“老兄这话只可对别人说，小弟面前却说不得。怎不带朋友来？多是不多，只得四个，跟随的倒有二十多人。”叔宝闻言，犹如天打一个响雷，一惊不小，连忙立起身来，深深一揖道：“诚如先生所言，幸万勿泄漏。”李靖道：“事却不与我相干，但兄今年正值印堂管事，却有黑气侵凌，必有惊恐之灾，不得不言。我学生夜观乾象，正月十五日三更时分，民间主有刀兵火盗之灾，乃天罡星过渡，兄长同来的朋友，切不可与他同来看灯玩月，恐招此难，难以脱身，到天明即回山东方妙。”叔宝道：“奉本官之命，赍礼到此，不得杨老爷回书，回转山东见本官，将何为证？”李靖道：“恐兄不肯就回，若肯去，此回书不难，学生可以任得。”你道李靖怎么就肯应承叔宝有回书？原来那杨越公凡一应书札，都假手于李靖，所以这回书就不难了。况里面图书又是张美人掌管，美人有意于药师，故一请就有。

李靖就回后堂，不多时，回书回文都有了，俱付与叔宝。天色已明。临行叮嘱道：“切不可入城来看灯！”叔宝作别回身，李靖又叫转来道：“兄长，我看你心中不快，难免此祸。也罢，我与你一个包儿，放在身边，若遇急难临危之际，打开包儿，往上一撒，连叫三声：‘京兆三原李靖。’那时便好脱身了。”叔宝接包藏好，作谢而去。李靖也就在那日晚间，趁大乱与张美人窃其兵符出长安去了。后来二人俱为唐太宗佐命功臣。这话慢表。

且说叔宝得了回书，陶容引路，出光化门到下处，却有八里路远近，且走且想："李药师却是神仙一般。"正是：

神机妙算如孙膑，未卜先知似孔明。

不知叔宝同众友看灯不看灯，且听下回分解。

第十二回　李靖风鉴识英雄　公子球场逞华丽

诗曰：

得指迷途仗药师，奈何众友欲观奇。
娇姿祸被豪华夺，大闹元宵悔亦迟。

那叔宝想："李药师知机料事如同明镜，指示迷途，叫我不要看灯，只是我到下处，对这几个朋友开不得口。他这几个人都是不信阴阳的，去岁在少华山就说起看灯，所以同来，就是这柴绍也说同来看灯。我如今公事完了，怎么好说遇着这个高人，说我面上步位不好，我先回去，这就不像大丈夫气概，那大丈夫却要舍己从人。我的事完了，怎好就说这鬼话，真的也作了假的，惹朋友一场笑话。李药师，我秦琼负了你罢，实是开不得口。"只好隐在肚里，回到下处。

且说这些众朋友，天明起来，不见了叔宝，一个个急得摩拳擦掌。不能脱俗，却换了鲜明扎巾，结束衣服，华丽鞋袜，用过酒饭，专等叔宝回来算还店帐，就要起身进城。可可的正遇叔宝回来，众人齐道："兄长，怎么不带我们同去公干？趁天晴进城，正好玩耍。不知兄长可曾用过酒饭？"叔宝道："已用过的了，列位可曾用过么？"众人道："都吃过了。"叔宝道："可谢过店家了么？"嗣昌道："小弟付银谢过他了。"叔宝道："既如此，手下的把马匹都牵出来！""是！"手下一声应诺，把马匹都牵在外。众豪杰一齐上马，三十个人上了路，一条街道都被这些人占了。转弯处，伯当道："秦大哥，丑都是我们众兄弟装尽了。"叔宝道："怎么是我们装尽丑呢？"伯当道："我们七人骑在马上，后面二十多人扎腿缚裤驮着包裹，可像模样么？如今进城到热闹处或酒肆茶坊，大家取乐，若带了这些人，甚是不便。我的意思将马寄放，安顿众人，我们步行，好任意玩耍，你意何如？”叔宝此时又想起李靖的言语，心想：“李靖的话不可全信，也不可不信。如今入城，倘有不测之事，跨上马就好走脱，若依伯当步行，倘有紧要处，没有马，岂非寸步难行。”就对伯当道：“安顿手下人，甚为有理。但马匹定要随身。”两人只管争这骑马不骑马的话，如圭道：“二兄不必相争，小弟有个愚见：也不依秦大哥骑马，也不依伯当兄不骑马，若肯依小弟之言，马只骑到城门口就罢了，城门外寻一个小下处，将这些行李都放在店内，把马卸了鞍辔，牵在那护城河边饮水、吃草，众人轮流吃饭看管。柴郡马的二员家将，叫他带了毡包拜匣，多拿些银两，跟入城去，以供杖头之费，其余手下人，到黄昏时分，将马上了细料，紧辔紧鞍，在宽敞处所在等候。”众朋友听说，都道讲得有理。说话之间，早到了城门。叔宝吩咐两名健步：“把回书回文可用毡包随身放好，到黄昏时分，将我的马要多加一条肚带，小心牢记！”叔宝便同众友各带随身兵器，带领两员家将，一齐入城。

入得城，只见六街三市，勋将宰臣，黎民百姓，奉天子之命，与民同乐，家家户户结彩悬灯。这些巡视官员奉承越公，发牌要长安大街小巷各要通宵长烛，如若有灯火不明，花彩不鲜者，俱以军法论处，就是宰辅门首，也用扎彩匠扎一座过街灯楼。这班豪杰说说笑笑，都看到司马门首来了，这却是宇文化及的衙门，只见照墙后有上千人在那里拥挤。你道这照墙后，焉能存得这许多人？因它是兵部衙门，常有兵将聚集，所以宽敞。天下那些圆情的把持，两个一伙，吊挂着一副行头，雁翅排于左右，不下二百多人。又有一二十处抛球场，每一处竖两根单柱，扎一座小牌楼，楼上扎一个圈儿，有斗来大小，号为彩门。不论豪良子弟，富贵军民，但等踢过彩门便有赏赐。这原是宇文述的公子宇文惠及所设。那宇文原有四子：长曰化及，官拜尚书侍御史。次曰士及，招南阳公主，官拜驸马都尉。三曰智及，将作少监。惠及是最小儿子，倚着门荫，好逞风流，手下有一班帮闲谀附，故搭合圆情把持，在衙门前做个打球场。自正月初一摆到元宵，公子自搭一座彩台，坐在月台上面，名曰观球台，有人踢过彩门者，公子在月台上就送他彩缎一匹，银花一对，银牌一面。也有踢过彩门，赢了缎匹、银花，也有踢不过彩门，被人作笑的。那些看的，重重叠叠，嘈嘈杂杂，挨挨挤挤。

再说他五个好汉，一路玩玩耍耍，说说笑笑，到了这个热闹的所在。叔宝又想起李靖之言，对伯当道："凡事不可与人争竞，忍耐为先，要忍人所不能忍处，才为好汉。"伯当与柴绍听了叔宝之言，一个个都收敛形迹，对人和颜悦色。只是齐国远、李如圭两个粗人，旧性复萌，以膂力方刚，生绷硬靠，推开众人，挤将进去。

那李如圭出自富家，还晓得圆情，这齐国远自幼落草为寇，风高放火，月黑杀人，他哪里晓得圆情玩耍的事？看着众人圆情，大睁着两眼，连行头都不认得，却不好问外人，只好私下问如圭道："这圆骨碌碌的那个东西叫做甚么？"如圭随口应道："叫做皮包铅。"齐国远却认了真。如圭一发哄他到底说："外面是六块皮兜拢来，内灌六十四斤冷铅。"国远道："这三个人力倒也大着哩，把脚抬一抬，就踢得那样高，踢过圈儿就赢一匹彩缎，一对银花，我可踢得动么？"如圭道："怎么踢不动？"国远道："我上去踢他几十脚，赢得他几十匹缎子来。"这话只不过二人附耳低言的，却被那圆情的听见，捧行头下来道："那位爷请行头？"李如圭拍拍齐国远肩上道："这位老爷要逢场做戏。"圆情的近前道："请爷过来，小的丢头，伙家张泛，服侍你老人家。"齐国远着了忙，暗想："我只是这样踢也罢了，有什么丢头？我初踢的，不会这些也不妨，只是怕踢不动，惹人笑话，我只是着力踢便了。"那个抛头的伙家，把行头抛与张泛的伙家，那伙家卖弄他技艺精巧，使个悬腿的勾子，挈个燕衔珠出海势送与齐国远。齐国远见球来，眼花缭乱，想着李如圭说里面有六十四斤冷铅之言，生怕打了腿，又怕踢不动，用尽平生之力，赶上前一脚，噗的一声，踢在青天云里，被风吹不见了。

凡圆情的最怕踢坏了行头，况又不知这位老爷可是知趣的人，只得上前来，喜孜孜一团和气，笑融融满面春风，说道："我两个小人又不曾有什么得罪老爷，老爷怎么取笑，把小人的本钱都废了。"齐国远自知没趣，要动手撒野。李如圭只得解围道："你们这些六艺中朋友，也不知多少倚傍在门下，刚才来圆情，你也该来问一声：'老爷高姓？

贵处哪里？'今日在京师会过，他日相逢就是故人了，怎么见人没有礼貌，故此怪不得他发恼，把行头踢掉了。我这里赏你五两银子罢！"他二人见有五两银子赔他，凭你有不是处，他也嘻嘻的笑道："小人们不是了，得罪老爷，莫怪！"李如圭私向齐国远道："兄长不可出丑，和你吃酒去罢。"分开众人，往外就走。

叔宝三人从外入来，领头家将叫人让路，只见人都纷纷跌倒，原来是齐国远、李如圭二人挨将出来。叔宝道："贤弟们哪里去了？再同我们进去耍耍。"却又一同裹了进来。

这三人却都是在行的，叔宝虽是一身武艺，圆情最有筋节。伯当却是弃隋的名公，博艺皆精，只是因为柴郡马青年飘逸，推他上去。柴绍道："还是诸兄内那一位上去，小弟过论便了。"叔宝道："我等圆情虽会，未免有粗鄙之态。此间乃众目所视的去处，郡马斯文人，全无渗漏。"柴绍少年，乐于玩耍，便接口道："小弟放肆，容日陪罪。"那边就有两个捧行头上来，说："那位相公请行头？"郡马道："二位把持，那公子旁边两位美女可会圆情么？"圆情的道："是公子在平康巷聘来的，惯会圆情，绰号金凤舞、彩霞飞。"郡马道："我欲相攀，不知可否？"圆情的道："只要相公破格些搭合。"郡马道："我也不惜缠头之赠，烦二位通禀一声，尽今日之欢，我也重重的挂落。"圆情道："原来是个中的相公。"上月台来禀小爷："今有位富豪相公，要请二位美人同耍行头。"公子却也只是玩耍，即吩咐两个美人好好下去。两个美人后边随着四个丫鬟，捧两轴五彩行头，下月台来，与郡马相见。施礼已毕，各依方位站下，却起那五彩行头。公子也离了座位，立在牌楼下观看。那各处抛场的把持，尽来看美女圆情。柴绍拿出平生博艺的手段来，用肩装杂踢，从彩门里，就如穿梭一般，连连踢将过去。月台上，家将把彩缎、银花连连抛将下来，两个跟随的往毡包里只管收拾。齐国远喜得手舞足蹈，叫："郡马，不要住脚，踢到晚才好！"那两美人卖弄精神：

这个飘扬翠袖，那个摇曳湘裙。飘袖轻拢，玉笋纤纤。摇曳湘裙，半露金莲窄窄。这个丢头过论有高低，那个张泛送来真又揩。踢个明珠上佛头，实蹑埋尖倒；拐膝弄轻佻，错认多摇摆。

踢到眉心处，千人齐喝彩。汗流粉面湿罗衫，兴尽情疏方叫悔。后有诗一首：

美人当场簇锦团，仙风吹下二婵娟。
汗流粉面花含露，尘染蛾眉柳带烟。
翠袖低垂笼玉笋，湘裙摇曳露金莲。
几回踢罢娇无力，云鬓蓬松宝髻偏。

此时踢罢行头，叔宝取白银二十两，彩缎四端，搭合两位圆情美女。金扇二柄，白银五两，谢两个监论。此时公子也待打发了圆情的美女，各归院落，自家也要在街市行游了。

那叔宝一班朋友，出了球场，过兵部衙门，入市店中饮酒。上得酒楼，听得各处笙歌交杂，饮酒者纷纷络绎不绝，众豪杰却也开怀痛饮，直吃到月转花梢。酒店内有几个服侍的手下人，在楼底下都唧哝起来，说："今日上元佳节，一年一度，我们也要去看看灯。这几个山东老爷不知趣的，只管吃起酒来，主人家要赚钱，我们好不辛苦，着个会说话的上去，催他们起身！"好胜之心人皆有之，内中就有这一个出头的人道："等我上去！"觉得他就像会说话的了，气烘烘走上楼来。齐国远双眸炯炯，直视着他道："咄！你是手下服侍的人，上楼来缓转些走，气昂昂走来怎么？"酒保见客人动了怒，他却是会说话，道："街上黎民百姓灯棚上都点灯了，若是老爷们要去看灯，小人们就不暖酒上来了，若不去看灯，好暖酒服侍。"众豪杰见他说得好，气就平了，道："我们原为看灯而来。"酒保道："知道了。"柴绍命家将下来算还酒钱，众朋友饮尽杯中之酒。下楼出得店时，只见街上灯烛辉煌，也不像日间了。叔宝吩咐抓熟路看灯。日间因在兵部府前圆情，恰好到司马衙门前来，看那个灯楼，却是彩缎妆成，居中挂一盏麒麟灯，上挂着四个金字匾，写着："万兽来朝"。牌楼上有一副对联道：

周祚呈祥，贤圣降凡邦有道。
隋朝献瑞，仁君治世寿无疆。

麒麟灯下，有各样兽灯围绕：獬豸灯张牙舞爪，狮子灯睁眼围毛，猛虎灯虚张声势，山猴灯上树摘桃，骆驼灯如堪载辇，白象灯俨如随朝，麋鹿灯衔花朵朵，狡兔灯带草飘飘。果是各色兽灯无不备，堪称百兽尽来朝。又有两个圣贤骑着两盏兽灯，也有对联一副，悬于牌楼，左右写道：

梓童帝君，乘白骡下临凡世。

三清老子，跨青牛西出阳关。

众人看罢，过了兵部衙门，跟叔宝到杨越公府门东首来。这些宰辅勋臣，在门首搭起过街灯楼，黎民百姓人家，也在门首搭一个小小灯棚，设天子牌位，点灯烛焚香供花，以表与民同乐的意思。因两边人家门首有了许多灯棚，映得那居中街道如同白昼。走马撮戏，舞戟弄棍，做鬼装神，闹嚷嚷填满了街道。不多时，已是越公门首。那灯楼与兵部衙门一样，楼虽一样，灯却不同，挂的是一盏凤凰灯，上面牌匾上四个金字："天朝仪凤"。牌楼柱上，左右一副金字对联，道：

凤翅展南山，天下咸欣瑞兆。

龙须扬北海，人间尽得沾恩。

凤凰灯下，各色鸟灯悬挂，但见：仙鹤灯身栖松柏，锦鸡灯毛映云霞，孔雀灯回观彩尾，鹭鸶灯白雪衔花，鹦鹉灯赛欺凡鸟，喜鹊灯占尽巢鹊，大鹏灯风搏万里，鸳鸯灯欢喜冤家。又有鹞鸽、斑鸠、黄鸟、啭翠青、紫燕、野禽沙鸥各色鸟灯，无一不备。另有两个古人骑着两盏鸟灯。甚是齐整，繁华无比。也有一副对联悬于牌楼柱左右，上写道：

西池王母坐青鸾，瑶池赴宴。

南极寿星骑白鹤，海屋添筹。

众人看过，已是初更时分，却奔到东长安门首来。那齐国远自幼落草，不曾到过帝都，今日又是上元佳节，灯月明灿，锣鼓喧天，笙歌盈耳，他也没有一句好话对朋友讲，扭捏着粗笨身体，在人丛中挨来挤去，欢喜得紧，只是摇头摆脑，乱叫乱跳，按捺他不住。那京城看灯，有诗为证：

月正圆时灯正新，满城灯月白如银。

团团月下灯千盏，灼灼灯中月一轮。

月下看灯灯富贵，灯前赏月月精神。

今宵月色灯光内，尽是观灯玩月人。

叔宝道："我们进长安门，进皇城看看内里灯去。"到五凤楼前，人烟挤塞得紧。那五凤楼外，却设一座御灯楼，有两个太监，都坐在银花交椅上，左手是掌司礼监裴寂，右手是内检点宗庆，带五百禁军，都穿着团花锦袄，每人拿一根齐眉朱红棍，把守着这座银楼。那灯楼却不是纸绢颜料扎缚的，都是海外异香宫中宝玩砌就。灯楼上悬一牌匾，径寸珠宝穿就四字道："光照天下"。两边有玉嵌金镶的一副对联，单道他为天子的富贵：

三千世界笙歌里，十二都城锦绣中。

果然御灯楼景致大为不同。当下王伯当、秦叔宝、柴嗣昌、齐国远、李如圭一班人，看了御灯楼，东奔西走，哪里思量回寓安息。正是：

明月逐人添逸兴，暗尘随马恣游遨。

这班人的高兴，一时也丢抛不下。不知后事如何，且看下回分解。

第十三回 长安女观灯玩月 宇文子强暴宣淫

诗曰：

从来谚语说来真，何意凡愚不忖论。

妇女观灯原不是，娇姿祸被富豪擒。

且说那些长安妇女，生在富贵之家，衣丰食足，无日不是快乐之时。他眼界宽大，外面景致也不大动他的心，况且出入乘舆，前后簇拥，也不甚轻易出门惹人轻薄。只有那些小户人家，巴巴急急过了一年，遇着得闲，见外边满街灯火，笙歌盈耳，也有跳鬼判的，也有踏高竿的，也有舞翠盘的，也有闹龙灯的，也有骑马灯的，铮铮镗镗，跳跳叫叫，挨挨挤挤，来来往往，若老若幼，若贵若贱，若僧若道，若丑若俊，多少人游玩，凭你极老成、极安静的妇女，也不由心神荡漾，一双脚只管向外生了。遇一班好事亲邻，彼此相邀，有衣服首饰的，打扮了出来卖俏，没有的，东借西借，要出来走桥步月。张家妹子搭了李家姨婆，赵氏亲娘约了钱家婶婶。若是丈夫少有趑趄，阻挡一句，有的就变起嘴脸，骂一个头鼻到底。也有丈夫父兄肯助兴的，抱男携女，跟随在后，大呼大叫，摇摆装腔，扬扬得意。就是妇女也有不同：有一种不在行的妇女，涂脂抹粉，红裙绿袄，打着偏袖，扭着屁股，努着嘴唇，瞅着眼睛，跷头跷脑，惹人批评。但是那在行的妇女，浅妆淡抹，不施脂粉，不烦做作，斜行侧立，随处有天然波俏，巧言倩笑，动辄有实地风流，那种妇女又忒杀苦人羡慕。长安众王孙公子，游侠少年，铺眉善眼，轻嘴薄舌的，都在灯棚内穿来插去，寻香嗅味，何尝真心看灯。有一个好标致的妇人在没有灯的去处，他们也要故意挨挤住了他，捏手捏脚，亲嘴摸胸，还有那剪绺的，掇髻的，掳了首饰，传递去了的多得紧，你扯那一个讨赔？那些风骚妇女，明知有此光景，在家坐不过，又喜欢出来布施，也趁此机会识两个青年标致后生，算为一乐。就是少年的男子，略有几分齐整，或有人抠屁股，也有三四个做成了套儿，扯去空处干事。有那一等少年，欢喜做小的，出来寻个把大阿哥。有一等正经人家子弟，也罹此祸，弄出奸谋杀害祸事。最不好的风俗，是这走桥步月看灯一事。

不想有一个孀居王老娘，不识祸福，却领了一个十八岁的老大女儿，小名琬儿，也出去走起桥来。那女儿又生得十分齐整，走出大街看灯。才出门时，便有一班恶少牵歌带曲，跟随在后，挨上闪下。一到大街，蜂攒蚁聚，身不由己，不但琬儿惊慌，连王老娘也着忙得没主意了。不料宇文公子有多少门下的游棍在外寻察，略有三分颜色的，就去报与公子。见了琬儿容貌，魂销魄落。报事的又打听得只有老妇人同走，公子一发胆大，便去挨肩擦背调戏他。琬儿吓得只是不敢做声，走避无路。那王老娘不认得宇文公子，也只得发作起来。宇文公子趁势便假怒道："这老妇人这等无礼，敢顶撞我，拽他回去！"说罢，众家人哄的一声，把母女掳到府内。

王老娘与琬儿吓得冷汗淋身，叫喊不及，就是云雾里推去的一般。街坊上那一个不认得是宇文公子，向来这样横行，谁敢来惹他？到得府门，王老娘是用不着的，将来羁在门房内。只有琬儿被这干人撮过几个弯，过了几座厅堂，来到了书房。众人方才住脚，公子早已来到，把嘴一努，众家人都退出房外，只剩几个丫鬟。公子将琬儿一把抱将过来，便去亲嘴。这琬儿是从未见识的女子，连这也不知叫甚么意思，忙把脸来侧开，将手推去。公子就一只手从裤裆边伸了来。琬儿惊得乱跳，急把手来遮掩，泪落如珠，啼哭叫道："母亲快来救我！"此时，王老娘何尝不叫道："还我孩儿！"但是不知隔了多少房屋，叫杀了彼此也不听得。那宇文公子笑嘻嘻，又一把紧抱他在怀内道："不消啼哭，少不得还你快活。我公子要了，休想出去。"吩咐丫鬟扶他到床上睡了，就着丫鬟看守，他往外去了。众丫鬟关门看守，琬儿哭泣不休。

且说公子走出府门，见王老娘要讨女儿，便道："老妪何敢这般撒泼!”老妪见公子发话,一发狠叫,呼天唤地,要讨女儿。公子道:“你女儿,我已收用,你好好及早回去,休得不知利害,在此讨死!”老妪大哭道:“不还我女儿,就死也说不得了!我单生此女,已许人家的了,快快还我!我母女二人,性命相保,若肯还我,则生,若不还我,我就死在这里罢了。”公子道:“若是这等说将起来,我府门首死不得许多,你就死了,也不在我心上。”叫手下的撵他开去。众人推的推,扯的扯,打的打,把王老娘打出了两条巷,关了栅门,不放他进去,凭他喊叫啼哭。那公子意兴未尽,带了一二百名狠仆,在街上闲撞,还想再撞个有色的女人,将来辅兴。此时已是三鼓。正是:

势恶横行由你作,那知天理不能容。

再说秦叔宝一班豪杰,遍处玩耍。到三鼓儿,见百官下马牌边,有一堆几百人围住喧嚷。众豪杰分开众人,挨到里面观看,见个老妇人,白发蓬头,匍匐在地,手打地皮,放声大哭。伯当问旁边看的人:“今日上元佳节,天子洪恩,与民同乐。这个老妇人为何在街坊啼哭?”那看久了的人都知道这件事,答道:“列位,你不要管他,这个老妇人该死,只有一个女儿,受了人的聘礼,未曾出嫁,今日带出来街上看灯,却撞见了宇文公子抢了去。”叔宝道:“那个宇文公子?”那人道:“就是兵部尚书宇文老爷的公子。”叔宝道:“可就是射圃圆情的?”众人答道:“就是他。”

这时候,连叔宝都把李药师之言丢到爪哇国内去了,却都是抱不平的人,听见说这句话,便问那老妇人:“你姓什么?”老妪道:“老身姓王。”“你在何处住?”老妪道:“住在宇文老爷府后。”叔宝道:“你且回去,那个宇文公子在射圃踢球,我们赢他彩缎、银花,有数十在此,寻着公子,赎你女儿还你。”那老妇人绝处逢生,叩首四拜,哭回家去了。

叔宝问旁人道:“掳他女儿,可是真的么?”众人道:“希罕抢他一个?那公子见了有姿色的,不论妇人、闺女,不怕仕宦、缙绅,他也要抢了回去,百般淫污。这些父母、丈夫会说话的,次日进府去千般奉承,万样哀求,或者赏些银钞,还你带了回来。有那不会说话的,冲撞了他,打死了丢在夹墙内,谁敢与他索命?”始初时,叔宝都有赎还他的心,次后听见这些话,都动了打的念头,逢人就问宇文公子在哪里,问着的人都说道:“列位也该问一声。”叔宝道:“你长安朋友说话倒也好笑,你只说宇文公子在哪里也就罢了,怎么说该问一声?”众人道:“列位是外京人,不知底里。那宇文公子不是好说话的,惹着他有命无毛,你寻他怎的?故如此说。看列位雄赳赳,气昂昂,只怕惹祸。”

叔宝道:“不知他怎么样一副行头?问了,我们好回避。”众人道:“宇文公子的行头太多了,他着实养着许多亡命之徒,都是不怕冷热之人,就是这时候卖弄精神,都脱得赤条条的。每人拿一根齐眉棍,也有一二百个在前开路,后边都是会武艺的家将,真刀真枪,摆着社火。公子骑着马,马前都是青衣大帽管家。长安城内,这些勋卫府中家将,打扮的什么社火,遇见宇文公子,当场舞来,舞得好,赏赐花红,舞得不好,一顿棍子。列位避着些为妙。”叔宝道:“多承指教了。”

众豪杰听了,一个个磨拳擦掌,扎缚停当,只在那西长安门外御街道上找寻。等到三更时分,月正中天,只见宇文公子来了。果然短棍有一二百,如狼牙相似,自己穿了艳服,坐在马上,后边拥有家丁。自古道:“不是冤家不聚头。”众人躲在街道两旁,正要寻他的事,刚刚在面前站住了,对子报道:“夏国公窦爷府中家将,有社火来参。”宇文公子问道:“什么故事?”回说:“虎牢关三战吕布的故事。”“着他舞来。”众社火舞罢,宇文公子道好,赏了众人去。叔宝高声道:“还有社火来参。”说罢,五个豪杰隔开人头窜将进来,喊道:“我们是五马破曹。”叔宝是两条金锏,王伯当两口宝剑,齐国远两柄金锤,李如圭一根竹节钢鞭,柴嗣昌两口宝剑。那鞭锏相撞,发出叮当哗啄之声,只管舞将过来。只是此地不是荒郊草野,动了手便好上马脱身,这是都城之内,街道虽是宽阔,众好汉却舒展不开。看的人多,两边人家门首都站不下了。齐国远想道:“此时打死他不难,只是不好脱身。除非是灯棚上放起火来,这百姓们救火要紧,就没人阻拦我们了。”便往屋上一蹿,公子只道这人要从上边舞将下来,却不防他放火。秦叔宝见火起,料止不得这件事了,便将身一纵,纵于马前,举锏照公子头上就打。那公子坐在马上,仰着身子,是不防备的,况且叔宝的金装锏有六十四斤重,打在头上,连马都打矬了,撞将下来。正是:

脑浆迸万朵桃花,满口牙零倾碎玉。

众家人叫道:“不好了,把公子打死了!”各举枪刀棍棒,齐奔叔宝打来。叔宝抡动双锏,谁是他的敌手,打得落花流水。齐国远就从灯棚上跳将下来,抡动金锤,逢人便打,众豪杰一齐动手,不论军民,尽皆打伤。但见众豪杰:

一个个心头火起,口角雷鸣。奋八九尺猛兽身躯,吐千百丈凌云志气。直冲横撞,似中箭投崖虎豹;前奔后涌,如着枪跳涧豺狼。直打得碧琅玕横三竖四,彩灯楼东倒西歪。闲游士客撇笙箫,戏耍顽童丢鼓钹。风流才子堕冠簪,蓬头乱窜;美貌佳人褪罗袜,跣足忙奔。高高下下,尸骸堆积平街;湿湿漫漫,血水遍流满地。威势踏翻白玉殿,喊声震动紫金城。

这些豪杰在人丛中打成一条血路,奔明德门而来。劈面来了巡视京官宇文成都,他听见此事吃了一惊,一面命令闭城,自却迎来。叔宝当先舞动双锏,照马便打。宇文成都把二百斤的镏金镋从下一拦,镋打着锏上,把叔宝右手的虎口都震开了,叫声:“好家伙!”回身便走。王伯当、柴嗣昌、齐国远、李如圭四好汉一齐举兵器上来,被宇文成都把镋往下一扫,只听得叮叮当当兵器乱响,四个人的身子摇动,几乎跌倒。叔宝早取出李靖的包儿,打开一看,原来是五颗赤豆,便望空一抛,就叫:“京兆三原李靖!”叫得一声,只看见呼的一声风响,变了叔宝五人模样,竟往东首败下去了,把叔宝五人的真身俱隐过一边。宇文成都催开坐骑,望东赶来。叔宝五人径往明德门逃走。

却是三更时分,城门外那手下二十二人,到黄昏时分,大家吃过了晚饭,喂饱了马匹,备好了鞍鞒带,在空阔街道口等候他们。众手下却也分做两班,着一半人看马,一半人入城门口大街上看一回灯,换这看马的进去。看已到三更时候,换了几次,复进城看灯,只见黎民百姓蓬头跣足,赤身露体,伤头损手,遍体流血,口中叫喊:“快走,快走! 响马反了,杀来了!”这看的几个喽罗,听得这句话,慌忙的奔出城来,说道:“列位,想是我们老爷在城内闯了祸,打死了什么宇文公子,你们着几个看马,牵到大道上伺候,着几个有膂力的,同我去看住城门,不要被守门官将把城门关了。”众人都道:“说得有理。”十多个大汉到城门口,几个故意要进城,几个故意要出城,互相扭扯,就打将起来，把守门的军人都推倒了。巡视官的军令下来，要关城门，如何关得？众豪杰恰好打到城门口，见城门不关，便有生路，齐招呼出门。众喽罗看见主人们都到齐了，便一哄而散，出城见自己的马在路旁，都飞身上马，七骑马一班人，齐奔临潼关来。

至承福寺前，柴绍要相留叔宝在寺内，候唐公的回书。叔宝道："怕有人知道不便。"还嘱咐："去把报德祠毁了，那两根金锏不可露在人前。"说罢，就举手作别，马走如飞。将近少华山，叔宝在马上对伯当道："来年九月十五日是家母的七十寿旦，贤弟可来光顾光顾。"伯当与国远、如圭都道："小弟辈自然都来拜祝。"叔宝也不入山，两下分手，自回济州。

却说长安街上，杀得就似尸山血海一般，百姓房屋烧毁不计其数。此时宇文成都追了一回，那五人忽然不见形影。宇文述在府中闻报爱子死于非命，五内皆裂，说道："我儿与响马何仇，却被他打死？"众家将道："因小爷酒后与王氏女子作戏玩耍，那老妇人哭诉于响马，响马就行凶，将小爷打死。"宇文述大怒，叫家将把琬儿拖出仪门，照顶门一顿乱棍打死了，就往夹墙内一抛。却差家将们前去，把王寡妇一家尽行杀死，又叫曾与响马拒敌的家将留在堂下听用。叫出几个善写丹青的来，把打死公子的强人面貌衣裳，一一报来。这打死宇文公子的实是秦叔宝，所以众人先报他。道是这个人身子有一丈长，年纪二十多岁，青素衣，舞着双锏。一说到双锏，旁边便跪下一人道："爷若说是使双锏的，那年爷差小的在楂树岗打劫李渊，也吃那使双锏的救了，不曾杀得他。"宇文述道："这等说，必是李渊知道我害他，故此差这人来报仇。明日上本，只问李渊讨命。"此时宇文成都已回家，说："这五人甚奇怪，追去不知形影，能舞双锏的也多，怎说这人就是楂树岗见来的，可是对人说得的么？也只好从容访察。"宇文述听说，也只得歇了。正是：

从前作过事，惟有本心知。

且不说叔宝归家，再表这太子杨广，他既谋夺了哥哥杨勇的东宫，又逼去了一个李渊，最怕一个独孤娘娘，不料开皇元年就崩了。平日假装的那一段不好奢华、不近女色的光景，此时都按捺不住。文帝也亏独孤娘娘身死没人拘束，宠幸了两个绝色：一个是宣华陈夫人，一个是容华蔡夫人，把朝政渐渐不理。仁寿四年，文帝年纪高大，禁不起两把斧头，四月间已成病了，因令杨素营建仁寿宫，在仁寿宫内养病。不料太子在长安宫内，见皇妹琼花公主十分齐整，正在御花园里撞见，欲行奸污，公主投崖而死，却只推不知，说是暴病而亡。正是：

酒不醉人人自醉，色不迷人人自迷。

毕竟后事如何，且听下回分解。

第十四回　恣蒸淫太子迷花　躬弑逆杨广篡位

诗曰：

荣华富贵马头尘，怪是痴儿苦认真。
情染红颜忘却父，心膻黄屋不知亲。
仙都梦逐湘云冷，仁寿冤成鬼火磷。
一十三年瞬息事，顿教遗笑历千春。

那位隋文帝焉能知道，病到七月，渐渐不支。尚书左仆射杨素，他是勋臣，礼部尚书柳述，他是驸马，还有黄门侍郎官元岩是近臣，三人直宿阁中。太子入宿太宝殿上，宫内是陈夫人、蔡夫人服侍。太子因侍疾，两个都不回避。蔡夫人是丹阳人，江南妇女水色，是不必说绝好的了。陈夫人不惟是南人，却是陈文帝之女，随陈后主入朝，他更是金枝玉叶，生长锦绣丛中，说不尽他的齐整。这夫人举止风流，态度逸韵，徐行缓步，流目低眉，也都是生成韵致。太子见了，却疑是有意于他，一腔心事被他引得火热。知那文帝是不起之疾，与杨素把前后事务尽皆周备，但在文帝面前，终有些惧惮。要大胆闯入宫去调戏陈夫人，他又侍疾时多，再不得凑巧，却又不知心内如何，这些眼角传神，都是我自己揣摹，或者他嫌老爱少，有我的心亦未可知。又想道："他平日受我许多礼物，不能无情于我。"自说自问，这等想慕。

不期那一日入宫问疾，远远见一位丽人出宫缓步而来，不带一人，又无宫女，太子举目一看，却正是陈夫人，为要更衣，故此独自出来。太子只喜得心花大放，暗想道："机会在此时矣！"吩咐从人且休随来，自己三步做两步，随入更衣之处。那陈夫人看见，吃了一惊道："太子到此何为？"太子笑道："也来随便。"夫人见他有些轻薄，回身便走，太子一把扯住道："夫人，我终日在御榻前，与夫人相对，虽是神情飞越，却如隔着万水千山。今幸得便，望乞夫人赐我片刻之欢，慰我平生之愿。"夫人道："太子，我已托体文皇，名分所在，岂可如此？"太子道："夫人岂不知情之所钟，何名分之有！"把夫人紧紧抱住，求一接唇。夫人道："断乎不可！"极力推拒。正在不可解之际，只听得一片传呼道："圣上宣陈夫人！"此时太子知道留他不住，道："不敢相强，且留后会。"

夫人喜得脱身，早已衣衫皆皱，神色惊惶，要稍俟喘息宁贴入宫，不料文帝睡醒，从他索取药饵，如何敢迟？只得举步走到御榻前来。那文帝举目看他，好似：

摇摇不定风前竹，惨惨疏红雨后花。

帝遂心疑，忖道："若是偷闲睡了，醒来鬓发该乱，衣衫该皱，色不须变。若因宣召来迟，也不须失色至此。"便问道："因甚作此模样？"此时陈夫人也知文帝病重，不敢把这件事说知，恐他着恼，但一时没有遮饰，只得说一声："太子无礼！"帝听此言，不觉怒气填胸，把手在榻上敲上几下道："畜生！何足以付大事。独孤误我！独孤误我！快宣柳述、元岩进宫！"太子也怕有些决撒，也在宫门窃听。听得文帝怒骂，又听得宣柳、元二人，不宣杨素，知有难为他的意思，急奔来寻张衡等一班计议。这班人正打点做从龙之臣，都聚在一处，见太子来得慌张，只道文帝晏驾，及至问时，方知陈夫人之事。宇文化及道："这好事只在早晚之间，却又弄出这事来，怎么处？"张衡道："如今只有一件急计，不得不行了！"太子忙问："何计？"张衡附耳道："如此如此。"正在悄悄与太子设计，只见杨素慌慌张张走来道："殿下不知因甚事忤了圣上，圣上宣柳、元二人撰诏，去召太子杨勇。他二人已在撰诏，只待用宝印赍往济宁。他若来时，我们都是他仇家，怎生是好？"太子道："张庶子已定一计了。"张衡便向杨素耳边说了，杨素道："这也不得不如此了！"就催张庶子去做。只恐柳述、元岩取了废太子来，这事就烦难了，宇文化及道："下一道旨，说他乘上弥留，不能将顺，遂将他下了大理寺狱。再传旨说，宿卫兵士劳苦，暂时放散。着郭衍带领东宫兵士，守定各处宫门，不许内外人等出入，泄漏宫中事务。再假一道圣旨去济宁召太子，只说文帝有事，宣他到来，斩草除根。”杨素伴着太子在太宝殿，其余分头办事。先是宇文化及带了校尉，赶到撰诏处，将柳述、元岩拿住。二人要面圣辨别，化及道：“奉旨赴大理狱，不曾叫面圣。”绑缚了，着几个心腹押赴大理去了。回来复命时，郭衍已将卫士处处更换了东宫宿卫，要紧处他二人分头把守。

此时文帝半睡不睡的问道：“柳述、元岩写诏曾完否？”陈夫人道：“还未见进呈。”文帝道：“完时，即便用宝，着柳述飞递去。”只见外边报太子差张衡侍疾，也不候旨，带了二十余内监，闯入宫中，先吩咐当值的内侍道：“太子有旨，道你们连日辛苦，着我带这些内监更替。”又对御榻前这些宫女道：“太子有旨，将带来内监承应，尔等也去歇息。”这些宫女因承值久了，也巴不得偷闲，听得一声吩咐，也都一哄出宫去了。惟有陈夫人、蔡夫人仍立在御榻前不动。张衡走到榻前，也不叩头，见文帝昏昏沉沉的，就对着二位夫人道：“二位夫人也暂避避。”这两个夫人乃是女流，没甚主意，只得离了御榻前，向内阁子里坐地。两个夫人放心不下，就着宫人在门外打听。可有一个时辰，那张衡洋洋的走出来道：“这干呆妮子！圣上已是殡天了，适才还是这等守着，不报太子知道！”又道：“各宫嫔妃不得哭泣，待启过太子来，举哀发丧。”正是：

鼎湖龙去寂无闻，谁向湘江泣断云。
变起萧墙人莫识，空将旧恨说隋文。

这些宫嫔妃女，虽然疑惑，却不敢道是张衡谋死。这壁厢太子与杨素，是热锅上的蚂蚁一般，盼不到一个时辰，却见张衡忙忙的走来道：“恭喜大事了毕！”太子便改愁为喜，将预先定下的计谋，来传令旨：令杨素之弟杨约提督京师十门；郭衍署右领卫大将军，管领行宫宿卫及护从车驾人马；宇文成都升无敌大将军，管辖京师各省各门；提督军务于文恺，管理梓宫一事；太傅少卿何稠，管理山陵；黄门侍郎裴矩，管典丧礼。悄悄秘不发丧。

不半月，有济南大将军杨通，保着废太子杨勇，已到长安城外安营。杨广即假旨召杨勇夫妻父子三人进城，其余不许入城。及至将杨勇赚进城中，就将他父子二人缢死，因见萧妃有国色，乃纳为妃子。

下旨大将杨通并众兵赦其罪，速去济南。杨通一闻此言，不觉大怒，领部下十万雄兵，急至济南，自称吓天霸王；兵精粮足，威振济南，不表。

当下文帝驾崩时，并无遗诏，太子与杨素计议谁人作诏，然后发丧。杨素保举伍建章，说："他为人耿直，众朝臣信服，主公可召他来，与他商议作诏，颁行天下，庶不被众臣谤议。"太子道："倘召不来，怎么处？"杨素道："召不来，一连数召他岂敢抗拒？若来肯作诏便罢，若不肯作诏，将他斩首。"太子见说，忙差内监前去宣召。

那伍爷一生忠直，不交奸党。这日在府，闻得皇帝已死，东宫亦亡，大哭道："杨广听了奸臣，谋害父兄，好不可恨！"正说之间，内监早到伍家，家人通报，伍爷出迎。内监道："太子宣伍爷即刻就往。"伍爷道："公公请回，我打点就来。"内监告别，回复太子。太子一连数次宣召，伍爷拜辞家庙与夫人，乃麻巾缞绖而进，见了太子，悲恸不止。太子降榻，谕之曰："先生，我家事耳，先生不必苦楚。左右取纸笔来，先生代孤写诏，孤当列土受封。"伍爷将笔大书："文皇死得不明，太子无故屈死！"写毕，掷笔于地。太子一看大怒，骂道："老匹夫，孤不杀你，你倒来伤孤。"命左右推出斩首。伍爷大骂："你弑父缢兄，欺娘奸嫂，情同篡逆，今日倒要斩我，我伍建章生不能啖汝之肉，死必追汝之魂！"左右不由分说，把伍爷斩首宫门，将尸首抬出郊外，有同年故旧，暗暗将他埋了。太子与杨素计议发丧，诈为遗诏，道："嗣主及内外官员、军民人等，俱遵以日易月之制。二十七日服满，天下藩镇及各道行台、各州总管，有兵钱粮者，不得擅离职守，俱差官进表。一应小民，拖欠粮赋，自开皇元年起至仁寿三年止，已征在官者，尽行起解；未征在官者，悉皆蠲免。一应人犯，如十恶大罪及谋反叛逆不赦，其余自仁寿四年七月丁未昧爽以前，凡杂犯死罪、流徒、笞杖等罪，不论已结案未结案，并予赦除。一应官员，为事谪戍者，即还原职；其闲住降调者，即予叙用。"这壁厢忙做一团，那太子也不见愁悲哀苦，即忙取一个黄金盒，封了几个同心彩结，差内侍赐与宣华夫人，至晚就召宣华夫人宫中宿了。

七月丁未，文帝晏驾，至甲寅，诸事俱备。次日，杨素先辅太子缞绖在梓宫举哀发丧，群臣都缞绖，各依班次送殡。然后太子吉服，拜告天地祖宗,换冕冠,即大位。群臣都换了朝服入贺,大赦天下,改元大业元年,自称炀帝。在朝文武,各进爵赏。就差兵部尚书宇文化及带了铁骑,围住伍府,将阖门老幼尽行斩首。可怜伍建章一门三百余口,一个不留,只逃走了马夫。那马夫名唤伍保,一闻此信,逃出后槽,离了长安,星夜往南阳,报与伍云召老爷知道。

再表炀帝,一面犒赏边土军士,又追封东宫为房陵王,以掩其谋害之迹。斯时,在朝有杨素一班夹辅,京城内外有宇文成都领班镇压,故此没有一毫变故。正是:

一十三年瞬息事,顿教遗笑历千秋。

再说化及与杨素,俱怕伍云召在南阳,思欲斩草除根,忙上一本道:"伍建章之子云召,雄兵十万,镇守南阳,官封侯爵,才兼文武,勇冠三军,力敌万人,若不早除,日后必为大患,望陛下起大兵讨之,庶绝后忧。"炀帝准奏,即拜国公韩擒虎为征南大元帅,兵马都招讨麻叔谋为先锋,化及之子成都在后救应,点起雄兵六十万,择日兴师。擒虎辞王别驾,百官送行,离了长安,望南阳进发。此话不表。

再说伍建章之子云召,身长八尺,面如紫玉,目若朗星,声如铜钟,力能举鼎,万夫莫敌,雄兵十万,坐镇南阳,隋朝第五条好汉。夫人贾氏,同庚二十,所生二位公子,才方周岁。一日升帐,众将参见,伍爷说:"今日本帅要往金顶太行山打围,众将不可擅离汛地。"众将一声"得令"辞出,吩咐掩门。次日,伍爷头戴白银盔,身穿黄金甲,罩西川红锦袍,坐下西番进来千里马,出了辕门,吩咐一声掩门,离了南阳,竟往金顶太行山而来。非止一时,早已到了。手下禀道:"启爷,兵至山边了。"伍爷吩咐安营,摆下围场,各驾鹰犬追兔逐鹿。

你看此山,周围有数百余里。山中有一大王,姓雄,双名阔海,本山人氏。身长一丈,腰大数围,铁面胡须,虎头环眼,声如巨雷。使两柄板斧,重一百六十斤,两臂有万斤气力。打柴为生,后乃落草,聚集头目四十名,喽罗数千,打家劫舍,往来商客不敢单身行走,隋朝算第四条好汉。这日坐在聚义厅上,唤来头目,吩咐道:"今山中钱粮缺少,你众头目各带喽罗,分头下山,各处劫取京商,只可取财,不可取命。"众头目得令,各带喽罗下山去了,不表。

再说那大王分散众人，自却换了便服，径出寨门，望山下而来。看看走了两个山冈，只见前面林中跳出两只猛虎，扑将过来。阔海把外袍去了，双手擎住，那虎动也不敢动，将右脚连踢几脚，举手将虎往山下一丢，那虎撞下山冈，跌得半死，又把那虎一连数拳打死了。再往下边一观，那虎又醒将转来要走，阔海赶下山来擎住，又几拳打死了。这名为“双拳伏二虎”。这话也不表。

再说那位伍爷，在山上打围，只见前面有一好汉，不消片时，将两虎打死，吩咐家将：“上前相请，说我老爷要见。”家将应声，上前大叫：“壮士慢行，我老爷相请！”阔海抬头一看，说：“你是何人，是谁老爷唤我？”家将道：“我老爷是南阳侯伍老爷，特来请你。”阔海心中想道：“伍老爷乃当世之英雄，闻名久矣！我欲见，无路可进，今也倒来相请，是大幸的了。”忙随着家将到了营门。家将先进去禀道：“壮士到了。”伍爷吩咐请进来。阔海进去朝上一揖。云召看此人身材雄壮，相貌堂堂，威风凛凛，当下大喜，即出位迎接道：“壮士少礼。请问壮士姓甚名谁，哪里人氏，作何生理？”阔海道：“在下姓雄名阔海，本山人氏，作些无本经纪。”伍爷道：“怎么叫无本经纪？”阔海道：“只不过在山中集聚喽罗数千，自称大王，白要人财帛，只叫做无本经纪。”伍爷呼呼笑道：“本帅见你双拳打死二虎，又看你身材出众，定是一个英雄豪杰。本帅回府意欲为你进表招安，久后可为一殿之臣，你意下若何？”阔海道：“多谢元帅。”伍爷大喜道：“既如此，今日与你结拜。”阔海道：“在下一个卤夫，怎敢与元帅结拜？”伍爷道：“说那里话来！”即吩咐家将摆着香案，云召年长一岁，拜为哥哥，阔海拜为兄弟，立誓日后须要患难相扶，若有私心，天地难容。拜毕，伍爷道：“你回山中守候，待哥哥回到南阳修本进朝，招安便了。”阔海谢道：“生受哥哥。”二人告别，阔海自回山寨，云召吩咐众将摆齐队伍，起马放炮三声，回转南阳，一路无话。

再说那众将，差探子打听，忽报元帅爷回来了，众将出城守候。伍爷走近南阳，众将迎接道：“启爷，众将官迎接。”伍爷吩咐一声：“起去。”即同了众将兵士进南阳，来到了辕门，那旗牌官、四营八哨、游击把总千百户，齐齐跪迎道：“众将打躬。”伍爷吩咐众将各回营寨，四营八哨各守营寨。众将士得令,放炮三声,吩咐掩门。退回私衙,夫人接着道:“相公缘何去了六七天才得回来?”伍爷道:“夫人有所不知。”遂把与雄阔海结拜之事细细说了一遍,夫人大喜,即吩咐摆宴与老爷接风。伍爷道:“生受夫人。”夫妻对坐,并无外人,丫鬟抱着公子侍立,伍爷见了,忙叫丫鬟抱来。伍爷接过来放在怀中,叫声:“孩儿。”那公子年小,见了伍爷,嘻嘻的笑。伍爷大喜,与夫人饮宴,不觉多饮了几杯,有些醉意。夫人吩咐丫鬟接了公子。伍爷道:“今晚与孩儿同睡,不知夫人意下如何?”夫人道:“既然孩儿与相公同睡,丫鬟掌灯,细心服侍老爷安置。”丫鬟领命。伍爷抱了公子说道:“夫人,下官今晚得罪了。”夫人道:“好说。”老爷与公子安睡,不表。夫人吩咐丫鬟,传话厨房收拾,自却放心不下,想道:“相公力大,孩儿幼小,蒙眬之中恐惊了我孩儿,不当稳便。”即忙进房,看见老爷鼻息如雷。正是:

隋朝大将非凡相,鼻息如同雷响高。

毕竟后事如何,且看下回分解。

第十五回　雄阔海大显英雄 伍云召报仇起兵

诗曰：

　　忠臣诤谏怒隋炀，大起雄兵勇莫当。

　　从此南阳宁息少，战征不断在沙场。

话说伍夫人见老爷鼻息如雷，把孩儿放在怀中，夫人恐孩儿醒来，只得和衣睡在外面。父母爱子之心不表。却说那老爷云召睡去，不觉来到大堂，心中想道："今日下官出来，缘何家将一个也无？静悄悄，四顾无人，不胜凄凉！往日下官出堂，家将跟随，三军齐集，旗牌侍候，何等威武！今日坐堂好不冷静。"正想之间，只见外面走进一人，满身黑漆，不穿衣服。老爷问道："你是何人？"那人不应，只见隐来隐去。连叫几声，那人应道："孩儿，我是你父亲伍建章，死得好苦也！"云召叫道："爹爹，为何这样光景呀？""我儿啊，那杨广与奸臣算计，弑父缢兄，欺娘奸嫂，情同篡逆。他要我写诏颁行天下，你为父的忠心不昧，把杨广痛骂一场。他把你父亲斩首，又把一门家眷三百余口，尽行抄灭。今又着国公韩擒虎带领六十万雄兵，前来擒你，又着奸臣心腹麻叔谋为先锋，奸臣之子宇文成都应付粮草为救应。孩儿可速速去此南阳，走往别处，不然，性命难保矣！"云召听说，大哭道："那奸贼这等残害我伍门世代忠良，殊属可恨！孩儿今日就点齐人马，杀上长安，除了昏君，去了奸佞，然后更立新君，与父母报仇。"建章道："孩儿何出此言？你还不晓得韩擒虎、麻叔谋、宇文成都这班匹夫的利害？快快与我逃走，不可耽搁！"正在难分之际，又见外边走进一人，满身污血，口叫："孩儿，我是你母亲，被昏君把我一门斩首，孩儿要报仇。"云召道："母亲不须在意，孩儿自当报仇！"又见数百余人走进来，一齐跪下道："老爷要与太师爷、太夫人报仇，小人们死得好苦也！"云召如醉如呆，老夫人叫道："孩儿反了罢！"大老爷说："孩儿走了罢！"众人齐说："求太师爷作主，要小老爷提兵杀上长安，拿住奸佞，也将他满门斩首，以消此冤。"太师爷上前把老爷一拖："走罢！"老爷云召大惊，醒来不觉把公子一推，公子便哭将起来，夫人亦醒。

当下夫人爬将起来："相公为何大呼小叫？"老爷口中还不住的爹爹母亲的哭叫。夫人连叫几声，老爷开眼一看："呀，原来一场大梦！"把公子递与了夫人，夫人抱在手中，公子就不哭了。忙叫丫鬟、妇女，他们听得呼唤，忙走进来。列位，为何丫鬟妇女还不曾睡呢？这是帅府里边丫鬟妇女甚多，每日轮班伺候，所以听得一声呼唤，即忙都走进来。

夫人将公子递与丫鬟抱了，又吩咐妇女点茶。老爷起身穿上衣服，呆呆坐着。此时将已五鼓了，夫人问道："相公想必连日在山上受些惊恐，所以如此。"老爷道："非也，下官方才睡去，见我父亲满身黑漆，口叫：'孩儿，你为父的死得好苦。'说朝中杨广篡位，要他草诏，他忠心不昧，痛骂几句。那昏君听信奸佞，将他斩首，又将满门三百余口一个不留抄斩，叫我作速逃走，以留伍氏一脉。又见母亲满身血污，说：'孩儿要与我报仇的。'更见阶下数百余人，齐声哭着说：'要与我们雪恨。'我见此光景，正难分解，却被父亲把我一拖，下官不觉一惊，醒来却是一梦，倒把孩儿惊觉。"夫人道："梦中之言，相公不必疑虑。"伍爷道："下官想将起来，莫非我父母全家在朝有什么不吉，故有此兆亦未可定。下官因此放心不下。"夫人道："公公在朝，身挂紫衣，故此身上黑的，婆婆亦封诰命，故此身上红的。自古道：梦吉则凶，梦凶则吉。阴阳相反，往往如此。"老爷道："左思右想，只是放心不下。"夫人道："相公何不一面差人连夜到长安去望公公婆婆，一面唤下圆梦先生详解此梦？"老爷道："夫人言之有理，待下官明日早堂，差官星夜上长安探望我父母，回来就知明白了。"正说之间，不觉金鸡报晓，已是天明了。吩咐家将传令箭一枝到外边，传中军唤圆梦先生一名早堂伺候，又吩咐三鼓已毕，伺候我老爷升堂。外边一声得令不表。

再说那马夫伍保逃出长安，在路闻得又差韩擒虎起大兵前来讨伐,心中好不着急,不分星夜赶到南阳。来至辕门,把鼓乱敲,旗牌上前喝问道:"哇!好大胆的狗头,这里什么所在,擅自擂鼓!"吩咐拿下,候大老爷发落。伍保道:"咄,你这瞎眼的官儿,咱是都中太师爷府中差来要见老爷的。"那旗牌大惊道:"老爷,小官不知,望乞恕罪!"伍保道:"快去通报!"旗牌应道:"是。"忙到里边对中军说:"外面有都中太师爷差官要见。"中军即到内堂,报进去道:"都中太师爷差官要见。"老爷大喜,吩咐即唤那差官进来。那旗牌应声出来,说道:"老爷,方才小官多有得罪,大老爷面前望求方便。"伍保道:"不必吩咐,咱自知道的。"

进了辕门,一路到后堂,只见老爷坐在椅中,两旁数十名家将站立。伍保走进一步,大叫一声:"老爷,不好了!"扑通一声,将身跌倒在地,昏迷不醒,话不能言。老爷立起身来一看,道:"这是我府中马夫伍保,为何如此光景?"看官要晓得,那伍保只因连日连夜走了数千里路,心中又急,腹中又饥,身体乏了,所以见了老爷叫得一声"不好了",便气涌心来,闷倒地上。家将上前要扶他起来,老爷摇手道:"不可乱扶,待他慢慢自醒转来。"停了一刻,伍保苏醒转来,家将扶起,伍保眼中不住的流泪。老爷道:"太师爷、太夫人在都中可好?你为何到此,可有书信?拿来我看。"伍保对着伍爷跪叫道:"老爷,不好了,那有什么书!"老爷急问道:"太师爷可有什么变故么?你快快把都中之事细细说与我知道。"伍保道:"太子杨广与奸臣谋死文皇,要太师爷草诏,不知为甚,把太师爷斩了。又围住府门,将家中三百余口尽行斩首。小人在后槽,越墙而逃,报与老爷知道。"伍爷听说道:"怎么讲啊?"伍保又说道:"因太子杨广与奸臣谋死文皇,要太师爷草诏,不知为甚,把太师爷杀了。又围住府门,将家中三百余口尽行斩首。小人在后槽,越墙而逃,报与老爷知道。"

伍爷听罢,大叫一声:"呀唷!"晕倒在地,夫人忙叫道:"相公苏醒!"家将亦叫道:"老爷苏醒!"伍爷半晌方醒,家将扶起,伍爷哭道:"我那爹爹啊!"夫人流泪解劝道:"相公且自保重。""夫人啊,下官世代忠良,况我父亲赤心为国,南征北讨,平定中原。今日昏君弑父篡位,反把我父亲斩了,又将我一门家眷尽行斩首,好不可恨!"夫人道:

"公公婆婆既被昏君所害,伍氏又只存相公一人,并无哥弟,相公还须打点主意才是。"伍爷道:"夫人言之有理。伍保,你再把以后事情备细说来。"伍保道:"老爷,那昏君把太师爷斩了之后,又听了奸臣之言,差韩擒虎为元帅,麻叔谋为先锋,宇文成都为后应,带领大兵六十万,前来征讨老爷,请老爷作速打点。"伍爷道:"夫人,下官昨夜梦中爹爹叫我弃此南阳,逃往别处,母亲却叫我必要报仇,若依了爹爹是忠,若背了母亲是不孝了。若依了母亲是孝,若背了爹爹是不忠了。下官主见莫定。"夫人道:"公公婆婆既被杨广所害,东宫未知存亡,相公请点齐三军,杀进长安,去了杨广,别立新主。一则与公婆报仇,二则扶助东宫为君,岂不是忠孝两全。"伍爷道:"韩擒虎到来,奈何?"夫人道:"若韩擒虎到来,先除此贼,然后杀入长安。"伍爷道:"夫人说得是,下官与众将商议,然后举行。"

传话中军,吩咐辕门起鼓,传点开门。伍爷头戴一顶凤尾银盔,身穿白袍银甲,三声炮响,伍爷升帐,先是十四个旗牌参见,次后两个中军参见,再后大小左右总兵官五营四哨参见,分立两旁。伍爷道:"众将在此,本帅有句话儿要与众将商议。"众将道:"大老爷吩咐,末将怎敢不遵。"伍爷道:"我老太师在朝伴读东宫,官居仆射,又兼南征北讨平定中原,尽忠为国,莫可尽述。不想太子杨广弑父篡位,与奸臣算计,要老太师草诏,颁行天下。老太师忠心不昧,直言极谏,那杨广反把老太师杀了,并家眷三百余人尽行斩首,言之好不痛心!今又差韩擒虎、麻叔谋、宇文成都带领雄兵六十万,前来拿我。我欲弃却南阳,身投别处,不知诸将意下若何?"总兵队里闪出一员大将叫道:"主帅之言差矣!杨广弑父篡位,本为人人可诛。老太师尽忠被戮,理当不共戴天。昔战国时,楚国忠臣伍奢被平王所害,其子伍员入吴借兵,鞭平王尸三百。这忠臣孝子,万古传扬。今主帅坐镇南阳,雄兵十万,立起旗号,齐心报仇,有何不可!"伍爷听说,睁眼一看,乃麒麟关总兵,复姓司马,名超,身长八尺,青面红须,使一柄大刀,有万夫不当之勇。伍爷道:"将军赤心如此,不知众将如何?"只见统制班内闪出一员上将,姓焦名方,身长七尺,白面长须,惯使一根长枪,上马临阵,无人抵敌,乃将门之种,大声说道:"主帅不必烦心,末将等愿同主帅报仇!”只见四营八哨齐声道:“愿随大老爷与老太师报仇!”伍爷道:“既然如此,明日下教场听操!”“得令!”众将退出,放炮三声,吩咐掩门。

老爷进衙内,夫人迎接着道:“众将之意若何?”老爷道:“夫人,下官方才升坐,见众将齐集,就把父亲遭刑之事,细细说了一遍。众将俱各忿忿不平,愿与下官同心出力,杀进长安,与我父亲报仇。明日下教场点齐众将,分兵各处把守,调齐各处粮草,待韩擒虎到来,下官活擒这厮,然后杀上长安,与父报仇,岂不快哉!”夫人道:“相公主见不差。”一宵无话。

次日天明,老爷叫家将传令外边众将教场伺候。家将答应一声,即忙走出外边对中军道:“大老爷吩咐,诸将、大小三军都到教场伺候。”只听得辕门齐齐应声道:“得令!”只见那总兵官、旗牌官、四营八哨、大小官员都收拾兵器盔甲鞍马,各带管下军马往教场伺候。不表。

伍爷用了早膳,来到大堂,吩咐取盔甲过来。他头戴凤翅银盔,身穿龙鳞银甲,外罩蟒龙白袍。二名家将抬上银枪,那枪有一百六十斤重,纯钢打成,长有一丈八尺,名曰丈八蛇矛,乃紫阳真人所授。伍保牵过马来,那马是西番进来的,叫做照夜玉狮子,那马高有八尺,浑身雪白,并无杂毛,登山渡水,如行平地一般。伍爷提枪上马,带了家将三百名,出了辕门,来到教场。三声炮响,到了将台边,伍爷下马,家将移过虎皮交椅,伍爷坐着,张起黄罗金顶宝盖。众将上前打拱:“末将甲胄在身,不能全礼。”“众将少礼。”次后,旗牌官、左领军、右领军、四营八哨参见,各队伍站立两旁。伍爷传麒麟关总兵官司马超听令,传令官走出道:“麒麟关司马将军听令!”司马超提刀走上道:“主帅有何吩咐?”“司马将军,你带领二万人马,把守麒麟关各处营寨。待韩擒虎到来,须要小心抵敌,不可有违!”司马超带了人马,往麒麟关把守不表。伍爷再传统制官焦方听令,传令官手执令旗走出道:“统制焦将军听令!”焦方提枪走上道:“主帅有何吩咐?”伍爷道:“本帅有令箭一枝,着你往各处催赶粮草。”焦方执了令箭往各处不表。伍爷又吩咐众将官:“你们各归营寨,操演该管军士,候本帅不日听点。”吩咐完毕回营,伍保牵过马匹,三声炮响,伍爷上马,带了家将回转南阳,这话不表。

单讲那齐国公韩擒虎奉旨征讨南阳,未到南阳,扎下营寨。先锋进告曰:“公爷在路,日行不过数里,倘反臣知道,逃往他方,圣上闻知,又要加罪,况今日费斗金,公爷务必吩咐三军晓夜兼程才是。”韩爷道:“麻将军有所不知,那伍云召乃将门之子,英雄豪杰,焉肯逃走。目下天气炎热,兵士众多,后面粮草不济,宇文成都还未到,本帅爱惜军士,所以如此。将军自领前阵,本帅自领中军,有事前来通报。”麻叔谋应道:“是!”带领三军望前而行。在路上纵容军士掳掠百姓,奸人妻女,罪不可当。列位看官,你道韩爷为什么在路上慢慢行走?他只因与伍建章有八拜之交,意欲使伍云召知觉,逃往别处,故此打发麻叔谋领前队,自却领中军缓缓而行。那麻叔谋兵至麒麟关,探子报道:“启爷,兵至关下了。”那麻叔谋出马一看,只见关门紧闭,关上扯起了两面大白绫旗,那旗上大书“忠孝王与父报仇”七个大字。叔谋不看犹可,看了十分大怒。正是:

隋炀无道忠臣死,兵讨南阳国土离。

便令:“军士叩关下寨,放炮安营,待我前去禀过公爷再行定夺。”军士一声答应,自己往中军而来。军士报知,韩爷走出中军。叔谋道:“公爷在上,末将参见。”韩爷道:“先锋少礼。今来参见,有何禀闻?”麻爷道:“公爷,小将领兵来到麒麟关,那总兵司马超扶助反贼,把关紧闭,扯起旗号,上写道‘忠孝王与父报仇’。”韩爷道:“这厮反叛朝廷,殊为无礼。”吩咐三军,拔营前去。

兵马向前,直至关下。韩爷道:“那一位将军前去讨战?”早有副将先锋雷明闪出帐前,应道:“末将愿取此关!”韩爷道:“小心前去。”应道:“晓得!”当下雷明顶盔贯甲,翻身上马,手执方天画戟,直至关下,大叫道:“呔!城上的报与守将知道,有本事的前来会战。”探子飞报入府:“启爷,今有一员隋将讨战。”司马超即忙顶盔贯甲,悬鞭挂锏,提刀上马,带领众将放炮出关。雷明看见大叫道:“青面贼,你是何人?”司马超大喝道:“爷乃伍元帅帐下麒麟关总兵司马超便是。”雷明听说,呼呼大笑道:“我乃天朝大将,岂识你反臣贼子!”举戟便刺。司马超举刀,劈面相迎。不上几个回合,雷明看来招架不住,司马超这把大刀神出鬼没，雷明大叫道："好家伙！"慌忙要走，被司马超撇开画戟，举刀望头砍来，把雷明连头连甲劈做两半。可怜一个雷明，竟死于关下。那败兵飞报营中："启爷，雷将军被贼杀了！"韩爷大怒道："罢了，罢了，未曾破关，先折了一将。"大声叫道："众将官！哪一位与我去擒来？"闪过正先锋麻叔谋道："小将愿往擒此反贼。"韩爷道："小心前去。"麻爷应道："晓得！"提枪上马，出了营门，来到关下，大叫道："反贼！你是朝廷命官，乃助这逆贼，有违天命，自取灭亡。如今趁早好好卸甲投戈，饶你性命。"正是：

大言不惭无用将，怎敌能征善战雄。

毕竟后事如何，且看下回分解。

第十六回　司马超败麻叔谋　伍云召刺何总兵

诗曰：

直性豪雄共一班，龙争虎斗守当关。

皆因隋王根基浅，有害军民涂炭间。

当下麻叔谋大声高喝，司马超闻言大怒，喝道："放屁！"上前把刀劈面一砍，麻叔谋将枪架住道："这狗头好家伙！"将手中枪便刺，司马超抡刀相迎。两马相交，枪刀并举，大战四十回合，不分胜负。枪来刀架，刀去枪迎，四条臂膊纵横，八个马蹄交错，真正棋逢敌手。麻叔谋想道："必须回马一枪，方可胜他。"即把枪虚晃一晃，分开大刀，拖枪回马而走。司马超在后追来。叔谋在前，渐渐见他追近，叔谋勒住马，将枪在手，回马一枪。枪还未起，司马超将刀在马后劈将下来，叔谋将身一闪，跌下马来。众将抢上前去，救了叔谋。天色已晚，各自收兵。

叔谋回进营门，来见元帅。韩爷道："将军胜负若何？"叔谋道："公爷，小将出去，与那贼将大战四十回合。看他本事高强，意欲用回马枪挑他，不料马失前蹄，跌下马来，败走回营，来见公爷。望乞恕罪。"韩爷道："胜败兵家常事，何足为虑？但此关不破，此贼难擒，待本帅明日自去擒他便了。"众将应道："是。"司马超亦回进关中，脱下盔甲，众将贺道："将军真天神也，杀得这贼望风丧胆，明日必定成功。"司马超大喜，一面申报元帅，一面吩咐军士紧守关门。

次日，那韩爷埋锅造饭，全身披挂，直抵关前讨战。那韩爷头戴一顶闹龙银盔，身披一副鱼鳞银甲，外罩一件大红袍，坐下一匹千里马，年近七旬，须发苍白，五绺长髯，威风凛凛，手执大刀，摆齐众将，来到关下。探子报入关中，司马超闻报道："这老匹夫，合当要死，待我出去斩了他，趁势杀上长安便了。"吩咐三军齐出会战。那司马超顶盔贯甲，一马当先，出来欠身施礼道："老元帅，小将甲胄在身，不能全礼，马上打拱了。"——看官，那司马超昔日也在他麾下做过指挥，知他的本事。他十二岁打过老虎，十三岁出征，曾破番兵数十万，南征北讨，不知会过多少英雄，并无对手。后归隋朝，封为国公，不亚于杨林。

那边韩爷见司马超马上欠身，口称老元帅，即忙答礼道："将军少礼，本帅有句直言，不知将军肯容纳否？"司马超道："老将军有何金言，末将自当洗耳。"韩爷拥马向前，众将随列于后，便道："将军，本帅奉旨征南，大兵六十万，战将千员，后队天保将军宇文成都，不日就到。将军退回关中，与云召商议，早早打点。不然，打破南阳，玉石俱焚，悔之晚矣。"韩爷心中只不过要云召逃走，不好明言，故此暗暗点省。司马超是个莽夫，哪里听得出这话？又且昨日胜了二将，今又欺其年老，即大喝道："不必多言，看刀罢！"当头一刀劈来，韩爷大怒道："这狗头，如此无礼！"忙把刀架住，叮当一响，司马超道："老匹夫好家伙！"那司马超哪里是韩擒虎的对手，战上有七八个回合，马有十四五个照面，被韩爷架开司马超的刀，照头一刀砍下。可怜司马超为主忠心，不能成功，竟死于韩爷之手。众将见主将已死，大喊一声，四散而逃。韩爷乘势抢关，关内无主，开关投降。韩爷兵马入关，点明户口，盘算钱粮，养马三日，方才起兵，直抵南阳，离城十里，安营下寨不表。

再说那探子飞马报进南阳，到了辕门，中军传禀，伍爷吩咐辕门起鼓。众将披挂，传点开门，三声炮响，伍爷升堂。探子告进道："大老爷在上，探子叩头。"伍爷道："起来讲。""啊呀，大老爷不好了！隋朝拜韩擒虎为元帅，带领雄兵六十万，战将千员，攻打麒麟关。那总兵司马爷出兵交战，初阵斩了隋朝一员大将，次后又杀败了麻叔谋，司马爷得胜回关。次日，韩元帅点兵，亲自与司马爷大战，不料被韩元帅杀了。那军士趁势攻破麒麟关，直抵南阳来了，大老爷须打点迎敌。"伍爷听报微笑道："自古说：'兵来将挡，水来土掩。'他那里人虽多，有何惧哉！"吩咐赏他银牌，一面再去打听。"谢爷赏。"那探子出了辕门,上马而走。伍爷吩咐众将整顿盔甲,操演兵马,整备交战,众将齐声应道:“得令!”外面报进:“催粮将军焦方缴令。”伍爷吩咐令他进来。焦方下马,走进辕门,上堂参见:“主帅在上,末将参见。”伍爷道:“将军鞍马劳顿,免礼罢。”焦方道:“末将奉主帅将令,往新野县催运粮米十万斛,今在城外渭河里面。”伍爷道:“将军路上辛苦,且回营安歇,再候本帅将令罢。”焦方道:“多谢主帅。”出了辕门,上马回营不表。

再说韩爷升帐,大小将官参见已毕,吩咐:“哪一位将军前去擒拿反贼?”闪过汜水关总兵何伦道:“元帅,待小将去擒来。”韩爷道:“那反臣武艺出众,本事高强,你须小心前去。”何伦道:“元帅放心,末将去,如拿不来伍云召,誓不回营!”即提斧上马,带了众将,抵关讨战,大叫:“城上的报与反贼知道,早早出城,下马受缚!”军士报至府中,说道:“关下隋将讨战。”伍爷听了道:“待本帅自出城去,杀那来将。”即提枪上马,带领三军,摆开阵势,大叫道:“来将何名,敢来犯界!”那何伦向前大叫道:“反贼,你不认得我征南大将军麾下、汜水关总兵何伦么?你速速下马受缚,免污我的宣花斧。”伍爷大喝道:“哇!你乃无名小将,敢来说这狂言,速速换你韩擒虎出来会战,不然,先把你这匹夫碎尸万段!”何伦大怒,走马上前,举起宣花斧,劈面砍来。伍爷把枪一架,叮当一响,何伦双手苏麻,虎口震开,复一枪结果了性命。众将上前,围住了伍爷。那伍爷一杆枪,神出鬼没,一连几枪,又挑死了隋朝十多员将官,众皆败走。伍爷又趁势杀上,把三军乱砍,杀得血流成河,尸积如山。伍爷大胜,吩咐打得胜鼓回营。

那隋朝败兵,报进营门:“启爷,不好了!何将军被伍云召一枪刺死,又挑死十多员大将,又把三军砍死数万。”韩爷闻报,大吃一惊,连忙出营计点军士,折了兵卒二万,马三千匹,盔甲不计其数。韩爷大怒,吩咐:“明日本帅自己亲自临阵,斩此匹夫,与何将军报仇。你们将士须小心管守栅门,防贼暗算。”众将齐声答应道:“是!”

次日,韩爷升帐,点齐大小三军。闪出先锋麻叔谋,上前打拱道:“公爷在上,小将参见。”韩爷道:“将军少礼。”叔谋道:“公爷,今日待小将前去,擒拿反贼,解上朝廷,速平南阳。”韩爷道:“既如此,将军须要小心在意。”叔谋说声得令,回到营中,点齐众将,吩咐三军道:

"今日出阵，非比往常，你们十二员猛将，带领二千人马，埋伏在长平冈左右。"又命四员心腹勇将："你们带领二千人马，离城三里埋伏，若本帅擒拿反贼，你们杀入城中，捉住家小，夺取城池。若反臣胜了，你们后面杀上，不得违令。"众将应声道："是！"各领兵马，前去埋伏。我且慢表。

单讲麻叔谋对四员护从猛将道："你四位将军乃本先锋亲信之将，要晓得那反贼英雄盖世，勇冠三军。昨日何爷被他杀了，又折了许多人马，今日我元帅要亲自临阵。俺为先锋，焉敢退避，故此讨下差来，与那反贼交战。四位将军俱要紧随着我，我若胜了，把反贼挑下马来，你们可速速去擒，抢他的袍甲盔马枪剑，这几件都是宝贝，我后来自要受用的，不可遗失一件。若我杀败了，你们速上前挡住，尽力死战，同心竭力。若拿得反贼，功劳是一样的。"四人应声道："得令！"

那麻叔谋顶盔贯甲，手执长枪，身坐高马，那四员大将也是顶盔贯甲，各执器械，身坐高马，带了四万人马，齐出营门，来到阵前，吩咐军士前去讨战。军士奉了将令，来到城下，大叫道："城上的狗头！快报你反贼知道，今日我先锋自己出来，叫你反贼出来受缚，免我先锋动手。"城上军士听得道："这狗头出言无状，待俺射他一箭。"呼的一声，正中讲话军士的咽喉，那军士跌下马来。有军士报与元帅道："启爷，隋将麻叔谋带领众将在关下讨战。"伍爷道："杀不尽的狗头，今日也来索死。"吩咐伍保带马。伍爷手执长枪，腰挂青虹剑，带了军士，上马出关。焦方上前禀道："元帅，那隋兵昨日大败而去，又折了许多兵马，今日复来讨战，恐必有计，元帅须要提防。"伍爷道："量此鼠辈何足惧哉，吾今日必当擒之！"

来到战场，那麻叔谋提枪上前，四员猛将随列于后。伍爷单枪匹马而出，高声大骂道："杀不尽的狗头，擅兴无名之师，犯我南阳，速速下马受死，免累三军遭难。若不依言，照爷爷的家伙罢！"劈面一枪。叔谋大怒，举枪便迎。两马相交，双枪并举，三四个回合，叔谋气力不加，大叫道："好家伙，众将上前抵敌！"虚刺一枪，大败而走。伍爷后面追来，四将上前挡住，伍爷独战四将，并无惧怯。不上一二回合，二将中枪落马而死，那二将见势头不好，正待要走，被伍爷拔出青虹剑，连头带肩切于马下。

隋兵大败而走，云召追至长平冈。只听一声炮响，闪出埋伏的四员大将，领了二千人马，拦住去路。后面那四员大将，听得炮响喊声，连忙领了大兵，往后面杀来。伍爷急领兵回时，韩元帅又差二员大将：一员是陈州总兵吴烈，生得豹头红脸，手执大刀，身骑骏马；那一员是曹州参将王明，生得铁面胡须，手使大刀，身骑高马。各带军马五千，四面围往。那伍爷兵少，围在垓心，不能解救，东冲西突。隋兵愈加众多，伍爷手执长枪，杀上前面。四将来迎，伍爷大喊一声，径冲四将。那四将抵敌不住，伍爷把青虹剑乱砍，折了三将，一将往前逃走，被伍爷一箭射死，前军四散逃生。伍爷执剑从后追来，两肋下伏兵齐起，吴烈、王明各手执大刀，大叫道："反贼不得无礼！俺吴爷、王爷在此。"伍爷并不答应，挺枪便刺。吴烈纵马舞刀来迎，不上三合，吴烈抵敌不住。王明见吴烈战云召不下，拍马抡刀，前来双战。伍爷全无惧怯，在中央独战二将，不上五六回合，吴烈中枪落马，王明要走，被伍爷也是一枪结果了性命。军士乱逃，被伍爷把青虹剑乱砍，犹如砍瓜切菜一般。后面四将见隋兵大败，欲待要走，又无退路，只得拍马向前，拼命杀上。那伍爷杀得性起，把青虹剑乱砍，不消半个时辰，四将都丧在沙场。可怜麻叔谋帐下有十二员将官，俱丧于伍爷之手，只逃走了麻叔谋。

那麻叔谋亏了四将挡住，杂入小军中逃脱，盔袍尽落，衣甲全无，急急然如丧家之犬，忙忙然如漏网之鱼。逃到营中，败军报进："启元帅，先锋大败回来了。"韩爷道："唤进来。"麻叔谋走到中军，来见韩爷，大叫："公爷，不好了！"韩爷抬头一看，见叔谋盔甲全无，衣衫不整，垂着头，拐着脚，好似落汤鸡一般，忙问道："先锋为什么这般光景？"叔谋道："主帅在上，小将奉令出兵，点齐将官十二员分头迎敌，不料这反贼勇猛异常，小将与他交战不上三合，几乎丧其头颅，幸亏四将挡住，我杂入小军中逃脱，不然不得见公爷了。"韩爷大怒道："我又差二员总兵前来接应，怎么不与反贼死战，私下逃回？前日在麒麟关，被司马超杀败，本帅念你初次。今又丧师误国，军法难逃了。左右，与我绑去砍了！”叔谋大叫道：“求帅爷饶命。”韩爷喝道：“斩讫报来。”左右不由分说，把叔谋绑出营门。叔谋大哭道：“众将快来救我，必当犬马相报。”闪过军中参谋包生，上前禀道：“公爷，未破南阳，先斩大将，于军不利。不如暂恕先锋，待破了南阳，与反贼一并解上朝廷，候旨定夺。”韩爷道：“参谋之言有理。”即吩咐道：“看参谋分上，死罪免了，活罪难免，发军政司重打四十，后营管马。”左右答应，把绑放了，解往军政司去发落不表。

再说韩爷升堂，只见那败兵报进道：“启元帅爷，不好了！南阳兵来得凶勇，伍老爷枪剑非常，撞着枪就死，惹着剑就亡。那麻爷手下十二员大将，尽被伍爷杀了，大小三军十分中去了九分半。”韩爷道：“总兵吴爷、参将王爷怎么样了？”败兵道：“都被伍爷梨花枪挑死了。”“如今伍云召在那里？”败兵道：“伍爷还在那里杀人。”韩爷道：“这反贼如此无礼，取我的衣甲、头盔过来，待本帅自去擒他。”那韩爷头戴凤翅银盔，身穿锁子黄金甲，外罩团花红锦袍，脚穿粉底战靴，坐下千里马，手执大绰刀，带了三军，齐出营来不表。

再说那伍爷，南阳三十里厮杀，远者枪刺，近者剑砍，杀死隋将二十余员，其余士卒不计其数。后史官有诗赞伍云召：

血染银袍透甲红，隋将莫敢与交锋。
当今多少英雄将，尽丧南阳战泽中。

当下杀出长平冈，只见探子报道：“韩元帅大兵到了。”伍爷吩咐扎营以待。只见韩爷出马，当先大叫道：“请伍云召出来，老夫有话相商。”军士报进，伍爷提枪出阵，只见韩爷身骑高马，众将随列两旁，乃马上欠身道：“老伯，小侄甲胄在身，不能全礼，马上打拱了，望老伯恕罪。”韩爷连忙答礼道：“贤侄少礼，老夫有一言相告，不知贤侄可容纳否？”伍爷道：“老伯有何见教，小侄自当洗耳恭听。”韩爷道：“贤侄，你父与汝世食隋禄，官居极品，乃不思报效，叛逆称王，自立旗号，称为忠孝王。你口读诗书，不知忠孝之义，可发一笑。又称与爷报仇，你仇在那里？自古道：‘君要臣死，不死非为忠；父要子亡，不亡非为孝。’老夫奉命征讨，你又抗拒天兵，杀害朝廷大将，罪孽重大。今我大兵六十万，战将一千员，你南阳一郡之地，济得甚事？不如倒戈归降,待老夫回奏朝廷,赦汝之罪,封汝为王,你意下如何?"伍爷道:"老伯,我父亲世代忠良,赤心为国,官居仆射,并无过犯,老伯尽知。不料杨广弑父篡位,纳娘为后,欺兄图嫂,古今罕有。我父亲忠良不昧,直言极谏,那杨广反把我父亲杀了,又将我一门三百余口尽行斩首,可怜只存小侄。那杨广又听信奸臣,烦老伯兴兵前来拿我。小侄本该引颈受刑,奈君父之仇,不共戴天。老伯请速回兵,退归长安,待小侄不日兴师,杀进长安,除却昏君,杀却奸逆,复立东宫,以安天下。复立东宫谓之忠,除却昏君以报父仇谓之孝,岂不为忠孝两全?老伯请自详察。"韩爷听了,大怒道:"反贼,我好意叫你去邪归正,你却有许多支吾。也罢,照爷爷的家伙罢!"举起大刀,照头砍去。伍爷架住刀道:"啊呀,老伯父,念小侄有大仇在身,还求怜恤。"正是:

得放手时须放手,得饶人处且饶人。

不知后事如何,且看下回分解。

第十七回　韩擒虎调兵二路　伍云召被困南阳

诗曰：

云召天生忠义心，只嫌有力志难伸。

南阳被困风波险，骨肉伤悲请救兵。

当下韩爷听了云召之言，不觉心中大怒，骂道："小畜生，当真不听我言么？"说罢，又是一刀砍下。伍爷又把枪架住道："老伯，我因你与我父亲同年，又有八拜之交，故此让你两刀，你可就此去罢，不然小侄要得罪了。"韩爷又是一刀劈下。伍爷逼开刀，把枪一刺，两下大战十个回合，马有二十个照面，韩爷看看抵敌不住，回马就走。伍爷叫声："那里走！"拍马赶来。韩爷不走自己营门，竟往侧首山中而走，伍爷看看赶上，韩爷看四面无人，住马叫道："贤侄休赶，老夫有言相告。"伍爷住马道："你且讲来。"韩爷道："老夫年老，不知贤侄这等年少英雄，使老夫钦服之至。但贤侄不知，后队趱粮救应使天保将军宇文成都好不利害，他使一个镏金镋，重三百二十斤，有万夫不当之勇。贤侄虽勇，恐非所敌。故此老夫劝贤侄弃此南阳，投往河北，暂且守候。想目下真主已出，隋朝气数亦不久，俟后自当报仇。贤侄意下如何？"伍爷道："老伯此言虽是，但我大仇在身，刻不容缓，奸臣之子宇文成都到来，我何惧哉！老伯请速回，下次不可轻出，若再撞见，小侄不认得老伯了。"韩爷带转马头就走，叫道："贤侄，你仍旧后面追赶，以避嫌疑。"伍爷依言追下来，追出山口不表。

再说那隋朝众将，不见了主帅，各自分头救应。只见山中追出主帅，众将大叫道："反臣不可伤我元帅！"众将挡住，韩爷回进营门。伍爷也不追赶，收兵而去。韩爷下马卸甲，坐在交椅上，众将参见致罪。

韩爷吩咐众将退回麒麟关扎住，计点众将军士：头阵与司马超交战，折去大将一员、兵二万；二阵与伍云召交战，又折去大将六员，兵三万；麻叔谋领兵，折去大将十二员，兵二万。前后共折大将数十员、兵七万，锐气已衰。一面修表进朝求救，一面差官催救应使宇文成都速来讨战。又发令箭两枝，一枝去调临潼关总兵尚师徒，一枝去调红泥关总兵新文礼，前来帐下。那差官得令，各自分头前去。

且说那伍老爷大获全胜，兵回南阳，众将接见道："主帅如此英雄，何愁隋朝不灭！"伍爷大喜道："全仗众将同心。"众将道："不敢。"兵士报道："启爷，韩擒虎带领败兵，回转麒麟关去了。""再去打听。""得令！"伍爷回至辕门，吩咐众将各归营寨，三声炮响，吩咐掩门，回进私衙。夫人接见，吩咐家将取纱帽便服，换下盔甲。夫人见血染白袍，忙问道："相公今日与隋兵交战，胜负如何？"伍爷把杀败擒虎之事，细细说了一遍。夫人大喜，忙吩咐摆酒："相公为父报仇，交战辛苦，请畅饮几杯，以为得胜酒。"伍爷一来劳力辛苦，二来肚中空虚，把酒一连数杯，不觉大醉。看见丫鬟抱着公子，接过来抱在怀中，说道："吾儿，你后来要与父争气。"夫人见老爷醉了，吩咐丫鬟取夜膳过来，夫人自已接过公子，递与丫鬟，老爷连吃了十多碗饭，家将收拾已毕，夫人吩咐掌灯，送老爷安置。此话不表。

再说那韩爷坐在关中，心中愁着："宇文成都怎么还不到来？倘伍云召兴兵前来，何以抵敌？"吩咐三军，将各门紧闭，整备炮石。忽见军士报进："启爷，宇文天保将军趱粮已到，在关外要见元帅。"韩爷传令进来。军士来到关外说："宇文将军，元帅请进。"宇文成都匹马进关，来至营门，上前见了韩公道："公爷在上，末将参见。""将军少礼。""公爷起兵已及三月，缘何还在这里？"韩爷把两次交战，折去大将军士，一一说了一遍。成都大怒道："那反贼如此猖獗！待小将明日出阵，擒那反贼，一来与诸将报仇，二来与公爷出气。"韩爷道："须要小心。"那成都辞别出营，上马出关，吩咐军士将粮草上了仓廒，又吩咐随征十二员英雄，明日同进南阳，擒那反贼，众将得令。

那宇文成都身长一丈，腰大十围，金面长须，虎目浓眉，使一柄镏金镋，重三百二十斤，隋朝算第二条好汉，按上界雷声普化天尊临凡。一日，在长安城甘露寺，那寺内殿前有一鼎，是秦始皇所铸，高有一丈，大有二抱，上写着："重五百四十八斤。"适值这日，隋文帝同文武百官行香，谓化及曰："朕闻卿之子成都，力能举此鼎，可宣来试与朕看。"化及俯伏奏道："臣儿随驾在此。""臣宇文成都见驾，愿我皇万岁万岁万万岁！"只这一声，犹如牙缝内打一个霹雳。文帝大喜道："爱卿平身，卿可即将殿前香鼎试与朕看。"成都应道："领旨。"走下殿来，将袍脱下，两手把香炉脚拿住，将身一低，抱将起来，离地有三尺高。传旨举步，成都又走了几步，复归原所放下。两旁文武看见，无不喝彩。成都走上驾前，神气不变，喘息全无。文帝大喜，即封为无敌大将军。这都是说成都的力大，也不必表。

再说那成都次日带领三军，来到南阳，离城十里安寨。那探子飞报伍爷道："不好了！天保将军到了，离城十里安寨，差将在外讨战。""再去打听！"众将闻报，上前参见。伍爷道："少礼。众将在此，本帅有言相告。今日奸臣之子宇文成都到来，本帅今日出去，自当战死沙场，以尽孝道。但大仇未报，此天命也。我今倘有不测，众将三军自然投顺隋营，但夫人公子在此……"伍爷说了这句，就住口不说了，吩咐三军出城，自却顶盔贯甲，提枪上马。众将齐道："元帅放心，元帅与老太师报仇，是个孝子，末将等虽做不得义士，愿与元帅情同生死。夫人公子，元帅请放心。"伍爷道："多谢众将。"吩咐伍保带了三百名家将，到南山砍伐树林，备作城上擂木，伍保一声得令前去。伍爷又令："焦方过来！你带三千人马，往吊桥守住，倘后面隋兵追来，将弓箭齐射，不得有违。"焦方得令，自领人马，前去准备。

伍爷带了人马，来到阵前，只见宇文成都头戴乌金盔，身穿连环宝甲，手执镏金镋，浑似天神一般，大叫道："反贼！速来受缚，免我宇文爷爷动手。"伍爷听得，大骂道："奸贼，你通谋篡逆，死有余辜，尚敢阵前大言，照爷爷的家伙罢！"劈面一枪刺去。成都大怒，把镏金镋一挡，叮当一响，伍爷的马倒退二步，成都又是一镋，伍爷把枪架住。两个战了十五个回合，马有三十个照面，伍爷回马大败而走。成都大叫道："反贼，走哪里去！"匹马追来，看看相近，伍爷回马挺枪，大叫道："奸贼，来与你拚个你死我生！"成都道："走的不是好汉。"把镏金镋劈面一挡，伍爷把枪一架，两个又战了二十余合。伍爷气力不加，把枪一刺，回马又走，成都在后面追来。

却说那伍保在南山砍树，见前面有二员将大战，一将败下来，伍保一看，大惊道："这是我家老爷，手无寸铁，如何是好？"只见山旁一株大枣树，用力一拔拔起来，去了枝叶，拿在手中，赶下山来，大喝一声道："勿伤我主！"忙把枣树照成都马头劈头一砍，成都看得真切，即把镏金镋一挡，那马也退三四步。列位，那成都要算天下第二条好汉，为何也倒退了三四步？只因这株枣树大又大长又长，伍保力气又大，成都的兵器短，所以倒退了。伍爷一看，原来是伍保。那伍保将树又打下来，成都把镏金镋往上一迎，把树迎做两段。成都又把镏金镋打来，伍爷在前面山冈上一看，叫声："不好了！"拔箭张弓，呼的一声，照成都射来。成都不防暗箭，叫声："啊呀，不好了。"一箭正中在手，回马走了。伍保赶上，伍爷叫声："不要赶！"伍保回步，同三百家将上山抬了树木，回进南阳吊桥边。焦方接着，叫声："主将，得胜了么？"伍爷道："若无伍保，几乎性命不留。"说罢，同众将回至辕门，吩咐众将紧闭四门，安摆炮石擂木，紧守城池。众将得令前去整备。列位，你道伍云召为何把城池这般紧守？那云召本来战不过成都，初阵亏伍保相救，细想南阳诸将并无对手，恐城池攻破，玉石俱焚，故此先将城池紧守，此话不表。

再说韩爷坐在关中，探子报进道："宇文老爷大败而回，请元帅发兵相救。"韩爷正要发兵，只见兵士报进："临潼关总兵尚师徒，带领雄兵在外候令。"韩爷吩咐进来。尚师徒进营参见，韩爷道："尚将军，你带了本部人马，前去助那宇文将军，同擒反贼。"尚师徒一声得令。军士又报进："新文礼在外候令。"韩爷即吩咐："也带本部人马，同尚师徒前去会擒反贼。"应道："得令。"新文礼同尚师徒各带人马，来到宇文成都营中。军士报进，成都出营接见，二将下马，携手同进营中。三人相见已毕，新文礼与尚师徒一同开口问道："宇文将军治军劳神了。"成都道："二位将军于远路来，鞍马劳顿了。"吩咐军士摆酒接风，一夜无话。

次日军士报进："元帅到了。"三人出接。元帅进营，下马坐定，三将上前参见，元帅道："将军们少礼，我想反贼昨日出城，见我兵强将壮，紧闭城门，不出相敌，如何是好？"宇文成都道："公爷放心，谅此孤城，何足虑哉！只消待小将打破城池，捉拿反贼便了。"韩爷大喜，便同三位将军离营来至城下，把城池周围看了一遍，即同三将回营，谓三将曰："此城险峻，不易攻也，况城中伍云召乃勇猛之将，若放走了，是纵虎归山，放龙归海。尚将军过来，你带领本部人马，围住南城，不得纵放反贼。"尚师徒一声："得令！"韩爷又令："新将军过来，你带领本部人马，围住北城，不得放走反贼。"新文礼一声："得令！"韩爷又令："宇文将军过来，你带领众将人马，围住西城，不得纵放反贼。"宇文成都也应声："得令！"三将各上马分头前去，韩爷自却带领众将大小三军，围住东门，此话不表。

再说伍爷坐在衙中，想起宇文成都勇猛，心中十分忧闷，忽听军士报进道："韩擒虎调临潼关总兵尚师徒、红泥关总兵新文礼，带领人马，围住南北二城，宇文成都围住西城，韩擒虎围住东城，好不利害。"伍爷闻报，好不着急，只得亲督将士，巡守四城，安摆火炮、擂木、弓箭。宇文成都率兵攻城，城上炮石箭矢势如雨下。那隋兵折了许多人马，只得吩咐暂退三里，候元帅军令定夺。此话不表。

再说南阳军士报知伍爷说："隋兵退下三里之外。"伍爷上城一看，果然退去有三里远近。细看隋兵兵士如蝼蚁之密，军马往来不住，伍爷放心不下，早晚上城巡视数回。一到夜来，隋营灯火照耀，犹如白日，只得吩咐城上众将尽心把守。伍爷下城来，与众将道："隋兵如此之多，将帅如此之勇，如何是好？"统制官焦方上前道："主帅勿忧，自古道：'兵来将挡，水来土掩。'明日待小将同主帅杀入隋营，斩其将帅，隋兵自然退去，主帅意下如何？"伍爷道："将军有所不知，那隋兵之多，将帅之众，俱不在本帅心上，惟有宇文成都勇猛无敌，我南阳诸将并没有强似他的，倘杀出去，徒送性命。我有一个族弟，名唤伍天锡，身长一丈，腰大数围，红脸黄须，两臂有万斤气力，使一柄混天镋，重有二百多斤。他在河北沱罗寨落草，手下喽罗数万，猛将也不少。若有人前去，勾得他领兵到此相助，方能敌得住宇文成都之勇。"焦方道："既有主帅令弟将军如此之勇，待末将前往河北沱罗寨，请他领兵前来相助便了。"即提枪上马，出了营门，望北城而出，放下吊桥，回马大叫道："吩咐紧守城门。"军士应道："是!"

焦方离了南阳，行得一里，只见埋伏军士向前大叫道："哇！反贼，你往哪里走?"焦方匹马单枪，只是不应。军士围将拢来，焦方大喝道："来来来！你们来一个杀一个，来一双杀一双。"军士大怒，各执兵器前来。焦方大怒，把枪一滚，上前的俱被枪刺死。军士不怕大喊，复围上来。焦方又拔刀在手，左手提枪，右手执刀，枪到处人人皆死，刀着处个个皆亡。焦方杀出重围，往前飞走。那败兵报进营中："启爷，不好了！城中一将杀出重围，望北去了。我这里军士被他伤了无数。"新文礼闻报大怒，提刀上马，赶出营来。那焦方已去得远了，只得回马进营，唤过队长喝道："你怎么不来早报于我？拿去砍了，以警将来。"此话不表。

再说焦方杀出重围，离了南阳，在路渴饮饥餐，不分昼夜，非止一日，来到河北。焦方道："不知沱罗寨在哪里?"一路地广人稀，无从访问，看看天色已晚，不免趱向前去，再作道理。走不上三里多路，早只见：

金乌飞落西山去，玉兔升从东海来。

焦方在月光中一看，只见前面一座高山，好不峻险：丛丛树木森茂，巍巍山岭嵯峨，猿啼虎啸，涧水潺潺。焦方到此，不觉有些害怕起来，好歹且上前去看来。策马奔程，忽听地铃一响，早被绊马索一绊，将焦方连人带马跌将下来。两边走出几个喽罗，把焦方拿住绑了。喽罗带了马说："好一匹马，用得着的。"地下拾了枪说："这枪倒有些重。"把来扛在肩上，两个抬了就走。焦方身子绑紧，动弹不得，只得听他脚不点地走了三四个山头，见山冈下一个大大的围场，方圆数里。过了围场，来到山边，只见两山相对，中间一座关栅，两旁刀剑密密，枪戟重重。关上喽罗一看，问道："大王差你取财帛，你取了多少回来?"关下喽罗道："今日没有客商经过，财帛没有，晚来拿得一个牛子，送与大王作醒酒汤。""好凑巧，大王酒醉，正想哩!"遂开了侧首小关，带了焦方，望内而走。过了三重栅门，来到聚义厅。这厅有十多丈开阔，十多丈进深，中间排着虎皮交椅，一座案桌上，大红桌围，点上两枝画烛。喽罗把焦方绑在将军柱上，焦方竟闭目由他。只见里边报出来道："大王出来了。"喽罗立在两旁，大王出来坐在交椅上，问道："今日出去，各路打劫客商，有多少财物？"头目将各处财物说了，吩咐交与管库头目收贮。那拿焦方的几个喽罗上前禀道："大王，小人拿得一个牛子，与大王醒酒。"大王道："与我取来。"喽罗取来一盆水，放在焦方面前，手拿着刀，把焦方胸前解开，取水向心中一喷。那心是热血裹住的，须用冷水喷开热血，好取心肝来吃。焦方见明亮亮一把刀，魂飞天外，大叫道："我焦方横死于此亦无足惜，可恨误了南阳伍老爷大事。"大王听得问道："哪一个说南阳伍老爷？"喽罗道："这牛子口中说的。"大王大惊："与我唤来！"那喽罗把焦方开了绑，带将过来。那焦方已吓得：

魂飞天外无寻处，魄散九霄少获来。

毕竟后事如何，且听下回分解。

第十八回　焦方借兵沱罗寨　天锡救兄南阳城

诗曰：

百万隋师围困来，英雄遭难少奇才。

亏得焦方多仗义，借兵远奔虎狼穴。

当下大王大惊，忙吩咐道："与我把这牛子放来！"喽罗把焦方开了绑，带将上来。那焦方已吓得半死，四肢苏麻。大王问道："你这牛子，怎么说起南阳伍老爷？"焦方道："大王，他是小将的主帅，官受南阳侯，名唤伍云召，被隋将宇文成都围住南阳，攻打城池，破在旦夕，差小将到河北沱罗寨伍大王那里求取救兵。不想遇着大王，乞大王开一线之恩，放了小将去救伍爷城池。"大王便立起身来问道："你叫什么名字？""小将是伍爷帐下统制官焦方便是。"大王道："请起看坐。"左右忙移交椅过来，又将衣服与他穿了。焦方坐定，抬头一看，只见那大王身长一丈，红脸黄须，因吃人心多了，连眼睛也是红的。那大王道："焦将军，你说伍大王叫什么名字？"焦方道："是主帅的兄弟，名唤伍天锡。"大王道："俺是伍天锡，这里就是沱罗寨了。将军受惊了！"吩咐摆酒压惊。焦方道："小将不知，望大王恕罪。"大王道："焦将军，那伍云召是我的哥哥，不知为着何事，被宇文成都围住南阳？你把前后事情，细细说与俺知道。"焦方把杨广弑父篡位，要老太师草诏，老太师不从，反把忠言苦谏，杨广大怒，就将老太师满门抄斩，又差韩擒虎带领宇文成都前来捉拿主帅，故此与他交战，细细说了一遍。伍天锡大怒，骂道："我把这个昏君碎尸万段，才好出气！既是奸臣之子宇文成都这狗头利害，待俺去擒来作醒酒汤。"当下两英雄谈论饮酒，直饮到天明，吩咐头目拔营，前去救取南阳，以擒宇文成都。即点数千喽罗，拔寨起行，众头目相送，伍天锡对头目道："俺此去擒了宇文成都，救了南阳，不日就回。你们与我把守三关，紧闭寨栅，各路须要小心，不得有违。"众头目打拱道："是！"伍天锡离了沱罗寨，晓行夜住，非止一日，来到太行山。吩咐扎营埋锅造饭，众喽罗应声："是！"这且不表。

单讲那金顶山中雄阔海，坐在聚义厅上，心中想道："目下人众粮少，伍云召哥哥说回转南阳，申奏朝廷，不日就有招安到了，为何一去数月，并无音信？如今只得再劫行商，以备山寨之用。"即唤头目吩咐道："你们可去各路打听来往客商，有财帛的尽行取来！"众头目一声得令，带领喽罗分头下山，各路打听不表。

再说山西有一伙京商，都是贩珠宝、金银、金刚钻的，一共有二十余人。在路商议道："此地盗贼甚多，倘被他瞧见，性命不保。不如把这些货物各人藏在身边，身上换了破碎衣服，歹人看见，只道我们是求乞的，便不来抢了。"众客人听了大喜，俱各换了衣服，各藏珠宝，上路缓缓而行。看看近了金顶太行山，众客道："你看前面山势险峻，恐防歹人在内，我们须要小心前去。"众客道："说得是。"不道那班喽罗，早已远远打听这起是京商大客，守住山中，等了几天。只见远远一起人来，内中一个乖巧的道："这班穿破碎衣服扮乞丐的，正是贩珠宝的大京商。"众喽罗听说，就鸣锣一声，跳出数百余人，头扎红巾，身穿青袄，手执短刀，大叫道："来的留下买路钱，放你过去。"众客闻言，大叫道："大王爷爷，小人们是关中逃来的难民，要到南阳去求乞的，望大王爷爷方便，小人们感恩不浅。"只见又跳出两个头目，头戴乌纱长巾，红绢裹头，身穿黑布细钮短衫、大红裤子，脚下多耳麻鞋，手执双斧，厉声大叫道："哇！你这起人咱们知道，你是贩珠宝的京商大客扮下来的，快快留下金宝，饶你性命。不然，照爷爷的斧头罢。"说完，举起斧头，照头劈来。众客大喊一声，往前乱跑，喽罗在后追赶。那众客看见前面有一所大营寨，即抢进营中，双膝跪下道："小人都是求食的难民，后面有大王追来捉拿，乞爷爷救命，公侯万代。"那伍天锡正要拔营前去，只见外面走进许多乞丐，言称求救，便道："你们这些人，都是求食的难民么？"众客商应道："正是。""既如此，你往后营出去罢。”众客商叩谢一声，往后营逃走不表。

却说那追来的众喽罗，见众客往前面营中进去了，想道：“这京商是与前面扎营的兵马认得的，待我上前问一声。”就问：“你们哪里人马，在此扎营？”那伍天锡营外也有许多喽罗，忙答道：“哇！你这班瞎眼狗头，岂不认得沱罗寨伍大王的营寨么？”喽罗想道有着落了，叫道：“兄弟，不要开口就骂，我们也是有名目的，乃是金顶太行山雄大王的头目。方才追下一起客商，求伍大王发放还我，好回山向雄大王缴令，不然小人们性命不保。”沱罗寨的喽罗听说，笑道：“咦？原来是我们同道中的朋友。既如此，待我们进去禀上大王，回你便了。”那喽罗说罢，进营禀道：“启大王，今有金顶太行山雄大王头目追进一班京商，乞大王发放他去。”伍大王听说，便道：“没有什么京商呀，想是这班破衣乞丐的就是了，但是我已放他们后营去了。你可去回复他，说没有客商进营。”喽罗答应，就把这话出来回复。那头目道：“好奇怪，我方才明明见这班客商望你营中进去，说什么没有？想是你家大王要独吞此宝货了！”喽罗大怒道：“你这不知方寸的狗头，什么客商！有什么宝货！你等不要在此妄想了。”那头目敢怒不敢言，只得跑回太行山，将此事报与雄阔海知道。阔海大怒，遂带喽罗亲身赶来。

却说伍天锡见雄阔海的头目去了，遂拔营前行。行来一里，忽见后面有人赶来，飞马大喊道：“伍大王人马慢行，雄大王赶来，要讨客商宝物，望乞发还。不然，雄大王后面也来了，要到你的营中来搜。还了好看相，不还是不好看相的。”喽罗听得大骂道：“这狗头，我这里不见什么大金商、大银商。你去罢，不要在此噜噜苏苏。”头目道：“什么噜苏不噜苏，委实雄大王来也！”喽罗抬头一看，只见后面烟尘起处，许多人马追来，吃了一惊，只得往前报上伍大王知道：“启上大王，不好了，后面雄大王兴兵杀来了。”伍天锡道：“他为什么兴兵杀来？”喽罗道：“他头目说要还什么大金商、大银商，小人回他说不见进来，他说道：‘雄大王要来搜一搜。’”伍大王闻言，大怒骂道：“这狗头，岂不闻俺沱罗寨伍爷爷的大名么！吩咐前军作后队，后队作前军，待俺先斩这厮，然后兴兵救南阳便了。”即带转马头，果见有一队人马，后面追来，天锡吩咐喽罗，摆开兵马，以待雄阔海前来。

说那阔海早望见前面伍天锡摆开兵马，立于军前。他也便吩咐喽罗扎住人马，列兵相持，自却手执兵器，立马阵前。抬头一看，只见伍天锡头戴鱼尾乌金盔，身穿鱼鳞乌金甲，手执半轮月混金镋，坐下乌骓马，立于阵前，犹如巨灵神开山一般。雄阔海马上打拱，大叫道："伍大王，久不会了！"伍天锡一看，只见雄阔海头戴虎头盔，身穿连环甲，坐下追风马，手拿双斧，也立阵前。伍天锡也便欠身打拱道："俺因有事路经太行，不敢进谒，反劳大王台驾前来，请问有何话说，乞道其详。"阔海道："大王有所不知，咱家的头目打听这山南有一起大京商下来，是咱家的衣食，故此吩咐喽罗把守山口，等了几天。不料这班京商来了，喽罗上前拦住，要劫他的宝物，不想这班京商一逃逃到伍大王营中，不见出来。头目取讨不还，故此咱家自来，要大王还这班京商。"伍天锡道："雄大王，俺从没有见什么京商进营中来，若果然有这班京商，自然送还大王。难道俺藏过了不成？请大王进来一搜就明白了。"阔海道："岂敢！咱与大王虽隔一河，却是邻山，又是同道中人。这一起京商不打紧，都是贩金刚钻、河珠、金玉宝贝，是本钱多的大客商，不然大王拿出对分了罢。"伍天锡道："大王，有是有一班乞丐，往营中走进来，哀告道：'小人们是山西难民，往南阳就食的。'俺见他说得苦楚，放他往后营去了，并不见什么京商不京商。俺有正事在身，不与你讲，各自走罢。"阔海大怒道："我们口里衣食，倒被你夺了去，反说要去。你如今去不成了，若要去，分了去！"天锡大怒，骂道："放屁！你敢阻我的去路么？"阔海道："不分，我与你战三百合。"说罢，手抡双斧，劈面砍来。天锡将混金镋当啷一声挡住，两人交上手，一连战了五十余合，不分胜败。正是棋逢敌手，将遇良才，两个到三十合并无高下。

天色已晚，各自收兵，安营扎寨，埋锅造饭，安宿一宵。次日天明，两边鸣锣擂鼓，二将齐出。阔海叫道："红面的狠心狗强盗，我的衣食，你思量独吞，快快分了，饶你狗命，不然，今日不杀你不为好汉。"天锡骂道："铁面的贼强盗，昨日天色晚了，饶你这狗头多活了一夜，今日定要活擒你，若不擒你，非为大丈夫。"说罢，拿混金镋当头一镋。阔海把双斧一架，二人大战。战到百合，不分胜败。看看战了一日,两个鸣金各归营寨。明日又大战,两个无休无歇,杀到半月,不肯住手,又无人解劝,此话不表。

且说那南阳伍云召升坐帐中,忽军士报道:“元帅不好了,隋将宇文成都围住西门,攻打甚急,金鼓之声不断,炮响之声不绝,南城尚师徒亦然,攻城甚急,东城韩擒虎、北城新文礼两处亦然攻打,四面围得水泄不通,怎生是好?”伍爷听报大惊,上马提枪,同众将上城观看。城外隋兵十分凶勇,大刀阔斧,云梯炮石弓箭,纷纷打上城来。喊声不断,炮响连天,把城池围得铁桶相似。伍爷无计可施,想此城料难保守,只得退下城来,上马回转辕门,下马进私衙。夫人接着问道:“相公,大事如何?”“嗳! 夫人啊,不好了。隋兵四门围困,因此下官前日差遣焦方,前去沱罗寨兄弟天锡那里,去勾他来相助。不想焦方一去二月,并无音信。目下城中粮少,兵士乏食,百姓劳苦,我想内无粮草,外无救兵,如何是好?”夫人道:“相公,妾闻司马超之言:‘战国伍子胥报亲之仇,鞭平王于墓间,报君之恩,囚勾践于石室。一生忠孝,万古留名。’今相公虽不及古人,还要学大丈夫胸襟,相公请自思之。”伍爷低头一想,说:“夫人啊! 但我有三件事放心不下。”夫人道:“请问相公,不知哪三件事放心不下?”伍爷道:“父仇不报,第一件也。”夫人道:“这是正理。请问第二件?”伍爷道:“第二件因夫人年轻,出乖露丑,行路不便,实难放心。”夫人微笑道:“相公这是妇人之见,非大丈夫所为。请问第三件?”伍爷道:“第三件孩儿年小,无人抚养,如何是好?”夫人道:“相公报父母之仇,乃立身之大节,哪里顾得许多!”

正在议论,只听炮响连天,山岳震动,又听外面军士报道:“元帅爷,不好了啊,宇文成都打破西城了!”伍爷面皮失色,吩咐道:“再去打听。”军士应声而出。伍爷就叫:“夫人啊,事急矣! 怎么处? 快些上马,待下官杀出重围逃往别处,再图报仇。夫人意下如何?”夫人道:“相公之言有理。你抱了孩儿,等妾身往里边去收拾,同相公去便了。”伍爷道:“快些去收拾。”夫人将公子递与老爷,回身自往里边去收拾。谁知一去竟不出来,老爷在外边等得不耐烦,慌忙走进一看,并不见夫人形影,便大叫道:“夫人在哪里?”连叫数声,无人答应,只听得天井里面有口井，井中扑咚扑咚的响，伍爷向井中一看，说："不好了，一定是夫人投井死了！"只见井中水面上有一双小脚一蹬，一连几个小泡不见了。伍爷扳井大哭，叫道："夫人啊夫人！你因家亡投井身死，深为可怜。"哭叫了几声，看看事急，只得将井边一堵花墙推倒，掩了那井，回身往外边，将战袍解开了，将公子放在怀中，把束袍带收紧了，叫声："孩儿，此去存亡未保。"说罢，忙到井边跪下道："夫人，你要阴魂保佑孩儿的呀。"立起身来，拜了几拜，走出堂来。

只见众将纷纷然大叫："主帅，怎么处？"伍爷吩咐："伍保，你去西城，挡住宇文成都。"伍保答应一声："得令！"手拿二百四十斤一柄大铁锤，带了人马径往西城。到西城只见数万人马拥入城来，伍保大怒，把铁锤乱打。那伍府中马夫伍保，一身却有千斤蛮力，不会武艺，见人也是一锤，见马也是一锤，人逢锤打为齑粉，马逢锤打为泥糟。伍保一路把锤打去，只见人亡马倒，众隋兵发喊一声道："不好了啊，大铁锤过来了！"各各乱跑，跑不及都被打死。军士报与成都说："反贼手下有一将，勇不可挡，使一柄铁锤，其大无比，打死了军马无数，将军快去迎战。"宇文成都大怒，把马加上几鞭，那马飞跑进城来，正遇伍保。伍保抬头一看，只见一个长大的人来了，那宇文成都人又长马又高，伍保是个莽夫，大喝道："长大的人，休来送命。"宇文成都一看，也大喝道："来将何名？休夸大口。"伍保道："俺不晓得什么河名井名！"说罢，就将这柄大铁锤，劈面一锤打将下来。那成都把镏金镋一迎，将这铁锤倒打转来，把伍保自己的头打碎了，身子往后跌倒。成都吩咐军士，斩首号令。可怜伍保死于非命。

再说那伍云召杀出南城，正遇着临潼关总兵尚师徒把守，尚师徒看见城里杀出伍云召来，向前拦住。正是：

亡家只为父娘仇，城破难将妻子留。

不知云召走得脱走不脱，且看下回分解。

第十九回　伍云召弃城败走　勇朱粲杀退师徒

诗曰：

曾记当年战国时，子胥弃楚远奔驰。

今朝云召逃亡走，同为亲仇义不辞。

那尚师徒拦住云召，喝道："哇！反臣，你要往哪里走？"伍云召睁开怪眼，怒目扬眉，大叫道："我有大仇在身，尚将军不要阻我。我此去少不得后会有期，也见你的情分。"说罢，提枪撞阵便走。尚师徒拍马追来说："反臣哪里走！"照后背一枪搠来。云召叫声："不好！"回转马头也是一枪刺去。两下双枪相接，大战八九个回合。尚师徒哪里战得过，竟败下来了，云召也不追，回马往前而走。那尚师徒又赶上来了。这伍云召的马，是一匹追风千里马，难道走不过尚师徒这马么？原来尚师徒这匹马是龙驹，名曰呼雷豹，其走如飞，快似千里马一般。这马非但快，就是与人交战，此人败下去有数里之遥，尚师徒拍马一下，其马如飞而去，倒赶上败将之前。若与人交战战不过，那马头上有一把黄毛，把手将毛一拔，那马大叫一声，别的马听了，就惊得尿屁直流，把坐上将军颠了下来，性命难保。就是尚师徒这枝枪，名曰提炉枪，也好不利害，若撞着身上，见血就不活了。所以云召见尚师徒追上来了，想走走不脱，知他这枪又利害，只得复又带转马头，大喝道："尚师徒，你既败下去，又赶来做什么！"尚师徒也不回言，把枪劈面一刺。云召即把枪一架，当啷一声，那尚师徒倒退一步，大怒叫道："反臣，好家伙！"当的又是一枪。云召把枪一迎，两下又战了十多个回合。

尚师徒到底战不过，只得将马头上这把黄毛一拔，那呼雷豹嘶叫一声，口中吐出一阵黑烟。只见云召坐的追风马也是一叫，倒退了十余步，便屁股一蹲，尿屁直流，几乎把云召从马上跌了下来。云召心慌，忙将手中枪往地上一拄，连打几个旺壮，那马就立定了。尚师徒见他不跌下马，把枪又往上刺来。云召把枪相迎，两个又战了七、八合。尚师徒哪里是伍云召对手，看看又战不过了，尚师徒又把马头上的毛一拔，那马又嘶呖呖一声叫，口中又吐出一口黑烟，望云召的马一喷，那追风马惊跳起来，把头一竖，前蹄一仰，后蹄一蹲，把云召从马上翻跌下来。

尚师徒把提炉枪刺来，只见前面有一个人，头戴毡笠帽，身穿青布短衫，脚穿蒲鞋，面如黑漆，两眼如铜铃，一脸胡须，手执青龙偃月刀，照尚师徒劈面砍来。尚师徒大惊，便说："不好了，周仓来了！"带转马头，往后飞跑而去。那黑面大汉步行，哪里赶得上，云召在后面大叫道："好汉！不要去赶。"那人听得，回身转来，放下大刀，望云召纳头便拜。云召连忙答礼道："救我的好汉是谁？请通名姓，后当相报。"那人叫道："恩公听禀，小人姓朱名粲，住居南庄。我哥哥犯事在狱，亏老爷救释，此恩未报。小人方才在山上打柴，见老爷与尚师徒交战，小人正要相助，因手中并无寸铁，只得到寿亭侯关王庙中，借周将军手中执的这把刀来用用。"伍爷大喜道："那寿亭侯庙在哪里？"朱粲道："前面半山中便是。"伍爷道："同我前去。"朱粲道："当得。"

伍爷上马，同了朱粲来到庙中，下马朝寿亭侯拜了几拜，祝告道："先朝忠义神圣，保佑弟子伍云召无灾无难。云召前往河北，借兵复仇，回来重修庙宇，再塑金身。"祝罢，抬身对朱粲道："恩人，我有一言相告，未知肯容纳否？"朱粲道："恩公有何见谕，再无不允，请道其详。"伍爷道："恩人，我有大仇在身，往河北存亡未保。"说罢，把袍带解开，胸前取出公子，放在地下，对朱粲道："我伍氏只有这点骨血，今交托与恩人抚养，以存伍氏一脉，恩德无穷。倘有不测，各从天命。"便跪下去道："恩人，念此子无母之儿，寄托照管。"朱粲连忙也跪下地来说："恩公老爷请起，承蒙见托公子，小人理当抚养。倘服侍不周，望乞恕罪。"伍爷道："不敢。"

拜罢，一同起身，只见公子在地下啼哭，朱粲连忙抱在手中。伍爷道:“我儿不要啼哭,你父有大仇在身,这叫做你顾不得我,我顾不得你。”伍爷一头说,一头止不住两泪交流:“儿啊,倘蒙皇天保佑,祖上有灵,或父子还有相见之日,也未可知。”又对朱粲道:“恩人领了去。”朱粲道:“请问老爷,公子叫什么名字?后来好相会。”伍爷道:“今日登山,在寿亭侯庙内寄子,名字就叫伍登罢。”二人庙中分别,朱粲将刀仍放在周将军手内,将公子抱好,出了庙门,说道:“老爷前途保重,小人去了,后会有期。”伍爷道:“恩人请便。”说罢,提枪上马,匆匆前去。曾记得前番打围出来,好不威风,如今弄得单枪独马,如离群之鸟,失队之鱼,好不凄惨。不一日,行到金顶太行山,只听得金鼓之声,喊杀连天。伍爷心想道:“此地怎么也有兵马在此厮杀?待我看来。”遂走上山顶,往山坡下一看,叫声:“不好了!这两个都是我兄弟,为何在此相杀?”便给马一鞭,往下奔来。

那两人正杀得高兴,只见山上走下一个骑马的人来,伍天锡认得是伍云召哥哥,便叫道:“哥哥快来帮我一帮!”雄阔海也认得是结义哥哥伍云召,也便叫道:“哥哥来助我一助!”两人大叫,你也哥哥,我也哥哥;你也要帮,我也要助。伍云召便叫道:“二位兄弟不要战了,我有一言相商。”伍天锡把混金镋一架,说道:“我哥哥在此,明日与你战。”阔海也把双斧一挡,说道:“我哥哥在此有话,停一会再与你杀。”两人说罢,都走到伍云召面前叫道:“哥哥往哪里去?”云召道:“我要往河北去。”阔海道:“哥哥要往河北,且到兄弟山寨中去,少叙一杯再行。”天锡骂道:“这狗头!是我的哥哥,与你什么相干?”阔海骂道:“红脸贼!是我的哥哥,我要留他进寨中去的,怎么来拦阻我?”又要杀起来了。云召道:“二位兄弟,且慢动怒,都去了兵器下马来,做哥哥的有事问你。”天锡道:“哥哥为何认得他?”云召道:“他是我结义的,所以与你一样是兄弟称呼。”天锡道:“哥哥几时与他结义的?”云召便把打猎金顶山遇见他打虎的因由,说了一遍。阔海道:“哥哥为何认得他?”云召道:“他是我堂弟伍天锡。”二人听说,方才明白,一齐大笑道:“如此多多得罪了。”当下二人大喜,慌忙下马,各走上前剪拂了。天锡道:“雄大哥,真正得罪了,莫怪小弟冒犯。”阔海道:“伍大哥,小弟不知,冲撞了大哥,望乞恕罪。”三人大喜,云召开言相问:“天锡为何耽搁在这里?”天锡正要回言,阔海道:“哥哥,说起来话长,且到山上去坐了细细的谈。”云召点头:“雄兄弟说得是。”

三人上马,带领二寨喽罗,到太行山聚义堂前下马,阔海请二位哥哥坐定,吩咐摆酒接风。云召道:“生受兄弟。”阔海道:“二位哥哥在此,与兄弟今日吃杯团聚酒,可不好么?”天锡道:“多谢哥哥。”阔海道:“哥哥,前日与兄弟结义的时节,哥哥说回转南阳,上表奏过朝廷,不日就有招安到来,为何一去将及半年,尚未见到?今日哥哥自来,有何话说?”云召道:“一言难尽。兄弟有所不知,愚兄自从与贤弟别后,回转南阳,打点上表申奏,不道杨广篡位弑父,又将我满门斩首,差韩擒虎领兵前来征讨。与宇文成都交战,杀死隋将多员。韩擒虎又各路调兵,围攻南阳,犹如铁桶一般。愚兄因无计可施,特差焦方向河北勾兵。不道天锡兄弟却在此处耽搁。我因孤军难守,被他打破城池。”云召细细的说了一遍,不觉两泪交流。雄阔海大怒道:“哥哥请免悲泪,待兄弟起兵前去,与兄复取南阳,以报此仇。”天锡道:“雄大哥说得极是。且待我告禀哥哥得知,自从哥哥差焦方来兄弟处取救,兄弟随即起兵前来,被这雄大哥阻住,故此耽搁。不知怎么就被宇文成都这厮打破城池,乞哥哥说明。”云召道:“内无粮草,外无救兵,你嫂嫂投井而死,我事急逃出南城,与尚师徒交战,被他风雷豹嘶叫起来,几乎把我陷害,幸亏庄民朱粲相救,我将你侄儿托付朱粲抚养。”天锡大怒道:“我被这黑脸误了大事,有累哥哥城破,嫂嫂遭难。我若早去半月,必擒宇文成都,不致哥哥败国亡家,我好恨也!”阔海道:“你休埋怨于我。前日初会,你就该对我说明细里,我也不与你交战这许多日期了,自然同你一起领兵前往南阳,相救哥哥,擒拿宇文成都,岂不快哉!如今埋怨也迟了,真正可发一笑。”天锡不能回答。云召道:“二位兄弟不必争论,也是愚兄命该如此,说也徒然了。”只见喽罗走上禀道:“大王爷,筵席完备了,请二位老爷去上席。”阔海道:“二位哥哥请里面坐席罢。”云召道:“多谢贤弟。”天锡道:“哥哥吃了他的酒,还要他赔罪哩!”阔海道:“不消说起。”

云召起身,同二位走进忠义堂,只见灯烛辉煌,摆下筵席十分丰盛,众喽罗大吹大擂。堂上朝南三桌,都是虎皮交椅,雄阔海请云召坐了首席，伍天锡坐上首，自坐下席相陪。喽罗送酒，三位轮杯把盏。只有云召哪里吃得下？愁容满面。阔海道："哥哥不必心焦，待兄弟与天锡哥哥过了今晚，明日帮助大哥杀到南阳，斩了宇文成都，复取城池，一同杀进长安，除了昏君，与老伯父报仇！"天锡道："雄大哥说得有理，小弟心中也是这等打算。小弟那里有人马数千，雄大哥这里也有人马数千，明日就起程便了。"云召摇手道："二位兄弟且慢，你们二人但知其一，不知其二。昔日愚兄在南阳镇守，有雄兵十万，战将数百员，尚不能保守。今城池已破，兵将全无。二弟虽勇，若要恢复南阳，岂不难哉！况宇文成都与尚师徒、新文礼三人为将，韩擒虎为帅，急切难于摇动。明日我往河北寿州王李子通那里去投奔他，他永镇河北，地方广大，粮草充足，手下有雄兵百万，战将千员，自立旗号为寿州王，不服隋朝所管，又与我姑表至戚，我去那里借兵报仇。二位兄弟，可守本寨，招军买马，积草屯粮。待愚兄去河北借得兵来，与二位兄弟一同出兵报仇便了。"雄阔海苦劝云召不要往河北去，就在这里起兵，云召哪里肯听。天锡道："如今且慢讲这些事情，我们且吃酒，明日再计议便了。"当夜畅饮已毕，安宿一宵。次日天明，吃了早膳，二人又劝，云召不理。阔海道："既是哥哥必要往河北去，不知几时方可起兵？"云召道："这也论不定日期，待愚兄且往河北去看，大约一二年间之事。"阔海道："兄弟在此等候便了。"云召道："多谢贤弟。"说罢就要作别上马。阔海送过一盘金银："请哥哥收去，作为路费。"云召道："多谢贤弟。盘缠愚兄自有，这盘金银兄弟自留在这里，自有用处。"阔海坚决要他收，云召只是不允，上马提枪出寨而去。天锡随行，阔海送出关外，两下分手。

天锡同云召在路，非止一日，来到沱罗寨。焦方等接着，天锡请哥哥到山中去歇马，云召道："兄弟，不消了，愚兄一心要往河北，心急如火，后日再会罢。"天锡嚷道："哥哥忒杀欺人，雄阔海乃是外姓兄弟，哥哥倒去吃他的酒，兄弟与哥哥乃同宗嫡姓，倒不肯进山去，是何道理？"焦方也上前相劝，说："主帅，且到山寨歇一歇马再行未迟。"云召被他相劝不过，只得应允，同天锡、焦方来到沱罗寨聚义厅前，下马相见。天锡吩咐头目、喽罗各归营寨歇息，自却与云召坐在厅上，吩咐喽罗摆酒,与大老爷洗尘。喽罗答应,忙去整备。天锡又说道:“请哥哥后堂去把盏。”云召道:“贤弟,不消了。”天锡道:“自己弟兄何妨?”云召只得同了天锡,弟兄挽手走进后堂。只见筵席早已摆得丰盛,上下二席,并无别客。天锡吩咐喽罗去了一桌:“待我与哥哥同席,有话也好细讲。”又命后营请压寨夫人出来。云召道:“兄弟有了弟媳么?这也可喜。”只见里面众妇女拥出一位夫人来,那夫人满头珠翠,遍体绫罗,金莲三寸,走出堂来。见了云召,叫道:“伯伯万福。”云召一看,只见他面搽轻粉,胭脂抹唇,乌的的一双大眼,身子生得窈窕,不多长正好四尺五寸。云召抬身回礼说道:“多谢弟媳。”天锡道:“妇女们服侍夫人进去罢。”夫人听得,同了众妇女妖妖娆娆走进里边去了。云召问道:“兄弟几时娶的媳妇?”天锡笑道:“不瞒哥哥说,这个弟媳妇有三年头了,就是这里前村李太公的女儿,小字称金,年方二十,未有人家。其年兄弟往村中借粮,李太公见我人材出众,一个钱也不要,白地里把女儿送与我的。因此做兄弟的感激他的好情,这村中有丈人在内,再不去借粮。”云召呼呼大笑道:“贤弟,正所谓是亲必顾,是邻必护了。”天锡亦笑道:“哥哥讲得不错,请用一杯。”弟兄二人饮到东方月上,云召道:“酒不吃了。”天锡道:“哥哥再用几杯。”云召道:“兄弟,果然吃不得了。”天锡吩咐喽罗:“书房端正铺陈,大老爷行路辛苦,服侍去睡罢。”

云召来到书房,看这所书房倒也精致。天锡也走进来,喽罗掇二杯茶进来说:“大王爷,茶在此。”天锡道:“放在此。哥哥吃茶睡了罢。”云召道:“兄弟请里边去罢。”天锡道:“哥哥,兄弟暂别过了。”说罢,回进里边不表。

云召坐在书房,吃茶已毕,闷闷不悦。立起身来开窗一看,只见明月当空,银河皎洁。云召步出天井,对月长叹:“我生不能报父母之仇,枉为人也!”想起夫人贾氏,凄然泪下。只得回到房中,和衣而睡。

次日天明,天锡早已起来,到了书房门首一看,说:“哥哥还没有起身。”等了一会,叫一声:“哥哥,昨晚好睡否?”云召应道:“好睡的。”开了书房,走出来,弟兄同到厅上吃茶。用过早膳,云召作别起身。天锡苦留不住,说道:“哥哥几时起兵?”云召道:“兄弟,只在一二年之间,你同焦方在此操演人马,助为兄一臂之力。”天锡道:“这个自然。但是一二年工夫,叫兄弟等得好不耐烦。”云召道:“兄弟不要心焦,待愚兄去看,少不得有信来通知你的。”说罢,天锡自回山寨,云召取路前往。

先表那李子通,坐镇寿州,掌管河北一带地方数千余里,手下有雄兵百万,战将千员,各处营寨俱差兵将把守,粮草充足,因此,隋文帝封他为寿州王,称为千岁。那日早朝,两班文武朝参已毕,侍立左右。李千岁道:“孤家想隋王杨广弑父奸母,缢兄欺嫂,搅乱国政,荒淫无道,以致当世英雄各据一方,孤欲自立为王,不受隋制,不知众卿以为如何?”

杨广但逞一时乐,谁知天下起英雄。

不知众卿怎生回奏,且听下回分解。

第二十回　韩擒虎取兵复旨　程咬金逢赦回家

诗曰：

炀帝新登九五尊，朝仪失正用奸臣。

英雄四起干戈扰，犹逞风流不治平。

当下寿州王言未了，早见左班中闪出军师，姓高名大材，涿州人氏，上知天文，下识地理。当殿奏道："大王主见不差。臣夜观星象，隋朝不过十年当灭，大王正可自立旗号。但寿州地方，文武诸将之中并无将才之人，大王必须访一文武兼全、勇冠三军的人，方可为帅，然后称王未迟。"道犹未了，只见朝门外报进来说："启上千岁爷，外面有一员大将，匹马单枪，口称南阳侯伍云召，特来求见，现在朝门候旨。"

李千岁一闻传报，心中大喜道："原来我表弟到此，快宣进来！"手下慌忙答应，出来说道："伍老爷，千岁宣你进去。"云召走到殿上，口称："千岁，末将南阳侯伍云召参见。"李千岁忙令左右扶起，说道："原来是我的表弟，但你镇守南阳，为何到此？细细说与孤家知道。"云召把从前老爷被害、成都骁勇、攻破南阳的事情，细细说了一遍。说罢，放声大哭。李千岁道："我表叔一门遭此大变，深为可叹！表弟且免烦愁，待孤家与你复仇便了。"云召跪谢道："多蒙千岁垂怜。"军师高大材奏道："大王正缺元帅，伍老爷今来相投，可当此任。"李千岁大喜，便封伍云召为都督大元帅，掌管河北各路兵将，立刻吩咐起造帅府，候元帅到任。云召拜谢。寿州王传令退班。

是日，文武各散。从此，伍云召在河北为帅，此话不表。直到后来隋炀帝驾幸江都，伍云召、伍天锡、雄阔海一同起兵挡驾，有宇文成都独战三将，遇裴元庆打退成都，炀帝倒退龙舟三十里，这些都是后话，慢表。

再说那朱粲救了伍云召，接了伍公子到家，抚养到十二岁，便勇力异常，助朱粲造反称王，名镇南越，也是后话，如今先说正传。

当下宇文成都打破西城，倒锤打死伍保，杀进帅府，并无一人。闻说反臣逃出南城，想南城有尚将军把守，反臣必被擒拿，不怕他走上天去。差众将出南城，帮尚将军协擒伍云召，众将应声得令，上马提兵而去。

且说韩元帅在营，闻报得宇文老爷打破西城，特候元帅，韩擒虎大喜，带领三军，径进东门。

再说南阳城里军士见主帅已逃，军中无主，皆四散逃走，也有一大半投降的。城门大开，百姓香花迎接。擒虎进了东门，来到帅府，宇文成都忙出辕门迎接。元帅进了帅府，升坐大堂，两班将士站立，宇文成都上前参见说："元帅在上，末将参见。"擒虎道："将军少礼，难得你盖世英雄，打破南阳。反臣何在？"成都道："末将攻城之时，他已开出南城逃走，末将即差众将协帮尚师徒共擒反臣，必定成功。"元帅还未开言，又报北城新文礼候令。元帅道："传令进来。"军士应声传出，新文礼慌忙进见，说道："元帅在上，小将参见。"韩爷道："将军少礼。"吩咐左右就于帅府堂上，大摆庆贺筵席，好待尚师徒拿住反臣，打上囚车，解往朝廷。

元帅正吩咐间，早有军士报道："启上元帅，尚将军在外候令。"韩爷吩咐："传令进来。"军士应声传出，尚师徒带同众将，走进帅府，上堂口称："元帅在上，末将尚师徒参见。"韩爷道："将军少礼。反臣拿住了么？"尚师徒道："不曾拿得，被他逃走了。"元帅大怒道："你这狗官，怎么不小心，纵放反臣？其罪不小，左右拿去砍了！"尚师徒大叫道："元帅容末将一言，分剖明白，死也瞑目。"韩爷道："有话容你说来。"尚师徒道："彼时末将把守南城，反臣从城中冲出，勇不可当，末将忙上前挡住，他撞阵而走，小将的坐骑名曰呼雷豹，行动如飞，便拍马追上他的追风马，与他大战十数合，末将战他不过，只得败下，他又逃去。末将心中不舍，复又拍马追上，又与他连战八九合。怎奈那厮力大无穷，末将又杀他不过，只得将这匹呼雷豹的领鬃毛一拔，那马嘶叫起来，口吐黑烟。反臣的追风马惊跳起来，后蹄蹲倒，几乎把反臣翻跌下来。我把提炉枪又是一枪刺去，反臣把刀枪相迎，又战了数合，末将力不能胜，只得又把马鬃毛一拔，反臣的马又是一跳，把反臣翻下马来。”韩爷道：“他跌下来，就好拿他了。”尚师徒道：“元帅不要说起，彼时末将见他落马，心下大悦，正欲把手中提炉枪刺去，只见旁边赶过一个黑面胡须的人来，眼似铜铃，手执青龙偃月刀，照末将面上劈来。末将哪里抵挡得住，几乎性命不能相保，自此反臣上马逃去。今见元帅，只望逞功，不道反要加罪末将。”韩爷道：“使刀的是什么人，如何这等骁勇？”尚师徒道：“想是汉朝义勇武安王关公手下的周仓将军。”韩爷想道：“原来这伍云召大数未绝，故有神明相救，因此在长平冈连挑二十员大将。”吩咐左右放了绑：“你这狗官，今日不奉圣旨，暂且饶你。以后须要忠心报国。”尚师徒应道：“是。”退出辕门，自回歇息。

韩爷差官查盘仓库，点明户口，养马五日，发炮回军，得胜班师。宇文成都禀道：“元帅，那先锋麻叔谋虽然屡次失机兵败，固非反臣对手，尚师徒名闻四海，尚且不能胜他，岂特叔谋无勇无谋之辈耳！乞元帅开莫大之恩，释他的罪。”韩爷心中一想，说：“然也，宇文将军之言甚为有理。”吩咐军士：“快请麻爷相见。”军士得令，来到后营养马的所在，叫道：“麻爷，元帅有请。”麻叔谋听得，大喜道：“啊唷好了，如今马粪臭气不吞了。”同了军士，来到帅府，上堂参见。韩爷道：“麻叔谋，我今放了你，下次要与朝廷出力。”叔谋道：“这个自然，如今反臣不见了，南阳又夺了，班师回去了，下次不敢了。”韩爷吩咐：“尚师徒带领本部人马，回临潼关把守。”尚师徒道：“得令。”就带本部人马，自回临潼关去。韩爷又令新文礼带领本部人马，回红泥关去。新文礼得令一声，也带本部人马，自回红泥关去。韩爷同宇文成都大队人马往长安进发。南阳百姓跪送登程。韩爷委官把守，不许残虐百姓，众百姓欢呼称谢。

韩爷离了南阳，行过长平冈战场，凄然泪下，可怜数万军士，死于此地。一路无话。你看三军浩荡，旌旗遮道，正是鞭敲金镫响，齐唱凯歌声。班师回朝,好不威风!文官红袍纱帽相迎,武官戎装披挂相接,逢州过府,非止一日,来到长安。吩咐扎住三军于教场之内,自同宇文成都、麻叔谋三人进长安城。来到朝门,正值早朝,炀帝还未退朝,黄门官启奏道:“国公韩擒虎得胜班师,朝门外候旨。”炀帝闻奏,大悦道:“传旨宣进来。”韩爷进殿,俯伏奏道:“臣韩擒虎见驾,愿我皇万岁!”山呼已毕,炀帝道:“卿路上鞍马劳顿,南阳已平,赐锦墩对坐。”韩擒虎谢过恩,便将平南阳表章上达。炀帝展开一看,龙颜大悦,封国公韩擒虎为平南王,宇文成都为平南侯,麻叔谋为都总管,其余将士各皆封赏,在朝文武各加三级,设太平宴,赐饮文武群臣。又出赦书,颁行天下,除犯十恶大罪、谋反叛逆不赦,其余流徙笞杖等,不论已结案未结案,已发觉未发觉,俱皆赦免。

赦书一出,赦出一个横虫来。此人非比寻常,乃是卖私盐狠汉,十分闯祸,人人怕他。那人生得身长力大,勇不可挡,因卖私盐,打死了巡捕官,问官怜他是一条好汉,审作误伤,问成流徙,监在牢内。得此赦书,他却赦了出来。此人十分利害,住在山东济南府历城县管辖的一个乡村,名唤斑鸠店镇上,姓程双名知节。他身长八尺,虎体龙腰,面似青泥,发似朱砂,勇力过人,十分凶恶。父亲叫做程有德,他七岁时父就没了,单依母亲看养。不料文帝下兵北齐,连遭兵火,程太太却与人做些生活苦守着。他九岁上,即与秦叔宝读书,到大来却一字不识。后来长大,各自分散,母亲叫他做些买卖,却没本钱。因有几个无赖,合他去卖私盐,倒也赚钱供母。因他动不动与人厮打,十分闯祸,个个怕他,都叫他做“程老虎”。不料一日,偶然撞着一个新充盐捕的,相打起来,咬金性发起来,早把这伙巡盐捕快打死了两个。地方差人拿捉凶身,他恐连累别人,自却挺身到官,认了凶身,问成大辟。问官怜他是个直性汉子,缓决在狱,已经三年。时逢炀帝登基,将他也赦在内。

程咬金闻了这个消息,算了半夜,心中想道:“出去没有饱饭吃了,怎生是好?”你道这程咬金为何倒不要出监去?只因他在牢中,倒有得吃有得用,凡犯人下监,坐分子要酒饭吃,就如目下牢头一般。果然到了次日,看见监门大开,犯人纷纷出去,不一时,监中走得一空，独有程咬金呆呆坐着，身也不动。禁子走来说：“程大爷，朝廷恩典大赦，天下罪人都去尽了，你却赖在此怎的？”咬金听见说他“赖在此”三字，心中就起风波，大怒起来，赶上前来，撩开五指，如铁扇一般打去。众牢头都晓得他的利害，俱来解劝。咬金道：“入娘贼的，你们要爷爷出去，须要请爷爷吃酒，吃得醉饱方肯甘休。”那几个老成的牢头，知道拗他不得，恐他性发，没奈何去买了半坛酒和大半坛的清水，烫热了掇在咬金面前，又买了些牛板肠相请他吃，算是赔罪。那咬金正在枯渴头上，不管三七二十一，直了喉头，吃了个风卷残云，立身来说道：“酒已尽了，肉已吃完了，咱却要去了，你们可有衣帽拿来，借与我程爷爷穿穿，明日拿来还你。若不借，却不道咱的獠子都出了，怎好外面去见人？”禁子听说，着急道：“这又是难题目了。”只得说道：“程爷爷，你是晓得的，我们都只有随身衣服，日日当值差徭的，哪里有得空？”咬金睁着眼只是要打，禁子无奈，说道：“只有一件孝衣，是白布道袍，一顶孝帽是粗麻布头巾，这倒是闲着的。程老爷你要拿了去。”咬金骂道：“入娘贼的，你把孝衣来搪塞我么？咱今不要管他，你且拿来。”禁子取出一顶粗麻布头巾，一件白布道袍，递与咬金说道：“程大爷请穿戴起来。”

咬金接在手中，将麻布巾往头上一套，谁知头大巾小，把头一挣，竟挣开了。咬金只得前高后低戴了，将白布道袍披在身上。下身一条裤子磨了三年，也只剩得一块破布头了，遮了阴囊出了屁股，遮了屁股出了卵袋，咬金只得将道袍揸拢遮了，脚下拖了一双破草鞋片，踢踢搭搭的跑出监来，径向西门而来。性急慌忙乱跑，却撞着一副卖麻油的担子，撞了一个满怀，一崩却把油担撞翻。那人一把扯住咬金，早把那件道袍从下直到领上扯开了。咬金却待要打，只因记念母亲，急急的撇脱那人，便飞跑而去。正是：

　　只因慈母悬肝胆，忍气吞声不较量。

咬金一径往家中奔来，一到家中，可怜母子三年不见，抱头大哭一场，然后程太太说道：“儿啊，自从你打死捕人，问成死罪下在狱中，我做娘的十分苦楚，一言难尽。欲要来看看你，那牢头禁子如狼似虎，没有银钱使用，哪里肯放我进监。因此，做娘的日不能安，夜不能睡,逐日只得与人做些针凿,方得度命。如今不知我儿因何得放回家?”咬金道:“母亲的苦楚,孩儿也尽知道。如今换了皇帝,大赦天下,不管大小罪犯,一齐赦了,故此孩儿也遇赦放回家来。”程太太说道:“不知换了哪一朝皇帝?”咬金道:“母亲倒说得好笑,换皇帝是换皇帝,说什么一朝两朝?”程太太说:“看你这畜生,还是照旧这般性子,坐了三年死牢,还不晓得改过自新。那换一朝代是换皇帝。”咬金说:“原来做皇帝有一朝一朝的,我哪里晓得。如今听得人说什么文帝死了,炀帝做了皇帝,故此赦了孩儿出来。闲话不必说了,我饿得很了,有饭拿些来我吃。”程太太道:“说也可怜,自从你入牢之后,做娘的指头上做来,每日只吃得三顿粥,口内省下来,余有五升米,在床下小缸内,你自去取出来煮饭吃罢。”咬金听说,便去取将出来,倾在一个竹箩内,走到河边淘了,拿回来煮饭。等得熟了,吃一个不住,扫仓尽罄,还只得半饱。程太太道:“看你如此吃法,若不挣些银钱,如何过得日子?”咬金道:“母亲也不难。快拿些银子出来,待我去做买卖,仍是贩私盐,就有饭吃了。”程太太说:“我哪里来的银子?就是铜钱也不能够见面,你不要想差了,做娘的好不苦楚。”咬金道:“既没有银子铜钱,当头是有的,快拿出来,待孩儿去当来做本钱。”程太太说道:“也罢,我有一条旧布裙子,才洗干净的,你拿去当内当几十个钱吧。不要买私盐,买些竹子回来,待我做几个柴筢,你拿去卖卖,也可将就度日。”咬金说道:“母亲讲得是。”

当下程太太取出裙子,咬金接了出门,径奔斑鸠店镇上而来。那些市上的人见了,都吃惊道:“不好了!这个大虫又出来了。”有受过他气的,连忙闭门不出。咬金一直来到当内,大叫道:“当银子的来了,走开!走开!”把那些赎当头的人,一齐推倒,都跌在两边地。便将这条布裙望柜上一抛,把手一搭,腾的跳上柜台坐了,大喝道:“咄!快当与我。”当内大小朝奉齐吃了一惊,内中一个却认得他是程老虎,连忙说道:“啊呀,我道是谁,原来是程大爷。恭喜,恭喜!遇赦出来了,小可们尚未与程大爷作贺,不知程大爷要当甚的?”咬金道:“要当银子,不要当多,只当一两银子与我。”这位朝奉连忙打开一看,却是一条布裙,又是旧的,若是新的,所值也有限,那里当得一两银子?心中想道："不当与他，打起来非同小可，若当了他，今日也来，明日也来，如何使得？倒不如做个人情罢。"主意已定，连忙称了一两银子，双手送将过来，说道："程大爷，恭喜出来，小可们不曾奉贺，今有白银一两，送与程大爷作为贺礼，裙子断不敢收。"咬金笑道："你这人倒也知趣。"接了银子，拿了布裙，跳下柜来，也不作谢，径出当门，到竹行内来。

开竹行的人，向日同咬金赌钱的，名唤王小二，正立在门首观看。远远的望见咬金走来，连忙背转身，朝里立着，口中假意说道："你们这班人，吃了饭不做生活，把这些竹子放齐了。"话还未完，咬金一见，奔至后边，噔的一腿，将王小二踢倒。王小二连忙爬起来说道："是哪个，为甚的跌我一交？"咬金不应，回手一掌，把王小二打得满面流血，喝道："入娘贼的，你不识得我程大爷么？快送几十枝竹子与我，我便饶你。"正是：

自恃力大多强横，索诈人财无愧惭。

毕竟王小二怎样回答，且看下回分解。

第二十一回 俊达有心结勇汉 咬金不意得金盔

诗曰：

天降英雄助大唐，咬金骁勇逞威强。

若非相遇秦叔宝，那得雄名四海扬？

当下王小二连忙说道：“我怎么不识得你！实是方才不曾见你，你休冤屈了人，白白的踢我一脚，打我一拳。要竹子自去拿便了，你拿得动就拿两排去。”咬金笑道：“你入娘贼的，欺我程大爷拿不动，竟叫我拿两排去，我就拿两排与你看看。”当下咬金将银子含在口内，将布裙拴在腰内，走至河边，把一排竹子一提，将索子背在肩上，又提了二排，双手扯住，飞也似去了。惊得王小二目定口呆，眼巴巴看他把三十枝毛竹拖去了，又不敢上前扯住他，只好忍耐。

再表那程咬金拽了这三排毛竹，奔至自家门首，一齐放下，口中取出银子来捏在手内。程太太在门首看见，又惊又喜，说：“我儿哪来有这许多竹子？手内又拿着银子，是哪里来的？”咬金道：“孩儿拿了裙子到当内去当，那朝奉是认得的，道我遇赦放出，送我一两银子作贺，不收当头。这竹子是一个朋友送与我做本钱的。”程太太闻说大喜，说道：“难得世上有这样的好人，你可去买一把小竹刀来，待我连夜做柴笓起来，明日好与你拿到市上去卖。”咬金即将这一两银子去买了一把刀、一担柴、几斗米，称了些肉，沽了些酒，回到家中烧煮起来，吃了醉饱。程太太削起竹来，叫咬金去睡，咬金道：“母亲在此辛苦，孩儿怎生睡得，心内何安？”连打发几次，咬金只是不肯去睡，陪母亲直做到四更天，做成了十个柴笓，方才去睡。未到天明，程太太起来煮好饭，叫咬金起来吃了。程咬金问道：“母亲，这笓要卖多少价钱一个？”程太太道：“十个笆要讨五分，三分就好卖了。”咬金答应，背了柴笆，一直往市镇上来。

到了市中，两边开店的人见了他，都收店关门，咬金放下笆儿，等人来买。不想，有要买的看见了他，反躲避不及，谁肯来买？咬金看看等到日中，并无人问。正在焦躁，却来了一个倒运的后生，身上穿得华华丽丽，踱到面前问道：“这柴笆儿卖多少钱一个？”咬金道：“不卖钱的，五分一个。”那后生笑了一笑，也不回言，踱转身便走。咬金赶上一步，照背心一把扯住，击翻在地，喝道：“我把你这狗囊的，怎么问了价钱不买，却往哪里走？”那后生道：“我不买就不买了，为何把我翻倒在地？”咬金大怒，抡拳要打。旁边观看的人见不是路，恐打坏了人，连累地方，连忙都走拢来，劝道：“程大爷不必动怒。”埋怨那后生道：“你这人却也不识时务，这是程大爷，如何得罪他？爽直些称五钱银子买了去好。”那人无奈，身边又没有银子，只得把身上衣服脱下来，当了五钱银子与程咬金。咬金接了银子，弃了柴笆，径自回到家中。程太太一见，连忙问道：“笆儿卖完了么？”咬金说道：“正是卖完了，是一个人买的，五钱银子在此。”程太太道：“啊呀，十个笆儿，如何有这许多银子？”咬金道：“母亲有所不知，这叫做货卖当时。这个所在极有行情，这件东西好卖，所以有这许多银子。”程太太道：“原来如此，我已做下十多个在此，待我再做几个，明日去卖便了。”咬金又去买柴、买酒、买肉回来吃了。看母亲做到晚上，做了十五个柴笆，说：“母亲不要做了，明日够卖了。”晚景休提。

次日，咬金吃了早饭，背了笆儿，径往斑鸠镇上来。到了市中，只见人家店都不曾开，大门紧闭，便放下柴笆，只等人买。谁想镇上这些人，都知道他的利害，谁敢来买？还有这等人，身上穿得华丽的，远远见了就远避了去，犹恐他看见扯住诈人，所以无人理他。咬金从早上直立到下午时分，不见有人来买。心中一想：“再等一个体面的人来，扯住他买。”主意已定，又等了一回，再不见个人影，肚中饿得很，想道：“且去酒肉店内吃他一顿，再作计较。”背了柴笆，要往酒店内去，谁知这些店家都吃过他的亏，因此大家店都不开，门儿紧闭。一直来到市梢尽头，却有一所村酒店。原来那店中老儿老婆两个，是别处新移来居住的，他们那里知道？一见程咬金进店来，便问道："官人吃酒么？有好状元红在此。"咬金放下柴筢，向一处坐头坐下，便说："有好酒取十斤来，黄牛肉切五斤来，吃了，一总算钱把你。"那老儿连忙取酒与婆子暖起来，自去切了一盘牛肉，拿一双箸、一只碗，放在咬金面前。然后掇过牛肉，婆子送酒过来，咬金放开大嘴，只顾吃。不一时，把这十斤酒、五斤牛肉吃得干干净，抹抹嘴，取了柴筢，望外便走。老儿道："啊呀，官人吃了酒，酒钱呢？"咬金说道："今日不曾带得来，明日还你罢。"望外就走。老儿连忙赶出来，一声喊，一把扯住，将他旧布衫扯开。咬金大怒，抛下柴筢，扭回身子一掌，把那老儿打得一个发昏，直跌入里边去了。那老婆着慌，便大声叫屈，惹得咬金性发，蹬他一脚，把锅灶踢翻，双手一掀，把架上碗盏物件一齐打碎，径入内来。老儿老婆两口见不是路，没命的奔上楼去，将扶梯扯了上去，大叫："地方救命！"此时外边的人聚拢来，见是程咬金撒泼，谁敢上前来劝？咬金把店内桌凳打个罄尽，喝一声："入娘贼，你不下来，我把这间牢房打碎，不怕你不下来！"噔的一脚，踢在中庭柱上，把房子震得乱动，老儿老婆两口在楼上吓慌，大叫："爷爷饶命！"

正打之间，只见远远来了一个英雄，他生得来身长九尺，面如满月，目若寒星，骑着一匹高头大马，跟随着十多个家丁走来。见满街人挤着，便带住了马，望内一看，只见咬金在内大喝："你不下来，我就掀翻你这间牢房！"又是一脚，向右边庭柱上蹬来，这房子格格格的响，摇上几摇，几乎坍了下来。这英雄一见，连忙下马，分开众人赶入门内，叫一声："好汉请息怒，有话好好的说，不必动手。"咬金回身喝道："你敢是替他赔还我这布衫的么？"那人道："非也，布衫小事，还要请仁兄到敝庄，小可另有话说。"咬金把这人上下相了一回，像个好汉，便叫道："若非老兄解劝，我就打死了这入娘贼，方肯干休。"那人叫老儿老婆放好扶梯走下来，赔了咬金的礼，叫家丁身边取了十两银子与了他。那人挽了咬金的手要走，咬金道："我还有十五个柴筢拿了去。"那人道："赏了这老儿罢。"咬金道："便宜了他！"二人挽手出了店门，步回庄上：管教：

济南城中为血海，瓦岗寨内动刀兵。

咬金抬头看时，只见四下里人家稀少，团团都是峻岭高山，树木丛茂，庄前一条大溪，溪边一带垂杨大柳。入得庄门，到了堂上，那人吩咐家丁："且请好汉去香汤沐浴，换了衣巾，请来见礼。"又吩咐摆酒。咬金并不推辞，同了家丁来至浴堂内洗了澡，家丁送了罗衫、罗裤、新鞋、新袜，服侍他穿好了，又送一顶二三瓜头巾，广纱道袍，穿戴齐整，来至中堂。二人见礼，分宾主坐定。那人问道："不知长兄尊姓大名，家住何处，府上还有何人？今日小弟偶遇，三生有幸。"咬金说："小可姓程名咬金，字知节，本县斑鸠镇人也。自幼丧父，只有老母在堂，家业凋零，卖私盐打死了巡捕，问成大辟，因在牢中。今遇皇恩得放，回家卖些柴箍。今蒙我兄相招，请问高姓大名？"那人道："小弟姓尤，名通，字俊达，祖居此地，向来出外以卖珠宝为业，近因年荒世乱，盗贼颇多，因此许久不曾出门。目下意欲行动，正少一个有勇力的做伙计。今见我兄如此英雄，故敢相请，意欲合兄做个伙计，去卖珠宝，不知我兄意下如何？"咬金闻言，立地起身就走。尤俊达忙扯住道："兄长为何不言就走？"咬金道："你真是个痴子，可知道我卖箍的有甚大本钱，与你合伙去卖珠宝？"俊达笑道："原来兄长不知，小弟哪里要你出本钱，只要你出身力。"咬金道："怎么出身力？"俊达道："兄且坐下，待小弟慢慢说与兄听。"咬金坐下道："快说快说。"俊达道："小弟出本钱，只要兄同去，一路上恐有歹人行劫，不过要兄护持，不致失误。卖了珠宝回来，除本分利，这个就是合伙了。"咬金道："啊，原来如此，这个也还使得，只是我的母亲独自在家，如何是好？"俊达道："这不难。兄今日回去，与令堂老伯母说知，明日请来敝庄同居如何？"咬金听说大悦道："妙啊！妙啊！这个伙计便合得成了。"

说话之间，酒席早已端正，两人分宾主坐定，开怀畅饮。直吃到月上东山，咬金辞别要行，俊达说道："方才之言，不可失信，明日小弟准来相接老伯母便了。"当下吩咐两个家丁，取了几件衣服首饰，抬了一桌酒，送咬金回去。俊达一直送出庄门，咬金作别，同着两个家丁，趁月光望家内而来。却好程太太倚门而望，一见咬金满身华丽，十分惊喜，慌忙便问，咬金告知其故。程太太大喜，家丁搬入酒肴，送上衣饰，磕头已毕，径自去了。母子二人吃了酒肴安睡，一夜无话。

次日天明，尤俊达着了十余个家丁并轿马到门相请，程太太即便端正上轿，咬金上马。家中并无贵重物件，略略收拾，锁好了门，一行人径奔武南庄上来。尤俊达正在门首等望，闻人语马嘶，便叫声道："咬金兄来了么?"不一时早到面前，俊达大喜，等咬金下马，挽手入庄。俊达妻子出来迎接程太太进入内堂，见礼一番。早已端正酒筵，内外摆酒，酒至数杯，食供几套，俊达道："如今同兄出去做生意，不久就要起身，只是一路盗贼甚多，要学些武艺才好，未知兄会使哪一件兵器?"咬金道："小弟不会使甚么兵器，往常劈柴的时节，就把斧头来舞弄舞弄，所以这柄斧头倒会使的。"俊达道："这也容易，且请兄到库中，看取那一件家伙，好待小弟教兄使便了。"咬金道："你们又不是官府，为甚么家中有库?"俊达道："小弟颇有家财，故此家中有库。"咬金道："啊，原来有了家财就可有库了。"

二人说说笑笑，来到库边，家丁把库门一开，只见里边俱是兵器。咬金看了说道："你家敢是要造反么?"俊达道："我兄何出此言?"咬金说："你家既不造反，为何有这许多兵器?"俊达道："原来兄长不知，如今只因炀帝无道，天下荒乱，盗贼蜂起，凡是家当富足的人家，必备兵器，以防贼盗，所以有这些刀枪。"咬金说："原来如此。我且问你，那个炀帝有甚么不好，你便说他无道?"俊达道："他欺娘奸妹，缢兄图嫂，弑父篡位，杀害忠良，听信奸佞，荒淫乱政，以此群雄并起，各怀异心，将有大乱。"咬金听说大怒道："啊唷唷，那狗头，这等不忠不孝不仁不义的做甚皇帝！何不杀了他，另叫别人来做皇帝呢!"俊达道："兄长闲话少说，请兄看取兵器，不知中意哪一件?"

咬金拣来拣去，拣了一柄八卦宣花斧，重六十四斤，拿在手中说道："这到称手。"俊达道："妙啊，这也是仁兄的因缘凑巧，这一柄斧头乃去岁冬间一个老人家卖在此的。还有一匹铁脚枣骝驹，也是他卖在此的，这马十分勇猛，小弟降他不倒，如今且教会了你斧法，然后送那匹枣骝驹宝马与兄做坐骑。"咬金大喜。二人来厅上，吩咐家丁收过酒肴，俊达抡斧在手，一路路的从头使起，教咬金学兵器。那晓得，咬金心性不通，学了第一路忘了第二路，学了第二路又忘记了第一路，当日教到更深，一斧也不会使。俊达教得气闷起来，叫一声："住着。吃了夜饭睡了罢，明日再教。”二人同吃酒饭，说了些闲话。俊达叫家丁服侍咬金在侧厅耳房中歇了，自己入内去睡。

且说咬金方才合眼，只见一阵香风过处，远远来了一个老人，叫一声：“土福星官快些起来，我教你的斧法。你这一柄斧头，后来保真主，定天下，取将封侯，披蟒腰玉，还你一生荣华富贵。”咬金看那老人举斧在手，一路路使开，把六十四路斧法教会了，叫一声：“土福星官保重，我去也。”说罢，忽然又是一阵香风过处，那老人就不见了。咬金大叫一声：“有趣！”醒将转来，却是南柯一梦。叫声：“且住，待我演习演习，不要忘记了。只是没有马骑，使来不甚威武。啊！有了，何不就将这条板凳做马，坐了使起来，自然一样的。”遂走将起来，开了门，直至厅上，取一条索子，一头缚在板凳上，一头缚在自己颈上，骑了那条板凳，双手抡斧，满厅乱跑，使将起来。

这厅上是用地板铺满的，他骑了板凳，使起这柄斧头来，震动一片声响。尤俊达在内惊醒，不知外边什么响，连忙起来，走至厅后门缝内一张，只见月光照人，如同白昼一般，那个程咬金却在那里使这柄宣花斧，甚是奇妙，比日间再教不会的时节大不相同，心中十分稀罕，便走将出来，大叫道：“妙啊！”这一声竟冲破了他，后边的路数就不会了，只学得三十六路斧头。就是这三十六路斧头也了不得，十分利害，后来不知击走了多少好汉。当下俊达说道：“我兄原来有如此好斧头，为何日间假推不会？”咬金听说，就要装体面，说起捣鬼的大话来了，呵呵大笑道：“我方才日里边是骗着你，难道我这样一个人，这几路斧头不会使的么。”俊达道：“原来如此，我兄既然明白，连这下面这几路斧头，索性一发使完了与我看看。”咬金说：“你这是要我使出这几路仙斧来，好偷学我的。这也容易，你且去牵出那匹铁脚枣骝驹来，待我试他一试看。”俊达吩咐家丁，到后槽备了鞍辔，牵将出来。咬金抬眼一看，果然是匹宝驹，自头至尾有一丈长，背高八尺，四足如墨，满身毛片兼花。那匹马却也作怪，见了咬金，犹如遇了故主一般，摆尾摇头，大声嘶吼。咬金大喜道：“且把它牵过一边，拿酒来吃，待天明了，骑它演这几路斧头便了。”家丁摆下酒肴，二人吃到天色微明。咬金起身，牵马出庄，翻身上马，加上两鞭，那马咴哩哩一声嘶吼，四足蹬开，望前就跑，犹如腾云驾雾一般，十分迅速，耳内只闻风吼之声。顷望之间，跑上数十余里，到了一座土山边立住不走。咬金定睛看时，只见山面前有座石碑，碑上刻就三个大字，却是"老人山"。咬金哪里识得出，单单认得一个"人"字，心中想道：不知是什么人？正是：

只因天性多愚蠢，焉识之乎笔画讹。

要知老人山怎生模样，且看下回分解。

第二十二回　众捕人相举叔宝　小孟尝私入登州

诗曰：

天赐英雄武艺高，绿林丛里独称豪。

杨林解饷山前过，劫夺威风名姓标。

那咬金正念之间，只见乱草中簌的一声响，走出一只兔来，向马前一扑，回身便走。咬金大怒，拍马赶来。那兔儿转过了几个山湾，向一个石壁内钻了进去。咬金便跳下马来，上前一看，原来石壁上有一个大洞，忙伸手向洞中一摸，摸进去却摸着了一件东西，扯出来一看却是一个黄包袱，打开一看，却是一顶镔铁盔，一副铁叶黄花甲。心中奇异，忙将铁盔向头上一戴，正好，又把这身甲来向身上一披，也正好合适。咬金大喜，翻身上马，一直奔回庄上。下马入厅，细言其事，俊达大喜，说道："事已停当，明日就要动身。今日与你结为兄弟，后日无忧无虑。"咬金道："说得有理。"吩咐快排香案，二人结为生死之交。咬金小两岁，拜俊达为兄，大设酒筵，直吃到晚，各自睡了。

次日起来，俊达请太太出来，拜为伯母，咬金请俊达妻子出来，拜为嫂嫂。拜毕，各人说些闲话，入内去了。吃过了饭，咬金说道："好动身了。"俊达道："尚早哩，且到晚上动身。"咬金道："咦，这句话倒有些奇哩。又不去做什么强盗，日里不走要到晚上动身。"咬金只管问："不知兄长却是为何？"俊达道："你有所不知，只为当今盗贼甚多，我卖的又是珠宝，日里出门，岂不露人耳目？故此到晚方可出门。"咬金道："原来如此。"到晚，二人吃了酒饭，俊达吩咐家丁把六乘车子上下盖好，叫声："兄弟，快些披挂端正，好上马走路。"咬金道："咦，这句话又来得奇哩，又不去打仗上阵，为何要披挂起来？"俊达说道："兄弟，你又不在行了,黑夜行路,当防盗贼,自然要披挂了去。”咬金道:“也罢,就披挂了去。”二人披挂端正,上了马,押着车子,从后门而去,径往东北路而来。

彼时走了半个更次,来到一个去处,地名长叶林。远远的只见号灯有数百来盏,又有百十余人,都执兵器,齐跪在地,大声道:“大小喽罗迎接大王爷。”程咬金大叫道:“不好了,响马来了!”俊达连忙说道:“不瞒兄弟说,这班不是响马,他们都是我手下的人。愚兄向来在这个所在行劫,近来许久不做,如今空闲不过,特领兄弟来做伙计,若能取得一宗大财物,我和你一世受用。”咬金听说,把舌头一伸,说道:“不好了,上了你的当了。我方才原说道,做生意日里出去,不该夜里出门,你有这许多噜噜苏苏,原来是做强盗,那强盗可是做得的么?”俊达道:“兄弟不妨,你是头一遭,就做出事来,也是初犯,罪是免的。”咬金道:“啊唷,妙啊!原来做强盗头一次不妨得的么?”俊达道:“不妨得的。”咬金说:“也罢,就做他娘一遭便了。”尤俊达大喜,两个带了喽罗,一齐上山。那山上原有厅堂舍宇,一应房屋俱备。二人入厅坐下,众喽罗参见已毕,分列两边。俊达叫一声:“兄弟,你还是讨帐呢,还是观风呢?”咬金想道:讨帐一定是杀人劫财,观风一定是坐着观看。算计定了,便说道:“我去观风罢。”俊达道:“既如此,还是带多少人去行劫?”咬金说:“啊呀!我是观风,为何叫我去行劫起来?”俊达笑道:“原来兄弟此道行中的哑谜都不晓得。大凡强盗见礼,为之‘剪拂’,见了客商为之‘风’,来得少为之‘小风’,来得多为之‘大风’,若是杀不过为之‘风紧’,好来接应。‘讨帐’是守山寨,问劫得多少。这行中哑谜,兄弟不可不知。”咬金道:“原来如此。我就去观风,只是人多使翻了船,只着一人引路便了。”俊达大喜,便着一个人去引路下山。此一去管教:

山东地面刀兵起,历城小邑大遭殃。

当下咬金提斧上马,带了一个喽罗下山,往东路口。等了半夜,心中想道:“不要说大风,就是小风也没有一个。”十分焦躁。看看天色微明,小喽罗道:“这时没有是没有的了,程大王上山去罢。”咬金喝道:“放你娘的屁,凡事要个顺溜,第一次难道空手回山不成?东边没有，待我到西边去看！”小喽罗不敢言语，只得引到西路。方到得西边，只见远远的旗幡招扬，剑戟光明，旗上大书“靠山王饷杠”。一支人马，滔滔而来。

原来这镇守登州靖海大元帅靠山王，乃当今炀帝嫡亲王叔，文帝同胞兄弟，名唤杨林，字虎臣。大隋朝算他第八条好汉。近因未逢敌手，自道天下无对。说他这一日升帐，文武参见已毕，分立两旁。杨林口出大言，说：“孤家这两条囚龙棒打成隋朝世界，并无一将能与孤家战三个回合。今众将俱在此，乃孤心腹。如有人出马在孤马前战上三个回合，就算为好汉。”诸将听言，并无人接应，忽总管队里闪出一员老将，姓曹名延平，年近七十余岁，惯使双枪，官拜登州总兵，白面银须，威风凛凛，相貌堂堂，立于帐下。杨林一看，大喜说道：“贤总兵，你敢与孤家战三个回合么?”曹延平说：“大王在上，小将不敢与大王战，只喜学习大王武艺，求大王教导小将。”杨林听了便说：“既如此，你去披挂停当，孤家来也。”杨林出帐上马，手执囚龙棒，说：“你来，你来！”曹延平也便披甲上马，手使双枪，在马上欠身道：“大王，恕小将放肆之罪了。”杨林道：“孤家有言在前，不来罪你。”拍马上前，照延平就是一棒。曹延平这杆双枪一架，棒枪并举，战有五六个回合。曹延平这杆双枪好不利害，使开双枪，这枪只在左胁下、右胁下，不离心窝之边，左插花、右插花，双龙入海，丹凤朝阳，华云盖顶，枯树盘根。杨林虽然本事高强，被他双枪杀得乱了眼花，只见那枪就如两条双龙，嗖嗖的响。杨林叫声：“曹将军，孤家让你了。”说罢，架开枪回马就走。曹延平也不追赶，带马回营。杨林也回马升帐说：“曹将军，你年纪虽老，枪法甚妙，孤家还要升你。”曹延平谢了出营。自此杨林怀恨在心，后来寻事，将曹延平打了三十，削职为民。这叫做无书不讲，有书不得不说。

杨林因炀帝初登大宝，故此差继子大太保卢方，二太保薛亮，解一十六万饷银，龙衣数百件，入长安进贡。路经长叶林，程咬金一见叫声：“妙啊，大风来了！”小喽罗连忙说道：“程大王，这是登州老大王的饷银，动不得的。”咬金喝道：“放屁，什么老大王不老大王！等了一夜，等得一个风来，难道放了他去不成?”拍动铁脚枣骝驹，双手抡斧大叫道:“过路的留下买路钱来!”小校一见,忙入军中报道:“前面有响马断路。”卢方闻报叫声:“奇怪,难道有那样大胆的强人,白日敢出来断王杠?待我去拿来。”上前大喝一声说:“何方贼盗!岂不闻登州靠山王的利害,焉敢在此断路!”咬金并不回言,把大斧一举,当的一斧盖下来。卢方举手中枪,往上一架,当的一声响,把枪折为两段,叫声:“啊呀!”回马便走。薛亮忙拍马来迎,咬金顺手一斧,正中他的刀口,当的一声,震得双手流血,抛刀回马而走。众兵校见主将败了,一声喊,弃了银桶,四散而走。咬金放马来赶,二人叫道:“强盗,银子你拿去罢了,苦苦赶我怎的。”咬金喝道:“你这两个没用的狗头,休认我是无名的强盗,我们实是有名目的,我叫做程咬金,伙计尤俊达,今日权寄下你这两个狗头,迟日可再送些来。”说罢,方才回马转来。那卢方、薛亮惊慌之际,却记错了名姓,只记着陈达、尤金,连夜奔回登州去了。

且说程咬金回马一看,只见满地俱是银桶,叫声:“罢了,原来他是个贩木头的。”跳下来,一斧把一桶砍开,滚出元宝来:“咦!好大锭头!”拿两个捧了,只见尤俊达嗒嗒的来了,连忙揣入怀内。俊达一到,吩咐众喽罗将桶劈开,把元宝装在那六乘车子内,上下盖好,回至山上。过了一日,到晚一更时分,放火烧了山寨,收拾回庄。从后门而入,花园中掘了一个大地穴,将一十六万杠银,尽行埋了。到次日,请了二十四员和尚,挂榜开经四十九日梁王忏。劫杠这日是六月二十二日,他榜文开了二十一日起忏,将程咬金藏在内房,一步也不放他走出来。此话慢讲。

先表登州靠山王杨林,这一日升帐,正在理事,忽报大太保、二太保在辕门候令。杨林大吃一惊:“为何回来得这般快?”吩咐着他进来,二人来至银安殿上,俯伏阶前叫道:“父王,不好了!王杠银子被响马劫去了。”杨林喝道:“怎么说?”二人一齐叫声:“父王,臣儿该死,失去王杠银子。”杨林这番听得分明,不觉海下银须根根倒竖,两眼突出,大喝一声:“好畜生!焉敢失去王杠。与我绑去砍了!”两旁军校一声答应,将二人绑下。二人哀叫:“父王啊!实是响马利害无比,他还通名道姓哩!”杨林喝道:“强盗叫甚名字?”二人便叫:“父王啊,那强盗一个叫陈达，一个叫尤金。”杨林听说，心中想一想道：“畜生，我问你失去王杠，在何处地方？”二人道：“父王啊，是山东历城县地方，地名长叶林。”杨林道：“既有地方名姓，这响马就好拿了。”吩咐将二人松了绑，死罪饶了，活罪难免，喝道：“拿下去打！”把二人捆打了四十棍。一面发下令旗令箭，差官奔往山东，限一百日之内，要拿长叶林断王杠的响马陈达、尤金。百日之内如拿不着，府县官员俱皆岭南充军，一应行台节制武职尽行革职。

这令一出，吓得济南大小文武官员心碎胆裂。济南知府盛天期，行文到历城县，县官徐有德即刻升堂，唤到马快樊虎、步快连明，当堂吩咐道：“不知何处响马，于六月二十二日在长叶林地方，劫去登州老大王饷银一十六万，临行又通了两个名姓。如今老大王行文下来，取百日之内，要这陈达、尤金两名响马。如若百日之内没有，府县官员俱发岭南充军，合省文武官员俱要吊问。自古道：上不紧则下慢。本县今限你一个月之内，要这两名响马。每逢三、六、九听比，若拿得来，重重有赏，如拿不来，休怪本县。”

二人领了牌，出了衙门，各带公人，四下去寻踪觅迹，并无影响。到了比期，二人重打三十板，徐有德喝道：“如若下卯没有响马，每人重打四十板。”二人出来，会齐众公人商量道：“这两个响马，一定是过路的强盗，打劫了自去他州受用，叫我们却到哪里去拿他？况且强盗再没有个肯通名姓的，这两个名姓，一定是假的。”众人说道：“如此说起来，难道我们竟比死了不成？”樊虎道：“我倒有一计在此，到下卯比的时节，打完了不要起来，只求本官把下次比板一总打了罢。本官一定问是何故，我们一齐保举秦叔宝大哥下来。若得他下来，这两个响马就容易拿了。”连明道：“只是秦大哥现为节度旗牌，他如何肯下来，就是他肯来，节度爷也不肯放他。”樊虎道：“这倒不难，只消如此如此，他自然下来了。”众人大喜，各自散去。

不几日又到比期，徐有德升堂，唤众捕人问道：“响马可拿到了么？”众人道：“并无影响。”徐有德道：“如此说，拿下去打。”左右一声呐喊，扯将下来，每人打了四十大板。徐有德喝道：“若下卯没有拿到，抬棺来见我！”众人都不起来，一齐说道：“求老爷将下次的比板一总打了罢。就打死了小的们,这两个响马,端的没拿处的。”徐有德道:“据你们如此说起来,这响马一定拿不成了,难道本县竟往岭南充军不成?”樊虎道:“老爷有所不知,这两名强人一定是别处来的,打劫了自往他州外府去了,却如何拿得他来? 若要这两名响马,除非是秦叔宝,他尽知天下的响马出没去处,得他下来,方有拿处。”徐有德道:“他是节度使大老爷的旗牌,如何肯下来追缉响马? 我若去请,大老爷岂不要着恼的么?”樊虎道:“此事定要老爷亲自去见大老爷,只须如此如此,这般这般,大老爷一定肯放他下来了。”徐有德闻言,沉吟了半晌,说道:“倒也讲得有理,待本县自去。”徐有德即刻上马,径投节度使衙门而来。

到了辕门,尚未升堂。徐有德下马等了半日,只听得辕门上发了三通鼓,吹打了三次,不多时,三声炮响,大开辕门,唐璧升堂。两个中军参见过,旗牌叩见毕,然后五营四哨一齐参见,分班而立。那徐有德双手捧了禀折,跪在辕门。传宣官接了禀折,传与中军,中军接上:“启老爷,今有历城县知县要见。”唐公吩咐令他进来。徐有德趋至滴水檐前,跪下拜见。唐公吩咐:“免了,赐坐。”徐有德道:“如此卑职告坐了。”唐公道:“本藩正要来传贵县,问断王杠的响马可有消息,却好贵县到来,不知有何事故?”徐有德道:“卑职正为此事前来告禀大老爷,若说这两个响马,正无消息,卑职素闻贵旗牌秦叔宝的大名,他当初曾在县中当过马快,不论什么奇雄响马,手到拿来。故此卑职前来,求大老爷将秦旗牌发下来,拿了响马,再送上来。”唐公闻言,大喝道:“唗! 狗官,难道本藩的旗牌与你当马快的么?”徐有德慌忙跪下说道:“既然大老爷不肯,何必发怒。卑职不过到了百日限满之后,往岭南去走一遭,只怕大老爷也未必稳便,还求大老爷三思,难道为一旗牌而弃前程不成?”唐公听说,想了一想:他也说得是,前程要紧,秦琼事小。便道:“也罢,本藩且叫秦琼下去,待拿了响马,依先回来便了。”徐有德道:“多谢大老爷,但卑职还要禀上大老爷,自古道上不紧则下慢。既蒙发下秦旗牌来,若逢比限不比,决然怠慢,这响马如何拿得着? 要求大老爷作主。”唐璧道:“既发下来,听从比限便了。”唐公吩咐:“秦琼同徐知县下去,好生在意,获贼之后,定行升赏。"秦叔宝见本官吩咐，不敢推辞，只得同了徐有德，出了节度使衙门，径往县中来。

徐有德下马坐堂，叫过秦琼，吩咐道："你向来是节度使旗牌，本县岂敢得罪你。如今既请下来，权为马快，必须用心拿贼。如三、六、九比期没有响马，那时休怪本县无情。"叔宝说道："这两名响马要出境去缉拿，数日之间，如何得有，还要老爷宽限才好。"徐有德道："也罢，限你半月之中要这两名响马，不可迟怠。"叔宝领了牌批，出得县门，早有樊虎、连明接着。叔宝道："好朋友啊，自己没处拿贼，却保举我下来，倒多谢你了。"樊虎道："小弟们向日知仁兄的本事，知道这些强人的出没，一时不得已，故此请兄长下来救救小弟们的性命。"叔宝道："你们可四下去察访，待我自往外方去寻便了。"正是：

踏破铁鞋无觅处，得来全不费工夫。

不知追缉如何，且听下回分解。

第二十三回　杨林欲嗣秦叔宝　雄信暗传绿林箭

诗曰：

王叔杨林足勇谋，饷银失去不停留。

历城知县求良将，叔宝雄名冠九州。

当下叔宝别了众友，回家见了母亲，并不提起这事，只说奉公差出。别了母亲、妻子，带了双锏，翻身上马，出得城来。将单雄信与他的天下响马簿子打开一看，上写道："长叶林乃尤俊达的地方，许久不做。"心中想道："他既许久不做，决不是他，一定是少华山王伯当、齐国远、李如圭前来劫了去，通了两个鬼名，待我前去问他便了。"便拍开坐下黄骠马，径奔少华山而来。

到得山边，小喽罗看见，报上山来。三人连忙下来迎接，同到山寨施礼坐下。王伯当道："小弟自从去年大闹花灯，别后不觉又是一年。近日小弟正欲到单二哥那边去知会打点，前来与令堂老伯母上寿。不料兄长到此，有何见教？"叔宝道："不要说起，不知那一个，于六月二十二日在长叶林劫了靠山王饷银一十六万，又通了两个鬼名，叫做什么陈达、尤金。杨林着历城县要这两名强人，我只恐是你们到那里打劫了，却假意通这两个鬼名，故此特地前来问一声。"王伯当道："兄长说哪里话来？我们向来不曾打劫王杠，就是要打劫，登州解来的饷银，少不得也要经此山过的，就在此地打劫，却不省力，何值得走到那里去打劫呢？"李如圭道："我晓得了，那长叶林是尤俊达的地方，一定是他合了一个新出笼的伙计，打劫了去。那伙计就如阵上一样，通了名姓，那押杠的差官慌忙中听错了。"齐国远道："是啊，你倒说得不差，一定是他呢。且我辈中再没有个通名道姓的。叔宝兄，你只去问尤俊达便了。”叔宝问明了，即便动身。三人苦留不住，只得齐送下山。

叔宝拍开千里马，驾鞭径往武南庄上来。到得庄前，只听钟鼓之声，抬头一看，见挂榜文上写着：“演四十九日梁王忏，于六月二十一日为始。”想道：“他二十一日在家起经，如何二十二日有工夫去打劫？现今少华山招了他的怪，如今不要进去问他罢。”想了一想，回马连夜径奔登州而来。及至登州，天色微明，正开城门，一马奔入城来。

原来杨林自从失去这宗饷银，虽着历城县缉拿，却也差下许多公人四下打听。这日早上，众公人方才出城，只见叔宝气昂昂跑马入城。众公人疑心道：“这人来得古怪，马鞍上面又有两根金装锏，莫非他就是断王杠的响马也未可知。”大家一齐跟了走来。

叔宝到了一所酒店门前，翻身下了马，叫道：“店小二，你这里可有僻静所在吃酒么？”店小二道：“楼上极僻静的。”叔宝道：“既如此，把我的马牵到里边去，不可与人看见。酒肴只顾搬上楼来。”店小二便来牵马到里边去，叔宝取了双锏，上楼坐下。小二牵马进去，出来搬上酒肴，众公差把手招他出来，悄悄的说道：“这个人来得古怪，防他是断王杠的响马，你可上去套他些口风，切不可泄漏。”店小二点头会意，搬酒肴上楼，摆在桌上，叫一声：“官人吃酒。”叔宝道：“我有话问你，那长叶林失了王杠，这里可拿得紧么？”小二道：“拿得十分紧急。”叔宝闻言，脸色一变，将大拇指咬在口中呆了半晌，叫道：“店小二，你快去拿饭来我吃，吃了要去赶路。”店小二应了一声，走下楼去，招招众人，附耳低言说道：“这人一定是断王杠的响马，他问我说：‘失了饷银，这里可拿得紧么？’我回说正拿得十分紧急，他就脸皮失色，叫我快把饭来与他，吃了要去赶路。”众公人道：“我看这人不是良善的，况且那两条锏又不离他，我们几个如何拿得他住？去报与老大王知道，着将官拿他便了。”当下众人一路如飞，直至王府前，正值杨林在殿理事，即忙通报。杨林却差百十名将官，带了兵丁，飞也似一般来至酒店门前，直到前后门团团围住，鸣锣击鼓，齐声呐喊，大叫：“楼上的响马快快下来受缚，免得爷爷们动手！”叔宝正中心怀，提锏在手，跑下楼来，把双锏一摆，喝道：“今日是我自投罗网，不必你等动手。若动手时，叫你来一个死一个，来一双死一双。待我自去见老大王便了。”众将道：“我们不过奉令来拿，你既肯去，却与你做什么冤家？快去，快去！”

大家围住叔宝，径投王府而来。到了辕门，众将飞报入内。杨林喝令：“抓进来！”左右一声答应，飞奔出来，拿住叔宝要绑。叔宝喝道：“谁要你们动手！我自进去便了。”遂放下了双锏，一步步走入辕门，上丹墀来。杨林远远望见，赞道：“好一个响马，是条好汉。所以失了王杠。”那叔宝来至殿阶，双膝跪下，叫一声：“老大王在上，山东济南府历城县马快秦琼，叩见大王，愿大王千岁千岁千千岁！”杨林开言，只把众将一喝：“有你这班该死的狗官！怎的把一个快手当了响马拿来见孤？”众将被喝，慌忙跪下道：“小将们去拿他的时节，他自己还认是响马，所以拿来的。”其时卢方在侧，跪禀道：“父王啊，果然不是劫饷银的强盗，那劫饷银的强盗，青面獠牙的，形容十分可怕。不比这人相貌雄伟。”

杨林便叫道：“秦琼，你为何自认作响马？”秦叔宝道：“这是小人欲见大王，无门可见，故作此耳。”杨林点头，仔细将叔宝一看，面如淡金，三绺长须飘于脑后，跪在地下还有八尺来高，果然雄伟。便问道：“秦琼，你多少年纪了，父母可在否？面有黄色，莫非有病么？”叔宝道：“小人父亲秦理，自幼早丧，只有老母在堂，妻子张氏，一同三口，小人从无病症，生相是这等面庞，今年二十五岁了。父亲存日亦当马快。”看官，你道叔宝为何不说出真面目来？只因昔日杨林兵下江南，在马鸣关枪挑了秦彝，若说出来，岂非性命不保？故此说假话回对。杨林又问道：“你可会得什么兵器？”叔宝说：“小人会使双锏。”杨林道：“如此说，取锏来使与孤家看。”众将忙抬叔宝的双锏进来放下。叔宝道：“既蒙大王吩咐，小人不敢推辞。但盔甲乃为将之威，还求大王赐一副盔甲，待小人好演武。”杨林道：“是啊。”吩咐左右：“取孤家的披挂过来。”旗牌一声答应，连忙取与叔宝。杨林道：“这副盔甲原不是孤家的，向日孤家兵下江南，在马鸣关杀了一名贼将，叫做秦彝，就得他这副盔甲，并一枝虎头金枪，孤家爱他这副盔甲，乃赤金打成的，十分细巧，故此留下。今日就赏了你罢。”叔宝闻言，心中凄惨，不敢高叫，谢了一声，立起身来。杨林吩咐左右，与秦琼披挂起来，果然又换了一个人物，满身上下，犹如金子打成一般，像一座金宝塔，正是：

凛凛威风貌若神，英雄气概实超群。

今朝旧物归原主，始信循环报应分。

叔宝提锏在手，摆动犹如金龙戏水，一似赤帝施威。起初时，还是人锏分明，到后来，只见金光万道，呼呼的风响逼人寒，闪闪的金光炫耳目。这回锏使将起来，把个杨林欢喜得手舞足蹈。众将看得目乱眼花，人人喝彩，个个称扬。不一时，把五十六路的锏法使完了，跪下道："禀大王，锏法使完了。"

杨林大喜道："你还会使什么兵器么？"叔宝道："小人还会使枪。"杨林道："妙啊，孤家最喜的枪，只因如今年老，故使了囚龙棒，不用了枪。"叫旗牌抬过虎头蘸金枪来。两名旗牌，登时把八十二斤虎头枪扛将过来。叔宝一手接过，把柄上一看，上写"伏虏将军秦彝置"七个字，叔宝明知父亲之物，不敢明言，眼泪打从肚内落了下去。只得将身体一摇，双手一抡，耍的一枪使将起来。杨林一见，说声："住着。这是罗家枪，你为何晓得使？"叔宝说："小人前年往潞州受了官司，发配燕山，见罗元帅在教场演枪，小人因此偷学他的枪法，故此会使。"杨林道："原来如此，快使起来。"叔宝道："晓得。"就把那十八门三十六路六十四枪，尽行使出，单少一路回马枪，此乃罗成传授之时，被他瞒过的，因此不全。

杨林见叔宝这样人才，又有如此本事，心中大喜，把枪也赐了叔宝，说道："孤家年过六旬之上，尚无子息，虽有十二太保过继为子，他们的本事，那里如得你来。如今孤家欲过继你为十三太保，不知你意下若何？"叔宝心中一想："他是我杀父仇人，不共戴天，如何反拜他为父？"忙推却道："小人一介庸夫，焉敢承当太保之列？决难从命。"杨林闻言，二目圆睁，喝道："胡说！孤家继你为子，有何辱没于你，擅敢将言推托，如若不从，左右看刀！"叔宝连忙说："小人焉敢推托，只因老母在堂，放心不下。若大王依得小人一件，即便允从，如若不允，甘愿一刀，决难从命。"杨林道："你说来是哪一件？"叔宝道："小人回转山东，见了母亲，收拾家中，乞限一月，同了母亲前来便了。"杨林道：

“这是王儿的孝道，孤家岂可不依。”叔宝无奈，只得拜了八拜，叫声：“父王啊，儿臣还有一句话要求父王依允。”杨林道：“王儿有何话说？”叔宝道：“就是失饷银一事，要求父王宽限，令那些官儿慢慢访拿。”杨林道：“孤家只待限满之日，将这些狗官一个个拿来重处。既是王儿说了，看王儿面上，中军官着发令箭下去，吩咐大小官儿，慢慢拿缉便了。”当下吩咐了十二太保，大小众将送秦琼出城。

叔宝拜辞了杨林，上马便行。十二太保、大小将官送出了登州城，然后各自回来。叔宝回转济南，坐在家中，也不去做旗牌，也不去当马快，是一个爵主爷爷了，哪个官儿还敢去叫他？光阴迅速，不觉看看一月已过，杨林不见叔宝到来，心中焦躁，依先发下令箭，催拿这两个响马。薛亮却吩咐差官到历城县，着县官依先叫秦琼拿贼。徐有德这次却变了脸，到三六九没有响马，从重比责，叔宝却受了若干板子，这也不在话下。

且说少华山王伯当对齐国远、李如圭道：“叔宝母亲九月一十五日是七旬寿诞，日期将近，咱要到潞州知会单二哥，招各处好友们前去拜寿。你二人消停几天动身，山东相会便了。”二人应允。王伯当即便动身，别了二人，下山径投山西潞州府二贤庄而来。

不一日，到了二贤庄。单雄信闻报，连忙出迎，入庄礼毕坐下。雄信道：“多时不会我兄，甚风吹得到此？”伯当道：“九月一十五日乃叔宝兄令堂老伯母寿诞，小弟特来知会吾兄前去祝寿。”雄信道：“原来如此，小弟却一些也不知道。如今事不宜迟，速即通知各处弟兄，好来恭祝。”说罢，即忙取出绿林中号箭，差数十个家丁，分头知会众人，限于九月十四日在济南府东门会齐。如有一个不到，必行重罚。一面吩咐打点金八仙各样贺礼，择日自同王伯当往山东进发。

且说各处好汉，得了单雄信的号箭，各自动身不表。单讲河北冀州燕山靖边侯罗元帅，一日退堂进来，只见秦氏夫人说道：“妾身有句话说，不知相公肯允否？”罗公道：“夫人之言，下官焉敢不听？”夫人道：“九月一十五乃家嫂的寿诞，我已备下寿礼，今欲叫孩儿前去认认舅母，望望表兄，不知相公意下若何？”罗公道：“这是正理，明日下官差孩儿前去拜寿便了。”夫人闻言大喜。这信一传出来，早有外边中军张公瑾、史大奈、白显道、尉迟南、尉迟北、南延平、北延道七人皆要去拜寿，都来相求公子点拨同行。罗成依允道："容易。"就在父亲面前，点了他七人随往。一到次日，罗成辞别母亲，收拾盔甲兵器，带了七人，投济南而来。

列位，你道出门上路的为什么顶盔贯甲起来？只因炀帝登极之后，天下大荒，盗贼遍处成群，河东山陕之间，白日杀人放火，所以出门上路的俱带盔甲、兵器，以防不测。

再说太原府柴绍，禀知唐公，要往济南与叔宝母亲上寿。唐公道："去年你在承福寺遇见恩公，及至我差人去接他时，他已回济南去了，至今未曾报答他的大恩，为此心中怏怏不快。如今他母亲大寿，你正当前去。"即备黄金一千两，白银一万，差官同柴绍往济南来。只因这班人一来，正是：

天罡地煞全相聚，世乱兵荒逐渐生。

不说柴绍在路。且说少华山齐国远、李如圭两个计议道："我们要去济南上寿，山寨缺少钱粮，将甚礼物为贺？"李如圭道："去春闹花灯，我抢一盏珠灯在此，可为贺礼，再问单雄信二哥借些银子便了。"二人即忙收拾珠灯，带了两个小喽罗，下山而来。将近山东地界，远远的罗成八人来了。齐国远不认得罗成，说道："妙啊，这班人行李沉重，财物必多，何不打劫了他，强如到单二哥处借寿礼。"算计已定，便拍马抡刀大呼道："来的留下买路钱去！"罗成一见，笑道："可见当今无道，官塘大路，青天白日，都有响马了。"便令张公瑾等退后，自己一马当先，大喝一声："响马！你要怎的？"只这一声，犹如牙缝内迸出春雷，舌尖上响起霹雳。齐国远吃了一惊，喝一声："爷爷要你的财物，快快送来，免我动手。"罗成道："你要我的财物，只消问我一个朋友，他若肯时就送与你。"齐国远道："你的朋友是哪一个？"罗成道："是俺手中这杆枪。"齐国远大怒，双手抡动金背刀，劈头便砍。罗成把枪一举，当的一响，拦开斧头，顺手拾起银花锏，耍的一下，齐国远叫声："不好！"把头一低，正中颈上，大叫一声，回马便走。李如圭道："大哥退后，我来也！"说罢，手摇两根狼牙棒拍马来迎。罗成叫声："来得好！"顺手便一枪逼开狼牙棒，耍的也是一锏，正中肩臂，如圭负痛，回马便走。两个小喽罗抛弃珠灯也走了。罗成叫史大奈取了珠灯，笑道："这两个毛贼，正是偷鸡不着，反折了一把米。"按下不表。

且说齐、李二人败下来，一个被打了头颈，好似杀不倒的鸡儿，一个挂落了手，犹如羊板疯，互相埋怨："财物劫不着，反失了珠灯，如今却将何物前去上寿？"正言之间，只见西边转出一队人来，却是单雄信、王伯当，后边跟了些家将。齐国远道："好了，救星到了！"二人忙迎上来，雄信与伯当忙问道："你二人为何如此形景？"二人细言其故，单雄信大怒，带了众人一齐赶来。罗成听见人喊马嘶，晓得是方才败下去的响马纠合同伙追来，叫众人住马候着。看看相近，国远道："就是这个小贼种！"单雄信一马当先，大喝一声："驴囚入的，罗子入你的怪囚娘，快快还我的珠灯便罢！"正是：

英雄聚位山东地，地煞天罡各自强。

毕竟怎生结果，且听下回分解。

第二十四回　秦叔宝劈板烧批　贾柳店刺血为盟

诗曰：

总自交情忆昔年，两家母子各辛艰。

别来数载常怀念，及至相逢不识颜。

当下雄信怒喝："若不还灯，照罗子的家伙罢！"罗成大怒，正欲出马提枪相杀，后面张公瑾认得是雄信，连忙上前叫道："公子不可动手，单二哥也不必发怒！"二人听得，便住了手。公瑾告知罗成，这人就是秦大哥所说的恩人单雄信。罗成听说，便与雄信下马相见，与齐国远、李如圭赔了罪，取金枪药与二人搽好，疼痛即止。大家各叙过了礼，都说往济南拜寿，便合做一处同行，不表。

且说武南庄尤俊达得了雄信的令箭，见寿期已近，吩咐家将打点贺礼，要赶十四日赴约，十五日拜寿。程咬金看见，便问道："你去拜谁的寿？"俊达道："去拜一个朋友的母亲。"咬金道："既如此，我也去走遭。"俊达道："我与他至友，所以要去。你却与他从来不熟，如何去得？"咬金道："你且说这人姓甚名谁？"俊达道："这人乃山东第一条好汉，天下那一个不知道的！他叫小孟尝、赛专诸，姓秦名琼，双字叔宝，你却何曾与他熟识？"咬金闻言，跳起身来，拍手大笑道："这人是我从小相识，如何不熟？我还是他的恩人哩！"俊达道："怎见得你是他的恩人？"咬金道："他父亲叫做秦彝，乃齐后主驾前大将，官拜伏虏将军，镇守马鸣关，被杨林杀了。他那年方三岁，乳名太平郎。母子二人与我母子同居数载，不时照顾他。后来各自分散。虽然多年不会，难道就不是恩人了？"俊达道："原来有这段缘故，去便同你去，只是你我心上之事，酒后切不可露。"咬金道："晓得。"二人收拾礼物，各带兵器,领了四个家将,出门上马,望济南而行。

那咬金许久不曾骑马出辔,在路上好不躁皮,把马加上两鞭,泼辣辣往前乱奔。俊达大叫:"慢走!"他那里肯听,一直跑去。转出一个山头,远远的望见一队人马,乃是单雄信这一班。咬金大叫:"妙啊!大风来了!"拍开铁脚枣骝驹,摆动八卦宣花斧,高声大叫:"来的留下买路钱!"单雄信道:"我是强盗头儿,好笑那厮目不识丁,反要我的买路钱,待我问一声看。"一马上前,横槊在手,叫一声:"山中大垂老请了,我们是一线的。"咬金喝道:"你是卖线的么?不论青线白线,爷爷也是要的。"雄信笑道:"原来是个初出笼儿的。不要管他,待老子赏他一槊。"便把金顶枣阳槊一举,拦头就打。咬金把斧一架,架过了槊,当当的连砍两斧。雄信急架忙迎,哪里招架得住,一张青脸泛出红来,好似酱色一般,盔歪甲裂,叫声:"好家伙!"回马忙走。罗成看见大怒,一马冲来,摇枪便刺。咬金躲过枪,当的就是一斧。罗成拦开斧,耍的一枪,正中咬金左臂,咬金叫声:"啊唷!"方回得马要走,不提防,耍一响,右腿上又中一枪,大叫一声:"风紧!风紧哩!"只见后边尤俊达到了,见咬金受伤,勃然大怒,抡起手中朴刀,拍马赶来。单雄信认得,连忙叫住罗成,不要追赶。俊达唤转咬金,各各相见,取出金枪药,与咬金敷了伤痕,登时止疼。大家合做一处,取路而行。

将近济南,雄信道:"今日是十四,且在城外寻个下处,等齐了朋友,明早入城便了。"遂吩咐家丁,有宽大的客店可寻一所。家丁到城门边,见有一所客店,招牌上写着"贾柳店",十分宽敞,可以容得众人。雄信道:"也罢,就在那里便了。"原来叔宝知道,雄信等一定来与母亲上寿,早已在贾顺甫、柳周臣后边,收拾五间大厅,叫二人招接这班人住。他二人日日想望,不见有人到来。等到十四日,只道没有人来了,他也不晓得就是这班人,当下也不问起,接进众人上高楼去坐。家丁们搬行李进店,差几个在要路上等上寿的朋友,就吩咐安排起七八桌酒来,先拿两桌上来吃。不一时,来了潞州金甲、童环、梁师徒、丁天庆,家丁招呼入店,大家各又见礼,又添上一桌吃酒。不多时,又来了柴绍。次后各处来的,陆续俱到,乃是:屈突通、屈突盖、盛彦师、黄天虎、李成龙、韩成豹、张显扬、何金爵、谢应登、濮固忠、费天喜一班豪杰。意气相投,吃得十分有兴。正在闹嚷之间,只听见外边渔鼓响,走入魏征、徐勣两个来,上得厅楼。茂公知道,今日众星聚会,遂各一礼,坐下饮酒。楼下却又来了弟兄两个,叫做鲁明星、鲁明月。他二人乃是海贼,所以家丁们不认得。二人走入店中,叫道:"店家,楼上可吃得酒么?"柳周臣道:"楼上已有许多人坐满,官人们就在下面坐罢。"二人道:"也使得,在下边罢了。但有下酒的,尽着搬来,一总算帐。"说罢,捡一副坐头坐下。走堂的摆上酒肴,两人对饮。

且表上边这班人,呼三喝四,吃得热闹。程咬金心中想道:"我卖私盐打死了巡捕官,问成死罪,遇赦出来。尤俊达合我做伙计,劫了王杠银子,日日大鱼大肉,十分快活。今日众英雄同来拜寿,岂不是十分荣耀?"想到此处,一面把杯饮酒,一面不觉把脚在楼板上当的一蹬,却好底下是鲁家兄弟的坐处,把那灰尘跌落碗中,好似下的一阵花椒末。鲁明星大怒,喝道:"楼上的入娘贼,那浪蹄子蹬什么?"咬金在上面听见,心头火发,跳起身来,飞也似的奔下楼去。鲁家兄弟早已立着等打。咬金睁开怪眼,骂一声:"入娘贼,焉敢骂我?"耍的一拳,望鲁明星打来,早被明星举手接住。咬金摆不脱,就举起右手,又是一拳打来。鲁明月又上前接住。兄弟两个,两手扯住咬金两只手。这两只空手,尽力在咬金背上如擂鼓的一般,打得咬金大叫道:"啊唷唷唷! 入娘贼好打好打!"楼上听得,一齐赶将下楼。单雄信认得二人,连忙叫住,挽手上楼,彼此赔罪,依前饮酒。

且表贾顺甫,见这班人不三不四,来的落落托托,心中疑惑,悄悄的对柳周臣道:"这班人来得古怪,各路人都有在内,更兼相貌凶奇,莫非有劫王杠的陈达、尤金在内? 你可在此看店,待我入城,叫秦大哥来看看风色,却不可泄漏。"柳周臣点头会意。贾顺甫便出了店门,飞也似的奔往县前来。正值叔宝在县中出来,一见顺甫,便问何来,顺甫道:"今日小弟店中来了一班人,十分古怪,恐有陈达、尤金在内,故此急来通知兄长。"叔宝连忙叫樊虎、连明,同了顺甫,奔出城来。到了店中,叔宝当先入内,轻轻走上楼梯一看,照面坐的却是单雄信,连忙缩下头来。早被雄信看见了,说道:"那扶梯上的是叔宝啊!"起身赶下来。叔宝躲不及,只得同了樊虎、连明走上楼来,逐一相见行礼。

到那咬金面前,叔宝却不认得,竟作一揖,不问寒温,又与别人行礼。尤俊达将咬金扯了一把,低低说道:“你说与他自小认得的,却如何不与你叙话?到像个从不识面的。”咬金听说大怒,气得两眼突出。叔宝又一个个叙阔别之情,回转身来,正要问咬金尊姓大名,早被咬金一把扯住道:“咄!瞎眼的势利小人,为甚的不睬我?”叔宝连忙赔笑道:“小可实不曾认得,仁兄休怪!休怪!”咬金大喝道:“太平郎,好啊!你这等无恩无义了,可记得当初在斑鸠镇上,我母子怎样看顾你?你今日一时发迹,就忘记了我程咬金么?”叔宝闻言,叫声:“啊呀!原来你就是程一郎哥!我的大恩人!一时忘怀,多多有罪!”索的一声,跪将下去。咬金哈哈大笑道:“尤大哥,如何?我不哄你么?”连忙扶起叔宝道:“折杀!折杀!”又重新行礼,问起一向作何事业,令堂可好。咬金道:“我为卖私盐打死了人,问成死罪,遇赦出来,尤员外合我……”俊达连忙接口道:“是小可接他母子在庄上同住的。”叔宝道:“这也难得。”当下重添酒肴。叔宝叫贾柳二人一齐上来吃酒。酒至数巡,叔宝起身劝酒,劝到单雄信面前,回转身来,在桌子脚上撞了疼处,叫声:“啊唷!”把腰一曲,几乎跌倒。众人齐吃一惊。正是:

虎豹吼时天地震,蛇龙舒动鬼神惊。

当下雄信扶起叔宝,忙问:“为何缘故,痛得如此厉害?”樊虎接口道:“不要说起,不知那个没天理的狗男女,在六月二十二日于长叶林劫了靠山王饷银一十六万,龙衣百件。杨林着历城县知县要这两个响马,可恨这两个狗男女,临阵通名,叫做什么陈达、尤金。小弟自道力量不能,一时浅见,在本官面前保着叔宝兄,指望拿得此贼,为万民除害。谁想缉访数月,杳无踪迹,反害叔宝兄受了几回比板,两腿溃烂。所以方才撞了痛处,几乎晕倒。”单雄信道:“真正没天理的,入他家两个浪娘!”大家一齐骂道:“正不知是那个狗入的,劫了王杠,却累叔宝兄受苦。”此时尤俊达脸上泛出青红,心内突突的跳,忙在咬金腿上扭。咬金大叫道:“扭不扭我是要说的。”便道:“列位不要骂,那劫王杠的不是什么陈达、尤金,就是我程咬金、尤俊达两个。如今听凭叔宝兄拿我两个去,省得害他比较。”叔宝闻言,大吃一惊,忙把咬金的口掩住道:“恩兄何出此言?倘被外人听见,不当稳便。”咬金道:

“不妨,我是初犯,就到官去也无甚大事。”李如圭道:“何如?我说一定是尤俊达合了新伙计打劫的。如今怎么处?快将索子来绑了。”咬金道:“凭你绑去。”叔宝道:“恩兄,小弟虽然卤莽,那情理两字也略知一二,怎肯背义忘恩,拿兄去受罪?”大家一齐道:“好朋友,这个才算做好汉!”茂公道:“只怕叔宝兄口是心非。”叔宝道:“茂公兄何故小觑不才?自古道:为朋友而死,死亦无恨。如兄不信,小弟有个凭据在此,请他做个见证,以明再不食言之意。”说罢,在怀中取出捕批牌票,将佩刀一劈,破为两半,就在烛火上,连批文一齐烧个干净。大家一齐吐舌惊讶。茂公道:“这才算做个重义的豪杰。既是叔宝兄如此仗义,小弟倒有一言在此,相告列位。”众人道:“请教。”茂公道:“今日众英雄齐集,也是最难得的。何不就在此处,摆设香案,大家歃血为盟,以后必须生死相救,患难相扶,不知众位意下如何?”众人齐声说道:“是!”就于楼上摆下香案,一个个写了年纪,茂公写了盟单,众人一齐对天跪下。茂公将盟单高声念道:

> “维大隋炀帝二年九月十四日,有徐勣、魏征、秦琼、单通、张公瑾、史大奈、尉迟南、尉迟北、鲁明星、鲁明月、南延平、北延道、樊虎、连明、白显道、金甲、童环、屈突通、屈突盖、齐国远、李如圭、贾顺甫、柳周臣、王伯当、尤俊达、程咬金、梁师徒、丁天庆、盛彦师、黄天虎、李成龙、韩成豹、张显扬、何金爵、谢应登、濮固忠、费天喜、柴嗣昌、罗成等三十九人,歃血为盟。不愿同日生,只愿同日死。有荣同享,有难同当,吉凶相爱,患难相扶。如有异心,天神共监。”

说罢,先是徐茂公,举刀在臂上刺出血来,滴入酒内。次后魏征、秦琼刺过。却是单雄信了,谁想刺了一刀,并无血出,用力一挤,挤出些清水来。茂公掐指一算,啊,原来他是青龙星,后来不降唐朝,死于五龙会内,所以歃盟没血,遂即依次而行,一个个刺过。到了谢应登,也是没血的。茂公惊异,也便掐指一算,原来他后来随李密兵下江都,随叔父谢洪度去成仙,受享清福,因此歃盟也是没血的。及后到了罗成,也是没血的。茂公口称:“奇怪也。”便掐指一算,也算出缘故,知道他是白虎星君,后来降唐,五龙会在牢口关被二王谋害,夜走周须，被苏定方乱箭射死，所以没血。刺毕盟完，大家各吃了一碗血酒。叔宝道：“天色已晚，我同表弟入城回去，明朝在舍恭候众兄弟便了。”众人齐道：“有理。”即时别了众友，同罗成进城。到家，罗成拜见舅母，老太太道：“前年，表兄为了官司问罪燕山，多承令尊救拔，尚未报答。今日何劳贤甥送礼远涉，甚是不当。”罗成道：“舅母，至亲骨肉，怎说这话？母亲叫我致意舅母，本欲亲自前来奉祝，因为家父不能到此，所以遣甥儿到此拜寿，多多有罪。”老太太道：“好说。”叫张氏与叔叔见礼过了，吩咐摆酒。一面请罗成吃酒，一面叫秦安在厅上收拾，足足忙了一夜。

次日清晨，叔宝先去后边一个土地庙中，吩咐庙祝在殿上打扫，好等众人在殿上吃酒。你想：这班人可在自家厅上久坐的么？万一有衙门中人来撞见，如何使得？所以预先端整，一等拜完了寿，就在土地庙中吃酒。早饭方完，众人到了。厅上摆满了寿礼。罗成是银八仙八尊、寿衣十副、寿簪一对、白银一千两、丝缎一百端。罗夫人另外又送礼，与嫂嫂庆寿，也是绝盛一副盛礼，不必细表。那柴绍送上唐公礼单，是黄金千两、白银十万。柴绍自己的，乃是白银一千两、玉八仙一座、寿衣一百套。单雄信是金八仙寿杯百盏、赤金一千两、白璧二十双。其余众人，各具盛礼，不必细说。大家先与秦琼见了礼，然后齐声说道：“请老伯母出来拜寿。”叔宝道：“不消，待小弟说知便了。”大家一定要请见，叔宝只得请老母出房。老母刚走到门边，在屏风后一张，啊唷唷！你看这班人：也有青脸的，也有红脸的，也有紫脸的、蓝脸的，还有瓜皮绿脸的，朱发红髯的，还有巨口獠牙的。老太太见此异相，不觉心惊，立住了脚，不肯出来。叔宝在屏风后低声指道：“那青脸的，就是潞州单二员外。这蓝脸的，就是程一郎。这一个是秀才柴绍，乃唐公郡马，其余众人，都是好朋友，出去不妨。”

正在说话，外边单雄信是个性急的，叫道：“叔宝兄，快请老伯母出厅，待我们拜祝千秋。”里面只是延挨，程咬金道：“不相干，是这样请法，再不肯出来的，我是自小见过，待我进去请来。”一头说，一头径走入内来，见了老太太唱个诺，叫声：“老伯母在上，小侄程咬金拜寿！”索的一声，跪将下去。老太太用手忙扶，便问秦琼：“这可就是方才说的程一哥?”叔宝道:“正是。”老太太道:“啊哟!原来是恩人之子。令堂近日可好?”咬金道:“多谢伯母。家母近来饭也要吃,肉也要吃。叫侄儿致意,无物相送,只有元宝两个,聊为寿礼。”说罢,就向怀中摸出两个大锭。叔宝看见,恐是王杠内的元宝,倘有字在上面,老太太又是识字的,万一看见不当稳便,连忙接了两锭银子,说道:“母亲,待我拿去藏着,你自打点出去。”当下咬金扯扯拽拽,不容老太太不肯,竟将老太太抱了出来。正是:

　　众星共庆长生乐,请出西池阿母来。

不知拜寿如何,且听下回分解。

第二十五回　群贤拜寿华封祝　二劫王杠虎被擒

诗曰：

叔宝雄风仪表奇，杨林喜悦强为儿。

只因众友多强暴，连夜逃奔被见疑。

当下咬金抱扶老太太出厅，对众人道："我是拜过寿的了，你们大家一总拜了罢。"大家一齐说道："有理。"齐齐的跪下。老太太却要回礼，被咬金一把按定，那里动得？只得说道："折杀老身！"叔宝在旁，连忙回礼。拜罢起身，叔宝又跪下去，拜谢众友。老太太又致谢单雄信往日之情，单雄信回称："不敢。"老太太又向众人谢道："小儿屡蒙诸位高情照管，感谢不尽。今虽老身贱降之辰，何德何能，敢劳列位远来惠赐厚礼，叫老身何以克当？"众人齐声应道："老伯母华诞，小侄辈礼当奉拜，些须薄礼，何足挂齿。"彼此礼毕，老太太入内去了。

叔宝请众人出了门，转绕到土地堂内。进得山门，却是一块平坦空地，方圆数里，两旁却是绿槐金柳。众好汉上了阶坡，走入正殿。酒席早已摆设端正，一齐坐下吃酒。饮至数巡，食供两套。大家讲武论文，十分高兴。只见秦安来说："有节度使衙中众旗牌爷，在家拜寿，请大爷暂回去。"叔宝忙起身说道："家下有客，不得奉陪。烦咬金兄弟代我相劝众兄弟，小弟去去就来。"众人道声："请便。"叔宝径自回去了。

饮酒中间，咬金想道：在席的众友，看起来唯有单雄信这强盗头儿与那罗成这小伙子利害，待我哄他二人打一阵，看看有何不可！想罢，立起来劝酒，劝到雄信面前，叫声："二哥吃酒。"雄信连忙来接。咬金低低说道："我通个信与你，罗成要打断你的踝子骨哩！"雄信吃惊道:“他为什么缘故呢?”咬金道:“他骂你坐地分赃的强盗头儿,倚着财主的势,不放他靖边侯公子在眼内。‘把他踝子骨都打断’,他的这句话,我是听见了,好意来通知你,你须小心防备。”雄信大怒道:“有这等事? 也罢,打起来看。”咬金搬罢是非,复回转身来,一个个劝过,劝到罗成面前,轻轻叫声:“罗兄弟,你可晓得么? 单雄信要搂出你的乌珠哩?”罗成笑道:“程大哥哄我,他为甚要搂我的乌珠?”咬金道:“有个缘故,他道你仗着公子的势,不放他老大在眼内,要寻个事端,把你的乌珠都搂将出来,才见他单雄信的手段。你须小心,我是断不哄你的。”罗成哈哈大笑道:“叫他不要讨苦吃。”咬金连忙坐下,照前饮酒。那边罗成越想越恼,气昂昂睃着雄信,这边雄信竖起双睛,横睁怪眼,看着罗成。两下都怀了打的念头,只有咬金暗暗好笑,众人哪里得知。

少时换席,众英雄下阶散步。罗成在空地上走了一圈,转身走上阶坡。雄信却步出殿门,两下在肩头上一撞,罗成力大,雄信扑的一声,仰后一交,直跌入殿内去了。众人吃了一惊,不知就里。雄信大怒,爬起身来骂道:“小贼种,焉敢跌我!”罗成道:“青脸贼,我就打你便怎的?”奔上坡来。雄信飞起脚,一脚踢来,早被罗成接住,提起一丢,犹如小孩子一般,扑通一声响,撩在空地上去了。众人齐上前解劝,程咬金大叫:“不要劝,凭他打罢!”罗成奔下坡来,王伯当叫声:“不要动手!”赶上前,连腰抱住罗成。雄信在地下爬起,奔将过来,张公瑾叫声:“使不得!”一把抱住雄信。雄信摆不脱,回转头来喝道:“你敢倚着本官的势力,来强劝么?”这句话公瑾当不起,只得放了手。雄信径奔罗成,罗成叫声:“王伯当放手!”伯当哪里肯听。罗成大怒,将两手一绷,把王伯当直摔到殿槛上去了,便赶上一步,一把抓住雄信,按倒在地,挥拳便打。

早有家丁飞报叔宝,叔宝大惊,如飞赶入庙中,喝开罗成,扶起雄信。雄信道:“好打! 好打! 我把你这小畜生,不要慌,少不得在我手里!”罗成道:“我倒怕你这个坐地分赃的强盗头儿?”叔宝喝道:“胡说! 还要放屁!”罗成见表兄骂他,回身就走。径到家中拜别了老太太,撇了张公瑾等七人,上马回河北去了。老太太摸不着头路,扯又扯不住,叫又叫不转,连忙打发秦安来通报叔宝。叔宝大惊道:“如此一发成仇了。哪一位兄弟去追他转来?”咬金道:“我去,我去。”带了斧头,上马而去。

茂公道:“程咬金一去,罗成决不回来了。”叔宝忙问道:“这却是何缘故?”茂公道:“只须问单二哥,方才为何打起,就知明白。”雄信道:“方才是咬金对我说,罗成骂我是强盗头儿,不放他靖边侯公子在眼内,要打断我的踝子骨。因此打起来的。”尤俊达道:“那个程咬金,一味惯耍说谎的,你如何听他起来?”茂公道:“所以说,咬金追去,罗成决不转来。”叔宝道:“何以决不转来呢?”茂公道:“他方才在内做鬼,追了罗成转来,岂不对出是非?所以他追去,是催他走了。”尤俊达道:“待我再追去。”茂公道:“尤兄弟追去,妥当得紧。只是要换了兵器去。”列位,你道为何要尤俊达换了兵器去呢?只因这徐茂公算定阴阳,要大反山东,所以如此。当下尤俊达丢了杆棒,取了双股托天叉,飞身上马,随后赶来。

单表这程咬金追到了黄土岗,不见罗成,倒见王杠银子来了。原来靠山王杨林,又起了十六万王杠,恐路中有失,却带了十二家太保,亲自解来。这冒失鬼程咬金,哪里知道靠山王不是儿戏的,一见王杠,便大声叫道:“妙啊,大风来了!”也不量力,竟拍马摇斧,高叫道:“咦,来的留下买路钱来!”这边卢方在前开路,一见认得,飞报老大王道:“启父王,昔时长叶林断王杠的那个响马又来了!”那老大王一闻此言,不觉大怒:“这省会之地,响马如此大胆,敢来行劫!”说罢,催开坐骑,把那根囚龙棒提起,飞马出来,喝问:“响马,敢说是陈达、尤金么?”咬金哈哈大笑道:“我乃卖私盐、专断王杠、劫龙衣的程咬金,伙计尤俊达,不是什么陈达、尤金,你可是王杠?快快送过来,免得程爷爷动手。”杨林笑道:“好贼人,焉敢无礼!可晓得登州靠山王么?”咬金道:“我哪里知道什么靠山王、靠水王,照爷爷的大斧罢!”不分皂白,举起宣花斧,照杨林头上劈来。杨林大怒,把囚龙棒一架。光的又是一斧,当当当一连三斧,把个老大王砍得盔甲歪斜:“好利害的响马!怪不得前番失了王杠。”咬金又是一斧,却被杨林把手中囚龙棒紧一紧,当的一声拦开,伸过手来,一把扯住咬金的围腰带,叫声:“过来罢！”一提提过马来，抛在地上，叫左右绑了。随后尤俊达赶到，见程咬金被拿，叫一声：“罢了！”催开马，摇动叉，直奔上前。被杨林拦开叉，一把也拿了过来，抛下绑了。老大王吩咐：“就此安了营罢！”左右一声答应，安下营寨。老大王便问：“这是什么地方管的？”左右禀上：“这里地名黄土岗，乃济南府管的。”老大王便一枝令箭，传山东一省行台、州县大小官员，并众马快手，前来听令。差官得令，飞奔进城，径到节度使唐璧衙门传鼓。唐璧连忙传齐大小将官出来，又差官通传合省府县大小官员。秦叔宝闻知，同众快手忙出城来。这里单雄信等三十六人，也出城住在贾柳店内打听消息，我且慢表。

单讲这些大小官员，一齐到了黄土岗外营候令。老大王吩咐单唤节度使唐璧、历城县徐有德进营，其余在外候令。二人入内，参拜了大王，大王传命赐坐。唐璧、徐有德告坐。老大王却不问起响马情由，先问：“马快手可有一个秦叔宝么？”徐有德道：“马快秦叔宝有的，奉大王钧旨，现在营外候令。”杨林道：“吩咐令秦叔宝进来！”左右一声答应，传令出营。秦琼慌忙进见，跪于帐下。老大王叫一声：“秦琼，你请母亲，缘何直到如今还不前来见我？孤家承继你为子，难道辱没了你么？”叔宝俯伏在地道：“小人因家母偶然得病，所以违了千岁之令。”那程咬金绑在旁边，却待要叫，叔宝把头只管摇，咬金便不做声了。当下杨林道：“孤今把你为子，你就跟随孤家上京。回来之日，接你母亲去登州便了。”叔宝不敢违拗，只得拜谢。杨林便问道：“你的披挂、兵器、马匹，可曾带来么？”叔宝道：“因军令促迫，未曾带来，容臣儿前去取来便了。”杨林道：“不必自去，可写下书与你母亲，我这里差官去取来便了。”叔宝无奈，退出帐外，索了纸笔，于无人之处，写了二封书进来。杨林早已差下一个官儿，叔宝道：“这一封书到西门外，有个贾柳店中投下，这一封书到我家中取东西，不可错了。”那差官接了，飞马而去。

杨林吩咐带过两个强人，查问是何处响马。咬金大叫道：“我们是太行山的好汉，还有十万余个在那里。”杨林道：“不要管他多少响马，我这里只要拿一个斩一个。”吩咐拿去斩了。两旁正要动手，叔宝连忙上前叫声：“父王，这两个人未可杀他，可交与济南府下在牢中。待父王长安回来,那时追究前赃明白,诛灭余党,然后斩他未迟。”杨林道:“我儿说得有理。”吩咐左右,将两名响马交与济南府监候,令众官退去。大小官员拜辞回去。少时,差官取到叔宝的盔甲、兵器、马匹,杨林却取了卢方、薛亮的先行印,与叔宝挂了,拔营起行,自往长安去了。

且表三十六个人在贾柳店中接了叔宝的书,拆开一看,方知前事,叫众人设计救出二人。徐茂公道:“这二人秦大哥自然保全他性命,下在济南府牢内,却叫我们救他。若要救这二人,除非去大反山东,把一济南城变为尸山血海,方能救得二人出狱。但我众人都要保全妻子,焉肯替朋友出力,救此二人。”单雄信道:“老大,你此言差矣!自古道,为朋友者生,为朋友者死,方是义气豪杰。那些财帛无非身外之物,妻子没了再讨得了,这朋友没了却哪里再讨得来。我们大家反罢!”徐茂公道:“兄弟,今日你自家说的,后来却不埋怨我便好。”雄信道:“谁来埋怨你?”茂公道:“既是这般说,愚兄定计救他便了。但是济南府这些官府,因牢中监着这两个响马,内城门上必要严紧盘查,我们这些大小兵器,如何进得城去?”众人道:“这便怎么处呢?”茂公道:“我已定下计策在此,众兄弟必须听我号令方好。”众兄弟道:“谨遵大哥号令,如有违逆者,军法从事。”徐茂公道:“如此齐心,事必济矣!只是柴郡马在此不便,倘有人认得,倒是不安,可收拾回去。”柴绍急忙带了家将,回太原去了。徐茂公道:“单二哥扮做贩马客人,将众兄弟的马匹赶入城去,到秦家等候。”雄信领计而去。茂公又问贾、柳二人取了十来个箱子,内中放了短兵器,贴上爵主的封皮,着几个兄弟抬入城去,在秦家相会。再取长毛竹数根,将肚内打通,藏了长兵器,拖进城中,也在秦家相会,其余盔甲,都藏于箱子内。众兄弟陆陆续续进城中住了。

当下众好汉依了茂公吩咐,一起起领计进城,齐到秦家。老太太吃了一惊,心中想道:这些人去了,为何又来?正在惊疑,只见秦安进来说道:“外边茂公徐爷命我进来告知老太太,请老太太出去,有话面说。”老太太无奈,只得出来,说道:“列位有何吩咐?”茂公说道:“小侄们无事不敢惊动。今有程咬金、尤俊达因劫了王杠银,被靠山王活捉去了,因在济南牢内。秦大哥有书前来,叫我们救他。如今已定下了一计，却要通信与他二人知道。明日要老太太只说儿子继承与靠山王，前去斋囚，暗暗知会他，晚上就好动手，特与老伯母说一声。”老太太闻言，心中暗暗叫苦，却不敢不应承，只得依允了，暗暗把秦琼骂个不了。

当下徐茂公吩咐买了十个猪、十腔羊，煮了几担米饭。次日绝早，老太太打扮，坐了八人大轿，径到济南牢内来。官府闻知，慌忙迎接。老太太却叫辞谢了，自到牢门口下了轿，吩咐秦安斋囚。这秦安却是徐茂公吩咐他的，一个字儿用锡丸儿包了，叫他可与尤俊达，不可与程咬金。当下一牢一牢的犯人，尽行斋去，每一犯人两大块肉、一碗酒、一大碗饭。看看斋到死囚牢内，只见程咬金、尤俊达用一个大铁墩锁住在那里。咬金见是秦安，却待要叫，秦安连忙摇摇头，他便不响了。两个也是一碗酒、两块肉、一碗饭。尤俊达吃到碗底，却见一个锡丸儿，也咬在口内。等人不见，却暗暗咬开来，内中有个字儿，上写道：“今夜只听号炮一响，可就动手，自有人来接应，切不可就与咬金说知，到临时方可说明。”俊达点头。

单表老太太斋完了囚，上轿回到家中。徐茂公却在厅上坐下，吩咐贾顺甫、柳周臣带了樊虎、连明的家眷，扮做了家人，随老太太、秦大嫂出去，只说庙中进香，到自己店中，带了老小，齐往小孤山相等。二人即便收拾细软器物，老太太上了轿，一齐出城，到了店中，收拾完备，带了家小，往小孤山去了。

徐茂公再叫：“单二哥，你可在城外黄土岗伺候，明日若有追兵，你必须独自挡住。”雄信答应，上马就去伺候。茂公叫声：“鲁明星、鲁明月！”二人应声道：“有！”“你二人可扮做乞丐，在街上同行到一更时分，可去城东翠云塔上，放起西瓜炮为号。”二人齐声得令而去。茂公又叫：“屈突通、屈突盖过来！”二人应声道：“有！”“你二人带了随身引火之物，但听翠云塔上号炮一起，可在城南民房中放火。”二人应声得令而去。茂公又叫：“尉迟南、尉迟北二人过来！”二人同声应道：“有！”“你二人也带硫磺焰硝引火之物，但听翠云塔号炮一响，就于城北民房放火便了。”二人齐应道：“得令！”茂公又令：“南延平、北延道，你二人也带引火之物，去城东民房埋伏，一听塔上号炮，即便放火。”

二人一同得令。茂公道:“张公瑾、史大奈、樊虎、连明、金甲、童环、齐国远、李如圭过来!你八人但听翠云塔号炮一响,四人各带兵器,打入牢中接应,四人拦住府头门,不放府主孟洪公出来。”八人齐声应道:“得令!”茂公又叫:“王伯当、谢应登二人过来!”二人应道:“有何吩咐?”“你二人却要去节度使衙门拒住,不可放唐璧出来。他有许多将校护卫,若一出来,大事不妥了。”王伯当道:“不妨。只消王勇一枝箭,包管唐璧不出来便了。”茂公道:“须要小心。”二人应声得令而去。茂公又叫:“梁师徒、丁天庆过来!”二人应道:“有!”茂公道:“你二人去县门首,拒住县官徐有德,不可放他出来。”二人应声:“得令!”茂公又令盛彦师、黄天虎道:“你二人可听翠云塔号炮一响,就斩开西门,以便走路。”正是:

踏碎玉笼飞彩凤,拨开金锁走蛟龙。

毕竟劫牢如何,且听下回分解。

第二十六回　因劫牢三挡杨林　赚潼关九战文通

诗曰：

从古仁君定四方，躬行孝弟爱忠良。

隋炀只为多无道，惹起英雄争霸强。

当下盛彦师、黄天虎一同得令，自往西门埋伏。徐茂公又吩咐："余下众兄弟，往来接应，齐出西门，往小孤山会齐，不可有误。"大家分头而去。此乃徐茂公第一次点将反山东，原算一位好军师、足智多谋之士。他同魏征坐在厅上，只听号炮一起，即便动身。

当下鲁明星、鲁明月弟兄二人，扮做乞丐，在街上闲行，篮内藏着西瓜炮，走来走去。到了黄昏时分，二人径到城东来。微有月光，早见一座玲珑宝塔直耸云霄。二人手脚伶俐，见无人行走，便轻轻走上宝塔。顶上淡月照来，那第七层上有一块蓝匾额，上书"翠云塔"三个金字。其时人静更深，他二人便取出西瓜炮，把火石打出火来，点着药线，往空中一抛。那号炮虽小，却十分响亮，哄天一声炮响，四下里一齐动手。屈突通、屈突盖城南施火，尉迟南、尉迟北城北放火，南延平、北延道城东放火，四下里数十处火起，城中鼎沸，号哭之声震动山岳。那张公瑾、史大奈、樊虎、连明四人，乘乱打入狱中。

尤俊达听见炮响，便与程咬金说知，二人挣断铁索，大声喊叫："众囚徒，要命者随我们一齐反出去罢！"那些囚徒，老老少少，一齐答应。只听哄的一声，打出牢来，也有缚着手的，也有锁着脚的，乱跳乱叫，叮叮当当，悉悉索索，大开牢门，打入库中。又遇众好汉前来接应。尤俊达与程咬金取了披挂、马匹、兵器，劫了钱粮。

此时，各衙门俱已得报，却被众好汉拒住，哪里敢出来！先是节度使唐璧得了报，连忙点齐四十个旗牌，几百个家将，顶盔贯甲，上马出来。王伯当扯马搭箭，喝声："唐璧看箭！"一声高喝，就是嗖的一箭，把唐璧头上盔缨射去。唐璧大惊，只得关了辕门。

此时盛彦师、黄天虎已把西门斩开。单雄信在黄土岗，只见先是魏征、徐勣两个到了，雄信叫声："二位哥来了么？"茂公应道："来了。"雄信道："去去去！"随后，只见鲁明星等一干人出来。盛彦师、黄天虎二人守住西门，见张公瑾等同着程咬金、尤俊达，载着钱粮，一齐都到，并无遗失。又随着许多囚徒，蓬头跣足，乱跳乱叫，拥出城来。盛彦师、黄天虎也同来到黄土岗，叫声："单二哥，我们来了。"单雄信道："你们来了么？走走走！"一齐都往小孤山去了。

单表单雄信粗心大胆的守着黄土岗坐定，只见天色已明，但觉人马困乏。那城内节度使唐璧合齐大小将官，领兵追出城来。有分教，这班豪杰：

轻财重义拼生命，乱国安邦难顾家。

官兵追到黄土岗，雄信大喝一声："驴囚入的，不要来罢，照罗子的家伙！"说罢，使开金顶枣阳槊，拥马来迎。唐璧吩咐道："拿这贼人，不可放走了。"那大小将官，发一声喊，团团围住。那单雄信使开这杆槊，左拦右挡，前遮后护，极力死战。这正所谓：别人牵牛他拔桩了。

且表徐茂公到了小孤山，只见好汉前后到齐，徐茂公叫王伯当："你可前去黄土岗，救应单雄信，退节度使唐璧的追兵，速速回来见我。"伯当应声得令上马就行。匆匆早到黄土岗，远远见许多官兵围住单雄信厮杀，正在十分危迫。王伯当连忙催开银鬃白马，把手中银剪戟捻一捻，大叫一声："单二哥，不要惊慌，俺王伯当来也！"轰一声响，冲入重围，招呼雄信，两马一夹，扑的杀将出来。那府尹孟洪公逞勇，拍马执刀追来。伯当按下银戟，随身袋内取弓，壶中拔箭，叫一声："不要来罢！"噔的一箭，正中咽喉，翻身跌下马去。随后又有几个将官赶到，也是一箭一个，断送了性命。余者那里还敢上来，一齐退入城去。单雄信、王伯当见无追兵，即便来到小孤山缴了令。徐茂公即令众人私下回去取了老小，又令尤俊达带取十六万王杠银，到山前扯起招军旗号，令齐国远去少华山拘集兵马。按下不表。

单讲节度使唐璧退回城中，见城内死得尸山血海，烧去民房不计其数。有人来报，秦叔宝举家潜逃，响马却在他家安歇。唐璧大惊，忙到秦琼家内一看，见家伙什物一些不动，只见桌上有一张大红盟贴，却是众好汉结盟的。徐茂公因要叔宝回来，故尔放在此出首，只涂抹了柴绍、罗成二人名字，共是三十九人。当下唐璧一看，见第三个名字就是秦琼，心中却又放宽了些，若无秦琼在内，明日大王回来要这两名响马，你把秦琼反了出去回复，岂不罪上加罪？如今见有他的十三太保姓名在内，却好推委。便连夜修下表章，连盟帖一齐封了，差官星夜送往长安。一面行下文书，各州捉拿响马的家眷，按下不表。

再说徐茂公在小孤山，不多日招兵一万余人。众好汉各取家眷都到，唯有单雄信还未到来。茂公下令："三军齐动，抢取金堤关一带地方，以为基业。"众好汉一齐答应。兵马起行，直至金堤关，离关三里，放炮安营。

城中守将华公义得了报，下令紧守关门。次日，徐茂公升帐问道："哪一位兄弟前去取金堤关？"闪出程咬金，口称："小弟愿往。"茂公道："此去须要小心。"咬金应声："得令！"便顶盔贯甲，上马提斧，抵关讨战，大声高喝道："呔！关上的军士，快报与主将得知，有能者出来会俺，无能者休来纳命！"探子飞报入府："启爷，关外响马讨战。"华公又问道："哪一位将军前去会战？"有兄弟华公明答应道："小弟愿往。"公义道："贤弟须要小心。"公明应声："得令！"披挂上马，开城出关，见了咬金说道："啊唷，好丑汉！"大叫一声："呔！丑鬼快通名来。"咬金哈哈大笑道："你不认得爷爷么？爷爷乃卖私盐、断王杠、劫龙衣、反山东的好汉程咬金的便是。来者何人？"公明道："你不消问得，我乃大隋朝官拜金堤大行台元帅的胞弟华公明是也。"咬金道："你叫做华公明么？不要走，照爷爷的斧头。"就砍一斧。公明道："啊唷，好家伙！"哪里招架得住，回马要走，却被程咬金赶上，举斧照定华公明劈将下来。这一斧非同小可，把华公明连头带臂劈于马下。探子飞报入关，华公义闻报大怒，即便亲自披挂上马，带领众将，放炮出关。

咬金独马上前，不问情由，当的就是一斧。华公义叫声："好冒失鬼的匹夫，焉敢无礼！"举方天画戟叮当一架。咬金当的又是一斧。"啊唷，好强盗！"扑的又是一斧。一连三斧，把华公义劈得汗流浃背，却待要走，后一斧嗒一声响，就没力了。华公义微微一笑："原来是个上山健。"把戟紧一紧，劈面相迎。一连几个回合，华公义拦开斧，扯起打将鞭，当的一鞭，正中咬金左臂。咬金"啊唷"一声，回马便走，败进营来。

徐茂公问道："谁敢再去出马？"齐国远道："小弟愿往。"茂公道："须要小心。"国远答应，出营与华公义交战，不上三合，也吃鞭打，大败进营。张公瑾、史大奈心中不服，讨令出马，又打败了。尉迟南、尉迟北也请令出马，又遭打败。众好汉接连出阵，俱被打败。这华公义一日连败二十三将。徐茂公吩咐："挂下免战牌，且等王伯当与一个人来，方可开兵。"华公义也收兵入城，此话不表。

再讲靠山王杨林到了长安面了君，把秦琼封为十三太保爵主之称，虽在长安，却也有爵主之府。杨林日日在教场中演武，把叔宝的金锏，用六斤金子镀得如真金打的一般。他捏手是虎口的，改做了龙吞口，以此名为"露骨培楞金装锏"。

闲话少说。这日，杨林同一班太保演武回来，叔宝自回爵主府。老大王与十二个太保回王府来，却接着了这唐璧的文书，拆开一看，说是九月二十四日有响马劫牢，大反山东，杀了府尹孟洪公，劫了钱粮，杀了百姓一万余人，中伤者不计其数，烧毁民房二万余间。响马俱在十三太保府中安歇，那班响马，都是十三太保的朋友，现有盟单一张，众响马名字在上。老大王看了，大吃一惊，未曾开口，卢方便道："这都是秦琼知风，召他到来，一顿乱刀砍死了他罢！"杨林闻言，大喝一声道："哇！畜生，这秦琼曾在唐璧手下做旗牌，他见孤家过继了他为子，这狗官有些不服气，又值响马反了山东，恐孤家罪及他，却把我王儿诈写在上，瞒昧孤家。你这畜生，时常有些怪他，焉敢在孤家面前搬嘴。你看孤差人去召他对问，决没有此事的。"说罢，便取一枝令箭，差一个旗牌官唤做尚义明的去相召。那卢方被喝，十分怀恨而退。那尚旗牌拿了令箭，骑着一匹川马，径往爵主府而来。

这秦叔宝演武回来，方才卸得盔甲，在府中吃午饭。忽报有差官到府，连忙出来相见。尚旗牌叫声："恩公！"你道他因何叫叔宝恩公，只因尚旗牌前番有罪该斩，秦叔宝极力保救，所以称为恩公。当下尚旗牌叫声："恩公爵主爷，大王有令，叫爵主爷即刻前去。"叔宝道："既如此，快些备马。"加上金铃踢胸，要上马前行。尚旗牌道："恩公，还该披挂了，带上兵器，想是要比武。"叔宝便顶了盔，贯了甲，挂了弓箭、金锏，取了枪，与尚旗牌上了马，一路而来。尚旗牌在后，看着叔宝，长叹一声："这人此去正是鬼门关，死在临头也不知道。"叔宝闻言，即勒住了马，回头叫声："尚旗牌，你何故说出此言？"尚旗牌道："恩公，此处不是讲话之所，前面有一庙宇，无人来往，方好明言相告。"

叔宝只得相同尚旗牌来到庙前下马，牵马入庙。却喜庙中四顾无人，尚旗牌方敢叫声："恩公，向蒙救了小人，今日恩公有大难临身，小人焉敢不以实告？只为方才唐璧有文书到来，说响马大反山东，劫牢抢库，那响马盟单上面，却有恩公名字在上。因此，大王狐疑，差小人前来相召。此去决无好兆，我劝恩公倒不如走了罢。"叔宝一闻此言，犹如空中打下一个霹雳，吓得目定口呆，半晌不能言语。尚旗牌叫声："恩公，事不宜迟，快些走罢！"叔宝道："承蒙吩咐，但此去出长安不打紧，只恐有潼关之阻，难以逃脱。"尚旗牌说："小人无妻小在京，愿随恩公逃走。有令箭在此，赚出潼关便了。"叔宝大悦，二人连忙出庙，飞身上马，出了长安，径奔潼关而去。

这杨林坐在殿上，直等到了下午，还不见叔宝到来，心中好不疑惑，只得又差官前来催取。少停，回报说："有人看见，二人飞马跑出东门去了。"杨林闻言大惊，卢方乘机又说道："他若不虚心，焉敢走了？这尚旗牌受过秦琼活命之恩，所以同他走了。"杨林道："哇！畜生，住口！带孤家的脚力过来。"左右立刻备马。那老大王戴一顶闹龙扎巾，后边两根冲天金翅，穿一件淡黄战袍，取囚龙棒上马，独自一个赶来。

若说叔宝的黄骠马，行走甚快，杨林是赶不上的，却有尚旗牌骑的是四川马，行走不快。叔宝在前走，他在后边叫："恩公，住住马同走。”叔宝却又不好抛他，只得等了同走，以此慢了。日将下山，后边杨林赶到了。此处虽是潼关之内，却都是荒郊野地。杨林在后大叫：“王儿住马！”发开那一骑能行马，豁喇喇追上来。秦叔宝只得叫一声：“如何是好？”尚旗牌叫声：“恩公，必须要去挡一挡，等小人赚得开潼关，二人方有性命。”叔宝只得带回马来，把枪按在马鞍上，说：“老大王在上，小将甲胄在身，不能全礼，马上打拱了。”杨林道：“王儿，你缘何不叫父王，反称老大王，是何礼也？你却要往哪里去？”叔宝道：“我因思念母亲，故尔自回山东。”杨林道：“明日回登州，自然接你母亲相依，如今不必前去，快同孤家回转长安。”叔宝道：“啊，杨林，你要我转去么？今生休想了。”杨林怒道：“啊唷唷，好畜生，怎么叫起孤家名字来？既不肯转去，照孤家的家伙罢！”囚龙棒一举，当的一棒，叔宝把虎头枪一架，当的又是一棒。叔宝尽着平生的气力，哪里招架得住？双膝一夹，回马就走，看看前头那尚旗牌，还在那里跌折跌折的走，杨林在后发马赶来，叫声：“王儿，方才与你取笑，快转来同孤家去罢！”

此时已是黄昏时分，月亮却是模糊的，不十分大亮。叔宝心中想一想道：“省得他放心不下，不如待我回复他罢。”重又带转马来，放下了枪，取双锏在手，叫声：“老头子！”杨林道：“啊唷唷，这畜生讲来一发不是了！”叔宝道：“老狗囊的，你道我是何人？”杨林道：“畜生，你不过是马快的儿子。”秦琼道：“呔！你知道我父亲是哪一个？”杨林道：“你父亲就是你说当马快的马快了。”秦琼道：“啊，呸！我父亲非是别人，乃齐后主驾前官拜伏虏大将军秦彝，被你这匹夫枪挑而亡，我与你有不共戴天之仇！拜你为父，非为别的，正欲乘空斩你驴头，报父之仇。不料，不能遂意，且饶你再活几时。”杨林一听此言，不觉胸中大怒，火高有三千丈，海下银须根根竖起，说道：“啊唷唷，我却关门养虎了！”这靠山王一发大怒，举起囚龙棒就打叔宝。那叔宝忙举双锏招架，被杨林一连七八棒，把叔宝两臂震得酸麻，拦挡不住，回马便走。杨林叫声：“你要往哪里走？”拍马赶来。后面十二家太保，带了兵马，高执灯火又追来。

此时已有二更时分，叔宝一马跑来，见前面有一座桥，名曰霸陵桥，却不十分高大。叔宝一马走上桥顶，带转马头立在桥上，心中想道:“不要被他占了上风。”两下一看,原来周围是一条大溪河,并无船只。那杨林一马跑近桥边,叔宝取弓搭箭,喝声:“呔,杨林看箭!”耍一箭,把老大王头上白绫闹龙扎巾射脱,连头发也削去一把。杨林倒吃一惊,不敢上来。叔宝叫声:“杨林,昏夜之间,我在上边望你下面是清的,你在下面望我上边是看不见的。你若不怕,上来就送你上路!”杨林听说,大叫一声:“秦强盗,你下来,孤与你厮拼!”秦叔宝也叫道:“老匹夫,你上来,俺与你战!”两下正骂得高兴,后边十二家太保兵将赶到。叫声:“父王,为何不过桥去?”杨林说:“秦强盗在上边占住了上风,孤家上去不得。”卢方道:“父王,不难,待我带了短兵器,往桥左边爬上去,薛亮兄弟往右边爬上去。到了上头,我两个战住他,你们一哄都上来拿他便了。”当下,二人扎缚停当,悄悄的爬上来。叔宝在马上,眼睛不定,四下里张看,叫声:“不好!”正是:

吉星相护贤良士,奸贼焉能诡算通。

毕竟叔宝性命如何,且看下回分解。

第二十七回　伯当射箭救好友　叔宝走马取金堤

诗曰：

世勣多谋足智能，皆因唐业事将成。

众星会聚难安静，哪得隋民享太平？

当下，叔宝只见桥下两边一拱一拱的上来，忙取弓搭箭，先向左边要的一箭射去，正中卢方左臂。卢方叫声："啊唷！"翻身跌下去了。又向右边一箭射去，正中薛亮面颊，扑的一响，也跌下去了。他两个跌下去，哪一个还敢上来？杨林道："上去不得，且待天明了上去，料他也飞不出潼关去的。"众人围住桥下。叔宝却停停又放一箭，歇歇又放一箭，倒射坏了好几个人。杨林道："他一个人只带九枚箭，待他射完了，可叫众将上前发箭。"叔宝见底下有人行动，心中明白，忙跳下马，将身立在马前遮了马，把双锏取在手中，果然下边那些箭耍耍的射将上来。叔宝把双锏舞动，只听得叮叮当当的，那些箭都落下地去。那下边一班射完了，又换一班，箭都射完了。叔宝见不射了，知道他没有了箭，却把地下箭拾起，跳上马，依先立在桥中。杨林道："秦强盗想是被射走了，大家过桥去。"众将方上得几级阶坡，被叔宝连发几枝箭，一连射死了七八个。大家喊一声，退下去两三箭路。杨林说："作怪哩！这强盗难道有许多箭在身边？不要管他，料他出不得潼关，只要天一明，就好拿他了。"

这秦叔宝在桥上想一想："此时已有五更天气了，料想尚旗牌已到潼关，此时不走，更待何时？"却恐杨林追来，便把马头上九个金铃取下来，挂在桥栏杆紫藤上。微风略动，那金铃唧唧的响，叔宝却轻轻的一步步退下了桥，加上两鞭，飞马径奔潼关。正是：

　　不共戴天仇未报，且做逃灾避难人。

话说尚旗牌到了潼关，径至帅府，把鼓乱敲。魏文通连忙起身，众将俱到，大开府门，出来迎接。尚旗牌递过令箭，说道："老大王得报反了山东，连夜差十三太保匹马先行，后军就到。吩咐你给与干粮盘费，速开潼关，候十三太保出关。我先要前行，你且快开了关，放我出去前面公干，后边十三太保将到了！"魏文通取过令箭看时，果然是一枝金批令箭，一边发钥匙开关，一边设干粮酒席。尚旗牌一马先出关去，少时叔宝到来，魏文通率同众将，上前报称道："潼关守将魏文通，带领五营四哨大小将官，迎接爵主爷。"叔宝却住马道："将军免了罢，潼关可曾开放了么？"魏文通道："早已开了。爵主爷因何独自单行，一个军兵也不跟随？"叔宝道："父王令旨紧急，我的马快，大兵在后就快来了。"魏文通又问道："缘何爵主没有辔铃？"叔宝道："因一时性急，不曾带得。"文通道："马无辔铃是没威风了，小将有一副金铃，送与爵主爷。"叔宝道："多蒙贤藩厚意，可就与我挂了。"魏文通把自己马上金铃取下来，与叔宝系在马上。说道："爵主爷，请用酒去。"叔宝道："这倒不消了，有干粮取些来。"文通应道："有。"吩咐左右，奉上两盘。叔宝吃了些，与马也吃了些，多的包了放在鞍上，叫声："贤藩将军，你去接大王罢，此时也便快来，我要紧先出关去。"文通应道："是。"叔宝一马先出关去。他赚出潼关，飞马而去不表。

再讲那杨林在桥下停了一会，叫众将上来。到得桥边，听得那铃儿啷啷的响，众人一声喊，又退了转来。直到天明，方知秦琼走了。杨林大怒，与众将径赶潼关而来。只见魏文通率领众将迎接。杨林道："秦强盗呢？"魏文通道："强盗大反山东，十三太保去追寻去了。"杨林喝道："哇！就是秦琼这强盗哪里去了？"文通道："十三太保出潼关去了。"杨林大怒道："哇！好大胆的狗官，焉敢放走强盗！"喝声："手下拿去绑了！"左右一声答应，就将魏文通绑起来。魏文通大叫道："千岁爷啊，方才因有千岁爷令箭到来叫关，故此小将方敢开关。"杨林道："哇！放屁！孤家何曾有什么令箭来？"卢方从旁说道："就是父王与那尚旗牌的令箭，他就将来，假传令旨叫关。如今秦琼已赚出关去，父王杀这魏文通也无益，叫他去捉秦强盗便了。"杨林吩咐："松了绑,快快去拿了秦强盗回来,将功折罪。若没有秦强盗的首级,抬棺木见孤。”魏文通一声答应,急忙顶盔贯甲,上马提刀而去。

话说这魏文通,乃是隋朝第九条好汉,名为赛关爷,因他面庞似关爷模样,故呼此名。当下赶出潼关,心中一想:“他必往小路而走,径往小路追去便了。”

少表魏文通前来追赶,再讲叔宝出得潼关,只见尚旗牌在大路上相等,两个说了些闲话。尚旗牌说:“恩公往哪里去?”叔宝道:“我如今且往山东左近去打听这些朋友在哪里,前去投奔。不知兄往哪里去?”尚旗牌说:“有我个母舅在曹州,叫做孟海公,如今思想到那里去投奔他。”叔宝道:“既如此,后会有期。你往曹州从大路上去,我往小路去了。”两人分别。

叔宝一面行路,心中感念尚旗牌之情。正行之间,只见后面魏文通大叫:“咦,秦强盗,不要走!”叔宝回头一看,见是魏文通,忙带转马,捻枪在手,满面堆笑道:“啊呀,将军到此何干?”魏文通大喝一声:“好强盗,方才的威风到哪里去了?送你金铃却还道贤藩与我系了,好匹夫,还要我的干粮送行。不要走,照爷爷的刀罢。”青龙刀一摆,拦头就砍。叔宝架开刀,只叫一声:“将军,人情做到底,你却何苦?”魏文通大怒,当的又是一刀。叔宝一连架过了几刀,抵敌不住,回马便走。魏文通叫声:“你往哪里走!”催马赶来。叔宝只得又战,被魏文通一连又是几刀。叔宝看来杀不过,回马又走。

叔宝战一阵,走一阵,且战且走,一路败下去。看看到了黄河边,叔宝十分着急,心中想道:“前无去路,后有追兵,如何是好?”只见岸边有一只小船,船内走出两个人来,叫声:“叔宝兄,请下船来,小弟们奉徐大哥将令,在此等候多时。”叔宝见了,抬头一看,却是樊虎、连明,忙跨下坐骑,牵马上船。叔宝忙问道:“小弟的母亲、妻子在于何所?”樊虎道:“都在金堤关营内。”叔宝心略宽些。后边魏文通也下了一只船赶来。

叔宝的船到了北岸,牵马上岸。只见樊虎、连明上了岸边,也有马匹,二人连忙上马,加上一鞭,如飞而去。叔宝大叫道:“二位贤弟往哪里去?”二人并不答应,径转过山坡去了。原来徐茂公吩咐二人,只许渡叔宝过河,不许助他交战。所以二人竟是去了。

列位,你道徐茂公为何不许樊虎、连明助叔宝交战呢?此乃徐茂公欲全叔宝的名望,使他扬名于天下,说:潼关内三挡杨林,潼关外九战魏文通。

当下叔宝上得马,魏文通亦到岸,上马赶来。叔宝只得又战一阵,料难抵敌,回马败走。魏文通紧紧追来。前走的犹如追风赶月,后走的亦似弓箭离弦。

叔宝正败之间,只见对面山谷内一个人,青脸红须,坐着青鬃马,拿着枣阳槊,口中骂道:“牛鼻子的道人,却不肯周旋我们。”一头骂一头走。正在怒气如雷之时,只见叔宝飞马而来,后边一人手执大刀,紧紧追来,便大叫一声:“秦大哥,不必惊慌,罗子来了!”叔宝见是雄信,心中大喜,住马观看,这单雄信抡槊催马,大叫:“红脸贼,休得无礼!照爷爷的槊罢!”耍的一槊,当顶梁上盖下来。魏文通不慌不忙,逼开了槊,当的就是一刀。雄信连忙招架,被他砍五六刀,雄信抵敌不住,回马往山谷内便走。魏文通随后赶来,雄信着了急,幸亏人急计生,大叫一声:“孩子们,与我拿这红脸贼!”魏文通只道山谷中有甚埋伏,恐怕中计,连忙带回马出来。只见叔宝还在那里看望,魏文通叫声:“秦强盗,你上天爷爷也跟你上天,你入地爷爷也跟你入地。”

二人追赶,看看到了下午时分,前头一条小河,却半干不干,那边有座石桥,名曰石龙桥。叔宝看见到桥还有五六箭之路,自知这马本事好,不如跳过去罢。便把马加上两鞭,叫声:“宝驹过去罢!”那马一声吼叫,将前蹄一纵,后蹄一起,谁知这马一日一夜走乏的了,到得河心,身体一软,扑的跌在河中,却是没水的,把四足陷住了。

魏文通赶到河边,把刀往后一举,要砍下来。不料,对岸有一个人,身骑白马,扳弓搭箭,叫一声:“魏文通,我要射你的左手!”就耍的一箭,正中文通左手,才叫得一声:“啊唷!”那边又喝一声:“呔,我要射你的右手了。”噔的又是一箭,果又射中右手。说道:“你还不走么?爷爷要射你心口了。”魏文通大惊,带回马头走了。他却带箭回去见杨林,此话慢表。

且说这射魏文通的,却是王伯当。当下救起了叔宝,叔宝便叫:

"贤弟为何在此?"伯当说:"奉徐大哥之令,在此专等兄长前来。"叔宝大喜。只见单雄信随后来到,诉说:"回潞州取妻小,妻小已被蔡建德杀了,抄没了家产。如今去问徐茂公这牛鼻子道人,别人的家眷他都救取了,独有罗子的家眷他不救取,被人杀了。我今前去与他拼命。"叔宝解劝了一番,三人径往金堤关来。

再表徐茂公这日升帐,叫一声:"众兄弟们,明日有一个人来要杀我,你们却要劝住了他,待我与他分说。"咬金道:"哪个敢来杀你,有我在此,你但放心。"当夜无话。

次日天明,茂公升帐,外边报说:"秦叔宝、王伯当、单雄信到了!"茂公吩咐请进来。三人入帐,茂公下座迎接。单雄信大吼一声,拔出腰刀,抢上来径奔茂公。众人一齐拦住,程咬金大喝道:"为甚么?"单雄信道:"好牛鼻子道人,别人的家小个个救取到来,独我罗子的家小你难道救取不得的么?却被蔡建德这狗男女,把我一家老小都杀完了。"茂公叫声:"贤弟差矣!昔日不曾反山东时节,愚兄算就阴阳,早知贤弟全家大劫难逃,所以愚兄先言过在前说:'人人要顾妻小,保全身家,那个肯为朋友出力?'那时单贤弟自己说的:'为朋友者生,为朋友者死。妻子没了再讨一个,朋友没了哪里再有!银钱身外之物,义气为重。'愚兄又说:'贤弟日后不要埋怨我。'你又道:'哪里来埋怨你?'所以愚兄方才举事,为何今日反怪起我来。"雄信听说,猛省前言,便将刀抛地,拜倒尘埃,说:"小弟该死了!"茂公连忙扶起。旁边走过尤俊达、程咬金二人,叫一声:"单二哥!"连忙跪下,大哭起来:"你为我二人,将二哥的嫂嫂一家坑害,于心何安?"雄信也忙跪下说道:"二位贤弟说哪里话来?我家妻小大数难逃,与二位贤弟何干?"然后,大家与叔宝见了礼。叔宝往后营去见母亲。茂公吩咐:"把秦爷的马不要卸鞍,与他上料,一边摆酒。"

叔宝到了后营,秦安引入,一见母亲连忙跪下。老太太看见秦琼,两眼流泪说道:"好畜生,那日我说这一班人,奇形怪状,竟像强盗。你这畜生还说这个是员外,那个是举人,这个是秀才,那个是当差的。不料,果是一班真强盗,却做出这般的事来。就是那杨林老贼,乃杀父之仇人,你这畜生反把他继父相称。畜生啊畜生,你有何面目还来见我?”老太太将秦琼千畜生万畜生,骂个不住。叔宝跪在地下,不敢开口。秦安来至外边,对众人道:“列位爷们,我家太太将大爷骂个不住,跪在地下不敢起来。还须是徐爷同单爷、程爷进去,劝解我家老太太息怒,好叫大爷起来。”程咬金说:“我们去去去!”茂公道:“你二人同我进去,要下一跪。你二人不要言语,待我对老太太说话。”

三人来至后营,秦安禀道:“老太太,徐爷、单爷、程爷进来了!”老太太立起身来,三人叫一声:“老伯母!”齐齐跪下。老太太慌忙叫秦琼快扶三位起来。茂公道:“求老伯母饶恕秦大哥之罪,我三人方敢起来。”老太太说:“三位请起,老身有一言相告。”三人只得起来,秦琼还跪在母亲面前。老太太吩咐道:“畜生起来,请三位坐下,我有话说。”秦琼起身,请三人坐了。老太太说道:“三位啊,我家不幸,先夫被杨林老贼杀害,这畜生尚在三岁。抚养到今,老大年纪,不能继先人之志,弄得无家可奔,无国可投,叫我老身不能依靠,如何不着恼?”茂公道:“老伯母,且自宽心,如今单等秦大哥来取了金堤关以为根本,就是有家有国了。”老太太道:“前日去取金堤关,我闻说一日败了二十三人,如今不敢出战,怎说得这般容易?”叔宝站在旁边,接口说道:“母亲,孩儿今日就去取金堤关,以安母心。”老太太说:“畜生,就去。今日取不来,休来见我!”

叔宝别了母亲,同三人来到前营,吃饱了酒饭,上马抵关讨战。叫一声:“军士们,快报进去,叫华公义出来会俺。”探子飞报入帅府道:“启爷,外有响马讨战。”华公义闻报,披挂点将出城。一见叔宝,吃了一惊,心中想道:“难道贼人有了主么?”只因杨林继他为子,头上戴的是一顶双龙闹珠的金盔,公义不知,只道贼人立了主,便问:“来将何名?”叔宝道:“不消问得,我乃是济南秦叔宝便是。”公义虽闻他的名,却不知杨林继他为子之事,他听见“秦叔宝”三字,不等说完,要的就是一戟。叔宝使枪忙迎。枪来戟去,戟去枪还,大战有三十回合,不分胜负。叔宝见公义戟法高强,不能取胜,只得虚闪一枪,回马便走。公义赶来,叔宝把枪右手横拿,将左手扯锏执在胸前。华公义马头相撞马尾,举戟望叔宝后心便刺,叔宝把枪反在背后,往上一架,扭回身耍的一锏打去,把华公义头都打不见了,跌下马来。这个名为杀手锏。叔宝回马，乘势抢关。众将随后接应，取了金堤关。只因叔宝长安逃回，人不曾卸甲，马不曾卸鞍，因此名为“走马取金堤”。

闲话少说，单表众好汉一齐入城，养马三日，留贾顺甫、柳周臣分兵一千，镇守金堤关，其余一齐径奔瓦岗寨而来。到了瓦岗寨，放炮安营。这瓦岗寨的守将，叫做马三保，一闻响马反了山东，取了金堤关，料他必往此地，遂吩咐众军士紧守四门，多设弓箭防备。单讲徐茂公问道：“哪一个兄弟前去取瓦岗寨？”程咬金说：“小弟愿往。”茂公道：“须要小心。”咬金应声：“得令！”提斧上马出营，直到城下，大叫一声：“呔！城上的报进去，我程爷爷讨战。”探子报入帅府，马三保问道：“哪一位将军前去迎敌。”有胞弟马宗应道：“小弟愿往。”三保吩咐：“须要小心。”马宗一声得令，披挂上马，手执大刀出城，见了咬金，便说：“啊唷，世间哪有这样怪貌的人。”喝叫：“呔！丑鬼何人？快通名来！”咬金大怒。正是：

心头怒气高千丈，恨杀高呼丑鬼名。

毕竟咬金怎样夺取瓦岗寨，且看下回分解。

第二十八回　咬金三斧取瓦岗　魔王一星探地穴

诗曰：

隋炀失政起烟尘，多少英雄动甲兵。

称帝称王为霸主，并无治世救民心。

当下程咬金大怒，喝道："呔！爷爷非别，乃专卖私盐、断王杠、劫龙衣、卖柴筢、反山东的程咬金便是。你这厮却是何人？"马宗道："你不消问得，俺乃大隋朝官拜正印元帅胞弟马宗是也！"咬金道："不管你什么马，吃我一斧。"说罢，举斧当头劈将下来，马宗把刀往上一架，不想被程咬金当的又是一斧，将刀杆砍断了。马宗措手不及，被咬金又是拦头一斧劈下，砍破头颅。咬金便抵关讨战。

此时，徐茂公一干众将，领兵齐出营观看。单说关内败兵，报入帅府，马三保大吃一惊，忙问："哪位将军再去迎战？"闪出第三个胞弟马有周说："兄弟愿与二兄报仇，杀此贼人！"三保道："三贤弟，务必小心。"有周一声得令，披挂出城，一马冲来。咬金催马上前，拦头就是一斧。有周兵器未举，就被斩下马去了。探子飞报进府："启爷，了不得！那个贼将唤做程咬金，凶狠得紧，一斧一个，把二位爷都斩于马下。"马三保闻言，长叹一声："总是当今无道，以此天下荒荒，盗贼生发。也罢，众将收拾家小，待本帅自去开兵，若不能胜，穿城走了罢。"收拾齐备，马三保提刀上马，冲出城来，大喝一声："呔！谁是反山东的程咬金？"咬金道："爷爷便是。你也要来尝尝爷爷大斧头的滋味么？呔，照家伙罢！"当的一斧劈下，马三保叫声："好家伙！"回马便走。背后程咬金、徐茂公众好汉，一齐冲上。马三保带了众将老小，穿城而走，投奔山后去了。程咬金放马追赶，徐茂公鸣金收军，知道马三保后来投唐封开国公,故此鸣金,不许咬金追赶,由他自去不表。

且说众好汉入城,安民查库,在帅府中摆下筵席。正吃酒之间,只听得豁喇喇一声震天的响,大家齐吃一惊,左右来报:“启众位爷们,教军场演武厅后,震开一个大地穴了!”徐茂公与众好汉一齐出帅府,上马来至教场中演武厅后,一看,只见黑洞洞不知多少深浅。咬金道:“这个底下一定是个地狱。”徐茂公叫取千丈的索子来,索头上缚着一只黑犬、一只公鸡放下去,索子一松便到底了。程咬金道:“这是什么意思?”茂公叫声:“贤弟有所不知,若放下去,鸡犬没有了,这是个妖穴,若鸡犬俱在,这是个神穴。”咬金道:“原来是这样的,我哪里晓得。”少时,拽将起来,鸡犬虽在,却是冻坏的了。程咬金道:“啊唷唷,原来就是寒冰地狱。走开些,不要歇歇儿跌了下去冻死了,不值得。”徐茂公道:“这是个神穴,必须哪一位兄弟下去探一探,便知分晓了。”程咬金道:“徐大哥舍得自己,莫说他人,就是你下去便了。”徐茂公道:“我有个道理:在此写下三十七个纸阄,三十六个都是‘不去’,只写一个‘去’字,哪一个拈着了‘去’字的,就下去便了。”众人道:“说得有理。”

茂公写端正,一个个折了,叫众人拈。先从叔宝起,单雄信、徐茂公一个个都拈完了,一齐打开来看,大家都是“不去”二字。却又作怪,单单一个“去”字,程咬金拈着了。茂公道:“这没得说,却是你自拈的。”程咬金道:“我又不识字,你们捉弄我,说是我拈得‘去’字。”茂公道:“‘不去’是两个字,‘去’字是一个字,难道你也是不识得的?”众人一齐拿出来看,都是两个字的。程咬金看看自己手中,却是一个字的,便扯住尤俊达道:“我的哥,都是你害了我,好端端的我自在那里卖柴筢,你却合我做伙计,断了王杠,反了山东。如今却要下这寒冰地狱内去,料应不能活的了。只是我与你相好一番,我的母亲望你朝夕照管他。”俊达道:“啊呀,兄弟说得哪里话？你下去,包你不妨。”咬金道:“什么妨不妨？不过做个寒冰小鬼了!”

茂公吩咐取些木头,搭起阴架来。左右一声答应,连夜就搭起阴架来。到了次日,阴架早已搭完。茂公吩咐:“取一个大筐子,缚了几十丈索子,挂一个大铃,叫咬金坐在筐内放下去。”咬金道:“死便死,得好好下去,有些妖怪不值得把他吃。”便带了大斧头,去坐在筐子内。众人放下索子,那铃儿唧唧的响,下了有六七十丈,放到了底,索子一松,上边就住了手。

咬金爬出筐子,提斧在手,却黑洞洞不见有一些亮光,只管顺路儿摸去。转过了两个弯,忽见前面有两双大灯笼,一对亮光,咬金叫声:“啊呀,这一定是妖怪的两只眼睛了!”赶上前,一斧劈去,豁啷一声砍开,原来是两扇石门,里面又是一天世界。咦,好奇怪哩! 走进石门,啊唷! 齐齐整整,上边也有天。一条大河,中间一条石桥。走过了石桥,正中间却是三间大殿,静悄悄并没一人。咬金走上厅中间,见桌上摆着一顶冲天翅的金幞头,一件杏黄龙袍,一条碧玉带,一双无忧履。咦? 希奇得紧。倒有趣! 咬金就把冲天翅取在手中,把头上扎巾除去了戴将起来,把杏黄龙袍穿了,将碧玉带系了,脱去了皮鞋,蹬上了无忧履。又见桌边有一个拜匣,开来一看,却是一块玄圭、一张字纸。咬金却不识得,就把拜匣揣在怀内下厅来。走上桥,往河内一看,碧清的一河清水,底下有许多小龙。咬金正看之间,只见左边河内一声响,那水涨了一二尺,一条青龙发起威来,飞在半空。又见河内右边一声响,那水也涌起来,飞出一件东西,却是猪首龙尾有翅的,也飞向空中,与那青龙相斗起来。原来,这猪婆龙乃炀帝的本相,这青龙乃唐王李世民的原身。咬金仰面观看,说道:“咦? 这个不知什么东西,却与龙斗起来。可惜没有弓箭在此,不然赏他一箭。”心里这样想,头朝着上看,不料脚底下水涨了起来。咬金叫声:“不好!”就往外跑。刚跑得出门,那两扇石门就一声响,关上了。

咬金七撞八跌奔过来,摸着筐子,坐在里面,把索子乱摇。那铃儿响动,上边连忙拽起,出得地穴。咬金方走得出筐子,一声响,地穴就闭上了。“啊唷,造化了! 略迟些儿,就活埋了。”众人见他这般穿戴,大家希奇起来。咬金细言前事,取出拜匣与茂公看。茂公把那张字纸一看,只见上写道:“灭者灭,兴者兴,一唐过去一唐生。四野八方多少帝,治世安邦有二秦。”那后面却写道:“程咬金举义集兵,为三年混世魔王,搅乱天下。”众人问道:“前边的是何解说?”茂公道:“此乃天机,不可泄漏,后来自然明白。如今却先要保这冒失鬼了。”咬金大喜道："这个自然我做皇帝。"茂公道："虽然你为主，恐众将不服，却不与你争论。今将旗杆上帅字旗放下来，我们大家一个个拜过去，若哪一个拜得旗起的，就推他为主。"众人道："有理有理，我们大家来拜。"当下，众人一个个拜完，哪里见拜得起来？程咬金上来说："待我来拜。"将拜得一拜，呼一声响，那面旗升将起来。咬金好不快活，大悦道："我说得不差，到底我做皇帝。"

徐茂公吩咐把帅府改造成皇殿，择吉日请程咬金升殿，众人朝贺已毕。徐茂公请主公改年号，立国号。程咬金道："在此不过混帐而已，就称长久元年，混世魔王便了。诸位哥哥怎样称呼？"茂公道："长者称为皇兄，幼者称为御弟。请主公封官赏爵。"咬金道："徐茂公为左丞相、护国军师，魏征为右丞相，秦叔宝为大元帅，其余一概都是将军。"众人听了，各各谢恩。咬金吩咐："大摆御宴，与各位皇兄御弟吃酒。"

正吃酒之间，探子报道："启上大王爷，不好了，今有山东节度使唐璧，领十万甲兵，在瓦岗东门下营了！"吩咐再去打听，探子应声得令而去。又有探子报进："启大王爷，今有临阳关总兵尚师徒，领十万人马，在瓦岗南门安营了！"咬金道："啊呀啊呀，完了！再去打听。"探子应道："得令。"又有探子报道："启大王，今有红泥关总兵新文礼，领兵五万，在瓦岗北门下寨了！"咬金道："啊呀，罢了罢了！再去打听。"探子应道："得令。"又听报道："报启大王爷，今有靠山王杨林，带同十二家太保，领了十万人马，离瓦岗寨只有一百里了！"咬金听说，大吃一惊道："这这这杨林那厮来了么？啊呀，完了完了！要驾崩了！这个皇帝当真做不成，大家散伙罢！"徐茂公道"主公不必心焦。自古道兵来将挡，水来土掩。趁杨林未到，臣等保主公出南门，会尚师徒。待臣用一席之话，说退尚师徒。若师徒一退，这新文礼不战而自去矣。唐璧这支人马，不足为忧。待杨林到来，臣再设计破之。"咬金道："既如此，备孤家的御马，待孤御驾亲征。"当下咬金上了铁脚枣骝驹，提着宣花大斧，大小将官，一齐上马，遮拥着龙凤旗幡、飞虎掌扇，三声号炮，大开南门，一拥而出。

尚师徒闻报，全身披挂，挂锏悬鞭，骑上一匹能行惯战千里马，带了十万大兵出营。这尚师徒乃隋朝第十条好汉，向年因征南阳走了伍云召，所以今日不奉圣旨，合了新文礼，攻打瓦岗寨，倘得头功，杨林不来罪他了。这尚师徒随身几件宝贝：第一件，头上这顶盔，名曰马鸣盔，盔上正中这粒珠，若遇黑夜交兵，这珠放出光来，周围五六里内虽虫蚁亦能看见。第二件，是身上这副甲，名为七瓴甲，乃金子打就，鱼鳞穿成，中心有七个鱼角，穿在身上，若有刺客并劫营的，这七个鱼角齐立起来报警。第三件，是手中一杆枪，重一百二十斤，名为提炉枪，枪杆中间却有一个洞，若行兵的时节，口渴起来，一时间哪里有清水茶吃，不论怎样活水，把枪注在水中，呼起来吃，就如甘露一般，非惟解渴，亦且耐饥。第四件，是坐下的这一骑马，不像马不像兽，头像个马头，身上毛片犹如老虎一般，一根尾直像狮子尾一样，四个大蹄犹如铁炮头一般，顶上却有一个肉瘤，瘤上有七八根白毛，如银针一般硬的。若上阵，得胜便罢，若战不过时，就将那肉瘤上这几根白毛一扯，这马一声吼叫，口中吐出一口黑烟，那些凡马见了，便尿流屁滚跌倒了，真算是一匹宝马。

当下，程咬金一马上前，大叫："哪一个是尚师徒？"这尚师徒出马道："反贼可认得尚将军吗？"咬金道："我和你风马无关，不知何故兴兵到此？"尚师徒一声喝道："哇！好强盗，你反了山东，取了瓦岗，我在邻近要郡，岂可不兴兵到来，擒拿你这班反贼？"咬金大笑道："将军但知其一，不知其二。当今炀帝无道，欺娘弑父，鸩兄图嫂，嫉贤害忠，荒淫无度，因此英雄各起，占据州县。将军何不弃暗投明，归降瓦岗，孤家自当赏爵封官，不知将军意下若何？"尚师徒闻言大怒，举起提炉枪就刺。秦叔宝飞马来迎。徐茂公恐怕他扯起马的痒毛，叫声："众将，我们一齐上去。"这番二十多员好汉，齐催坐骑，各使器械，团团围住。尚师徒使枪架众人的兵器，哪里还有工夫扯那马的痒毛。

尚师徒微微笑道："我从来不曾看见有这个战法。"徐茂公叫众将下马住手，众好汉扑扑的一齐跳下马来，举兵器围住尚师徒。徐茂公叫声："尚将军，不是我们没体面，围住你交战，只怕你的坐骑叫起来，就要吃你的亏了。这且不要管他，但将军你此来差矣，却又自己冒了大大的罪名，难道不知道么？"尚师徒道："本帅举兵，征讨反贼，有何罪名?”茂公道:“请问将军镇守的是瓦岗呢,还是临阳?”尚师徒道:“本帅镇守的是临阳,难道你等不知的么?”茂公笑道:“将军既镇守临阳,这便有罪了。”尚师徒道:“本帅却有何罪?”茂公道:“将军此来,是奉圣旨的呢,还是靠山王将令的?”尚师徒道:“本帅闻尔等猖獗瓦岗,理宜征剿。奉什么旨,奉什么令?”茂公道:“将军独不闻:向年奉平南王韩擒虎将令,往征南阳伍云召,令你镇守南门,却被伍云召逃去,几乎性命难保。如今靠山王杨林,不比韩擒虎的心慈。若将军胜了瓦岗还好,倘然不胜,二罪俱发。况又私离汛地,岂不罪上加罪?目下盗贼众多,倘有人闻将军出兵在外,领众暗袭临阳,临阳一失,将军不惟有私离汛守之罪,还有失机之祸矣!我等从山东反出来,那唐璧乃职分当为,应该来的,即新文礼私自起兵,亦有些不便。”尚师徒一闻徐茂公之言,即大惊失色道:“本帅失于筹算,多承指教,自当即刻退兵。”徐茂公吩咐:“众将不必围住,保主公回瓦岗,让尚将军回营。”这尚师徒忙回营内,知会新文礼,二人连夜拔寨,各自领兵回关去了。

次日,徐茂公得报,二处兵已退去,下令紧守四门,多设弓弩守备不表。再说杨林,兵至瓦岗西门,安了寨。老大王升帐,有山东节度使唐璧辕门候令。杨林吩咐令进来。唐璧入营,俯伏阶下:“臣唐璧,愿大王千岁!”杨林大喝一声:“好狗官!你为山东一个行台,孤家把两个响马交付于你,却被贼众劫牢,反出山东,猖獗至此。孤家闻得只有三十六个强盗,你却掌有数十万兵马,如何拿他不住?又不及早追灭,却被贼人立了基业,还敢来见孤家么?”吩咐左右:“与我把狗官绑出营门枭首。”左右一声答应,就来捆绑。唐璧大叫道:“老大王,你却斩不得臣。”杨林喝令推转来,喝道:“狗官,怎么孤家斩你不得?”唐璧道:“臣放走了响马,还是三十六个,所以拿捉不住。请问大王,秦叔宝只得一个,缘何也拿他不住?况臣只得一处城池,三十六个反了出去,那长安却是京城,外有潼关、黄河险阻,只得一个秦琼,却被他走了。大王不自三思,反而责臣,臣死去也不瞑目。”杨林闻言,说道:“你这狗官,倒会强辩。如今孤家且饶了你。你说孤家拿不得秦琼,如今孤家就着在你身上,要拿了秦琼便罢,若拿不得秦琼,你这狗官休想得活,去罢!”

当下唐璧回到东门自己营内,没奈何,领兵将抵关讨战,要叔宝答话。探子飞报入殿,程咬金叫声:“秦王兄,唐璧讨战,你可出马对阵,须要小心在意。”秦叔宝领旨,披挂上马,不带兵将,一马出了东门。只见唐璧亲在营外,叔宝横枪出马,鞍鞒上欠身打拱道:“故主在上,末将甲胄在身,不能全礼,望祈恕罪!”唐璧叫声:“秦琼,本帅从前待你也不薄,今日杨林要我拿你,你若想我平昔待你之恩,自已绑了同我去罢。”叔宝说:“末将就肯与故主拿去,只怕众朋友心中不服,故主亦有些不便,若末将不与故主拿去,杨林那厮又不肯干休。况今炀帝无道,欺娘奸妹,图嫂鸩兄,弑父害忠,专权乱政,天下大乱。”正是:

隋炀无道人伦失,天怒民离取败亡。

毕竟唐璧怎生退兵,且看下回分解。

第二十九回　茂公智退三路兵　杨林怒打瓦岗寨

诗曰：

杨林恃勇逞威风，待士全无礼貌恭。

故使延平帷幄将，反将粮草借群雄。

当下秦叔宝对唐璧数说炀帝失政之故，因此四方反者也不计其数。说道："当此之秋，正英雄得势之时，成王定霸之日也。故主倒不如改天年，立国号，进则可为天子，退亦不失为藩王，何苦反受人之辱?"唐璧闻言，如梦初觉，叫声："叔宝，本帅虽有此心，只恐杨林不容。"叔宝道："不妨，他若有犯故主，我瓦岗自当相救。"唐璧道："本帅今日一听你言，退兵自立，他日若有危难，你等必须相助。"叔宝道："这个自然，必不有负故主之恩。"当下唐璧回营，下令大小将官，十万雄兵，将大隋旗号改了，自称为济南王，起兵拔寨，反回山东。众兵一声呐喊。

再表徐茂公说："主公，今元帅在关外，自然说那唐璧，谅唐璧听了，必反无疑。目下城中人多粮少，倘杨林将兵围困，如何处置?"咬金说："孤家没有主意，王兄自去料理。"茂公暗想："好个冒失鬼！也罢。"吩咐王伯当："传令箭一枝，速到济宁，那里有一曹家庄，内有一将，姓曹名延平，他被杨林打了三十棍，削职为民。他有家私巨万，与他暂借粮米三千斛。待杨林退兵之时，一并送还。"

王伯当得令上马，开出南门而去。不隔几天，到了曹家庄，见了曹延平，说："杨林攻打瓦岗，瓦岗缺少粮草，特来与将军告借几千斛，兵退之时，加利奉还。"曹延平一听王伯当说起杨林，心中着恼，便叫："王将军，不要说起那杨林！向年在登州口出大言，说帐下众将没有一个能与他敌三个回合的。俺一时性起，杀得他讨饶，我在他属下，不伤他性命。不道他怀恨在心，寻些小事，将我打了三十棍子，削职为民。白白的一个总兵去掉了，到今心中放他不下！不料他兵犯瓦岗，你们缺少粮草，也罢，吩咐五百个庄客，端整三百轮车子，装载一千担米先往，俺随后来也，每两车子上插一面绣旗，上写着'双枪将曹延平解粮'八个字，往瓦岗寨进发。"王伯当道："曹将军这般前去，只恐使不得，倘被杨林出来劫粮，如何是好？"曹延平道："王将军，这倒不妨。若说杨林那厮，他听说曹延平三字，头脑都要疼起来了。"王伯当道："既如此，就请速行。"曹延平手执兵器，同王伯当一同上马，后面随行，我且慢表。

再说杨林坐在营内，忽闻探子报来说："唐璧反回山东。"老大王闻言，心中大怒，即便披挂上马，率领十二太保、大小从将，来拿唐璧。这唐璧一见杨林率众赶来，口中只叫得苦："这都是秦叔宝害了我也！"不说唐璧着惊，再讲秦叔宝，他在城上看见杨林率兵下去，料必追赶唐璧，忙与众将领兵出城，齐声呐喊，大叫："快拿杨林这老贼！"早已哨马飞报杨林："报启大王，城中贼将杀出来了！"杨林道："敢是强盗杀出来么？吩咐不必追赶唐璧，后队作前队，前队作后队，去杀强盗。"那叔宝等见杨林回兵，即便忙忙的退入城去。

这唐璧见杨林退兵不追，心中想道："好个秦琼，果然有义，他既为我杀来相救，我岂可不助他？"遂下令："休回山东，且拿杨林。"众兵齐声大叫："拿杨林！拿杨林！"这杨林闻知大怒，吩咐："杀转去捉唐璧。"复又领兵退追唐璧。忽有探子报进："启上大王，远远望见有数百轮车子，尽是粮米。车子上有一面绣旗，写着'双枪将曹延平解粮'，又有小锣当当声响，不知何故？"杨林听了大惊，忙下令道："强盗也不必捉，唐璧也不必追，且扎营寨。"众将答应扎营。我且慢表。

再说王伯当同曹延平解粮来到相近隋营地方，正当杨林追捉唐璧之时，他趁此无人劫夺，忙将粮米推入城中。叔宝等接着。曹延平说："将军可曾与杨林对阵交锋么？"叔宝道："不曾交兵。"因说及唐璧，叔宝说："方才杨林领兵去追唐璧，故此城外安静。"曹延平道："原来如此，待俺取杨林首级到来。"茂公道："曹将军不可出去，杨林乃世上无敌，况将军年近八旬，倘有差误，我们之罪也。”延平说：“先生有所不知，向年杨林曾在俺手下败过，欲要取他之命，不料他识时务，立刻讨饶，故俺饶了他性命。谁知他反怀恨在心，把俺打了三十棍子，削职为民。俺想此恨不得不报。”便匆匆上马，一愤出城。咬金说：“既是曹将军发愤开兵，孤家必须点齐众将，同去杀那杨林。”徐茂公掐指一算，说：“命该如此。”吩咐摆队伍出城。众将奉令，齐齐摆列队伍发炮，大开南城。

曹延平一马当先，冲至隋营，口中大骂。军士报进营来：“启上大王，营外有一员老将，言称登州总兵曹延平，口中不住痛骂大王，骂得好不狠毒。”杨林听报，大怒道：“这老匹夫，焉敢这等无礼，孤家难道怕他不成？”吩咐备马，带了十二家太保并同众将齐出营外。抬头一看，见曹延平耀武扬威，即便大喝道：“曹延平，老匹夫！你不助孤家，反送粮米与强盗，是何道理？”曹延平气满胸腹，不问情由，拍马上前，就是一枪。杨林将囚龙棒架开。曹延平又是一枪，杨林又架开。二人枪来棒迎，棒去枪还，战了三十个回合。曹延平是发愤的，使开双枪，好不利害，嗖嗖嗖，好枪法，犹如风卷残云。只听得叮当叮当的响，又战了十余合。杨林把棒虚闪一闪，回马便走，延平在后追赶上来，杨林说声：“不好，今番性命休矣！”只得扭回身，将左手那根囚龙棒一抛，望面门打来。曹延平合当命该如此，要躲闪也来不及，正中面门，打落门牙，大叫一声：“不好！”翻身跌下马来。杨林回头一看，见曹延平落马，心中大喜，忙回马来，要取首级。瓦岗众将一声呐喊，一齐杀上，救了曹延平，回转城中。两下收兵。

众将都来动问，见延平十分重伤，各各流泪。延平道：“俺就死也不为无寿，但不能报一棒之恨！只要访吾徒张善相前来，可报此恨。”说罢，泪下如雨。茂公等再三解劝。当夜，延平老将死于瓦岗城中，众将无不下泪，就葬在向阳空地，立石为墓。此言不表。

再讲杨林见瓦岗众将救了延平进城，他一心要除灭这班英雄，因此收回囚龙棒，同了十二个太保，摆下一个阵图，名为一字长蛇阵，围困瓦岗。这且慢表。

再说秦叔宝、徐茂公一班人，在城上见杨林调兵，按四面八方布下一个阵势，众将俱皆不识，便问军师："此是何阵？"茂公道："此乃'一字长蛇阵'。若击首则尾应，若击尾则首应，若击其腰，则首尾皆应。须得一员大将，能敌杨林者，从头颈杀入，四面调将，冲入阵中，其破必矣！"叔宝道："不知何人能敌得杨林，破得此阵？"茂公道："必得白虎星官到，其阵破矣。"叔宝道："白虎星官却是何人？"茂公道："就是燕山靖边侯的公子罗成。若非此人到来，此阵焉能得破？必须奏知主公，差一位兄弟前去，请他到来方妥。"叔宝叫一声："徐大哥，此言差矣！俺姑爹镇守燕山，法令严明，岂肯容我等猖獗？他若得知，还要见罪，焉肯反使表弟前来助我等破阵？"茂公道："贤弟，愚兄岂可不知就里？我自有妙算。只消差一个得当兄弟。前往燕山，悄悄相请令表弟同来，包你令姑丈一些不知道便了。"叔宝道："徐大哥妙算虽好，小弟想到底使不得。我姑爹焉有不知的道理。纵使瞒得过了，那杨林虽不曾会过罗成，枪法却瞒不过他。一时泄漏，岂非干系不浅？"茂公笑道："贤弟却也多心。若有得与他泄漏，那盟帖上也不去掉罗成贤弟的名字了。杨林虽是奸雄，焉能出我所料，包你一些也不妨。"

当下，众人一齐下城到朝中来。程咬金正坐在殿上，等这杨林的回报，只见徐茂公等一班人远远走入朝来，咬金忙问："众位王兄，方才出兵胜败若何？"茂公道："杨林那厮被臣等两下夹攻，激怒了他，他却摆下一个阵，名为'一字长蛇阵'。"咬金道："这个阵势，不知王兄怎么破他？"茂公道："臣有一计，只等一个人到来，便好破他阵势了。"咬金道："不知王兄要等何人到来？"茂公道："必须等燕山罗成到来，阵可破矣！"咬金听说大叫道："妙！妙！妙！孤家正在日夜思想这个御弟。徐王兄，你可速速替孤家写起诏来，差官前去，连他父亲也召了来，那炀帝封他为靖边侯，孤家也封他为靖边侯。妙！妙！快写诏书，快写诏书起来！"茂公等一班人，看了咬金这般局促，心中倒也好笑，口中不说，心内想道："世上有这样一个冒失鬼！"却欺他不识字，胡乱应他一声："领旨。"茂公写了一封书，咬金道："念与孤听。"茂公便依他口气，假做诏书，召他父子，念了一遍。咬金说："听凭王兄差那一位王兄前去。"茂公道："此事必须王伯当前去方妥。"当下，封好了书，茂公叫过伯当，附耳低言："必须如此如此，诈出隋营。到燕山见了罗成，必须这般这般。"伯当领命，藏好了书，戴一顶青扎巾，穿一领蓝战袍，手提方天戟上马，开了城门，出城径奔隋营。

那隋兵一见，飞报入帐，说："启大王爷，有贼人单身匹马来冲营了。"杨林吩咐道："哪一个前去出战？"早有一将应声而出，说道："父王在上，臣儿杨道源愿往。"这个乃是第七个太保。当下杨道源坐马提刀，出营一看，见王伯当身着战袍，并不披挂，忙喝道："来将何名？"伯当横戟在手，忙叫道："将军请了，我却不来交锋，要去请个人的。"道源喝问道："你去请谁来？"伯当道："将军有所不知，我们起初时原不肯反的，只因那秦叔宝有个堂兄弟，名唤秦宝银，他叫我们反的。我们说：'反是要反，只怕杨林兴兵来，十分利害，如何反得？'他说：'不妨，你们竟反，杨林这老匹夫不来便罢，他若来时，只消你们通知我一声，待我把这老狗囊的，挖出了眼睛，用两根灯草塞在他眼眶内，做眼灯照。'我们一时听了他，所以反了。不料，老大王果然到来。我却要到山东请他，特与将军说声，可去说与大王知道。若怕我去请他来挖大王眼睛做灯儿呢，你不放我去，若不怕呢，你放我去。将军可去说声，大家酌量酌量。"杨道源一闻此言，这把无名火直透顶梁门，高有三千丈，按捺不住，说声："啊唷唷！罢了！罢了！你去请他来。"伯当又说："将军不要着恼，还该与大王说了，计较计较。将军你放我去了，若老大王怕他，岂不要见罪将军的么？"杨道源正气得三尸神爆跳，七窍内生烟，大喝道："不必多讲，你去便了。"伯当道："既然如此，我虽出营，却慢慢的走。将军对老大王说了，若有些惧怕他，只消叫个人来，追我转来便了。"

杨道源吩咐三军让他一条大路，放他去便了。自却回进营来。杨林见他颜面不同，两个乌珠圆滴溜溜，不胜怒气的形状，便问道："王儿缘何如此？"道源道："嗳！父王不要说起，真活活气死。"杨林道："为何呢？"道源道："方才来的这个贼将，臣儿出去，正要接战，他说：'我不交战，要去请一个人的。'臣儿问他去请哪一个。他说因惧怕大王，原不肯反的，皆是秦叔宝有个堂弟，名唤秦宝银，劝他们反的。说大王不来便罢，若来，要把父王眼睛挖出，用灯草做眼睛灯点。

如今臣儿放他出营，叫他请来。”杨林闻言，气得双睛突出，海下银须根根倒竖，叫道：“好儿子，放得好！这厮焉敢无礼，辱没孤家，待他到来，看他是怎么样一个人！”

不表杨林在营中生气，再说王伯当出了隋营，一马径往燕山而来。不日之间，到了燕山，入城到帅府左侧，寻个下处歇了，却问店主人道：“罗元帅、公子可在府中么？”店主人道：“罗公子不在府中。”伯当道：“他到那里去了？”店主人道：“因边外突厥老英王兵犯边关，罗元帅令公子领兵出关去了，所以不在。”伯当道：“可晓得他几时回来？”店主人说：“客官倒也好笑，出兵打仗，那里有定期的？”伯当道：“去了几时了？”店主人道：“去有一个月了。”伯当心中忧闷，就在店中宿了。

次日，出城打听，并无消息。又过了几日，好不耐烦。这日坐在店门首，只见一骑马，一个人穿着背心，后面一个大“勇”字，手中敲着锣，当当响的跑过去了。伯当便问主人道：“这是何人，做什么的？”主人道：“闻得衙内做公的人说道早间帅府中有报来说，罗公子大破番兵，得胜回兵了。这个敲锣的，定是打头站的，只怕下午边公子要到了。”伯当闻言大喜，忙吃了饭，带了书，出城到一个僻静处等候。只见又有几个敲报锣的过去。少时，只见一队队的兵过去，将次过完，却见罗成有四五个家将跟随在后面，按辔而来。伯当忽哨一声，罗成早看见是伯当，即吩咐家将先行，自己跳下马来，与伯当施了礼。罗成道：“你们反了山东，张公瑾等在内，爹爹要拿他家小，我一力保全，过几日却私下都走了。你如今因何到此？”伯当道：“我们反了山东，秦大哥反出潼关，走马取了金堤，得了瓦岗，令舅母同在瓦岗。众人奉程咬金为主。却有杨林摆了一字长蛇阵，奉徐茂公令来请罗贤弟，故尔到此。”怀中取书付与罗成。罗成拆开一看道：“我欲不去，无奈秦表兄十分叮嘱，欲待前去，却如何脱身？兄且在下处坐着，待我回去与母亲商量，设个计较。若去得成，弟自差人来知会兄长。”当下，别了伯当，上马入城，回至帅府。入府堂复了令，罗公自去赏了三军，罗成却回后堂来见母亲。正是：

茂公片纸来燕地，十万雄师一旦亡。

当下罗成见过母亲，立在旁边，叫声：“母亲，好笑得紧，不道秦叔宝表兄保立程咬金在瓦岗寨称王,舅母也在那里。今被杨林围困,写书来请孩儿去救他,母亲你道好笑不好笑?"老夫人闻言,忙问:"书在哪里?"罗成忙向怀中取出。老夫人接过一看,扑簌簌眼中掉下泪来,叫声:"我儿啊,你母亲面上只有这点骨血。那杨林老贼将母舅杀了,仇还未报,今又要来害你表兄,一有差池,秦氏一脉休矣!儿啊,怎生是好?必须设个法儿,去救得他才好。"罗成道:"只怕爹爹得知不当稳便,孩儿有一计:少停爹爹进来,母亲却要放声大哭,爹爹若问为何,母亲只说道养孩儿之时,曾许下武当山香愿,未曾了得。今夜梦见神圣责罚,几乎吓杀。爹爹一定允的,孩儿便好前去。"老夫人依允,把这封书信烧毁了。少时,只听云板一响,夫人便大哭起来。罗公进来见了,十分惊骇。正是:

谋成奇策全亲谊,千古传扬罗母恩。

毕竟罗公怎生动问,且看下回分解。

第三十回　假行香罗成私义　破阵图杨林丧师

诗曰：

百万隋师围瓦岗，茂公神算说无妨。

只消片纸求良将，管取长蛇阵立亡。

当下罗夫人见了大哭，罗公连忙问道："夫人却是为何？"夫人道："我当初怀孕的时候，曾许武当山香愿，日逐事忙，至今未曾了得。今日晓睡，梦见神圣震怒，要伤我儿，故此啼哭。"罗公道："夫人既有此兆，作速差人前去，了此香愿便了。"夫人道："这香愿原是为孩儿许的，须待孩儿自去方妙。"罗公道："只恐孩儿出兵方回，途中劳顿。"罗成道："这个不妨，孩儿明朝就动身前去便了。"罗公依允，令罗安打点香烛祭品，罗成便悄悄吩咐罗安去通知王伯当，叫他去城外僻静处相等。罗安点头领命，自去知会。

次日天明，罗成收拾盔甲器械，暗里叫罗安拿去寄在中军厅，然后别了父母，带了罗安、罗春两名家将，一同起身。到中军厅，取了盔甲器械，吩咐罗安、罗春在朋友家权住，等他回来进帅府复命，断断不可泄漏，自己一马奔出城来。伯当在前相等，叫道："罗贤弟来了么？"罗成应道："来了。"二人拍马，连夜兼行。不一日来到瓦岗，果见许多人马，团团围住。罗成叫声："伯当兄，你在此等一等，待我杀入阵去，你可乘乱入城去知会。"伯当依允。

罗成把扎巾去了，将束发金冠整一整，跳下马来，把马肚带收一收，披上了甲，飞身上马，银枪一摆，催开西方小白龙，大吼一声："呔！隋兵让开路罢，俺秦宝银来了！"隋兵听喝，说声："不好了，要挖老大王眼珠的来了！"大家张开弓弩，箭如雨发，只听耍耍的射将过来。罗成把枪一抡,那射来的箭都叮叮当当落下地去了,被罗成轰一声响,冲进营盘。这一马冲来非同小可,直冲得一路兵变尸山血海,枪到处纷纷落马,马到处个个皆亡,远者枪挑,近者锏打,死者不计其数。

杨林闻报,同众将一齐上马,先是第七太保杨道源,一马抡刀,上前大喝道:“来者可是秦宝银么?”罗成道:“正是。你敢是杨林么?”道源道:“非也,我乃靠山王第七子杨道源便是。”罗成道:“你既不是杨林,可快快回去,叫那杨林出来,我要挖他的眼睛做灯点。”杨道源大怒,举刀便砍。罗成抡枪拦开,喝声:“过来罢!”一手勒住甲绦,提过马来,扯了双脚,哗啦一声响,撕为两半片,抛在地下,又杀过来。那徐茂公在城上,看见尘土冲天,知道罗成已到。忙令叔宝等众将大开城门,分头杀出,齐攻大寨。

且说罗成在阵内,撕开了杨道源,枪挑卢方,锏打薛亮,十二家太保倒被他杀伤了八个。杨林大怒,举囚龙棒劈面来迎。好个罗成,使开枪如银龙出水,猛虎离山。杨林便道:“这是罗家枪法。”罗成道:“我兄学得罗家枪,难道我堂弟秦宝银学不得罗家枪么?不必多言,看枪!”说声未了,挺枪直刺,杨林举棒相迎,大战十余回合。杨林只战得平手,却被瓦岗这班英雄杀将出来。杨林心中一慌,囚龙棒略慢了一慢,被罗成耍的一枪,正中左腿,几乎坠下马来,大叫一声,回马便走。罗成说道:“哪里走!”把马一夹,赶将来。那隋兵弃甲抛戈,纷纷大败而走,投降者却有二万余人,弃下粮草、马匹、军器,不计其数。追赶二十余里,鸣金收兵。罗成遇见叔宝,诉说前事。单雄信也撞见,彼此赔罪。罗成欲入城见舅母,叔宝叫声:“兄弟,不可入城,若程咬金见了兄弟,决不肯放你,怎得脱身回去?今晚可连夜取路回燕山去罢,若一泄漏,非同小可。”罗成道:“哥哥讲得不错。如此说,兄弟去了,哥哥可致意舅母。”叔宝道:“这个自然。”罗成别了叔宝,发马连夜回燕山去了。这回书叫做罗成走马破杨林,是一刻不耽待的。

当下叔宝收兵入城,程咬金问道:“罗成御弟呢?为何不来朝见?”叔宝回言道:“他恐泄漏,回燕山去了。”咬金道:“你怎么不提孤家已召他父子,也封他靖边侯呢?”叔宝道:“他瞒了父亲私自来的,怎好说这些话?”咬金道:“前日孤家诏书去召他,难道他不奉诏么?”王伯当道:“臣在半路上遇见他的,因此不曾说起。”咬金道:“这也罢了。只是败了杨林,岂不是孤家洪福齐天么?秦王兄,你可领孤家的旨,去雷州取龙凤鼓。”秦叔宝道:“领旨。”咬金又道:“王王兄,你领孤家的旨,去金州取景阳钟。”伯当道:“领旨。”二人各自分头而去。

再表杨林败去二百余里,收拾残兵,再欲来打瓦岗寨,却有圣旨到来,说海外离石湖刘留王起兵,令杨林回登州镇守,不得疏失。杨林无奈,只得上本保举潼关总兵魏文通攻打瓦岗寨,自回登州镇守。说那刘留王,他闻杨林统兵已回,即便收兵回去,若杨林一离登州,他又领兵复来。因此杨林不敢远离。且按下不表。

却说炀帝一得了杨林的保本,即下旨魏文通领本部人马,攻打瓦岗。又差大将杨讷镇守潼关。魏文通点齐了十万雄兵,浩浩荡荡杀奔瓦岗寨而来,离西门五里下了寨栅。徐茂公得报,紧守西门,不与交兵,暗暗差齐国远、李如圭、金甲、童环、梁师徒、丁天庆、楚圣先、楚耀祖带一千人马出东门,转总路口等候。

且说秦叔宝雷州取鼓回来,远远见有人马正在扎营,吩咐从人将龙凤鼓藏在树林之中,自己催开坐骑,把虎头蘸金枪一摆,大叫一声:“呔!何方人马,闪开让路罢!”一马冲来。魏文通方才下寨,就见有人冲营,连忙上马提刀,吩咐大小三军,且自安营,不许妄动,却一马出来。秦叔宝一见,有些胆寒,说声:“啊呀,原来是你!”魏文通也见是秦叔宝,大喝一声:“好强盗,那日在石龙河被你走了,今日相逢,吃我一刀。”劈面砍来。叔宝把枪架住,魏文通将刀啪嚓啪嚓连砍一十五刀,叔宝招架不住,拽回马就走。魏文通叫道:“秦强盗,哪里走!”催马赶来。却逢王伯当正从金州取了景阳钟回来,遇着秦叔宝败将下来,后面魏文通紧紧赶着,伯当暗暗思想道:“这厮却敢逞勇,领兵到此,今日相逢,也是命中该死。”即忙顺手在鱼皮袋中取出宝雕弓,豹皮壶中拔出狼牙箭,扣上弦,左手如托泰山,右手如抱婴儿,弓开如满月,箭射似流星,只听噔的一声,正中魏文通咽喉,翻身跌下马来。秦叔宝跳下马,拔剑取了首级。那十万隋兵见主将一死,轰天一声呐喊,早退下去。被齐国远等八将拦住去路,大声叫道:“快快投降,免尔等诛戮。”十万大将尽弃刀降顺。众英雄收兵齐回瓦岗寨。叔宝、王伯当缴了旨。程咬金听见射死魏文通，又得了十万人马，兵器、盔甲不计其数，十分快活。吩咐大摆御宴，吃酒赏功不表。

单讲炀帝闻报魏文通身死，十万大兵尽降瓦岗，十分吃惊，便问宇文化及如何是好。此时杨素因恃功谏诤，炀帝不悦，封他出镇黎阳，因此权柄尽归化及。当下宇文化及启奏道："那瓦岗寨这干反贼，臣闻他一个个都是有本事的，若非真有将才的人前去，焉能取胜。臣今保举一人，破瓦岗必矣！"炀帝大喜道："卿所保何人？"化及道："此任非兵部尚书、征戎大元帅长平王邱瑞不可。"炀帝依奏，召过邱瑞，封为兵马大元戎、天下都招讨，领十五万雄兵，征打瓦岗。炀帝又问："谁敢为前部先锋？"化及次子宇文成龙道："臣愿挂先锋印。"炀帝大喜，即封为正印先锋总管之职。化及欲待阻住，奈圣旨已下，无可奈何。退朝回府，埋怨成龙道："你本事没有，却如何挂先锋印？此去若有一失，性命难保。"即忙写一帖子去请邱瑞饮酒。邱瑞见化及相请，乘轿到来。化及早在二门相迎，到正厅上，施礼坐下。邱瑞吃了茶，就摆出酒来。邱瑞坐了上一席，化及坐了下一桌，成都、成虎、成龙旁边分坐相陪。酒进三杯，食供两套，邱瑞开言："丞相见召，不知有何指教？"化及道："别事不敢动劳千岁，只有愚男无十分本事，乃不自揣菲才，冒挂先锋之印。老夫因圣旨已下，难以违命，故请千岁到来，若到瓦岗，望乞相看一二，回兵之日，自当重报。"邱瑞道："这事自当从命。"化及大喜，吩咐家将取过四盘金银，化及满面堆笑，叫声："千岁，这些须薄礼，望乞笑纳。"邱瑞正色道："丞相若送金银，是以利心动邱瑞了！本藩不敢领命。"化及见他色变，连忙道："千岁既然不收，老夫不敢执见。"吩咐家将收了进去。二人吃酒，至晚方散。

邱瑞回府，公子邱福与夫人迎入后堂。邱瑞长叹一声，夫人忙问道："老爷何故不悦？"邱瑞道："嗳！夫人有所不知，当今无道，天下荒乱，贼盗蜂起，尚不宽刑薄敛，专行杀伐。今朝圣上听信宇文化及之谋，命下官征取瓦岗，化及次子为前部先锋。化及方才请我，嘱托其子，下官不好回他，勉强应允。夫人啊，但是下官向闻瓦岗贼首程咬金十分利害，三斧击走了马三保，不知去向，取了瓦岗。他手下有三十七个，俱是英雄。老大王杨林尚且被他杀得大败而回，手下十二家太保伤其大半，我想下官此去，吉凶未定。今日与夫人一别，不知今生还得相见否？但孩儿年幼，早晚须当教诲。”夫人闻言，放声大哭，只叫：“相公，你此去若能擒贼，万千之幸，倘然不胜，妾劝相公不如做个良臣罢了。”邱瑞道：“夫人说哪里话来？此乃军国大事，岂汝妇人所知。”当下摆酒饯行，却哪里吃得下去。

次日五更，邱瑞即点齐了十五万人马，祭旗已毕，三声炮响，大军离了长安，径奔瓦岗寨而来。蓝旗小校报道：“启千岁爷，兵至瓦岗寨。”千岁吩咐：“前军哨探，后军慢行，放炮停兵，安营下寨。”传令官一声答应，忙传令道：“呔！千岁爷有令，前军哨探，后军慢行，放炮停当，安营下寨。”众三军齐声答应道：“得令！”只听扑通通三声炮响，一声呐喊，安了营寨。

城中早已得报，徐茂公入朝与咬金贺喜，咬金道：“兵临城下，将至壕边，有何可贺？”茂公道：“正为他有兵来，特特贺喜。”咬金道：“看你这牛鼻子的道人，有兵至此，反来贺喜，若孤家驾崩了，你一发要贺喜哩！”茂公道：“主公不知，他兵虽到，不出两月之间，包管十五万雄兵尽降主公帐下，所以贺喜。”咬金大喜道：“这也奇了，但不知你有怎样一个法儿降得他？”茂公道：“臣自有计使他即降便了。”道言未尽，早有探子报道：“启上大王，隋营有个正印先锋宇文成龙在外讨战。”茂公吩咐单雄信出兵，许败不许胜。雄信得令，上马而去。咬金道：“作怪的说话，出兵要胜，如何反说要败起来？”茂公道：“兵机不可预泄，以后自然明白。”

话表那单雄信出城，与成龙战有十余个回合。若说这样的将官，不消一二个回合，就拿了过来，单雄信因奉军师将令，虚闪一槊，回马败入城去。宇文成龙叫左右报元帅：“先锋爷杀败一员贼将。取了关，方回来。”即便抵关讨战。次后，秦叔宝出来，败了。再遣齐国远、李如圭、金甲、童环、张公瑾、白显道，个个都败回。宇文成龙一日连败十五员大将，打得胜鼓回营。邱瑞大喜，摆酒贺功。说道：“原来将军有这等本事，令尊大人还如此谦言。”成龙道：“这一班都是毛贼，不消十日之内，元帅看小将力破瓦岗。”邱瑞大喜，忙备一封书，差官上长安报捷去了。

次日宇文成龙抵关讨战，瓦岗城内诸将坚守不出。成龙令军士大骂，城中只是不出，骂了一日回营。一连半个月，不见有一些动静。成龙这一日到关，大骂讨战，徐茂公令秦叔宝出去："只三合内可把他生擒了来。"叔宝应声："得令！"上马出城，与成龙战无三合，拦开刀，扯住成龙勒甲绦，一把擒将过来，拿入城里去了。小军飞报入营："今日先锋交战，不像那日，没多几合，竟被他捉过去了。"邱瑞闻报大惊，下令紧守营门，不可出战。

这叔宝把成龙拿入城中，茂公吩咐斩了首级，石灰炝了。茂公早已造下一个夹底的竹箱，把头放在箱底下。前日有邱瑞的战书，叫魏征套写了一封，叫过王伯当来，带了五十个人，并竹箱与许多行头，都包在袱内。吩咐如此如此，悄悄的前去，不可泄漏。伯当领了令，与五十个人，到夜间开了东门出城，从别路径奔长安大道而来。正是：

败隋朝内贤臣失，聚义营中将士添。

当下王伯当带了五十个人，并竹箱与许多行头，到了长安。伯当只叫一人取了竹箱，其余的人，叫他在兵部左近衙门相等，自与拿竹箱的，径往化及丞相府。来到府门，伯当上前叫一声："众位哥哥们，相爷可在府中么？"门上的道："相爷在朝未回，你是哪里来的？"伯当道："我是瓦岗营中邱老爷差来的，有书一封，竹箱一个，送与相爷。既相爷不在，书信与竹箱都放在此，我往别处去去，再来讨回书便了。"说罢就将箱子与书信递与门上人，自与随来的这个人，径往兵部府门后边一条僻静巷内去。

那五十个人正在那边相等，伯当便令打开包裹，取出行头，一个个打扮起来，把囚车装好了，径往邱瑞府中，叫一声："圣旨下！"夫人、邱福忙出接旨。便开读道："邱瑞无故杀伤国家大将，将家属拿下。"众人拿了，齐囚入囚笼。赶散了众人，将拿来的布包，把囚的人都包了头。出了府门，把一张假封皮贴在门上，飞奔出城，径往瓦岗寨去了。

再说化及回府，家将禀道："方才有瓦岗邱老爷差官到来，送书一封、箱笼一个与老爷，他停一回就要讨回书的。"化及先打开箱笼，一看都是空的，细看底下，又是一个屉儿，抽出来一看，却有一个人头在内，不觉吃了一惊。仔细一看，原来是自己儿子的头。忙把书打开一看，却说："你儿子恃功，无我元帅在眼内，屡屡违我军令，今已把他斩首，特此告知。"化及看罢，放声大哭，骂一声："邱瑞老贼！我子与你何仇，把他斩首？"即忙入朝，把邱瑞的书并儿子的头与炀帝看，又哭奏道："臣儿曾日败贼将十五员，其功不小，反遭毒杀，其罪难容！"炀帝大怒，下旨着锦衣卫领旨出朝，来到兵部衙门，见邱府贴上封皮，细细备问了附近百姓，即复旨道："据附近居民说，早上有校尉到府，把家属尽行拿去了。现今门已封了。"炀帝闻奏大惊道："朕却不曾有什么旨意。"正是：

军师巧计多高妙，早救忠良家属身。

毕竟君臣怎生处断，且看下回分解。

第三十一回　邱瑞中计降瓦岗　元庆逞勇取金堤

诗曰：

奸雄惯自智谋深，怎晓兴唐有异人。
每用神机赚隋将，皆由炀帝失民心。

当下化及跌足大惊道："一定是邱瑞已降瓦岗，暗暗差人盗取家属去了。圣上，如今事不宜迟，可差官一员前去，若邱瑞还未曾降，可赐他三般朝典，令其自尽。"炀帝即下旨，差官一员、校尉四名，飞奔瓦岗行事。此话不表。

且说王伯当赚取邱瑞家小到了瓦岗，茂公吩咐收拾一间房屋，好好安顿，一面令秦叔宝出城讨战。叔宝得令，带同众将、大小三军放炮出营。邱瑞得报，也下令大小将官，摆齐队伍出营。只见瓦岗四门大开，旗幡招扬，剑戟森森，一副副刀枪耀目，双对对队马分开，两面飞虎绣旗，一柄黄罗宝伞，下面现出一位帅爷：头戴一顶飞龙闹珠金盔，身穿一领龙鳞黄金细甲，外罩一件杏黄袍，脚蹬一双麂皮靴，坐露骨能行宝智黄骠马，左插一弯弓，右插一壶箭，两臂挂着金装锏，手中执一杆虎头金枪，黄面金睛，三绺长髯飘于脑后，乃叔宝也。叔宝抬头一看，只见隋营大开，三军齐出，对子马分开左右，飞虎幡摆列两旁，黄罗伞下一位元帅：头戴一顶双凤银盔，身披一件九鳞龙甲，外罩蟒龙白袍，脚蹬一双战靴，坐下追风逐兔千里嘶马，左挂宝雕弓，右插狼牙箭，手中使着两根钢鞭。

叔宝横枪在手，欠身打拱道："将军在上，小将秦琼甲胄在身，不能全礼，马上打拱了。"邱瑞连忙回礼，叫声："秦将军，老夫闻你是山东一个英雄，人人称你为小孟尝、赛专诸。那靠山王过继你为十三太保，却也不曾有甚亏你之处，你却三挡杨林，九战魏文通，走马取金堤，锏打华公义，做那反贼的勾当，这岂不可惜？倒不如下马投降本藩，也不计你从前之过，保你做个将官，若有些功劳，那时荫子封妻，岂不为美！秦将军意下如何？”叔宝道：“将军之言虽然有理，但本帅与隋家有不共戴天之仇，却难从命。”邱瑞道：“你与隋家有何仇恨？”叔宝道：“将军，你可知本帅先父非别，乃陈后主驾前官拜伏虏大将军镇守马鸣关秦彝便是，被杨林老贼枪刺而死。前本帅实非拜他为父，意欲得便诛之，以报父仇。奈不能遂意，尚未报得，因此本帅与隋家有切齿之仇。将军有心劝本帅，难道本帅没心劝将军？当今之世，炀帝无道，杀戮忠良，英雄并起，谅来气数不久。我瓦岗寨混世魔王有仁有义，赏罚分明，将军不如降顺瓦岗，亦不失为王侯之位，将军意下如何？”邱瑞大怒道：“好匹夫！焉敢来说本藩，看家伙罢！”双鞭一举，照顶门打来。叔宝把枪一架，两人搭上手，大战四十回合，不分胜负。鞭来枪架，枪去鞭迎，四条臂膊纵横，八个马蹄交错，真正棋逢敌手。叔宝心中喝彩道：“好一员猛将！”邱瑞心中想道：“这叔宝本事高强，不如用独门鞭打死他罢。”正战之间，邱瑞把鞭两条并为一条，打将下来。叔宝将枪往上迎，把两条鞭都架住，就趁此把枪往后一拖，邱瑞的马拖近了，叔宝双手一把扯住了邱瑞的甲带，要提过马来。那时节，邱瑞若把双鞭再举，打将下来，这叔宝岂不被他打死了么？幸亏邱瑞见叔宝扯住甲带，心中慌了，却把鞭放下，一把捧住叔宝的头，叔宝把带一扯，说声：“过来罢！”邱瑞也把头盔一捧，说声：“过来罢！”两下一扯，一齐跌下马来，又是你一扯我一扯，叔宝扯断了邱瑞的甲带，邱瑞扯落了叔宝的盔缨，一个脱了甲带，一个没了盔缨，大家不好看相，各自收兵。

且不说叔宝回转瓦岗，单讲邱瑞回营，换了战袍，赞道：“好一个秦叔宝，怪道往往前来不能取胜。”正在赞叹之间，忽报长安家人邱天宝到。邱瑞道：“令他进来。”天宝入营哭拜于地。邱瑞忙问其故，天宝细述前事，邱瑞大惊道：“宇文成龙是瓦岗拿去的，哪有此事？”话尚未完，外边又报公子到了，邱瑞一发疑心。邱福来到营中，拜了父亲，邱瑞忙问：“你已被拿，缘何到此？”邱福道：“此乃瓦岗徐茂公之计，要爹爹归降。如今家眷俱已赚在瓦岗,叫孩儿来奉请。”邱瑞闻言,急得三尸神直跳,七窍内生烟,一些主意全无。又听传报道:“启元帅,天使到。”邱瑞接入圣旨,锦衣开读道:“邱瑞欲顺瓦岗,故杀大将,速令自尽。”旨未读完,邱福大怒,一刀砍了天使。邱瑞大惊道:“汝欲何为?”邱福道:“爹爹,这样昏君,保他何益? 今瓦岗混世魔王十分仁德,不如归降了罢!”邱瑞长叹一声,吩咐邱福先去通报,即便收拾十五万人马,归降瓦岗。咬金率领众将迎接入城,大排筵席庆贺不表。

再说隋朝天使的校尉逃回长安,飞报入朝。炀帝大怒,问:“谁敢领兵再打瓦岗?”宇文化及道:“若非大将,焉能取胜? 今有山马关总兵裴仁基,他有三子,长子元绍、次子元福、三子元庆。这元庆虽只得十多岁,他用的两柄锤有五升斗大,重三百斤,从未遇过敌手。圣上可召他来,封他为元帅。他若提兵前去,不消几日,包破瓦岗矣!”炀帝大喜,即下旨差官星夜往山马关,宣召裴仁基。

差官飞马到关,裴仁基父子接了旨,即同夫人与女儿翠云来到长安。到长安父子即到午门,问:“圣上何在?”黄门道:“圣上同国丈在紫微殿下棋。”裴仁基见说,率领三子径到紫微殿,果然炀帝与张大宾对坐下棋。裴仁基与三子俯伏于地,口称道:“臣山马关总兵裴仁基父子朝见,愿我王万岁!”炀帝一心下棋,哪里听得。裴仁基再宣一遍,又不听得。足足等了一个时辰,不见响动。裴元庆大怒,立起身来,赶上前一把扯住张大宾举起来。炀帝吃了一惊,忙问道:“这是何人?”裴仁基道:“是臣三子裴元庆,因见国丈与圣上下棋,分了圣心,不理臣等,故放肆如此。”炀帝道:“原来是卿,朕实不知,快放下来!”那大宾肚子都被扯住,疼痛得紧,大叫道:“将军,将军,放了手!”那元庆又闻圣旨说放了,竟把一抛,扑通跌在地下,皮都抓下了一大块。炀帝看元庆年纪不大,如此勇猛,心中大喜,便叫:“裴爱卿,朕封卿为元帅,卿子为先锋,兴兵征讨瓦岗,得胜回来,另行升赏。”裴仁基谢恩。炀帝又道:“朕欲封一个监察行军使,以观卿父子出兵,不知谁人可去?”张大宾道:“臣愿往。”炀帝大喜道:“若得国丈同去,甚好。”即封为行兵都指挥,天下都招讨。四人谢恩而出。

那张大宾怀恨在心,思想道:“这小畜生,我只要一朝权在手,就把令来行。”当下张大宾点起十万雄兵,即日兴师,离了长安,杀奔瓦岗。张大宾却下令先取金堤关,然后攻打瓦岗,以此兵到金堤关,下了寨。张大宾升帐吩咐裴元庆:“我要你今日就取金堤关,若取不得关,休想回来见我。”元庆微微一笑,心中想道:“嗄,是了,我晓得那张大宾记恨我提他之仇,今日欲害我父子。咳,张大宾啊张大宾!你来太岁头上动土了!你若识时务便罢,若不识时务,我父子一齐降顺瓦岗,看你怎生奈何我?”吩咐带马过来。那匹马竟像老虎一般,两只尖耳朵,不十分高大。元庆飞上马,使两柄银锤,豁落落一马出营,抵关讨战。

守城将士乃贾顺甫、柳周臣,得了报,即披挂上马,领兵出城,前来交战。二人一看裴元庆,看他年纪甚小,手中却用斗大两柄锤,心中奇异,喝问道:“来将何名?那手中的锤敢是木头的么?”元庆答道:“我乃大隋朝官拜山马关总兵裴仁基三子裴元庆的便是。我这两柄锤只要上得阵,打得人就是了,你管我是木头的不是木头的!”贾、柳二人哈哈大笑,把刀一起,并力齐奔。元庆不慌不忙,自由自在,把一柄锤轻轻的往上一架,贾、柳二人的刀一齐都震断了,二人虎口也震开,只得叫声:“啊唷!好利害的家伙!”回马便走。元庆一马追来。贾、柳二人方过得吊桥,元庆也已上桥。城上军士认了自家主将,不敢放箭,倒被元庆冲入城中。贾、柳二人只得领了残兵,径投瓦岗去了。这里张大宾领了众兵入金堤关,也不停留,就向瓦岗进发,按下不表。

且说瓦岗寨这日程咬金升殿,众将拜毕。咬金一看,单单不见徐茂公军师,心中想道:“这也奇了,为何不见徐茂公到来?难道孤家升殿,这牛鼻子道人不该来朝拜么?”吩咐去唤了他来。正说之间,只见徐茂公斜戴九梁巾,倒拖了靴子,乱跑进来。咬金道:“孤家又不曾死,为什么却装出这样形景来?”茂公俯伏在地说:“主公不好了,一窝儿都要死了!”咬金道:“啊呀,好端端的,为何都要死起来?想是你疯颠了么?”茂公道:“臣算阴阳,今日巡天都太保、八臂膊哪吒临凡,第三条好汉杀来也!瓦岗城内这些大小将官,不经打起。”咬金道:“这个痴人,说些什么话来?”茂公道:“主公不信,只看天上。”咬金出位,与众将一看，只见天上黑漫漫雾不像雾，云不像云，足有半天对着了瓦岗城。大家齐吃一惊，正看之间，只见黑气内冲出一股白气来，把这杀气冲散了，泛出红来。茂公仔细一看，叫声："好了，有救星了。"咬金道："好贼形啊！为甚的一时笑一时哭？"茂公道："幸亏主公有福，有个贼星与巡天都太保为难，料想这员大将不日就降瓦岗，主公更且有正宫了！"咬金道："实在天下没有光棍皇帝。孤家在殿上呢，闹闹热热，一退入宫去，便冷冷清清。这句话倒要听你。"

正说之间，忽报金堤关贾、柳二位老爷在外候旨。咬金吩咐："召他进来。"二人入殿，俯伏在地叫道："主公不好了！今有大隋兴兵征讨，那招讨是张大宾，元帅是裴仁基。这也不打紧，有一员小将，使两柄斗大的锤，凶狠莫敌。臣二人抵挡不住，弃关败回，来见主公定夺。"咬金道："这是你二人没用，前番那杨林老头儿这样儿狠，也曾杀得他大败而去，如今还有什么小将比他更狠的人儿？"闪过邱瑞，叫一声："主公有所不知，这裴仁基第三个儿子叫裴元庆，论他年纪，只好十来多岁。他用的两柄铁锤，重有三百来斤，休说杨林一个，就是几百杨林也不经他几锤。若是这位小将军到来，大家须要小心。"程咬金只是摇头不信，说道："哪里有这等事？只怕世界上不曾见过有这样的人。"

众人说话之间，外边隋兵已到，扎下营寨，张大宾吩咐裴元庆："今日限你取瓦岗，今日若破不得瓦岗，拿不得咬金，你也休来见我。"裴元庆见说，微微一笑，叫声："二位哥哥，须要小心保着爹爹。"说罢，即便上马举锤，抵关讨战。探子报入城中。咬金便问："哪一位王兄前去迎敌？"早见班中闪出一将，说："臣史大奈愿往！"咬金说："须要小心。"当下史大奈顶盔贯甲，提刀上马，冲出阵来。见了裴元庆，不觉哈哈大笑道："你这小孩子就叫什么裴元庆么？"元庆道："正是，我就是三将军。"史大奈道："我看你黄毛未落，乳臭未干，到此做什么？好好的回去罢！若是迟一迟恼起来，怕惊了你，成了急惊风的病，岂不害了你？"裴元庆笑道："你敢来么？若裴爷爷怕了你，也不算为好汉。"史大奈大怒，把刀一举，照顶门砍来。元庆也不动手，等他来得相近，把身一侧，将锤照刀杆上略架一架，刀便断为两截。史大奈一个虚惊,一跤跌下马来。裴元庆喝道:"这样没用的,也算什么将官?我小将军不杀无名之将,饶你去罢!"史大奈爬起来,跳上马,奔入城中。咬金忙问道:"小将可曾拿来么?"史大奈摇摇头,伸伸舌头道:"啊唷唷,不要说起,吓杀吓杀! 上不得他的手,我的刀才举得一举,他就起锤一迎,把我的刀打做两段。我身往前一倾,即撞下马来。"众将见说,皆以为奇。

正说之间,又见报进:"小将在外讨战。"雄信大怒,披挂上马,举槊出城,远远一望,哪里见什么将官? 却到元庆面前,还不见他。元庆大喝一声道:"青脸的,哪里去!"只这一声,就像青天一个大霹雳,雄信在马上着实惊了一惊。往下一看,只见齐齐整整一个小孩子,坐的马竟像驴子一般,两个锤其大无比。雄信哈哈大笑道:"你这锤敢是木头的,外边涂些银锡的么?"裴元庆道:"你这青脸的贼,还不知道我小将军的利害么? 故此特来送死!"单雄信大怒,把金枣槊当的一声打下来,元庆把锤举着却不去架,恐震断他的虎口,等待他一槊打了下来,方才把锤举过来一夹,却把槊夹住了。雄信用力乱扯,那里扯得脱。元庆笑道:"你在马上用的是虚力,何不跳下马来在地下扯?我若在马上身子动一动,摇一摇,就不为好汉。"单雄信就跳下马来,用尽平生之力的扯,竟像猢狲摇石柱,动也不动一动。雄信只涨得一张脸青肉泛出红来,如酱色一般。元庆把锤一放,说道:"去罢!"雄信仰后扑通一跤跌去,跌了一脸的血,爬起来扯过马跳上,飞跑入城来。

程咬金见了这个情景,又好笑又好恼,便叫一声:"秦王兄,你去战一阵看。"秦叔宝披挂上马,举枪出城,一看裴元庆,心中十分不服:"只这样一个小孩子,如何如此利害? 不要管他,上去赏他一枪,打他个措手不及。"便一马上来,耍的就是一枪。裴元庆叫声:"来得好!"当的一架,把这杆虎头金枪打得弯弯如曲蟮一样,连叔宝的双手都震开了,虎口流出血来,叫声:"好家伙!"回马便走,败入城中。程咬金大怒道:"何方小子,敢如此无礼!"下旨:"孤家御驾亲征。"带领三十六员大将,与魏征、徐勣,放炮出城。

程咬金持着大斧,一马上前,把斧一举,光的砍下来。裴元庆把锤往上一架,当的一声响亮,震得咬金全身麻木,双手流血,大叫:"众位王……王兄，御……御弟，快……快来救……救驾！”徐茂公吩咐众将一齐上前，众好汉放开马，一声呐喊，团团围住裴元庆。裴元庆见了，哈哈大笑道：“我本待慢慢做几锤打散这干人，谁想他一齐上来，只是我小将军没得消闲玩要了。”元庆把锤往四下轻轻摆动，众将却哪里敢近得他身，有几个略拢得一拢，撞着锤锋的就跌倒了。众将只得远远的呐喊。程咬金却吩咐城中取酒肉到来，抽车支炮的交战。

再说隋营内裴仁基在营前见三子元庆战了一日，恐他脱力，忙令鸣金收兵。张大宾听见，忙召裴仁基入帐，喝问治罪。有分教：

裴家父子归降去，误国奸臣一旦亡。

不知张大宾怎生治罪仁基，且看下回分解。

第三十二回　裴元庆怒降瓦岗
程咬金喜纳翠云

诗曰：

天降魔君罪暴君，干戈四起扰生民。

幸亏唐主兴仁义，收录英雄定太平。

当下张大宾召进裴仁基，便问道："你为大将，怎么爱惜儿子，不与国家出力？他顷刻之间正好取城，你却如何擅自鸣金收兵，目中全无本帅，绑去砍了！"左右答应，动手就把仁基绑缚。吓坏两旁二子，长曰元绍、次曰元福，一齐上前说道："就是鸣金收兵，也无处斩之罪。"张大宾大喝道："哇！你两个也敢抗拒本帅！"吩咐左右："绑去砍了！"两下刀斧手一声答应，赶向前来，把裴仁基父子三人一齐绑出营门。这边阵上，裴元庆听得鸣金，把锤一摆，众将分开，就一马冲出去了。程咬金收兵，上城观看。

且说裴元庆回到营前，见父亲哥哥都绑着。元庆大喝一声道："你这干该死的，焉敢听那张奸贼，把老将军与小将军如此，还不放了！"这干军校被喝，谁敢不遵，连忙放了。元庆叫声："爹爹，今主上无道，奸臣专权，我们尽忠出力，也无益处，倒不如降了瓦岗罢！"父子四人，势不由己，没奈何叹口气，骑上马径奔瓦岗而来。到了城下，见咬金一干人在城上观看，裴元庆上前，叫一声："混世魔王千岁在上，臣裴元庆父子四人，遭奸臣谋害，特此前来归降。"咬金见说大喜，满面堆笑，叫一声："三王兄，难得你善识时宜，父子归降。但恐是诈，乞三王兄转去，把张大宾拿了，招降隋家兵马，那时孤家亲自出城相迎！"裴元庆闻言，便说道："既如此，千岁少待，爹爹哥哥等一等，待孩儿去拿他来。"说罢，即回马跑入隋营。

这个张大宾却好坐在帐中,因军士放走了裴家父子,心中大怒,正在处治,要杀的要杀,要打的要打,乱纷纷在那里发落。只见裴元庆匹马跑来,张大宾慌忙要走,被元庆跳下马来,一把擒住,又大喝:“大小三军,汝等可尽同我去归降罢!”十万雄兵同声答应道:“愿随将军!”裴元庆一手提着张大宾,跳上了马,招呼大队人马一齐来至瓦岗城下,向城上叫道:“张大宾已捉在此了,请开城受降。”程咬金观见是真,就率领大小将官出城迎接。进城到殿上,裴仁基率三子朝见,三呼千岁,又与众同僚相见,聚礼已毕,排班侍立。咬金下令道:“孤得裴王兄也亏张大宾,如今赐他全身而死。”命武士用白绢将他绞死。武士即忙奉命,张大宾顷刻呜呼。咬金又命排宴相待,封裴仁基为逍遥王,裴元庆为齐肩一字王。裴仁基写书一封,差人赍往山马关。那里有个焦洪是仁基的外甥,将书与他,要他忙与夫人小姐说知,收拾了府库钱粮与关中二十万人马,一齐望瓦岗而来。咬金却与元庆起造王府,封焦洪为镇国将军,令贾顺甫、柳周臣依先去镇守金堤关。徐茂公却与咬金为媒,劝咬金招纳裴翠云小姐为正宫。咬金大喜,即令择日迎娶成亲。自此瓦岗城又得裴元庆父子归降,声威大震,有兵六十万,战将数百员。

消息传入长安,炀帝大惊,却与化及商议,化及道:“如此说起来,如今发不得兵了,只好与他议和。主公可差一员官前去,封程咬金为混世魔王,赐与王爵,割瓦岗之东一带地方,与他讲和便妥。”炀帝依奏,下令翰林官草诏一道。此时蔡建德做到了兵部员外,就差蔡建德前去。那蔡建德只叫得一声苦。你道蔡建德为何叫起苦来呢?因单雄信的妻小是被他杀的,所以着急,却又不敢道,只得舍了这条性命,径往瓦岗而来。

不一日,蔡建德到了瓦岗,将近城门,先令人通报。程咬金正在大殿与众将议事,忽听报道:“启上大王,今有大隋皇帝差一员官,捧金翅皇帽、蟒袍玉带,前来封赠大王,离瓦岗五里了。”茂公道:“主公,既是大隋圣旨到来,主公必须亲自去迎接。”咬金大喝道:“哇!你这牛鼻子的道人,他是皇帝,难道孤家不是皇帝么?孤家正欲早晚兴兵,杀上长安,拿住昏君,自为皇帝,百世扬名,谁要这昏君来封赠?

你这牛鼻子道人，却要孤家去接他，岂不是长他人之势，灭自己之威风！”叫左右：“若是那差官一到，就唤他进来便了。”

却说那蔡建德来至城下，不见有人迎接，心中突突的跳。进了城中，来至午门外，又不见有人出来，但见那守门人叫他自己进去。蔡建德一发着忙，一张脸儿青了白，白了青，没奈何奉着圣旨，与两个拿冠带的人，一步步儿走进来。早被单雄信看见，顷刻双眼突出，红须根根竖起，大叫一声：“你这厮来了么？”飞抢一步上前，劈手夺下圣旨，扯得粉碎。左手夹头颈一把抓住，右手照脸上，啯的一声一个五分头。建德喊道：“啊唷，将军为何打我天使？”雄信道：“我把你这驴囚入的，老子入死你的亲娘！我与你何仇把老子家小杀尽！你往日的威风，如今哪里去了？”此时蔡建德吓得上下牙齿捉对儿厮打，浑身一似中风麻木，双腿一似斗败雄鸡，心中好像十五个吊桶取水，七上八下的响，叫声：“啊唷，将……将军，将军……”不住的乱叫。

程咬金离了龙位，走下阶来，喝住雄信道：“你这样不通道理了，他向时既做了潞州知府，本地方有反贼的家眷，他如何放得松，做得人情？不要说他，就是孤家那时节若是做了知府，也要完地方官的事。这叫做做此官行此礼，不得不如此。你却错怪了他。旧事休提，孤家这里武多文少，把他做个学士，住在孤家这里罢了。”蔡建德连忙谢恩。那时蔡建德只要性命，还敢再说有老小在家，一定要回去的么？他响也不敢响，正如哑子吃黄连，自家肚子里苦。按下不表。

且说洛阳城外有一个乡村，名曰安乐村，村中一个英雄，姓王名世充。论他武艺，件件皆能。父母双亡，只有一个妹子，名唤青英，年方十五，同住在家。这王世充却毫无家业，专靠打捉飞禽走兽生活。平日间单靠得一个族兄长，叫做王明德，常常的照管他。这日只为家无盘费，与妹子计议，要去明德家中借些银子用用。出了大门，入城到明德家中。明德出迎，见礼已毕，明德叫声：“贤弟，愚兄正欲差人接你，有一件事要与你商议。”世充道：“哥哥有何吩咐？”明德道：“就是你伯母那只白鹦鹉，昨日丫鬟上食，不想它挣断了金丝索飞了去。贤弟你晓得，这鹦鹉系你伯母心爱之物，喜它会说好话，会说因果，愚兄不惜重价买来的。今日一旦不见了，母亲气出病来，叫人四下里抓寻,若寻得着,与贤弟一百两银子。”就吩咐先取五十两与世充,世充接了银子,别了哥哥,出门回家。与妹子说了,就把银子交与妹子收好。

王世充急忙拿了粘竿鸟笼,先入城中,四下里各处抓寻,并不见有,只得回至家中。歇了一夜,到次日,绝早吃了饭,却不往城内去寻,径在城外各乡抓寻。寻至中午时分,尚无形影。世充走得脚乏,在一所树林里坐着少歇,只见一个小厮挑着一担水走来,口内说道:“皇帝无道,生出的鸟儿来都是奇的,嘁嘁喳喳会说话,又会骂人。”世充闻言,忙立起身来,叫一声:“小哥,你说这鸟儿在哪一个所在?”小厮道:“在前边小河头转弯一座坟头松树上。这鸟儿脚下还有一段金丝索子挂在树枝上,故此飞不动,引得这些小孩子团团围住,抛上石块打它,它在树上骂人哩!”

王世充听了大喜,就飞跑到坟前松树边来,果有许多小厮们在那里哄闹。王世充见了,喝开众小厮,仰头一看,只见那鹦鹉在树上叫道:“二员外,你来了么?我的脚被树枝兜住了,飞不回去。二员外,你可上树来替我解一解,带我回去,若下遭二员外来,问我员外借银子,我叫员外多与你些便了。”世充听了,心花大开,即忙放下粘竿,爬上树去把金索儿解了。那鹦鹉得放,就跳在王世充头上。王世充又一步步爬下树来,到了地下,就向头上取下鹦鹉,放在笼内。忙取了粘竿,提了竹笼,径往城内大路而来。

那大路上有一庄院,内有一个员外姓水名要,同了几个闲汉在庄前乘凉。王世充正忙忙走过,水要看见笼内鹦鹉嘁嘁喳喳会说话,又认得王世充,就叫一声:“王兄弟,哪里来?我要问你。”王世充忙上前行礼,叫声:“员外,唤我何事?”水要道:“将笼内的鹦鹉取出来我看看。”世充依言,即取出来。水要接过一看道:“这是王明德家内的,想是飞了出来。我与你二百银子,你卖与我罢!”世充道:“这是哥哥家的,系我伯母最喜爱之物,特地托我出来抓寻,却是不卖的。”那鹦鹉闻言,也叫道:“二员外,我是要回去的,断断卖我不得的。”水要又说道:“我与你五百两银子,卖与我罢!”世充道:“就与我五千两五万两,总是不卖的。”水要变脸道:“你果然不卖?不卖拿了去!”说罢,就两手扯鹦鹉两只脚一撕，撕做两半抛在地下，回身走了进去。

王世充敢怒而不敢言，把撕开的鹦鹉抛在笼内，提了笼入城来，到了明德家中。王明德走出来，叫一声："兄弟，鹦鹉可曾寻来么？"世充把笼一抛，明德一看，却是撕开的了，遂惊问其故，世充把水要之事细细说了一遍。二人讲论之间，不料有个春梅丫头，听见此言，飞跑入房内，说道："太太，不好了！那鹦鹉被人撕成两半而死。"太太正在吃药，一闻此言，一口药一噎，老人家一口气透不转，就呜呼哀哉了。丫鬟飞报出来，明德放声大哭。抛了世充，哭入内房去了。

世充呆了半刻，哪知一点无名火，高有三千余丈，按捺不住。心中一想，一口气奔出城来，回到家中，妹子一见，便问："哥哥，鹦鹉可有着落么？"世充道："你不要管，快把银子拿出来与我。"妹子连忙取出，世充接了银子，拿了一只叉袋，奔到一家做粉食点心的铺店内来，称了三四钱银子，要他做几百个馒首，告诉晚上来拿。店家答应，世充回身就走。又到一个打腰刀铺内来，叫声："店家，可有好刀么？"店主人忙道："有。"取出看过几种，多平常不中，又换了几种来看，世充只是摇头，店主人道："未知官人要怎么样一个好法的？"世充道："我要削铁如泥，破衣如水的。"店主人道："这样宝刀，小店中哪里得有？"只见店主人的妻子立在腰门口，接应道："呀！我对你说，前年那个道人寄在这里的这口刀倒是宝刀，寄在此许久，不见他来讨，夜夜响动，倒不如卖了它罢。"主人道："我倒忘了。"忙进内去取出来。世充接过一看，果然是把宝刀。便问道："要多少银子？"主人道："只要三两。"

世充称了三两银子与他，把刀塞在腰内衣底下，别了店主人。等到晚上，便往粉食铺内取了一叉袋馒首。走到水家庄边，等至一更时分，脱了鞋袜，一手拿了叉袋，一手扯起裤子，下水走过来。原来那水家庄面前有条小河，日间有条桥通人行走，夜来抽断，所以世充要下水过来。只见庄河边十多只猛犬，听见水响都吠起来，世充忙向叉袋内取出馒首，一齐抛去，众犬吃着馒首就不吠了。世充放胆走到庄门，把门敲了几下，只听管家庄门的老儿在床上问道："是哪个敲门？"世充道："是我。"老儿道："你敢是张小三哥讨帐回来么？我只道你今夜不回来了，故把门儿重重关好。如今待我走起来便了。"说罢，即便披衣起来，开得庄门，被世充兜胸一把，提翻在地。那老儿好不着急，欲待要喊叫，却见他手中执着明晃晃的钢刀，只得哀求道："好汉饶命！"世充喝道："你快快说明员外在哪里，我便饶你。"老儿道："员外在东厅吃酒。"世充道："卖主求生，怎饶得你？"刀斩老儿，把尸首丢去一边。关上庄门，却把庄里边的门开了，见前面二门关着，世充便爬上墙，走到瓦上，往下一跳，即跳进里边地下。又把石门开了，走到厅侧边，一扇门儿还未关，世充走入。只见远远有两个人，提着一盏灯走出来。世充闪在一边，让他走过了，却赶上去，啪嚓一刀，杀了一个，那一个只道他绊了一跤，连忙来扶起，被世充一把拿住，却待要叫，世充喝道："你敢叫，叫就杀你！你只要领我到东厅去见了员外，我就饶你。"那人却要性命，只得领世充往东厅来。

那水要却吃得大醉，与妻妾三四个在那里呼三喝四。世充赶入，七八刀光景，就杀了七八个家人，吓得那些丫鬟妇女，犹如惊呆兔子一般。水要看见世充来得凶恶，却待要走，早被世充赶上前，一刀杀了，又把这几个妻妾婢女尽行杀完。走出东厅，到四下里房中抓寻，有睡在床上的，有不曾睡着的，杀个干干净净。又复到东厅，把酒肴吃一个饱，又把金银器物掳在怀内。水要一家良贱共计五十三口，尽被杀死。世充在死尸身上割下一块衣服，蘸了血，在粉壁上题下四句道：

王法无私人自招，世人何苦逞英豪。
充开肺腑心明白，杀却狂徒是水要。

每句头上藏下一字道："王世充杀。"

世充杀得爽快，题明诗句，把血衣抹了刀，开了庄门，出了庄，取了叉袋，把怀中金银宝物装了，走过河来，抹了脚，穿了鞋袜，奔回家来，已是五更时分。妹子不见兄回，停灯坐等，听得敲门，忙问："哪个？"世充道："是我。"妹子听见哥哥，连忙开了门，却见世充身上衣服都是鲜血，吃了一惊。世充脱去血衣，穿了干净衣服，叫："妹子，随我来。"妹子问道："到哪里去？"世充道："你随我来就是了，问甚么！"世充扶妹子出了门，走入城来。却好城门已开，来到明德门首，正值这些人忙忙碌碌，出出进进。世充同妹子进内，见了明德，细言前事。

明德大惊，叫声："兄弟，此时不走，等待何时？可将妹子交与我，你快快走罢！"即取银子一百付与世充，世充拜谢，飞奔出城，径往扬州一带地方逃去。此言慢表。

且说府尹闻报水家庄上杀死多人，即忙吩咐备下棺木，亲来收尸。见了壁上血诗四句，知是王世充杀的，差人忙去捉拿，方知早已走了。有人出首道："必在王明德家内。明德是他哥，提他来问，就知端的。"府尹忙把明德一家老幼拷打，不招，监禁在狱。单讲王世充逃至扬州，走入段家饭店，那店主把世充一看，口称奇怪。正是：

魔君降世兴王霸，搅得隋家帝业亡。

毕竟店主人说出什么奇怪，且看下回分解。

第三十三回 现琼花指示兴亡 上扬州商议开河

诗曰：

琼花观里现神仙，早识隋炀兴废年。

富贵荣华如一梦，唐家霸业起群贤。

当下店主人便说："足下莫非姓王么？"世充道："正是。"又问道："大号莫非世充么？"世充道："足下为何知道小可贱名？"那主人忙请入内，纳头便拜道："主公请上，臣段达见驾，愿主公千岁！"世充道："足下敢是疯颠的么？"段达道："臣家下昨日有个神仙到来，叫做铁冠道人，能知过去未来，他说：'明日巳牌时候，有个真命天子，姓王名世充，逃难到此，你可留在家中，到明年我来助他洛阳起兵。'吩咐了，如飞而去，所以臣知道。"世充道："原来如此。若果有这一日，足下就是大大元勋矣！"段达谢恩，摆酒接风，收拾一间洁净房子，与世充安歇。世充把叉袋内金银之物安顿好了，日日与段达讲论兵法。

一日，段达出门去了，世充在厅上闲坐，只见店外走进一个人来，叫做吴天话，领着两个小厮，都只得十四五岁。他日日领这两个小厮，各处店内走动，若有客人好男风的，一见了他，就上当了。当下走进来，世充一见这两个标致小伙儿，魂灵已被他摄去了。吴天话见有客，就走过来道："在下吴天话，见客官清闲无兴，故带这两个龙阳，在此与客人消遣，不知客官使得否？"世充听说，正谓喜从天降，连声道："好个妙人。"吴天话道："既如此，留在此奉陪，小可明日再来领教。"就对那两个小伙儿吩咐道："你二人可小心奉侍这位客官，我明日来领你们。"吴天话说罢，就去了。

世充领他到房中，吩咐店家取酒来。两个小伙子甚意做作，你一杯我一盏，弄得世充醉喜如狂。饮至黄昏人静，拴上房门，扯他两个舞弄起来。这两个是久惯脚色，迎凑如法，直把一个王世充颠翻得魂飞天外。王世充把两个换来换去，尽乐不休，不觉其精大泄，身体苏麻，沉沉熟睡了。这两个迷人的精怪，连忙爬起身来，穿好了衣服，偷取了叉袋中的金银物件，开了房门，到外边又开了店门，早有吴天话在外接应，一溜烟不知去向了。

这店中人早上起来，见店门开着，查问何人。王世充惊醒，看这两个小厮一个也不见了，起来寻了叉袋，其金银物件一齐不见了。忙令人各处追寻，哪里有一些影响，十分懊悔。段达回来，世充说知其事，段达道："他是游方光棍，以此骗人为生活，主公却也不尊重，只丢开了罢。"世充自此在店空闲不过，与段达说道："我要到羊离观前租一间店房，画些山水，消遣过日。"段达应允，果然与他租了一间家房，世充在店画些人物、山水、花草之类，生意倒也热闹。有时到观中随喜，点些香烛。

一日，王世充睡去，只见羊离观中的土地叫道："昴日星官，你时运将至。上帝有旨，观内现发一朵异花，待引昏君出京，以激反天下。你可将花样画成一图，到长安献画，那时就好举义了。"世充便问："这朵异花叫何名色？"土地道："名为琼花。"世充还要再问，却被土地一推醒来，已打三鼓，只见门外犹如火起一般通红。世充连忙开门一看，只见空中响亮，有火球滚下，落在羊离观内。前后左右人家一齐惊起，都开门观望。那观中庙祝，开出观门，大叫奇异。众人进内一看，只见天井中一枝奇花，高有一丈，顶上一朵五色鲜花，如一只小缸样大，上有一十八片大叶，下有六十四片小叶，香闻数十里远近，轰动居民，各乡各村，男男女女，若老若幼，尽来看花。世充一看，忙回店中，先画出样图一幅。地方官杨时，同大小官员都来看过，不知此花何名，出示禁止行人杂踏，即修本进京不表。

再说王世充细细描画了一幅，宛然一样，将来裱好，别了段达，径往长安而来。走到一条官塘上，只见对面来了一个老人家，他背上也背一轴画儿，把世充一撞，连画儿也撞下了。再把脚一踏，却踏坏了。王世充道："你这老头子，一些世务也不知，我这一幅画有一宗大富贵在上,你撞我的,又脚踹坏了,却是为何?”老人道:“你这画虽好,却不香的,怎能取得富贵?我这幅琼花图与真的一般,香艳异常。”世充道:“既是香的,借与我一看。”老人取下来,世充展开一看,果然香气与真的一般无二。世充道:“但是你老人家要它没用,不如送与我罢。”老人笑道:“我虽然没用,却有一个大富贵在上边。你若要这幅画,必须拜我为父,我便与了你。”世充想道:“这个老人倒也可恶,要我拜他为父,我怎么使得?嗄,也罢!总是这里没有人看见,没奈何拜他几拜,得了他的画儿,以后不要睬他就是了。”即拜下去道:“爹爹,儿子见礼。”那个老人道:“没相干,还要你盟个誓儿。”世充随口道:“我若负了你,房子内生一座山,山中跳出一个白虎来,拿了我去。”老人道:“应验!应验!”原来,后来五龙大会家锁山,被白虎星罗成所擒。此言慢表。当下世充得了画,别了老人,径往长安而来。

却说隋炀帝一日退朝进宫,夜中梦见妹子琼花公主走到面前大骂:“无道昏君,还我命来!”炀帝大怒,拔剑赶来,直追到御花园内一块土中,钻下去了。内中就现出一朵花来,枝根高有一丈,顶上一朵五色鲜花,上有一十八片大叶,下有六十四片小叶,异香无比。又见花顶上立着一个人,天庭开阔,地角方圆,面如傅粉,唇若涂朱,头戴冲天冠,身穿杏黄袍,两手托着日月。炀帝喝问:“何人?”只见那一十八片大叶化为一十八路反王,六十四片小叶化为六十四处烟尘,一齐杀来。炀帝大惊,又见花上跳下两个人来:一个头戴双凤闹珠金盔,身穿龙鳞金甲,外罩一件杏黄袍,坐下一匹黄骠马,黄脸金睛,五绺长髯,手执两条金装锏;一个头戴双凤宾铁盔,身披一幅鱼鳞宾铁铠,穿一件皂蟒袍,海下一部虎髯,使一条竹节钢鞭,坐下一匹乌骓马。但见那个用金锏的,打死了一十八路反王,那个用钢鞭的,剿除了六十四处烟尘。炀帝大喜,忙问:“二位何人,来保朕躬?”那黑面的大叫一声:“昏君,谁来保你!”照头一鞭打将过来。炀帝大叫一声,忽然惊醒,却是南柯一梦。萧妃忙问:“陛下何事大叫?”炀帝细言梦中之事,萧妃道:“明日问大臣便知端的。”

至五更二点,净鞭三响,驾坐早朝,文武百官,朝贺已毕。炀帝开言,把梦中之事细说了一遍。班中闪出一员大臣宇文化及,当殿奏道:“陛下梦见异花,必有其种。待臣唤名手画工,画出形象,张挂朝门,若有人识得此花者,官封太守,不知圣意如何?”炀帝大喜道:“卿可速与朕描画张挂。”宇文化及即刻领旨退班,炀帝回宫不表。

且说化及回到衙门,忙唤名手画工,将炀帝梦中所言花样细细描画出来,令长班张挂午门。百姓观看,并无一个识得。

再说那王世充来到长安,闻得午门挂榜,世充上前一看,竟与画上无二,心中大喜道:“老人之言应矣!”忙向前来揭了榜文。两旁太监见了,连忙扯住,领入朝门。太监进内殿奏道:“奴才在午门外看守榜文,有一个能识此花,前来揭榜,现在外面候旨。”炀帝道:“宣进来!”太监领旨出来,带了王世充,到内殿奏道:“识花人带到。”王世充拜伏在地道:“子民王世充见驾,愿吾皇万岁万岁万万岁!”炀帝道:“你可知道此花何名,出在那一处? 细细奏来。”王世充奏道:“此花名为琼花,子民在扬州羊离观内,八月十五曾见此花。子民已描一幅在此,与那榜上的一般无二,请万岁龙目一观,便知端的。”炀帝传旨:“取上来!”内侍将画取上放在龙案上,打开一看,果然与梦中所见的一样。炀帝大喜道:“画上的如此好,想活的必定更妙。”即封王世充为琼花太守,带领兵马一千到扬州,吩咐羊离观改为琼花观,以备驾临观玩。世充又奏道:“子民有罪,不敢前往。”炀帝道:“卿有何罪?”世充把明德在监之事,细说一遍。炀帝道:“赦卿无罪。”一面行赦书到洛阳,放出明德。一面领旨出朝,带领兵马一千,离了长安,往扬州进发。路逢段达、铁冠道人,世充下马相见。段达道:“隋朝气数不久,我与军师到洛阳等候主公便了。”世充大喜,谢别二人,上马下扬州不表。

再说炀帝次日又得了扬州的表章,炀帝大喜,与宇文化及计议上扬州。化及奏道:“主公,长安到江都是旱路,劳于行动。陛下可传旨意,令魏国公李密作督工官,将军麻叔谋作开河总管,令狐达副之,大发民夫八十万,自龙池起工,凡是长平关隘山岭必由去路,开深开阔,以便金鼎龙舟行走。那李渊这厮,乘机可限他三个月在太原府造一所晋阳宫,俱用金玉铺陈,以候圣驾。倘若不遵,只说他慢君,罪该斩首,他若造了,可说他私造王宫,也把他杀了,除此后患。”炀帝大喜。旨意一下,部文到省城,转到府,又到县。这些胥吏哪有不爱钱的?

乡村城市,挨家敛点。那有钱的,即有十余丁在家,与他隐瞒,若是无钱的,即单丁女户,也要他出来。一到河边,哪里顾他寒冷,这样隆冬天气,要他赤身露体。麻叔谋法令又严,不管人死活,动不动就打,后生的还好,那老年的更苦,在路不知死了多少。先时这个水是星宿海自黄河经山陕、河南,由兖州入海,后边屡屡冲入泗州,合淮水入海。江都有一条邗沟,上接着高邮、邵伯、宝应各河,至清江浦与淮水相连。这个河好不难开,昏君无道,劳民伤财,民不堪其苦。

再说南阳朱粲当年救了伍云召,收留公子在家。公子年近六岁,朱粲与兄朱然,爱恤如珍。只因南阳向遭兵火,年荒粟贵,膳养公子不活,又闻恩公在河北李子通寿州王帐下为元帅,便与哥哥朱然商议,欲同公子前往河北相投。朱然道:“如此更妙。”

朱粲同公子辞了朱然,离了南阳,来到三岔路凉亭里面,让公子坐在石上,把砂罐将来放下,取出米来,拾些乱柴,打出火来,要煮饭吃。不料前面督工官李密,带同家将二十名,微服绕岸而来,远远望到凉亭边,有一只黑虎踞住在此。李密大惊,忙左手扳弓,右手搭箭,大叫一声:“畜生,看箭!”朱粲正在烧火,听得喝声,大吃一惊立起来,不觉一箭正中在砂罐上,当的一声,把砂罐射碎了,饭流满地。朱粲抬头一看,见马上坐着一个官长,后面随着二十多人,只得走上前来,叫一声:“老爷,为何把俺家伙射碎了?”李密一见,说道:“好汉,孤家是魏国公李密。奉旨开河,在此经过,上岸闲行,偶见亭中一只黑虎,故尔射它一箭,不道是好汉在那里。啊,好汉,孤家计议开河善策,意欲请好汉为主管,不知意下如何?”朱粲闻言大喜道:“承千岁作养小人,焉敢推托?但是有公子在此,不敢从命。”李密道:“这公子是何人之子?”朱粲道:“就是南阳侯伍云召之子。”遂将付托前事细说一遍。李密道:“原来是忠臣之子,可见你一片忠心也!但不知你家中还有何人?”朱粲道:“有一个哥哥朱然,佣工度日,养不活公子,故此要往河北寻取他父亲送还。”李密道:“这也不难,你且请过公子来。”朱粲领了公子来到面前,李密一看,大喜道:“此子相貌不凡,真将相之种也。”公子见了李密,深深一揖。李密说:“罢了。”吩咐家将取出二百两银子付与朱粲,道:“你且领公子去交与哥哥,抚养长大,好与祖父报仇。你就来同孤家前去，倘有出头之日，也未可知。”朱粲道：“小人去，多只二天，就来与千岁爷前途相会。”李密道：“既如此，我去前途等你，不可失信。”朱粲道：“小人怎敢。”说罢即领了公子，带了银子，辞了李密，两个分手。李密回到船中。

朱粲同公子到家中，朱然看见问道：“兄弟，你怎么不多两日就回来了？”朱粲把遇着李密之事说了一遍，忙把银子交与哥哥，便说：“哥哥，你把银子收了，好好抚养公子。”朱然接了，说：“这个自然，贤弟你自放心前去。”朱粲别了哥哥，赶向前途。非止一日，会着李密，李密大喜，即封他为总管。此话不表。

再说那督开河总管麻叔谋，相看地势，一路开河，那管什么住房坟茔，一直开去。这麻叔谋却又十分凶恶，好吃小儿肉，使人四下里偷来，烹煮来吃。后来左近小儿多吃尽了，却又各处去寻，或几十里几百里去偷，百姓被他扰害不堪。如今连极远处的小儿也都吃尽了，无处可偷，却生出一个计策来：把文书行到各州县去，拘唤开河人伕，一州并要解送三岁以下、周岁以上小儿一百个。这文行到相州，相州刺史高谈圣看了，大怒道：“既拘人伕开河，又要拘一百小儿何用？打这差官下去。”那差官被打，受刑不起，招出这个缘由。高谈圣大怒，立刻把差官打死了。麻叔谋闻报大怒，即刻点兵亲来，要杀高谈圣。惊动相州，众百姓不服，大叫道：“可怜这样一个清官，难道凭奸贼拿去杀了不成？”众人沸沸扬扬，惊动了一个英雄。你道是谁？就是金顶太行山雄阔海。这日同了众喽罗到相州打听消息，闻得众人一路传言，即大怒道：“原来麻叔谋这狗头又在这里作恶，你众百姓相随俺来！”众人见他英雄，谁敢不来。阔海上马，同众百姓杀出城来。遇着麻叔谋提兵前来，阔海上前大叫道：“麻叔谋这狗官，快快下马受缚，免得爷爷动手。”叔谋大怒，也不回言，把手中刀劈面砍来。阔海把双斧当啷一架，叔谋两手苏麻。把刀又一砍，他哪里是阔海对手，阔海把斧分开刀，扯住刀杆，一声响，捻做两段，噔的一脚，把马头几乎踢下。正是：

奸雄作恶难逃罪，天遣英雄施报来。

毕竟叔谋死活如何，且看下回分解。

第三十四回　袁天罡驱神造殿　李元霸力赛成都

诗曰：

琼花献异识兴衰，炀帝昏迷不醒裁。

耸听奸谋来煽惑，劳民残虐又伤财。

当下阔海把马头几乎踢下，叔谋倒撞下来，被雄阔海提过，将双腿一扯，只听喀哧一声响，撕做两块。赶上前把双斧乱砍，众隋兵惊恐，齐声愿降。阔海方才住手受降，领了众兵民入城来。进府堂，不由高谈圣不从，立他为王。高谈圣大惊道："你众百姓害得本府好苦也，这反叛之名，其罪不小，本府岂忍所为？"阔海道："老爷休得推辞，如不依言，吃我二斧。"高谈圣势不由己，只得依从。下令府堂改为王府，自称白御王，封雄阔海为兵马大元帅。阔海差喽罗往金顶太行山，装载粮草，并大小喽罗都到相州。下令攻打该管州郡，俱皆望风而降，兵势大振。按下不表。

再说败兵飞报李密，李密大惊，一面上本启奏，一面差帐下总管朱粲前去兼督开河。一路开去，相近曹州。曹州外三十里有一村庄，名曰宋义村，村中有一员外，家私巨万，庄田数千，佣工之人，不计其数。此人姓孟，双名海公，就是尚义明的母舅。前年潼关救了秦叔宝，投奔在母舅处。那孟海公的家中，又有一个先生，名唤白顺，足智多谋，才兼文武，能识阴阳。闻得开河已到曹州，忙与尚义明商议道："你母舅坟穴正在开河之所，如何是好？"尚义明道："便怎么处？"白顺道："不妨，我有个计较，与你母舅商量。"尚义明闻言，忙见母舅孟海公。那孟海公有三个妻房，十分利害。第一个叫做马赛飞，善用二十四把柳叶飞刀，如有神助，第二个叫黑夫人，第三个叫白夫人。都是有手段武艺高强的。这孟海公心怀不轨，私置盔甲刀枪，畜养无法之人。坟前一所龙穴，应着孟海公为王。

当下孟海公同外甥义明出来，与白顺正在商议，忽闻庄家报进来道："开河相近坟边了。"海公道："如何是好？"白顺道："主公放心，在下有一个故人，姓朱名粲，现在督工官李密处作总管。主公可取白银三千两，待我悄悄去见他，叫他留住坟前便了。"孟海公依言，取了三千两白银，叫人挑了，同白顺径往朱粲营中。

来到了营门，军士报入帐中。朱粲即忙出迎，接入营中，施礼坐下。朱粲问道："故人一向在何处，今日甚风吹得到此？"白顺道："自从与将军别后，在此投奔一个富户孟海公家为幕宾，主人十分相爱。今闻开河与他坟上相近，故此特令小弟具白银三千两，乞将军留此一坟，足感盛情，不知允否？"朱粲道："故人来说，焉不有依？但此一偏，又费许多工夫，然而不敢不听。也罢，留住他坟，贴旁边开去便了。"白顺连忙作谢，令人取过银两送与朱粲。朱粲哪里肯受，白顺必定要他收，推辞不过，只得收了。白顺作别朱粲，回复了孟海公，孟海公大喜。

不多几日，开到坟边，贴坟开去，不料一斧正斩了坟底下的一只龙爪，那龙疼痛，跳将起来一顿，把孟海公坟直冲做粉碎。水势涨起来，冲死了三四十万人，倒省了几十万工夫，直冲到扬州，竟成了一条大河。孟海公大怒，骂道："朱粲这狗头，焉敢受我银子，又掘我坟堂！"点齐家丁，与三个妻子、外甥尚义明，反入曹州，杀了守将，自称宋义王，尚义明为元帅，白顺为军师。这边龙去成河，也不消再费民力去开了，李密自去复旨。自此天下反者甚多，且将最利害者说明：

瓦岗程咬金，称混世魔王。

济宁王溥，称知世王。

相州高谈圣，称白御王。

济南唐璧，称济南王。

苏州沈法兴，称上梁王。

江陵萧铣，称大梁王。

山后刘武周，称定阳王。

湖广雷大鹏，称楚王。

河北李子通，称寿州王。

鲁州徐元朗，称净秦王。

楚州高士达，称楚越王。

明州张称金，称齐王。

沙陀罗于突厥，称老英王。

武林李执，称净梁王。

幽州铁木耳，称北汉王。

夏州高士远，称夏明王。

陈州吴可宣，称勇南王。

曹州孟海公，称宋义王。

共有十八路反王。还有六十四处烟尘，为首的是林澹然，徒弟杜武威、张善相、薛举众英雄，其余的按下慢表。

且说唐公李渊，得旨着他三个月要造一所晋阳宫殿，却如何造得及？心中不悦，与三个儿子计议。此时唐公有四子，长子建成，次子世民，三子元吉，四子元霸。这李元霸年方十二岁，生得尖嘴缩腮，面如病鬼，骨瘦如柴，却力大无穷，两臂有四象不过之勇，捻铁如泥，胜过汉时项羽。一餐斗米，食肉十斤。有两柄铁锤，四百斤一个，两柄共有八百斤。坐一骑万里云，天下无敌，大隋算第一条好汉。他却与世民并姊夫柴绍说得来，见了建成、元吉，却便要打。奴仆丫鬟们若一恼了他，只消把一个指头略按一按，便脱一块皮，把手在头上打一下，便把头都打下来。因此唐公恼他，用几十根木头做了栅子，关他在后花园内，每日三餐送与他吃，他气闷起来，就把铁锤抛起接着玩耍。他因父命拘住在内，故此不敢违逆，甘心受拘。

当下唐公与柴绍商量道："这旨意一定是宇文化及的奸计，造不成只说违旨，要杀，造成了就说私造王殿，也要杀。我想起来总是一个死，不如不造，大家落得快活。"遂吩咐摆酒厅堂，一同畅饮。老夫人在席上一看，不觉泪下。李渊道："母亲因何悲伤？"太夫人道："只因一家儿要死，所以共饮。三个孙儿，一个孙婿，都在面前，那个在后花园的，难道不是你养的儿子么？到了今日，还不放他出来吃杯酒。"唐公道："母亲，孩儿只因他生事，所以拘禁在后花园，既母亲垂念，待孩儿叫家将开了木栅,放他出来。”

家将奉命,即到后花园开了木栅。李元霸即摇摇摆摆出来,来到厅上,先深深作了祖母太夫人的揖,接着朝着唐公叫声:“父亲!”也是一揖,朝着窦氏夫人叫声:“母亲!”也是一揖,朝姊姊、姊夫、世民三个揖,却不理建成、元吉。径往柴绍肩下坐下,一连吃了几杯酒,大叫:“小杯吃不来,拿过金斗来。”这太太平日最喜元霸,所以打一个金斗与他吃酒。当下大斗的酒,大块的肉,吃个不了。唐公看了,又好笑又好恼,心中想道:“这畜生迟两日也要做刀头鬼,他却哪里知道,还大呼小喊,只顾拿酒来,拿肉来。”世民却看不过,叫声:“兄弟,将就些罢,爹爹不快活在这里。”元霸道:“哥哥,爹爹为什么不快活?”世民道:“你还不知道么?因炀帝旨意下来,要爹爹一百日内造一所晋阳宫殿。那一百日内岂造得成宫殿?爹爹因此待死,故此叫你出来吃杯酒。”元霸道:“啊唷唷,啊唷唷,了不得!”叫声:“爹爹,不必心焦,那个狗皇帝到来,待我一锤就撒开了。爹爹,你做了皇帝就是了。”唐公大喝一声:“哇!小畜生,住口!”元霸道:“你不做,我会做的。”

正言之间,家将报进来道:“县尉李淳风老爷要见。”唐公闻言,忙出外厅。李淳风早在厅上施礼,分宾主坐定。李淳风道:“闻圣上有旨下来,要千岁三个月内造一所晋阳宫,为何千岁不造?”唐公听说,长叹一声,叫声:“贤尉,我想造也是死,不造也是死,所以不造。”李淳风道:“千岁,不妨。臣算就阴阳,大事无妨,只等府尹袁天罡一来,臣二人自有计议,造成此殿。”忽报袁天罡老爷到了,唐公与淳风一同接进,见礼已毕,袁天罡道:“所言晋阳宫殿,臣特来与千岁爷说知,今日与李淳风同去城东,已买下了一块二里路的土地,只消今日一夜,明朝千岁来看晋阳宫殿便了。”唐公十分惊异,二人辞去。到晚二人到空地,披发仗剑,踏天罡,步斗枢,到了六丁六甲天神天将,竖柱上梁,搬木运石,未到天明,数十进晋阳宫殿,早已完成了。唐公到来一看,把舌头伸了出来缩不进去,忙谢二人。按下不表。

再说炀帝留次子代王看守长安,封无敌将军宇文成都为保驾将军,带了萧妃与三宫六院,宫娥彩女,并宇文化及等一半近臣,起驾一路望太原而来。唐公率文武百官迎入太原。炀帝进了晋阳宫,见造得十分齐整,心中欢喜,道:“难得李渊用心如此。”宇文化及在侧边道:“主公所怀之事,难道就忘了?”炀帝点头,下旨道:“李渊私造王殿,心谋不轨,绑去斩了。”唐公大叫道:“臣奉旨起造,焉敢有私!”炀帝大喝道:“哇!既是无私,焉有不及二月造得这样一所王宫的?一定是先造下的!”竟把唐公绑了出来。此时,世民是跟随父亲来的,在午门外见父亲被绑了出来,忙去击鼓。太监们一把拿上朝来,炀帝一见竟如昔日梦中所见的那人一个样,前发齐眉,后发双髻,唇红齿白,两耳垂肩,双手过膝。炀帝忙问:“何人?”世民道:“臣李渊次子世民见驾,愿我王万岁万岁万万岁!”炀帝道:“你原来是李渊之子,到此何干?”世民道:“臣特来与父辨冤。”炀帝道:“汝父私造王殿,有何可辨?”世民道:“臣父是奉旨造的,圣上若说没有这样快,新旧可辨的。万岁可下旨起出铁钉来看,若是旧的,铁脚一定俱锈;若是新的,自然不锈。”炀帝即下旨,起出钉来一看果是新的。炀帝大喜道:“好一个王侄!”下旨赦转李渊。

李渊进朝谢恩,炀帝问道:“王兄可有几位令郎?”唐公道:“臣有四子,长子建成,这个就是次子世民,三子元吉,四子元霸。”炀帝看了世民,心中欢喜得紧,叫一声:“王兄传孤家旨,去召了三位王侄来。”唐公领旨,召到三人,俯伏在地。炀帝道:“平身。”四子分立两旁,炀帝一看,建成、元吉哪里比得世民来。一看看到元霸,竟如雷公一般,炀帝又惊又笑,叫一声:“王兄,朕欲将卿子世民承继为子,不知卿意若何?”唐公连忙谢恩。世民拜了炀帝,炀帝即封世民为秦王,下旨令太监引入后宫去拜母亲。世民见了萧妃,俯伏道:“臣儿世民朝见母后,愿母后千岁千岁千千岁!”萧妃叫声:“王儿起来。”忙吩咐后宫赐宴。不表。

且说外面炀帝与唐公说说讲讲,唐公便道:“如今盗贼生发,圣上驾幸扬州,不知有何人保驾?”炀帝道:“有无敌大将军宇文成都保驾。”李元霸立在侧边,听说无敌大将军,不觉哈哈大笑起来。唐公道:“畜生,圣上跟前,为何如此?”李元霸道:“哪一个是无敌的将军?请出来与我看看。”只见班中闪出宇文成都来,说道:“在下便是。”元霸一看,又笑道:“这样的叫无敌将军,只好在长安叫,若说我这里太原，尽多不过。”宇文成都大怒道：“你这里既多，可寻一个来与我交交手看。”元霸道：“不必去寻，就是眼面前也有个把儿在这里。”宇文成都道：“是哪一个？”李元霸道：“就是我。”宇文成都好笑又好恼，说道：“你这样的孩子，只消爷爷一个指头，也就断送了。”炀帝道：“既出大言，必有本事。二位爱卿可便交交手看。”宇文成都便道：“你与我如何样交手？”元霸道：“你这样的东西，与你交甚手，只消爷爷一条臂膊挺直在此，你若推得动，扳得下，就算你做无敌将军。”说毕，即挺直臂膊过来。那成都无名火高有三千余丈，按捺不住，赶上来一把扯住元霸的手，叫声：“过来罢！”啊唷，好似蜻蜓摇石柱，动也不动。那成都又用尽平生之力一扯，只挣得浑身上下骨头嘎嘎的响，莫想动得他分毫。李元霸把手一扫，成都扑通一声仰后一跤。宇文成都爬起来道：“你这是练就的，不算好汉。我与你去午门外，那个金狮子约有三千斤重，若举得起，便算好汉。”李元霸道：“也罢，你出去，先举进来看。”

宇文成都出朝门到午门，把袍袖卷起，一手托着腰，一手抵住狮脚，扯过身边，将身一低，把狮子即举起来，一步步走入午门，来到殿上放下。喝声道：“你可举得动么？”李元霸笑一笑道：“你依先拿了出去，我好来举。”那成都照前举起，拿了出去，放在原处，复身进来道：“你可去举来。”李元霸下殿，出了午门，把袍袖卷起，将左手把左边的狮子提过来，右手把右边的狮子扯过去，拿住脚一齐举起，摇摇摆摆走入午门。炀帝与众官看了，俱伸伸舌头道：“这也不是个人了，真正是天神了。”当下李元霸举上殿，绕圈走了十多转，立在正中，把两手举上举下十多遍，依先摇摇摆摆走出午门，把左手的狮子放了，将右手的也放好，复身走入午门来。那宇文成都正如石将军卖豆腐，人硬物不硬了，便道：“我不与你赌力，你在家中是练就的，所以如此。明日与你下教场赛兵器比武艺便了。”李元霸道：“说得有理。”当下唐公辞了炀帝，世民自居宫中，只与三子回府。窦夫人听见世民过继炀帝，十分不悦，埋怨了一番。李元霸却收拾盔甲、两柄铁锤与马匹，只等天明下教场。不表。

且说那宇文化及与成都回府计议，暗下差五百名有本事家将，吩咐：“若明日得胜便罢了，若不胜，你们一齐上来，乱刀砍死他便了。”

家将们领命，不表。

且说炀帝次日带了文武官员下教场，众将朝见已毕，唐公率领三子见驾。炀帝下旨，令宇文成都与李元霸比武。二人领旨，下了演武厅，到自己队中各自披挂。只见左队旗开处闪出宇文成都，头戴一顶双凤金盔，身穿一件锁子黄金甲，坐下一匹能行黄花千里马，使一根四百斤重的镏金镋，威风凛凛，立在左边。只见右队旗开处闪出李元霸，头戴一顶束发乌金冠，两根短翅雉毛，身穿一副冰铁穿成宝甲，坐下一匹追风白点万里龙驹马，手执两柄八百斤重的铁锤，按上界大鹏金翅鸟临凡，立在右边。那宇文成都大喊一声道："李元霸快来纳命！"说声未了，手中举起镏金镋，催马向前，当的一镋盖下来。好利害，恨不得把李元霸一镋打死。那李元霸会者不忙，哪里放他在心上，把锤往上一架，当啷一声，把镏金镋打在一边。宇文成都叫道："这孩子好家伙！"举起镏金镋又是一镋，元霸把锤一架，将镏金镋几乎打断，震得成都双手流血，回马便走。李元霸叫道："哪里走！"一马赶来，伸手夹背心一把捉过马来。那炀帝见天保将军被擒，怕伤了性命，忙传旨放了。这宇文化及见李元霸骁勇，十分着急，忙叫道："圣上有旨，宇文成都要保驾，李公子可放手。"李元霸想道："当年在后花园学武艺的时节，师父曾吩咐，日后遇着使镏金镋的，不可伤他性命。"又听得圣上有旨，只得把宇文成都望空一抛。正是：

强中更有强中手，堪笑奸臣枉称雄。

毕竟宇文成都死活如何，且看下回分解。

第三十五回　众王盟会四明山　三将合战宇文成都

诗曰：

舟行陆地恣荒淫，炀帝悲从乐极生。

若少英雄李元霸，必遭十八反王擒。

当下李元霸将宇文成都望空一抛，就双手一接："啊唷我的儿，饶你去罢！"往地下一抛，扑的一声，跌得个尿屁直流。那十二英雄、三百家将，见主人被跌，齐举兵器上前，直奔李元霸。李元霸哈哈笑道："替死的来了！"把双锤四下一摆，那十二英雄一锤一个都打死了。三百家将，扑扑扑一个个都打下马来，要想活也不能够了。当下李元霸得胜，把双锤塞在腰间，走上演武厅，下马缴了令旨。炀帝大喜，封为西府赵王，镇守太原。当下，炀帝摆驾回宫。

住了几天，夏国公窦建德奏龙舟造完，前来复旨，请万岁驾幸江都。炀帝下旨，把三宫六院俱留住晋阳宫，令李渊同元霸协守太原，东府秦王同往江都。李渊谢恩，退回太原。炀帝、萧后与一些宠妃，上头一座龙舟居住，第二座秦王李世民，第三座宇文化及与保驾将军成都，第四座文武百官。龙舟四座，共用八百余人，皆以结彩为袍，又有千艘骑兵，傍两岸而行。炀帝坐的龙舟，挽牵俱用妇女，各穿五色彩衣。炀帝观岸上妇女，各穿五色彩衣，挽牵锦缆，红红绿绿，心中大喜。此话不表。

再说那曹州宋义王孟海公，闻知昏君游幸江都，必打从四明山经过，忙发下一十八道矫诏，差官各处传送，令举兵齐集四明山相会，捉拿昏君。

且说那河北寿州王李子通，得了孟海公诏书，忙传伍云召上殿道:“孤家正欲兴兵与元帅报仇,不料昏君游幸江都,今有宋义王孟海公矫诏到来,要孤家举兵会集四明山,捉拿昏君,元帅可就此发兵前去。”云召大喜道:“多谢主公。”退出朝门,点起雄兵十万,又发书到沱罗寨伍天锡处,令他为先锋官,在前相等,同往四明山去不表。

且说瓦岗寨混世魔王程咬金,得了这个矫诏,十分大喜,道:“孤家正要兴兵杀上长安,捉拿昏君,不想他反自来寻死。”即下旨兴二十万雄兵,命秦叔宝为行军大元帅,裴元庆为先锋,与徐茂公军师并众将起身。又命邱瑞保瓦岗寨。三军浩浩荡荡,往四明山进发。

到了四明山,孟海公早兴十万大兵,尚义明为元帅,倚山下了寨。报混世魔王到了,孟海公即迎接咬金入帐。次后相州白御王高谈圣,领兵十万,以雄阔海为先锋;山东济南王唐璧,领兵十万,以楚德为元帅;济宁知世王王溥,领兵十万,以闹天龙为元帅;苏州上梁王沈法兴,领兵十万,以暴天龙为元帅;湖广楚王雷大鹏,领兵十万,以雷赛秦为元帅;山后定阳王刘武周,领兵十万,以宋金刚为元帅;河北寿州王李子通,领兵十万,以伍云召为元帅,伍天锡为先锋;沙沱罗老英王于突厥,领兵十万,以铁眼龙为元帅;幽州北汉王铁木耳,领兵十万,以葭金纳为元帅;江陵大梁王萧铣,领兵十万,以苏洪为元帅;武林净梁王李执,领兵十万,以何天豹为元帅;明州齐王张称金,领兵十万,以苏定方为元帅;楚州楚越王高士达,领兵十万,以金虎为元帅;陈州勇南王吴可宣,领兵十万,以伍龙为先锋;成都杜武威、张善相、李芙蓉、薛举四个为领袖,带齐六十四处烟尘,总共大兵二十三万,战将一千员,陆续俱到。

孟海公接入帐内见礼,分班坐定。孟海公道:“列位王兄在此,孤有一言相告。今昏君诛害忠良,弑父杀兄,欺娘奸嫂,今古罕有。又游幸江都,开河害民,种种罪恶,万姓怨苦。今诸位王兄俱要同心协力,捉拿昏君,众王兄意下如何?”众反王道:“孟王兄之言有理。”众皆大悦。班中闪出徐茂公道:“今日请先立盟主,调用各路大兵。”众王道:“徐先生之言,实为有理。该推程王兄为盟主。”程咬金连声不敢,辞之再三。众王道:“程王兄将勇兵强,居上邦,不必过推。”程咬金乃一个武夫,倚着国舅裴元庆骁勇,他竟公然坐了。徐茂公道:“那宇文成都勇冠三军，力敌万人，必须立下先锋，然后可擒成都。”众反王道：“先生之言有理。”李子通队中闪出元帅伍云召说道：“小将愿为先锋。”众王一看，那员将士头戴一顶双凤翅银盔，身穿一领绸龙鳞银甲，面如紫玉，目若明星，三绺长髯，仪表堂堂，立于帐下。寿州王李子通对众反王道：“列位王兄，此乃南阳侯伍云召，隋朝右仆射伍建章之子。伊父被昏君斩首，又差宇文成都围困南阳。他杀伤隋朝三十多员上将，内无粮草，外无救兵，杀出重围，相投孤家。他心存报仇之心已久，封为先锋，无有不竭力的。”咬金大喜，与了先锋印。

云召谢过了恩就上马。只见高谈圣队里闪出一员大将，身长一丈，腰大数围，铁面钢须，手执双斧，大叫道：“俺情愿同哥哥去。”众反王抬眼一看，原来是雄阔海。高谈圣道：“你去须要小心。”阔海应声道：“是！”便同云召回至帐中。天锡接着道：“哥哥，先锋印可请得来么？”云召道：“先锋印已请下了，有雄兄弟愿同我去。”天锡大喜道：“俺三弟兄一同协力，何愁这宇文成都擒他不来。”又问阔海道：“兄弟因何在此？”阔海把相州之事，细说了一遍。天锡大喜，三人置酒畅饮不表。

再说徐茂公吩咐裴元庆，催趱各处粮草，以备应用。众反王各归营寨。

却说靠山王杨林从海外回登州，闻得驾幸江都，吃了一惊，令四家太保守登州，以防海寇，自家星夜赶上龙舟，保驾而行。不一日，到了四明山，探子来报：“启万岁爷，不好了！今有一十八家反王，六十四处烟尘，齐集会兵。现有三个先锋，带雄兵百万，在前阻路。”炀帝大惊，忙召宇文化及商议，化及道：“有臣儿在此，主上请放心。”炀帝道：“卿当小心。”化及退出，唤过成都道：“前路反王阻住圣驾，我儿前去退敌，务必小心。”成都道：“父亲放心，这些草寇何足惧哉！”即便顶盔贯甲，提镋上马，杀上前去，大喝道：“哇！无名草寇，焉敢抗拒圣驾！”众军飞报上山：“启千岁爷，宇文成都讨战。”徐茂公吩咐众反王守定营寨，不可妄动，先锋出去会战。

伍云召手执长枪，同雄阔海、伍天锡三人一齐杀下山来。大叫道：“奸贼，快快下马受死，免得老爷动手！”宇文成都一看，三人生得凶恶，伍云召是认得的，在南阳会过两阵，独有这二人不曾认得。那宇文成都看罢，大叫道："反贼伍云召，你又来受死么？"云召大怒，喝道："奸贼休得夸口！"自古说仇人相见，分外眼红，即把枪照宇文成都面门刺来。成都把镋一架，当啷一响，把枪逼开，回手照云召一镋。云召把枪一迎，两将战有十多个回合。天锡也把混金镋照宇文成都劈面打来，宇文成都把镏金镋迎住，又战十多回合。伍氏兄弟到底招架成都不住，雄阔海即便把双斧照宇文成都劈来，宇文成都把镋迎住。二人围住宇文成都厮杀，两路夹攻。云召却跳出圈子外观看。二人与成都战到了二十回合，天锡叫道："哥哥上来！"云召把枪又上来接战。天锡见哥哥上来，他走出圈子外，看二人与成都战。又战了十五个回合。阔海叫道："哥哥上来！"天锡赶上把镋一挡，宇文成都将镋相迎。阔海又走出圈子外来。三个轮流交战一日，从早战起，直至下午。

那杨林却想："宇文化及有不臣之心，仗着儿子宇文成都利害。不如借反贼之手杀了他，以除后患。"只令军士击鼓，却不鸣金。那三人一齐上前大战。宇文成都见三人不退，只得又战了三十回合，三人招架不住。雄阔海看来战不过，大喊一声，先回马就走。云召、天锡见阔海走了，二人便说："宇文成都，今日我们大战一日，不能取胜，放你回去，明日再与你决个雌雄。"说罢，回马就走。宇文成都不舍，在后面追来。

三人败下四明山。宇文成都追至半山，只见上边冲下一员将官，口称："裴元庆在此！"手执两柄银锤杀下山来。宇文成都迎上去，把镏金镋一挡，裴元庆把双锤一架，叮当一响，宇文成都挡不住，回马便走。裴元庆叫道："奸贼哪里走！"在后面追来。这宇文化及心甚着忙，忙上金顶龙舟启奏道："臣儿从早晨直战到于今，腹中饥饿，力不能胜，望主公开恩。"炀帝大惊，忙传旨鸣金收军。杨林闻旨，长叹一声，只得传令鸣金。宇文成都大败，回到龙舟。裴元庆看天色已晚，也回四明山去了。

成都回到舟中，扑的跌倒，晕死去了。化及哭救醒来，扶入床中将养。次日裴元庆率兵讨战，探子报入龙舟："启奏万岁爷，贼将讨战。”炀帝却问众官：“此事如何处置？”化及奏道：“臣儿战乏有病，无人退敌，怎生是好？”炀帝吩咐：“暂退龙舟三十里。”裴元庆在马上见龙舟已退，只得吩咐三军回兵，听候军师计议便了。

再说炀帝问众官：“这些反王兵马凶勇，如何得退？”闪出夏国公窦建德奏道：“要退反王兵马，可速去太原召赵王李元霸到来，此兵自然退矣。”炀帝准奏，忙下一道旨意，差一员将官连夜兼程飞奔太原而来。不只一日，早到太原。唐公李渊得旨，即忙打发元霸起身，便叫：“我儿，你去瓦岗，有一件事吩咐你。”元霸道：“爹爹有何吩咐？”唐公想一想道：“我若说了，是不忠而为私了。”即对元霸道：“不必说了，你去罢。”元霸满肚疑心，起身往佛堂中来拜别太太独孤氏。老太太念佛方完，见元霸前来拜别，便问：“孙儿何往？”元霸道：“孙儿因圣旨相召，说有瓦岗寨为盟主，聚会十八路反王、六十四处烟尘，在四明山劫驾，故召孙儿去破敌。”老太太闻言，便忙说道：“你此去四明山，天下人马都凭你打，惟有瓦岗寨程咬金人马，一个也打不得。”元霸道：“请问祖母，这个却是为何呢？”老太太道：“有一个元帅叫做秦叔宝，却是你我大恩人。”就将临潼关相救之事说了一遍，又说：“若没有他，你也生不出来了。前去不可撞他。”李元霸道：“嗄嗄，怪道爹爹欲言不言，原来有这缘故。但不知这姓秦的是怎样一个人？”老太太指画上道：“就是他。”元霸一看，只见画着一人，身长一丈，淡黄脸，手执金装锏，三绺长髯。桌上一对蜡竿，一个香炉，牌上写着：“恩公秦叔宝长生禄位”。老太太道：“孙儿记着这恩公便了。”当下别了老太太，出外拜别了爹爹母亲，同了柴绍，带领四名家将，往四明山而来。

再说徐茂公掐指一算，只叫得一声苦。众反王连忙惊问其故，茂公道：“今有大鹏金翅鸟降生人世，前来保驾。想我这里几十员有名大将，焉能敌得住他？昏君是断然拿不成了，只好保全自家兵马为上。幸亏得还有一点救星。”便暗暗吩咐王伯当道：“你去半路上如此如此。”

那李元霸却与柴绍并马而行，两旁跟着四名家将。王伯当即远远地大声叫喊，立在那里捣鬼。柴绍听见，抬头一看，认得是王伯当，忙叫元霸：“贤弟，你且慢行，待我前去看看。”柴绍说罢，一马上前，叫声："伯当兄，我家四舅来了，你速速前去通知众将，若要保全性命，每人头上插黄旗一面便了。"伯当闻言，回马转身，飞也一般去了。

元霸来到面前，叫声："姊夫，那人做什么的？"柴绍道："想是疯的，见我们来，他却跑了去了。"二人依先行路，柴绍叫声："四舅，我有一句话对你说，那瓦岗寨程咬金的元帅叫做秦叔宝，却是我们的大恩人，你去切不可得罪他。"元霸道："我晓得的，祖母也曾对我说过的。"柴绍道："他虽然力量不如你，他那两根金装锏却会飞的。我知他好朋友最多，你切不可打他的朋友，你若打了他的朋友，便只当打了他一般，他就飞起锏来打你了。"元霸道："姊夫，这个却难依你，我焉知他好朋友是怎么样的。"柴绍道："但凡他的好朋友是认色的，有一面小黄旗插在头上的。"元霸道："姊夫，但有黄旗插在头上的，就是恩公的好朋友了么？如此我晓得了，见有插黄旗的不打他便了。"两下说定，一路早到了金顶龙舟。炀帝听报西府赵王李元霸到了，即传旨宣上龙舟。柴绍与李元霸见了驾，炀帝传旨："明日发兵与反王交战。"

且说四明山徐茂公得了王伯当的回报，连夜点兵下令，吩咐十七家反王的人马都退在后面，四路八方都布了瓦岗寨人马。众将军头上，每人分插一面小黄旗。分到了裴元庆，他那里肯插，叫声："军师，俺裴元庆七岁行兵，到今一十四岁，两柄锤不知打死了多少英雄。莫说李元霸是个人，就是山中猛虎，也要打下他的牙爪。裴元庆是有本事的，包管把这狗头拿来便了。"徐茂公再三劝他，他哪里肯听，自带一支人马，往西山屯扎。这里诸将各插黄旗，依令分头而去。又暗嘱秦琼："此番大战，非你莫能抵挡，不可退避。"叔宝会意而去。

且说李元霸离了金顶龙舟，摆锤纵马往四明山冲来。当头就是秦叔宝，催开黄骠马，手执虎头枪，腰挂金装锏，大喝道："来者莫非赵王李千岁么？"李元霸道："正是，足下可是恩公秦叔宝么？"叔宝道："然也。"元霸道："我认得了。"蹬开马往东而跑，叔宝尾后追随。元霸到东边队里，正要动手，只见张公瑾、史大奈拦住，见他头上有黄旗，叫声："啊唷，是恩公的朋友！"回转马来，叔宝举枪就刺，元霸叫声："恩公，不须动手。"兜转马往西跑去。早有齐国远、李如圭拦住，却也头上有黄旗。勒马转身，叔宝把枪照面上一刺，元霸叫声："恩公，不必动气。"把锤虚架一架，战几个回合，勒转马往南冲来。王伯当、谢应登当头拦住，也有黄旗的。回马又撞着叔宝，假意迎战，又让他晃了几枪。望着四下里冲来跑去，见这些将士们都是插黄旗的，便张牙舞爪道："这也奇了，为何恩公的朋友这样多？"及回马转来，又被叔宝阻住了。这四明山叔宝与元霸共战有四十个回合，后来天下扬名，到处闻风而惧，却不知这是李元霸卖与他的名望。当下叔宝只道元霸当真战不过他，心中想道："待我刺死了他便了。"便东拦西阻。直到下午时分，李元霸心中焦躁道："这秦恩公也甚不识时务了！我只管让你，你却只管来阻我去路。"拍马往西而去，叔宝后面追来。元霸见四下无人，叔宝已在面前并把枪劈面刺来，元霸叫声："恩公，不要来罢！"一柄锤往上略略一架，当的一响，把八十斤虎头枪打脱了，不知去向。正是：

天降大鹏临凡界，要算英雄第一条！

毕竟虎头枪如何着落，且看下回分解。

第三十六回　冰打琼花识天运　剑诛异鬼避凶星

诗曰：

漫道琼花仙卉奇，隋炀淫乐蹈危机。

不知忘国皆因色，萧后风流岂得宜。

当下秦叔宝失去虎头枪，不觉大惊，下马叫道："千岁，恕小将之罪！"元霸也下了马，连忙扶住叔宝，叫道："恩公休得吃惊，承蒙恩公救了我一家性命，生死不忘，岂敢害恩公！恩公快去取枪来。"叔宝应道："是。"走上前数步，方才望见那枪抛去有数十步远，忙去取来，拾在手中犹如弯弓一般。将来递与元霸，元霸接来将手一勒就直了，倒长了一寸。这虎头枪有了病，后来临阳关与尚师徒交战，几乎伤了性命，亏得金装锏抵住，这是后话。那元霸叫声："恩公上马，追我出去，速回瓦岗寨，不可再出。"叔宝应诺，连忙上马，又追出来，叔宝先回四明山。

元霸冲到西边，当头裴元庆一马迎上来，却没有黄旗的，就要动手打了。元霸把万里云一夹，四百斤重的锤一起，当的一锤打来。裴元庆把锤一架，大叫道："好家伙！"哐的又是一锤，当的一架，哐的又是一锤，当的又是一架。"啊唷，果然好利害！"回马便走。元霸大叫一声："好兄弟，天下没有挡得起我半锤的，你能接连挡我三锤，也算是个好汉，饶你去罢！"一马冲入营来，正撞着伍云召、雄阔海、伍天锡，三人围拢来战元霸。元霸大怒，把手中锤一摆，撞着三般军器，当啷一响，三人虎口震开，大败而走。可怜十八家反王的兵马，遭此一劫，被李元霸的双锤打得尸横遍野，血流成河。

李元霸在二十三万人马之中，左冲右突，如扫灰尘，众反王一个个舍命奔逃。那倒运杨林，他埋伏一支人马在后山，众反王败下来，他却出来截路，刚刚阻住了裴元庆一起人马。那裴元庆受了李元霸这一肚子的气，没处发泄，这杨林不识时务，大叫一声："反贼休走！"一马上前，拦住裴元庆。元庆大怒道："老匹夫休得无礼！"扯起锤来，当的一锤。杨林双手把囚龙棒一架，豁啦一声，把一条囚龙棒打为两段，震开虎口，两手流血，大败而走，却被众反王的败兵冲挤下来，回不得龙舟，直败回登州去了。李元霸在后一路杀下去，又亏得秦叔宝一路上前拦住，因此众反王才得脱逃性命，各自败回本邦去了。云召归河北，后来武场相会。雄阔海回相州。伍天锡回沱罗寨，后来天富关死于李元霸之手。后话不表。

那李元霸在四明山匹马双锤打死各反王大将五十余员，军士不计其数，后来众反王闻了李元霸之名，无不丧胆。李元霸回金顶龙舟奏闻缴旨。炀帝大喜，下旨开舟起行，往江都进发。

到了扬州，文武百官迎接，不消说起。炀帝命世民、元霸："先往城中打扫琼花观，朕明日进城游览。"秦王领旨，同赵王进城，径到琼花观来。那观却是重新改造的，十分华丽。秦王先到花边一看，只见一座大花台，周围俱是白石，雕凿龙凤，嵌镶八宝，四旁装饰细巧，栏杆彩铃吊角，精奇无比。只见一株树，中间花有笆斗大，果然异样奇香，五色鲜明，花底梗上有十八瓣大叶，下边有六十四瓣小叶。那花却向秦王点了二十四点。世民与元霸看了一会，出观往新造的行宫安歇了。看官要晓得，这花开之已久，缘何不谢？此乃天宫降生这朵异花与真主看，真主一日不到，此花一日不谢。其时看过了，不料到晚狂风大作，飞沙走石，落下冰片来。初时碗口大，到后来竟有缸样大。居民房屋不知打掉了多少，连人也打伤了若干。这琼花观内尤其落得更大，落了一夜，竟成了一座冰山，直到天明方住。

再说炀帝一团高兴，次日龙舟起驾，闻得落冰片打坏琼花，只叫可恼。少停，世民、元霸上龙舟细言其事。炀帝大怒，说道："难道朕看不得这朵琼花么？冰片既把琼花打落了，这琼花的根还可看得。"吩咐摆驾入城。到琼花观一看，心中十分不乐，问两班文武道："卿等可知有游览之所？待朕一观，方可回长安。"闪出宇文化及奏道："臣闻金山比扬州更好。”炀帝大喜，吩咐开舟往金山游览。化及奏道：“待臣回转自己府中，吩咐家将速往金山筹备，以迎圣驾。”炀帝准奏，同了萧妃上龙舟往金山，我且慢表。

再说化及回至瓜州，吩咐家将，带了彩船千只，游于江中。劳民伤财，百姓嗟苦。炀帝龙舟出了瓜州，来到江中，见彩船无数，心中大喜。来到金山，将舟泊住，吩咐摆驾上山。那炀帝在金山行宫内四下观看，见江山澄空，舟船如蚁，心中得意，不枉来此一番，就在行宫歇息。炀帝睡去，只见父王文帝及太子杨勇、琼花公主、仆射伍建章、封尚书前来扯住讨命，炀帝大惊。只见一只金犬赶上前来，五鬼方才避去。炀帝惊醒，却是一场大梦，次日问化及道：“朕昨晚得一梦，梦见五鬼前来讨命，被一金犬赶散，不知吉凶若何？”化及奏道：“金犬者，娄金狗也。今魏国公李密，乃娄金狗转世，主公回转江都除了此人便了。”炀帝道：“朕无心观览，速回驾江都罢。”化及传旨，驾还江都。炀帝同萧妃上了龙舟，进得瓜州，彩女在岸挽牵锦缆，正是：

春风自信牙樯动，迟日徐看锦缆牵。

再表魏国公李密随驾，此时乘了一匹轻骑骏马，在岸上观看龙舟，只见萧妃在龙舟内观览岸边风景，果然有天姿国色之容，闭月羞花之貌，不觉使人魂消魄散，称赞道：“啊唷，妙啊！世上哪有这般绝色的女子。”李密不住眼在岸上往船内观看，那萧妃偶一抬头看见，便大怒道：“宫妃，这岸上乘马的是谁？”宫妃奏道：“这岸上乘马的是魏国公李密。”萧妃道：“这李密狗头如此无礼，待到了江都，奏闻圣上便了。”话休烦絮，不一日来到江都。炀帝吩咐，传旨摆驾入城，进了行宫。当晚，萧妃奏李密偷看之事，炀帝闻奏大怒道：“这厮这等可恶！”次日坐朝，传旨夏国公窦建德，将李密绑出法场斩首。建德领旨，带领家将，就将李密绑出西郊。此时辰末巳初，李密问建德道：“主公为何无故就要杀我？”建德道：“不知。昨日圣驾回宫，今日清晨就传出密旨来，要将兄处斩。”李密道：“小弟与兄情同骨肉，何不一言保奏。”建德道：“圣旨已出，谁敢保奏？”李密想一想道：“嗄，是了，我大不该昨日大胆偷看萧妃，故有今日之祸。也罢，听天而已。”

却说那朱粲闻得圣上要将李密处斩，心中大惊，跑到法场，见李密处斩，午时三刻还未到，故此尚未开刀。朱粲一看大叫道："恩主，为何遭此大变？"李密道："连我也不知为什么缘故要杀起来。"朱粲道："小人今日在此救了恩主，杀出江都，岂不为快？"李密喝道："哇！你说哪里话来？耳目交近，你想是活不耐烦了么？"只见王世充手执小旗，走进法场，叫道："啊唷，恩师啊！圣上又差门生前来催斩，如何是好？"朱粲道："全仗王老爷救我恩主一命。"王世充心中想道："我亏了李密做了琼花太守，况今段达在洛阳招兵数万，前有书来相请。今做太守，终无出息，李密又是我恩师，今趁此天下大乱，不如救了他，杀出扬州，径往洛阳便了。"便叫道："恩师，我门生救你！"窦建德在上面听得，忙下教场来问："王世充，怎么意思？"王世充道："千岁有所不知，今主上无道，杀害忠良，今又兴土木之工，着宇文化及要造什么迷楼，岂非万民涂炭，天下大乱！我和你趁此杀出扬州，有何不妙？"窦建德心中想道："谅隋朝气数不久，宇文化及有篡逆之心，不久就要属于他人了。况且李密与我同年好友，今日救了他便了。"便大叫道："王世充，救了恩师，杀出去罢！"朱粲听得，将刀割断绑索，放了李密。四人各执军器，带了家将，反出江都。有行刑军士连忙通报与宇文化及，化及闻报大惊，一面点兵追赶，一面奏闻朝廷。炀帝大怒，忙传圣旨，令柴绍前去追赶四人。柴绍领旨，离了江都，也不去追赶，也不来复旨，一径回太原去了。

这窦建德逃到明州，遇见故人刘黑闼，与蔡建方、苏定方、梁廷方招集亡命，连夜取了明州，杀了张称金，尽降其众，自称夏明王。封任宗为军师，刘黑闼为元帅，苏定方、蔡建方、梁廷方、杜明方名为"四方"，都封为大将军，招军买马，按下不表。

再说王世充逃到洛阳，段达接着，叫道："主公为何今日才来？"世充把救李密之事说了一遍，段达大喜。次日，王世充自称为洛阳王，封法嗣为军师，段达为大元帅，周甫、王林为大将，此话不表。

再说那朱粲逃到楚州，适值楚州高士达无道，被手下人杀死，国中无主，要推一人为王，正无处寻个有力量有肝胆的人。这一日，正遇着朱粲睡在庙中，众人见他有火光照体，就立了他，自称南阳王。招军买马，积草屯粮，按下不表。

且说李密逃到途中，心中想道："投奔何处便好？越国公杨素，他与我向有交好，闻得他在黎阳，前去投他，必然相留。"主意定了，径往黎阳而来。见了杨素，留他在府中，颇甚合机。过了几时，李密见杨素并不升坐大堂，因问道："千岁缘何不坐大堂？"杨素道："不要说起，这大堂坐不得，一坐上去，便有五个恶鬼现形，乱扯乱打，所以不坐。"李密道："千岁今日可坐上去，待李密看是何物作祟，待我除之。"杨素即同李密到大堂，杨素一坐上去，果见几个鬼祟，青脸獠牙，将杨素乱扯乱打。李密大怒，拔出宝剑，赶去照定鬼身一剑砍去，鬼倒不见了，却把杨素砍死在地。这杨素原来是披头五鬼星转世，合当大数已绝，难逃身命，故此被李密杀了。当下杨素之子杨玄感，闻知大惊，走出大堂见父亲被砍死，大怒骂道："匹夫！有何仇恨，杀我父亲！"命家将拿下，用囚车囚了。待收葬了父亲尸首，亲自押解朝廷，奏诉处斩便了。

且说瓦岗寨程咬金，那日临朝，众臣参拜已毕，咬金开言叫声："众位兄长，不要拜了，我这皇帝做得厌烦，辛苦不过，绝早要起身，夜深还不睡，何苦如此！你们哪个欢喜做的，我让了他罢，快来快来。"就把头上金冠除下，身上龙袍脱落，走将下来，嚷道："哪个愿做的上去。"众将骇然道："主公何故如此？"程咬金又乱嚷道："不做，不做，真个不做。"徐茂公心中一想："这事不妥了。他原只得三年运气，今已满了。那千军万马在此，岂可一日经得无主的？倘然散了，却如何是好？"便屈指一算，叫声："列位将军，果然有个真主到了。"众人道："在哪里？"茂公道："那个真主，误伤人命，被仇家捉住，要解送朝廷治罪，如今已到瓦岗东南，出东门去不远，就该撞着了。"咬金道："有这等事，待我去救了他来。"说罢，提斧上马，径出东门而去。茂公即同众将一齐上马，出城往东赶来。

那玄感正押着囚车趱路而来，程咬金上前大喝道："囚车内的是个真主，你这厮好好放他出来，免得我爷爷动手。"那杨玄感大怒道："何方毛贼，擅敢撒野？"便举起手中刀劈面砍来。程咬金将宣花斧哐的就是一拦，拦开了刀，照头一斧，玄感将刀嘣的一架，刀杆折为两段。咬金喀嚓又是一斧，把玄感斩为两段。后面徐茂公一干人都到了，打开囚车，杀散从人，取过金盔龙袍，请李密上辇回城。李密道：

“小可一时误犯不赦之罪，多蒙诸位相救，愿为小卒，即感足矣，焉敢出此异望？”程咬金道：“不要多逊了，我不愿做皇帝，你老实些罢。”徐茂公道：“天数已定，主公不必多虑。”

李密喜出望外，上辇回瓦岗寨，鸣金击鼓，众将俱更朝服，请李密升殿，众文武参贺已毕，降旨改天年，立国号，自称西魏王，改瓦岗寨为金墉城。咬金把家眷移出府外，另居别第。当下李密敕旨，封徐茂公为护国军师，魏征为大丞相，秦琼为飞虎大将军。咬金听说，把舌头伸伸道：“啊唷唷，老虎会得飞，不知要吃多少人哩！”封邱瑞为猛虎大将军。程咬金道：“好凶老虎，猛起来是无敌的了！”封王伯当为雄虎大将军，程咬金道：“咦，雄老虎吃饱了，商量打仗哩！”封程咬金为螭虎大将军，咬金道：“啊呀，完了，好端端一个人，怎么加一个痴字？”李密道：“程王兄，螭虎之名，无敌之勇，不是痴呆的痴字。”封单雄信为烈虎大将军，其余众将，封为七骠八猛十二骑将军。大开筵席庆贺，不表。

消停二月，李密下旨取五关，杀上江都，捉拿昏君。加封秦叔宝为扫隋兵马大将军，金墉都招讨，封程咬金为正印先锋，拜徐茂公为行军护国军师，邱瑞为头运粮草官，单雄信为二运粮草官，天保大将军裴元庆为三运粮草官，其余众将悉令随征，裴仁基协同魏征守国保驾。兴兵二十万，浩浩荡荡杀奔临阳关而来。离关不远，放炮安营。次日秦琼升帐，问道：“谁敢出马抵关讨战？”走出程咬金应道：“小弟愿往！”秦琼道：“那尚师徒为多谋之士，须要小心在意。”咬金应声得令，即便提斧上马，抵关讨战。早有大隋探马报入帅府：“启爷，西魏将在外讨战。”尚师徒闻报，亲身披挂，手执提炉枪，上了呼雷豹，出关抵敌。一见了程咬金，便大喝一声道：“你这混帐的呆人，怎么皇帝不要做，倒把来让与别人，却又领兵出城，分明自来送死。”咬金道：“你家爷老子性子是这般的，不喜欢做皇帝便不做了，与你什么相干？如今情愿做先锋，出阵交兵，好不快活，故此领兵取关。你若知事，快快下马投降，免得爷爷动手。”尚师徒闻言喝道：“你这呆子，说这无气力的屁话。”咬金听说，笑道：“我是蒙主公新封为螭虎大将军，不是什么呆子，若说无气力，你来试试爷爷的家伙看便晓得了。”说罢，把宣花斧一举,叮当一斧砍来。尚师徒把提炉枪一架,晓得他只有三斧利害,第四斧就无用了。连忙把枪架住他斧头,就把这匹坐骑领上痒毛一扯,那马两耳一竖,轰的一声吼,口中吐出一道黑气来。那咬金的坐骑一跤就跌倒,四脚朝天,尿屁直流,把程咬金跌下马来。尚师徒喝一声:"与我拿了!"两下众兵把程咬金绑入关中去了。西魏败兵报进营来:"启帅爷,先锋程将军被尚师徒活捉进关去了!"叔宝闻报,大吃一惊,正要发兵差将,外边报进:"头运解粮官邱爷到了。"叔宝命左右请入帐中。相见已毕,叔宝把咬金被捉的话说了一遍,邱瑞道:"元帅放心,尚师徒乃是老夫的门生"。正是:

只因取友无仁义,法授逢蒙羿必亡。

毕竟邱瑞怎生说尚师徒,且看下回分解。

第三十七回　五虎将打临阳关　王伯当盗呼雷豹

诗曰：

西魏何能称霸才，皆因仗义众英侪。

金墉据守何能敌，只恐天差真命来。

当下邱瑞道："那尚师徒的武艺都是老夫传授他的，向有师生之谊，待我去劝他前来归降，必不敢抗拒便了。"正谈论之间，忽报尚师徒讨战，邱瑞道："他今讨战，老夫即去叫他来。"说罢即披挂上马，执鞭出营。来到阵前，尚师徒一见，横枪在手，口称："老师在上，门生甲胄在身，不能全礼，马上打拱了。"邱瑞道："贤契少礼，老夫有一言相告。"尚师徒道："不知老师有何言语，门生洗耳恭听。"邱瑞道："当今炀帝无道，弑父篡位，鸩兄奸嫂，欺娘图妹，以致天下大乱，可怜生民涂炭。十八家反王改元称号，六十四处烟尘尽起，料来气数不久。贤契何不去暗投明，同老夫为一殿之臣，岂不为妙？贤契请自熟思。"尚师徒闻言，高叫一声："差矣！自古道食君之禄，必当分君之忧。你这些言语，不要对我说，只可对那贪财慕禄之人说。我尚师徒忠心赤胆，岂肯窃效鼠辈之行？劝你快快回去，唤那秦叔宝出来受死。我和你往常师生之谊，今日各为其主，只恐举手不容情，不要寻死，枉送性命。"邱瑞听罢，不觉怒发冲冠，举起鞭来，照头就打。尚师徒把枪架住，微微冷笑道："老师不要动怒，还是回去了罢。"邱瑞哪里肯听，当的又是一鞭，尚师徒发恼起来，举枪劈面来迎。两马相交，鞭枪并举，未及八九个回合，尚师徒把呼雷豹领上痒毛一拔，呼雷豹吼叫一声，口中放出一道黑烟，把邱瑞的坐骑跌翻在地。尚师徒道："报君以忠，容情便不忠了。"提起枪来，对咽喉一枪，把邱瑞刺死了。

败兵报进营来:“启帅爷,邱将军被尚师徒刺死了!”秦叔宝闻报大怒,带领大小将军,一齐冲出营来。叔宝上前叫声:“尚师徒,俺秦叔宝在此,特来会你,只是先有一言奉告。”尚师徒道:“有何话说,快快说来。”叔宝道:“我和你乃是顶天立地的男子,比如交锋打仗,或者生擒活捉,或者枪挑剑剁,这便是个手段,死也甘心。你却倚了脚力的本事,弄他叫一声,那人就跌下马来,你就擒了,岂是正大光明人做的,如何为好汉?”尚师徒接口道:“这也说得有理,我今日就不用宝骑之力,有本事生擒活捉你来。”叔宝道:“只是还有一说,有心是这样,索性单对与你比个手段,两下不许暗算,各将人马退远了,免生疑忌,才见高低。”尚师徒道:“说得有理。”各挥人马,一边退到关下,一边退到营前。两下遂举枪相战。

正战之间,叔宝把枪一架,叫声:“且住!”尚师徒道:“有本事放出来,何必叫住?”秦叔宝道:“我若没本事,不与你战了,却是你坐骑作怪,我终不放心,若你战我不过,又把脚力舞弄起来,可不吃你的亏了。要见手段,大家下了马,用短兵器步战,就放手擒捉你了。”尚师徒微微一笑:“也罢,就与你步战。”叔宝就跳下黄骠马,把虎头蘸金枪插在地上,把马拴在枪杆上,取出双锏立着。尚师徒也下了呼雷豹,将提炉枪插在地上,拴缚缰绳在杆上,取出两根鞭来,迎战叔宝。两个交手步战,叔宝一头战,只管一步一步往左边退去,尚师徒只管一步一步逼过去。徐茂公瞧见了,忙令王伯当如此如此。王伯当便悄悄走过来,拔起提炉枪,跳上呼雷豹,带转缰绳,加一鞭飞跑回营来了。这秦叔宝手里一头招架,究竟眼快,一瞟着王伯当得手,他就复败到下马所在,叫声:“尚师徒,我和你仍旧上马战罢。”拔了虎头枪,跳上黄骠马。尚师徒一看道:“我的马呢?”叔宝道:“想是我一个朋友牵回营中上料去了。”尚师徒道:“嗄,你这干人到底是强盗出身,还是这样贼手贼脚的,怎么把我的宝骑盗了去?”叔宝道:“你可放出程咬金来还我,我便换还你呼雷豹。”尚师徒点头道:“也罢,就放程咬金还你,须要对阵交换。”叔宝道:“这个自然。”尚师徒遂吩咐军士进关,还了程咬金的盔甲斧马,送出关来。两边照应,那边还了程咬金过来,这边放了呼雷豹过去。其时天色已晚,两边各自收军。

当晚叔宝回营，吩咐王伯当连夜到城东旷野处，如此如此，这般这般。王伯当得令，同几名军士备了家伙，带了干粮，径往城东一株大树底下，掘下一个大窟。王伯当钻身伏在下面，令军士用黑芦席遮盖了，上边扒放一些浮土，然后众军士各自回营复令不表。

次日天明，那秦叔宝用过战饭，不带一个兵将，单人独马抵关讨战。尚师徒得报，即上呼雷豹出城来，两下也不多言，交手就战。将有五六个回合，叔宝半战半败，往东南而走。尚师徒催马紧紧追来，叔宝且战且走，忽叫一声："尚将军，今日不曾与你说过，却是不要动那脚力才好。"尚师徒道："大丈夫一言既出，驷马难追，说过不扯就是了，不必多心。"叔宝道："口说无凭，我到底疑碍这匹马，还是下马战的好。"尚师徒道："我下了马，你好再偷。"叔宝道："你说这样呆话，这里如此旷野去处，离营有七八里路多了，四下没有人影儿，那个走来偷你的。"尚师徒听说，抬眼周围四下一看，便说："也罢，就下马战便了。"二人下马，都将缰绳拴在树上，交手紧战，你来我挡，我去你架。叔宝又是一步步败将过去，尚师徒紧紧追逼，不肯放松。那王伯当在窟中轻轻顶起芦席，钻出窟来，将呼雷豹解了拴，即跳上身，加鞭走回营去了。秦叔宝兜转身叫道："尚师徒，我和你仍上马战罢。"遂跳上黄骠马，叫声："来来！"尚师徒一看："啊呀，我的宝马呢？"叔宝笑道："得罪了，又是我那朋友牵了去了。我却告别！"说罢摆开马径回营去了。气得尚师徒三尸神直爆，七窍内生烟，两只眼乌珠挂出在外，哪怕你叫破天也没人答话，只得忍气吞声，忿忿回关。

这里叔宝回到营中，见了呼雷豹，心中大喜，吩咐牵到后槽，急急上料。一面摆酒庆贺，众将吃饭。只见程咬金坐在席上，呼吆喝六，大碗酒大块肉吃个不住。齐国远看了，微微一笑，咬金道："你笑什么来？"齐国远道："我笑你这马换来的，偏要装出许多虎势来。"程咬金听说，爆出两只乌珠，气得做声不得。少停席散，咬金想想好气恼，都是这亡祖宗的，累我受人取笑，走到后槽看看，只见众马都远远立着，不敢近它。那呼雷豹实是马中之王。咬金走过去，把他带住了，将它痒毛一扯，它就嘶叫一声，众马即劈劈啪啪一齐跌倒了，尿屁直流。咬金摇摇头道："啊唷，为什么这亡祖宗生几根痒毛，这么利害，岂不可恶？外边好月亮，我且牵他出去，放个辔头看。”那管马军士忙拦住道：“元帅吩咐不许动它。”咬金道：“放你娘的屁！我程爷爷喜欢，牵去骑骑，有何妨碍？”一头说，一头牵，一牵牵出营来，跳上马背，往前就走。走一步，扯一扯，那马一声吼叫，咬金不住把毛乱扯，那马乱吼，越扯越吼，扯得这马头摇尾摆，竟不住地嘶叫。程咬金大怒，一发将它这宗痒毛，尽行拔掉了。那呼雷豹性发，颠跳起来，前蹄一起，后蹄一竖，掀翻程咬金在地，一辔头往临阳直跑。来到关前，守城军士认得是元帅坐骑，忙出关带进，报知尚师徒。尚师徒大喜，近身一看，却没有痒毛的了，凭你扯他，只是不叫。尚师徒道：“虽然不叫，到底是宝骑。”吩咐军士，好好上料将养它。呼雷豹自此之后，直到秦叔宝倒铜旗时吼一声，扬州抢状元时节吼一声，美良川大战尉迟恭时吼一声，跨海征东时吼一声，这四声之后，永远不叫了。按下不表。

再说程咬金当下被呼雷豹掀翻在地，醉眼模糊爬将起来，不见了呼雷豹，径回营去睡了。次日天明，叔宝升帐，军士报禀此事，叔宝大怒，喝令把程咬金绑去砍了。程咬金叫道：“秦大哥你要杀我，我也不来怪你，只是轻人重畜了，一匹瘟神祖宗没了，就杀一员大将，而且是好朋友，亏你提得手起。”叔宝闻言，垂首一想，吩咐松了绑，道：“你这匹夫不知法度，暂寄下你这颗头颅，日后将功赎罪。”咬金道：“是啊，待有了功的时节，赎罪便了。”忽听军校报进：“启爷，尚师徒讨战。”秦叔宝即便提枪上马出营。尚师徒一见，骂道：“好啊，你这干贼党，两次盗我宝驹，却将他痒毛拔掉了，使他不叫。今日相逢，决难饶你，看家伙！”照头耍的一枪。叔宝连忙招架。这尚师徒发了恼，使开这杆提炉枪，犹如银龙闪烁，秦叔宝哪里抵挡得住，回马往北而去。尚师徒大叫道：“哪里走！”催开呼雷豹，紧紧追来。叔宝战一阵，败一阵，看看败至下午时分，到了一个所在。前面一条大涧，水势甚险，却是几路山泉聚水流下，十分响亮。又有一座石桥，年远坍颓，倒在涧中，已走不过的了。望到上首，却有一根木桥。叔宝回头见尚师徒走得近了，着了忙，即在这坍桥的桥头上，把马加上几鞭，要跳过涧去。不料这匹马战了一日，走得乏了，前蹄一纵，后蹄一低，腰肚一软，竟仆在涧中了。那水底下都是桥石坍在下面的，又年远水冲，石头犹如快刀一般，其马跌在石上，连肚皮也破开了，试想焉能还走得动？叔宝半身在水中，几乎跌倒，忙把手中枪向马前尽力一拄，却好插在石缝里了，就趁势着力在枪杆上一攀又一纵，刮喇一声响，人便纵过了岸，那条枪却别做了两段。这回书，名为“撞死黄骠马，别断虎头枪”。

叔宝连忙爬到岸上，尚师徒已从木桥上过来了。叔宝便取双锏在手，准备迎敌。尚师徒见了这般光景，欺他没了枪马，稳定拿他，便叫：“秦叔宝，还不快快受死！今日本帅便不怕你飞上天去了。”说得迟，来得快，骤马迎风，要的就是一枪。叔宝将身一闪，扑蹿在左边，顺手一锏，却照马脚上打来。尚师徒忙伸枪一架，拦开了锏，复手一枪，叔宝又蹿在右边。要晓得，秦叔宝原是马快出身，蹿纵之法是他的绝技。那尚师徒的枪法果然高强，却一边在地下，一边在马上，不便施展，怎当得秦叔宝蹿来跳去，或前或后，或左或右，东一锏西一锏。那尚师徒恐伤了坐骑，心中想道：“这样战法，如何拿得住他，必须与他步战，方可赢他。”遂四下一看，料想此地他必无人在此，就取过双鞭在手，跳下马，把提炉枪往地下一插，缆定缰绳，抡鞭直取叔宝。叔宝舞锏相迎，两下你一鞭我一锏斗了一回。叔宝手里招架，肚里算计，把身子渐渐转去，背对着呼雷豹，且战且退到呼雷豹近边，站定了战。尚师徒一心要捉破绽好擒他，哪里防他别的。秦叔宝猛可的连发几锏，大叫一声：“兄弟们，走紧一步，快来救我！”把双锏往身上一护，就地滚过去。尚师徒倒缩开了两步，四下一看，不见一个人影，掇转头来，秦叔宝已骑在马上了，连枪连缰绳一拔，双膝一磕：“走啊！”尚师徒连忙赶过来，偏生手内又是短家伙。秦叔宝过了木桥，叫一声：“尚将军，另日拜谢你的枪马罢！”飞跑去了。尚师徒气得目瞪口呆，只得自回关去。修书请红泥关总兵新文礼前来助战，按下不表。

再讲秦叔宝回营，得了枪马，不胜欢喜，众将齐集庆贺，不消说起。岂知叔宝那日劳伤过度，又在涧中受了这一惊，又饥又渴，回来又多饮了些酒食，饥寒伤饱，次日发寒发热，不省人事，病倒在营中。徐茂公吩咐诸将不许妄动，紧闭营门将养叔宝不表。

再说红泥关总兵新文礼，身长丈二，坐下一匹金睛骆驼，使一条铁方槊，重二百斤，隋朝好汉现在要算他是第九条。那一日，得了尚师徒的请书，便将本关军务托付夫人掌管，自往临阳关而来。尚师徒迎入帅府，备言："金墉李密差秦叔宝为元帅，兵犯临阳，抢我宝驹，不能胜他，因此特请将军来到，望乞扶持。"新文礼道："不妨，明日待小将出马，只消一阵，包管杀退他便了。"尚师徒欣喜称谢，摆酒接风，一夜无话。

次日，新文礼全身披挂，提着铁方槊，上了金睛骆驼，出关抵营讨战。茂公吩咐不与交战。新文礼在营外恶言叫骂，众将官俱要出战，徐茂公发令禁止，不许妄动。新文礼骂到天晚，只得回关。次日天明，又来讨战。带了军士一齐抵营，发喊辱骂，比昨日更加骂得热闹。不料运粮官天保将军裴元庆解粮到此，望见营外一个长大将军带领许多军士，高声叫骂，再细听时，原来是讨战的。元庆大怒，叫手下押过粮草在一边，把抓地虎一拍，举二柄银锤，大喝一声："何处贼将，敢在此无礼！"这一声喝，犹如晴天一个霹雳，新文礼吃了一惊，回头一看，却是个小孩子，便喝道："来将何名？"回言道："不消问得，俺乃金墉西魏王驾前天保将军裴元庆便是。你这厮却是何人？"新文礼道："我乃大隋朝官拜红泥关总兵新文礼便是。你这孩子何必前来寻死！"把铁方槊一举，照顶门盖打过来。裴元庆把锤往上一击，当的一声响，把铁方槊打断了一节。新文礼叫声："啊呀！"震开两只虎口，便带转骆驼没命地跑了。裴元庆催开抓地虎，随后赶来。城上军士连忙放下吊桥，新文礼上得吊桥，裴元庆追来照着马尾一锤，打中金睛骆驼后屁股，打得如肉酱一般，新文礼扑通一声跌下水去了。裴元庆却待要抢关，城上箭发如雨，因兼粮草未曾交卸明白，便回马转去。城上军士出来救起，新文礼跌落了两个门牙。尚师徒留他在帅府将息，幸而不是内伤，将养了七八天也就无事。这边裴元庆回至营门，押入粮草，见过了徐茂公，给了收粮回批。元庆备言杀退新文礼，诸将庆贺。元庆又去问候了叔宝，当晚置酒不表。

再说新文礼将养起来，便与尚师徒商议道："这裴元庆十分骁勇，只宜智取，不可力敌，将军可有计谋先除此人，其余可立破矣。"尚师徒道："下官有一计在此：此地城南有一山，名曰庆坠山，两边是石壁，中间一条山路，却是个死路。今可差人到彼，暗暗埋下地雷火炮，石壁上边着军士备下筐篮伺候，将军前去讨战，慢慢败入窟中，引他进了小窟，外边就塞断了出路，上边放下筐篮，先拽起了将军，然后抛下干柴烈火，着了地雷火炮，顷刻将他烧死，则先除此人矣。"新文礼道："妙计，妙计！"遂即差人前去料理。隔不得两日，俱已料理端正，新文礼手提铁方槊，步行出城，单要裴元庆出战。正是：

瓦罐不离井上破，将军难免阵中亡。

这裴元庆不知出战不出战，且看下回分解。

第三十八回　裴元庆祸中火阵　尚师徒失机全节

诗曰：

　　将军神算妙无双，庆坠山中小将亡。
　　只道临阳能保守，谁知天意失隋炀。

当下探子飞报进营，裴元庆闻报，吩咐备马，就要出战，徐茂公止住道："将军且消停一日，不宜出马。今日交锋，决然不利，宁可别一位将军出去抵敌，将军随后还好。"裴元庆道："军师又来讲腐气的话儿了，这么长他人志气，灭自己威风。今日不杀新文礼，也算不成好汉。"一径上马，提锤出营去了。徐茂公只得叫一声苦，众将忙问其故，茂公道："不必多言，也是个大数难逃，禄马已到，不能活矣。"众将各自惊疑。

当下元庆出营，抬头一看，见是前日杀败的新文礼，举锤便打。新文礼挡了一锤，回身便走，拽开大步往南飞奔。裴元庆的马快，看看追近了，新文礼又挡了一锤。且战且走，引进庆坠山，直抵窟中。新文礼坐入筐篮，上边军士拽了上去，命令军卒点着干柴火箭撒将下来，发动地雷，一时烈焰飞腾。试想，这可招架得了么？可惜这巡天都太保八臂勇哪吒，就这样被烧死在窟中，其年只有十五岁。新文礼乘势领兵冲下山来，径到营前讨战。徐茂公得报便说："不好了，裴将军命决休矣！众将官可一齐上前迎敌。"众好汉呐一声喊，合营大小将官，各举兵器杀出营外。军中战鼓如雷，将新文礼裹在垓心，轮流厮杀，用力大战，这且慢讲。

且说秦叔宝病在床上，但听得战鼓咚咚不绝，叫声："秦安，天色已晚，哪处交锋？战鼓甚急。"秦安道："想是徐老爷在那里操演人马。”叔宝道:“岂有此理！操演的鼓声,自有徐疾缓急之法,哪有这个声音?”秦安道:“大爷自睡,不要管他。”叔宝明白秦安瞒他,便说道:“我睡得厌烦了,你可扶我起来,略坐坐。”秦安就伸手来扶他,却被叔宝一把扯住了抓紧来,秦安疼痛得好像杀猪一般叫起来:“大爷,为什么?”叔宝道:“你这狗才,还不对我说哪里鼓响?你只是瞒我。”秦安道:“大爷放放手,待我说就是了。只因天保将军被新文礼引到庆坠山中烧死了,新文礼又来冲营,为此众位老爷一齐出战,在那里厮杀。”叔宝闻言,说声:“啊呀!”眼珠一停,昏晕倒了。秦安双手扶定,叫道:“啊呀,大爷苏醒。”叔宝渐渐醒转,开眼一看,大骂新文礼这狗头,伤我一员大将,誓必亲杀此贼,遂命快取披挂过来。秦安道:“大爷,请耐烦些,如此病重,取披挂何用?”叔宝道:“多讲,谁要你管?快去取来,你不肯取,我另叫人去取。”秦安没奈何,只得取过披挂来。叔宝走下床来,那两只脚还是涩流流抖的。秦安道:“大爷,不是玩耍的,还是睡睡好。”叔宝道:“哇！还要多话,快去备马,取我双锏来!”秦安摇摇头道:“这个光景,如何骑得马使得锏。”若不依他,又要使性,只得牵出呼雷豹,配上鞍,把双锏一条条捧出来。叔宝两只手抱了双锏,一步步要上马,一只脚踏在蹬上,这一只脚又不住地抖,哪里跨得上。便骂一声秦安:“狗才,还不来扶我一扶!”秦安凑过去,攀着肩扶了上去。

叔宝横锏扳鞍,一路才出营门,但见四下灯球火把,如同白昼。众将周围驰骤,喊杀连天,那新文礼在中间左冲右突,大步奔腾。叔宝一见大怒,两眼一睁,摇身举锏,大叫一声:“众兄弟,不要放走那厮,俺秦琼来也!”谁知这一声大叫,浑身毛窍都开,出了一身臭汗,身子就松了大半,一马冲进圈子里,众人看见齐吃一惊。新文礼举起铁方槊,正要来打,只见半空中一阵阴风呼呼地罩下来。这里众人朦朦胧胧,不见仔细,新文礼却亲见云雾中裴元庆骑着抓地虎,举两柄银锤打将下来。新文礼叫声:“啊呀!”把铁方槊向上招架,却被秦叔宝纵马一锏,打倒在地,众将一齐上前,剁为肉酱。那尚师徒闻知新文礼被围,正领兵来救,亦被众人围住了,徐茂公趁势点兵抢关。

叔宝见师徒与众人混战,便唤一声:“尚将军,你关隘已失,何苦如此恋战，我看你不如降了罢！”尚师徒回头一看，果见关上灯火通红，呐喊奔驰，遂长叹一声：“罢了，各位英雄且住手，请秦将军听下官一言奉告，不知肯听否？”叔宝道：“尚将军言若有理，小将无不听从。”尚师徒道：“不才自愧无能为朝廷争气，死有何惜？细观秦将军乃当世忠义之士，决不负托。关中寒荆只生一子，年已三岁，托付将军认为继子，感恩不尽。下官随身有四件宝贝，其枪马二物，已属将军所得，今将盔甲二宝并送将军，以全物色，伏乞收纳。寒荆小儿，望将军怜而抚之，我尚师徒九泉之下也得瞑目。”一头说一头跳下马来，卸落盔甲呈送叔宝：“请将军受下官一拜。”秦叔宝忙下马回礼，连声：“不敢，蒙将军委托，不须挂念，都在小将身上，但将军还该斟酌才是。”尚师徒道：“大丈夫一言拜托，大事已定，有何斟酌？列位将军请了！”遂拔出腰刀一勒，自刎而死。叔宝遂令大兵入关。叔宝命人收葬了尚师徒，又往庆坠山收了裴元庆的骨骸，又托裴元福带一千人马，护送尚家母子到金墉秦府中安顿了。

此时秦叔宝因除了新文礼，开怀畅饮，病也好了。当下歇兵三日，就发兵取红泥关。人马趱行，不一日到了红泥关，下了营寨，先锋程咬金抵关讨战。报入关内，新夫人闻知新文礼已死，又闻有将讨战，心中大怒，全身披挂上马，提两口双刀，冲出城来。程咬金一见：“啊唷，为何女人会上阵的！”不问来由，一马上前，照头就是一斧。新夫人把双刀一架，当的又是一斧。新夫人回马便走，程咬金大喝一声：“哪里走！”拍马赶来。新夫人按下双刀，取出流星锤来，扭回身耍的一锤，正中咬金左臂。“啊呀！”咬金大叫一声，回马飞跑，败入营来。叔宝一看，好似杀不倒的雄鸡，一步一跌，跌进营门。叔宝便问：“兄弟，何故如此模样？”咬金摇头道：“好狠婆娘，被他一流星打中左臂，因此败回。”

正说之间，又报进营：“女子讨战。”当下王伯当却是色中饿鬼，一闻此言大喜道：“小将愿往。”连忙披挂上马，冲出营来，果然一个齐整女子。新夫人见了伯当，心中想道：“好个风流将士。”舞刀相迎。两下战无三合，新夫人回马就走。王伯当拍马赶来，新夫人按下双刀，取出流星锤，扭回身子耍的一锤打来。王伯当把身一侧，一把抓住流星锤的索子一扯，那马撞个满怀，随即扯住新夫人的勒甲提过马来。拿回营中，且绑在营门口。伯当即进营，见叔宝道："大哥，女将已被小将擒回，乞赐与小弟做了妻子罢！"叔宝未及回言，咬金拔刀径往新夫人一刀，提头走入帐来。王伯当看见，便勃然大怒，拔刀径奔咬金。叔宝喝令劝住，咬金叫声："伯当兄，你是个顶天立地的男子汉大丈夫，只愁不立功名，何忧无有妻子？此女已是破身之妇，那新文礼也是朝廷一个命官，有些名望的，你若纳了他妻子，岂不是坏了他的名望？我如今杀了他，一则成全新文礼的官箴，二则成全了此女的节操。你却不思想一二，倒来怪我，好笑你也做过武状元文进士，难道倒不如我卖柴筢的？"众人都言有理，徐茂公想道："看这匹夫倒说得是。"王伯当只得罢了。

叔宝下令抢关。那关内无了主将，一齐开关投降。叔宝大兵入城，安民已毕，将息一天，起兵径往宁阳进发。

到了宁阳关，下了营寨，吩咐程咬金前去讨战。这宁阳关守将姓孙名天佑，他却有一等异术：上阵与人交战，他念起一咒，任你刀砍斧劈鞭打锤顿，都不能伤他，因此人都叫他为铁背孙天佑。当下一闻叔宝夺取了两关，有将讨战，即忙披挂上马，提刀出城。一见了程咬金，喝声："来将何名？"咬金道："我乃金墉西魏王驾前，官拜扫隋兵马大元帅螭虎大将军、金墉都招讨秦琼帐下前部先锋程咬金便是。你这厮是何人？"孙天佑道："俺乃大隋朝官拜宁阳关正印先锋孙天佑便是。你既是领兵到此，破了二关，所向无敌，我如今不与你赌战，只与你赌打。"咬金道："怎么样赌打？"孙天佑道："我伏在马上，凭你把甚兵器打我三下，若打不死，我便回你三下。"咬金道："妙啊！你可伏了，与我先打。"孙天佑连忙伏在鞍上，口念真言，咬金举斧照后背哐的一斧，嘣的一声响，反崩了起来。咬金大惊，照头一下，也崩了起来，就斩了一斧，回马便跑。孙天佑大骂道："世上哪有这样的人，打了人跑了去了。"那咬金入营大叫异事，叔宝忙问何故，咬金道："这个人叫孙天佑，不与人交战，却与人赌打，我连砍他三斧，犹如砍铁一样，不动一些。"叔宝不信，带领众将亲自出来。孙天佑见了，各通名姓，却又说赌打。叔宝说："也罢，你伏了与我先打。"孙天佑见允，仍伏在马上。叔宝见他口动，举锏却不下去，孙天佑叫声："为何不打?"秦叔宝趁势一下把天佑打做两段。都是他问这一声，那时却不念咒，所以打死了。众将乘势杀入关中，得了宁阳，又起兵往黄土关而来。

三军正行之际，路旁见有一只白狗。谢应登见了，飞马赶捉。那白狗见人赶捉，飞风乱跑。谢应登随后赶去，不觉赶过三四个山坡，白狗不见了，倒见一个道人打坐在一块石上。谢应登一看，认得是叔父谢洪，闻他已成正果，却在此间又得相遇，连忙下马跪下道："叔父在此，小侄愿同去修行。"谢洪道："汝尘缘未断，如今且去，上过扬州，夺过状元，那时我来度你。"却取一张桑弓、一枝桃箭与谢应登，道："前去黄土关，那守将东方煌，他有一件神术，上阵之时将手向背后一拍，把身体一摆，背上即生出一只手来，将人打倒，从空拿去。你可拿此弓箭前去，他若一伸出来，以箭射之，可以立破。"应登拜受。谢洪化阵清风而去。

谢应登上马，追上兵马，一路而行。到了黄土关，放炮安营，耽搁一夜。次日，秦叔宝升帐问："哪位将军前去讨关?"闪出程咬金道："小弟愿往。"叔宝道："前去须要小心。"咬金答应，提斧上马，抵关讨战。这黄土关守将神臂东方煌一闻此报，全身披挂，挂锏悬鞭，坐下一匹火炭马，摆开二柄大斧，大开关门出来。程咬金一看，来将一团朱砂脸，两鬓火红须，戴一顶猪嘴盔，穿一领龙鳞火红细甲。咬金叫道："呔！来将何名?"东方煌道："不消问得，我乃大隋朝官拜黄土关总兵东方煌便是。你这厮是何人?"咬金大喝一声道："你难道不晓得金墉螭虎大将军程爷爷? 俺家秦元帅在宁阳关九战尚师徒，三抢呼雷豹，智取红泥关，一锏定宁阳。谅你这厮有何本事抗拒天兵? 快快下马投降，早晚与我爷爷拿拿斧头，若有些功劳，就与你个把官儿做做。"东方煌大怒，举两斧照头便砍。咬金拦开斧，当的一响，还他一斧。东方煌一架，说声："啊唷，好家伙!"回马便走。咬金催马赶来，东方煌将手臂上一拍，身子一摇，背上伸出一只手来，往程咬金一掌，就从半空中拿了过去，绑入城中去了。

败兵飞报入营，叔宝大惊，连忙带了众将，一齐出营。见了东方煌这个红脸红须，叔宝十分奇异，便推开呼雷豹，摆动提炉枪，一马上来。东方煌不问来由,把双斧劈面砍来。叔宝举枪招架,战无三合,东方煌一手举斧,一手将背上一拍,身子一摇,臂上伸出一只手来。早被谢应登看见,举起桑弓,搭上桃箭,嗖的一声,正中神手,这手乃英灵所结。中了一箭,就咕咚一响,跌下马来。叔宝顺手一枪,断送性命。大兵杀入城中,救了咬金。安民已毕,养兵三日,起兵径犯东岭关,离关十里下寨。

这东岭关守将乃是杨义臣,官拜大元帅,有万夫不当之勇。他有五个儿子,名叫杨龙、杨虎、杨豹、杨熊、杨彪,都有本事。帐下管二十四员总兵,二十余万雄兵。当下闻报金墉西魏王起兵,秦叔宝为帅,已抢四关,将到东岭了,即齐集大小众将,计议道:"叔宝为帅,十分勇猛,此人只可智擒,不可力敌。"遂调出众将,在关外摆下一阵,周围二十万雄兵把守,中间立一旗杆,用八枝大木头合成一枝,长有十丈,上边放着一个大方斗,那斗有一丈余大,内中坐着四名神箭手,饮食俱拽上去吃的。守旗令一员大将,乃东方煌之兄东方伯,有万夫莫敌之勇,身长一丈,黄面赤须,使一把大刀,立在铜旗之下。此阵名为铜旗阵。外又摆着八门金锁阵,内藏绊马索、铁蒺藜、陷马坑,只待秦叔宝到来。他想道:"秦叔宝自道英雄无敌,决然来打阵,一入阵中,虽有万臂哪吒,尽要丧命了。只要把此人一除,西魏易破矣!"又写一封书,差官到幽州,请罗艺前来保守铜旗。差官奉命,竟往幽州而去。

却说燕山王靖边侯罗元帅一得了杨义臣的书,大惊道:"原来西魏王造反,秦叔宝为帅,已夺四关,兵到东岭,来接我去保守铜旗。"即对差官道:"你且先回,本帅身为元戎,汛地难离,恐边外扰乱,就差公子罗成前去擒拿反贼便了。"当下罗公吩咐罗成道:"你去保守铜旗,不可认那反贼为亲,必要生擒见我,待为父的亲斩此贼,不可违令。"罗成应诺,差官谢别,径往东岭报知。此话不表。

再说罗公退进私衙,秦夫人前来迎接,却见罗公满面怒容,有不悦之意,夫人忙问道:"相公为何不悦?"罗公见了夫人,不好十分大怒,长叹一声说:"夫人,老夫不是在夫人面上不悦,只因令侄他也是个名门世族,昔日老夫荐他在唐璧标下做个旗牌官,不料他空有一身本事,不与王家出力,反助反贼为帅。如今他抢了临阳,定了宁阳,抢取黄土,兵犯东岭。那杨义臣摆下一个铜旗阵,差官来接老夫去保守铜旗,老夫因汛地难离,差我儿罗成前去,但恐他反助表兄,故此不悦。”罗成此番因母亲在面前,胆就大了,不比在殿上光景,上前叫声:“爹爹,此言差矣!常言道桀犬吠尧,各为其主。孩儿是隋家之将,他为金墉之帅,两下交兵,岂肯为私而坏国家大事!爹爹不必多虑。”罗公大喜,叫声:“我儿若能如此,我为父的无忧矣!你可速速收拾,即便动身。”罗成回身走入厢房,老夫人随后进来,叫声:“我儿,那爹爹的说话,你却听他不得的,你做娘的面上,只有你一个表兄,你前去切不可助那杨义臣,却要助你表兄破阵的。”罗成道:“孩儿晓得。但助了表兄,人人得知,回来见了爹爹,性命不保。”正是:

欲从母命防违父,全了私恩却废公。

毕竟罗成怎生主见,且看下回分解。

第三十九回 秦琼三锏倒铜旗 罗成枪挑孽世雄

诗曰：

足智多谋杨义臣，铜旗阵上逞威能。

那知天意人难料，三倒铜旗又失城。

当下老夫人听得罗成之言，便叫道："我儿，你此去只消明保铜旗，暗助西魏，随机应变，若保了表兄，不要回来便了。"罗成领命说："孩儿知道了。"出来收拾了盔甲、马匹、军器，拜别爹娘，不带人马，只同二十名家将，径奔东岭关而来。心中想道："我且慢往东岭，先到西魏，见过表兄，通知消息，然后到东岭会杨义臣便了。"主意已定，径往西魏营中而来。

再说秦叔宝，见报杨义臣在关外摆下一座铜旗阵，要主将独打铜旗，忙请军师商议。茂公道："目下未可破阵，我算定阴阳，待等一人到来，有了内助，那时阵就可破了。"不隔几日，军士报进幽州罗公子要见，茂公大喜，同叔宝出营迎接。接入营中，施礼已毕，吩咐摆酒接风。席间罗成问道："表兄曾与杨义臣交兵否？"茂公接应道："尚未曾交战。因杨义臣摆下一座铜旗阵，外面又有八门金锁阵，兵多将广，要你表兄独打铜旗，故尔未敢进兵。今公子到此，必有所教。"罗成道："小弟自幼看过兵书，凭他什么阵图，无有不晓，那怕什么铜旗铁旗！但家父道表兄不与王家出力，反助西魏为帅，兵夺四关，命小弟前来保护铜旗，共助杨义臣，大破西魏。"叔宝道："表弟，若如此说，金墉兵士难保矣！"罗成道："若认真要破西魏，小弟今日不来了。母亲吩咐，明保铜旗，暗助西魏。表兄若打阵时，小弟在内照应，决不使表兄受亏，若打倒铜旗，杨义臣这厮就不相干了。得了东岭关，东都已在掌中矣!”徐茂公大喜道:“公子若为内助,铜旗易破矣!”罗成告别,众将送出营外,带了家将,来到东岭关外。杨义臣闻报,率大小众将,迎入关中,摆酒接风。此话不表。

再说单雄信在席上听得罗成言语,心中想道:“这贼种看得西魏无人,全夸自己十分本事,使我心内不平。”程咬金从旁看见,知他不平,见罗成去了,各散归营,便来撺掇道:“单二哥,你方才听得罗成啰啰嗦嗦说许多大话,看得我们俱是无用之人。那秦大哥与牛鼻子道人十分奉承他,他越说越夸能。”雄信心中想道:“那东岭关守将杨义臣,他摆的什么铜旗阵,有何利害?不是自己夸口,只消杀奔前去,一斧头就把铜旗打倒。”到晚遂瞒过了诸将,也不说与叔宝得知,便提了金枣槊,上了青鬃马,出了营门,径往东岭而来。来到阵边,大喝一声:“老子来打阵也!”径从休门而入。那隋兵叫声:“不好了,有人冲阵了!”万弩齐发,箭如雨下。雄信见势不好,把槊乱打,叮叮当当将箭拨开,往东而来,要逃性命。那东边哪里杀得出,右冲左突,兵士围将拢来。又走到西边,那西边地下都是绊索、铁蒺藜、陷马坑。雄信大喊如雷:“不想吾单通死于此地矣!”正慌张之间,只见一员隋将奔来,大叫道:“员外不要心慌,随俺来!”雄信听了,只得随了那员隋将杀出,并无拦阻。雄信叫道:“恩公请通名姓,后当报德。”那隋将道:“小将姓黑名如龙,乃鬼门关总兵。向年流落山东,蒙员外周济,赠我盘费,使吾回家,得投杨义臣标下。今升总兵,皆员外莫大之恩也。今员外从休门而入,决是不知阵法,我故从生门领你出来,请快快前行,不可耽搁。”雄信拜谢,上马去了。

黑如龙回进营来,义臣早已得知,十分大怒,传出军令,将放走魏将的黑如龙斩首示众。此话不表。

却说单雄信走了出来,心中想道:“我今不到西魏去了,省得受那牛鼻子道人的气,倒不如别处去罢!”一路思想,不觉走了二十多里路,天色大明,远见一所庄子,直到那里投了饭店,吃了早饭再走。说话之间,行到庄前,抬头一看,只见挂着两柄大锤,便问庄客:“这是什么意思?”庄客见雄信生得相貌凶恶,不好十分得罪,陪笑脸答应道:“将军不知,此间太平庄,庄主姓梁名师泰,有万夫不当之勇。这两柄锤挂着，有人在马前战得三个回合者，相留酒饭，临行又赠盘费。”雄信道：“原来如此，不知可有人交手过么？”庄客道：“并没有个对手。”雄信腹中饥饿，听他说有酒有饭，大喜道：“你进去报知，说外边有一将要马前战百十余合，还要把头砍下来。”庄客忙到里面说知，梁师泰大怒，结束上马出来，拿了两锤，大叫道：“呔！狗囊的，你敢与老子战三合么！”雄信一看，只见此人黑面黄须，青扎巾，石青团花战袍，手执一百六十斤两柄大锤，有五升斗大，在面前大呼小叫。雄信想道：“此人不像善相，不如先下手为强。”把手中槊劈面打来。梁师泰将锤往上一迎，扑咚一响，几乎把槊打断了。雄信叫声：“好家伙！”又一槊打过去。他又把锤一迎：“好利害！”雄信两手苏麻，虎口震开，回马就走。梁师泰道：“你往哪里走！”随后赶来。雄信道：“你不要追赶，待我去唤我徒弟来，与你比比。”梁师泰道：“师父本事有限，徒弟干得甚事？”雄信要脱身逃走，又答应道：“我不哄你，你在这里等等，就来的。”梁师泰看他本事低微，住马道：“快去唤来，试试咱家的手段看。”雄信应诺。哗落落走了有十多里路，来到三叉路口，肚中饥饿，哪里寻得些东西吃吃便好。只见东边推得数轮车子，有数十余人赶着车子而来。雄信看见大喜，拍马向前，大叫一声：“留下东西去！”举槊就打。军士看见来得凶勇，弃了车子，往后就跑。

你道这车子是什么人的？乃是西府赵王李元霸，奉旨各路封王，从明州王窦建德那里来，要往寿州王李子通那里去。他同郡马柴绍在马上慢慢而来，当下听报强人挡路，大怒，拍马而来。雄信看见元霸，心下大惊，跳下马来立着。元霸不认得雄信，正要举锤来打，柴绍随后也到，看见雄信，叫声：“贤弟不要打！这是秦恩公的好友。”元霸听说，即忙住手。柴绍叫声：“单二哥为何在此？雄信见是柴绍，连忙上前。柴绍与元霸一同下马见礼，雄信便将私自去打铜旗，几乎丧命，幸亏黑如龙相救，遇着梁师泰相敌，因肚中饥饿，故来抢车，细说了一遍。元霸道：“此人在哪里！”雄信道：“就在前面，千岁可去试试锤看，只怕比千岁更狠些。”元霸道：“你先去说知，待孤家来打死了他，你好去吃饭。”单雄信大悦，又是哗落落去了。

柴绍道：“四舅，我与你是过往之人，与他无仇，不可伤他性命。”

元霸道："姊丈，你不听得单雄信说，在他马前战得三个回合者，有酒有饭，待我略胜他些，好待饥饿的单雄信吃个醉饱，在秦恩公面上也觉讨好。"柴绍道："讲得是。"一路行去，果见梁师泰同了雄信而来。那梁师泰见了李元霸，便对雄信道："来的就是你徒弟么？"雄信道："然也。"梁师泰道："你身材长大，在我面前不消一锤，你徒弟这样瘦小，看他不经打起，回他去罢。"雄信道："你且试试这瘦小的气力看。"说罢，元霸的马已到面前，便问道："你就是梁师泰么？"答道："然也。快过来试锤。"梁师泰大怒，举起一百六十斤锤劈面打来。元霸将左手略架一架，梁师泰的锤就打落了，虎口震开，回马要走。元霸道："不要走，快留单将军进去吃饭，孤家去也！"便同柴绍带转马头，径往寿州王那里去封王去了。

单雄信大笑道："我的徒弟如何？"梁师泰按定六神，一看见元霸不在面前，便对雄信道："随我进庄来。"雄信就进庄去。师泰吩咐庄客安排酒饭款待，因问道："方才此人不像你的徒弟，莫不是西府赵王李元霸么？"雄信也不来听，竟自吃饱了饭，说道："你这冒失鬼，老子说与你听，罗子家住山西潞州府二贤庄上单雄信的便是。因保西魏王攻打东岭，杨义臣摆下铜旗阵，幽州罗成到来，说了大话，我心中不平，私自去打阵图，不料被兵围住，亏黑如龙相救，来到这里。因肚中饥饿，请你战上三合，不道你自恃英雄，故此唤徒弟到来，你可知道他利害么？我还有兄弟叫做秦叔宝，十分利害，方才的也怕他三分。"梁师泰道："原来是单二员外，小弟不知，多多得罪。"重新见礼。话得投机，方晓得果然是李元霸，怪道他的锤甚是利害，若是走不快，几乎性命不保。遂吩咐庄客收了两锤进来，相留单雄信在家。此话不表。

再讲西魏徐茂公掐指一算，忙对叔宝道："元帅，不好了！今晚青龙星有难，怎生是好？"叔宝大惊，齐集众将，单不见单雄信。叔宝道："单二哥不见，军师与我快快查来。"茂公道："元帅有所不知，今日罗成到来，口出大言，显见得西魏无有人物倒得铜旗。单二哥是个直性的人，他心中不服，私自去打阵图了。"叔宝道："快些点兵相救。"茂公道："如此黑夜之中，怎好点兵相救，待等明日罢。"叔宝道："军师为何说此呆话，难道今晚不救，要等明日，岂非断送他性命么？待我自去相救单二哥回来。”连忙披挂停当，正要上马，只见徐茂公道：“元帅不用着忙，单二哥已有天伤星相救出阵去了。待我今晚再观天象，自有着落，明日差将接他便了。”叔宝坐立不安，连连催促，茂公道：“单二哥不回西魏，又要往别处去了，待我差将去接他回来。”看罢天象，已交半夜，暗中吩咐王伯当如此如此，伯当领命去了。

不说西魏营中之事，再表王伯当领了军师之命，提戟上马出营，把马加上二鞭，四蹄蹬开，豁喇喇飞跑而去。不到下午时分，早到太平庄，只见单雄信同梁师泰出来，见了王伯当，说道：“伯当兄，你为何也在此间？”伯当道：“单二哥你好啊，为何昨夜私自出来？元帅好不着急，忧得你好苦，故此军师知道，算定你在这里，因此差弟来接你回去。”雄信道：“兄弟不要说起，昨日愚兄解粮回来，见了罗成这小贼种，好不着恼。向年庆贺伯母生辰，受了他一场气，至今心中还不能平。谁想他昨晚到来，因秦大哥十分奉承他，又口出大言，说铜旗怎么样长，铜旗怎么样短，有许多噜噜嗦嗦。罗子向年大反山东，我一人一骑，在黄泥冈杀退唐璧数万人马，哪里在我心上？因此瞒了元帅，私自开兵，倘杀破了铜旗阵，羞这小贼种一场，出出心中恶气也是好的。不料杀入铜旗阵，果然利害，只有进的路，没有出的路，险些送了性命。幸亏一个好朋友，叫做黑如龙，乃鬼门关总兵，救了我出来，所以到这里遇着这位梁师兄。”如此长短说了一遍。王伯当就与梁师泰相见，相请同行。梁师泰力辞不去，不料李元霸差官来，聘去做个马前开路将，梁师泰往李元霸那里去了。这话不表。

再说单雄信、王伯当回到营来，叔宝接着大喜，摆酒庆贺。次日，茂公说：“今日元帅先去探一阵，明日好倒他的铜旗。”叔宝闻言，即忙全身披挂，悬锏插箭，手执提炉枪，上了呼雷豹，冲出营来，大喝一声：“隋兵让开路罢，俺秦琼来破阵也！”那隋兵万弩齐发，箭如雨滴。叔宝把枪捻一捻紧，忽的一声向箭林中冲入阵来，往旗杆边杀去。那些大小众将齐声呐喊，一齐上前围拢，如铁桶相似，把叔宝裹在垓心。那叔宝使着枪，叮当之声，在内招架，左冲右突，哪里杀得出来。那罗成在将台上观见表兄入阵受敌，犹恐有失，欲待传令收兵，只见叔宝的坐骑呼雷豹也着了急，两耳一竖，鼻子一张，大叫一声，冲出一道黑气，只见那千万匹马一齐仆倒了。叔宝一马冲出阵来，回到本营，众将一齐迎接。叔宝道："这铜旗却有些难倒，粗有一丈，高有十丈，上有大大一个方斗，斗内藏着二十四名神箭手，休说倒得来，就近也近它不得，纵然近得它，又不许刀砍斧劈，只许锏打鞭敲，这如何能倒得它？"徐茂公道："元帅不必心焦，明日点将，四面杀入，元帅径去倒旗，包他箭不敢发，自有神人暗助，决倒铜旗，还得一员大将归降便了。"叔宝闻言，疑信相半。

次日五鼓，徐茂公点将，令王伯当、谢应登领一千兵，从东阵杀入；令齐国远、李如圭领兵一千，从南阵杀入；令尉迟南、尉迟北领兵一千，从西阵杀入；令张公瑾、史大奈领兵一千，从北阵杀入；其余众将，各按方向而入；秦叔宝从正中杀入。那罗成在阵上见四面八方杀入阵中，下令叫斗上二十四名神箭手不许放箭，看秦叔宝倒得铜旗否。叔宝一马冲入营来，有杨龙、杨虎催马来战，被叔宝架开刀，一枪刺死了杨龙。杨虎回马便走，叔宝扯出金装锏，照背一锏，打下马去。遂奔铜旗而来，按下提炉枪，取出金装锏，左手照铜旗，用尽平生之力，耍的一锏，双手一合，当的又是一锏。那半空之中，却有尚师徒、裴元庆的阴魂相助，将旗杆往上一拔。那叔宝当的一锏，轰隆一声震天的响，铜旗竟倒了，跌死了二十四名神箭手。这叔宝虽然三锏倒了铜旗，却用脱了力，眼前漆黑，头内轰的一声响，心内一挤，血涌上来。叔宝只把那污血咽下肚去，这里就得了三分病了。当下东方煌之兄东方伯，并杨虎、杨彪、杨熊一齐上来，秦叔宝拼力抵挡，却哪里抵挡得住？这一张脸如死人一般，一些血色也没有。罗成在将台上看见，便叫一声："备马来！"下台上马提枪，一马冲来。众将只道他来助战，不道马到面前，一枪断送了东方伯，当的一锏，打死了杨彪。众将大惊，齐声叫喊："罗成反了！"那杨义臣一闻罗成反了，长叹一声："罢了！"拔出青锋剑，自刎而亡。当下那金墉七骠八猛十二骑，大小将官，一齐杀入，竟如斩瓜切菜一般。有杨熊飞逃出东营，劈头撞着了王伯当，一箭送了性命。金墉众将大叫："隋家兵将，快快投降，即便收兵，免伤汝命。"那二十万隋兵一齐解甲归降。徐茂公下令鸣金收兵。

大军已进东岭，众将会了罗成，十分大喜。叔宝却叫："兄弟，你如今回不得燕山了。”罗成道:“小弟未来之时,已与母亲说过,竟保魏王,不必回去了。”叔宝大喜,摆酒庆贺。

过了几日,正待兴兵前去攻打东都,却有魏王令旨到来,说涿州留守孽世雄,兴兵十万,来犯金墉,老将军裴仁基战死金墉。叔宝得报大惊,即忙下令众将军一齐回兵,以救金墉。不日兵回金墉,果见许多兵马围着城池。罗成便道:“小弟来到金墉,并无折箭之功,愿斩世雄以为进身之路。”叔宝大喜。罗成整一整束发银冠,把马收一收肚带,把枪一摆,大喝一声:“贼兵让路罢!”那些涿州兵卒大叫:“有魏将踹营了!”一齐发箭乱射。正是:

英雄小将何曾惧,杀入千军万马中。

毕竟不知罗成怎生破敌,且听下回分解。

第四十回　罗春保主归金墉　杨林设计谋反王

诗曰：

威镇边邦盖世雄，谁知天禄已归终。

可怜血溅征袍湿，罗艺功勋一旦空。

当下孽世雄兵卒看见魏将杀入营来，一齐发弩，箭如雨点一般射来。罗成把枪一摆，枪头就有莩篮大，花头箭到面前纷纷落地，轰的一声，冲入营来。只见远者枪挑，近者锏打，枪到处纷纷落马，锏到处个个亡身。众军齐声呐喊报入营中，孽世雄大惊，忙提金背刀，一马冲来，大喊："来将何名？"罗成道："我乃燕山罗成便是。你这厮敢就是孽世雄么？"孽世雄道："然也。"即把刀劈面砍来。罗成拦开刀，叫声："去罢！"兜咽喉一枪，将孽世雄挑下马去。这边秦叔宝大兵杀入，那城内魏王兵也杀出来，把世雄十万大兵杀个干净。鸣金收兵入城，叔宝引罗成上殿，细奏前事，魏王大悦，即封罗成为猛虎大将军。罗成谢封出殿，自去秦家拜见姑母，按下不表。

且说李元霸封王回来，为何不去复旨，却有个缘故。那太原晋阳宫中，有张妃与尹妃，怨炀帝抛下了她们，久恋扬州，一日召司礼监裴寂来问炀帝踪迹。这裴寂的阴阳比徐茂公还高一二，当下见张、尹二妃问他圣上可到几时回来，裴寂道："圣上此去有去无回，目下真主已出，早晚兵至矣！"二妃道："真主却是何人？"裴寂道："不是别人，就是唐公李渊，应在明日登基。"二妃却与裴寂商量，发一道旨去召唐公李渊入宫。

唐公来到宫中，奏道："二位娘娘有何吩咐？"二妃道："有一事与先生商量，且饮了宴，然后来说。"唐公拜谢入席饮宴，那酒中却有药，吃了便醉。唐公醉倒，二妃将唐公抬到床上，就把解药相灌。唐公醒来大惊，慌忙跳下龙床，跪倒在地。二妃道："你是要官休呢，要私休？"唐公道："官休便怎么？私休便怎么？"二妃道："若是官休，把你解上江都，说你夜入宫中，私宿龙床，问你个大大罪名。若是私休，今夜我姊妹服侍了你，你明日可即皇帝之位。听凭你选择哪一样。"唐公无奈，只得应允。

到了一更时分，唐公出宫，召建成、元吉、世民、元霸，并袁天罡、李淳风、长孙无忌、长孙顺德、殷开山、马三保一众将士入晋阳宫，告以此事。世民道："今主上无道，百姓困穷，晋阳宫外，皆为战场。大人若守小节，下有寇盗，上有惊危，危亡无日矣！不若乘此机会，成就帝业，实天授之时也。且太原兵强将勇，有四弟这般利害，扫隋乱犹如探囊取物。"唐公犹豫不决。众人正在议论之间，报有京兆三原李靖求见。袁天罡拍手道："此人一来，大事济矣！"众人一齐迎入殿来。李靖大呼："此刻天时已到，主公何故尚不升殿？"唐公见李靖之言，主意已定，即忙点齐众将，分布各门，鸣金击鼓，唐公服冕冠，披黄袍，升大殿。众将各各朝贺参拜，请唐公改天年，立国号。李渊下旨国号大唐，自为高祖神尧武德皇帝。封建成为殷王，立为太子；世民为秦王；元吉为齐王；元霸为赵王。封李靖为魏国公，袁天罡为左军师，李淳风为右军师，其余众将，各个受封。即下旨令赵王元霸为前部先锋，御驾亲征，取河西潼关，攻长安。那隋家关隘守将，哪一个是赵王的对手？到处无敌，势如破竹。不几日，得河西，取潼关，杀入长安。高祖下旨安民，建都长安，封杨侑为巂国公，加封马三保为开国公，殷开山为定国公，长孙无忌为楚国公。李靖拜辞唐天子，云游海外，此话不表。

再说河北燕山罗元帅，自罗成去后，每每放心不下。忽一日报道："罗成里应外合，破了铜旗阵，降了金墉了。"罗公一闻此言，急得三尸神爆跳，七孔内生烟，气得半死半活，声声只叫："罗氏祖宗因何不佑，养出这样不肖畜生来！"即刻吩咐兴兵，要去捉拿罗成。忽听报道："启元帅爷，不好了！今有明州夏明王窦建德，差刘黑闼为元帅，苏定方为先锋，领兵四万，来犯燕山，离城五里了！"罗公正在大怒之间，一闻此报，火上添油，即忙点兵出城。罗公一马上前，正是心中一着了恼，不问因由，举枪便刺。苏定方举戟相迎，不及三合，杀得大败，自愧低微，回马便走。罗公催马赶来，苏定方拈弓搭箭，回身射来，嗖的一声，正中罗公左目。罗公大叫一声，回马便走入城，把城门紧闭。苏定方领兵围住。

这罗公败回帅府，眼中取出箭，疼痛不止，大叫一声，死于后堂。老夫人放声大哭。当下有一义男，名唤罗春，叫一声："夫人不必哭了，且商议正事。老爷已死，军中无主，倘贼兵攻入城来，如何是好？"老夫人道："这怎么处？"罗春道："且把老爷尸首焚化了，收拾骸骨，夫人端正细软。小人出去下令大小三军，一齐随同到金墉公子那边投奔便了。"老夫人即忙吩咐家将，烧了老爷尸首，包了骨殖。罗春出府下令："众军士愿随去者快快收拾，不愿去者听凭他往。"这些大小众军，一齐愿往。大家收拾端正，到黄昏时分，罗春保了老夫人，与众将大开南门，杀将出来。罗春令众将保着家眷先行，自己断后。刘黑闼命令明州兵追了一程，便收兵入城，得了燕山，分兵镇守。刘黑闼自领了大兵，退回明州去了，不表。

再讲罗春与众将保着老夫人，一路径往金墉而来。不日到了金墉，罗春先自入城，打听得罗成与秦叔宝同住，便径入帅府。军校禀报入内，罗成连忙吩咐："着他进来。"罗春一见公子，放声大哭。罗成大惊，忙问其故。罗春细言其事。罗成大哭一声晕倒在地，叔宝慌忙叫醒扶起，就出城迎接老夫人入城。秦母姑嫂相逢，放声大哭。罗成在府开丧，次日奏知魏王，把随来众将分头调用，择日将罗公骸骨埋葬不表。

且说登州靠山王杨林，一闻炀帝住下扬州，又闻李渊得了长安，天下大半俱属反王，定下一个计来：发十八道圣旨，会齐天下反王，各路烟尘，不论军民、他州外国之人，均可上扬州演武。反王之中有武艺高强抢得状元者，便立他为反王头儿，必须年年进贡。这个计策，意思要众反王到来，使他们先自相杀一阵，伤残一半，然后在教场埋下西瓜火炮，俱用竹筒引着药线，演武之后，点着药线，放着大炮，又可打死大半。其余逃得脱的，在扬州城上放下千斤闸来，再闸死一半。再有逃脱的，靠山王自与继子殷岳和女儿杨赛花，领兵在龙鳞山埋伏，要杀尽天下反王，各处烟尘。看官，只因杨林是个藩王，不必去抢状元，所以不在教场，自去埋伏。宇文成都领十万大兵，保炀帝在西苑，所以也不到的。按下不表。

这旨意一下，各处俱皆起兵。那十八路反王，六十四处烟尘，并他州外国军民，齐上扬州不表。先说一人，乃山后朔州麻衣县人氏，姓胡，改姓尉迟，名恭，字敬德。生得身长一丈，腰大十围，面如锅底，一双虎眼，两道粗眉，腮边一部虎须。娶妻金氏，舅子名金国龙、金国虎，在麻衣县当马快手。他住在城外，打铁务农为业，一闻圣旨下来，欲上扬州去抢状元。金氏劝他道："你面黑如泥，不要前去。"他不肯听，去寻本处一个财主乔公山，向他借了五十两银子，将几两来安了家，起身径上扬州去了。此话不表。

再说靠山王杨林，闻得沱罗寨伍天锡是个英雄好汉，差官前去聘他来镇守天昌关，挡了各路反王，俱要关前考武，考过武举，然后方得进关抢状元。伍天锡闻召，心中大喜道："我正要到扬州，不想有这机会，这昏君少不得死在我手里了。"忙点兵马到天昌关，候各路反王，不表。

单说各路反王到了天昌关前，见有一将，使混金镋，红面黄须，立于关前，高叫："众王听着，我奉杨千岁令旨，如有将士在我马前战三个回合者，中为武举，然后进门夺状元，如不能战三合者，休想进关。"众反王一闻此言，俱扎营关外，等候商议。不几日到齐了，众反王道："那守将要马前战过三合，中为武举，方许进关，不然休想进得。此人既出大言，必有大才，我们何不杀了他，然后进关，夺武状元。"伍云召上前说道："众王爷不必发恼，天昌关守将是小将的兄弟伍天锡，待小弟明日去对他说，自然放进关中。"众反王道："伍元帅之言甚善。"次日，报进关中："启将军，众反王要来进关。"伍天锡闻报，手执混金镋，开关出来，看见哥哥伍云召在前，众反王相随在后，许多兵将，俱全身披挂，十分威武，好不热闹。天锡道："哥哥也来考武举么？"云召道："然也。我有一句话对你说，目下扬州开科考状元，兄弟怎么听信杨林，在此考武举，是何道理？"天锡道："哥哥但知其一，不知其二。我岂不晓得么？然我在此，却有益于众反王。哥哥进场，须要小心，场中不怀好意，作速同众反王进关，见机而作。”众反王闻言，大喜：“原来伍元帅兄弟是个好人。”众反王同伍云召进关上扬州。天锡在关前，看众反王雄雄气象，众将士凛凛威风，又见秦叔宝在后，大惊道：“李元霸对手来了！”急速回关退避。再讲众反王到扬州，都扎营在城外安歇不表。

且说大唐高祖得了旨意，却好赵王李元霸出征西番未回，便唤秦王李世民带领众将前来。秦王兵到扬州，与众王相会。却有西魏王李密，带领众将也到，众反王迎入。次后，夏明王窦建德也到，却是秦王的母舅。众反王正在见礼，金墉猛虎大将军罗成看见了杀父仇人苏定方，赶上前来夹领毛一把抓住，提翻在地，举拳就打。程咬金大叫：“罗兄弟，活活打死这狗囊的，不要放他！”众反王齐吃一惊，忙问是何缘故。叔宝把射死罗公之事，一一说知，众人那个敢劝，只打得苏定方骨碌碌在地乱滚。窦建德吓得魂魄俱无，连忙叫道：“哪一位王兄劝一劝！”秦王看不过，走来道：“罗王兄，那时苏将军射死令尊，也是各为其主，看孤薄面，饶了他罢！”便跪下去。罗成连忙扶起道：“既千岁爷说了，就饶他多活几时。”当下放了苏定方。

营中摆酒，众王聚饮一处。这一班将士都出去游玩闲步。这金墉五虎将，会见寿州王李子通的元帅伍云召，说说笑笑。程咬金道：“伍将军闲暇无事，有象棋在此，我与你下一盘，每盘输赢银一两。”伍云召道：“如此甚妙。”当下二人在一块大青石上下棋。咬金象棋甚低，被云召连胜两盘。云召见他棋低，便说：“我不来了。”咬金道：“再来一盘。”不料尉迟恭也到这里来闲走。云召因尉迟恭看见咬金棋低，不好意思，说道：“程将军是国手，小弟着不过，明日再请教罢！”咬金道：“你是赢的，天色甚早，何妨再着？”云召只是不肯。尉迟恭在旁看不过，说道：“我来如何？”咬金道：“就是你来着，多少银子一盘？”尉迟恭道：“凭你。”程咬金抬头一看：“啊唷，哪里来的黑炭团，好像烟熏太岁，火逼金刚。”尉迟恭怀中取出三四十两银子的包儿，道：“我与你着了这一包。”咬金道：“来来来！有兴不过！”尉迟恭道：“你也拿出来。”咬金也把身边一包五十两银子放在石上，说道：“我与你大家摆在石上,那个赢的拿去。”尉迟恭即点头道是,就放下银子,对面坐了着棋。伍云召反着手,从旁边观看。

他两人着了十来着,程咬金一个车被尉迟恭吃了。咬金心中一想道:“我着他不过,这盘棋也要输了,不如不完局罢。”想罢说道:“我不来了。”把银子拿了要走。尉迟恭怒道:“好汉子不是这样着法的,快拿出来!”程咬金道:“我不来了!”尉迟恭伸手把咬金扭住,咬金将拳乱打。尉迟恭照面一个巴掌,反手又是一拳,把程咬金打倒在地。伍云召看见大怒:“可恶,这狗头无礼。”趁势上前,夹领颈一把提翻在地,举拳便打。程咬金爬将起来,大叫道:“伍元帅不要打,我有话说,这原是我不是,不合把银子拿了,还了他罢。”伍云召放起尉迟恭,但已打得鼻青眼肿。叔宝道:“还了他银子,饶他去罢!”程咬金不好意思,众人一笑散了。尉迟恭倒吃了亏,被伍云召打得满身疼痛,回到下处将养,如何考得状元,只得收拾回家去了。不表。

再说那西府赵王李元霸征西番回来,朝过父王。问道:“哥哥秦王哪里去了?”高祖道:“他往扬州考武去了。”元霸道:“请问父王,哥哥几时去的?”高祖道:“去不多几日。”元霸道:“既如此,我也要去考武。”高祖道:“你去不可生事。”元霸应道:“晓得。”便同家将四名,星夜往扬州进发不表。

再说天昌关主考伍天锡放进了许多反王,不曾考得一个门生,如何回复杨林?忽报关外有几家反王,要将军爷出去考,天锡道:“好了,门生来了。”传令众将一齐出关不表。

再说李元霸来到天昌关,只见众反王接着。元霸道:“你们为何还在这里?”众王道:“千岁有所不知,众反王先来,早已进城,我们来迟了几日,还在这里。你还不晓得,如今天昌关有一主考,要进武场,必要在他马前战三个回合,战得过算中武举,战不过性命不保。”元霸道:“有这等事?列位王兄,待孤家先考过了,然后列位王兄来考。”言未毕,马前闪出一将,头戴铜盔,身穿铁甲,金脸红须,手执双锤,此将就是单雄信在太平庄相会,李元霸聘为马前开路将的梁师泰。他上前叫道:“千岁爷且慢前进,待末将先与他比过高下再处。”元霸道:“既如此,你先去,孤就来。”梁师泰把马一拍,豁喇喇冲到关前,众反王同了李元霸也到关外。梁师泰大叫一声说:“关上的,快报主试知道,今有众反王到此,要考过武举,进场夺状元。”只见关上放炮三声,关门早开。梁师泰抬头一看,只见三军摆列两旁,中间一员大将:头戴闹龙铁箔头,面如红枣,浓眉豹眼,海下一部红须,身穿锁子乌金甲,左悬弓,右插箭,坐下能征惯战昏红马,手执二百斤重的混金镋,开言:“哪一个先来与本帅战三合,好进武场?”梁师泰叫一声:“我来也!”把刀一冲,已到马前。伍天锡抬头一看,见来将不是良善之相,不如先下手为妙,便把手中混金镋一举,劈头盖下来,好不利害,犹如泰山一般。师泰说声:“不好!”把手中双锤一架,震得两臂膊苏麻,说道:“啊唷,果然名不虚传!”正是:

强中更有强中手,师泰英雄枉自矜。

毕竟梁师泰怎生抵敌,且看下回分解。

第四十一回 罗成力抢状元魁 阔海压死千金闸

诗曰：

莫道杨林巧计多，欲将一网获群魔。

谁知天意兴唐祚，难把英雄入网罗。

当下梁师泰说："好个利害的主试！"天锡道："你才晓得我的镋么？"又是一镋。梁师泰把双锤又是一架，哪里架得住，勉强挡了两三挡，看看敌不住。伍天锡见梁师泰面上失色，又把混金镋往顶上盖下来。梁师泰躲闪不及，喊一声："不好了！"正中头盔，跌下马来，复一镋结果了性命。天锡大叫一声："哪一位敢再来考？"众反王看见大惊。李元霸大怒，拍开万里云，大叫道："孤家来也！"伍天锡看见是李元霸到来，大惊失色，欲待要走，无奈已照面了，不好退回，只得说道："千岁为何也来考武？末将请千岁进关。"元霸大喝："哇！红面贼，你把孤开路将打死了，孤来取你命也！"把万里云一夹，四百斤的大锤一举，当的一锤打来。伍天锡只得把混金镋一架，震得双手流血。元霸又是一锤，天锡虎口震开，回马便走。元霸叫声："哪里走！"一马赶来，伸手照背心一提，提过马来，往空中一抛，倒跌下马来。元霸赶上按住脚，双手一撕，分为两开。可怜梁师泰未曾立功，死于伍天锡之手，伍天锡奉靠山王杨林之命在天昌关做主考，门生不曾收得一个，死于李元霸之手。

众反王同李元霸进关，不料高丽国王李天容差四太子李世模来犯边廷，兵势甚锐，高祖差官来召李元霸出兵迎敌。李元霸在天昌关正要起程去扬州，忽闻宣召，不得已对众反王道："孤有事，暂别列位王兄。"众反王道："王兄请便。"两下分别，各自上路，不必细表。

单讲元霸一路而来，不一日相近徐州，看见有数千百姓拥挤，在前面齐声叫屈。元霸道："唤几个来问他。"军士应声走上前来，叫声："众百姓为何齐集喧嚷？千岁要唤几名上来，问问为甚事情。"众百姓内中有几个老年之人，走到元霸面前，跪下说道："千岁爷在上，子民朝见。今因有一位刘老爷做沛县知县，为官清正，万民感戴，目下亏空了钱粮，上司参他，要解往宇文将军那边去，此去性命难保，所以众百姓求千岁爷救了他便好。"李元霸道："刘知县叫甚名字？为何亏空钱粮？一一说来。"内中有一老人说道："那刘知县姓刘名文靖，在地方上只吃得一口水，并不得一分钱财，就是钱粮，也是前官历年欠下来的，并非刘老爷侵食。望千岁爷作主，对宇文将军说放了他，也是千岁洪恩。"说罢，叩头不住。李元霸心中一想："那刘文靖做官，孤家一路封王，都说他是清官，不免待孤家对宇文成都说了，救了他罢。"主意已定，开言说："众百姓回去，待孤家救他便了。"众百姓听了道："多谢千岁爷！"一哄而散。

再说元霸同三军来到徐州界上，宇文成都扎营在外，军士探知，连忙报进："启爷，西府赵王要见。"成都听了问道："他有多少人马来？"军士说："不多几人，又无兵器。"成都听说，大喜道："这小畜生今番死也！"忙带军器出营，说："千岁在上，末将接迟，望乞恕罪。"口中这般说，手中把镏金镋劈面砍来。元霸不防备的，看见镋来，将身一闪，顺手将镏金镋接住一扯，连人带马都扯过来了。成都好不着急，开言说："千岁饶命！"元霸的师父紫阳真人叮嘱过他，若遇见使镏金镋的，不可伤他性命，所以向年比武就不伤害他，今日见他起了不良之心，意欲害他，忽想起师父之言，便说声："饶了你罢！"放了成都。成都死中得活，起来谢了不杀之恩。元霸说起刘文靖之事，成都满口应承，就发令箭一枝，去放了刘文靖。元霸自回长安。此话不表。

再说众反王齐集扬州，有封德仪接到教场安顿。次日，众反王各食战饭，人人披挂，个个整备，远近王子与外邦烟尘，齐到演武场分列两行等候演武。其时有一个千年狐狸，在天平山修炼，奉紫阳真人的法旨，言："武场中有真主在内，付汝丹药一颗，前去如此如此。"狐狸领旨，即变做一个道人，径往扬州教场来。走到演武厅背后，取出丹药一颗,放在大炮内引线竹筒里,又撒了一泡尿打湿了药线,径回天平山去了。

再说封德仪三声炮响,即刻升堂,先是各邦元帅上去打拱过了。只有相州白御王高谈圣的元帅雄阔海未到。那雄阔海因武林公干,闻知这个信息,连日连夜赶将来不表。

再说演武场大小将官都打拱过了,这监军官封德仪下令,吩咐各家认了方位,然后取那武状元盔甲袍带,吩咐摆在演武厅正中间。三通鼓响,又传令道:"有人能夺此盔甲袍带者,称为国首,汝等有本事的前来取者。"这个令一下,早有山后定阳王刘武周手下先锋甄翟儿出马,大叫一声:"待我取状元,谁敢出马与俺比武!"即把大斧一抡。早有洛阳东镇王王世充的元帅段达出马,使一杆方天戟,大叫一声:"我来与你比武!"早到跟前。甄翟儿举斧,劈面交锋,未及几个回合,甄翟儿拦开手中斧,叱咤一声,把段达砍为两段。又有知世王王溥手下大将彭虎,挥竹节钢鞭,拍马来战甄翟儿。二人未及三个回合,甄翟儿放下大斧,袋内取弓,壶中拔箭,扭回身一箭,正中彭虎左臂,翻身跌下马来,被甄翟儿回马一箭,断送了性命。

甄翟儿大叫:"谁人敢再来夺俺的状元?"只见一个和尚,骑一匹白马,大叫道:"贫僧来会你!"这和尚乃天平山来的,叫做盖世雄,善用随身一件宝贝。当下一马上前,甄翟儿见了大怒,举斧照头劈来。盖世雄举手中铁禅杖架住,相敌未及几个回合,和尚回身便走。甄翟儿拍马赶来,和尚身边取出一片飞钹,望空一抛,将甄翟儿劈为两段。当下有江陵大梁王萧铣手下大将洪灵天,大喝一声:"妖僧焉敢无礼!"拍马举槊来战。和尚举杖相迎,战不上几合,和尚虚闪一杖,掇身而走。洪灵天随后赶来,和尚把飞钹往空一抛,拍嗒一声,将洪灵天打于马下。随后有净梁王李执手下元帅何天豹出马,也被他伤了,又有鲁州净秦王徐元朗手下大将暴天虎出马,也被他斩了,有北汉王铁木尔手下先锋许飞熊出马,也被他斩了。盖世雄大叫:"谁敢来会贫僧?"那金墉虎将王伯当大怒,手执银枪,推开银鬃马,来战盖世雄。二人正斗之间,世雄又将飞钹一抛。王伯当按下银枪,袋内取弓,壶中取箭,搭上弦嗖的一箭,正中飞钹,射落在地。这钹一见了土,就收不起来了。世雄大惊,回身又战,被王伯当拦开铁禅杖,取钢鞭一鞭打中左臂,大叫一声,负痛而走,自回天平山重炼飞钹,直到洛阳五龙大会,方才出来。

且说王伯当大叫道:“谁敢来夺状元?”有沙陀罗于突厥老英王手下大将铁木金,使一条一百斤的铁棒,拍马而出,大喝道:“我来也!”两下交锋,不及三四回合,王伯当抵挡不住,败回本阵,铁木金大呼:“谁敢来交手?”有河北寿州王李子通手下元帅伍云召拍开马,使条长枪大叫道:“待我来抢状元。”举枪照面一刺。铁木金将棒一架,伍云召把棒逼开,又是一枪,刺中心口,扑通一交跌下马来,复一枪结果了性命。却有高丽国内来的一员大将,姓左名雄,使一柄板斧,坐下一匹异马,没有尾巴的,名为没尾驹。那左雄大叫道:“留下状元,我来也!”将斧照云召劈来。云召把枪一架,当的一响,左雄叫声:“好家伙!”回马便走。伍云召大喝一声:“哪里走!”拍马赶来。左雄把没尾驹头上啪啪啪连打几下,那马前蹄一低,后蹄一立,屁股内呼一声响,撒出一根一丈长的尾巴来,耍的一扫,把伍云召的头都打得粉碎,死于马下。众将齐吃一惊。

秦叔宝大怒,催开呼雷豹,使动提炉枪,来战左雄。左雄举斧来迎,二人战到八九个回合,左雄回马就走。叔宝随后赶来,左雄又将没尾驹连拍几拍,又撒出尾巴来。叔宝叫声:“不好!”把身往后一侧,一尾正打中呼雷豹的头。那呼雷豹十分疼痛,把两耳一竖,嘶呖呖一声吼叫,口中吐出黑烟来。那没尾驹扑的跌倒了,尿屁直流。叔宝一枪先刺死没尾驹,复一枪刺死了左雄。便叫道:“何人敢来抢状元?”有楚王雷大鹏手下大将金德明,使一柄大砍刀,来战叔宝。未及几个回合,他见叔宝本事高强,难以取胜,一手举刀招架,一手暗扯铜锤,耍的一锤,正中左手,叔宝回马败走。

罗成大怒,催开西方小白龙,摆开手中烂银枪,抢上来噔的一枪,刺中金德明咽喉,金德明跌下马来,死于非命。其后虽有众王子将官出马来战,哪里是罗成的对手。第一条好汉李元霸,被高祖召去出征高丽不在此,第二条好汉宇文成都,保炀帝在西苑,也不在此,第三条好汉裴元庆已死了,第四条好汉雄阔海还不曾到来,第五条好汉伍云召被没尾驹打死，第六条好汉伍天锡又死在天昌关了。除这六人，要算罗成了。其余众将，哪个敌得过他？他烂银枪连挑四十二员大将下马，其余一个也不敢来，径取了状元盔甲袍带。

忽听得演武厅后边三声炮响，原来这小炮一响，然后点着大炮的药线。岂知竹筒内药线已被狐狸精打湿了，再也不响。众王都有些知觉，防有不测之变，一齐上马，飞的一般俱奔到城下。只听一声炮响，城上放下千斤闸来。那雄阔海刚刚来到城门口，只见上边放下闸来，忙下马一手托住，大叫一声："众王爷，里边有变么？"众王应道："城内有变！"雄阔海道："既然有变，你等要出城者，趁我托住千斤闸在此，快走！"那十八家王子与各路烟尘，一齐跑出城来，一个个都走脱了。雄阔海走了一日一夜，肚中饥饿，身子已乏，跑到就托了这半日千斤闸，上边又有许多人狠命的推下来，他头一晕，手一松，扑挞一响，压死在城下。

这里众王子们往前夺路而奔，将近龙鳞山，只听得一声呐喊，伏兵齐出。当先闪出一员女将，名唤杨赛花，手举双刀，催马前来，挡住去路。程咬金一见，说道："完了，秦大哥讲过的，凡女人开兵，定有回马兵器，若没本事的，决不出阵，如今有些作怪了。"罗成道："不要管，待我赏他一枪便了。"催马上前，当的一枪，那女将就跌下马来，复一枪，就结果了性命。

杨林闻报大怒，把囚龙棒一举，匹马冲上前来。罗成挺枪相迎，两个交战，未及三合，罗成回马便走。杨林拍马赶到，罗成反身把枪一举，杨林把囚龙棒往下一按，不料未挡住枪，不上不下，一枪正中咽喉，杨林跌下马来。罗成拔剑割了首级。叔宝叫声："兄弟好回马枪啊！"那殷岳大怒，拍马摆狼牙棒来战叔宝。叔宝举提炉枪相迎，两下交锋，大战二十余合，不分胜负。叔宝心中一想，回马便走，殷岳随后赶来。叔宝左手横枪，右手举锏，见殷岳一棒打来，叔宝反手把枪在背后一架，当的一响，架住了狼牙棒，扭回身转来，嗖的一锏，把殷岳打下马来，复一枪，呜呼哀哉。罗成叫声："哥哥好杀手锏啊！"二人大笑，把伏兵杀退。众反王各自回国不表。

且说炀帝见计不成，杨林又死，天下危乱，料难安定。一日退朝与萧妃众美人道:“寡人大事去矣!快共饮酒,趁早快活。”酒后取镜自照道:“好头颈,谁来砍去?”萧妃道:“陛下何出此不利之言。为今之计,奈何?”炀帝道:“中原已乱,无心北归,欲保江东,以听天命。”遂下旨整治丹阳宫。此时杨林死后,军中粮草已尽,从来的将军,都思北归。又有虎贲郎将司马德戡、元礼直阁裴虔通等共欲北去,炀帝大怒,杀了二人。自此以后,无人敢言。虎牙郎将赵行枢等,乃告宇文化及道:“今天意丧隋,英雄四起,同心叛者何止数万,若行大事,乃帝王之业也。”化及大喜。令宇文成都晓谕众将,连夜起兵东城,举火相应。宇文成都即带数将入城,有屯卫将军独孤盛前来拒敌,被成都镏金镋结果了性命。众人见了无敌将军,哪个不怕,一齐归服。化及就率兵从玄武门而入。炀帝闻变,易服逃于东阁,却被校尉令狐行达看见,扶出宫来,见宇文成都道:“朕有何罪,卿得至此?”成都道:“陛下弑父专权,纳娘为后,鸩害东宫,图嫂奸妹,又兼不守宗庙,巡游外地,使天下壮者散之四方,老弱填于沟壑,皆因内极奢淫,以至外动征讨,何为无罪?”有赵王年十二岁,乃炀帝爱子,也在旁哭泣,被令狐行达一刀斩之,血溅龙袍。遂欲来杀炀帝,炀帝道:“天子死自有法,何必加以锋刃?”成都便叫令狐行达把炀帝缢死。宇文化及下令,将隋室宗亲尽皆杀之。是日,化及登基,即皇帝位,国号大许,百官朝贺。封宇文成都为开国武安王,封弟宇文智及、士及为左右丞相,封裴矩为仆射,按下不表。

且说金墉西魏王李密,一闻宇文化及弑了炀帝,自立为王,心中大怒。遥祭炀帝灵魂,开丧挂白已毕,与军师徐茂公商议,发下一十八道矫旨,差一十八员差官,遍约各家反王兴师征讨反贼,俱齐集在甘泉关相会,如有不到者以反贼论。这矫旨一传,各路反王果然各自兴师,都到甘泉关。惟有大唐李渊这支兵不见来,他却在宇文化及背后杀来,故此不曾会着。看官要晓得,为什么背后杀来呢?原来那神尧高祖得了李密的矫诏,齐集文武各官商议道:“可差何人往扬州去杀宇文化及,抢得传国玉玺?”便有李淳风出班奏道:“陛下欲诛宇文化及,得传国玉玺,非赵王李元霸前去不可。”袁天罡在旁点头暗算,玉玺虽然抢得来,只恐赵王有去而无回矣。天机不可预泄,只好暗里

嗟叹。那高祖准奏,即着李元霸领三千骁骑,出潼关而来。化及闻报,即差成都到潼关拒敌。有分教:

瓦罐不离井上破,将军难免阵前亡。

毕竟宇文成都怎么迎敌,且看下回分解。

第四十二回　元霸被雷归神位　咬金斧劈老君堂

诗曰：

化及奸谋隋祚倾，弑君篡位怒群英。

雄兵共讨甘泉地，天意应教唐业兴。

当下成都领旨，提兵前往潼关迎敌李元霸，这且慢表。单讲甘泉关众反王会集，大家计议道："必须举一人为十八邦都元帅，提调人马，方有约束。只有大小众将无数在此，举得哪个好？"徐茂公道："有个论头在此，凭天吩咐，将甘泉关闭了，一人三声，叫得关开，就推他为十八邦都元帅。"众反王齐声道："说得有理。"当下闭上关门，先是十八邦的元帅一个个叫过去，然后众将。大家各依次叫去，哪里叫得开？轮到咬金，他便夸口说道："我当初做混世魔王，旗都拜了起来，何况这座关门？还让我来，若叫不开，我也不姓程了。"说罢，向前大叫："关门！关门！你依了老程开了罢！"才叫得两声，只听得一阵狂风呼的一声响，两扇关门就大开了。程咬金哈哈大笑道："何如？原要让我当。"众人信服，推他上台，拜为十八邦都元帅之职。十八邦大小将官一齐下拜，内中只少了金墉大将谢应登。他因随众也到甘泉关来，打从一座高山下经过，只见山上有一个道人招他，他便下马上山，原来就是叔父谢洪。应登上前拜见，叔父道："汝尘缘已断，可以从此同我前去修仙学道。"他就跟了叔父飘然而去。

当下程咬金择日祭旗，三军浩荡，杀奔江都而来。

宇文化及一闻十八路反王合兵一百八十万人马杀奔甘泉关，如排山倒海一般的推来，料想难以抵敌，心中好不着急，只得留兄弟宇文士及守扬州，自已带了萧妃与宫娥，连夜逃奔入淮而去。这里众反王一到城下，宇文士及就开城。程咬金下令，大小将官，无分昼夜，必须追着宇文化及，违令者军法从事。众将只得人不解甲，马不离鞍，紧紧追赶。那宇文化及带了女子同行，路上自然迟慢，早被追兵赶着，我且慢表。

先说宇文成都，他原是第二条好汉，领兵十万在潼关紫金山下把守。不料唐兵杀到，为首的大将正是李元霸。成都拍马出迎，见了元霸，吓得魂丧魄销，连声叫苦，说道："罢了，罢了，天丧我也！"欲待要走，无奈人已照面了，只得叹气道："罢！小畜生，今日与你拚命也。"硬着头皮，催马上前，举镏金镋来打元霸。镋未曾到，早被李元霸当的一锤，把镋打在一边，扑身上前，一把扯住成都勒甲绦，叫道："过来罢！"提过马来，往空一抛，倒跌下来，元霸赶上接住，将两脚一撕，分为两片。兵马见主将捉去，早已一哄而逃，走个干干净净。

再说众反王兵马追着化及，已是黄昏时分了。这一阵杀得那化及抛下家小并金银宝贝，往紫金山而逃。萧妃被夏明王窦建德所获，传国玉玺为西魏王李密所得。复又合兵一处，追奔前去。那宇文化及正在慌忙投奔，只见前面灯火照耀，两杆皂罗旗开处冲出一将，挡住去路，乃李元霸也。化及一见元霸，魂飞魄散，回身逃命，又撞见夏明王窦建德杀到，化及措手不及，被建德一刀砍为两段。

谁知李元霸又抄出后山，见众反王进了紫金山，他便摆开万里云，拒住山口，大叫一声："何人得了传国玉玺，快快献过来！"众反王齐吃一惊。程咬金心中大怒："我这里十八家大小将校在此，何惧你一个黄毛小厮！"遂令众将官一齐杀上去。那些能征惯战的将官，没奈何一齐上前冲杀，高张灯火，喊杀连天。却被李元霸大吼一声，催开万里云，冲入阵中，打开了一条血路，锤到处纷纷落马，个个身亡。那罗成大怒，拍马摇枪来战，被元霸飞起一锤打将过来。罗成当的一架，把枪打做两段，震开虎口，回马逃生。可怜一百八十万人马，许多将士，遇此一劫，犹如打苍蝇一般，只打得尸山血海。

李密无奈，只得献上玉玺，求放回国。众王子亦皆虚心恳求。元霸大叫道："玉玺我便收了。你们这些狗王，若要归国，可写书跪献上来，便饶你等狗命，不然杀一个尽绝！"众反王无奈，只得写下降书降表，跪献上去。却有鲁州净秦王徐元朗不肯跪献上来，元霸喝道："为何不跪献上来？"徐元朗道："俺也是一家王子，汝也是一家王子，为何要俺跪献起来？此言甚属放肆，俺焉肯跪你！"元霸听说，冷笑一声，便说："好一个不识时务的狗王！"就一把抓过来，提起两腿，撕为两片。喝道："如有不跪献者，以此为例。"众反王谁敢道个不字，只得一齐跪了，献送降书。轮到了夏明王窦建德，说道："我是你嫡亲母舅，难道也跪不成？"元霸道："不相干，你若在唐家做臣子，自然与你些名分。如今你是反王，若不跪献，将徐元朗为例。"窦建德无奈，只得忍气吞声跪下了，献上降书降表。元霸收完了降书降表，径奔潼关而去。

众反王计点兵马，一百八十五万，只剩得六十五万，还有中伤将士不计其数在内。程咬金见李元霸去远了，便大骂道："小畜生啊小畜生！愿你前去，一旦身死！待程爷爷杀上长安，叫你老子认俺程爷爷的斧便了！"众王各归本国。那西魏王李密在路，思想萧妃何等天姿国色，未知下落，军士报说夏明王窦老爷获得。李密要将宝贝去换，便对众将道："孤看萧妃乃世之活宝也，今被夏明王窦建德所获，孤欲将此珍珠烈火旗前去易换，未知诸卿哪一位可去？"程咬金道："不才愿去。"李密道："既是程王兄肯去，其功不小。"咬金取了珍珠烈火旗，上马去了。秦叔宝却要上前谏阻，徐茂公连忙摇手，叔宝便止住了。

当下咬金走马赶上夏明王，取出珍珠烈火旗送上，细言前事。建德笑道："此乃无用之妇，却将这珍珠来换，焉有不肯之理？"即忙接了珍珠烈火旗，将萧妃送与程咬金，一路保回。李密一见，心中大悦，疾回金墉不表。

且说那赵王李元霸，回到潼关，却有驸马柴绍前来接应，二人相见同路前行。只见风云四起，细雨霏霏，少顷虹电闪烁，霹雳交加，那雷声只在元霸头上轰隆隆的响，犹如打下来的光景。元霸大怒，把锤指天大叫："呔！你天为何这般可恶，照少爷的头响？也罢！"把锤往空中一抛，抬头一看，那四百斤重的锤掉将下来，扑的一声，正中在元霸脸上，元霸翻身跌下马来。柴绍吃了一惊，连忙来扶，只见一阵怪风，卷得飞沙走石，尘土冲天，霹雳声中，火光乱滚。柴绍与兵将避入人家檐下。少停，风住雨止，出来一看，只见元霸的金盔金甲都在地上，那两锤与马，影也不见，不知去向了。柴绍放声大哭，收拾了金冠金甲，并传国玉玺，与众王子的降书降表，回转长安。这日，神尧高祖武德皇帝驾坐早朝，文武山呼已毕，当驾官启奏："驸马柴绍午门候旨。"高祖传旨："宣进来！"驸马进得朝门，哭倒于地。高祖忙问何故，柴绍细奏其事，献上玉玺，并十八邦降书。高祖一闻元霸身亡，大恸，叫道："皇儿好苦！"晕倒在龙椅上。文武百官忙劝苏醒，又放声大哭。下旨遥祭开丧，满朝文武百官，俱挂孝二十七日，行天子之礼。

这消息一传，洛阳王世充闻之大喜："此子一死，我无忧矣！"就起兵十万，杀至牢口关，下了寨。这牢口关主将张方，忙写本章告急，差官星夜赶到长安上本。高祖见本大惊，忙问两班文武："哪一个爱卿领兵至牢口关解危？"闪出东府秦王："臣儿不才，愿领兵前去。"高祖大喜，当下发兵十万。秦王带领马三保、殷开山一干战将，径往牢口关进发。兵至关下，总兵张方接入城中，至帅府，摆酒接风，细言王世充兵犯之事，一宵晚景不表。

次日，秦王领兵出关，与王世充两军相对。秦王指王世充道："当今天子，天下莫不敬服，你何敢擅自兴兵，犯我疆界？甚属无名。"王世充道："唐童我的儿！你爷爷在紫金山同宇文化及交锋，被你兄弟李元霸这小畜生冲杀一阵，打得俺十八家没了火种，还要一个个跪献降书。我只道永远不朽，原来如今就死了。今日孤家兴兵报仇，杀上长安，灭你唐家，何谓兵出无名？"秦王未及开言，殷开山大怒，推马摇斧冲过来。这边王世充手下有大将程洪悦，拍马摇刀，两下里大战二十回合，不分胜败。那边马三保舞刀也冲过来。秦王使定唐刀，领兵将一齐杀出，王世充抵敌不住，大败而走。秦王领兵追赶，直抵洛阳。王世充败入城中，闭门不出。秦王下令，离城五里下寨。

当下吃过夜膳。秦王的性情最喜夜游，见一轮明月当空，皎洁如玉，便同殷、马二将出营，往山坡而来。一层一层行上山来，立马观看，果然万里无云，好一片天光月色，山林夜景也。三人正在观看，只见一只白鹿慢慢地走来。秦王袋内取弓，壶中取箭，左手如托泰山，右手如抱婴孩，弓开如满月，箭去似流星，嗖的一声，正中白鹿头上。那鹿疾走如飞,秦王纵马赶来,紧赶紧走,慢赶慢行,直赶到许多路,回头转来,不见了殷、马二将。到了一座山上,又不见了白鹿,对面却见一座大大的城池,秦王观看,不知这是什么城池。原来那所城池是金墉城。

其夜有秦叔宝与程咬金二人巡城,只听得那边山上有马的辔铃唧唧的响声,二人疑心,下城上马,提了器械,开了城门,二马径奔上山来。秦王正在寻思,忽听得銮铃响处,两骑马冲上山来。程咬金一马先到,大喝一声:"呔! 山上何人,敢来私探俺金墉城么?"秦王吃了一惊,在月光之下暗暗称赞道:"好一员勇将也!"连忙应道:"孤家乃大唐高祖神尧皇帝次子世民便是。王兄却是何人?"程咬金一闻此言,心中一把无名火直透出顶梁门,高有二三十丈,按捺不住:"啊唷,啊唷! 好了好了! 唐童你来得正好! 你今日还有那李元霸小畜生么?"即举起斧来,当的一斧。秦王把定唐刀一架,只叫一声:"王兄,孤家与你无仇,为何如此?"咬金道:"你不晓得程咬金在紫金山被你兄弟元霸小狗入的锤了一下,打得十八家王子没火种,又抢了俺们的玉玺去? 爷爷与你有切齿之恨,怎说无仇? 今日相逢,难逃狗命!"当的又是一斧。秦王抵挡不住,回马败去。咬金叫声:"唐童往哪里走!"催开铁脚枣骝驹,赶上前来。前边走的,真好似猛风吹败叶,后面赶的,犹如骤雨打梅花。赶得秦王上天无路,入地无门。

叔宝见秦王后面头顶上透起一道红光,那红光内现出一条金龙护卫身体,知他是真命天子。

秦王一头走,口中不住地叫道:"程王兄,这是我兄弟仗着勇猛,得罪王兄,不干我事。王兄啊,你放了我罢,日后相逢,自当重报。"咬金哈哈大笑道:"唐童,既然你兄弟英雄,如今哪里去了? 你今日若要俺程爷爷饶命,除非海枯石烂,红日西升!"秦王只叫得苦,拍着逍遥马,倒拖定唐刀,往前没命的跑。咬金双手举宣花斧,望秦王只是追。那秦叔宝一手使着提炉枪,一手催着呼雷豹,也在后面追来。

看看天色微明,秦王转过山坡,又叫一声苦,原来却是一条尽头路。侧边有一所古庙,上有匾额,写着"老君堂"三字。秦王下马,悄悄牵马入庙,一堆儿伏在案桌底下。外边程咬金、秦叔宝二人赶到。

咬金一看道："此间四下并无去路，一定在庙内。"跳下马，一斧劈开庙门，果见秦王悄伏在内。咬金道："如今你没处走了，吃程爷爷一斧罢！"说罢，举起宣花斧，当的一砍，被叔宝把金装锏往上一架架住了。咬金吃了一惊，忙问："秦大哥，为何如此？"叔宝道："此乃一个重犯，如何你擅自杀得？且拿去见主公发落才是。"咬金道："说得有理。"将腰间皮带解下来，把秦王绑在逍遥马上。咬金上马，牵了秦王的马，往金墉而来不表。

再说那殷开山、马三保见主人射鹿，随后赶来，转过山坡，忽然不见了。二人在高处一望，只见山下三乘马而来，一个揣斧，一个提枪，一个绑缚在马上。二人见了，好生疑惑，即忙赶下山来，一看，原来绑缚在马上的就是秦王。二人大惊，要来劫抢秦王。这叔宝一心亦要放走秦王，怎奈咬金牵住秦王的马。见殷开山、马三保来夺，咬金大怒，举斧就劈，接住二人大战。自古双拳不比四手，叔宝在旁正在没分解之际，早有探军报到金墉城，那金墉众将都来接应。殷、马二人见人多了，料想寡不敌众，不敢上前抢夺，径逃回本营，领兵退回牢口关，差官飞报入长安去了。

这边将秦王拿进金墉城，魏王李密早已得报，即忙升殿，推入秦王。李密拍案大怒道："孤家举义兴兵，追杀宇文化及，汝弟元霸毫无情面，自恃凶狠，却就赶来抢夺孤家玉玺。这也罢了，还要众王子写降书降表，跪送投降。我只道你唐家永远有这个凶狠的小畜生，不料天网恢恢，疏而不漏，如今死了。孤家正要兴兵报仇，以雪此忿，你却自投罗网。"吩咐绑去砍了。左右将秦王推出，只见班中闪出徐茂公叫道："刀下留人。启主公，那李世民虽然该斩，但他与主公曾有恩惠，须念旧谊之情，将他暂禁狱中，另寻别故杀之未迟。"李密道："孤家与他并无干涉，有何恩惠？"茂公道："主公未知其详。昔日主公曾被炀帝加罪，虽亏朱粲放救，后来当炀帝差世民、元霸追赶之时，若非世民卖情，暗纵脱逃，已被元霸擒杀矣！今日主公骤然杀之，必被诸邦豪杰谈笑。"李密听说，皱眉一想，俄而开言说道："既是军师这等讲，将他发在天牢，留限一年处斩，不必多议。"程咬金道："主公留便留他一年，但今死罪饶了，活罪难饶，可打他四十御棍，然后发下天牢。”李密准奏下旨，当殿打下四十御棍，然后押赴天牢监禁不表。那李世民金枝玉叶，怎受得四十御棍。但真命帝王，自有百神护佐，不致有伤。

且说那马三保报入长安，高祖得报大惊，跌足捶胸，放声大哭。满朝文武各个下泪，惟有殷、齐二王，暗暗欢喜。高祖正在忧愁不可胜言之际，忽见当驾官启奏说：“有京兆三原李药师，现在午门候旨。”高祖闻言，反忧作喜：“此人到来，我儿有命矣！”连忙降旨，宣召李药师入朝。山呼已毕，高祖问道：“向在何处安闲？”正是：

知机识见通神算，管取金龙脱网罗。

毕竟李药师怎生回奏，且看下回分解。

第四十三回　李密投唐心反复 单通招亲贵洛阳

诗曰：

药师原是不凡才，四海云游尽放杯。

天赐兴唐来救主，魏王失算散良才。

当下李靖回奏道："贫道一向在海外访几个仙友，今闻东府秦王被拘在金墉，特来设计相救。恐圣躬忧怀，先来安慰一二，包管百日之内，秦王安然归国矣！伏乞圣躬不必心忧。"高祖大喜，忙问："贤卿有何妙策救取吾儿？"李靖道："臣今密下小策，待秦王归国之时，自然明白。"高祖下旨排宴款待。次日，李靖辞别了高祖出朝，径往曹州而来。

那一日宋义王孟海公正坐早朝，黄门官启奏："有一道人自称京兆三原李药师，到此要见大王。"孟海公下旨宣他进来。李靖入朝参见，宋义王道："先生何来？要见孤家，必有高议，乞请赐教。"李靖道："贫僧曾遇异人传授，善于呼风唤雨，驾雾腾云，能知吉凶祸福。昨算阴阳，见大王正是北极紫微临凡，乃是真命帝星，故特来请大王及早兴师，先取了金墉城，次灭了长安，以图一统基业。若此番一失天时，反为不美矣！乞大王裁之。"孟海公大喜道："多承先生指教，但不知何日兴师？"李靖道："天时已至，不宜迟缓。贫道当保大王即日兴师前去。先下金堤，次取金墉，最为上策。"孟海公欣然降旨，起大兵十万，克日祭旗发马，御驾亲征，统兵直抵金堤而来。

那金堤关守将贾顺甫、柳周臣二人，引兵出关迎敌。两阵对圆，但见李靖口中念念有词，把剑一指，霎时间狂风大作，飞沙走石，打得魏兵大败入关，坚闭不出，连夜写告急文书，飞报金墉早发救兵。这边孟海公将金堤关团团围住，日夜攻打不休。那日李靖说道："大王要破此关，不出十日，定然必取，贫道暂别，与大王往太行山借一件宝贝来，待等李密救兵一到，管教杀他片甲无存，只消一阵，便可成功矣！”孟海公大喜，叫声：“速去速来！”径自往海外云游访道去了。

那边金墉西魏王得了告急表章，忙集文武，计议兴兵救应。徐茂公暗暗点头。当下李密点兵五万，亲自提兵，带领五虎大将来救应金堤关，其余诸将同徐茂公、魏征守国。兵到金堤关，贾顺甫、柳周臣迎接进关，耽搁一宵。次日，李密率领众将出城，两兵相对，李密与孟海公相见，道：“海公，你为何平空无事，兴无名之师，侵犯孤之疆界，是何道理？”孟海公道：“天下者乃天下人之天下，人人可得，何云尔之疆界？今欲扫荡天下，混一舆图，岂但尔金墉城。”李密大怒，喝声：“谁可与孤擒此狂贼？”早有猛虎大将罗成，催开西方小白龙驹，摆开手中烂银宝枪，一马到阵前。这边孟海公手下大元帅尚义明，催马提刀迎住交锋。被罗成一上手，就拦开刀，耍的一锏，打中左肩，吐血伏鞍而走。李密将号旗一展，五虎大将一齐冲杀过来，犹如砍瓜切菜一般，杀得曹州人马尸山血海。可怜孟海公只叫得一声苦，悔恨听了京兆三原李靖这贼，道：“是他害了孤家也。”只得弃阵大败而逃。这一阵，杀得十万大兵只剩得二千五百，一齐奔入曹州而去了。

且说李密鸣金收兵，入了金堤关，到帅府，骄奢得意，即降旨传修撰官写赦书一道：“颁谕金墉文武朝臣知悉：孤家率师亲救金堤，赖上天之佑，百灵相助，马到成功，三军奏凯。合该赏军泽民，赦宥一切罪犯。凡已结案未结案，除十恶大罪外，尽行赦除。预仰朝臣悉行释放，钦此遵依！”修撰官写毕诏书，启读一遍，排在案上。旁边闪过程咬金，高声叫道：“主公，一切罪人俱可赦免，难道南牢李世民也放了他不成？”李密闻言，猛省道：“我倒忘怀了。”遂提起笔来，赦书后面批下二句道：“满牢罪人皆赦免，不赦南牢李世民。”批毕即差官赍诏到金墉。徐茂公、魏征等开读过了，即令职使释放一切罪人。茂公袖了诏书，私对魏征道：“秦王李世民乃是真命天子，你我二人日后归唐，俱是殿下之臣。如今他监禁南牢，应当及早救他才好。奈魏王赦书后面又批这两句，如何是好？”魏征接过赦书一看，沉吟半晌，便说道：“不难。可将这第二句上的‘不’字竖出了头，下添一画改作‘本’字，

‘本赦南牢李世民’，便可放他了。”茂公点头称善，随即改了赦书，令从人带了秦王的逍遥马、定唐刀，二人同到牢中见了秦王，将改诏放走之事一一说知。秦王倒身拜谢，徐、魏二人即忙跪地扶起，说道：“主公，臣二人不久亦归辅主公，今事在匆促，请主公作速前去，恐魏王早晚回来，那时难以脱笼矣！”秦王十分感激，提刀上马，即回牢口关去。正是：

踏碎玉笼飞彩凤，放开金锁走蛟龙。

不表秦王脱离虎口，再说魏王李密班师回到金墉，问起秦王南牢如何，徐茂公道：“主公诏书后面批谕上有‘一切罪人俱可放，本赦南牢李世民’，那秦王李世民，臣等放他去了约有三日矣。”李密一闻此言，气得三尸神直爆，七窍内生烟，便大惊传旨道：“取诏书我看！”徐、魏二人连忙送上。魏王细细看出改诏的弊端，拍案大喝道：“好牛鼻子道人，擅敢弄鬼侮玩孤家么！”魏征只管巧辞饰辨，李密越发大怒道：“都是你二人玩法通谋，本当处斩，姑念有功在前，饶你们一死，你们可快快前去，孤今用你不着。”喝令殿尉将二人赶出去。左右一齐答应，将二人赶出朝门。徐茂公微微冷笑，取出纸笔墨砚，写几行字，贴在午门上。其诗曰：

高阳道士徐茂公，拜上金墉西魏王。
日败三贤归别国，开仓甲子耗王粮。
七骠八猛皆离散，一十二骑往那方？
约克五行丁卯日，管教四马自投唐。
雄信洛阳招驸马，乱箭攒身王伯当。
挂首午门传号令，那时见你泪汪汪。

茂公写毕，与魏征微笑拂衣，一径出城，不知去向。这边午门有当值官连忙报知李密，李密看了诗句大怒道：“这两个狗道，如此无礼！”即差秦叔宝、罗成二人速速追出金墉，拿他到来，以正国法。叔宝、罗成差便领了，哪里真去追赶，鬼混一日，进朝回复说：“臣等追寻二人，并无踪迹，不知往哪里去了。”李密撩髯大怒道：“好狐党！孤家尽知你们都是旧日朋友，一党之人，明明私情卖放了这两个狂道去，还要在孤家面前搪塞！”吩咐左右绑这二人押出午门去处斩。两下还未动手,旁边闪出程咬金,大叫道:“主公,这个使不得！你不想想来历,自去摸摸肚里看,若不亏我们这几个人,你皇帝哪里来？如今怎么反面无情,动不动就要杀起来?”李密大喝一声:“好匹夫,焉敢奚落孤家!”吩咐左右把他一齐绑出午门斩首。咬金道:“好,好！请杀,请杀！三元及第,一总死了,倒也干净。”这番吓得两班文武,大小诸将,齐伏地奏道:“乞主公息怒,看他三人从前之功劳,求免其一死。”再三保奏,李密怒犹未息,说:“既是众卿在此保他,权且饶恕,将三人削去官职,永不复用!”三人点点头,勉强谢恩而出。程咬金一路大呼小叫道:“有这样可笑的人,我让他做了皇帝,如今倒狐假虎威起来!”叔宝道:“贤弟,事已如此,你说他何益?”咬金道:“秦大哥,罗兄弟,我们还要打算打算,难道这个所在我们还住得牢的么?”罗成道:“这里自然住不得,但是如今往哪里去好呢?”咬金道:“我们从前上扬州抢状元,挑杨林打殷岳,也有些名望,就是天下的众王子也算都受过我们好处的。如今我们周游列国,到处为家,到一处住几时也罢了。”罗成道:“说得有理。”此时,秦母、程母俱已过世,只有罗成的母亲、妻子同叔宝、咬金的妻子,各自收拾车辆,三家带了妻小,一同登程,随路周游去了。

贬了徐勣、魏征,又贬了秦叔宝、罗成、程咬金,这里七骠八猛十二骑,一个个心灰意懒,渐渐东分西散了。

那洛阳王世充闻了这消息,心中大喜:“孤每欲袭取金墉,争奈他这班虎将,个个勇猛异常,故此不敢兴兵。今已散去,不趁此时兴兵,更待何时!”随即密传将令,暗暗起兵。这且不表。

再说李密,兵势大衰,手下只有王伯当、张公瑾、贾顺甫、柳周臣不多几个人保护,心中也有些着急。时值金墉大荒,米贵如珠,李密欲结民心,以为内助,下旨开仓给廪,济饥民之难。不料开了东仓,仓官们只见许多怪物,形如老鼠,两肋生翅,吱吱地叫,一片声响,满仓飞出,成队而去,米粮全无一粒。仓官害怕,奏明魏主,李密大惊。及开南仓、北仓、西仓,照样如此,俱被这群怪物盗运了。

看官,你道这是什么东西,如此作怪？这个名为飞鼠,搬运皇粮十五万石,原来自有着落的。到后来尉迟恭兵下荆州,被水围在樊城,缺了粮草,却在城上掘蒿为食,不意之中,掘出三万石皇粮,救了全军性命；又有秦叔宝扫北，兵围牧羊城，掘得三万石充饥；又有唐天子跨海征东，被困在三江越虎城，得了三万石；还有六万石，直到宋朝杨六郎兵困幽州，杨七郎一箭射下月光，得了这六万石。此是后话，今且休提。

当下李密正在心忧，将及黄昏时分，忽听炮响如雷，呐喊连天。军士飞报进来说："王世充暗发雄兵，袭取金墉，攻打甚急。"李密大惊，连夜召集众将计议，都是面面相觑。况粮草又无，兵马又少，怎生出兵迎敌？君臣商议一番，除非弃了金墉，投奔别国，再作区处。李密道："如今却投哪国去好呢？"王伯当道："若奔别路，俱有王世充的兵马拦截，且都是小邦，未必相容，莫若投唐，庶可苟全。"李密道："孤与唐童李世民现今有隙，岂肯容留？"王伯当道："不妨。向来李渊仁厚，世民宽度。些须之仇，主公到彼，推在咬金身上好了。况且原因赦书而放，主公可认做真的，料世民决不难为。"李密犹豫不决，忽报王世充人马攻破西城，今已入城了。李密大惊。王伯当连声叫道："主公快快上马！"保了李密，同张公瑾、贾顺甫、柳周臣，都弃了家小，骤马出城，取长安大路而奔。

这里王世充破了金墉，入城安民，只斩了萧妃，一应各家家小，俱以赦免。留兵镇守金墉，王世充自回洛阳不表。

再说李密一行五人到了长安，来至午门，先自绑缚，送入本章。神尧高祖皇帝看了，叫声："王儿世民何在？"秦王答应道："臣儿见驾！"高祖道："金墉李密被王世充暗袭，金墉破了城池，无所可归。今来投顺，我欲杀之，以消汝前日之恨，汝意下如何？"秦王跪奏道："父王在上，常言道：'人来投主，鸟来投林。'今若乘危而杀之，恐绝人望。望父王怜而赦之，复以恩结之，则天下归心矣！"高祖闻言大悦，即传旨："宣进来！"李密到金阶，俯伏在地。高祖离坐，亲解其缚，赦其前罪，封为国公。未几，又将淮阳王李仁公的公主配与李密为妻。封张公瑾、贾顺甫、柳周臣为都尉，封王伯当为廷尉将军。王伯当坚辞不受，愿为李密幕将，高祖许之。且按下长安之事。

再讲洛阳王世充回国，百官朝贺，赏军泽民已毕，退朝回宫。想起妹子青英公主尚未招驸马，遂下旨在午门搭一彩楼，凭妹子掷球自择。当下公主遵兄之命，在彩楼上去抛球择婿，对天祝道："姻缘听天由命。"就吩咐宫女将球掷下，却落在一个青面红须大汉身上。你道那大汉是谁，却原来就是单雄信。只因他弃了李密，一身无倚，今到洛阳，在彩楼边经过，公主一球，正中顶梁。两边的宫官太监，邀住雄信，延入午门。王世充见了心中大悦，下旨起造驸马府，择了吉日良时，即打点完姻成亲。未久，适值秦叔宝、罗成、程咬金三人游到洛阳，闻知单雄信招为驸马，同来投他。雄信接见，不胜之喜，留在府中，意欲奏知王世充，封他三人官爵。心中暗想道："他三人心性不定，却与唐家向有旧恩，倘一旦反复无常，反为不美。今且从容款待在此，再作理会。"便奏过王世充，将金亭馆改作三贤馆，供养他三人在内逍遥安乐。按下洛阳之事。

且说长安邢国公李密，虽则为驸马，安享荣华富贵，然而心中终久奢心不遂，何能如前日畅意。适值报山西有变，李密就在唐王面前讨差出师，愿效微力。唐王下旨，遂命收复山西。李密得旨甚喜，退回府中，意欲与公主同去，遂将心事一一说知，并道："此去一旦成功，公主即为王后矣！"公主闻言大怒，骂道："原来你是个狼心狗肺之人，我伯父何等抬举你，不思报恩，却起此反心，真乃贼也！"李密一时愤怒，腰间拔出宝剑，大骂："好贱人，如此无礼！"挥手一剑，将公主杀死。可怜：

只因忠义存心正，花落青锋损玉颜。

李密怒犹未息，即召王伯当相商。伯当见杀了公主，大吃一惊，跌足道："不好了！主公这也太草莽了些，还有甚么商议？此时不走，等待何时？"李密懊悔已迟，慌忙与王伯当披挂上马，逃出东门而走。

这里邢国公府中家将人等飞报入朝。高祖得报，拍案大怒道："好狗才，朕不来罪汝，反给你厚恩，你不思报德，反杀朕之侄女。可恨，可恨！"乃命秦王："速领兵追赶，碎尸万段，方雪朕恨！"当下秦王出朝，就领兵出东门一路追赶而来。李密在前，闻后面车骑之声，回头一看，只见一队追兵飞奔而来。看看将近，只叫得一声苦。王伯当保定了李密，纵马加鞭，往前奔逃。不上十里之遥，到了艮宫山，地名断密涧，却是一个死路。李密追悔无及，长叹数声。后面秦王追兵已到了。王伯当把手中方天戟摆一摆，喝一声："唐兵休赶，俺王伯当在此！"秦王见了，慌忙下马，叫一声："王王兄，俺李世民特来劝你，今日之事，情理皆亏，王兄不如降了俺唐家罢。"王伯当把戟按定了，叫声："秦王千岁！俺王勇素重纲常，事虽不济，有死而已。千岁之德铭刻在心就是了。"秦王道："王兄，你何必十分执见，况弃暗投明，乃达人之事。请王兄见机行之。俺李世民决非薄情之人，今日情愿下你一个屈膝，你过来了罢。"秦王一面说，一面就跪将下去。王伯当欠身道："承千岁如此降礼，我王勇就碎尸万段，难以报德。奈王勇今生有主在先，愿来世做你臣子，以报大德便了。今日惟死而已！"秦王苦劝不从，王伯当勒马挺戟，这里大小将官一齐放箭乱射，正是：

愚莽焉能存大志，今番危难岂能逃！

不知王伯当怎生救护，且看下回分解。

第四十四回　尉迟恭打关劫寨　徐茂公访友寻朋

诗曰：

世民一片好仁心，故得英雄钦服恩。

李密无谋又无义，亡身万弩葬荒原。

当下王伯当恐伤了李密，把身向前遮住了，用戟挑拨，叮叮当当，把箭杆都拨在地下。不料斜刺里噔的一箭，射中了李密左腿，李密"啊唷"一声，王伯当回头一看，才掇得一掇，就着了数箭，手里戟一松，万弩攒身而死。可怜王伯当与李密并同行数人，俱射死在艮宫山断密涧中。秦王下令，将王伯当尸首就葬在艮宫山，把李密首级斩了，收兵回长安复旨。不一日，早到长安，进朝复旨。高祖下旨将李密首级号令午门示众。

不多几日，却有徐茂公、魏征二人来到艮宫山，闻知李密已死，首级号令在午门。二人径到午门，见了首级哭拜于地。守首级军人将二人绑缚，入朝启奏。高祖闻知有人哭，只道："好生可恶！"即传旨推进来。军士将二人拿到金阶，秦王一见，忙跪下奏道："这就是魏征、徐勣。改诏私放臣儿者，即此二人也。"高祖闻奏，忙令秦王下殿解缚。秦王领旨下阶解缚，谢叙前情，着意殷勤，就要二人归唐相辅。徐茂公与魏征道："要臣等归辅，须得奏请葬祭了魏王的尸首，以尽旧主之谊，然后归附。"秦王从其言，奏请高祖，高祖准奏，就命秦王前往主祭，在艮宫山开丧二十七日，用天子之礼。葬李密于艮宫山后，徐魏二人已顺归唐朝。此时袁天罡、李淳风俱已隐去，军师李靖又不肯长住在国，便封徐勣为亚军师，魏征为洗马，按察四方，招集那金墉七骠八猛十二骑。命秦王到潼关去招兵，又命殷、齐二王到太原去招兵。那些金墉旧将,一闻徐茂公、魏征都已归唐,众人陆续而来。又有慕秦王之名者,攀附如云。

殷、齐二王在太原招兵,约有半年,鬼也没有一个,心中焦躁,私下相商道:“如此便怎么样?”元吉道:“究竟世民王兄的名望大,所以人人都去投他。我们如今何不扯起他的旗号来,冒他的名望,自然有人来投军。”建成道:“有理。”果然换了旗号,扯起秦王的名色来。只见那些投军的,果就络绎不绝的来了。二王大喜,招集有一万余数,即回长安复旨不表。

且说尉迟恭在扬州下棋打得七伤八损,回朔州来,却由宝鸡山经过。正行之间,只见山中一块大石,忽然一声响亮,爆豁两开。尉迟恭吃了一惊,走向前来一看,见内中有一石匣,揭开看时,即见两只铁羊,就取在手内,心中欢喜,想道:“我拿回去打件东西用用也好。”正在思量,远远望见一个人,头戴一顶扎巾,身穿一件黄布道袍,腰系丝绦,脚穿麻履,吃得醉醺醺,一路而来。叫声:“尉迟恭,你住着,我有话与你讲。”尉迟恭暗暗惊骇,忙问道:“先生,你缘何知我的名字?”那人笑道:“莫说知你的名字,就是天文地理,过去未来,也尽知道。”尉迟恭就问道:“先生高姓大名,尊居何处?”那人道:“在下姓李,名友白,隐居山中,不嫌荒陋,屈至舍下一叙,就此同行。”

当下尉迟恭随着李友白转过几个山头,到一所茅屋内,进见施礼,童儿捧出茶来吃了。友白便道:“将军目下时运未来,再过几时,自然逞志。贫道有盔甲一副,蛇矛枪一杆,赠与将军藏用。方才那只白铁羊,将军可自拿去,将这只红的留与贫道,日后自有用处。”遂唤童儿取出盔甲、蛇矛。尉迟恭一看,原来是一条洋铁打成的长矛,是一副乌金镔铁铠,一顶双凤铁盔。尉迟恭看那盔上的凤,眼睛却是闭着的。便问道:“先生,为何盔上凤眼是闭的?”李友白道:“此是一顶神盔,你将来上阵,有人射得着你一箭,那凤眼开了,这就是你的真主,你可下马降他。”尉迟恭点头,收了这几件,遂把那红铁羊交回去。友白叫声:“将军,你这铁羊,却有两条竹根样的水磨神鞭,铁羊一开,其鞭自现。但此羊十分难开。若要铁羊开,除非仁义血。你日后保真主,自有蟒袍玉带,世袭公侯,全在这条鞭上。但有诗二句:鞭在人也在,鞭断人便亡。日后自有应验,牢记牢记。”尉迟答应,躬身致谢。二人叙谈良久,看看天色晚了,尉迟恭收拾了东西,作别起身。李友白道:“天色昏黄,回府尚远,不便行走,权屈荒山暂宿一宵,明日送行。”当夜,尉迟恭就在李友白草堂后面歇了。次日谢扰而别,径回山后致农庄。

来到家中,见过了妻小,一心要开铁羊,将盔甲、长矛收藏好了,就打点熔羊。妻子问道:“官人前去夺状元,料想英雄甚多,焉能夺得来?”尉迟恭笑道:“状元虽不夺得,却得了这件宝贝。”遂将铁羊放在炉内,扇红了,发狠的打。哪里打得开?一连打了两日,心中十分焦躁。正在寻思,却有县中一个差人叫做仁义的,入乡来催讨钱粮,尉迟恭猛然想起李友白之言:“若要铁羊开,除非仁义血。”如今只得借重他了。便对仁义道:“我有一个朋友,应承借我几钱银子,如今要去取,不若就与老兄同往,取来即付老兄,何如?”仁义信以为实,便道:“使得,就去。”尉迟恭便引了仁义出门,走到一个荒坟内面,见四顾无人,就将仁义一脚踢倒,腰间取出刀来,结果了性命。坟边有个骨殖瓶,将来倒空了,盛些血带到家来,往铁羊上一浇,只听豁喇一声响,铁羊分为两段,现出两条竹鞭来,却是雌雄二鞭,雌的重八十斤,雄的多一斤。尉迟恭大喜。

次日,县中得报,不知何人杀了差人仁义,便差快手金国龙、金国虎沿途查缉。二人查到致农庄,往尉迟恭家中看看姐姐,细言仁义被人杀死,如今差他二人缉访。尉迟恭便把杀血炼鞭缘故说知,二人大惊道:“喜得差我二人,倘被别人知风,如何是好?你此时不走,更待何时?”尉迟恭道:“我闻太原招军,正想前去。只因你姐姐有孕在身,如今难得二位老舅到此,愚兄拜托前行,凡事全赖照顾。这鞭留下雌鞭在此,倘或生下孩儿,取名宝林,日后夫妻父子重逢,可将雌雄二鞭为证。”当下拜别,彼此落了几点英雄泪,尉迟恭即带了盔甲铁鞭,往太原而来。这边金国龙兄弟,渐渐有些遮盖不来,立脚不稳,带了姐姐,逃到沙陀北汉王罗可汗手下。二人也有些本事,后封到大平章,镇守琅琊关。直到尉迟恭扫北平番,才双鞭会合,父子团圆。后话不表。

且说尉迟恭到了太原，投军入队，殷、齐二王叫他做一名火头军，管九个火工，每日发一斗米、九斤肉、一坛酒，与九人同吃。他却一个人都吃完了，九个人一些也没得到口。那九个人同到殷、齐二王面前禀了。二王大怒，问他克减军粮之罪，打了四十，推出城来。尉迟恭怀恨在心，望城上旗号一看，上写着“西府秦王”。尉迟恭大叫一声：“秦王，你日后不遇着俺便罢，倘或相逢，须教你仔细认俺的手段。”当下无处奔投，一路撞出雁门关来。听见沸沸扬扬，说有定阳王刘武周，差大元帅宋金刚在马邑募选先锋。尉迟恭闻言，径投马邑而来，写了投军状，投入帅府。宋元帅唤他进去，一看，好像烟熏太岁，火烧金刚，身长一丈，腰阔数围，凛凛威风，堂堂相貌。宋元帅大喜，就命他演武，果然十分勇猛。即着他在午门候旨，自己先入朝中启奏。刘武周问道：“爱卿召募先锋，可有了么？”宋金刚奏道：“臣选就一人，现在午门候旨。”武周即降旨：“宣他进来！”尉迟恭闻言，入朝到殿下俯伏。武周一见，看他豹头燕额，虎步熊躯，细问武艺行兵之事，尉迟恭对答如流。忽报：“金龙池内怪物又来作祟，乞大王速赐童男童女祭献，防它上岸为祸作祟。”尉迟恭就奏道：“不必赐祭，待臣去看是何怪，拿了它来，有何不可。”武周大喜道：“爱卿虽勇，须要小心前去。”

尉迟恭辞出午门，遂到金龙池。但见狂风大作，浪涌平空。尉迟恭摩拳擦掌，赶到水边。那怪见有人来，大吼一声，跳上岸来，直到尉迟恭面前。尉迟恭将身闪过，转身一把抓住了领鬃毛，提起拳一连十数拳。那怪物被打得跳动不得，便立住了。尉迟恭一看，原来是匹黑马，自头至尾长九尺，高九尺，周身上下如黑漆，并无半点杂毛，肚皮底下中间圆圆的斗大一圈白毛，好像月亮一般，因此名为抱月乌骓马。尉迟恭牵了入朝，来见武周：“启大王，池内不是什么怪物，乃是一匹脚力。”刘武周看了大喜，赐予鞍辔，封尉迟恭为正印先锋，以宋金刚为元帅，起兵十万，择日兴师，来抢唐家世界。

且说雁门关守将王天化得报，忙写告急表章，差骑星夜上长安求救。此时殷、齐二王并秦王，招兵已足，俱回长安。神尧高祖接得此本，便问：“哪位卿家可以领兵退敌？”闪出殷、齐二王道：“臣儿愿往。”高祖遂命点兵十万与二子，前去退敌。

这边尉迟恭前军到了雁门关，守将王天化出关迎敌。尉迟恭拍马持枪冲杀过来，王天化举枪来迎，不及三合，被尉迟恭一枪刺死了，抢进雁门关，宋金刚的大队也到了，便一齐进关。尉迟恭忙提兵就走，领前军径奔偏合关杀来。关中守将金月虎，领兵出关抵敌。两马交锋不及五个回合，被尉迟恭一鞭打下马去了，又占了偏合关。兵不停留，即刻拍马抢先，直奔白璧关。

其时殷、齐二王也到了，忽闻报道："半日工夫失了两关。"又报兵到城下了。二王吃惊不小，上城一看，见了尉迟恭犹如灶君一般，忙令画工在城上描了他的形象，随后领兵出城。却被尉迟恭鞭打枪挑，连丧数十将，杀败二王，抢了白璧关。宋金刚的人马也到了，进关不曾立定，尉迟恭即起身追赶二王。一夜之间，连劫他八寨，赶得二王上天无路，入地无门。幸喜得宋金刚有令，着尉迟恭先取太原，只得回马。

二王败将下去，见前面有支人马，乃是驸马柴绍。那柴绍见了二王，便问："大舅、三舅，为何败得这般形景？"殷、齐二王备言尉迟恭十分利害，日抢三关，夜劫八寨，鞭打枪挑，死上将数十余员。就将图像付与柴绍。柴绍不信，叫声："二位老舅，这厮不过相貌丑恶，也是一人，就是山中猛虎，也要打死他来。"二王道："姊夫，其人果然利害，不要玩耍。"柴绍哪里肯听，竟带兵马到白璧关来，当头就遇尉迟恭。柴绍大喝一声："谁是尉迟恭？"尉迟恭掇转头来道："谁敢道爷爷的名字！"柴绍一看，当真像个黑炭团，画上的还算平常，看了真形，尤其丑恶。不要管他，且杀他一个措手不及，便拍马挺戟，劈面就刺。尉迟恭急架相还，战有二十回合，被尉迟恭拦开画戟，扯起竹节鞭，照肩用力一鞭。试想八十一斤重的铁鞭，打了一下，就不死也要肉破骨伤。柴绍大叫一声："啊唷！"跌于马下。众人忙抢扶起，背负而逃，已经一命呜呼。尉迟恭赶了一程，自回白璧关去了。

再说神尧高祖驾临早朝，一声报道："殷、齐二王大败而回！"高祖大怒："这两个畜生，出去就打败仗。"叫道："宣来！"二王到殿下俯伏，叫声："父王，来将实在凶狠，一日一夜被他夺了三关，劫了八寨，打破几座州城，伤死上将数十员。臣儿画他形象在此，请父王观看。"高祖命挂在殿旁，文武见了，齐吃一惊，哪有这样一个人，纸画上尚且如此凶恶难看，若在阵上自然益发凶狠。高祖问道："此人如此利害，众卿可有良策退得他否？"闪出徐茂公奏道："请西府秦王领兵前去，可以收服此人。"高祖点头准奏。秦王着了忙，奏道："臣儿岂敢不遵旨领兵？但今满朝将官，要求十全勇冠者，选不出一人，如何可敌这员黑勇将？"徐茂公接口道："主公休惧，君命无辞，圣天子百灵相助，主公洪福齐天，自能化凶为吉。"秦王无奈，只得同徐茂公出朝，一路吁嗟，只叫得一声："茂公军师啊，孤来问你，金墉诸将，那七骠八猛十二骑，孤在太原俱已招用，不必言之。还有最高强得力的五虎大将军，其中王伯当尽义射死了，不必提起。闻说单雄信在洛阳为驸马，也罢了。还有秦叔宝、罗成、程咬金这三人，一个也不知下落。孤家思慕已久，军师必知踪迹。孤家往往道及，军师从未实告。如今俺唐朝被人杀败到这个田地，难道军师终不肯与孤家图谋？"徐茂公道："主公不必心焦，臣观天象，这几个将星都分野在洛阳。又见白虎星幽暗，其人必然有病。待臣就去访寻，或者不能齐来，两个是包在臣身上，去寻他来保驾便了。"秦王道："既如此，孤家先领兵到白璧关，专等军师领三人到来，若此三人一日不到，孤家一日不开兵。"茂公道："主公放心前去，管取有二将先来便了。"秦王当下领兵十万，起行前往。

再说高祖闻报柴绍死于渭州，放声大哭，忙差官前去收葬不表。

且说徐茂公自扮了游方道人，带了尉迟恭的图形，径奔洛阳而来。

再说东镇王王世充得报马邑定阳王刘武周，新得一员大将，乃山后朔州麻衣县人氏，复姓尉迟，名恭字敬德，日抢三关，夜夺八寨，劫取太原，连破几座州城，枪挑鞭打，伤坏唐朝大将数十员，杀得唐家闭门不出，王世充大喜。早有铁冠道人微微一笑，对王世充道："主公，臣算阴阳，有徐茂公暗暗地来相请秦叔宝、罗成、程咬金前去保护唐家，早晚之间就到。"王世充一闻此言，不觉大怒道："天下也没有这样要便宜的人！平静时节呢，我却供养他们在这里，如今用人之际，却要求请去，理上也难容得去！"铁冠道人笑道："徐茂公此来，一定扮作游方道人,主公可下旨四门,凡有游方僧道,一概不许入城。”这旨一下,徐茂公哪里知道?冒冒失失,敲着渔鼓简板竟往城门口撞来。守门军士拦住喝道:“你这道人往哪里去?”徐茂公满面笑容,上前深深一揖道:“列位,贫道是云游到此,今欲入城做些生意。”军士喝道:“你的眼乌珠是瞎的么?不见现奉圣旨,挂着榜文,不许游方僧道入城,你却要往哪里去?”徐茂公见喝,抬头把榜一看,叫声:“列位,贫道初来,不知令旨,如今就不进去便了。”茂公说罢,回身转来暗暗笑道:“你不许我进城,我自有法儿进去。”走到一个面店门首,对店主人打个稽首,叫声:“店主人,有板凳借一条,贫道借此地唱个道情,花几文钱下碗面吃。”主人道:“有,在此。”就取一条凳与徐茂公。茂公坐下,把手中渔鼓简板敲动,那些人便走拢来,正是:

钓竿执在渔翁手,安排香饵钓金鱼。

毕竟徐茂公怎生相请,且看下回分解。

第四十五回　辞雄信二杰归唐　白虎星官封比肩王

诗曰：

世充虽设养贤堂，不识英雄定四方。

却被茂公勾引去，三贤指日尽归唐。

那徐茂公唱起道情，十分好听，众人围住听唱。正唱之间，远远的望见程咬金坐着罗成的西方小白龙，飞也一般冲出城来，把众人吓得乱嚷乱跌。程咬金见了，哈哈大笑，故意把小白龙连转几个窠罗圈，吓得众人都没命的跑，一拥挤进城去。徐茂公趁此也混入城，把门军士也不能做主，哪里查点得许多。

不表程咬金作耍出城，单讲徐茂公一路相问："秦叔宝老爷住在何处？"有人指引道："在三贤府内。门首竖一牌匾，上写'三贤府'就是了。"那徐茂公径往三贤府来。那府门上，有单雄信打发来的两名家将坐着管门。那家将二人，正坐得毫无兴趣，见了徐茂公，忙叫一声："道人你会唱道情的么？可唱一个故事与我们听听。"徐茂公即坐在府门上，敲动渔鼓简板，唱起道情来。

里面秦叔宝正坐在床上服侍罗成的病，那罗成忽听得外边渔鼓响，叫一声："表兄，小弟睡得好不耐烦，可叫那唱道情的进来，唱个道情听听，解闷解闷。"叔宝道："兄弟要听么？待我去吩咐外边，唤他进来。"说罢，忙走出房来，传一声出去："唤那唱道情的进来！"那外边连忙令道人进去。

叔宝立在厅上，见那道人却是徐茂公，倒吃了一惊，连忙进厅来见过了礼。茂公便问："罗成兄弟在哪里？"叔宝道："他有病睡在床上。"就引徐茂公进房见了罗成，相叫一声，放下渔鼓简板就坐在床上，叫声："罗兄弟，不想病得这般光景。"遂与罗成把一把脉，说道："罗兄弟，你的病是个烟缠病，过几日就好。"

两边说些闲话。叔宝见茂公不提起唐家，叔宝也一句不问。只见程咬金放青归家，从外面走将进来，一路叫："秦大哥！罗兄弟！"走入房中，见了徐茂公，十分大骇，心中想道："我闻徐老大做了唐家军师，为何却到这里？"又见他这般打扮，摸不着头路，便大叫道："老大为何做这般叫化生意？"扯过简板，啪嚓折为两段，一把拿住渔鼓，一挤挤得粉碎。啪嗒掉出一轴画来，倒觉稀奇，拾起来打开一看，说："啊唷，原来是灶君王爷！为何放在这个里头？"叔宝一看道："这个不是灶君，是个将官的图形。"茂公道："正是。"程咬金一闻此言，便大叫道："是呵，是呵，我晓得了。前日单二哥说，定阳王刘武周新得一员大将，复姓尉迟，名恭，字敬德，身长一丈，腰阔十围，面如黑炭。起兵以来，日抢三关，夜夺八寨，又得太原一省，连夺府州数十余座，鞭打枪挑，伤死大将四十余员，杀得唐家闭门不出。目下唐家用人之际，敢是唐王思想我们，故差老大前来相请俺三人么？"茂公笑道："然也！"程咬金便大叫："秦大哥，快快收拾起来，我们就走！"叔宝看看他，又看看床上的罗成，说道："兄弟，你为何这等冒失，你看罗兄弟病得这般形景，我们如何舍得抛了他去？"罗成叫声："表兄，你老大年纪了，不趁此时干些功名，挣一领蟒袍玉带，荫子封妻，等待何时？你两人快些前去，勿以兄弟为念！"叔宝流泪道："表弟呵，承你好心，但恐我二人一去，单二哥回来，一定要难为你了，如何是好？"罗成道："哥哥你放心前去，兄弟自有道理。"叔宝只得收拾了二轮车子，载了张氏、裴氏，拜别了姑母与先时同来的人，并着秦安一行，到了城门口。叔宝令秦安将家小送往长安去，叫徐茂公远远相等，却叫守门军士去报单雄信来城门口相别。

那单雄信正在府中，军士报道："启驸马爷，秦老爷、程老爷带了家小出城，将老小先往长安去，二位老爷在城门口相等，令小人来请驸马爷去说话。"单雄信一闻此言，两边的胡须都撕开来，忙叫："带马！"飞身跨上能行青鬃马，加上两鞭，飞马来至城门口，把鞭一撩，跳下马来。家将牵住马，雄信走上一步，双手握住叔宝的手，只叫得一声："秦大哥，叔宝兄，你却要往何处去？若要去也须到小弟舍下相别一声，小弟也好摆酒送行，如何却来这里，方来通知小弟？"叔宝未及回言，程咬金大叫道："两只脚生在我们肚子底下，要走便走，却要来问我怎么？我老实对你说，如今不在这里做闲人了，要去干功名，取富贵，这里闲人实是做不过了！"单雄信叫声："兄弟，愚兄又不曾与你吵闹，为何说这些话？"叔宝叫声："二哥，他性情是这样的，二哥深知其人。但小弟在此打搅不当，所以要往别处去。"单雄信道："何得如此相瞒，莫非要去投唐么？"咬金道："然然然！你竟是个活神仙。我对你讲过了，我好好一个罗成交付与你，若是病好了，还我一个人，若是不济事了，也要还我一把骨头。"叔宝道："你看这个匹夫，一些道理也不晓，二哥你也不必介怀。"单雄信叫声："取酒过来！"家将备席追来伺候，即满斟送过去。雄信接了，捧过来与叔宝，叔宝一饮而尽，一连三杯。雄信又来敬咬金，咬金道："谁要吃你的酒？"雄信道："兄弟，不饮便罢。"叔宝与雄信对拜四拜，二人上马而去。

单雄信径上城楼，推开护城板来看，只见二人走去，远远树林内走出徐茂公来，三人一路而去。雄信把钢牙咬啐，叫一声："牛鼻子的道人，你来勾引了二人前去，那罗成小畜生不病，一定随他去了。"心中一想，下城提槊，径往三贤府来。那罗成见二人去了，叫罗春："你去立在房门口，若单雄信来，你可咳嗽为号。"罗春立在房门口，只见单雄信提槊走将进来，罗春高声咳嗽。单雄信问道："你的主人可在房内么？"罗春道："病在床上，好苦。"雄信叫声："你且闪开。"走到房门口，听得罗成在床上叹气道："黄脸的贼，程咬金这狗男女，你这二人忘恩负义的，没处去，就住在此间，如今看我病到这个田地，一些也不管，竟自投唐去了！哎，皇天啊！我罗成若死了便罢，若有日健好的时节，我不把你唐家踹为平地，也誓不为人了！"雄信听了这些话，即抛了槊，懊悔道："我一念之忿，几乎断送好人！"忙走进来，叫声："兄弟，你不必心焦，若果有此心，俺当保奏吾主，待兄弟病好之日报仇便了。"罗成道："多谢兄如此好心，感恩不尽。"单雄信忙请太医，与罗成加意医治。数日之内，把病症调治好了，即当殿保奏，封罗成为一字并肩王，按下不表。

再说徐茂公、秦叔宝、程咬金三人正行之间,咬金大叫道:"此去投降,自然有大大的前程!"叔宝道:"我们去不必说,但兄弟去有些不稳便。"咬金道:"为什么呢?"叔宝笑道:"兄弟,难道你忘情了斧劈老君堂,月下赶秦王么?"咬金一闻此言,叫声:"啊呀,这事完了,完了!秦大哥,你真个不是人入出来的,早对我说声,方才不与单二哥这等恶开交了!如今不去了,只得另寻头路了!"徐茂公道:"不妨,凡事有我在此,包你无事便了。"咬金道:"你包我无事么?千金担要你一个挑的。"茂公道:"这个自然,你放心前去便了。"当下三人到了白壁关寨边,徐茂公叫声:"二位兄弟,且在此等一等,待我先去通报了,再来相请便了。"程咬金道:"那事要你与我先说一声,若或杀了我,我是要与你讨命的哟。"茂公点头道是,走入帐去。

秦王一见,即满面春风,叫声:"王兄,三人可来了么?"茂公道:"罗成有病不来,秦叔宝、程咬金在外候旨。"秦王大喜,便要叫宣进来,茂公忙道:"主公且住,那程咬金竟要抓他进来,主公必要拍案大喝道:'程咬金有斧劈老君堂之罪,把他径杀便了。'"秦王吃惊道:"王兄,此言差矣!那桀犬吠尧,各为其主。今日到来,就是孤家的臣子了,为何又问他罪来?"茂公道:"这人却要这般待他,他方得服服帖帖,若不问他的罪,他见得唐家没有大将,请我到来,就要自以为是,不遵法度起来了。主公径要杀他,待臣等自然竭力保他便了。"秦王依允,下旨:"宣金装锏架宣化斧临潼关救驾秦恩公入营!"咬金道:"要死啊,这句话先当不起了!秦大哥,在你身上要劝他一劝的啊!"叔宝道:"这个自然。"即入营拜伏于地。秦王叫声:"秦王兄请起!"双手扶起叔宝。叔宝道:"主公,那程咬金召他进来,必须要问他的罪,绑他就杀。那时臣等却来保他,主公便赦了他,他方肯依头顺脑,不然他就要倔强不遵了。"秦王微笑道:"好,你们这班朋友,倒多是算计他的。"便下旨:"宣月下赶秦王、斧劈老君堂的犯人程咬金入营!"左右答应一声,就赶过去把程咬金抓入营来。咬金俯伏在地,便大叫道:"千岁爷啊,徐茂公力保臣来的,臣因有罪,原不来的。"秦王想一想道:"原来他们两头做鬼作弄他的,事已到此,不得不然。"心中不忍,只得硬了头皮叫声:"绑去斩了!"徐茂公、秦叔宝忙道:"主公,权且赦他前罪,待他后来立功赎罪便了。”秦王忙令松了绑。当下大排筵宴接风。座中秦王说起尉迟恭的利害道:“孤自领兵到此,紧守寨门,不与交战。”叔宝道:“这些将官在昔日却哪里数得着他?臣也不知会过了多少好汉,若然主公令弟赵王在时,这将官就是几千几万,却也不经打起。”秦王道:“正是么,可惜孤这个先弟没了!昔日在潼关,只一下打得十八家王子没了火种,跪献降书,却有何人可敌?”咬金想道:“这件事说起来我好恨啊!”

当下秦叔宝吃了几杯酒,立起身来,披挂端正,跨上追风呼雷豹,直至白壁关下,单讨尉迟恭交战。探军报入关来:“有一黄脸大将在外讨战。”不料尉迟恭往马邑催粮去了,宋金刚便问:“哪位将军出去会战?”有大将水生金愿往,上马提刀,冲出城来。一见叔宝,说声:“完了!昔日上扬州抢状元,秦叔宝的杀手锏打死殷岳,罗成的回马枪挑死杨林,那个不知?那个不见?如今唐朝来此人,我命休矣!”即欠身道:“秦将军,小将甲胄在身,不能全礼,马上打拱了。一向不知出麾何处,几时到此的?”叔宝道:“今日方到,你可去叫尉迟恭出来会战。”水生金道:“岂有此理,小将既已到此,难道交手也不交手么?乞将军相让一二!”遂拍马抡刀。叔宝举起提炉枪即便迎来,不及两个回合,拨开了刀,耍的一枪,刺下马来,喝声:“去!”割了首级,复又抵关讨战。探子飞报入府,宋金刚大惊,便问:“此将叫何名字?”败兵道:“小人们走得远了,只见水将军与他说了半日话,然后杀起来,一枪就刺死了,却不曾听得他的名字。”当下有大将魏刀儿大怒,上马举钢叉冲出城来。一看见是叔宝,叫声:“啊呀,不好了!怪道水将军被刺死,原来遇了秦叔宝!啊呀,我既出马,再没有回去的道理。”举叉劈面来战。好叔宝,未及一个回合,拦开叉,提起金装锏,照顶梁门当的一锏,打下马去,割了首级,大叫讨战。探子报入帅府,只说有了名字,叫做秦叔宝。宋金刚一闻此言,叫声:“不好了,发不得将了,高挂了免战牌罢!”叔宝便知尉迟恭不在关内,掌得胜鼓回营。

秦王一闻叔宝枪挑水生金,锏打魏刀儿,心中大喜,吩咐摆宴庆功。

那程咬金心中十分不好过,立起身来,走到秦王身边,假意叫声:

“主公，吃一杯！”就把秦王袍袖一扯，秦王看他一看，他把眼睛一瞅，依先坐了吃酒。到了黄昏，徐茂公、秦叔宝告醉，秦王道：“二位王兄请自回营，单留程王兄在此。”二人告别自回营去安歇。秦王却叫声：“程王兄，你方才扯孤一把，有何话说？”程咬金道：“主公，你看月明如昼，闻知白璧关十分有景，臣保主公去看探如何？”秦王道：“孤家昔时最喜夜游，但是孤家自夜探北芒山，纵放宝驹追赶白鹿误到金墉被程王兄捉拿之后，却不敢夜游了。”程咬金道：“呀，往事休提。今晚有臣保驾，前去观探一番，有何不可？”当下秦王依允，头戴一顶束发金冠，双挥雄鸡翅，身穿一领杏红袍，腰束碧玉带，左插金披箭，右插一张宝雕弓，手提定唐刀，上了逍遥马。程咬金顶盔贯甲，挂锏悬鞭，上马提斧，君臣二人悄悄离了营门。果然月明如昼，万里无云。

咬金保着秦王来至白璧关下，看这关门十分峻险。咬金叫一声：“主公，怎么这样一座关，二位王爷不能守住，失于贼人了！”君臣二人正在城下观看讲话，不料尉迟恭催了五千粮草到了关下，忙来缴令。宋金刚道：“这些粮草在哪里稽迟，一去不来？这也不必说了。如今来了山东秦叔宝，巡察要紧，今夜可去巡关！”尉迟恭领了帅令，到关上来巡关。却有军士指道：“南首月光之下，有二人在那里指手划脚的看。”尉迟恭一看，远远见一个插鸡翅翎的。尉迟恭道：“这一定是唐童。”忙下关来，叫声带马，即提了丈八长矛，悄悄的开了关，催开抱月乌骓马，大叫：“唐童休走！”那辔铃啷啷的响，程咬金叫声：“不好了，主公退后些。”挥动手中八卦宣花斧，一马迎上前来，月光下见尉迟恭，叫声：“啊唷！犹如烟熏太岁，火烧金刚。”比那图上的又觉十分怕些。

看官，那程咬金、伍云召在扬州因下棋打过尉迟恭，缘何今日却不认得起来？只因那时尉迟恭时运未来，面如泥土一样的。如今时运到了，发亮起来，变了形容，所以不认得了。尉迟恭前番冒冒失失，又不曾知程咬金名姓，忙乱之间，一时也想不起，哪里认得程咬金？当下尉迟恭大喝一声：“你这厮却是何人？”咬金喝道：“我的儿，爷爷就是程咬金。你这黑炭团可就是尉迟恭么？”尉迟恭道：“然也。”程咬金把斧一举，当的一斧盖下来。尉迟恭把长矛架住了。当的又是一斧,尉迟恭又架住,一连三斧,到第四斧,也没劲了。尉迟恭叫声:“匹夫,原来是虎头蛇尾的。”即把丈八蛇矛嗖嗖的刺来,咬金忙把斧乱架。尉迟恭见他家伙乱了,拦开斧,扯出钢鞭,要的一鞭,正中左臂,咬金扑通一声,跌于马下,死在地上。秦王叫声:“动不得手!”尉迟恭即把长矛来刺秦王,秦王把定唐刀架住,叫声:“尉迟王兄,孤与你无怨无仇,缘何如此?”尉迟恭大喝一声道:“呔!唐童啊唐童!我在太原投军,你道我吃了九斤肉、一斗米、一坛酒,就打我四十,革退了军名。今日相逢,怎说无仇?”说罢,即把丈八蛇矛劈面刺来。秦王看看遮架不住,那程咬金却是个闻土星临凡,若打死了,见了土即便活转来。他叫一声:“好打!尉迟恭勿伤我主,勿伤我主!”拾斧在手,跳上马来战。正是:

秦王原是真天子,故有星官相救来。

要知程咬金与尉迟恭交锋胜败,且看下回分解。

第四十六回　秦王夜探白璧关　叔宝救驾红泥涧

诗曰：

进退无知一莽夫，却叫真主受灾魔。

君臣月下遭惊险，亏得秦琼解网罗。

当下尉迟恭正追秦王，忽听背后程咬金喊声追来，心中倒吃一惊："怎么死了的人又会活的？"把矛一摆，抛了秦王，径奔程咬金。不几合，拦开斧又是一鞭，打中右臂，扑通的响，咬金又跌下马去，死在地上。尉迟恭举矛又朝秦王刺来，秦王叫声："动不得手！"举定唐刀架住，声声只叫："王兄，王兄！孤昔日曾在潼关招兵，那太原招兵并不是孤家，却是大王兄、三御弟在那里，王兄你不要认差了！"尉迟恭大喝道："俺开关，明明看见旗号上是'西府秦王'四字，你这厮推到哪里去？不要走，吃俺一矛！"举矛嗖嗖刺来。秦王哪里挡得住，那程咬金在地上又醒转过来，叫声："黑炭团，勿伤我主，勿伤我主！"拾斧上马来战。尉迟恭道："你这厮却也不是个人，直头是一条水牛。"遂把矛一举，咬金即便举斧相迎，未及几个回合，拦开斧要的又是一鞭，咬金把身一侧，正中背上，扑通掉下马来，又死在地上。秦王又叫一声："动不得手！"尉迟恭即举矛刺来。秦王把刀一架，架住长矛。尉迟恭大怒道："好唐童，焉敢拦我三次！"把矛一举紧紧刺来。那程咬金早又活了，拾斧上马，叫声："尉迟恭住着！我有话说。"尉迟恭摇摇头道："这厮，倒亏他实是经打得起。"便住了矛，叫一声："程咬金，你有何话说？快快讲来！"咬金道："我君臣二人，都是没用的，就被你打死了，也是个乘其无人，劫其无备，不为好汉。我那里秦叔宝哥哥却不肯与你干休，明日在阵上也要这般打你。我如今对你说过，你在这里既有本事,果然是好汉,却不要伤我的主公,我去营中请了秦叔宝来,你若在他面前也敢这般行为,就算你真正好汉。你若怕他,却不要放我去,径将我君臣或则拿了去,或则打死了,明日自有他出来问你,你却也活不成了。”尉迟恭一闻此言,只气得三尸神直爆,七窍内生烟:“啊唷,啊唷,啊唷唷!你去,快快叫他来,我自有本事在他面前拿你们。去,你快快叫他来!”程咬金道:“我却不放心,万一我去了,你一闷棍把我主公打死了,却如何是好?”尉迟恭道:“大丈夫一言既出,驷马难追。我有本事等那秦叔宝来一并拿你三人。去!你快去!不必在此多言!”那秦王口内说不出的苦,天下难道有这样的人,自己脱身去了,却把我交与他,他难道是吃素的么?当下程咬金走了几步,又带转马来,叫一声尉迟恭道:“我却是不放心,你可赌个咒与我,我好放心前去。”尉迟恭道:“你去之后,我若动杀唐童,日后不逢好死,撞死在紫金门!”程咬金道:“这就是了,我便放心前去。主公,你在此等一等,待臣去叫了他来便了。”

当下程咬金奔回营中,打起鼓来。徐茂公连忙起来,便问:“有何事故?”程咬金道:“不好了,秦大哥呢?快些去救驾。都是主公要我同去探看白璧关,却撞着了尉迟恭,把我几乎打死,如今特来请秦大哥去。”徐茂公一闻此言,心里一似十五个吊桶打水,七上八下的,浑身一似中风麻木,二腿犹如斗败公鸡。忙说道:“那那那主公却在哪里?”咬金道:“主公我交与尉迟恭了。”徐茂公一声喝道:“呸!亏你这样一个死人,却把主公交付与敌人,自己却走了!”叫一声:“绑了,拿去跪在辕门首,若救得主公回来便罢,若救不得回来,将他万剐千刀!”左右一声答应,将他绑出,一边忙请秦叔宝起来。叔宝在睡梦中一闻叫声,忙惊得发晕,起来连忙顶盔贯甲,飞上呼雷豹赶来。

这边尉迟恭果然一些不动,那秦王却倒去引他,叫一声:“王兄,孤家昔日果然不在太原招兵,况且王兄一次能吃一斗米、九斤肉、一坛酒,孤家定要加官,你难道不认认人看!”尉迟恭不听此言倒罢,一闻此言,那无名火高有三千丈,按捺不住,大叫一声:“唐童!你不提起便罢,一说之时,却也顾不得了!”挺手中长矛,耍的一矛刺来。秦王将刀一架,叫声:“王兄,你说过的,如何动起手来?”尉迟恭哪里肯听，使着长矛紧紧刺来。秦王招架不住，回马往东败去。尉迟恭大喝一声："唐童，你哪里走？"催开抱月乌骓马，随后赶来。这边秦叔宝一到，不见二人，有小军说道："往东去了。"秦叔宝催开呼雷豹往东赶来。那秦王挡一阵，败一阵，秦王一想："且射他一箭，使他知我的利害，或者不赶来也未可知。"便袋内取弓，壶中拔箭，搭上弦，扭回身，叫一声："王兄，看箭！"耍的一箭。尉迟恭把头一低，那箭在盔上哧呖呖一声响，箭却掉下地去。尉迟恭叫声："什么响？"放下长矛，把罗汉鼓一松，将盔除下来，月光中一看，只见一对凤眼齐开，说："啊唷，当时李友白先生曾说：'后来上阵，有人射中你一箭，那凤眼就开的，便是真命帝王。'叫我下马降他。难道唐童是个真主么？呀，说哪里话，吃了一斗米、九斤肉、一坛酒就要打，料不是真主。李友白啊李友白，俺尉迟恭只得背了你了！"把盔先戴上，收一收罗汉鼓，催马赶来。

此时虽然鸡已鸣了，月光还大，十分好看，见秦王一根翎尾折断了，倒拖着定唐刀而走。尉迟恭却双手托着丈八蛇矛，大叫："唐童，哪里去！"紧紧赶来。

后边那秦叔宝手举提炉枪，高声大叫："尉迟恭，勿伤我主，勿伤我主！俺秦叔宝来也。"尉迟恭把矛一按，回头一看，见了叔宝，叫声："唐童，你的救驾兵到了，哈哈！"尉迟恭回马把秦叔宝一看，果然人才出众，相貌非凡。叔宝把尉迟恭一看，真正好个黑脸，忙把提炉枪一摆，劈面刺来。尉迟恭举丈八蛇矛，即便相迎。秦王却叫："秦王兄，你却下不得绝手的啊！这人孤家要他投降的。"那尉迟恭听了，好气啊，怎么说这般有力的话。

看官，当日玉皇大帝差紫微星临凡治世，又要差二十八宿下凡帮助，那二十八宿不肯，大哭道："前日昆阳大战，有许多功劳，他却酒醉斩姚期，醒来逼邓禹，如此无情。"说也伤感，大家一齐不肯保他，却差三十六天罡下凡保他。这二十八宿不甘服，也下来吵闹紫微，这就是众反王了。这秦叔宝却是左天蓬大帅星临凡，这尉迟恭却是黑煞神降世。那黑煞神晓得左天蓬是利害的，却不肯下凡来，玉帝便道："若黑煞神一出，把左天蓬带了几分痨病。"秦叔宝与尉迟恭就杀得个对手了。

当下两人正战之间，秦王只管叫："秦王兄，下不得绝手的哟！"尉迟恭听说，好不大怒，拦过了叔宝的枪，回转马径奔秦王。秦王吃了一惊，回马便走。尉迟恭紧紧赶来，叔宝却也追来。

此时天色微明，秦叔宝一来是个空肚子，二来是睡梦中起来的，三来吃了些惊，那胸前一阵阵的恶心，污血只管堆起来，一口口咽下去。当下尉迟恭转到美良川，却是一条狭狭的弯路。尉迟恭追过了山弯，停住了，心想："待这黄脸的贼来，蓦地来赏他一鞭，打他一个不防备。"遂左手举鞭，右手提矛等着。秦叔宝到了这个弯边，心中一想："这黑炭团真要躲在里面，我若走去打一鞭来，怎么样的招架？"便按下了枪，取出两枝金装锏来，上下拿着。一过弯来，尉迟恭大喝一声："照鞭罢！"耍的一鞭打下。叔宝把左手的锏架开鞭，右手当的一锏打来。尉迟恭叫声："不好！"将手中矛一架，哐的就是一鞭。叔宝架开鞭，耍的又是一锏，尉迟恭一矛架开锏，当的又是一鞭。叔宝架开鞭，却待要打，尉迟恭却回马跑了。这名为美良川三鞭换两锏。尉迟恭打他三鞭，叔宝只换得他两锏。那小说上却说三鞭换两锏是打背心的。叔宝二锏重二百八十斤，尉迟恭的鞭重八十斤，就是一根铁柱，打下去也要打个缺儿，何况身体乃精血所成，岂有此理。

当下尉迟恭追赶秦王到了一个所在，秦王只叫得一声好苦。原来是一条大涧，名为红泥涧，约有四丈宽，水势甚急。秦王回头望见尉迟恭紧紧追来，忙把逍遥马加上几鞭，叫声："马，你过去罢！"那马一声嘶吼，前蹄一纵，后蹄一蹬，从空一跃，即跳过对岸了。此时他却不径走，反带住了马，叫声："王兄你看这样大涧，孤家一马跳了过来，岂非天命！好好回去罢！"尉迟恭闻言大怒，把马一夹，叫声："宝驹，你也过去了罢！"那马一纵，也跳将过去了。叔宝在后，望见二人都跳过涧去了，心中着急，把马鞭在呼雷豹头上乱打，此马着急了，把二耳一竖，轰的一声吼叫。那尉迟恭幸亏也是宝驹，还不致跌倒，不过两脚一松，慢了一步，秦王加鞭急走，秦叔宝的呼雷豹也跳了过去。那尉迟恭拍马径奔秦王，叔宝便拍马顶住尉迟恭尾后。三人一路赶到一山，名为黑雅山。徐茂公早已算定，差下马三保、殷开山、刘洪基、段志贤、丁天庆、王君起、鲁明月八将在此等候。那八将远远望见尉迟恭追着秦王而来,即一齐出马来战尉迟恭。尉迟恭使开这杆丈八蛇矛,逼得那八将如走马灯的一般。正战之间,却有宋金刚令箭到来,叫尉迟恭即刻回关听差,不得有误。尉迟恭得令,只得去了。

这边秦叔宝遂保秦王回营,但见程咬金绑缚跪在辕门上,口中自言自语道:"救得主公回来便好,倘有差误,端正杀我不成了?"伸头探脑,一看见秦王与叔宝来了,忙叫道:"好了,好了! 秦大哥你可先进去,我还要与主公说句话儿。"叔宝道:"主公,恕臣先进营了。"秦王道:"王兄请说。"咬金见叔宝入了营门,即膝行几步,叫声:"主公,你见了军师,说不得是臣劝主公去探白璧关的,若说了是臣劝主公去的,臣的吃饭家伙就要去掉了。主公若要臣性命,除非主公认了是自己要去看白璧关,携带臣去保驾,故尔同去的,这便有几分活得成了。"秦王道:"这原是你不是,如今孤家权且认了,下次再不可造次。"咬金道:"不消说起,下次若再如此,也不是个人养的了。"

当下秦王到营,茂公迎入帐中,欠身打拱道:"主公受惊了。"秦王道:"这是孤家自取其祸,要咬金王兄保驾,去看看白璧关,不想撞见了尉迟恭。"茂公微微一笑,叫声:"主公,你不必瞒臣,臣已知道了。"就吩咐把程咬金推进来。左右答应一声,即把程咬金推入。徐茂公大喝一声:"你这大胆的匹夫,怎么要主公夜探白璧关,几乎丧了性命?"咬金大叫道:"屈天屈地啊,只是主公要我保驾去探白璧关,故此我同去的啊! 主公,你也要放出良心来,害臣受死哩!"秦王道:"果然是孤家要他同去的。"徐茂公道:"既是主公认了,臣难道定要杀他么?但此人我这里用他不着。"吩咐:"册上除名,速速赶出去!"咬金道:"你这里除名不用,叫我往哪里去呢?"茂公喝道:"你这样匹夫,本军师这里怎么用得着? 快些走,不必多言。"咬金没啾没睬,只得向秦王道:"主公啊,军师要赶我出去,还须主公说话,劝解军师一声。"秦王道:"凡事只可一,不可二,孤家说过一遭了,难以再讲。"咬金看看叔宝,叫声:"秦大哥,你可与我说一声。"秦叔宝道:"主公尚且难言,我一发管不得。"咬金上前一步,对了茂公道:"我的军师老爷,你当真不用我么?"茂公喝道:"你这匹夫,这般作怪,还不走么?"咬金把须一捋,叫声:"罢,此处不留人,自有留人处!"叫声:"主公,臣别过了,或一年半载来望你们一次，臣去了！”秦王心中好生不忍，见徐茂公认了真，不好多言。

咬金走出营外，便叫家将：“快些收拾走路，军师不用我了，我们去罢。”家将们道：“老爷往哪里去？军师不过一时恼怒，略略消停几日，慢慢再和他说情，何必如此性急？”咬金听说，心中想了一想，道：“哪里等得消停几日！待我再进去求一求看，若果不用就走罢。”只得复回身入营来。徐茂公看见了，把案一拍，大怒道：“匹夫！你既去了，又转来做什么？”咬金道：“到底在这里好。可看昔日之交情，还是收用了罢。我的军师，我的老大！”茂公见他花嘴花脸的苦求，一发大怒，把案乱拍道：“谁是你军师？谁要你叫老大？你快走便罢，稍若迟延，吩咐左右看棍！”咬金道：“真正再来不值钱了，就走！就走！”扬扬走出营门。家将们见了道：“老爷，怎么样？”咬金道：“走走走！不必噜苏，哪里受得起这牛鼻子道人的臭气！大丈夫哪处不去做了人！”跳上马，招齐家将，随路就走。约行了十里来路，回头叫声：“家将，我们且商量商量，如今到哪里去的好？”家将道：“小人们随老爷的主意，有甚商量？”咬金点头道：“正是。”勒马又走。一路思量，又走了十四五里路，到了一个所在，叫做言商道。只听得一声锣响，跳出五六个强人来，挡住去路。那为首的二人，一个叫毛三，一个叫勾四，大叫：“留下买路钱去，饶你性命！”咬金哈哈大笑道：“原来是我的子孙在这里，好极了，爷爷正要银子用，快快献上来！”毛三听说，心中大怒，便要动手。勾四道：“慢些，此人不像是善男信女，且问个明白。呔！你是什么人，敢在此处来往？自古道靠山吃山，靠水吃水，何故说我们是你子孙，难道你不怕死么？”程咬金道：“你这狗头，人也不认得，爷爷就是瓦岗寨称混世魔王的程咬金！你要我买路钱么？”那一班人闻言齐跪倒道：“果然是前辈宗亲，不知老爷缘何却在这里，有什么贵干？”咬金道：“我因与唐朝小秦王帐下的军师牛鼻子道人不合，奔走出来的，去向尚未有定。你们这干人住在哪里？”众人道：“小人们在此言商道中东岳庙内扎定居住，既是老爷去向未定，何不在此做个大王？”咬金道：“妙，妙，此乃有趣之事，快走，快走！”就随众人一径到庙中来，吩咐把神像抬开了，就坐在公案上。众人一齐拜倒，三呼千岁已毕。咬金道:"如今又复任混世魔王了!"封毛三为丞相,封勾四为阁老,传令大小喽罗:"凡有孤单客商,不许抢劫。若是大风,定要夺他。若遇有游方道人来往,拿住就杀。"众人齐声答应。这咬金在言商道落草,且按下不表。

且说秦王见徐茂公赶了程咬金出营,便问道:"军师,今日缘何这般认真?"茂公道:"臣非真要逐他,只是故意激忿他前去。"正是:

夺取介休粮饷草,干立功劳宽罪愆。

毕竟程咬金落草如何,且看下回分解。

第四十七回　咬金落草献军粮　叔宝枪刺宋金刚

诗曰：

混世魔王呆复呆，言商道内把兵埋。
此时原是唐王福，劫夺军粮献送来。

当下徐茂公回对秦王道："臣岂认真逐他，不过激励他去与主公干立一件功劳，使他将功折罪，不过六七日内，他即来也。"秦王道："原来如此，孤实不知，今可放心矣！"

再说程咬金住在言商道东岳庙中，一日毛丞相道："人主初登大位，人多粮草少，介休县今解来粮草一万，打从此处经过，请大王发兵夺取，不知可使得么？"程咬金哪里晓得押解粮草的领队官就是尉迟恭，真正黑漆灯笼，听说有粮草打从此处经过，便大喜道："既如此，吩咐备马，待孤家自去发个利市，马到成功便好。"勾阁老忙奏道："主公，臣有一计，包管容易成功。主公的威风不必说了，但是我这里人少，寡不敌众，主公可穿出大路，挡住了解粮的将官，臣等往斜路上抢了就走，不怕不成功。"咬金道："倘被他追杀进来，又费力了。"毛丞相道："主公放心，这里言商道中路径最杂，凡活路上都有圈儿暗号，死路上没有圈儿暗号，我们这班人认得真切，都是会走的，若外来的人哪里晓得，他便走来走去，都是死路，没处旋转，纵有千军万马，也只当吃孙子的了。"咬金道："既如此，依计而行。"即顶盔贯甲，提斧上马，抄出了言商道。

只见远远的粮草来了，一马上前喝道："呔！留下买路钱来！"那些众兵见有响马挡路，往后飞报尉迟恭："启先锋爷，前面有响马挡路。"尉迟恭大怒，挺枪上前，一看原来是程咬金。程咬金一看，叫声：

"完了,原来是这黑炭团。"尉迟恭便问:"你这狗匹夫,在此做甚么勾当?"咬金道:"奉军师将令,在此等候你多日了,我对你说,你把粮草好好送与我程爷爷,我便饶你的狗命,若有半字支吾,我就送你归天。"尉迟恭骂道:"狗匹夫,不要油嘴,照爷的家伙罢!"嗖的一枪刺过来。咬金知道利害,躲闪过了二枪,一步步引送招架,尉迟恭略松懈些,他便大斧大砍。如此不上几个回合,那边毛三、勾四一班喽罗,轰的一声,杀散了众兵,推了粮草,拥入言商道中去了。咬金把斧一按,叫声:"黑炭团,承惠了,改日谢你。"回马一溜烟也进言商道去了。

尉迟恭回头见失了粮草,拍马追来,见程咬金跑过两个弯,兜三个转,影也不见。尉迟恭高声大叫:"程咬金快出来,和你讲话。"哪里叫得应。他火性直发,把马往里边一走,兜转来是这个所在,兜转去又是这个所在。只得又高叫一回,毫无影响。心中想道:"粮草乃系紧要之物,今遭失去,如何可以回见主将呢?嗄,也罢,只得再往介休去见张士贵,告诉他失粮之事,要他再发粮草一万,以应军需便了。"没奈何,只得再往介休去不表。

单说这边程咬金打听得尉迟恭去了,叫声:"列位爱卿,这些粮草,一些也不要动它。"毛三、勾四道:"臣等正要扶助大王招兵买马,日后得保主公登九重之尊,所少的是粮草,为何不要动呢?"咬金道:"众卿,你们有所不知,我若要做皇帝,那瓦岗寨好好一座宫殿城池,兵马又多,钱粮又广,就白白送与别人了。你们不晓得,那个做皇帝是最气闷的事,今把这些粮草俱解到白璧关,见我主公秦王,你们都有功劳,定然收用,自有军粮吃。在此终非了局,此乃正当不易之理。"毛丞相道:"主公议论虽是,倘然军师照前不用主公,那时臣等这班人倒有些进退两难了。"咬金道:"这有何难?若是不用,我们依旧再来,只好勉强再做一做皇帝了。"众人听说,只得从命,咬金即吩咐五百余人推了粮草,径往唐营而来。

再说秦王一日升帐,问军师徐茂公道:"程咬金一去数日,尚无下落,不知几时可得回来?"茂公道:"只在早晚,料应来也。"不多时,传报进来道:"程咬金在营外求见。"秦王大喜,吩咐作速摆酒伺候。外边众将俱已叙过了,程咬金进营来,先拜了秦王,然后参见军师。徐茂公道:“你去了,又来怎么?”秦王道:“程王兄已伏罪过了,军师看孤之面,将就些罢了。程王兄,你去这几日流落在哪里安身?”咬金道:“臣被军师赶出,一时往哪里去?如今天下慌乱,笣儿的生意又做不得了,臣没奈何,只得复了本行。”秦王道:“复什么本行?”咬金道:“依先做强盗,在言商道降服了一班喽罗,封了几个臣子,改换了年号,还做草头王。不料尉迟恭在介休县解来一万粮草,被臣杀得片甲不存,打劫了一万粮草前来献与主公。军师若肯收用呢,依先归保主公,若一定不收呢,臣却带了粮草,自去图王立霸。日后兵精粮足,抢州夺县,成了气候,那时主公不要怪我,臣是先说在前,听凭裁取。”徐茂公微微笑道:“你要我收你,且吃了酒,再到一处去,成了一桩功劳,即便收你。”秦王遂即赐了座,与众官饮宴。

咬金用过酒饭便问:“军师发令,如今要到哪里去干甚功劳?”茂公道:“你可带领原来的人,我再差马三保等八将,点兵一千帮你,仍到言商道去。那尉迟恭又解一万粮草来了,再劫了他的,便算你一大功劳。”咬金道:“军师,这个使不得。此事只可一次,不可二次,那黑炭团好不凶狠,若被他一鞭打死了,哪里去讨命?”茂公喝道:“啶!你方才说杀得他片甲无存,如今又说怕死,你明明是与尉迟恭通谋,用里应外合之计来骗本军师么?左右与我绑去砍了!”程咬金吓得魂不附体,连忙答应道:“不必动怒,我就去便了!我就去便了!众位将军,但是我说过,你们去便同去,若成了功,要算我一人的功劳,大家不许争夺的。”众将道:“这个自然,哪个要来分你的功劳?我们大家帮助你一个马到成功便了。”咬金大喜道:“这便足感众位!”遂辞别秦王,同了八将与原来一班喽罗,一齐重到言商道中扎住,此言慢表。

再说尉迟恭又往介休县来见张士贵,说道:“小将经过言商道,被唐将程咬金暗劫粮草一空,自恨不小心,一时失误。然军中不可一日无粮,倘或有变,主将岂不责备贵职?乞贵职再发兵粮一万,以济军需,庶免牵连之罪。”张士贵听他讲到其间,没奈何只得又发粮草一万。对尉迟恭道:“既已如此,事不宜迟,将军可速领解去,务必小心护卫,连夜前行,勿误军需。”嘱咐了一番。尉迟恭点头道:“晓得。”即领了一万粮草,星夜起解而来。那知程咬金已在言商道专等多时了。

左右报说粮草来了，程咬金便哈哈大笑道："咦，果然大风来了！"便横开宣花斧，出马拦在路口。尉迟恭趱行到此，一见咬金，倒吃一惊，问道："程咬金，你这狗头又在此做甚么？"咬金道："你程爷爷么，又在此等你的粮来。我家军师叫我致谢你，你如今一发把粮草送过来，改日一总奉谢你。"尉迟恭听说大怒，骂道："好狗匹夫！那日一时不曾提防，被你劫去，今日又来，看爷爷手中的枪送你命罢！"耍的一枪，劈面刺来。那程咬金会跳纵法，犹如猴跳圈一般，蹿来蹿去。尉迟恭在这边，他便跳到那一边，尉迟恭赶到那边，他又闪在这里。正在躲来躲去，那边马三保等一齐杀出，冲散了军士，抢了粮草就走。程咬金道："住手！无心战了，粮草已到手了。多谢你黑炭团！若有时，只管送来，我们那里尽都用得着。"尉迟恭大怒，拍马赶来，这一路兜转去，端然是这个所在，那一路抄出去，又是这个旧所在。盘旋叫喊了一会儿，总无人应。尉迟恭心中又气又恼，只得带了从人，又往介休县去不表。

这里再讲程咬金与马三保一干人，推了粮草，径往营中来见秦王，细言其事。徐茂公道："你们不必停留，再到言商道中去，那尉迟恭还有粮来，但是只有一半。虽然抢他不得，却也大家没份。你们可仍旧到彼挡住了他，马三保与众将带领前兵，多备硫磺焰硝，径把粮草放火烧了，大家各有功劳。"程咬金道："难道还有得来么？就去，就去！"这叫做三遍为定，不误主顾。依先同这一班喽罗，来到言商道中等候不表。

再说那尉迟恭复失了粮草，又到介休县来，见张士贵，细述复失之事。张士贵大惊道："啊呀将军！连失二次，非同小可，如今粮草实是没有了。"尉迟恭道："委实是小将不识路径，有此失粮之罪，不必言矣。万望贵县周全，不必定要一万，就是随多随少，付我前去应用。"张士贵道："也罢。"介休县又凑集了五千粮草，叫一声："将军，这一遭却要小心，不可又失了。"尉迟恭道："贵县可把我车辆内用铁环搭扭，搭做一联，使他抢劫不动。再差人往白壁关通知宋金刚领兵接应。"申发了文书，然后起解。

不表尉迟恭此番小心准备，再说徐茂公在营中时刻筹计。那日传令，差秦叔宝带领一千人马，往白壁关西首，埋伏在树林中，如此如此。叔宝得令，领兵去了。不表。

且说宋金刚得了尉迟恭的文书，文书上写着连失了二次粮草，心中十分着急，若再有失，如何是好？连夜点齐一万人马，悄悄出了白璧关，往介休县接应。正行之间，一声炮响，秦叔宝当先拦住，大喝一声："宋金刚往哪里走！"宋金刚在前面，一见了秦叔宝，便三魂失了两魂，也无心恋战，回马落荒而走。岂晓得秦叔宝的呼雷豹好不快，宋金刚哪里走得及，只得回身厮杀，叫声："秦琼，你赶人不可赶上壁，我的刀砍过来了！"秦叔宝拦开刀，耍的一枪，正中当心，翻身落马。叔宝跳下马来，枭了首级，杀散众军，径奔白璧关来。那关中一时不曾提防，被叔宝杀到关中，接引秦王的兵一齐进城。叔宝又往偏合关、鸠门关。那尉迟恭一日取此三关，被叔宝一夜即复了三关。按下不表。

且说尉迟恭解粮到了言商道上，却见程咬金又在前头，心中大怒道："这人真正是尿浸麻条，又臭又韧。"程咬金呼呼大笑道："好军师，果又来了。黑炭团快快送过来！不然大家得不成，放火烧去了罢。"尉迟恭大怒，拍马使矛刺过来。咬金遮拦招架，又是跳来纵去。后边马三保一干人马杀过来，抛上干柴烈火，径把车辆烧着。程咬金道："如何？你不会做人情，如今大家得不成了！我要告别了。"尉迟恭回头一看，犹如火焰山一般，心中大怒，拍马追来。又三两个转身，几个弯，不见了。尉迟恭叫喊连天，气得目瞪口呆，只得回介休不表。

这里程咬金一干人马回到白璧关，秦叔宝的兵马也回来了。秦王下令起兵，竟到介休县下寨。心中只要这人归降，故不围城。便问："哪一位王兄可去劝尉迟恭归降？"程咬金道："待臣前去劝他来归。"秦王道："你去须要小心在意。"咬金道："不须吩咐，我去叫他来便了。"即提斧上马，来至城下，大叫道："快唤尉迟恭出来，程爷爷有话讲。"尉迟恭大叫道："你这狗头，今日自来寻死么？"程咬金道："呔！我好意来对你说句话儿，那宋金刚已死，三关已复了，你还要装什么腔？好好下马投降，与我爷爷驮驮斧头，早晚服侍我些，你若好呢，就赏了你一名官儿做做。"尉迟恭不待讲完，举枪就刺。程咬金连忙招架，哪里是他对手？还亏得他会蹿会跳，所以不致有伤。尉迟恭大怒,发狠说道:“程咬金,程咬金!我不杀你这狗匹夫,非为好汉!”举枪狠狠刺来。程咬金闪过,回马而走。尉迟恭道:“世上哪里有这样的狗匹夫,战阵上蹿来跳去。”只得也回马入城而去。

程咬金回营,秦王问道:“事体如何?”咬金摇头道:“不相干,直头是一条水牛,一句也不肯听。”秦王踌躇道:“如何是好?”徐茂公闻言道:“臣闻此处有一隐士名唤乔公山,与尉迟恭十分情厚,若得此人前去便好。主公可差人以礼聘来,必有商处。”秦王依允,遂令秦叔宝备礼往聘。不一日,秦王升帐,报称:“秦叔宝聘取乔公山同来,在外候见。”秦王道:“宣进来!”乔公山进帐,一见秦王生得龙眉凤目,真乃帝王之相,心中暗喜。口称:“山野农民乔公山参见,愿主公千岁千千岁!”秦王亲手扶起,吩咐看坐,说道:“孤家闻长者与尉迟恭甚相契厚,不知果否?”乔公山道:“臣昔在麻衣县务农,尉迟恭打铁营生,十分穷苦。臣知风鉴,看他生得豹头环眼,燕领虎髯,必是国家栋梁。因他时运未来,臣不时周济他。近闻在刘武周处为将,可惜误投其主。”秦王道:“刘武周拜宋金刚为元帅,封尉迟恭为前部先锋,杀奔雁门关。尉迟恭日抢三关,夜夺八寨。今孤家复夺三关,宋金刚已灭,那尉迟恭现围在介休城内,意欲攻打,恐玉石俱焚。故请长者到来,欲烦长者往彼说降此人,不知可否?”乔公山道:“臣蒙主上委命,敢不愿效微劳?”秦王大喜,遂封乔公山为参军之职。

乔公山辞别,即到介休城下,叫声:“城上的营长哥哥,相烦通报尉迟将军,我乔公山故人相访。”守城军士误听做乔东故人,即忙通报:“尉迟将军,城外有一人一骑到来,叫什么乔东故人,要求见将军。”尉迟恭想道:“有什么乔东故人?”张士贵道:“故人者,故乡之人也,乔东者,莫非将军贵处地方有什么桥东也?”尉迟恭想道:“我那边哪里有什么桥东地方,想是奸细。”遂吩咐军士:“搜检明白,抓他进来!”军士一声得令,一齐出城,把乔公山拖下马来,绳穿索绑,拿到县堂,扑通一丢,犹如馄饨一样。尉迟恭大喝道:“何方奸细,擅敢来探城内军情?快快招来,饶你性命。如有虚情,左右看刀!”乔公山在下面叫声:“将军,难道不认得老夫么?”尉迟恭往下一看,见是个老人,数年不见,却不认得了,微微冷笑道:“明明是个奸细,一派胡言,拿去砍了！”乔公山又叫道：“将军那年上扬州时，求亲告友，无处借盘缠，亏我乔公山赠你银子，你到了扬州。今日富贵，你就反面无情么？”尉迟恭闻言，重新仔细一看，叫声：“啊呀，原来是乔老员外！军士误报，说是乔东故人，因此只道是个奸细，多多得罪了！”连忙下来，亲解其缚，请他上坐，并把报事的军士打了四十皮鞭。尉迟恭道：“当初蒙员外大恩，赠我银子，上扬州考武，不得第而归。回到家中又遭了人命，弄得俺上天无路，入地无门，只得前往太原投军，道我食量大，又遭驱赶，后来幸遇：

山后恩公刘武周，招贤纳士把名留！”

不知乔公山怎生说降，且看下回分解。

第四十八回 敬德识破假首级 公山赍书刘文静

诗曰：

武周原是降凡星，山后称王服众心。

只该稳守弹丸地，谁知失算被唐吞。

当下尉迟恭对乔公山说道："我亏了定阳王封我为前部先锋，杀奔雁门关，日抢三关，夜劫八寨，杀得唐家亡魂丧胆。目今奉令在此催趱钱粮，谁想被程咬金那厮，在言商道上劫取粮草三次。又闻得他杀了俺元帅，恢复了三关。俺今独守孤城，进退两难。目今世乱荒荒，刀兵不已，不知老员外到此有何贵干？"乔公山道："老夫此来不为别事，特为将军而来。"尉迟恭道："为俺来，有何见教？"乔公山道："将军，我想人生在世，须要见机而作，有道良禽择木而栖，贤臣择主而事。将军有了一身本事，可惜误投其主。老夫为了将军人命一事，恐怕牵连，故尔移居至此介休城外。昨蒙秦王相召，封我为参军之职。我特奉旨前来，要召将军归降，将军可看老夫昔日交情一面，降了唐家罢。"尉迟恭大叫一声："老乔，你此言差矣！我只知烈女不更二夫，忠臣不事二君。我既有了主公，哪里有再降别人的道理？这些不中听之言，不须提起，若不看昔日交情，就要一刀两段。吩咐摆酒！老乔，你快吃了酒与我去罢，休再多言。"

乔公山无可奈何，只得坐下吃酒，尉迟恭与张士贵两下相陪。正饮之间，只听得城外炮响连天，喊声不绝，军士忙报进来："启上将军，不好了！今有唐兵攻城，四面布起云梯，团团围住，攻打甚急，请令定夺。"尉迟恭拱拱手，别了乔公山，提矛上马。到城上往外一看，只见城下秦叔宝、程咬金一班战将，在营前指手画脚道："呔！尉迟恭，你此时不降,更待何时?”尉迟恭大怒,取弓箭在手,呼的一箭射下,正中程咬金的坐马。那马腿上着了一箭,前脚一低,后蹄一起,扑通一声,把程咬金一个翻筋斗,跌在城下,满身灰土。咬金忙爬将起来,上了马,取了弓箭,追到城下道:“呔! 黑炭团,降不降由你,我又不来求你,我又不来阻你,你为何射我一箭? 难道我不会射你的么? 待我也射枝儿与你看看。”说时迟,射时快,一箭射上城来。尉迟恭大怒,吩咐军士一齐放箭。那城上的射下来,这里城下的秦叔宝,也令众军士一齐放箭射上去。那徐茂公同秦王也出营来观看,只见一边的箭射上,一边的箭射下。秦王因见自家的兵将多,恐伤了尉迟恭,忙下令军士不许放箭,只把介休城团团围住。

尉迟恭在城上督射了这半日,见下面唐兵不十分攻打,心中宽了三分。其时已过了下午,肚中饥饿,只得下城回县,见乔公山还在堂上,尉迟恭道:“你怎么不去?”乔公山道:“老夫没有将军的令,不敢擅自回去,这叫做来得明去得白。请问将军,方才出战,胜负如何?”尉迟恭道:“今日不曾交战。你快些回去罢,上复你家主公,说我尉迟恭宁死不降的,若要归降,除非我主公死了,我便归顺。”这句话尉迟恭也是说差了的。他心里想说句断绝的话:除非我与主公都死了,然后降你。意思是后世去才肯归降你。不料说差了,有分教:

　　武周性命今难保,一旦威名丧国邦。

也是天意凑巧处,那乔公山道:“既然如此说,将军日后不可失信的哟!”尉迟恭也不开口。乔公山只得别过出城,回营缴令道:“他说主公一死,就肯归降。”秦王道:“刘武周兵据马邑,又未年老,一时怎肯就死? 他明明把这句话难我。”秦王不觉愁容满面。徐茂公道:“主公放心,臣有一计:可在众军之内,选一个像刘武周头貌的,封他子孙万户侯,赠千金,将他杀了,把他首级送去,只说是刘武周的,我们杀了送来。他一莽夫,自然认是真的,决然归降了。”

秦王就令将数十万兵一一选过,选出五六个像刘武周面庞的来,俱身长丈余,腰大数围,秦王一见大喜。内中有一人,竟与刘武周身材面貌色色无二的,便打发了这五人仍旧各归营伍,单问那一个像的道:“你姓甚名谁,年纪多少,可有妻子? 孤家今日要大用你,要问你借一件宝贝,即封你为万户侯之职。”那人听了十分欢喜,便叫声:“千岁爷,小的名唤孟董,妻子死了,养三个儿子,大的今年十来岁了,两个小的还小,因小人的妻子死了,都寄在外婆家里。小人的年庚四十二岁,在千岁营内当一名火头军。若是小的有的东西,无有不肯借与千岁的。”秦王道:“孤家要借你的东西,不是什么别的,只因见你相貌与刘武周一样,故此欲借你首级,前去招那尉迟恭来归降,孤家即封你子孙为万户侯,赐以千金。”那人道:“啊,千岁爷啊! 这事情是使不得的! 这个头是要留在此吃饭的哟!”咬金道:“只此一遭,下次不是这样便了。”那人流泪,大哭起来说道:“小的死了,方才的话千岁爷不可失信的哟! 小的住在太原东门外青布桥西首,有一个王阿奶,就是小人的丈母,三个儿子都在那里。”秦王叫程咬金,程咬金道:“晓得了。”赶上前一刀,把那人的头砍下来。茂公吩咐取木桶盛了,付与乔公山:“令你再到介休县去。”

乔公山奉令到了城下,大叫:“城上的快报进去! 那刘武周已死,特送首级在此。”军士闻言,报入县中:“启将军,不好了,王爷死了! 有人送首级到此。”尉迟恭道:“在哪里?”军士道:“就是前日来的乔员外,现在城外候令。”尉迟恭道:“开了城门,放他进来。”乔公山来至堂上,只见尉迟恭大叫一声:“老乔,你说俺主公死了,如今首级在哪里?”乔公山道:“木桶内的不是么?”尉迟恭两泪交流道:“在木桶内么?”把木桶盖一开,只见鲜血淋漓,一颗刘武周的首级在内,便放声大哭道:“啊呀,我那主公啊! 倒是臣害了你了!”把首级双手捧起来一看,便哈哈大笑道:“我说俺主公驾下,还有强兵百万,战将千员,焉能就取得他的首级? 你们看得这等太容易了,反来骗我。”便叫一声:“老乔,你且过来,我问是谁的? 你好生欺俺!”便将首级照着乔公山劈面打来。乔公山慌忙闪过,便道:“将军,自古道君子一言既出,驷马难追。将军有言在先,说主公死了,即便归唐。如今你主公首级在此,如何你悔赖前言,岂是大丈夫的气概么? 悔却前言,便为不信,把你自己主公首级抛掷在地,又为不忠。你不信不忠,何以为人立于天地之间? 我家主公非无良策擒你,他一心一意苦劝你者,不过要你投降,故尔不加毒害。你也不识人的好歹,却只管越扶越醉,觉得太过了!”尉迟恭闻言大怒道:“你这老头子,哪里学这些鬼话来,只好骗三岁孩童,俺尉迟恭可是骗得信的么?俺主公兵镇马邑,也不怯似你唐家,不知你将何人的首级来哄我?你去对你主公讲,有本事的大家前来厮杀,不要用这些诡计。”乔公山听了这番言语,不觉哑口无言。停了一会,说道:“将军,你怎见得不是你家主公的首级呢?”尉迟恭道:“老乔,难道你不知鸡冠刘武周么?俺主公果然死了,决不失信于你。饶你性命去罢!”乔公山道:“是。如今却是将军真正说过不失信的了,管保就送鸡冠刘武周首级来就是了。”

公山说罢,回身出城,径转唐营,参见秦王,道及被他识破之事。徐茂公道:“可惜失于检点,这也罢了。目下刘武周统兵威镇马邑,他殿下有一人,姓刘名文静,官拜兵部尚书。其人心向主公久矣,待臣修书一封,差人送去,管教数日之内,刘武周首级定献军前矣!”秦王大喜。茂公随即修书一封,就差乔公山带领五百人马,打着尉迟恭的旗号,只说兵围介休,如此如此。乔公山领命前去不表。

茂公又差秦叔宝带领一千人马,埋伏在白璧关之南,地名多树村地方,若见刘武周兵马来时,不可拦阻,让他过去,他若复回方可阻截,不许放回去,须要他首级回来缴令。叔宝得令,带领人马去了。茂公又叫:“程咬金,你也带兵马一千,慢慢而行,可接着刘武周之兵,只许胜,不许败,违令者斩。”咬金领了令,叫声:“军师,小将夜来受了些风寒,肚里正在作痛,难以交战,不是小将怕他,须要带个帮手同去,才可放胆。”茂公道:“你自前去,少不得自有兵来救应,不要帮手的。”咬金道:“小将实是有病。若能取胜,这就不必言之,倘然败了,乞军师念昔日之情,这个‘斩’之一字,千万认真不得的哟!”茂公道:“自有公论,不必多言,快些前去!”咬金皱着双眉,捧着肚子走一步叫一声“啊唷”,走出营来,便叫:“家将过来,扶我上马。”咬金上了马,勉强提了斧头,领兵前去。在路仔细思量道:“还好,幸喜得我军师叫我慢慢而行,我如今一日上走得一二十里路,就安营将息便了。”

话休烦絮,再说乔公山奉了秦王旨意,领了军师将令,带着五百人马,打着尉迟恭的旗号,一路前进。行了两日,前边已近马邑地方,但见定阳王正带了人马,扎下一个大营盘在前面。啊,真个剑戟森森，刀枪密密，兴云耀日，鬼骇神惊。你道刘武周为甚扎下这大营盘在此？因他闻得秦王复了三关，元帅已死，又闻得兵围介休，一心记念尉迟恭，恐他有失，故此起兵前来接应。因为出兵日子不利，扎营在此。

乔公山来至营前，叫道："军士报进去，有正印先锋尉迟恭差人到此求救。"那军士道："住着。"忙报将进去道："启王爷，今有尉迟恭将军差人求救，现在营外，请令定夺。"定阳王道："放他进来。"乔公山走进营来，双膝跪下，口称："山野农民朝见我王，愿我王千岁千千岁！"刘武周便问："卿家何方人氏，姓甚名谁，今见孤家有何话说？"乔公山奏道："臣乔公山，乃朔州麻衣县人氏，务农为生，能识风鉴，与尉迟将军同乡，自幼相交。因往介休相访尉迟将军，正遇唐兵围城攻打，十分凶险。今特奉尉迟将军之令，前来求救。望我王早发救兵，以救介休之急。"刘武周道："先生请起。孤家恨唐童复了三关，杀了孤家元帅，正要统兵前去救应，只为起兵性急，遇了黑道红沙，故此扎营在此。方才先生说长于风鉴，敢烦先生相孤一相，可有九五之位么？"公山领命，抬头一看，只见刘武周一双圆眼，两道浓眉，紫堂面色，下面一部黄须，额上新起三条杀纹，早已知道，不好明言，便奏道："大王龙眉凤目，真乃帝王之相。"刘武周大喜，吩咐大小三军："今乃黄道吉日，就此发兵。"那些将官应声领旨，即日起兵。乔公山奏道："臣乃农民，不谙武事，但见交兵厮杀之声就惊得个半死，望大王宽恩，放臣回去，自耕自种，以终天年，臣之愿也。"刘武周道："先生不愿为官，孤也不好勉强，赐卿回乡。"公山谢恩，径往马邑而去。

再说定阳王兴兵来至白璧关，过了许多树林之处，就是秦叔宝伏兵之处。叔宝见刘武周兵马过去，方才出来截他的归路。那马邑到白璧关，也有数百里的路程，缘何来得这么快？因那刘武周一心记念尉迟恭，有道救兵如救火，恐他有失，不由你不快。话休絮烦，前边遇着程咬金的兵马扎住，前军来报："启上王爷，前面有唐兵扎营，不能前进，请旨定夺。"刘武周下旨扎营，一声炮响，安营下寨。便问："哪一位将军去出战？"有大将王龙上前道："臣愿往。"那王龙出了营门，提了一柄月牙铲，上马直抵唐营，高声大叫道："哇！唐营中军士听着:借你口中言,传俺心腹事。今有天兵到此,怎敢挡住王爷的去路?速速让开,放王爷天兵过去,万事全休,若道半个不字,爷爷这里动手,管叫你野花淡淡无颜色,白草纷纷尽着霜。有本事的出来会俺!"那些唐兵因咬金有病在营,一闻讨战,个个好不惊慌:"报启上将军,今有定阳王刘武周领兵在营外讨战,请令定夺。"咬金闻报,只叫得晦气:"刘武周,你何不再消停几日,待我病好了然后会战。如今却害了吃得做不得的病,如何是好?又奉了牛鼻子道人的令,只许我胜,不许我败,况且今日是头一遭会刘武周,不知他的手段如何。昔日在四明山大会众王子,见他也像一个好汉,只不曾与他交手,万一杀不过,岂不出丑?"遂吩咐小军:"我程老爷疼痛得紧,挂了免战牌罢!"小军把免战牌挂出。王龙一见大怒,一马来至营前,把免战牌打得粉碎,高声大叫道:"我闻得唐家有三十六员大将,今日正要会战他们,为何把免战牌挂出?今日我若不冲他的营,也不为上将!"遂把手中月牙铲摆一摆,一马冲来。这边军士把箭乱射,他也进来不得。外边将官打破了免战牌,竟要冲营进来了!程咬金道:"啊唷!我肚中疼痛得紧,如何是好?真正要死哩!吩咐抬斧头伺候,待我解一解手去。"旁边走过一个家将来,叫道:"老爷真正是急惊风对着慢郎中。马也备了,战与不战请速速相商定夺。若再停一停,被他杀进营来,这叫做滚汤泡老鼠,一窝都要死。"咬金听说,心中无奈,手也不解,走一步叫一声"啊唷",心中想道:"丑媳妇少不得要见公婆面的,况我程咬金也是一个好汉,死活出去见一见。"便一头走一头叫道:"军士们,你们少停。若见我老爷胜了他,你们摇旗呐喊,助助我老爷的威风,若是见我老爷杀他不过,你们都降了他罢!"说罢,来到营前,家将扶他上马。咬金把斧一提,今日这把斧头重了这许多!没奈何,把斧双手拿了。

程咬金乃唐家一员上将,今日就像一只落汤鸡,这叫做好汉只怕病来磨。一马来至营前,抬头一看,见不是刘武周,心中就放下了几分。王龙问道:"来将通名。"咬金道:"我是不说你也不知,爷爷乃是神尧高祖二太子秦王殿下、官拜大元帅秦琼麾下螭虎大将军,姓程,双名咬金的便是。来将通名。"王龙道:"我乃定阳王部下,官封千胜大将军王龙是也。程咬金，俺一向闻得你也有小小的名儿，今日遇俺王爷爷，只怕你难逃狗命了。”说罢，当的就是一月铲铲过来。咬金双手把宣花斧往前一架道：“好家伙！”叫声：“住着，俺程爷爷一时害了肚泻病，你略等一等，等我去解一解手。”

正是上阵交锋战，偏遭泻病痛难禁。

毕竟程咬金怎生模样，且看下回分解。

第四十九回　咬金抱病战王龙　文静设谋诛定阳

诗曰：

接得军师书一函，英贤腹内启波澜。

也应唐祚天相助，由彼君臣命受悭。

当下程咬金腹痛利害，说与王龙："待我回去解一解手，再来与你交战。"王龙听言大怒，说道："你这狗头，戏弄我王爷爷么？"当的一月铲铲过来。程咬金也骂道："好狗头，连铲我程爷爷二铲么？"一时心头火起，提起宣花斧来，照着王龙当当当一连三四斧，把王龙杀得盔歪甲散，倒拖兵器，回马便跑，口口声声只叫："好利害！好利害！"

程咬金见他去了，意欲下马出恭，战场上不好意思，见西边一带大树，说："也罢，不免到那里解一解手，有何不可！"一马来至树林边，下了马，拿了斧头，走到一株松树背后。正撒得畅快，那王龙回马一看，只见程咬金往西边树林内去了，他却回马，轻轻地掩上来看，只见程咬金的马拴在树上。王龙想道："这狗头往哪里去了？"转过树来一看，只见程咬金在那里解手，心中大喜道："想这狗头该死，我却在这里成功。"轻轻地来至树边。程咬金见有人来，只道是乡民在那里砍柴，遂叫一声："呔，砍柴的，有草纸送一张来与我。"王龙应道："有，送你一铲！"当的一铲过来。程咬金吃了一惊，一看，见是王龙，叫声："不好！"立起身来，一只手提着裤子，一只手拿了斧头，只捡树多的所在就走，却去躲在一株大树背后。王龙才到树边，被程咬金狠命一斧，砍着马头。王龙跌下马来，被咬金又是一斧，结果了性命。王龙本欲欺咬金而来，谁知反被咬金算计。也正是：

强中更有强中手，暗里须防人不仁。

咬金把王龙首级砍了，上马回营，把首级号令营前，自此咬金的泻肚病也好了。

再说刘武周正坐在营中，探子飞报进来说："启上大王爷，不好了！王将军被唐将程咬金杀了，把首级号令营前了。"刘武周闻报大怒，亲自出马，直抵营前，只要程咬金对阵。这边军士也连忙报进："启上将军爷，刘武周在营外讨战，指名单要将军出马。"咬金道："说不得！伸头一刀，缩头也是一刀，怕不得这许多。"吩咐带马，提斧出营，来至阵前。只见刘武周头戴双凤抢珠的赤金盔，身穿黄金鱼鳞锁子甲，坐下走阵嘶风马，手执九环大砍刀，赤面黄须，一似天神下降，声音宏亮，犹如二月春雷。咬金一马上前，叫道："定阳王请了！自从四明山一别，又在扬州一会，不觉数年了。"刘武周骂道："呸！卖柴筢的匹夫，谁与你打拱？"咬金笑道："定阳王，你这句话讲差了，岂不闻古人说得好：'人将礼乐为先，树将花果为园。'我好意与你打拱，你却不识抬举，缘何开口便骂，难道我程爷爷不会骂人的么！你这变不全的畜生！"刘武周举刀劈面就砍，程咬金把斧急架相还。两马交迎，双兵并举，大战有十四五个回合，马打有三十个照面。程咬金哪里是刘武周的对手，因奉军师将令在身，只许胜，不许败，故尔勉强支持几个回合。况又水泻病才好，如何支持得来？只有招架之功，没有还兵之力。那刘武周这把大砍刀犹如云片一般，夹头夹脑砍将下来。咬金无法抵挡，只得回马，径往白壁关南首败下来。后边刘武周阵内，又转出四个英雄来，都是有名的大将：一个姓薛名化，一个姓柏名祥，一个姓符名大用，一个姓太叔名原。那四将随着刘武周在后面赶来，口中大叫："拿拿拿！快拿程咬金！"

程咬金心惊胆战的乱跑。前面乱跑的，好似猛风吹败叶，后面追赶的，犹如急雨打梨花。正在心慌意乱之间，只见前边树林中闪出一员大将，身坐呼雷豹，手使提炉枪，大叫一声："秦叔宝在此！"咬金大喜道："救星到了。"立住马，看秦叔宝来战那定阳王。刘武周一见了秦叔宝，即大骂道："黄脸的贼，你杀孤元帅宋金刚，又劫孤家粮草，今日相逢，决难饶命。"即把大砍刀一摆，来砍叔宝，叔宝亦使枪劈面来迎。二马横冲，刀枪并发，杀做一堆。那刘武周后面四将一齐杀上前来，这边程咬金也杀过来。叔宝一枪刺中了太叔原，翻身落马，咬金也是一斧砍死了柏祥。刘武周见损了二将，心中大怒，轮刀力战叔宝，却又越想越气闷，无心恋战，只得虚闪一闪，回马便走。叔宝、咬金随后追赶，直追至刘武周营前，那营后又闪出十数员将官，救驾进营去了。这边秦叔宝与程咬金合兵一处。按下不表。

再说乔公山来到马邑，一路寻至兵部尚书衙门，叫声："门上的，相烦通报一声，说有报紧急军情事的，要见你家老爷。"门上道："住着。"进内禀道："启上老爷，外边有一人，口称报紧急军情事的，要见老爷。"这老爷就是刘文静，官拜兵部尚书，京兆三原人，也与李靖同窗，胸藏韬略，文武全才。数日前接得李靖锦囊一封，道他误投其主，今应天命归唐，世子秦王乃真主也。故尔有意归唐，奈何无便可乘。那日闻报有紧急军情事的来人求见，即吩咐道："着他进来。"门上答应一声，传话出来。乔公山来至里边，双膝跪下道："大老爷在上，下书人叩见。"刘文静便问何处来的，公山将书呈上道："老爷看书，便知明白。"文静拆书一看，原来是徐茂公差来的，上面写着：

大唐神尧高祖驾前军师徐茂公，致定阳王驾前兵部尚书刘老爷台下：勣闻识时务者为俊杰。目今兵困介休，尉迟恭不日归唐，你主刘武周已入我牢笼之计，犹如网中之鱼耳。先生岂有尚未识天时而恋恋在彼耶？意欲兴师到来，但念先生与李药师系同窗至谊，故特差参军一员致达先生，请先生通权达变，速取了刘武周之首级，归唐计功，不失王侯之位。书不尽言。徐勣顿首。

那刘文静看了书，就记起当初赵王李元霸救他之恩，忙出位请乔公山起来见礼，留他在内署，问了姓名，款待酒饭。夜宿一宵，明日带领三千人马，只说解粮为由，同了公山，带了夫人马氏、妻舅马伯良，径往介休进发，一应大小事情，俱交与营兵史仁掌管，按下不表。

再讲刘武周升帐，打旗小卒飞报道："千岁爷，有兵部尚书刘文静解粮到此，现在营门外候旨。"刘武周道："宣进来。"刘文静进营参拜道："臣刘文静见驾，愿主公千岁千千岁！"刘武周道："平身。"刘文静站起来道："臣闻唐童那厮害了元帅宋金刚，又兵困介休，臣放心不下，特解粮草，并带领兵马三千，亲自前来保驾，共破唐兵。"定阳王闻言大喜道:“生受卿家费心。”吩咐排宴庆功,至晚方散。是夜,刘文静身披软甲,手提宝剑来到帐中。刘武周听得走动,便问:“何人在此行走?”文静应道:“臣刘文静在此护驾。”刘武周只道他一片忠心,故尔不防,不道被刘文静闪进帐中,举剑一下斩了首级,带出营去,招呼阵上道:“有愿去投唐者同去,如不愿投唐者,大家散去。”那些兵将也有去的,也有不去的。刘武周十万三千人马,散去一半,还有数万,随了刘文静,向唐营投顺去了。

秦叔宝、程咬金接着刘文静,见了刘武周的首级,不胜之喜,合兵一处,同往介休县来。兵行三日,已到秦王营寨候令,不表。

且说秦王问徐茂公道:“秦叔宝、程咬金一去数日,未知下落何如?孤甚放心不下。”茂公道:“主公请宽怀,臣算阴阳,日内就该到了。”道言未了,忽听外边传报进来说:“报启千岁爷,秦元帅、程将军已回营,现在营外候旨。”秦王闻报大喜,道:“宣进来!”秦叔宝同程咬金并刘文静及乔公山一齐进营,俯伏在地道:“臣秦琼、臣程咬金奉令战灭定阳王,特来复旨。”秦王道:“平身。二位王兄劳累了!”吩咐上了功劳簿。“臣乔公山,奉令前往马邑送书说降,刘文静现已来归附,前来复旨。”秦王道:“先生请起。”也记上功劳簿。“刘文静去暗投明,带领人马归降真主,特献刘武周首级,少当寸进之功。”秦王道:“王兄请起。”秦王见刘文静人才出众,应对如流,十分欢喜。吩咐摆宴庆功。次日就差刘文静往长安朝见神尧高祖,按下不表。

秦王又命乔公山进介休城,将刘武周首级送去,激降尉迟恭,使他心死。乔公山领令,一径去叫城通报。守城军士报与尉迟恭说:“有乔公山叫城求见。”尉迟恭闻报,吃了一惊:“这老乔好生无礼,两次三番来此混帐,莫非讨死么!今日不知又将何物前来哄我?且放他进来。”军士奉令,即放乔公山进城。乔公山来至衙内下马,背着木桶上前,满面堆笑道:“尉迟将军,老夫不敢失信,今取得真正鸡冠刘武周的首级在此。”把桶放在桌上。尉迟恭把桶盖一掀,将首级仔细一看,只见鲜血淋漓,果是一颗鸡冠刘武周的真头。那尉迟恭不见犹可,一见之时,放声大哭道:“啊呀!主公啊!倒是臣害了你了!老乔,我把你这狗头碎尸万段才罢,如何杀了我主公?不要走,吃我一刀!”

不由分说,拔出腰刀,上前一把提过来,望他颈上咔哧一刀,把乔公山砍为两段。吩咐大小三军一齐带孝,就把首级用朱红匣子盛了,供在上面,结起孝堂,又把乔公山尸首抬出。尉迟恭换了白盔白甲,点兵出城,要与主公报仇。上前到唐营,高声大叫:“只要唐童出来会俺!”

秦王闻报,带领三十六员上将,分为左右,来至阵前,叫声:“尉迟王兄,今日可该归顺孤家了罢?”尉迟见这一班英雄在面前,更有秦叔宝保定秦王,遂心生一计,道:“唐童,我主已死,本该归顺,但要依俺三件事。”秦王道:“王兄愿降孤家,莫说三件,就是三十件,也无不依你。”尉迟恭道:“第一件,要你同程咬金在我鞭下钻过去。”秦王正要开言,徐茂公向前低声道:“此尉迟恭之计也,不可应承。”秦王道:“不妨,依得。王兄还有那第二件呢?”尉迟恭道:“第二件,要把俺主公的首级合尸一处,归葬入土;第三件,要你披麻带孝,还要程咬金那厮拿哭丧棒。这三件,可依得么?”程咬金上前道:“后二件都依你便了,那第一件钻鞭不能。”秦王说道:“都依,都依。”尉迟恭道:“今日就要钻鞭。”把抱月乌骓马一纵,拦住在正中,便把手中水磨竹节钢鞭举起,叫声:“唐童,快来钻鞭,才见你的真心,降你便了。”

这边秦叔宝许多战将,都有不平之色。徐茂公道:“不妨,三件都依他,包管无事,尉迟恭今日决来归顺也。”秦王叫声:“程王兄,同孤家去走一遭。”程咬金口内说硬话,心中到底有些胆怯,前番尝过他竹节鞭三下的了,知道利害不过,因秦王之命,没奈何只得应承。又想道:“这黑炭团,若是打了我,主公定然不来了,若不打下来,就显了我是不怕死的好汉了。”即叫一声:“尉迟恭,俺程爷爷来了!”径往鞭下钻过来。尉迟恭大喜:“你这狗头,前日在言商道中三次劫俺粮草,今日却来吃我一鞭。”举鞭正要打他,心中又一想道:“且住,若打了这狗头,唐童一定不来了,且饶他这狗头。擒卒先擒王,且打了唐童再处。”程咬金在鞭底下打了一个寒噤,钻过去了。秦王一马上前,叫一声:“尉迟王兄,孤家来也!”把头一低,往鞭下钻来。尉迟恭大喜,把钢鞭举起,大喝一声:“唐童,照鞭罢!”哈喇一鞭打将下来,只见秦王顶梁上化落落冒出一道红光,红光内闪现出一条五爪金龙,将鞭抓住。尉迟恭亲眼看见,吓得魂不附体,回马奔往介休城中去了。

秦王就差程咬金前去取刘武周首级安葬。程咬金领旨，到介休城传报尉迟恭快送刘武周首级出城，以待秦王祭葬。尉迟恭将定阳王首级木桶送出城来。秦王又差军士寻取刘武周尸骸，凑成一处，当营结起孝堂。秦王满身穿白，程咬金手拿哭丧棒，把刘武周首级尸骸用朱红棺木盛殓，灵前摆列香花灯烛，供献全猪全羊、金银纸锭，先是秦王举哀行礼，程咬金只在地下叩头，众将官一一拜吊。

尉迟恭在城上，亲见秦王如此诚心，想道："当年李先生对我说，如有人射得你盔上凤眼开者，便是真主。那日在白璧关赶他的时节，被他一箭射开了凤眼，岂不是真主？况且今日主公已杀了，元帅又被他杀了，叫俺在此，上不上下不下，做什么好？'哲人见机而作，君子达时为先。'今日若不归顺，失了机会。也罢，降了他罢！"便呼大小三军开了城门，备了降旗出城，自己一马先至唐营，滚鞍下马，俯伏在地，口内只称："尉迟恭计穷力竭，情愿归降。死罪！死罪！"扑扑扑叩头伏罪。秦王亲自出营，叫声："王兄请起！"双手来扶，挽手同行。来至营内，又与众官一一见礼过了，秦王吩咐摆宴接风。命程咬金进城清查府库钱粮，就把刘武周葬于介休城北，每年春秋祭扫。那张士贵也投顺唐家了。养马三日，起兵回长安不表。

再说那刘文静，奉秦王旨径往太原朝见神尧高祖。在路行了五日，前边来至一镇。天色已晚，那镇上也有许多人家，寻店安宿。抬头见一家门首，高挂酒旗安寓招牌，便进店叫道："店家何在？"里面走出小二笑嘻嘻的道："老爷想是吃酒住夜的么？"应道："正是。"小二看见一行二十余人，先是夫人马氏、舅爷马伯良。进内把马拴在后槽，老爷吩咐随从人等收拾行李，各个检点明白，吩咐店家打扫内外房户。刘老爷与夫人在内房用了夜饭，吃了茶，洗了手脸，收拾安歇。马伯良同从人在外房吃了夜饭，各各料理安歇。小二关门闭户，当夜无话。到了二更时分，忽听得门外化落落起一阵阴风，风过处现出一个头戴二龙抢珠的金盔，身穿蜡龙赭黄袍，满身流血的人，这人大叫一声："刘文静奸贼，还孤家的性命来！啊呀奸贼啊，你好狠心也！孤家不曾亏负了你，你却太平之时嫌官小，扰乱之时怕出征。更甚者，杀害君上，大逆无道。孤家今日告准阴司，前来索命。"刘文静此时吓得半死，把脚乱蹬，连叫数声夫人。夫人在睡梦之中，哪里听得？一时自知无理，只得坐起身来，双膝跪倒，口称："大王爷饶命！臣自知罪了。但大王爷既死不能复生，乞放臣见了高祖，若得一官半职，就将檀香雕成大王龙体，每日五更三点先来朝见大王爷，然后去朝唐王。若有虚情，死于刀剑之下。"那阴魂欲要上前，奈有火光冲照，正是：

一报终须还一报，冤冤相报几能休？

毕竟刘武周阴魂索命如何，且看下回分解。

第五十回 秦王兴兵定洛阳 罗成大战尉迟恭

诗曰：

马邑讨平得将才，秦王好不称心来。

欲求五色将军面，待向河南定夺裁。

当下刘武周现形报仇，恶狠狠欲上前来活擒文静，亏文静威光勇冒，阴魂不能近身，只是指手骂道："你这奸贼，出口有愿，少不得恶贯满盈，我在阴司待你！"又起一阵阴风，忽然不见。那文静惊醒，却是南柯一梦，惊出一身冷汗，夜间不便对夫人说明。次日天晓起身，众将梳洗已毕，算还房钱饭钱，一路径投长安而来。不日之间，到了长安馆驿之中住下。次日五更入朝，三呼已毕，即进上得胜表章。高祖大喜，就封为兵部尚书。即日进府，用檀香刻成刘武周浑身，头戴平天冠，身穿杏黄袍，腰系蓝田带，足登无忧履。每日五更三点朝拜不表。

再说秦王一路回兵，对徐茂公说道："孤家心中所乐五将，乃青黄赤黑白之五色也。如今穿红的有了程咬金，穿黄的有了秦叔宝，穿黑的有了尉迟恭，还少穿白穿青二人。那穿白的，孤想着罗成，穿青的，想着单雄信。若此二人可得归降于唐，岂不妙哉！"徐茂公对道："主公，这穿白的罗成，要得他归降，也还容易，独有那穿青的单雄信，主公你休去想他。"秦王听说，忙问道："这个有何缘故呢？"徐茂公道："他与主公有仇。昔日高祖在楂树冈射死他兄长单雄忠，故尔他死不投降的。那洛阳王世充招单雄信为妹婿，封为驸马，罗成封为一字并肩王。此二人俱在洛阳，主公既想念二人，何不发兵径取洛阳？单雄信虽不能得，罗成决然可以制伏来的。倘或打破洛阳，得其土地，亦非不美，有何不可？"秦王大喜，吩咐前军作后队，后队作前军，就此取路前往洛阳进发。

不一日，兵到洛阳，离城十里扎下营寨，炮声响处，早已惊动单雄信。那日单雄信正在巡城，闻知秦王兵到，吃惊不小，幸有罗成在此，心中稍宽一二。即准备擂木、炮石、灰瓶等类，添兵把守。即日入营来见王世充。朝见已毕，王世充忙问："卿家到此，必有所干。"单雄信道："唐家领兵临我洛阳，现在离城十里安营，此来犯界，不可轻视，请主公升殿，共议计策为上。"王世充准奏，立时鸣钟击鼓，王世充升坐银銮殿，聚集文武百官。朝拜已毕，王世充便问："列位爱卿，目今兵临城下，将近壕边，唐童那厮兵马不善，敢问众卿计议安出？"有军师铁冠道人奏道："臣夜观乾象，见罡星聚于洛阳，目下定有一番争战。"雄信道："我邦虽则兵精粮足，又有罗成在此，可以抵敌，然须得再借一支人马，以为保备为上。"王世充道："事无大小都要驸马筹谋，代孤主张才是。"雄信道："这是臣所当然，必须斟酌万全，诸公可同心协议，以体主公安略，无致轻忽。"那王世充君臣计议在朝，按下慢表。

再讲秦王坐在营中，对众将道："哪一位王兄出马先建头功？"闪出尉迟恭道："臣归主公，未有执箭之功，待臣出马取这洛阳，献与主公。"秦王大喜，亲赐御酒三杯，选铁骑三千，发兵起马。尉迟恭奉令，提枪上马，化落落一马当先，直抵洛阳城下，高声大叫："城上的听着，报与王世充知道，快捡有本事的将官出来会俺！"守城军士慌忙报入："启上千岁爷，城外有唐将讨战。"王世充便问："哪位爱卿前去退敌？"单雄信道："待臣出马，以观兵势如何？"王世充大喜，即赐御酒三杯："愿驸马出去，旗开得胜，马到成功！"单雄信领旨，上了青鬃马，提了金顶枣阳槊，出了朝门来至城下，小军开了城门，放下吊桥，化落落一马直至阵前。抬头一看，只见对阵那员将官一张黑脸，两道浓眉，坐下乌骓马，手使长枪，好似烟熏的太岁，浑如铁铸的金刚，十分难看。单雄信便叫一声："丑鬼通名！"尉迟恭把眼一看，只见他青面獠牙，红须赤发，头戴紫金冠，坐下青鬃马，手执枣阳槊，就像圣帝殿内的温元帅，又像是阎王面前的小鬼。尉迟恭道："我是丑的，你的尊容也齐整得有限。"单雄信反觉羞颜，举起金顶枣阳槊劈面就打。尉迟恭将矛一架，叫声："住着，俺尉迟恭的长矛不挑无名之将，你快通上名来！"

单雄信被他架得一架，在马上就晃了两晃。明知利害，不是对手，也不通名，回马就走，扯起吊桥，紧闭城门。按下不表。

单讲尉迟恭，一团高兴奉命前来，名也不通被他走了，仔细思量，今日是第一遭出阵，怎么利市也不发？在城外叫骂了半日，只得回营复令说道："今日出马，有一青面红须将官，名也不通，回马就去了。"秦王吩咐："今日既然不曾交锋，明日再去讨战便了。"

这边单雄信，次日来请罗成说："有唐将讨战，甚是凶勇，望乞贤弟退得唐兵，不枉愚兄昔日拜盟交情。"罗成道："单二哥说哪里话来？自古道食君之禄，必当分君之忧。蒙主公封我为一字并肩王，又二哥厚情，胜于手足相待，今兄弟未曾出兵，不知交兵之事。既今兵临城下，不必说了，待罗成即刻出兵便了。"单雄信大喜，即刻准备枪马。罗成提枪上马，出了城门，来至阵前。只见尉迟恭威风凛凛，带领三千铁骑，排分四下。罗成问道："这黑鬼可是尉迟恭么？"尉迟恭道："然也。你可晓得俺日抢三关、夜夺八寨的利害么？你也通个名来。"罗成道："你晓得爷爷的名么？你爷爷乃是燕山罗元帅的公子，今在东镇王驾下，爵封一字并肩王罗成的便是。"尉迟恭道："我闻得有个罗成，原来就是你。你来得正好，专待拿你去请功。"把手中长矛一摆，耍的就是一枪。罗成把枪隔过，回手也是一枪。尉迟恭未曾招架，耍的又是一枪。罗成连忙隔得住，耍耍耍一连三四枪。这尉迟恭手忙脚乱，哪里来得及？叫声："不好！"兜转马就走。单雄信在城上看见大喜，亲自提兵杀将出来。那三千铁骑杀得马乏兵消，掌得胜鼓回城去了。

尉迟恭杀得哮哮喘气，败回营中，见了秦王，只叫得一声："利害！"程咬金道："想是你得胜回营了吧？请主公上了功劳簿。"尉迟恭道："程将军休得取笑。今日东镇王手下的将官叫做罗成，我是战他不过的。待程将军明日出去，自然得胜回营的。"程咬金道："不敢相欺，若是我去，非得胜，还要降伏他来投顺，这才算有本事的。"秦王道："如此，程王兄明日可出阵去，要降伏他顺从方好。"尉迟恭想道："待我明日出去掠阵，看他光景，说他几句，以消今日讥诮之仇。"

这边单雄信又请罗成出阵。这里程咬金到了次日，也没处推托，只得出来。尉迟恭又奏道:“主公,末将今日情愿去军前掠阵。”咬金道:“妙!你不来看看,也不见我的手段。”秦王道:“尉迟王兄去掠阵,亦可助威。”就命放炮出营。二人随即离营,尉迟恭随后,看他交手如何,谁想程咬金却是六国里贩马七国里贩牛的人,巧言如狡,心中早已打算定了:“必须如此如此,方可安妥。”一马来到阵前,先丢一个眼色,然后叫声:“罗成!”又把这张嘴来努这么两努,然后说道:“你为何昨日欺侮我们的尉迟恭?”又把眼睛霎霎。那尉迟恭在背后,哪里晓得他做鬼。罗成见了程咬金,心中不好意思,又见他做出许多嘴脸,不知何意。咬金一马上前,轻轻说道:“罗兄弟,你今日长我威风这一遭儿,我感激你不尽了。”罗成笑了一笑,两边会意。程咬金举斧就砍,罗成假意回手,大战二十回合,马打四十个照面,罗成虚闪一枪,回马就走。程咬金大呼小叫,随后追赶。追至城外,见他进城去了,方才转来。尉迟恭哪里晓得他们是一向相好的弟兄?见了他今日交锋这般威风,只把舌头伸了出来,缩不进去了:“原来程咬金这般的狠哪!罗成如此骁勇,为什么今日这般不济事?”程咬金对尉迟恭道:“我好好叫他投降,他倒不肯,今日却便宜了他。”尉迟恭道:“那日言商道上,将军的本领也只平常,如今大不相同了。”咬金道:“难道是假的么?你若不信,来与我试试看。”尉迟恭道:“又来了,伤了情分,十分要紧。”程咬金道:“料你也不敢。”

二人回营见秦王,说明战败罗成之事,秦王大喜。徐茂公心中明白,笑了一笑道:“今日果然有功,明日可再去,须要罗成归顺,如不能说得他来,军法从事。”程咬金道:“这遭淘气了,真正又是难题目来了。我是与黑炭团说耍儿的话,谁知今番军师弄假成真起来。”没奈何,只得领令。此言慢表。

再说罗成进城来,单雄信在城上,亲眼看见他两个眉来眼去说了些鬼话,又见罗成败了回来,心中十分疑惑。下城来遇见罗成,叫一声:“罗兄弟,今日辛苦了。”罗成笑了一笑,二人并马来至一字并肩王王府门前,二人便一同下马,行至里边坐定。雄信开言道:“罗兄弟,小弟有一句斗胆不怕人怪的话儿要与你讲。”罗成道:“二哥有话,但说何妨。”雄信道:“方才我在城上见你同程咬金交头接耳,他的本事我岂不知，如何胜得你来？俺单通待你也不薄，莫非你有意欲去投唐来灭我洛阳么？大丈夫说话要讲得明白，莫使我心下狐疑。”罗成道：“单二哥，你说哪里话来哪！你但知其一，不知其二。昨日与尉迟恭交锋，只消三枪，杀得他大败，今日程咬金来，小弟正要拿他，不想他见了小弟鬼头鬼脸，小弟再也猜他不出，只道他有意归降洛阳，故此假败一阵。此言句句是真，怎敢欺瞒二哥？”单雄信道：“原来如此，单通还放心不下。你若果有真心，明日再去出战，须要生擒程咬金进来，才显得你真心为了洛阳。罗兄弟，单通方才这些言语，多多有罪，不可记怀。”罗成道：“小弟怎敢。”单雄信别了罗成回府不表。

再说罗成心中想道：“好没来由，被他絮絮叨叨这一番噜苏，俺生平性直，耳内何曾听得那番话？”闷闷昏昏，坐在金交椅上，直到点灯时候。秦氏老太太着丫鬟送夜膳出来，叫道：“大老爷，请用夜饭。”那罗成只是短叹长吁，丫鬟见此光景，进来报与太太得知。那太太道：“既如此，接大老爷进来。”丫鬟领命，又到外边叫道：“大老爷，太太有请。”罗成来到里边，深深作揖，叫道：“母亲，孩儿拜揖。请问母亲唤孩儿进来有何吩咐？”太太只叫一声：“我儿，做娘的闻你有些不快，故此唤你进来，问你为什么事情愁闷，须说与做娘的知道。”罗成道：“母亲，孩儿蒙东镇王封了一字并肩王，又承单雄信十分厚待。目今秦王起兵攻打洛阳，那秦王帐下却有表兄秦叔宝并程咬金一班朋友都在那里为将，却不道想起昔日在山东贾柳店拜盟情况，故此昨日孩儿出兵胜了尉迟恭一阵，今日又出战，恰恰遇着程咬金，孩儿与他相交一番，一时之间，不好动手，那程咬金又对孩儿做了些手势，孩儿一时不明白，只得假败了一阵回来。谁想单雄信疑心于我，将孩儿噜噜苏苏了一番，为此孩儿闷闷不悦。”太太闻言，说道：“我的儿啊，做娘的为了你表兄，连你父亲也要拗他的，再没有今番为了单雄信，倒要与至亲表兄为难起来的道理。况且那边朋友多，这里只有一个单雄信。依娘的主意，不如归了唐家罢！”罗成道：“母亲，儿闻秦王好贤爱士，有人君之度，投唐果是，只是单雄信面上过意不去。”太太道：“儿啊，这有何难？只消将计就计，瞒着他便了。但儿日后遇见他，避了开去，不与他交战，这就是你周旋朋友之情了。”罗成道：“母亲言之有理，孩儿依计而行便了。”就在太太房中吃了夜饭，一宵无话。

次日天明，程咬金又来讨战，尉迟恭照前掠阵。那程咬金一马当先来至城下，喝道：“呔！城上的，开了城门，速速把王世充绑了送将过来，待我程爷爷自由自在的一斧头砍为两段。若是罗成呢，今日不必再出来了。”小军闻言，飞报单雄信：“启驸马爷，城外又是程咬金讨战。”单雄信道：“再去打听。”小军答应而去。那单雄信又对罗成说道：“罗兄弟，今日要与单通把程咬金拿进城来，方显你与单通是个知心知意的朋友，不可又被他杀败了。若再杀败了回来，那时你罗家的名头传开去，说你连一个程咬金也战不过，岂不要被人笑话的么？”罗成听他这番言语，又气又恼，又推托不得，只得提枪上马，开了城门，化落落一马来至阵前。只见程咬金又丢眼色，那罗成又好气、又好恼、又好笑。你道为何？他怕的是絮絮叨叨、叽叽咯咯，偏生这单雄信又是要言三语四碎烦的，及至对阵，那程咬金又对他做鬼脸，不由你不笑起来。只听程咬金叫道：“罗兄弟，昨日承你盛情，让我燥皮了一日，今日再让我燥皮燥皮，才算像个知情识趣的好朋友。”罗成道：“乱话！昨日为了你，受了单雄信一肚子的臭气，今日却要与你认真了。”程咬金道：“好兄弟，这杀阵是断断认真不得的哟！我还有一句好话对你讲，但此处不是讲话的所在，你略略让我三分，我与你到没人的去处，细细的对说个明白。”罗成道：“讲得有理。”

他二人说罢，就杀将起来。这程咬金斧砍来，罗成不招架，斧是收住，这罗成枪刺去，程咬金也不隔开，枪是留情。足足战了十五个回合，马打七八个照面，程咬金虚闪一斧，回马就走，竟不往营内败来，倒往北首落荒而走，罗成随后赶来，他二人不知追到何处去了。尉迟恭道：“程咬金这狗头，今番输了。想罗成追去，决然了命。俺奉命掠阵，岂可袖手旁观？主公知道，可不有罪！不免前去帮他一帮。”便催开抱月乌骓马，摆动丈八蛇矛枪，化落落一马往后追来了。不表。

再说程咬金同罗成来到那一个所在，离洛阳五十余里，地名对虎崖，只有树木，并无人家。程咬金道：“罗兄弟，住着，这个所在无人来往，正好说话。”罗成就住了马，说道：“有什么话讲，快快说来。”咬金道：“罗兄弟，你家的舅母一向对我说：‘我家并无至亲，只有罗成嫡嫡亲亲这个小外甥，我欢喜他不过，但愿他时刻与我叔宝孩儿聚在一处。自从那年来给我拜寿，不知为甚把一个青面獠牙的人打了一顿，他就使性走了，使我好生放心不下。’这句说话，我记得碧波澄清。在此我想，你如今住在洛阳，却与这青面獠牙的人同住，岂不使你舅母太太之心不安？况且雄信早晚之间絮絮叨叨，最烦碎不过的，我想倒亏你听得过。”罗成道：“别样事情既往不咎，惟有那絮絮叨叨的碎烦，真个听不得。

这是明知不是伴，无奈事急且相随。”

毕竟罗成怎生归唐，且看下回分解。

第五十一回 咬金说降小罗成 秦王果园遇雄信

诗曰：

御果园中花木新，君臣游赏十分春。

青龙何意偏相犯，异煞来时定不仁。

正当程咬金听见罗成说此“明知不是伴，事急且相随”这两句话，便趁势说道：“罗兄弟，既然如此，何不归了唐！况且不负令舅母老太太之心，得与叔宝表兄时刻相亲，同为一殿之臣，有何不可？你今回去与老伯母尊堂太夫人商量商量，还是独自在洛阳的好，还是与至亲好友日日做一块的好？若商量定当，依我的说话，今日就归了秦王罢！”罗成道：“商量不商量，自然归唐的好。但我家母、妻子都在洛阳城内，待我设法送出城，那时就来归唐，同保秦王便了。我去也！”一马就走。

程咬金道：“罗兄弟转来！还有一句要紧的话对你说。”罗成道：“还有何事？”咬金道：“我同你在此说了半日，还有尉迟恭在那里掠阵，就是单雄信，想必他也在城上观看，为甚他们两个不见了，岂不又生疑心？”罗成道：“便是。”咬金道：“有了。我同你杀转去，若是遇见尉迟恭，须要给他一个辣手段看看，日后使他不敢在我朋友面前放肆。”罗成道：“说得有理。”两个重新杀将转来。罗成拖枪败走，程咬金在后追来。再说尉迟恭赶来，遇着程咬金将罗成追赶，他却哪里晓得暗里，心中想道：“前日他卖弄手段，今日待我报仇。”就在马上把枪一摆，大叫：“罗成，你前日的威风哪里去了？今日不要走，吃我一枪！”耍的一枪刺过来。罗成正为单雄信在城上观看，没有计较解他疑心，一见尉迟恭，十分欢喜，又听了程咬金一番言语，把枪一隔，耍的就回一枪。尉迟恭连忙招架，只见耍耍耍一连几枪。尉迟恭招架不定，指望程咬金来帮助帮助，回头一看，不见程咬金，手一松，腿上就着了一枪。叫声："啊唷，啊唷，不好了！"回马就走。后面罗成催开西方小白龙，化落落一马追来。尉迟恭无奈，只得回马又战，怎当罗成那一杆枪，耍耍耍又是几枪。"啊唷，啊唷唷！ 走啊，走啊！"罗成又一马赶来，赶得尉迟恭上天无路，入地无门。正是：

一盏孤灯看看隐，来了添油活火人。

那尉迟恭被罗成追到一株大树边，就往大树后要走。罗成叫道："哪里走！"耍的一枪正中尉迟恭。不防树后闪出一员将官，用两根金装锏把枪架住，只叫一声："动不得手！"罗成道："你可是表兄？"秦叔宝进树后把手一招，罗成道："小弟知道了！"回马往洛阳去了。原来这大树离城不远，恐怕单雄信看见，故此罗成去了。那徐茂公算定阴阳，预先差秦叔宝在此等候。闲话少说，那程咬金先来缴令："今日大战罗成，直杀到对虎崖地方，被臣一番言语，他已依允，明日准来归降主公。"秦王大喜，重赏咬金，回营不表。后有秦叔宝、尉迟恭来缴令，所说之事言罗成有归降之意，这话不表。

再说罗成进城来见单雄信，那单雄信亲自出迎，只叫一声："罗兄弟，今日辛苦了！ 适才小弟在城上看战，虽然不能生擒程咬金，这尉迟恭被你杀得大败，躲进树内。兄弟正要拿他，为何又放走了去，即便回来？"罗成道："单二哥，那树后因有埋伏，故此回兵。"雄信道："原来如此，倒是小弟多疑了。"雄信回府不表。

单讲罗成回府，走入内堂，太太道："我的儿啊，今日开兵遇见何人？"罗成道："母亲，孩儿遇见程咬金。"遂把程咬金一番言语从头至尾说了一遍。太太道："儿啊，那程咬金的言语，句句有理，须当如此而行，有何不可？"罗成大喜，连夜把家眷送出城外。

次日来见单雄信，叫道："单二哥，家母思乡甚切，弟欲送家母前往燕山，然后再来扶助洛阳，故此来与单二哥说一声。"雄信道："贤弟想送令堂老嫂等回燕山之期，定于何日？"罗成道："就是今日。一应家眷车马都在城外等候，家母命小弟多多致谢。单二哥，小弟就此奉别。"雄信上前一把扯住道："啊呀，罗兄弟，你好薄情！ 小弟不曾与你有什么,又不亏负于你。目今兵临城下,正是用人之际,怎么说要回燕山？我晓得了,莫非要投唐么？只消与单通说明,我也阻挡你不得。若是果回燕山,不去投唐,我单通就下你一个全礼!”说罢,单雄信就跪将下来。罗成慌忙扶起,叫一声:“单二哥,小弟果回燕山,并不去投唐。”雄信道:“既不投唐,为何如此之速?”罗成道:“家母之命,特来谢别。”雄信道:“看酒过来!”家将答应,就将酒杯满满的斟上一大杯酒送将过来,雄信接在手中,叫一声:“罗兄弟,小弟奉敬你早去早来。”罗成道:“多谢二哥!”吃了酒,作别起身,单雄信亲自送至城外。罗成上马加鞭,头也不回径自去了。

雄信在城上,望见罗成到那株大树边,忽闪出秦叔宝、程咬金同罗成家眷,都入唐营去了。不见犹可,一见之时,那把无名怒火直往顶梁门上冲将出来,高声大骂:“罗成,你这小贼种！早知你今日忘恩,悔不当初在三贤府中将你一槊打死,以免今日之患。啊,小贼种啊小贼种,日后若有相逢,我与你势不两立!”咬牙切齿,怒犹未息,忽见远远有支人马来至城下,为首三人大叫道:“我等是昔日刘武周驾下之将,今被唐童灭了我主,我等气不甘服,情愿到此投降,以待他日报仇。”雄信大喜,接取进城,同到府中,把三将带来的人马都到教场内扎营。雄信与三人见礼,问道:“列位将军高姓大名？今日降临小国,吾主之幸也。”一人道:“小将姓史名仁,在刘武周驾下封正印总兵。”这人道:“小将姓薛名化。”那人道:“小将姓符名大用。因有刘文静之变,故此同来。”雄信大喜,摆酒接风,次日带领三人朝见王世充。世充见了大喜,都封为大将军之职。且按下不表。

再说秦叔宝、程咬金、罗成三人到了唐营,把家眷安顿好了,然后进营。秦王看见,亲自下来迎接,叫声:“罗王兄来了!”遂挽手来到里边。罗成道:“罗成叩见秦王,愿主公千岁千千岁!”秦王道:“啊,王兄请起!”又与徐茂公、秦叔宝、程咬金、张公瑾、史大奈等一班朋友一一见过了礼,吩咐摆酒接风。秦王在上面一桌,那两边却是徐茂公为首,一位位排将下来。因罗成新来,故逊第一位。那尉迟恭心中想道:“罗成这厮小小身材,怎么在那马上如此利害,想是在马上操练惯的,他的本事料也有限。也罢,做我不着,不免假做敬酒为由,待我抓他一把，擒将出来，与众人笑一笑，有何不可！”就满斟一杯，一只手将杯送过来。罗成道：“多谢将军！”把双手来接杯。不曾提防得，早被尉迟恭伸过钉耙样的大手，抓定了勒甲绦，“噫，过来罢！”往上一举。这个势子，拳经上有的，名为“托梁换柱”。众人齐吃了一惊，不知何故。罗成不防备他，被尉迟恭一举举在半空中。那罗成叫一声：“黑子，你放了罢！”尉迟恭道：“不放，如今怕你怎么？”罗成道：“真个不放么？”尉迟恭道：“真个不放！我看你在阵上八面威风，如今也被俺燥皮一燥皮，何不再把前日的手段拿出来使一使？”罗成道：“你讨笑我，真个不肯放么？待我自放与你们看看。”说罢，把两只手齐向尉迟恭耳根上一拍，这拳势名为“钟鼓齐鸣”，原是罗家的杀手。尉迟恭着了一下，头一晕，把手一松，扑通一交跌倒在地。罗成将身一纵，跳下地来。众人扶起了尉迟恭，大家笑了一回，依先吃酒，至晚方散。以后尉迟恭再不敢小觑罗成了。

次日天明，秦王升帐，众将参见已毕。秦王道：“今日端阳佳节，众卿各自回营闲耍一天，明日开兵便了。”众将领命，各自散去，也有去吃酒的，也有去打围的，也有下象棋的，独有程咬金同秦叔宝、罗成二人，到外边随处游玩，单剩秦王同徐茂公闲坐在营。秦王道：“孤家同军师出营观看外边风景，卿意如何？”茂公领旨，同了秦王走出营来，一路观看前去，不觉行到了一座大花园。原来那座大花园名为御果园，离洛阳城不远，乃王世充起造在此游玩的所在。只因唐兵扎营在此，故尔无人看守。秦王同茂公走进园中，只见那园中有四时不绝之花，八节长春之景，两边种满奇花异草，中间起造一座假山，真正八面玲珑，十分灵巧。徐茂公保定秦王上了假山观看，远远望见一座城池。秦王问：“这个城池莫非就是洛阳城么？”茂公道：“然也，这就是洛阳城了。”

他君臣二人正在假山指手画脚的看，不料单雄信却在城上巡察远望，见御果园假山上立着二人，一个身穿道服，一个头戴金冠，身穿大红袍，坐下银鬃马，料是秦王，心中大喜，即忙跳上青鬃马，提了金顶枣阳槊，出了城门，吩咐军士道：“快报与史仁、薛化、符大用三位将军前来接应。”说罢，拍马飞奔。那单雄信来至御果园，轻轻进了园门，来到假山的下面，摆一摆金顶枣阳槊，大叫一声："唐童，你来此送命罢？罗子来抓你的首级也！"这一声喊犹如半空中起个霹雳，秦王、徐茂公吃了一惊，回头一看，见是单雄信，叫声："不好了！主公，难星到了！"忙下假山。单雄信来至面前，举槊就打。秦王着忙往假山背后就跑，茂公慌了手脚，只得飞赶向前，一把扯住了单雄信的战袍，死也不放。雄信大怒，叫道："唐童，唐童！你走，你走！"徐茂公道："单二哥，看小弟薄面，饶了我主公罢！"单雄信道："茂公兄，你说哪里话来？他父杀俺的亲兄，大仇未报，日夜在心，今日狭路相逢，怎教俺饶了他？决难从命！"那徐茂公死命的把单雄信的战袍扯住，叫道："单二哥，单二哥！可念贾柳店结义之情，饶了俺主公罢！"雄信听着贾柳店结义之言，一发怒从心上起，火冒顶梁门，叫一声："徐勣！俺今日若不念昔日在贾柳店结拜之情，就一剑把你砍为两段。也罢，今日与你割袍断义了罢！"拔出佩剑，耍的一剑，把袍袂割断，纵马去追秦王。

那徐茂公明知不能挽回，只得飞风赶出园门，加鞭纵马，要寻救驾将官。正在心慌，只见面前澄清涧边有一员将官，赤身在那涧水中洗马，却是尉迟恭。他只为众人都去闲耍，独自一个到此涧边，见涧水甚清，心中大喜，除下乌金盔，卸下乌金甲，把衣服脱得精光，只留得一条裤子，把马卸了鞍辔，正在涧中洗得高兴，只见军师飞马前来，大叫："尉迟恭，主公有难，速速前去救驾！"尉迟恭闻言，吃了一惊，慌忙走上岸来，一时间心慌意乱，人不及穿甲，马又不及披鞍，只得歪戴了盔，单鞭上马，同了徐茂公化落落出马，径往御果园而来。那澄清涧到御果园，原有五里之路，只因此时人强马壮，不多几时就到了园门口。尉迟恭大叫道："勿伤我主！"那单雄信追赶秦王，秦王只往假山后团团走转，又向一株大梅树下躲了进去。雄信一槊打去，却被树枝抓住，这叫做圣天子百灵相助。雄信即忙把槊抽拔出来，那秦王已飞逃出园门而去。雄信随后追出园门，大叫："唐童，往哪里走！"正追之间，劈面撞见尉迟恭赶来，倒吃一惊，便大骂道："黑脸的贼，今日俺与你拚了命罢！"耍的一槊打来。尉迟恭举鞭相迎。秦王遇见了徐茂公，君臣先回营去了。

单讲这单雄信，哪里是尉迟恭的对手，战不上三合，雄信一槊打来，尉迟恭一把接住，回手一鞭打来。单雄信好不着忙，把槊一放，空手的跑了。尉迟恭一手举鞭，一手拿槊，飞马来追。你看他好赶啊，紧赶紧走，慢赶慢行。看看追至澄清涧边，劈头遇见秦叔宝、程咬金、罗成同在涧边玩耍，他们见尉迟恭追赶雄信，三人吃了一惊，一齐上前拦住。咬金喊道："呔，黑炭团住着！这个青面将是我们的好朋友，不得无礼！"又见他手内拿着雄信的金顶枣阳槊，叫声："黑炭团，这是单二哥的兵器，为什么要你拿了？快些还他！"那尉迟恭与他三人，都是不投机的，就把这柄金顶枣阳槊往地下一插，谁知那槊即陷入地中数尺。咬金道："单二哥，不要理他，看老程面上，拔了槊去罢！"单雄信气忿忿过来拔槊，谁想用尽平生之力，这槊不动一动。程咬金道："黑炭团，休得无礼！快快把槊拔起来还了单二哥，好待他回去。"尉迟恭道："这般没用的，亏你做了将官。"说罢，上前轻轻的一拔就拔了起来，向单雄信面前一丢，单雄信接了槊，自觉满面羞惭而去。不想那地下就涌出一股泉水来，至今传为古迹，名曰拔槊泉。按下不表。

再说那尉迟恭满心得意夸口道："若不是我拔起还他，那青脸的贼，今生休想拔起来。"程咬金听他夸口，心中不肯服他，就要弄起鬼来了，便叫声："秦大哥、罗兄弟，你们听见他说大话么？"叔宝、罗成道："不听见。"你道他二人为何不听见？只为单雄信吃了亏，不好意思，故此远远站着，所以不听见。咬金道："他说若不是俺尉迟恭拔起来还他，你这黄脸的贼，今生今世休想要拔它起来。"

二人道："有这等事么？我们同去问他。"便一齐上前问道："尉迟恭，你拔槊也不为奇事，为何骂起我们来？"尉迟恭道："俺何曾骂你，你亲耳听见的么？"罗成道："是程咬金对我们说的。"叔宝即叫过程咬金来对会。咬金道："黑炭团，你不要改口，我听见你骂的，骂道什么脸儿的贼，若不是俺尉迟恭拔起来，你今生今世休想拔起来。"尉迟恭道："我骂的是青脸的贼，是单雄信啊，何曾骂你们来？"叔宝、罗成心下明白。

咬金说道："你既赖了就罢了，我们将来也放些本事与你看看。"罗成一时高兴，叫道："哥哥，我们耍耍去！"咬金道："好，有兴。"叔宝道："将甚东西来玩耍？"咬金道："秦大哥，你看当路一株枣树在此，将它拔了起来，一则与人行了方便，二来让尉迟恭看看我们的本事。”叔宝未曾依允，程咬金叫声：“尉迟恭看我们秦大哥来拔这株枣树哩！”叔宝见他说了，无奈走到树边一看，见此树约有斗口大粗细，高有数丈。叔宝把衣掩起，用八字脚站定，使一个坐马势，两手紧紧扣住树本身，将身一低，往上一拔，一声响亮，把这株树连根拔了起来。大家喝彩。咬金对尉迟恭道：“比你高些么？如今该罗兄弟来了。”罗成道：“小弟力退双驹罢！”咬金道：“怎么样一个退法呢？”罗成道：“用两匹好马当面放来，小弟用一只空手推他转去。”咬金道：“好，妙啊！”

　　只因要逞英雄将，不惜身躯用力来。

毕竟罗成怎样力退双驹，且看下回分解。

第五十二回　黑煞星误犯紫微　天蓬将大战建德

诗曰：

东镇反王智力穷，书招四路逞威风。

不知天意兴唐业，枉用功劳总是空。

程咬金把尉迟恭的乌骓马牵来，秦叔宝也将自己的呼雷豹牵将过来，叫道："罗兄弟，我在那边放来，你在这边等着。"罗成道："你们只顾放来便了。"咬金把马牵去，来到三百步之外，将两匹马连做一处，一连三鞭，那两匹马丢开八个蹄子飞也一般跑来。罗成不慌不忙，把两足八字样站住，那马刚到面前，一手扭住乌骓马，一手推定呼雷豹，两马站住动也不动一动，众皆喝彩："果然好大气力！"咬金道："但我在这边放马，不曾看见。"罗成道："你既不曾看见，秦表兄，你去放马，待我再退与你看。"咬金道："罗兄弟，妙啊！"那秦叔宝把马照前一样放来，罗成立在中间，等候那马对面冲来，罗成却不像方才这样退法，将自身闪立在半边，让马跑了过去，然后抢上前，用两手把两马的尾扯住，叫声："不要走罢！"用力一扯，两马一齐立住。咬金大叫道："妙啊！妙啊！玩了半日，我们如今回去罢！"罗成道："且慢，如今献本事轮到你了。"咬金笑道："我免了罢，难道我也要来献一献技么？"罗成道："这个自然免不来，也要献一献本事去。"咬金抓头摸颈的踌躇，回头一看，只见那边一块大石碑立在那一首，便说道："小弟无甚献技，倒不如走马推碑罢！倘推不倒，你们不要笑我的哟！"说罢，就勒马走到那一处，约离碑有二箭之地，把马加上三鞭，一马跑到碑边，把双手向碑上用力一推，扑通一声，将碑推倒，那匹马就打从碑上跑了过去。众人大笑，回营去了，不表。

再说单雄信失意回来，遇着三将接住，一路回城，只叫得一声："罢了！"回府闷闷不悦。单说王世充闻此消息，摆驾来到驸马府中探望，叫一声："驸马，都是为了孤家，致使驸马如此劳心劳力。"单雄信道："主公说哪里话来？臣受主公大恩，虽粉身碎骨，难以补报。"君臣正在讲话，忽报铁冠道人到来。大家见过了礼，王世充道："目今唐将凶勇，罗成又去，驸马又屡战不能胜，不知军师可有妙计退得唐将么？"铁冠道人奏道："臣夜观天象，见罡星正明，一时恐未能胜，又见奎、木、井、毕四星甚添光彩，主公可聘请四星共助洛阳，不愁唐兵不破矣！"王世充忙问道："军师所说四星，却是哪四位英雄？"铁冠道人回答道："主公，那奎星是曹州宋义王孟海公，那毕星是相州白御王高谈圣，木星是明州夏明王窦建德，井星是楚州南阳王朱粲。若得此四路兵来，何愁大事不成。"王世充听说大喜，单雄信设席款待，至晚方散，按下不表。

再说那秦王回营，大小将官都来问安。秦王道："今日若没有尉迟恭，孤家性命休矣！"道言未了，秦叔宝、罗成、程咬金、尉迟恭等都到了。秦王叫一声："尉迟王兄，孤家若没有王兄前来，几乎性命不保。"吩咐："先上功劳簿，到那回朝之日，再奏与父王知道，与王兄麒麟阁上标名姓，五凤楼前画浑身，以报功臣便了。"就命摆酒，众卿同饮。那秦王在席上只管称赞尉迟恭，这尉迟恭心中大悦，不觉酒落欢肠，吃得大醉，坐在椅上把身不定的乱摇。咬金看见笑道："黑炭团，主公略把他三分颜色，他就开起染坊来了。"秦王道："且自由他。"咬金道："待我叫他一声。"秦王道："你好好扶他一扶。"咬金上前来扶，不防尉迟恭把手搭在咬金颈上，慢慢的勾紧来用脚一扫，把咬金扑通一交跌在地下，这拳势名为"童子拜观音"。咬金起来，欲要认真，被叔宝、罗成上前扯住。尉迟恭道："今晚我不回营去了，同主公睡了罢！"秦王道："使得。"打发众人回营，自己同了尉迟恭回营来。有服侍秦王的人，先来与尉迟恭脱了衣服，扶他上床，因他酒醉，上了床就睡着去了。然后秦王也上床来，恐惊醒了尉迟恭，就轻轻的睡在他脚后边。谁想那尉迟恭是个蠢夫，一个身翻将转来，把一只毛腿搁在秦王身上。秦王因他是酒醉之人，动也不敢动，反将双手抱住而睡，按下不表。

再说徐茂公在帐中偶然出帐，仰天观看星斗，只见紫微正明，忽然有一黑煞星相欺。徐茂公大惊，忙叫："众将速速起来救驾。"那些将官都在睡梦中惊醒，各执兵器，打从帐后杀来，口中大叫："救驾！"秦王闻喊，吃了一惊，连忙叫醒尉迟恭来："王兄，王兄！不好了！有兵杀来了，快些起来！"尉迟恭一闻此言，酒都惊醒了，连忙起来，拿了竹节钢鞭打出帐来。只见灯笼火把照得明如白昼，仔细一看，原来都是自家的人马，一时摸不着头路。秦王提了宝剑也出帐来，问众将道："贼兵在于何处，敢是王世充杀来么？"众将道："不见王世充杀来啊，只因军师说道主公有难，故此臣等前来救驾。"秦王道："孤家没有什么难，可速散去罢！"众将回营，按下不表。

次日秦王问徐茂公夜来之事，茂公道："臣昨夜夜观星象，只见紫微星正明，忽有黑煞星相欺，此系主公有难，故此速传众将前来救驾。"秦王将尉迟恭把毛腿搁在身上缘故说了一遍，两边方明，按下不表。

再讲王世充发下四封请书，又将金珠宝玩差官四员，往曹州、明州、相州、楚州，请四家王子共助洛阳，要与秦王来决胜负。先说明州夏明王窦建德，是日驾坐早朝，黄门官启奏道："今有洛阳东镇王差官在此，下书人现在午门候旨。"窦建德拆开一看，上写着：

> 洛阳东镇王王世充拜书于夏明王窦建德王兄驾下：自从紫金山一别几载，群雄四起，各霸一方。有云："天下者，天下人之天下；非一人之天下也。"惟唐之时，前在紫金山恃弟元霸，藐我众将，又辱我各邦，今又兴兵犯我小国，弟将寡兵微，不能对敌。特此差官，谨具黄金万两，彩缎万端，良马千匹，美女百名，伏乞鉴纳。敢乞王兄速起大兵，救弟之危，实为万幸也。王世充顿首。

窦建德看罢来书，即大怒道："兔死狐悲，物伤其类。唐童这小畜生，前在紫金山，他兄弟李元霸仗着一身本事利害，孤家是你嫡亲母舅，也要跪献降书。孤家正要起兵前去问罪，如今倒遇王世充之便。"即封书一函，打发差官先回，致复王世充。就于次日领兵五万，带同大将苏定方、梁廷方、杜明方、蔡建方四将，御驾亲征，往洛阳进发。只留大元帅刘黑闼在明州守国。此话慢表。

再说曹州宋义王孟海公，得了王世充来书，即带了马赛飞与黑白二夫人三个妻子，起兵五万，来助洛阳。还有相州高谈圣，带了飞钹禅师盖世雄，起兵五万，来助洛阳。还有楚州南阳王朱粲，带了史万宝，起兵五万，来助洛阳。按下不表。

再说王世充在洛阳，那日升殿问道："孤家费了许多金银美女，不知四处兵马肯来助我否？"铁冠道人道："臣算阴阳，四处兵马定然来的。"王世充闻言，眉头一皱，叫声："军师，你说得好吉利的话！"道人闻言，掐指一算，心中暗暗叫声："罢了，可惜害了四家王子了！这是火烧眉毛，且图眼下。"正在商议，外边军士报进来道："启上王爷，今有明州夏明王窦建德带领人马五万在外，请旨定夺。"世充闻报，同铁冠道人、单雄信一齐出城迎接。世充叫道："窦王兄不远千里而来，扶我小国，此恩此德，真正天高地厚！"建德道："王王兄说哪里话来，济国扶危乃世之常事也。"二人并马入城，带来的兵马及苏定方等四将，都扎住在城外。少刻，单雄信带了史仁、薛化、符大用送牛、酒到营，又点兵马五万出城扎营，共有十万，对了唐营扎下。世充摆宴接风，建德在城外营内安歇，按下不表。

再讲次日秦王升帐，问茂公道："孤家心想五人，今日已得了四个，只有单雄信未曾归降，军师有何妙计得他降顺，乃孤家之愿也。"徐茂公道："主公不知，这单雄信心如铁石，怎肯来归？此话且休提起。况且今王世充请了四家王子来助洛阳，正有一番大战，若擒了单雄信，就把剑放在他颈上，也不肯投降的。"正在讲话，外边军士报进来道："启上千岁爷，今有明州夏明王窦建德，领兵数万来助洛阳，现在扎营城外。"秦王道："再去打听。"茂公道："一处到了，还有三处未到。"秦王道："孤家母舅，难道要与外甥交兵么？"茂公道："当日窦建德在紫金山被赵王元霸要他跪献降书，故尔结下冤仇。"秦王摇头道："岂有此理。"秦叔宝道："明日待臣去探他一阵，便知端的。"

次日，秦叔宝顶盔贯甲，提枪上马，出了营门，一马跑到阵前，叫道："快报明州窦建德知道，速速前来会我！"小军飞报进营。窦建德闻报，亲自披挂，带了四将，齐出营来，横刀立马于阵前，认得是秦叔宝。秦叔宝即上前去，叫声："大王请了，我闻大王乃我主公之母舅，缘何反助他人？大王可听末将之言，还须相助我主共破洛阳，一则全了名分，二则免被他人笑话。”建德叫一声：“秦琼，你可记得紫金山之事么，你速速回去，可叫世民出来，孤自有话对他讲。”叔宝道：“自家至亲，何必认真，认真乃禽兽也。”建德大怒：“你敢骂孤家么？”回顾四将道：“快与我拿来！”后面苏定方顶着白盔，穿着白甲，骑白点马，使烂银枪来战叔宝。怎当叔宝那枝神枪，真能神出鬼没，不上三个回合，那苏定方看看招架不住。前面窦建德背后，又闪出梁廷方、蔡建方、杜明方三将。叔宝大战四将，全无惧怯。战了四十个回合，窦建德大怒，把刀一摆，也来助战，这番叔宝力战五将。一场厮杀，真杀得天昏地暗，日月无光。叔宝大吼一声，一枪刺中杜明方。窦建德大怒，把刀就砍。叔宝拦开刀，身边取出金装锏，耍的一声打来，正中窦建德肩膀。窦建德叫声：“啊唷，不好！”回马败走。蔡建方叮当的一锤，往叔宝打来。叔宝拦开锤，耍的一枪，正中咽喉，跌下马去。梁廷方、苏定方即保了窦建德，败回营中。叔宝也便回营缴令，备言战败窦建德之事，秦王大悦，不表。

再讲窦建德第一日开兵折了二员大将，咬牙切齿，恨着叔宝。单雄信忙问交战之事，窦建德备言叔宝利害，雄信大怒道：“也罢，明日待罗子自己出去，与那黄脸的贼拚命！”次日，雄信带了史仁、薛化、符大用等出营交战。茂公叫罗成出去会战，罗成道：“我不好出去。”叔宝道：“我也不好出去。”咬金道：“亏你这样的军师，他们两个如何去见得单雄信？若是罗成出去，他一定要骂道：‘罗成，你这小乌龟，那日无处去时，住在我三贤府内，就像养猪养狗一样养你，你有些瘟病时，就像服侍儿子一般看待，买药调理。你又明明说不去投唐的，如今却去投唐了，这张嘴直头是屁股了。’这一番骂来，如何当得？所以自然不好出去。若是秦大哥出去，他也要骂的，骂道：‘黄脸的贼，那日在潞州，没有单雄信周旋看顾，你死过多时的了！今日恩将仇报。’故此，自然也不好出去。独有老程是去得的，一则本事对得他过，二则我是来得明，去得白，三则功劳大家得些。”秦王大喜，叫声：“程王兄，那单雄信是孤家心中所爱的，你断断不可伤他性命。”咬金道：“这个我晓得，斧头也晓得，主公心爱的，一动也不动他便了。”

咬金说罢，即提斧上马，一马来至阵前，叫声："单二哥，你今可好么？"雄信见是咬金，即回答道："托赖平安。"咬金道："单二哥，今日你来做什么？"雄信道："我来讨战，你叫黄面贼出来，罗子与他拚命。"咬金道："啊，原来是秦叔宝没良心的，他惶恐得紧，不好见你。"雄信道："你来何干？"咬金道："小弟不像这些人，我与你厮杀一场，还算好朋友。"雄信道："好个老实人。若是我先动手，就为我不是了。也罢，让你先动手。"咬金道："不敢，还是二哥先来，请啊！"雄信道："罗子不便动手，伤了情分。"回顾三将道："与我拿来！"史仁、薛化、符大用三将齐出。咬金叫声："得罪！"扑哧一斧，把史仁砍为两段。二将死命来战，咬金又道："得罪！"把薛化也砍死了。符大用见势头不好，回马就走，咬金道："有心让我得罪了罢！"赶上去一斧，也劈下了马，把三将一齐结果了性命。雄信叫声："罢了！"回营闷闷不乐。有军士报道："今有曹州宋义王孟海公带兵五万，现在城外候旨。"王世充即同窦建德、单雄信等一齐出城迎接，挽手进城，见礼坐下。王世充道："有劳王兄大驾。"孟海公道："小弟来迟，望乞恕罪。请问王王兄与唐童见过了几阵了？"王世充就将窦建德出阵折了二将，今日单雄信出阵又折了三将，从头至尾细说了一回。孟海公道："既如此，待小弟明日擒他便了。"王世充即摆酒接风。

次日，王世充、窦建德、孟海公一齐升帐。王世充便问："今日那一位将军前往唐营讨战？"道言未了，只见闪出一员女将道："大王，妾身愿往。"原来是孟海公二夫人黑氏，王世充大喜。那黑夫人头戴珠凤冠，身穿皂缎团花战袍，使两口双刀，骑的马名为一锭黑，出了营门，来到阵前，娇声细语的道："唐营军士可有能事的？出来会奴家。"军士飞报进营："报千岁爷，今洛阳有员女将讨战，请令定夺。"茂公便问众将："何人出去会战？"早有程咬金闪出说道："小将愿往。"茂公道："女将讨战，出兵须要小心在意。"咬金提斧上马，出了营门，抬头一看，果然是员女将，即大叫道："何处婆娘，敢来寻老公么？"黑夫人大怒道："哇！油嘴的匹夫，照俺手内宝刀！"说罢，将双刀并起，直取咬金。咬金道："我好意与你玩耍玩耍，为何你就动起手来？"便举宣花斧劈面相迎，一马横冲，双刀并举，大战二十余合。黑氏虚闪一刀，回马就走。咬金道:“正好与你玩耍,为何就走?”随后赶来。马头连着马尾,黑氏放下刀,便取出流星锤来,回身一锤打来。咬金一闪,正打中右臂,叫声:“不好!”回马便走,败回营中。黑氏又来讨战。咬金回营,叫声:“啊唷啊唷!好婆娘,被他打了一飞锤。若日后撞着我,水也要弄他的出来。”

只见军士又飞报进营:“报千岁爷,那员女将又来讨战。”茂公问道:“如今何人前去出阵?”早有尉迟恭道:“小将愿往。”军师道:“须要小心。”尉迟恭提枪上马,至阵前抬头一看,只见那女将一张俏脸黑得来倒也风韵,犹如一朵黑牡丹。尉迟恭见了,十分欢喜,心中想道:“俺尉迟恭自别妻子,不觉有年。”正是:

不通鱼雁来和往,未定存亡死活情。

毕竟那黑夫人斗战如何,且看下回分解。

第五十三回　尉迟恭纳黑白氏　马赛飞擒程咬金

诗曰：

可笑曹州孟海公，带其妻妾在军中。

虽然女将行兵有，谁道同归黑面雄。

当下尉迟恭想道："俺今见此女，黑得来有趣，倒觉动火。"便大叫一声："娘子，你是女流之辈，晓得什么行兵打仗，不如归了唐家，与俺结为夫妇，包你凤冠有份。若不听我好言，俺这杆黑缨枪刺来，你就要死哩，那时岂不悔之晚矣？"黑夫人闻言大怒，不觉那芙蓉面上红痕起，柳叶眉边杀气生。便道："我闻说你唐家是堂堂之师，再不道是这样一班油嘴匹夫，不曾见着女子面的一般。"便把双刀直取尉迟恭。尉迟恭也把长矛急架相还。两下交战，未及五个回合，黑夫人回马就走。尉迟恭赶来，那黑夫人放下双刀，取出流星锤来，耍的一锤打来。那尉迟恭眼快，叫声："来得好！"把枪一扫，那锤索就缠在枪上。尉迟恭用力一扯，撞个满怀，轻轻的一把提了过来，就在马上连叫几声心肝宝贝，便回营缴令。茂公问道："胜败如何？"尉迟恭笑道："抢得一个女将，现在营外。"茂公不曾开口，咬金便道："要杀便杀，不必停留，就待末将去监斩。"茂公道："监斩用你不着，如今有个大大的功劳，你只怕做不来。"咬金道："除了交锋打仗，我都会的。"茂公道："今日原不是打仗交锋，就是那尉迟恭擒来的女将，与尉迟恭有姻缘之份，如今只要你去劝他从顺，就算你一件大大的功劳。"咬金道："这有何难？只是便宜了他。"秦王道："程王兄去做媒人，孤家就做主婚，着尉迟王兄即日成亲。"

咬金奉命走出营来，吩咐把这黑夫人送到尉迟将军帐下去。那手下家将一声答应，就将黑夫人解去绑缚，随程咬金一同送往尉迟恭帐中来。只见尉迟恭笑容满面，早在营外迎接，叫道："程将军，今日什么风儿吹得你到来？"咬金故意作耍道："我的来意么，只为那一日端阳佳节，主公赐宴着实隆重了你，你做作万千，把我勾跌了一跤，不曾打得你。今日特来，你睡在此，待我打一个惬意的。"尉迟恭笑道："程将军又来了，那一日得罪了你，明日一总赔罪，免打了罢！"咬金道："我是与你作耍。你这黑炭团，真正馒头落地狗造化。我主公着我与你做媒。"指着黑夫人道："欲将此女赏你做了老婆，你岂不好受用么？"尉迟恭笑道："承主公好意，将军盛情，但不知此女意下如何？烦程将军同他到后营去，与我道达其情。若肯顺从，程将军之恩我尉迟恭没齿不忘的了，日后正好与程将军交好。"咬金笑道："亏你这个黑花面如此老脸，说出这样话来。你自快去，速把酒肴端正那里！"尉迟恭应道："晓得。"

不表尉迟恭自去端正，且说那程咬金坐在帐中间，便说："把这女子推将进来！"手下应道："是。"便将黑夫人推到里面。咬金道："看个座来，叫他坐着，好待我程将军与他说话。"那黑夫人坐下。咬金道："你前日在阵上把我程将军打了一流星锤，倒也利害，如今还在这里疼痛，这也罢了，但我们这里大凡擒来的将官都要杀的。今番也是你的造化，我军师有好生之德，怜爱之心，道那尉迟恭是个独头光棍，故要把你赏他。我程将军便对军师说道：'那尉迟恭与擒来的女将成亲，岂可将就草草？'那时我主公便说：'好，待孤家做了主婚，程王兄你去做了大媒，他们两个黑对黑，倒是一对绝好夫妻。'"程咬金话未说完，黑夫人就大怒起来，照定程咬金面上拍达一个大巴掌。咬金不曾提防，大叫一声："啊唷，好打！"骂道："你这贱婆娘，好歹都不识得。肯不肯只消好好的说，为何把我媒人打起来，岂不失了做新娘子的体面？是军师下令赏配与尉迟恭的，你有本事，自去打老公，与我媒人有什么相干？"黑夫人骂道："你这油嘴的匹夫，把老娘当什么人看待？奴也是一家王子的爱姬，虽然不幸被你唐将擒来，要杀就杀，何出此无理之言？难道老娘有夫之妇，岂肯再嫁人的么？油嘴的花面匹夫，擅敢满嘴胡言！"回转头来，看见帐上有口宝刀挂在上面，黑夫人怒气冲冲，立起身来要去抢刀。程咬金喝道："家将，快与我拿下此泼妇！"当即赶过十多个家将，前来拿住，依先把黑夫人绑缚了。咬金便大叫道："反了！反了！岂有新娘子把媒人乱打的！"

尉迟恭在帐后，听得外边喧嚷，赶将出来说道："程将军，既然他不肯成亲，不必勉强了。"咬金道："放你娘的狗臭屁！你们做亲，可以草草不恭，我做媒人可是正大光明的，难道不做就罢了不成？如今既来之，则安之，这媒人是断断要做的。你把那准备的酒肴快快拿出来，我在外边吃酒，你推他往后面去做亲，就如一块生铁落了炉，也要打他软来，况你是打铁出身，难道倒不在行么？这个绑缚是放松不得的，你只消把他犹如活牛皮楦鼓，生做来就是了。"尉迟恭满心欢喜，说道："程将军，如此得罪了。"遂将黑夫人推到后帐去，并吩咐："摆酒出去，与程将军吃，叫他慢慢的吃去。"手下答应，就将酒肴送出。

不表程咬金在外吃酒，单说尉迟恭推黑氏到后帐来。黑氏便问道："你这匹夫，推老娘到这所在做什么？"尉迟恭道："我奉主公之命、军师之令、媒妁之言，与你成亲。"黑氏道："既然如此，难道做亲是绑了做的么？"尉迟恭道："也说得是。"连忙把夫人放了。那黑氏一放了绑，就摆起一个拳势来，叫声："尉迟恭！我老娘是有丈夫的，你不要差了念头，好好送我出营去。若说这件没正经的事，老娘断断不从的。你若要动手，老娘也是不怕的。"尉迟恭道："程咬金叫我不要放你，我尉迟将军就是山中老虎，也要捉他回来，何况你这小小女娘，怕你怎么？如此倔强，罢了不成！"说罢，趁势赶上前去。那黑氏也摆个势子抢过来。他两个你推我扯了一回，那黑氏到底女流，又兼脚小，转身不便，被尉迟恭拿住，竟往床上一丢。黑氏连忙爬起来，早被那尉迟恭压上身来。黑氏将拳乱打，尉迟恭把一只手将他双拳一把捏住，便去宽解衣裙。黑氏将身乱扭，终究力小，哪里强得过尉迟恭，却被尉迟恭渴龙见水、饿虎攒羊的一般，正是：

颠狂柳絮随风舞，轻薄桃花逐水流。

那黑氏夫人得其佳景，倒觉尉迟恭的本领胜于孟海公百倍了，不觉心花大放，十分欢悦。便娇气软语的道："尉迟将军，奴家本不从顺，被你用强力逼迫，事已如此，奴家只得从你了。"那尉迟恭是个粗蠢之人，怕她逃走去了，把她双手紧紧捏住，那两只嫩手都捏得乌青。听了她说得可怜，才把手放了。还恐她要走，心中尚是提防，谁想她竟将双手伸来搂住，被尉迟恭就贴拢去，做了吕字。正如：

穿花蛱蝶深深见，点水蜻蜓款款飞。

两下你贪我爱，着意绸缪了一回，方使云散巫山，起来重整衣服。黑夫人便叫声："将军，我们姊妹三个，奴家是孟海公第二位夫人，还有第三位夫人白氏，也有手段的，与奴最说得来，胜于嫡亲姊妹。明日将军一发捉了来，都服侍了将军，使我姊妹不致两下相思。还有结发夫人名唤马赛飞，有二十四把飞刀，名为柳叶神刀，十分利害，与我二人最说不来。那马氏心狠，却不可与同归。"尉迟恭听说，十分大悦道："娘子说得有理。但是这程咬金，你前日得罪了他，如今要出去赔他一个罪儿，日后好与他相见。"黑氏道："羞人答答，叫我如何去见他？"尉迟恭道："这不妨，他是极喜奉承的，我们如今拿了酒走出去，大家吃杯儿，就丢开手了。"

夫妻二人算计已定，拿了一壶热酒走将出来。走到程咬金面前，只见咬金低了头，正吃得高兴，叫声："程将军！"那咬金抬起头来，见尉迟恭手中拿着一壶酒，黑氏把衣袖遮了口，只管嘻嘻的笑。程咬金明知他来赔罪，只因有些害羞，故此走到面前只管笑。咬金假作不知，大吼一声喊叫道："在这里了！"把尉迟恭、黑夫人都吃了一惊。咬金道："你们两个干得好事啊！那一日在阵上，我说你莫非寻老公么，你骂我油嘴匹夫，今日好意与你做媒人，又把我颊面乱打，又是一等油嘴匹夫的骂。打也打了，骂也骂了，酒也吃了，不知你们如式不如式？"尉迟恭笑道："如今做过了亲了。"咬金道："不许你开口，要待他自来告诉我听。"尉迟恭笑道："程将军，如今不必说了，方才得罪了你，我故此叫他在此请罪就是了。"咬金道："我不要他请罪，要他与我说说儿，不然我就与你们两个拚命。为什么打我？为什么骂我？如今你们两个原是这等好的。"尉迟恭道："程将军罢了，如今不要说了，待我叫他来和你说说儿就是了。"咬金道："既是你这般说，叫他快快过来，说说不妨碍的，此乃人人如此的，况我又是个媒人，快些说起来。"尉迟恭便对黑氏道："娘子，你支吾他两句也就罢了。"黑氏无奈，只得掩着嘴笑嘻嘻的对了程咬金低声说道："奴家方才一时之怒，得罪了程将军。如今奴家不敢违命，已与尉迟将军做过亲了，前来请罪，谢谢大媒。"说罢，就道了四个万福。咬金连忙回礼，叫声："不敢。你方才既然不肯，为何一时又没了主意？"黑氏听说，这脸上就霎时黑里泛出红来，倒像目下作兴的棕色一般。咬金笑道："不要害羞，大家来吃喜酒罢！我老程饶便饶了你们，媒人钱是一定要的。"大家一齐笑起来。里面就摆出酒来，三人共饮，直吃到月转花梢，咬金大醉而去。他二人后帐内，重施云雨，再作鸳鸯，又做了一出襄王神女的故事。如今不比起初，更觉欢爱百倍，抱头交颈而睡。

次日天明，秦王升帐，二人谢恩。徐茂公道："今日还有一女将前来，尉迟恭你一发捉了来，一总赏了你。"秦王不信，笑道："军师哪里有这般先见之明，尉迟王兄如何有此叠叠之喜？"道言未了，忽见外边军士飞报进来："报启千岁爷，外面又有一员女将前来讨战。"秦王大喜，叫声："尉迟王兄，快去擒来，一发赐你成亲。"咬金道："又是这狗头造化了，我这媒人是做定的，又要吃喜酒了。"尉迟恭大喜，提枪上马来至阵前，抬头一看，只见这个女将生得千姣百媚，比黑氏更觉好些。原来那白氏只因黑氏被擒，不见首级号令，心中十分挂念，为此前来打听消息。这白氏头戴双凤冠，身穿鱼鳞甲，内衬月白战袍，坐下梅花点子马，手使梨花枪，娇声软语说道："你这黑脸贼，好好送还了俺家姊姊黑夫人，万事全休，若道半个不字，管教你这黑脸贼狗命难逃！"尉迟恭道："不要破口，你姊姊黑夫人嫁了我了，你也嫁了我，配合成双罢！"白氏大怒道："哇！好匹夫如此无礼，吃我一枪！"就把梨花枪一摆，叫声："看枪！"耍的一枪刺来。尉迟恭架开白氏手中梨花枪，两人大战未及十个回合，就拍马撞个满怀，也活擒了过来。掌得胜鼓，回营缴令。

秦王大喜，又赐予尉迟恭完婚。遂将白夫人送至尉迟恭营中，黑夫人迎进后营。白夫人初时不从，黑夫人再三相劝道："贤妹啊，那孟海公是不成大事的，况他与马赛飞十分情厚，我与你常时落后。今唐家秦王系真命天子，尉迟恭又是个骁勇英雄，做人十分情厚。做姊妹的无奈相从，倒与我情投意合的，况你与我最为亲爱，故今劝你不如从顺了罢。"白夫人听了黑夫人一番言语,只得依允。却好秦王差军士送合欢酒来,命尉迟恭同黑白二夫人拜堂成亲。众将都来庆贺不表。

再说王世充闻此消息,对孟海公道:"谁想二位夫人都被尉迟恭擒去,唐童就一并赐予他结为夫妇,世上哪有这般欺人的道理!"孟海公闻言,不胜惭愧,弄得脸上红了白、白了红,大叫一声:"罢了!"正在忿恨,走过大夫人马赛飞来,说道:"大王不消发怒,待妾身明日出阵,擒拿这两个贱人来千刀万剐,与大王消恨便了。"孟海公闻言,心中想道:"明日他去出阵,倘然照着前样,便怎么处?"又回想一想道:"嗳,岂有此理!这马赛飞是我结发夫妻,岂比那小老婆的心肠?"遂叫一声:"御妻,孤家万里江山,全在御妻你一人身上,你须小心。"马赛飞道:"妾身晓得,大王请自宽心。"一宵无话。

次日,马赛飞头戴金凤冠,身穿大红绣龙战袍,外罩黄金宝甲,坐一匹走阵桃花马,手中抡一柄绣鸾刀,肩背上系一个朱红竹筒,筒内藏二十四把神刀,一马当先,直至唐营,高声叫道:"唐营军士听着,快叫那黑白两个贱人出来!"小军飞报进营说道:"启千岁爷,外边有个女将讨战。"秦王道:"为什么他们有这许多女将,一日一个,不知还有多少在那里。"咬金道:"主公,如今这个赐了臣罢!"徐茂公道:"你擒得来,就把他赏了你。"咬金听得这句话,顷刻骨头没有四两重,叫声:"多谢军师!"即提斧上马,杀至阵前,仔细往前一看,见这女将比前日两个还胜百倍,心中大喜道:"也是我老程的造化。"便高叫一声:"姣姣的娘啊,你今年青春多少了?"马赛飞道:"来将讲什么鬼话?"咬金道:"我要你做亲,你道快活么?"马赛飞见咬金的面庞是黑的,便问道:"你莫非就是尉迟恭么?"咬金道:"正是,你要嫁他么?"马赛飞大怒,骂声:"黑脸贼,你擒俺两个贱人做这样的丑事!"咬金道:"这便何妨?"赛飞道:"今日遇着俺,必要剥你皮抽你筋,方出俺的怒气!"便把手中绣鸾刀一抡,直取咬金。咬金举斧相迎,叫声:"娘啊,好刀!"不上三四回合,马赛飞就算计起来,把两口刀一只手拿了,那一只手却将肩上的描金朱红竹筒拿下来,开了盖,叫声:"黑贼,看俺宝贝来了!"咬金抬头一看,呼一声,一飞刀起于空中,咤的一响,正中咬金肩上,咬金翻身跌下马来。马赛飞正要将刀取他首级,心中想道:“俺若如今一刀杀了这黑贼,岂非便宜了他,不如活捉他回去,慢慢的将他千刀万剐,以出俺大王之气,有何不可。”就把程咬金绳穿索绑,活捉回营,请令定夺。

王世充、孟海公闻之大悦,就吩咐快把黑贼推进来。小军一声答应,就将程咬金推至面前。正是:

贪心欲得佳人女,反被裙钗活捉归。

不知孟海公把程咬金如何处死,且看下回分解。

第五十四回　罗成力擒马赛飞　咬金脱难见秦王

诗曰：

女将飞刀利害深，谁知破法有高人。

皆因唐主多洪福，将士俱存报效心。

当下咬金推至帐前，立而不跪。孟海公骂道："尉迟恭，你这黑面贼，孤家闻得你日抢三关，夜劫八寨，背刘投唐，前日又擒我爱妾黑白二氏，结为夫妇，自道英雄无敌，如此欺人，谁想今日一般也有被擒的么？"程咬金道："你们眼乌珠是瞎了的么？打炭铁的弄了你的爱妾，却来寻我卖柴筢的出气。"旁边走过单雄信来说道："王爷，这不是尉迟恭，他叫程咬金。"孟海公便对马赛飞道："御妻，人也不认明白，混乱就拿。"马赛飞道："既不是尉迟恭，就拿他去砍便了。"孟海公正欲吩咐，咬金便大叫道："单二哥好人，你快来救我一救！"雄信道："昔日为朋友，今朝为敌国，关我老子的鸟事！"咬金道："我投降了，难道也杀不成？快饶我命，情愿投降便了。"雄信道："你果有真心投降，便不杀你。"咬金道："狗入出的哄你，实是真心。"雄信见是用人之际，即忙禀道："他情愿投降，望王爷饶他一死。"王世充道："既然情愿投降，且监禁后营，待退了唐兵，放他便了。"众王俱道："言之有理。"就把程咬金监禁后营不表。

再说唐营军士飞报进帐："启千岁爷，不好了！程将军被这女将拿去了。"茂公道："这匹夫因好女色，故尔被擒。"秦王道："程王兄被女将捉去，怎生救他回来？"茂公道："主公，不妨。不出二日，他自然归来。"道言未了，外边又报进来："报启千岁爷，那员女将又在营门讨战。"茂公道："哪位将军前去？"尉迟恭应得半声，早被黑夫人一扯，尉迟恭住了口不应了。茂公心内明白，就叫罗成，说道："外边的女将，他有飞刀廿四把，十分利害，你去出战，只要不放他手空，手不空，神刀便不能起。快与我拿来！"

罗成得令，即上马提枪。出得营门，果见一员女将。那马赛飞看见罗成只有十七八岁，唇红齿白，美如冠玉，头戴金冠双龙抢珠，把额两根雉尾高标，真个威风凛凛，仪貌堂堂，不觉心中大喜道："这样的俊俏郎君，与他同宿一宵，胜如做皇后了。"罗成问道："这婆娘敢就是方才擒程咬金的么？"马赛飞娇声滴滴的应道："正是。"罗成大怒，就把银枪一摆，耍的一枪刺来。马赛飞把刀一架，说声："小将住着。俺还要问你青春多少，可曾娶妻么？"罗成道："你这婆娘要问俺做什么？"马赛飞道："我看你小小年纪，不知交兵征战的利害，恐伤了你的性命，岂不可惜了，故此问你。不若与俺家结为姊弟，助孟海公，我和你正有好处。"罗成听说大怒，骂道："不要脸面的淫妇，你虽然生得妖娆，奈我罗将军不是好色之徒！照爷爷的家伙罢！"就耍的一枪刺来。马赛飞被他几句话羞得满面通红，骂声："小贼种，你敢连刺老娘两枪么？"不觉心中大恼，就摆动手中双刀，来战罗成。罗成抢上一步，借势一提，就把马赛飞擒过来。掌得胜鼓，回营缴令。徐茂公吩咐监在后营，按下不表。

再讲洛阳军士飞报进去："启王爷，不好了！"王世充忙问道："为什么？"军士道："那位马娘娘被罗成小将活擒去了！"孟海公听见，叫声："罢了！孤家献尽丑了！"又叫道："王王兄，小弟为救洛阳发兵来此，两个爱妾被他拿去出丑，这也罢了。如今这马氏是要紧的，怎生救取回来才好放心？"王世充道："正是。这便如何救取呢？"忙问铁冠道人："计将安出？"铁冠道人道："除非将程咬金去换取马娘娘回来。"王世充大喜，便问："哪位将军押程咬金到唐营去换取马氏娘娘回来？"有单雄信愿往。王世充道："驸马可速去速回。"

雄信领命，来到后营，只见程咬金在囚车内叫道："单二哥，你来看看我么？"雄信道："程兄弟，罗子特来放你回去。"咬金道："且住，你既有这般好心，为什么捉到之时不放了我，直到如今才来？其中必有缘故。你对我说明了，我才出来，不然情愿住在囚车里头，我是再不出来的。”雄信道:“今日马赛飞被罗成擒去了,如今要将你去换来。”咬金道:“二哥,这倒不相干,说过归降就是了。俺坐在这个里头,安安静静倒不好,难道倒要去交锋打仗,做那吃力的事情么?单二哥,我不去!我不去!”雄信道:“你这个人惯会说自在的话。就是被他擒来,也亏我单通全了你的性命,今番做哥子的这点情面,难道就不肯看的了?”咬金见他唠叨起来,想道:“不好啊,这个人性子极不好的,万一变了脸,反为不美。”便道:“单二哥,这遭看你面上,就去,就去。只是那马赛飞小花娘,把我擒来,一些好处没有到我,如今要我去换他,须把好酒好肉请我吃个畅快才好去。”雄信道:“这些小事也要放在口里?”说道:“家将取酒过来!”咬金出了囚车,把酒肉吃个醉饱。雄信道:“如今同去罢?”咬金道:“单二哥,我是直性汉子,若同了你去,就没了我的体面了。待我自己回去,包管送还你马赛飞小花娘便了。如若不信,待我发一咒与你听:我程咬金回去,若不放马赛飞回来,天打木头狗遭瘟!”雄信道:“不必罚死咒,我哥子是信得你过的,去罢!”

那程咬金出了营门,一路思想:“这婆娘昨日把我伤了一飞刀,幸亏不太伤害,必须摆布他一番,才出我心头之气。”回到营中,秦王大喜,果然不出军师妙算,叫声:“程王兄,你回来了么?”咬金道:“臣被马赛飞这婆娘把这竹筒放出飞刀来,被她拿了去。臣在那里倒也好酒好肉,好生过得,亏那单雄信要送臣回来。臣说:‘承你一片好心,待我回去放马赛飞还你。’他却说了千千万万多谢。主公,看臣面上,把这马赛飞还了他罢!若是主公下遭要这个人,都在臣程咬金身上,主公早上要,臣早上拿来,晚上要,臣晚上拿来。”徐茂公心内明白,说道:“程咬金,你休得在主公面前夸口,谁不晓得那马赛飞有随身本事,二十四把柳叶神刀放出好不利害。你是尝过滋味的,只怕你日后拿他不来。”咬金道:“不难。只消待老程杀起狗来,将这狗血涂在他的飞刀上面,自然飞不起了。”秦王道:“也讲得有理。”吩咐将马氏推出来。咬金对马赛飞道:“你这不中抬举的,我程爷爷要你做个偏房,你却千推万阻,一般也有今日落在程爷爷手内,我程爷爷如今却不要你做小老婆了!”却把他周身上下看了一回,吩咐小军:“与俺推出去,把宝贝用狗血涂抹了!”

那马赛飞被程咬金说得昏头涨脑,满面通红而去。回至营内,孟海公一见叫道:“爱妻,苦了你也!”马氏哭道:“奴家受尽程咬金那厮许多的羞辱,又将我宝贝弄坏,好不可恨。”孟海公道:“日后再擒这厮,将他千刀万剐,与爱妻出气便了。苦只苦这宝贝被他弄坏,怎生是好?”马赛飞道:“不妨。王爷好生在此等候,只消奴家前往山中七日七夜,重炼飞刀二十四把,再来复仇便了。如今辞别王爷前去,不出十日之期来见王爷,有何不可?”孟海公想道:“我御妻没了宝贝,就在此也无益,不如等他自去重炼飞刀,好报此仇。”遂叫声:“御妻,须要早去早回,免得孤家挂念。”马赛飞道:“晓得。”即便作别起身。出了营门,趱路前去,走了一日一夜,来至一山,名叫杏花山,只见奇花异草,香风不断,翠柏苍松,浓荫可人。真正:

山里有山山景好,山桃山杏满山开。

寻到了一个石洞,就在洞里安身,每日午时三刻就炼飞刀。看看到了七日,二十四把飞刀已经炼就,正要下山,只见一个道人前来,叫声:“马赛飞,你但晓得炼就飞刀要去害人,却不知自家的死活。那秦王乃是紫微星君下降的真命天子,这孟海公不过是奎星降世以乱隋室,不久就灭。你不要差了念头。此番下山去,性命决然难保了。就是那几家王子,不出三月之间,尽灭于刀剑之下。不若拜我为师,带你归山,与众仙姑修仙学道,长生不老,你意下若何?”马赛飞听了这番言语,惊得毛骨悚然,只得双膝跪下,叫声:“师父,弟子情愿跟随师父出家。”即把飞刀抛弃于地,同了道人修仙学道去了。那道人就是谢应登叔父谢洪度。他成了正果,见马赛飞起了不良之念,故此前来点化他,也是仙缘有分,后来也成正果。此话不表。

再讲孟海公,自从马后一去,十天音信杳然,心中十分记念,想道:“当此兵微将少之时,怎生退得唐家兵马?”欲待回转曹州,马赛飞又不知下落,只得闷坐帐中长吁短叹。一日,王世充见孟海公有回兵之心,急得无法,只得问计于铁冠道人,说道:“军师,孤家同众王兄与唐兵交战,连折了数将,孟王兄的黑白二夫人又被擒去,如今唐兵十分凶勇,马夫人一去杳然,军师可有妙计退得唐兵,复得归还他二位夫人？”铁冠道人道：“主公放心，要退唐兵也不难，臣有一个朋友姓鳌名鱼，乃琉球国王的四太子，今在日本国招为驸马，其人有万夫莫敌之勇，胜过唐家李元霸，不让先朝楚霸王。主公可不惜珍宝聘请得此人来，何愁唐兵不破？”王世充闻言大喜，即日就备珍宝玩物，请军师前往。

铁冠道人奉命赍礼物往日本取路不表。却有军士报进帐道：“报启上王爷，今有相州白御王高谈圣、楚州南阳王朱粲二路人马来助大王，齐在营前，请旨定夺。”王世充闻报大喜，吩咐大开营门，同二王、众将一齐出来，迎接高谈圣、朱粲来至帐中，各个见礼，吩咐摆宴接风。次日王世充升帐，众将分列两旁：上面头一位却是窦建德，众王子因他与唐童至亲，不助唐童反助洛阳，乃义士也，故此逊在第一位，第二位乃是高谈圣，第三位孟海公，第四位朱粲，第五位是王世充。这五王子龙位坐了，下面还有盖世雄、史万玉、史万宝、苏定方、梁廷方、单雄信等一班将官，一个个顶盔贯甲，挂剑悬鞭，弓上弦，刀出鞘。王世充开言叫一声：“诸位王兄，感蒙不弃，来助弱国，奈唐童这厮兵强将勇，几次出战损兵折将，弟却心中不忍，敢问诸位王兄有何妙计退得唐兵，弟当不惜土地以谢众位。”当下有白御王高谈圣道：“小弟初来，未知深悉。若言胜负，乃兵家常事。至于小小唐童，有何不可破敌哉！王王兄不必忧心，待弟生擒这唐童便了。”便问众将：“何人去拿唐童？”有盖世雄愿往。高谈圣道：“小心在意。”盖世雄口称得令。他有随身宝贝飞钹，昔日在扬州考武，用这飞钹，被王伯当神箭射伤，他又往天平山重新炼好回来，却投了高谈圣，在他帐下为将。今日来助洛阳，又要把这飞钹卖弄神通。他原是头陀打扮，有一首词儿为证：

头上金箍光闪烁，身被五色锦袈裟。飞钹起处是堪夸，禅杖神惊鬼惧。谁知保得相州王，嗏，只恐一场笑话！

那盖世雄不喜骑马，善于步伐，大踏步来至唐营，大叫一声：“军士，快叫能事的出来会俺法师！”唐营小军飞报进来道：“启上千岁爷，今有一和尚，口称法师，前来讨战。”茂公闻惊，心中吃惊，顷刻双眉紧皱，叫声：“怎么好？”众将忙问道：“军师几场大战，尚且不惧，今日闻一和尚，为何便眉头不展，愁闷起来？”茂公道：“列位将军，你们哪里知道，我算阴阳，那和尚就是盖世雄，昔日在扬州考武，你们都曾会过他，岂不知他的利害么？昔日只有七片飞钹，如今却有二十四片飞钹，况他本领又是高强的。若还出阵，必要伤我唐营几员上将，故此一闻和尚，便知是他相助相州白御王高谈圣来此。洛阳大会五龙，将有一场大战。”

军师正在愁闷，忽见走出一员女将，茂公仔细一看，乃黑氏夫人也。那黑夫人上帐叫道：“军师老爷，妾身黑氏蒙主公军师大德，并无折箭之功，今日情愿领兵出战，把这秃驴活擒进营，以报大恩于万一也。”茂公闻言，心中一想道：“妙啊！大凡出兵，最怕妇女。僧道他非有暗宝伤人，则不敢前来会战，今番此女出去与盖世雄会战，正合相宜。”遂吩咐道：“盖世雄非同小可，你去须要小心。”黑夫人一声得令，上马舞刀而去。白氏夫人与尉迟恭放心不下，愿同出去掠阵。茂公应许。夫妻三个同出营门，果然有一个头陀，生得来形容奇怪，手提水磨禅杖，大踏步向前，高声喝道：“呔！你那婆娘，敢来与师爷爷交手么？”黑氏也骂道：“你这贼秃驴，还不知俺女将军手段利害么？”说罢，摆动双刀，飞马就砍。盖世雄举禅杖相迎。马步交战，双兵并举。那和尚要与高谈圣定天下，这妇人要与小秦王争社稷。这一场好杀，只杀得：

日月无光神鬼惧，天昏地黑兔狐愁。

男女二人大战了二十回合，马打有十八个照面。黑夫人心中想道：“这秃驴果是骁勇，常言道先下手为强，迟下手为弱。”便虚闪一刀，回马就走。盖世雄叫声：“哪里走！”大踏步随后赶来。黑氏挂下双刀，身边取出流星锤来，耍的一锤打来。盖世雄将身一侧，正中肩膀，轰的一跤跌倒，大叫一声：“狠婆娘，好流星锤！”顺手取一片飞钹，往上一丢。黑氏却不看见，兜转马来，正要砍他首级，却不曾提防半空中有一飞钹落下来，叱咤一声，正中后背，翻筋斗跌下马来。白氏早已看见，忙摆动手中这杆梨花枪，化落落一马当先，大叫道：“秃驴！你敢伤我姊姊么？老娘来也！”举枪直刺盖世雄。那盖世雄早已起身，也举禅杖相迎，来战白氏。这尉迟恭随后一马冲出，抢回黑氏。

再讲白夫人与盖世雄交战，未及十五六个回合，世雄恐他也会弄鬼，早把飞钹丢起。那白氏见他打伤姊姊，心中却也时时留心，刻刻挂怀，十分提防。早见飞钹飞起，明知利害，回马便走。那一钹也中正在背上，幸亏不曾打下马来，早被尉迟恭飞马抢出，救了白氏。因见盖世雄飞钹利害，不敢交战，败回营中。秦王看见他三个出去倒有两个着伤，心中闷闷不乐，吩咐退进后营调养。谁知那飞钹是用毒药炼就的，凡遇着伤的，七日内便要送命，其痛难当，饮食不进。那二位夫人叫喊了一夜，尉迟恭直服侍到天明，一夜何曾合眼。秦王升帐，众将排列两旁，军士又飞报进来："启上千岁爷，昨日用飞钹的和尚又在营前讨战。"徐茂公闻报，只是摇头失色，下面许多将官，心中不服。正是：

只因飞钹多妖法，故使军师难处分。

毕竟谁人能破盖世雄的飞钹，且看下回分解。

第五十五回 八阵图大败五王 高唐草射破飞钹

诗曰：

不信头陀盖世雄，能飞毒钹用神通。

三原仙客闻风到，施设奇谋定大功。

当下秦叔宝上前道："军师，就是这头陀盖世雄，末将曾认得他的，又非三头六臂，怕他怎么？待末将出马会他一阵何如？"茂公道："使得，须要小心防他飞钹。""得令！"那叔宝提枪上马，出了营门，来至阵前，不用通名，挺枪就刺。盖世雄忙举禅杖相迎。两下大战二十余合，盖世雄就丢起飞钹，叔宝要躲也来不及，也着了一钹败回。凡唐营出马的将官，被飞钹打伤者，共有二十余员，独有这咬金暗里使乖，当场设巧，再不做声。还有那尉迟恭，日夜在帐后服侍两位老婆，故此也不去会战。那盖世雄日日前来讨战，徐茂公无计可施，只得挂出免战牌去。盖世雄看见，大笑而回，对五位王爷说了，五位王爷大喜道："他只道威风无比，那知今日也有挂免战牌的时节。"单雄信道："我们今夜不免提兵去劫营，管教他：尸横遍野神号哭，血流成河鬼泣悲。"五王闻言，大悦道："驸马言之有理。"传令三军准备停当，今晚劫营。不表。

再说徐茂公正在议事，忽听传报进来："报启千岁爷，外边京兆三原李老爷求见。"徐茂公闻报，便喜笑颜开说道："好了，好了，药师来时，大事成矣！"秦王与众将即忙出帐相迎。李靖到了里面，大家见礼已毕。李靖道："贫道在海外云游，闻得盖世雄在此用毒药飞钹伤人，故此特来探取他的飞钹。"正在谈论，只听得后帐有悲苦之声，便问："为何有此悲苦之声？"秦王道："只因出战，被盖世雄飞钹打伤。"李靖即便取出一包药来，分救众将。此药果是仙丹，吃下去，立刻痛都好了。众将都出来拜谢。徐茂公就把军师印剑送与李靖掌管，李靖道："贫道只好权时受纳，待贫道破此飞钹，削去五王，便要往北方去会一个朋友。"说罢升帐，报掌军师。那众将打拱已毕，分列两旁。李靖道："贫道方才进营，见洛阳营内有一道杀气冲天，今晚王世充必来劫营，必须杀他一个片甲不还。"即传令道："秦叔宝过来！你带兵一支，前往御果园，埋伏左右，待黄昏时分，王世充人马必到此处经过，你可挡住他的归路。"秦叔宝得令。军师又道："罗成听令！你带一支人马，前往西北方埋伏。"罗成口称："得令！"军师又令尉迟恭："你带一支人马，往东北方埋伏。"尉迟恭口称："得令！"军师又令白夫人："你带一支人马，往西南方埋伏。"白氏一声："得令！"军师又令黑夫人："你带一支人马，往东南方埋伏。"黑氏也称："得令！"军师又令殷开山："你带一支人马，往正南方埋伏。"殷开山口称："得令！"军师又令马三保："你带一支人马，往正东埋伏。"马三保应声："得令！"军师又令史大奈："你带一支人马，往正西方埋伏。"史大奈口称："得令！"军师又令张公瑾："你带一支人马，往正北方埋伏。"张公瑾口称："得令！"军师道："尔等众将，但听中军号炮一起，一齐杀来，违令者斩！"众将得令前去。军师又令程咬金过来："与你令箭一支，到十里之外取高唐草来，明日准要。"程咬金口称得令，接了令箭，出来说道："方才热闹的生意轮我不着，冰清的戏文叫我去做。家将们哪里？"应道："有！老爷有何吩咐？"咬金道："你去快些拿了绳索扁担，同我去割马草。"家将奉命同去，此言不表。

单讲洛阳王世充，到了三更时分，同着各家王子、大小将官，点齐人马，悄悄的来到唐营，呐喊一声，一齐动手，顷刻点起灯笼火把，照耀得如同白昼。窦建德摇动九环大砍刀，孟海公抡着宣花斧，高谈圣使着两根狼牙棒，朱粲挺着三股叉，王世充摆着方天戟，那一班战将盖世雄、苏定方等各执兵器，大吼一声道："让俺者生，挡俺者死！"正在逞勇，忽听得唐营中轰的一声炮响，正东上马三保杀来，正南上殷开山杀来，正西上史大奈杀来，正北上尉迟恭杀来，西南上白夫人杀来，东南上黑夫人杀来。四面八方一裹，把五王与众将并一万人马团团围住。那五家王子与众将大吃一惊，明知中计，心慌意乱，欲待回兵，又听得放炮一声，霎时间，西面火把点处雪亮。朱粲连忙摇动三股叉，正逢着马三保。王世充大怒，即摆动画杆方天戟，一马冲来，劈面正撞着尉迟恭。窦建德挺着九环大砍刀，前边来了白氏夫人，使梨花枪迎住。那黑氏逞强，使两口双刀杀来，不料正撞着旧主，孟海公骂道："无耻的贱人，今番怎敢来见孤家？"黑氏羞得满面通红，无处躲避。高谈圣使动狼牙棒，却遇殷开山敌住。众将奋勇前来，却被罗成枪到处尽皆落马。那盖世雄慌慌张张，况是黑夜交兵，又不敢放起飞钹，口口声声只说得一声苦，弄得上天无路，入地无门。此一番交战，杀得五家王子的兵马尸积如山，血流成海。那五王子只得拼命杀出阵中，看看败至御果园来，回头一看，只见自己的人马十停去了九停，幸得众王俱在，单单不见了苏定方、梁廷方二员大将。原来那苏定方看见势头不好，连夜逃回扬州去了，后来保刘黑闼，五龙会又来交战。

那王世充叫了一声："列位王兄，今番此败，大辱我等，各邦声名休矣！"言之未已，一声炮响，闪出一队人马来，为首大将是秦叔宝，摆着提炉枪，挡住去路。五王又吃一惊，盖世雄忙举水磨禅杖来战，怎当得秦叔宝这杆提炉枪神出鬼没，盖世雄这根禅杖哪里杀得他过，欲待放起飞钹，又恐黑夜之中误伤五王性命。众王子已经杀了半夜，都杀得骨断筋酥，各自躲去，谁肯还来顾恋盖世雄？可怜那盖世雄正在难解难分之际，忽见左首杀出一支兵来，原来是单雄信。他见众王子兵马零乱，只得带兵前来接应，却遇见秦叔宝，便大怒骂道："黄脸的贼，罗子来拼命了！"举金顶枣阳槊打来。叔宝叫一声："单二哥，小弟不敢回手。"兜转马，败回唐营去了，五王子才得回至本营。到了天明，齐集众将。各位王子道："王王兄，我等意欲报仇雪耻，奈无大将破敌，如何是好？"王世充道："前日军师铁冠道人前往日本国，相请鳌鱼太子到来，待他一到，方可开兵。"

不表众王计议，再讲唐营众将得胜报功已毕，外边走进程咬金来，缴令说道："小将奉令寻取高唐草到了。"李靖道："取过来看。"程咬金叫声："挑过来！"只见十几个小军，扁担索子挑着青草进来，共有十三四担。李靖道："不是此草，所要者高唐草也，速去换来！"咬金道："小将在绝高的高唐路上割来的，怎么不是高唐草？"李靖道："还要胡说，快去换来！"咬金无奈，只得又到高山之上，割了几多担草来。李靖大怒，骂道："好匹夫，不善干事。违我令者，本该斩首，姑念你有功在前，饶你一死。如今你既无能去取高唐草，你可去取盖世雄首级献来。限你三日，如若三日内没有，定行斩首。快快去取来！"咬金只得领了令，走了出来，仔细一想，说道："没奈何，这个牛鼻子道人倒比那个牛鼻子道人还凶。那盖世雄岂是当耍的！倘或与他交战，被他一飞钹打来，岂不白白的死于非命？若还不去，却违了这牛鼻子道人的军令，又要割头，这便如何是好？"左思右想了一回，说道："也罢，我且躲在外边，待这牛鼻子道人去了，那时再回来，还是那个牛鼻子道人好讲话些。"咬金逃躲在外，我且慢表。

再讲李靖又差尉迟恭前去取高唐草，尉迟恭领了令，一路往乡村野处寻觅而来。只见一小户人家，但听内面有人唤道："高唐，你可将我身下的草换些干净的来。"又听见一人应道："晓得了。"少停，只见一人拿着许多乱草，出门欲向河中去洗，尉迟恭拦住问道："你叫高唐么？"那人应道："正是。"尉迟恭又问道："你手中是何物？"那人道："家中有产妇，此是她身下的草，有了血迹，故此拿去丢在河内。"尉迟恭大喜，连忙说道："既是这些草没用的，把与我罢！"那人道："你要就拿了去。"尉迟恭连忙接了，回来缴令。李靖见了大喜，吩咐众军士道："把草分扎在箭上，但见盖世雄放起飞钹，一齐放箭。"众军士得令。李靖就唤秦叔宝前去讨战，叔宝得令，拿了提炉枪，上了呼雷豹，化落落一马当先，来至阵前讨战。盖世雄大怒道："晚间交战，不便用宝贝，故此便宜了他那黄脸贼，今日又来讨战，我就把飞钹拿他，有何不可！"遂取了禅杖，大踏步走出营来，喝道："呔！你这黄脸的贼，昨夜挡俺师爷的归路，今日又来讨死么？不要走，照爷爷禅杖罢！"举起禅杖就打。叔宝把提炉枪劈面相迎，马步相交，一场大战。来往约有二十回合，盖世雄回身就走。叔宝随后赶来，盖世雄大叫一声："黄脸的贼，看师爷的宝贝！"呼的一声放起一片飞钹。李靖在营门早已看见，吩咐放箭。罗成早取弓在手，搭箭在弦，弓开如满月，箭去似流星。当的一箭，正中飞钹，跌下地来。盖世雄看见大怒道："小贼怎敢破师爷

的宝贝!”索性就把二十三片飞钹一起放起。倒也好看。竟像:

满天蝴蝶乱交加,一似乌鸦排阵势。

这番唐营内众将,大家各个放箭,嘤嘤的一齐把箭射来,只听得半空叮当响,这些飞钹都已纷纷扬扬落下地来。盖世雄看见一惊不小,只叫一声:“罢了,枉了俺几载功劳,一旦坏于此地!”就手举禅杖奋勇打来。叔宝回马就走,盖世雄纵步追来,叔宝身边取出金装锏来,要的一锏打来,盖世雄将身一闪,早中后心,叫声:“啊唷!不好了。”倒拖禅杖就走,不上几步,即口吐鲜血起来。那盖世雄一时昏乱,却不往自己营门败进,反往北首落荒而逃。叔宝因思穷寇莫追,也便回营缴令。此言不表。

单讲盖世雄,一头走一头想道:“俺是出家之人,有如此法宝被他破了,如今有何颜面再见各位王子?不若回转天平山重炼飞钹,寻一个安身的所在,念佛看经,做我的本等之事,有何不可。今番自己不是不该相助洛阳,却被秦琼这贼打这一锏,几乎伤了性命。”盖世雄走了一日一夜,况且又厮杀一日一夜的,被他伤坏了宝贝,心中又气又恼,又被叔宝打了一锏,背上又痛,身子十分狼狈。抬头见一个小小庙堂,那山门首匾额上写着“土地祠”,心中想道:“也罢,待我不免进去瞌睡片时,再作区处。”盖世雄走进庙门,见一块拜板,倒也干干净净,就把禅杖做了枕头,睡将下去。因辛苦了两日两夜,这番一放倒,就睡着了。正是:

只因一枕邯郸梦,做了阎王殿下人。

哪里晓得这程咬金奉李靖军师将令,三日之内要取盖世雄的首级,心中想道:“此乃掘地寻天,断断做不来的。”他怕飞钹利害,不敢讨战,又不敢回营,只得逃之夭夭。一连二日,又不曾带得干粮,腹中十分饥饿,只得到村民人家去抢。方才正抢得些酒饭吃了,走到这土地庙内,因拜板上犹恐人来看见,故此钻入神厨底下。那神座上有黄布桌帏遮护,所以盖世雄进庙不曾看见,也是这和尚命数当尽。

那咬金一觉睡醒翻身,忽听得耳朵内雷响,心中想道:“我方才进庙,见皎日晴天,哪里来的雷响?我如今又饿起来,再去抢些点心吃吃。”说罢,起身钻出神厨,往外一看道:“是哪个把庙门大开在此?”再四下一看，见拜板上睡着一个和尚，鼻息如雷。仔细一看，却原来就是一向认得的盖世雄，不觉老大欢喜，叫声："啊唷，我的好人啊！正是踏破铁鞋无觅处，得来全不费工夫。"急忙赶到神厨下取来了宣花斧，照大腿上一斧。可怜盖世雄在睡梦中着了这一斧，叫声："啊唷！"醒来一看，原来也认得是程咬金，却把两只大腿砍得挂下叮当了，遂叫一声："程咬金啊！你把我头上一斧也罢，如今叫我死又不死，活又不活。做你不着，结果了罢！"咬金道："我奉军师将令，要来取你首级，我如今偏要拿个活的回去。但是怎样一个拿法呢？嗄，有了。待我去寻条索子来。"咬金走出庙门，团团一看，只见那边有一个打柴的樵夫，拿着扁担索子走过。咬金赶上前来，把索子抢了就走。那人大怒，回头一看，见他青面獠牙，想这一副凶急嘴脸，定然不是好惹的，只得罢了。咬金走进庙中，把盖世雄一把扯起，将索子捆了，就像捉猪一般，把自己的宣花斧做一头，就把禅杖做了扁担，放在肩头上挑了就走。一路匆匆，回转唐营缴令。秦王大喜，就差程咬金斩首号令。咬金奉令，便对盖世雄道："我如今才来结果你了！"遂一刀斩了首级，号令军前。

再讲洛阳军士飞报进营道："启王爷，不好了！那飞钹禅师首级，被唐家号令军前了！"众王闻言，大惊失色道："这却如何是好？"正在惊慌，外边又报进来道："启王爷，今有日本国驸马带领兵马三千，现到营前了。"众王齐出迎接，来至大帐，见礼坐定。只见那驸马面如傅粉，唇若涂朱，一头黄发挽就三个丫髻，当头戴顶金冠，都是珠玉穿就，却生一双怪眼，鹰嘴鼻，招风耳，耳挂一串金环。身上穿着长袖锦丝的倭衣，脚下穿一双高底鱼皮番头战靴。身长一丈四尺，使一柄长柄的金瓜锤，有万夫不当之勇。一口番语，再听他不出的。却带两个通事的将官，一个叫王九龙，一个叫王九虎，二人乃嫡亲兄弟，原是山东人氏，自小习学枪棍，因做了大盗，问成死罪在狱。多亏秦叔宝与他们上下使用，改重为轻，救了他二人性命。后来逃到日本，竟做了通事。兄弟二人时常说起秦叔宝的大恩未曾报答，今有此便，特谋此差到来。

众王道："难得驸马远来，为甚我们军师不同来？"那鳌鱼一些不懂,只得两眼张开,看着旁边。王九龙便对驸马叽里咕噜说了一番,那太子方才明白,开言也是叽里咕噜对众王子说,众王子哪里听得出一句,也是王九龙过来说道:“军师又往别处访游,故请太子先来。”列位:你道铁冠道人为何不同太子回来?他是有意的,因见王世充不像成大事的,故此只说别处访游。正是:

竟作逍遥云外客,不恋红尘未了缘。

毕竟鳌鱼太子怎生迎敌,且看下回分解。

第五十六回　秦叔宝力斩鳌鱼　单雄信哭别娇妻

诗曰：

请将求兵少善谋，五王枉是惜春秋。

不如早作归唐计，荫子封妻位列侯。

当下王世充只道军师又去请借兵马，心中满望他回来，便吩咐摆酒，同众王子与太子接风。次日，五王升帐，请太子坐在上面。众王子道："今日请太子开兵，不知可否？"那太子不懂。却说王九龙私下对王九虎打番话说道："我闻恩人秦叔宝，今在唐营为将，秦王十分重用。今驸马骁勇利害，恩人岂是对手？若出兵，不是当耍的，必须如此如此方好。"二人无意向着太子，那太子只得呆看。这众王子又说道："我等今日欲请太子开兵，不知可否？"那王九龙才走过来对驸马道，只听咕噜咕噜说了几句，太子点头说道："咽哒，咽哒。"众王不懂，王九龙道："他说待我就去。"众王闻言大喜，送太子出兵。

那鳌鱼太子要逞威风，提了金瓜锤，上了白龙驹，来至阵前，大喊大叫道："达马姑达马姑！"王九龙、王九虎随定驸马，双骑并驾，大叫道："呔！唐营兵卒，快叫能事将官出来会战！"小军飞报进营："启千岁爷，外边有一倭将讨战。"李靖便问："何人前去会他？"程咬金道："倭将是难得见的，待我去看看儿。"便闪出来说道："小将程咬金愿往。"李靖道："小心在意。"应道："得令！"咬金披挂上马，到了营门，来到阵前，把那倭将一看，说道："嗄，原来是这样一个，倒像东岳庙中的道人，手里拿的金瓜锤，看来倒有五十斤重。"便叫一声："呔！倭寇，通个名来！"这鳌鱼太子全然不懂，王九龙道："他问你名字。"鳌鱼道："尾必尾必。"咬金不懂，说道："不知他说什么，待我且骂他一顿，看他如何？呔！自古道：倭子的须，蛮婆的皮，你是开眼乌龟，不值半个纸铜钱的。我入你的倭娘！”鳌鱼不懂，王九龙道：“永里落花打呀却马落。”鳌鱼大怒，骂道：“呀介杀杀瓜！”咬金道：“你倭寇人说不得的，照爷爷的斧罢！”举斧就砍。太子把金瓜锤一架，咬金道：“好利害，把我的虎口都震开了！”回马就走。幸喜走得快，不然性命难保。

程咬金径回营中，只叫得：“好利害！”便将交战之事诉说一番。外边又报进营说：“倭将又来讨战。”李靖又问众将：“谁人敢去出战？”秦叔宝应声愿往。李靖道：“须要小心。”应道：“得令！”叔宝提枪上马，来到阵前，果见一员倭将，他的两名通事，甚是面善。那鳌鱼太子问道：“古木牙打苏。”叔宝不懂他的番语，便问两个通事的：“他说些什么话？”王九龙道：“他问你叫甚名字。将军，我与你有些面善啊。”叔宝道：“我乃山东秦琼。”王九龙道：“原来将军就是秦恩公！啊呀，秦恩公，此人力大无穷，必须骗他，回头方好挑他。”叔宝大喜。那鳌鱼也问通事，说道：“米多而呀人里。”他问的是：“见到那将官，说些什么？”九龙道：“他说杀杀哩杀杀哩哈哈牙却打是像。”说那将官说道：“琉球国王死了，快些回去。”那琉球太子却是大孝子，听见说国王死了，把头一侧。叔宝就当胸一枪，刺得他翻身跌下马来。王九龙下马，斩了首级，兄弟二人同叔宝回营。叔宝问道：“虽与二位面善，不知曾在何处会过？”九龙道：“恩公，你难道忘怀了么？昔日在山东，我兄弟二人问成死罪，在狱多亏恩公相救。如今在琉球做个通事。小人叫王九龙，兄弟叫王九虎便是。”叔宝道：“嗄，原来是二位，这也难得。”便一同进营见了秦王，也封了将官。

李靖又下令秦叔宝：“可将空头官诰，前往红桃山，看锦囊上行事，不得有违！”叔宝领令，上马提枪而去。李靖又令程咬金：“你去离红桃山二十里路处，在凉亭内见一个麻面无须的，身背包裹腰刀之人，先斩了首级，回来缴令。”“得令！”程咬金领令去了不表。

再说洛阳军士飞报进营，叫声：“众位王爷，不好了！那琉球通事官帮了唐将，把鳌鱼太子杀了首级，号令在营外。”五位王子闻报，叫一声：“罢了！”高谈圣、窦建德、孟海公、朱粲四王子即欲各回本国。王世充道：“若列位王兄一去，孤家休矣！”正在慌张，有单雄信上前说道:“众位王爷且慢!臣还有一处人马在红桃山,兄弟三人叫侯君达、薛万彻、薛万春。得此三处来助,也还不怕。待臣修书一封,叫单安小心前去便了。”五王大喜。单雄信即忙修书交付单安,单安领命,前往红桃山而来。正打从凉亭边经过,即见程咬金。那程咬金前在三贤府里,单安时常来服侍,两边都是认得的。咬金不忍就杀,对他说了,单安明知不对,便自刎了。咬金砍了首级,便去缴令不表。

再说秦叔宝奉令前往红桃山,打开锦囊一看,却原来要他招安三位英雄,故差他红桃山住下。且按下不表。

再讲单雄信正在营中,忽报唐营将单安首级号令营前。雄信闻言,大怒,回头一看,只见五王众将都已杀尽,独力难支,遂叫一声:“罢了!”只得来见世充道:“臣回洛阳去干一事就来。”世充道:“孤身边无人,驸马速去速来。”

雄信别了世充,心中一想:“我闻当初南阳伍云召有一子托孤朱粲,今已长成将门之子,武艺必然高强。待我见朱粲,要他提调前来,或者能胜唐营众将也未可知。”忙来见朱粲。朱粲道:“驸马前来,有何话讲?”雄信道:“大王在上,末将有言相告,闻得大王有位继子伍登,勇力出众,今在南阳,欲请大王提调前来,与唐将交战,决能取胜,未知大王尊意如何?”朱粲道:“驸马有所不知,那伍公子年纪尚小,今年才得十三岁。承伍云召所托,抚养是有的,但当初伍云召被宇文成都打破南阳,将公子托付之时,才及周岁。后来云召投了河北李子通,做了元帅。不料扬州开科,被左雄所害,伍氏一脉只存公子。我相同李密,反出江都,为南阳王。今孤承蒙相召,故此兴兵前来,不想兵败将亡,孤当不日回国,谅这小子焉能取胜于唐?驸马此话休提。”雄信叹口气道:“罢了!”只得别了朱粲,径到洛阳。

雄信走入府中,早有宫女报与公主娘娘:“启娘娘,驸马爷回来了!”即吩咐摆酒。驸马与公主对酌,公主忙问道:“驸马,妾闻兵临城下,日逐交锋。今日想是唐兵退去了,故此回来见妾。”雄信叫声公主:“你说哪里话来。你还不知道唐童的利害哩,他帐下兵强马壮,将士勇猛,一个个能征惯战,尽是英雄,却把我们借来的几国将士都杀得干干净净,只留得五位王子。就是那马赛飞神刀、盖世雄飞钹,尽皆化为乌有。前日往红桃山借兵，单安又被他杀了，眼见大势已去，将来必致玉石俱焚，为此回来与公主吃杯离别酒。公主啊，我今日与你吃酒，明日只怕就不能见面了，若要相逢，除非来世。”说罢，不觉流下泪来。

公主道：“啊呀，万里江山，全仗驸马，况我哥哥出兵城外，他身边无人，你快些去罢！驸马啊，你岂不知江山事大，夫妻事小，我妾身虽为女流，岂可不晓你的心事？但恐破城之后，有污于我，你却放心不下。驸马请自宽心，你好好保我哥哥，退得唐兵，万分之幸，倘有不测，妾愿死节，以报驸马，决不受辱偷生耳！”雄信道：“说得好爽快！公主，你果有此心，我便放心。”公主含泪道：“果妾之真心也。”雄信道：“公主，你实有此意么？”公主大哭道：“驸马，妾身实有此意。”雄信哈哈大笑道：“妙啊，这才是我单通的妻子。如今说不得了。”便往身边拔出佩剑一柄，付与公主道：“俺将宝剑赠你，城若一破，单通就在阴司等你。”青英接剑道：“晓得。虽然如此，驸马此去意欲何为？”雄信道：“我受你哥哥大恩，未曾报答，我今此去，情愿独踹唐营，即死在战场之中，也得瞑目。死后做鬼，也必杀唐童，以雪仇恨也。”那雄信一时说得性起，不觉怒发冲冠，叫道：“公主，好生在此候我音信，若有三长两短，不可忘了方才此言。我去杀唐童也！”往外就跑。公主含泪扯住道：“驸马，妾身与你说话不上两个时辰，怎么就去？亏你与我做了夫妻一场，竟置我于度外，再住住去。”雄信喊道：“公主不要扯俺！”把公主一拂，公主跌倒在地，雄信也不回头，径自去了。可怜公主晕倒地下，众宫女连忙叫醒，那公主手执丈夫所赠的宝剑，放声大哭，众宫女相劝不表。

再说那唐营，李靖来见秦王道：“贫道今日交还兵符印信，要往北海去了。”茂公道：“五王未擒，雄信未拿，为何要去？”李靖道：“如今不难，叔宝在红桃山，自会招安侯君达的人马。至于五王，我有锦囊留下，亦易擒的。雄信一人，何足惧哉？”秦王摆酒送行，众将齐在，李靖独把尉迟恭一看，知他到长安有一番大难，遂取出一丸丹药，递与尉迟恭道：“你归长安，十二月初一日可服之。”程咬金见了，说道：“他有两个老婆，恐他不能服侍，故此送他些春药么？”也便忙叫道:“军师,既有丹药,我也要讨一粒。”李靖笑一笑道:“也送你一丸。”咬金道:“几时吃的?”李靖道:“也是十二月初一日吃。”说罢,起身去了。此话慢表。

如今再说单雄信别了公主,一马出城来到营中下马,也不与王世充说明,即顶盔贯甲,提槊上马,出了营门,叫声:“老天,今日俺恩仇两报之日也!”化落落一马直至唐营,大声喝道:“呔!唐营将士,罗子来踹营了!”把槊一摆,踹进营来。正是一人拼命,万夫难当。守营军士见他来得凶勇,把人马开列两边。雄信便叫道:“避我者生,挡我者死!”径往东营杀来。人到处纷纷落马,马到处个个身亡。雄信又大喊道:“罗子今日不要性命了!”把金顶枣阳槊没命的打来,就像害疯颠病的一般。小军飞报进来:“启上千岁爷,不好了!单雄信踹进营来了。”徐茂公即差尉迟恭去拿来,秦王道:“这是孤家心爱之人,待他出出气儿,自然归顺,不可阻挡。”又报:“单雄信杀到西营来了!”程咬金道:“主公既要单雄信投降,何苦把自家人马晦气?待臣去擒了他来,怕他不降!”秦王依允。

咬金即一马出来,正遇着单雄信杀来。咬金道:“呔!单二的狗才,怎敢放肆来此踹营?程爷爷来了!”雄信怒喝道:“呔!程咬金这狗头,罗子今日要变脸了!”就一槊打来。程咬金道:“呔!单二狗才,你要杀秦王,跟我程爷爷来。”就把眼珠一睃,回马就走。雄信赶来,咬金领他先往东营杀来,“啊唷,不好了!单二这狗才,砍头的杀来了!”又往西营杀来,又往南营杀来,又往北营杀来。这是咬金弄鬼,故意慌慌张张败走,叫声:“不好了!杀来了,杀来了!”看看杀到中营,咬金想一想道:“这事不对啊,如今若再领他杀进去,这牛鼻子道人岂不疑心?况且里面是去不得的。呔!单二的狗头,此是中营,主公众将都在里边,只怕杀不进去了。”咬金回马,径往别处去了。

那雄信听见秦王众将都在里边,倒顿了一顿。可怜这番单雄信杀得来骨断筋酥,那匹马也跑不动了,遂大叫一声道:“罢了,如今事已到此,也说不得了。”只把金顶枣阳槊一摆,将马一纵,杀进中营。

看官:你道单雄信有多少本领,这样一座大大的唐营,如何东西南北团团杀得转来?有个缘故。他只因势穷力竭,明知独力难成,不能挽回天意，故此别了公主来踹唐营，这叫做一人拼命，万夫莫敌。及至杀了进来，只因都是结交的朋友，又是秦王一心爱他，无有军令，又有个程咬金呆子故意领他，所以被他团团杀转。

那雄信杀到中营，把槊乱打，大叫道："唐童，俺单雄信来取你首级也！"秦王闻言，倒也不在心上。徐茂公忙奏道："主公虽然爱他，他却越扶越醉，万一杀将进来，难以招架。依臣愚见，还须拿住了他，待他降不降再作理论。"秦王依允。徐茂公往下一看，那些众将都是贾柳店结拜的朋友，谅来不肯伤情，独有罗成与他面和心不和，遂叫："罗成，你与我去擒这单雄信！"罗成道："得令！"秦王道："罗王兄，那单雄信是孤家心爱之人，切不可伤他性命。"罗成答应，即上马提枪出营，正遇着雄信奋勇打人，便叫一声："单二哥，不必逞凶，俺罗成来也！"雄信大怒道："你这忘恩负义的小贼种，你说不投唐的，今番却来挡俺，老子与你拼命罢！"即一槊打来。罗成道："我不与你赌骂，拿你去见主公罢。"把枪掀开了枣阳槊，一把拿过来，往地下一掷，叫一声："绑了！"

众军士将他绑缚了，推至秦王面前。罗成上前道："臣奉令生擒雄信，在此缴令。"雄信也不跪，便大骂道："唐童，我生不能啖汝之肉，死当以摄汝之魂！"骂不绝口。秦王满面赔笑，亲解其缚。雄信手松，只见秦王佩剑在身，就拔剑在手，照秦王砍来。两边将士急救，被他砍倒二十余人。秦王躲入后帐，茂公急令："用绊马索绊倒了，照前绑下！"秦王出帐，吩咐不可啰唣，亲自上前道："单王兄，气也出得你够的了。前日楂树冈之事，实系无心，你在御果园追我一番，亦可消却前仇。孤家今日情愿下你一个全礼，劝你降了罢。"秦王即跪将下去。雄信道："唐童，你若要俺降顺，除非西方日出！"秦王再三哀求，怎当雄信心如铁石，只是不睬。秦王无奈，只得立起来问徐茂公，徐茂公道："苦劝不从，只得斩首。"秦王依允，把雄信绑出营门，就差罗成监斩。茂公又奏道："臣等与他结义一番，可容臣等活祭，以全朋友之情。"秦王允奏。

茂公便同程咬金等众人设下香烛纸帛，茂公满斟一杯送过来道："单二哥，桀犬吠尧，各为其主。可念当初朋友之情，满饮此杯，愿二哥早升仙界!”酒到面前,雄信把酒呼来照茂公面上一喷,骂道:“你这牛鼻子的道人,老子好好一座江山,被你弄得七颠八倒,今日还要说朋友之情!什么交情!谁要你的酒吃!”茂公道:“二哥虽不吃,我是尽我的理。”然后张公瑾、史大奈、南延平,一个个把酒敬过来,雄信只是不肯饮。咬金道:“你们走开,让我来奉敬一杯,他必定领我的。”众人道:“都是朋友,难道偏受你的?”咬金道:“你看我偏要他吃一杯。”说罢走来,上前叫道:“单二哥朋友满天下,知心有几人?须要晓得我的性格,像我程咬金,肯降就降,单二哥不降就砍,倒也爽快。就是日后老程死了,阴司会见单二哥,也说你是宁死不降的好汉,比他们这些贪生怕死的远胜十倍。小弟奉敬一杯,看我平昔为人老实,肯吃就吃,不肯吃就罢,再不可勉强。”正是:

血性男儿天下有,谁知雄信十分强。

毕竟这单雄信死活如何,且看下回分解。

第五十七回 秦琼建祠报雄信 罗成奋勇擒五王

诗曰：

雄信执见性刚强，多少良言劝不降。

珍重故人酬絮酒，全名完节重伦常。

当下程咬金又道："单二哥，你是烈烈轰轰的汉子啊！"说罢，即把酒送到口边。雄信道："老子吃你的。"即把酒吃了。咬金道："单二哥，再吃一杯，愿你来生做一个有本事的好汉，来报今日之仇。"雄信道："妙啊！老子也有此心。"把酒又吃了。咬金道："单二哥，这第三杯酒是要吃的，愿你来世将这些没情的朋友，一刀一刀慢慢的剐他。"雄信道："这句话也说得有理。"又把酒吃干了。咬金对众人道："如何？我老程来劝单二哥吃酒，他肯吃的，原有个道理。"众人道："这些肉麻的话，我们说不出的。"罗成上前道："单二哥，小弟不是怕你不过，因我们都是朋友，岂可不敬你一杯？但你与俺表兄何等交情，众朋友都归了唐，单二哥这等执意，觉得太过分了些。今番小弟奉令监斩你，若要性命，可速速商议。不然，你快饮此酒，待小弟开刀。"雄信听见此言，骂道："罗成，你这小贼种！背义投唐，我今生不能杀你，来世杀你全家。老子入你的亲娘！"罗成听他骂得刻毒，一时性起，大怒，拔剑把雄信一剑砍为两段。他一点灵光，直到外国投去了，后世变了盖苏文，来夺唐朝江山。此言不表。

再说叔宝在红桃山闻得擒了雄信，飞马来救。走到面前，头已落地。叔宝抱住雄信的头，大哭道："我那雄信兄啊！我秦琼受你大恩，不曾报得，今日不能救你，真乃忘恩负义。日后九泉之下怎好见你？雄信兄，我只好来世相报了！"跪在地下，哭个不住。众将劝了半日，方才住哭。即忙进营，哭诉秦王道："臣受单雄信大恩，欲把尸首安葬，以报昔日之恩。"秦王允奏。徐茂公道："明日可破洛阳，生擒五王。安定天下，在此一举，众将无许懈怠。罗成过来听令！"罗成应道："有！""你带领一万人马，埋伏在家锁山，等待五王到来，生擒活捉。限你午时拿下解来，若差时刻，斩首号令！"罗成道："得令！"茂公又道："尉迟恭、程咬金听令！"二人应道："有！""你两人明日冲他左营。""得令！""黑白二氏过来！"应道："有！""你两人明日冲他右营。""得令！""张公瑾、史大奈、南延平、北延道，你们明日冲他中营。""得令！"这里连夜点兵端正不表。

再说王世充升帐，与各王见礼已毕，五王坐定，忽见军士飞报进来道："启千岁爷，不好了！昨日驸马独踹唐营，被唐将擒住斩首。"王世充闻言，犹如冷水一淋，大叫一声："天亡我也！"一交跌倒。众王慌忙扶起，世充醒来，大哭道："啊呀！驸马，如今叫孤家怎生是好？"窦建德道："王王兄，且免悲伤。目今看来，洛阳难保，不若带领兵马，同孤家回转明州。孤处还有元帅刘黑闼，有万夫不当之勇，镇守在那里，还可再来复仇。如今急宜速走，若再迟延，我等休矣！"朱粲道："窦王兄之言有理。就是孤家南阳还有精兵，公子伍登乃伍云召将军之子，骁勇无敌，镇守在那里。不如大家回兵，再去整顿人马，前来复仇。如若延误，只恐不保。"众王道："有理。"正在议论，忽闻唐营炮响。小军飞报进来道："千岁爷，不好了！唐兵杀来了！"众王大惊，齐上马杀出来，只见营盘已乱。众王欲寻路逃走，留待日后报仇，谁想四面都是唐兵。众王明知不好，只得拼命杀出。忽遇张公瑾杀至，王世充挡住，史大奈杀来，窦建德对定，南延平杀来，正遇高谈圣抵住，北延道杀来，孟海公敌住，金甲、童环杀来，朱粲敌住，樊虎、连明杀来，史万玉、史万宝对敌厮杀。那唐将与五家王子这一场狠战，有词为证，但见：

> 兵对兵，将对将，自古交锋谁肯让。弓对弓，箭对箭，今日相逢多不善。枪对刀，谁肯饶，锤对斧，无拦阻。长枪短剑一齐忙，铁甲藤牌随地舞。

世充见势头不好，叫声："众王兄，速往明州去罢！"五人一齐杀出，窦建德领头，齐往明州去路败将下去。被唐兵追赶三十余里，史万玉、史万宝俱已阵亡，不表。

现说秦王在营，已进午膳，忽然想起罗王兄为何此际尚不回来，即忙出营探望，谁想五王才败下去。秦王道："此去家锁山尚有数里之遥，即刻捉住解来，早已未申时分，如何是好？"忙传阴阳官报时刻来，阴阳官道："报启千岁爷，此时乃午末未初了。"秦王闻报，好生着急，走到后营，见了一圆日影，即跪下地来，暗暗祷告天地道："世民日后有天子之分，此日一毫不动，待罗王兄回来，孤才来告退。"祷罢，把金簪拔下，正中日影插好不表。

且说徐茂公已破洛阳，请秦王入城。秦王吩咐：单雄信家小不可杀害。一面出榜安民，盘清府库。不想公主闻得秦王破了洛阳，即将宝剑自刎而死。叔宝即将他夫妻合葬在南门外，又起造一所祠堂，名为报恩祠，以报他当初潞州之恩。秦王就封他为洛阳土地，至今香火不绝。

再讲五王带了残兵败去，回头见唐兵不来，心中方安。王世充道："列位王兄，都是小弟之罪。害列位兵亡将死，弟有何颜？不若自刎了，以报列位相助之恩。"四王齐劝道："王王兄，事已至此，且往明州再作计议。"

五王一路而行，来到一山，名唤家锁山。正行之间，忽山后一声炮响，闪出一支人马，当头一员小将，挡住去路，大叫："小爷爷在此等候多时，速速绑了，待我解去，省得动手。"五王抬头一看，见是罗成，惊得魂不附体，叫声："罢了！"窦建德道："列位王兄，罗成虽然骁勇，难道我们怕他，大家束手被擒不成？不若与他交战，倘得过了此山，就有性命了，谅他不过一人，我们拼命与他杀罢！"众王齐声道："有理。"一齐杀将过来。遂把罗成围住在当中，拼命厮杀。未及四个回合，罗成卖个破绽，被窦建德一刀砍来，罗成把枪一架，指东打西，一枪刺中孟海公的腿上，翻身落下马来，被手下捉拿去了。窦建德大怒来救，不料马失前蹄，跌下马来，也被拿了去了。王世充、高谈圣、朱粲三人着了慌，欲待要走，怎当罗成赶上喝道："哪里走！"一枪刺来，正中高谈圣右肩，也被拿去。朱粲见高谈圣被拿，心中一发慌，被罗成照背一枪跌下马来,被擒不表。

王世充料不能胜,杀开一条血路,往山里就跑。罗成后面追赶。那王世充正在慌张,忽见一个道人走来,认得是当初背画的道人,因他赠给琼花图画,献与炀帝,才得上扬州的。记得自己曾对道人立一个誓言:“我此去若不保真主,自立为王,屋里现出一山,山中跳出一只白额虎来把我吃了。”有此一番原由。只见那道人叫道:“王世充,此乃家锁山也,后面罗成白虎星也,汝气数当绝,勉强无益。”说罢,化阵清风就不见了。王世充便顿然呆住,顷刻气力全无,一跤跌下马来,也被擒了。此时正当日午,罗成一看大喜,军士将五王解往洛阳城中,其余残兵,一半投顺了,一半逃回明州。刘黑闼闻之大怒,即自称为后汉王,封苏定方为元帅,兵镇明州,按下不表。

再说秦王破了洛阳,升坐殿中,专候罗成回来。早有小军飞报道:“罗将军生擒五王,现在午门外候旨。”秦王吩咐快宣进来。罗成来至里面,朝见了秦王,把生擒五王之事说了一遍。秦王大喜,说道:“此乃罗王兄莫大之功。”吩咐摆宴庆功。遂即杀牛宰马,大摆筵席。顷刻间,笙歌满座,鼓乐盈耳,君臣欢悦,安心畅饮。秦王对茂公道:“罗王兄勇猛世上无双,你看日正至午,力擒五王,真孤家梁栋也。”茂公应了一声,对秦王道:“臣知此番成功虽是罗成勇猛,实乃主公所致。”秦王道;“与我何干?”茂公道:“主公忘了金簪插日之事么?可速拔去,以待夕阳西下。”秦王方才省着,道:“是啊!”急忙出城,来至帐后,见日影依然在此,秦王拜了四拜,把簪拔起,那日光嗖的一移,顷刻昏暗异常。那边城内席上在饮将士,正在欢呼狂饮,忽然伸手不见五指。咬金道:“不好了,天变了!大家要遭瘟哩!”茂公便将此事对众人说明,众人道:“原来如此,这是主公洪福所致。”

真命转日回天力,百世咸称明圣君。

忙令阴阳官查定时刻,阴阳官回报道:“戌时已没,二更天时分了。”即差内侍四名,点灯迎接秦王。那秦王拔去簪,也不料就暗,心中吃了一惊,出营来看,却好有内侍张灯迎接,连忙同了进城。来至殿中,只见灯烛辉煌,如同白日。众人出席恭迎,齐声庆贺。秦王也觉奇异,非常之喜,开怀畅饮不表。

再说次日，茂公来见秦王，说道："那五家王子，乃系钦犯，可上了囚车，着人先解往长安，听高祖发落，以显主公之能，众将之功。"秦王大喜道："军师之言有理。"茂公就叫秦琼，秦琼答应道："有。"茂公道："我有锦囊一封，速将五王解往陕西长安，路上须照锦囊行事，违令者斩。"叔宝应声得令，将五王上了囚车，解往陕西长安不表。茂公然后吩咐班师，众英雄带领大小三军，即日一齐起身，那一路上：

喜欣欣鞭敲金镫响，闹盈盈齐唱凯歌声。

程咬金好不快活，在马上大叫道："如今好了，回京朝见高祖，道俺有许多功劳，自然蟒袍加体，玉带垂腰，不封王侯，就是国公。哈哈，我真快活啊！"尉迟恭道："便是不枉投唐一番，今日得胜班师，连我也快活，哈哈，妙啊！"茂公道："你不要快活尽了，独有你两个只道自家功高，还不知自家的大罪。只怕那些功劳，也还准折不过那些罪孽哩！"咬金道："我有何罪？"尉迟恭道："我也无罪。"茂公道："程咬金月下赶秦王，斧劈老君堂，尉迟恭私探白壁关，三跳红泥涧。那两般罪名，就要斩了。那高祖谅不容情，主公也讲不得分上。"咬金一闻此言，不觉失色道："完了，这遭不好了！老大，你这两句话倒也说得不错。呔，老尉！"尉迟恭道："怎么说？"咬金道："真正不对哩，我同你走罢！"茂公道："他却还好，曾在御果园救驾，还可保全，你却是难。"咬金叫道："大哥，你是个做军师的人，难道没有什么计较，救救我的狗命？"茂公道："话便有一句，高祖听不听，这也难料。"咬金着急道："好阿哥，对我说说看。"茂公道："万岁问起月下赶秦王，斧劈老君堂，你可说道：'桀犬吠尧，各为其主。如今归了万岁，做了唐家的臣子，也是这样赤心报国的，'或者万岁饶你，也未可知。"咬金道："我自有主意，不要你费心。"一路上说说笑笑，径往长安而来，按下不表。

再讲秦叔宝解着五王取路先行，来到半路上，打开茂公锦囊一看，原来为窦建德是主公大舅，若回到长安，定然宽恕，日后恐有更变，故此要在馆驿中放火烧死众王，以免后患。叔宝心下明白。前边离着长安不远，有一所陕西古驿，先有驿官前来迎接。叔宝令军士将五王推入驿中，四围堆满干柴，至黄昏时分，四面放火，一霎时火光腾腾，可怜五王数载英雄，今日绝于此地。烧了半夜，把五王性命结果了，叔宝便吩咐军士，救灭了四下房屋。次日，秦王大兵已到，叔宝上前认罪，言驿中失火，烧死五王。秦王道："既死不能复生，只是孤家母舅在内，可认出葬之，以表甥舅之情。"谁想那五王烧做一样颜色，再也认不明白。秦王无奈，一并葬之。至今陕西城外有五王墓。

再表次日秦王进兵长安，将人马扎在教场上，众将安顿了家眷。次日，神尧高祖驾坐早朝，景阳钟响，龙凤鼓鸣，传旨文武两班，有事出班奏事，无事卷帘退班。早有黄门官启奏："今有二太子秦王得胜班师，带领投降将士，齐在午门候旨。"高祖道："宣秦王。"秦王来至大殿，俯伏道："臣儿世民见驾，愿父王万岁万岁万万岁！"高祖道："王儿平身。你把出兵之事，一一奏来。"秦王道："臣儿仗父王洪福，所到之处，无有不胜。今有归降众将秦叔宝、尉迟恭、徐茂公、程咬金、罗成等三十六员，俱有汗马功劳，求父王一一加封官爵，是臣儿之幸也。"遂把册籍二本呈将上去，放在龙案上。唐祖一看，一本是众将归降册，一本是功劳簿。高祖先看归降册，第一个却是山东秦叔宝。高祖大喜，传旨宣临潼山救驾人。茂公道："这功劳不小。"叔宝来到丹墀，俯伏道："秦琼见驾，愿我王万岁万岁万万岁！"高祖道："平身，卿家未归唐之前，先有救驾之功，后面那些功劳也不必看得，封卿为护国公之职。"叔宝山呼万岁，谢恩起身，穿了国公服式，站在一边。高祖又看到罗成，日锁五龙，尚未过午，其功不小，传旨宣上来。黄门传旨，罗成来到殿前，俯伏道："臣罗成见驾，愿我王万岁万万岁！"高祖见他青年秀逸，更兼武艺高强，心中大喜，加封为越国公，披了服式，也站在一边。高祖又看到徐茂公在金墉时节改诏救驾，有"本赦秦王李世民"这一句，其功不小。以下不必看了，宣进朝中，朝拜已毕，加封为镇国军师英国公之职，披了服式站在一旁。

高祖看到程咬金的名字，沉吟了一会儿道："程咬金乃是山东的响马，后来助李密，曾月下赶秦王，斧劈老君堂，那一应罪名却也不小。"遂传旨绑进来。一声旨下，殿前校尉如狼似虎，立刻赶出午门："呔！哪一个是程咬金？"程咬金见势头来得不好，不敢应声，又想道："丑媳妇免不得要见公婆面。"只得上前应声道："我便是。"校尉见他应得一个是字，就飞赶过来，把咬金夹领毛一把，揪翻在地，就绳穿索绑了。咬金道："苦恼了啊！轮到我老程就要淘气起来。"被校尉推至金阶，咬金大哭道："万岁啊，人来投主，鸟来投林，大家都有功劳，为何偏生欺我？"高祖喝道："掌嘴！"校尉上前，打咬金一连几十个大巴掌。高祖骂道："你这贼，可记得满牢罪人都赦免，不赦南牢李世民，月夜赶秦王，斧劈老君堂的大罪么？"咬金哭叫道："万岁啊！岂不闻桀犬吠尧，各为其主？昔日在金墉做李密的臣子，但知李密，不知有秦王。如今归降了万岁爷，是唐家的臣子了，若遇别人，也要赤心报国，这叫做吃黑饭护黑主。俺这狗性极有真心腹，最好相与的。再无一言哄万岁爷的啊！"高祖听说，心中一想道："他也说得有理。"忙把功劳簿一看，见他也有许多功劳，即忙下旨道："看你功劳分上，赦你前罪，松了绑，封为总管之职。"咬金忙谢恩，换了服式，犹如死里逃生，快活不过，昂昂然俨若一官，立地一旁。众人暗暗笑他：

只因做人多粗卤，不识贤愚善恶情。

毕竟唐高祖以后如何，且听下回分解。

第五十八回　殷齐王谋害世民　尉迟恭御园演功

诗曰：

弟兄何事起风波？骨肉伤残天性无。

万事算来皆有命，徒然暗里费工夫。

当下高祖又看到尉迟恭的名字，就想着日抢三关，夜劫八寨，三跳红泥涧，鞭打柴驸马，不觉勃然大怒道："此贼来了么？不许朝见，速速斩首，以报驸马之仇。"众校尉领旨，忙将尉迟恭衣衫剥下，立刻花绑了，只等行刑旨一下，就要开刀了。那秦王一见，急忙跪将过来，叫声："父王！尉迟恭打死姊夫，抢关劫寨，本该得斩，但此时也是各为其主，后来投了臣儿，御果园独马单鞭来救臣儿的，功劳也可准折得过，望父王开恩。"高祖闻奏，心中一想道："他既肯赤身露体不避刀枪前来救驾，也可饶他一死。"高祖尚未传旨，只见大太子殷王建成，三太子齐王元吉，满面怒容，如有妒忌之意。因此，当初志公禅师有诗为证：

朝走西来暮走东，人生却似采花蜂。

采得百花成蜜后，到头辛苦一场空。

看官，你道说书的为何道此四句？只因那唐高祖的大太子建成，差了主意。你是东宫大太子啊，那座万里江山怕有何人抢了去？白白里空做一番死冤家，皇帝倒没得做。闲话少说，书归正传。再讲那殷、齐二王，见世民带这许多英雄，又百般夸功，父王又轻易听信，只得上前奏道："父王，莫听世民之言。臣儿细想尉迟恭之功，其中有假。"高祖便问："焉见得其中有假？"建成道："臣儿闻得单雄信名扬四海，有万夫不当之勇，尉迟恭单鞭独马，又不穿衣甲，如何战得他过？"

元吉也奏道："父王，臣儿也有一说，向闻得那御果园离澄清涧有五里足路，徐勣虽然马快，往还就是十里路。那单雄信莫说是有名的大将，就是略小本事的将官，十个世民，也被他结果了。所以知他这功劳是假的。如今世民这般护卫他，实系蓄心不善，故此搜罗这些亡命之徒，日后定然扰乱江山。依臣儿之见，不若速斩尉迟恭之首，以报姊夫之仇。这些众将人马，速调他方，若留在长安，只恐为祸不小。"

高祖闻言，未曾开口，早见班部中闪出一官，紫袍金带，执笏当胸，上前奏道："臣兵部尚书刘文静，有事奏闻陛下。"高祖道："奏来。"文静道："臣闻有功者必赏，有罪者必罚，赏罚分明，而使天下之人皆愿立于我朝。今四海英雄纷纷投唐，都感主上圣明，故皆不避艰险而来。今若念其旧仇，来必处死，是反来投坑了。沙场苦战，把那性命来换的功劳，皆指望封妻荫子，耀祖荣宗。今一旦远调不用，臣恐闭塞贤路，反不如战国之齐桓公了。望陛下休听二王之言，臣不胜幸甚！"殷、齐二王又奏道："刘文静与他同党，望父王拿下才是。"秦王奏道："不必疑惑，尉迟恭在御果园救臣儿是真的，莫听王兄御弟之言。父王若不信，可叫尉迟恭演这一功，与父王观看。"建成道："如要演，可在御花园中，也要照样离园五里，尉迟恭去洗刀，也要徐勣去唤，往还若差了些儿，其功尽假。"高祖准奏，又问单雄信何人去扮，元吉道："臣儿手下有一王云可去扮。"高祖道："好。把以下三十四人尽封总管，明日御花园演功，就此退朝。"众官回府不表。

再说殷、齐二王回到府中，元吉叫声："王兄，你看世民今日回来，这些将官一个个如龙似虎，日后父王归天，这座江山谅来我与你无分。故此，方才在父王面前，将那些官算计得一个，明日就少了一个。但为今之计，欲图日后得江山，不如今日先除世民。"建成道："计将安出呢？"元吉道："趁明日在御花园演功，就叫王云前去杀了世民，这天下还怕何人得了去？"建成道："御弟之言虽有理，然杀了世民，父王必定追究，万一王云说将出来，这却如何是好？"元吉道："做王云不着，待王云成事回来，就一刀把王云杀了，便死无对证了。虽然苦了王云，要做皇帝也管他不得。"建成大喜，就吩咐唤王云。

那王云身长八尺，青脸黄须，却与单雄信相貌一般，自幼学枪棒，武艺精强，善使一把大砍刀，只因打死了人，逃在殷王府中。一时闻唤，来到里边，说声："二位千岁在上，王云叩头。"二王道："王云，自古道养军千日，用在一朝，孤今日有用你之处，你敢去么？"王云道："啊呀，千岁爷！俺王云若没有二位千岁爷相救，死在陕西多时了。虽粉身碎骨，也难报千岁的大恩。今日用俺之处，自当不避水火。"殷、齐二王道："好一个王云！明日尉迟恭在御花园内演功，先有二太子秦王在园游玩，要你假扮单雄信，可把二太子秦王杀了，我把西苑贵妃赏你为妻，日后孤登九五，封你一个大大官，你须要用心前去。"王云初时只道千别样事情，大呼小叫道："俺去！俺去！"听见杀秦王，声也开不得了，两只乌珠只管看，口里舌头吐出来了再也缩不进去。元吉道："好王云，莫非怕死了，不敢去么？"王云道："千岁爷要杀那尉迟恭呢，俺便就去，若杀二太子，这个小人怎敢？"建成道："王云，你若杀了二太子，有事都在孤身上，包管你无事。孤日后作了皇帝，你就是个大大的开国勋臣了。你用心前去。"王云只得依允不表。

次日，高祖摆驾到御花园，在万花楼上聚齐文武百官，要看尉迟恭演功。那尉迟恭朝散回来，闷闷不乐，黑白二夫人问道："相公今日回来，面带不悦之色，却是为何？"尉迟恭道："二位夫人有所不知，只为明日十二月初一日，高祖有旨，要演昔日在洛阳御果园救驾的功劳。今当天气寒冷，怎生下水洗马？不要说道救驾，就是冻也冻死了，如何是好？"黑氏听说，忽然想起道："相公不必心焦，前日在洛阳，李靖老爷临去的时节曾送你一丸丹药，叫你到十二月初一日，同烧酒服之，可避大难。如今果有大难，服之想来不妨。"敬德闻言大喜，当夜不表。到了次日，先吃了些酒饭，然后吃药，那药不吃犹可，一吃下去，啊唷唷，身上好似火烧，心中却像油煎，汗淋如雨，胜于六月炎天。他就上了乌骓马，提了竹节钢鞭。离王城有一御河，旁边有一条桥，名曰御河桥。他就除下了乌金盔，卸下了乌金甲，把马去了鞍，自己又脱了衫袄，往中一跳，滚来滚去，好不燥皮。自己洗了一回，然后牵马在河中去洗，暗暗的嘱道："等一会儿，若有奸臣贼子，全仗你的威风。"那边桥上立着许多人来看，起先都与尉迟恭担忧，后来看他在水中好似滚水热汤，不冷的一般，大家惊异，不表。再说那尉迟恭在御河桥下洗马，全靠了李靖这丸丹药，故此毫不受冻，只等徐茂公从御花园来请他救驾，此言慢表。

再说那高祖便问："今日演功，那假单雄信可曾端正了么？"元吉道："臣儿端正多时了。"高祖就命秦王同徐茂公先到御花园游玩。二人领旨，下了万花楼，来至下面。茂公道："主公，今日演功，却要带了刀去，臣有一言叮嘱，主公着实要仔细提防，那王云不是善良之人，小心为主。"秦王道："孤晓得了。"说罢，就提了定唐刀，同茂公上马，也往假山上去，指手画脚的观看。

再说那元吉就唤王云吩咐道："你不可忘记了我的言语。"王云应声："晓得。"上马提刀要行，被秦叔宝一把扯住。元吉道："万岁在楼上要看演功，你好大胆，为何扯住王云？"叔宝道："三千岁岂不晓那单雄信用的是金顶枣阳槊，不是用砍刀的，故此扯住，叫他换了槊去。"元吉道："兵器总是一样的。王云，既是这般说，换了槊去罢。"王云不敢争执，就换了槊。提槊上马，来至假山，大叫一声："呔！唐童，俺假单雄信来也！"这一声喊，那秦王是防备着的，听见一个"呔"字，就往山下跑。王云随后赶来，徐茂公慌忙上前，一把扯住了假单雄信的战袍，假作慌张之状，说声："单二哥，不可动手。"王云变着脸道："我与你什么朋友？"说罢，即拔腰间所佩的宝剑，耍的一剑，把袍割断。茂公也不等他割断，把手一放，竟拍马出园，飞奔往御河桥来。离桥还有半里路，就叫："救驾！"那尉迟恭是有心等候的，把眼不住的望着那条通御花园的来路，远远一闻茂公的声音，他就飞上了乌骓马，举了竹节钢鞭，豁喇喇一马径往御花园来，大叫一声："勿伤我主！"这一声喊，犹如晴天上一个霹雳。那王云用刀惯的，用槊实不便，也是秦王福大。那王云赶着秦王，见秦王往假山后团团走转，举槊便打。秦王大惊道："不过在此演功，只当玩耍做戏来，你怎么认起真来？"王云睁着两眼喝道："谁与你玩耍做戏来！当真要来取你命了。"说罢，就耍的一槊打来。秦王大怒，骂道："好贼子！怎么当真起来？"遂把定唐刀一架，来战王云。那秦王哪里是王云的对手，只得又走，王云随后又赶上来。正是：

贪图爵赏高官显，不顾君王礼数深。

再不道尉迟恭忽然就到，那高祖在万花楼上观看，见尉迟恭人不披甲，马不备鞍，果然单鞭独马，威风凛凛，相貌堂堂，声如霹雳，心中大喜。又见王云起初还好，后来十分无礼，看看要伤秦王，高祖心中有些发恼。看见尉迟恭到来，心中放宽。尉迟恭大叫道："勿伤吾主！"王云看见尉迟恭赶到面前，遂弃了秦王，举槊往尉迟恭劈面打来，尉迟恭把鞭往上只一架，王云哪里招架得住，早被尉迟恭一鞭结果了性命。三人齐来复旨，高祖看见尉迟恭赤身跪在楼下，一些寒冷也不怕，回头见程咬金不住的发抖。程咬金也因早上吃了李靖的丹药，不想犹如得了发抖病一般，满身寒栗，抖个不住。只见建成奏道："尉迟恭无礼，打死王云，望父王正罪。"秦王亦奏道："今日虽只演功，王云却认真要害臣儿，幸亏尉迟恭赶来救驾，望父王开恩。"高祖心下明白，不说出来。遂下旨道："依秦王所奏，封尉迟恭为总管，就此回营。"尉迟恭家将取衣服来，与尉迟恭穿好，各回衙门。自此无事，足足平安了一年。

不道高祖内苑有三十六宫，七十二苑。内有二宫，一名庆云宫，乃张妃所居，一名彩霞宫，乃尹妃所居。这张尹二妃，就是昔日炀帝之妃，只因炀帝往扬州看琼花不回，召裴寂问圣驾几时回来，那裴寂也是袁天罡、李淳风之流，深知阴阳，便奏与张、尹二妃知道，说："圣驾是有去而无回的了，况今真主已出，将当治世。"二妃忙问道："你知真主是谁？"裴寂道："就是李渊。"二妃见说，心中暗想道："我见李渊堂堂仪表，凛凛威风，实有人君之度，况兼士庶敬服，裴寂之言不谬。"那番，二妃就用一个美人计，召李渊到宫，赐宴灌醉，将他抬上龙床，陷以臣奸君妻之罪。李渊无奈，只得依从二妃。登了大位，这张、尹二妃终是水性杨花，怎耐得高祖数月不幸其宫，岂无怨望之心？这一日，张妃来望尹妃，说道："姊姊，我们把皇帝与李渊做了，指望不时取乐，谁想他忘恩负义，一年之间来我宫中不上十次，耽误了我们的青春，怎比昔日炀帝雨露均沾，怜香惜玉，几多恩爱。如今算来，足足有三个月不睬我们了，亏姊姊耐烦得过。"尹妃笑道："贤妹，我岂耐烦得过？我如今又有惜玉怜香之人，不要那昏王与我缠帐。"张妃道："姊姊，你休得骗我，岂不晓：小犬隔花空吠影，深宫禁院有谁来？"尹妃道："我不骗你。"张妃道："既不骗我，更有何人？快快说来，万事全休，不然，与你同去面君。"尹妃道："你不要着忙，我细细说与你知道。那惜玉怜香之人，不是一个，却是两人，我分惠一个与你受用如何？"张妃笑道："若得如此，姊姊是大恩人了。请问姊姊，究竟是何人？"尹妃被他盘问不过，只得说道："贤妹啊，那惜玉怜香的，不是别人，就是太子建成。那一日，我在御花园游玩，不道撞见了他，被他说了几句宽心话儿，又道日后天下定是他的，登基之日，就立我为正宫皇后。我被他歪缠不过，只得应允了一声。是夜竟到我宫中来，我本不肯纳他，怎当得他这一副老面皮？"尹妃说到此处，就住了口不说了。那张妃巴不能够要听这风情月兴之言，见他住了口，忙发急道："姊姊，到底你从不从，快快说来。"尹妃掩口微笑道："不瞒你说，我是久旷之人，只得和他做了羞人的事儿了。"张妃道："原来如此有兴。我还要问你，你说两个，那太子建成只得一人，那一个又是何人，也敢到此？"尹妃道："那一个么，只为这建成太子与我如此如此了，却被三太子元吉察知其情，日日也来此鬼混。如今，现在龙床上睡着，你来得正好，我正分身不开，你与我代代劳罢。"一把扯住张妃就走。张妃假做不肯，被他扯到里边。尹妃推醒元吉，叫声："不怕羞的入娘贼，快些起来！又有一位替代我的心肝来了！"元吉正在酣睡，却被尹妃推醒，骨碌一声爬将起来，抱住了张妃，心中大喜，叫道："啊唷，我那活宝的美人啊！快快救我一救。"张妃面涨得通红，心中十分欲得，外貌假做不肯。那尹妃含笑，殷勤在旁，十分相劝。张妃带笑，半推半就，与元吉成其好事。正是：

皆因贪恋施云雨，做了襄王入梦中。

张妃与元吉相偎相抱，十分恩爱。这番好事才完，正逢建成来到。建成见元吉和二妃笑做一堆，不觉勃然大怒，拔出腰间所佩之剑，欲杀元吉。尹妃连忙止住，就将此事说明，各人大笑。是日治酒作乐，按下不表。

再说秦王因出兵日久，记念王姊，遂往后宫相望。姊弟二人见礼坐下，秦王问道："王姊，小弟自从出兵在外，不知王姊安否？"公主叫声："御弟，自从你驸马姊夫亡后，做姊姊的何曾跨出宫门，一味总受凄凉。也是为姊的命该如此。"就吩咐侍儿治酒留饮,至晚才散。秦王别了王姊,一路出宫,打从彩霞宫走过,听得音乐之声,只道父王驾幸此宫,便问宫人道:"万岁爷在内么?"那宫人见是秦王,不敢相瞒,便说道:"三千岁在里面,不是万岁爷,乃太子也。"秦王闻言大惊,连忙摇手,叫声:"不要声张!"轻轻往宫内一张,果见建成搂抱尹妃,元吉抱住张妃,在那里饮酒作乐。秦王不见犹可,一见之时,就惊得半死,只叫得一声:"罢了!"欲待冲破,恐怕扬此臭名出去,况是嫡亲手足,如若声张,性命决然难保。千思万想,一时无计。正是:

恐防手足伤天性,不敢称扬丑恶名。

毕竟秦王怎样禁止建成,且听下回分解。

第五十九回　世民宫门挂玉带　敬德屈受披麻拷

诗曰：

天命归唐在世民，建成元吉枉劳心。

仁君自有群英护，鸩酒虽凶计不成。

当下秦王见此丑事，不敢冲破，想成一计道："嗄，有了！不免将玉带挂在宫门，二人出来，定然认得，下次决然不敢胡为，戒他下次便了。"就向腰间除下玉带，挂在宫门，竟自去了不表。再说建成、元吉与张、尹二妃调笑戏谑了一番，二妃道："二位千岁，天色已晚，恐有嫌疑，请各散去，明日再会罢。"建成、元吉依允。二妃相送出宫，抬头看见宫门首挂下一条玉带，四人大惊。二王把玉带仔细一看，认得是秦王世民腰间所围的，即失色道："这却如何是好？"二妃道："太子不必惊慌，事已至此，必须如此如此，这般这般。"二王大喜，出宫不表。次日，高祖驾坐早朝，设立两班，文武黄门官传旨："有事奏事，无事退班。"道言未了，只见内宫走出张、尹二妃，俯伏在地哭奏道："臣妾二人，昨日同在彩霞宫相聚闲谈，忽有二太子秦王闯入宫来，臣妾见他醉酒，问他何处留饮，他回说后宫相望王姊，故尔吃醉，继后把臣妾十分调戏。现扯下玉带为证。"就把玉带呈上来，高祖一见，正是：

怒从心上腾腾起，恶向胆边勃勃生。

便叫："美人且回宫去，待孤处置畜生便了。"即传旨宣秦王上殿。秦王来至殿上，俯伏道："臣儿朝见父王，愿父王万岁，万万岁！"高祖一看，见他腰间系的是金带，便问道："玉带何在？"秦王道："昨日往后宫相望王姊，留在王姊处了。"高祖道："好畜生！怎敢瞒我？做得好事！"就命武士拿下，用龙凤剑速速斩来。众武士一声领旨，上前将秦王绑了，推出午门。有徐茂公、秦叔宝、罗成一齐跪下，奏道："臣等不知万岁何故要斩秦王？"高祖也不好说出宫内之事，只说："为玉带一事，问这畜生便了。"叔宝又奏道："万岁，这玉带小事，可念父子之情，赦其一死，且将他下在天牢，待等日后有功，将功折罪便了。"高祖道："本该斩首，今看秦恩公面，将这畜生与我下入天牢，永远不许出头！"众武士领旨，将秦王押入天牢去了。

这消息传入后宫，公主不知端的，细细打听，方知秦王为失了玉带，下入天牢，心中一想道："多是因望我而起的祸端。"竟拿柴绍之带来救秦王。那公主终是妇人家见识，不顾前后，遂出宫见驾道："女臣儿朝见父王，愿父王万岁！万万岁！"高祖道："汝孤孀寡妇，今有何事出宫见父？"公主道："女臣儿无事不敢出宫，只因昨日御弟秦王进宫相望女臣儿，失落玉带一条在女臣儿宫中，又闻秦王下入天牢，故送玉带前来。"遂把玉带送将上去。高祖一见，心中大怒道："好贱人！你丈夫柴绍的玉带，怎敢欺瞒孤家？孤家晓得你与这畜生一党。"命彩女宫娥将公主凤冠蟒袍除下，永不许出宫朝见。那公主一见父王发怒，羞得满面通红，自知无理失见，被父王识破机关，遂含忿触阶而死。正是：

只因相救仁慈弟，反累香消玉损亡。

那公主亡年三十九岁，死得可怜。高祖道："这贱人倒也死得好。"吩咐把尸首抬过盛殓，合葬柴驸马之墓不表。

再说建成得计，心满意足，忙上前奏道："世民下入天牢，众将都是他心腹之人，定然谋反，父王不可不防。"元吉奏道："父王可将众将远去边方，不得留在朝内，倘有不测，那时悔之晚矣！"高祖怒气未平，不觉失口道："也不须远调边方，单留护国公秦叔宝在朝，余者革去官爵，任凭他去罢。"叔宝道："臣本该在朝保驾才是，今意欲请旨告假，前往山东祭祖一番，望吾王垂念愚诚，开恩准奏。此去多则半载，就来入朝保驾。"高祖道："依卿所奏，钦赐还乡，祭祖已毕，就来供职。"即行退朝。叔宝谢恩而退，此言慢表。

再说那些众将见旨意已下，谁敢不遵？一个个多端正车马，打点行李，带了家小，各个回家。那程咬金道："秦大哥，罗兄弟，你们两个怎样的主意?”罗成道:“我与表兄同往山东。”咬金道:“罗兄弟,你的主见不差,表兄表弟正该如此。当初在贾柳店中拜盟的时节,有官合做,有马同骑,小弟如今也同往山东如何?这叫做你也好,我也好,三好合到老。我们一家儿住着,房钱大家出些。”叔宝、罗成大喜道:“同往何妨?”三人商议停当,各带了家眷,径往山东去了。不表。那徐茂公依先扮了道人,却躲在兵部尚书刘文静府中住下。独有尉迟恭吩咐黑白二夫人:“先往朔州天堂府麻衣县致农庄去,还有几亩荒田,家中还有妻儿,自耕自种,尽可过得。你们一路慢慢而行,等我且往天牢拜别秦王,也尽君臣之义一番,然后回去。”白氏夫人道:“将军前去,速去速回,凡事须要小心,妾同姊姊先往前途相等。”尉迟恭应道:“晓得了,你们自去。”那黑白二夫人带领车马,径往山后取路先行不表。

单讲尉迟恭出了寓所,避入一座冷寺。等到下午时分,拿了酒饭,扮做百姓一般,头戴烟毡帽,身穿布直身,一路来到天牢门首。见一个禁子出来,尉迟恭把手一招,那禁子看见,便走过来问道:“做什么?”尉迟恭道:“我是殷王府中差来的,有事要见你家老爷。”禁子道:“什么事情?”尉迟恭假意低声道:“有一宗大财香在此,你若做得来,就不通知你家老爷,也使得的。那财香我与你分了。”那禁子道:“有多少财香?所作何事?可行则行,可止则止。”尉迟恭放下酒饭,身边拿出一个大银包来,足有二百余两。那禁子黑眼乌珠见了白炼银子,十分动火,便说道:“此处不是讲话的所在,这里来。”把尉迟恭领到狱司衙门。那衙门前半边有一间小屋,两个进内坐定。禁子笑问道:“不知足下所作何事?可以不要通知本官的。”尉迟恭道:“我乃殷王府中的亲随,早上王爷赏我一百两银子,要我药死秦王,这一百两银子,要送与狱官的,又恐狱官不肯。王爷说,只要有人做得来,赏了他罢,若做出事来,我王爷一力承当,并不连累的。”那禁子听说,大喜道:“药在哪里?”尉迟恭道:“药在饭内,你不信尝一尝看?”那禁子道:“又来了,这毒药可是尝得的么?亏你说了出来。为今之计,你可认我为兄弟,我可认你为哥哥,方可行事。”尉迟恭会意,便叫道:“兄弟,我来看你。”那人道:“哥哥,多谢你。”两下一头说话,一头竟向牢里走来。有几个伴当,见他二人如此称呼,都不来管他。到了一处,那人开了门,推尉迟恭进去,那人就关了门去了。

尉迟恭进内四下周围一看,只见秦王坐在一张交椅上,尉迟恭上前跪下,叫声:“主公啊！臣尉迟恭特来看你,你可好么?”秦王一见了尉迟恭走来,即抱住放声大哭。尉迟恭道:“主公且免愁烦,不知此事从何而起?那些众将多被革除了官职,都已回家去了。如今叫主公在此,无人保驾。臣又要回山后去了,故此前来拜别主公,特备些须酒饭在此,供奉主公,以表臣一点丹心。”秦王道:“多谢王兄,此事因玉带而起,也不便对你说明。”君臣正在讲话,忽听门外叫声:“哥哥,快些开门。”尉迟恭听得叫唤,开了门,问道:“做什么?”那禁子说道:“哥哥,事体成了么?”尉迟恭道:“不曾成事。”那禁子道:“还好,随我来。”尉迟恭道:“我要在此伺候,不去,不去！”那禁子发急道:“今有齐王千岁亲自到此,不知何故。倘然问起你奉那一位王爷来的,你怎样回答他呢?”尉迟恭听说齐王亲自来此,便说:“兄弟,倘他不问,竟过,若或问起,只说我是殷王所差。”那禁子道:“这个使不得,倘齐王盘问根由,岂不连累及我?快些出去,齐王来了。”尉迟恭道:“好兄弟,看银子分上,待我躲在此间,谅他看不见的。”那禁子道:“既如此,必须躲在黑暗之中才好。”尉迟恭道:“你去,我晓得了。”那禁子去了,尉迟恭就去躲在黑暗之中不表。单讲齐王同狱官带领二十余人,来到天牢。齐王走进里面,叫声:“王兄,做兄弟的特来看你。”秦王道:“足见御弟盛情了。”元吉叫手下看酒过来。秦王明知他来意不善,便道:“御弟,此酒莫非有诈么?”齐王道:“王兄,你且满饮此杯,愿你直上西天。”秦王大惊,不肯接杯。元吉吩咐手下的:“如不肯吃,与我灌他下去！”

众人齐声答应,正要动手,忽然暗黑里跳出一个人来,大喊一声,犹如在半天中打一个霹雳,喝道:“你们做得好事啊！”大步上前,一把抓住齐王元吉,提起醋钵大的拳头,一上一下的打。众手下欲待上前救应,尉迟恭道:“你这班该死的狗头,敢上来么?一个个都打死你！”元吉道:“不、不、不可动手！不可动手！”仔细一看,却原来是尉迟恭,惊得元吉魂飞天外,魄散九霄,叫道:“将、将军,放、放手,饶了我罢。”尉迟恭喝道:“你好好实对我说个明白,今日到这里做什么?”元吉道:“将军,孤家念手足之情,特送酒饭来与王兄吃,并无他意的啊！”尉迟恭怒道："你还不对我实说么？也罢！"把手一紧，那元吉就叫喊起来："啊唷！啊唷唷！"顷刻蹭倒在地，痛得一个半死，连忙叫道："王兄劝一劝啊，如今要打死哩！"尉迟恭道："主公莫响。我实实问你，你这酒内藏什么毒药在内？你还敢支吾我，就一拳打死你，便有何妨？"元吉道："啊呀！将军看王兄面上，饶了孤罢！"秦王终是个仁德之君，心中倒也不忍，叫道："尉迟王兄，放了他罢，有话待他好好的讲。"尉迟恭道："不相干。我便饶了他，他却不肯饶我。也罢，要我饶他，须要他写一张伏辩与我。"元吉道："孤是写不来的。"尉迟恭喝道："你写不来么？"就将两个指头向元吉脸上一拨，元吉痛得紧，好似杀猪的一般喊叫道："待孤写就是了！"尉迟恭问狱官取了纸笔，放了手，付与他道："你快些写！不怕你飞上天去。"元吉看来强他不过，这番要全性命，自古道：火烧眉目且图眼下，没奈何，只得提起笔来，写了一张伏辩，付与尉迟恭道："写完了，拿去看。"尉迟恭道："你且念来与我听。"元吉便念道：

立伏辩：齐王元吉不合于大唐六年四月十三日，因王兄李世民遭缧绁在牢，不念手足之情，顿生不良之心，记私仇而行谋害，又假送酒而藏毒药。不想天理昭彰，幸逢总管尉迟恭识破奸谋。日后秦王倘有不测等情，俱是元吉之故。所供是实。大唐六年四月十三立伏辩。齐王元吉画押。

元吉念完，敬德接在手中说道："饶你去罢。"元吉犹如离笼之鸟，漏网之鱼，两脚如飞的去了，尉迟恭道："这伏辩放在主公处，那奸王谅不敢再来相害，臣如今要回山后去了。"尉迟恭即拜别了秦王，便叫声："兄弟，开门放我出去。"那人见尉迟恭打了元吉，惊得浑身冷汗，早已逃走去了。

尉迟恭来到外边，只见十数个大汉慌忙的走来说道："尉迟老爷，方才的事万岁爷知道了，道你私入天牢，毒打齐王元吉，如今万岁爷差下官兵拿你，你快些同我去罢。"尉迟恭慌忙问道："你们是哪里来的？"众人道："我等奉程咬金老爷之命，前来救你的。"尉迟恭听说是程咬金差来的，连忙同了就走。此际已是黄昏时分，尉迟恭心慌意乱，不曾辨得路径，却被众人领到一家门首，直进大厅，转到里面。其屋甚大，又到了一间书房，那众人道："尉迟老爷在此少坐，待我们进去请家爷出来相会。"那些人去了。尉迟恭想道："今日众人都回去了，怎么他们还在此间？这狗头，看他不出，倒有两分主意，却寻得好大房，这样子我却从不曾看过一回。"又想一想道："啊唷！且住啊，我想那老程，他的家人我都认得，为何方才这些人我却一个也不认得呢？"正在满肚疑心，只见一个人拿了酒肴出来，摆在桌上，说道："尉迟老爷，先饮一杯，家爷就出来了。"那尉迟恭辛苦了一日，一闻酒香，拿到嘴边就吃，也不尝辨个滋味，不想才吃得几杯，就头昏眼花，两手全麻，立脚不定，扑通一跤，跌倒在地。内边即赶出二十余人来，把尉迟恭绳穿索绑了。

看官，你道这一家是什么人家？原来就是殷王府。那建成与元吉通同设计，欲害秦王，故送药酒入牢，不道被尉迟恭在牢拿住齐王，打了一顿，逼写了伏辩，早有细作报知殷王，故设此计。不想尉迟恭一莽之夫，误中其谋。好一似：

蜻蜓飞入蜘蛛网，要脱身来难脱身。

当下众人禀知殷王，说尉迟恭吃了药酒，拿下在此了。殷王道："将他洗剥干净，绑在庭柱上，用皮鞭先打他一顿下马威，再行发落。"众人答应一声，即把尉迟恭洗剥了，绑上庭柱，将皮鞭乱打一顿。尉迟恭醉迷之人，哪里晓得受此荼毒。直到五更渐渐醒来，开眼一看，见自家身上衣服洗剥，赤身绑着，满身疼痛，不知何故。心中想道："昨日吃酒，也只吃得几杯，如何醉得这等昏迷不醒人事？"至此，方疑又中奸王之计了。少刻天明，只见建成出来，坐在上面，两边站立一班骁勇将士。建成呼呼大笑，骂道："尉迟恭，你这狗头！俺家父王万岁爷，恐防尔等助秦王谋反，故此打发尔等回去。他们众人都已去了，独有你偏不肯去，擅敢大胆私入天牢，行凶无状。如今你要官休，还是要私休？"尉迟恭道："官休便怎么样？私休便怎么样？"建成道："若要官休，问你与秦王谋反，夜闯王府行刺亲王，将你万剐千刀，剥皮揎草。若要私休，好好把昨日齐王写的伏辩送还了我，也要写一纸与孤。"尉迟恭道："俺官休私休都不怕你！"建成听说，大怒道："这狗头！还敢嘴强。"吩咐手下："与我满身搜！"那众手下一声答应，赶将过来，把尉迟恭身上团团搜，偏不见有甚伏辩。正要拷问，只见元吉到来，兄弟二人见礼已毕，元吉骂道："尉迟恭，你这砍千刀的狗头，好好送还了我三千岁的伏辩，万事全休，饶你狗命。若不在身边，放在别人处，也实对我说，不然孤就要用刑了！"尉迟恭道："要伏辩也容易，到万岁爷殿上就还你便了。"元吉大怒道："你这狗头！不动刑法，料你不怕。"吩咐左右将鱼胶化烊，用麻皮和钩，搭在他身上。此名为披麻拷，若扯一片，就连皮带肉去了一块。左右端正好了，将尉迟恭身上满身搭到，竟像野人一般，倒也好看。元吉问道："你这狗头，招也不招。"尉迟恭不知利害，只说道："招什么？"元吉道："不招？"吩咐左右："扯！"手下一声答应，把麻皮一扯，就连皮带肉去了一大块。可怜疼痛难禁：

只因报主存忠信，却受奸王用极刑。

毕竟尉迟恭性命如何，且看下回分解。

第六十回　黑闼兴兵犯鱼鳞
定方一箭伤九虎

诗曰：

徐勣军师见识深，阴阳决断甚分明。

早知黑煞逢凶患，特遣尚书救免情。

当下尉迟恭大叫："啊唷！好利害啊！"元吉吩咐再扯，左右又是一扯，又连皮带肉去了一大块。尉迟恭又大叫道："啊唷唷！痛杀我也！"元吉一连吩咐扯了十五六扯，这个尉迟恭喊叫得犹如杀猪的一般，只说："啊唷唷！痛死了我也！"元吉骂道："你这贼，昨日的威风如今哪里去了？我问你，孤家的伏辩哪里去了？快快说来！"尉迟恭被他摆布得：

思想上天天无路，欲求入地地无门。

这番没奈何，只得说道："啊唷！王爷饶命啊！那一张伏辩昨夜酒醉被擒，想是失脱了，不知去向。叫我哪里还有得还你？"元吉怒道："好贼子，这等可恶，左右拿去砍了罢！"建成连忙止住道："御弟，这狗头杀不得的，那一张伏辩是最要紧的，必要追究出来，不然日后父王知道不当稳便。况且你的笔迹，父王又是认得出的，真正不妙。"

里边二王正在拷问，忽见外边报进来道："启上千岁爷，兵部尚书刘文静老爷有机密事情，求见千岁王爷。"二王听说机密大事，只得吩咐传见。二王就在外厅相见。这刘文静行过了君臣之礼，二王赐坐，问道："先生此来，有何见教？"刘文静道："臣无事不敢惊动千岁，今有尉迟恭夫人黑氏来到臣府，说道白氏夫人在前途相等，不见丈夫回去，无处寻找，说有一张纸，是千岁爷的伏辩，要去见驾，特来见臣。臣一闻此言，弄出来非同小可，故此告知千岁。"二王大惊道："如今怎么样呢？”文静道：“此事不是当耍的哟！依臣愚见，必须寻出尉迟恭还他，讨了伏辩才妙，不然，这张纸可是不可与人知道得的。若黑白二氏去见驾起来，万岁爷一知，千岁爷就不当稳便了，臣去了。”说罢，转身就走。二王忙一把扯住道：“此事欲烦先生与孤商量调停才好。”文静道：“千岁，此事没有什么商量，只要寻得尉迟恭还他，自然不怕他不还这张伏辩的。如今尉迟恭不知哪里去了，谅是商量不来的。”建成道：“先生，尉迟恭不必寻得，他却在孤府中，还他就是。但这纸伏辩要先生身上还我的。”刘文静道：“实不相瞒，臣看事不对，早已骗得他这张纸在此了。”建成道：“拿来我看。”文静道：“有了尉迟恭方好送还，不然，臣反受他黑白二氏之累了。”建成就吩咐放了尉迟恭。只见尉迟恭出来，满身是血，只把头来摇道：“啊唷唷！死也，死也！”径往外边去了。文静就取出伏辩送还，说道：“二位千岁啊，方才若没有臣的时节，几乎弄出不好看来了，如今还了此纸，二位千岁可以放心，包管无事了。”说罢，就起身作别出门。看官，你晓得刘文静这纸伏辩从何得来？皆因徐茂公躲在他府上，算定阴阳，早早差人到天牢中，问秦王取出此伏辩，又设此计策，救了尉迟恭出来，何曾有什么黑氏夫人到他兵部府中。这些闲话不表。

且说尉迟恭得放，好似：

鳌鱼脱却金钩去，彩凤飞升出玉笼。

连忙奔出城门，一路来赶家眷。却好黑白二氏往前途相等，至暮不见丈夫回来，便重又寻将转来。夫妻遇见，说明此事，黑白二夫人倒吓得老大吃惊道：“幸亏吉人天相，逢凶化吉，不然，几乎不能会面。”尉迟恭道：“正是。”又叫声：“二位夫人啊！俺自从投唐以来，指望什么封妻荫子，如今反受这样苦楚，倒不如守业终身，做个田舍郎的好。”夫妻三人，一路谈论些世态炎凉、功名富贵的烦难，正是：

曾经历尽风波险，安稳原归田舍郎。

在路早行夜宿，非止一日，回到了山后天堂府麻衣县致农庄上。寻到自己家内，方知几遭兵乱，妻儿不知去向，田产皆已乌有。尉迟恭叹息了一回，只得重整田园，耕种为活。那些乡民晓得他是一员大将，不愿为官，隐居在林下，今日你来请吃酒，明日我来请赴酌。敬德便任凭那些乡民请去饮酒快乐就是。一村再无贼盗侵犯,什么缘故呢?那些贼盗闻知尉迟敬德做了一村之主,哪一个不要性命的敢来偷盗?为此平安。按下不表。

再说建成、元吉两个奸王,将秦王这些将官都已算计开去了,又常常使人进牢,欲害秦王,亏得秦王乃真命之主,所谓:

圣天子百灵相助,逢祸患立化祯祥。

暗里却有个徐茂公不时调护使命,那文静刻刻提防,照管得紧,因此下手不得。二王大怒,欲害文静,无奈兵权俱在他手内,故此无可如何,害他不得,只得丢手。

不想唐朝骨肉伤残的消息,传到了明州后汉王刘黑闼那里。那刘黑闼是夏明主窦建德帐下的大元帅,因建德被罗成所擒,国中无主,众将推举刘黑闼,即自称为后汉王。这日闻报大喜,叫一声:"唐童,你这小畜生!孤只道你那一班狐群狗党的强盗,永保横行天下,不想也有走散的时节。此时不与孤主公报仇,更待何时?"即日带了大元帅苏定方,点起雄兵十万,往陕西大国长安进发。一路上明盔滚滚,亮甲层层,所到之处,势如破竹,并无敌手。前边已到鱼鳞关了,军士连忙报上说:"启上王爷,兵抵鱼鳞关,离城只有十里了。"刘黑闼道:"吩咐大小三军,就此安营。"军士忙传令道:"呔!千岁王爷有令,吩咐大小三军,就此安营。"众军士齐声应道:"得令!"只听得三声炮响,扎下营寨。刘黑闼升帐,众将参见完毕,分列两旁。刘黑闼便问道:"众将,何人敢去抢关?"有苏定方在班部中闪出来应道:"臣愿往。"刘黑闼道:"小心在意。"苏定方应声:"得令!"他就头戴凤尾银盔,身穿鱼鳞锦甲,弯弓插箭,挂剑悬鞭,提着一杆烂银枪,坐下一匹白点龙驹马,出了营门,化落落一马到了城下,大叫一声:"呔!城上的军士,快告守城将官,速速献城投降,万事全休,若道半声不肯,恼了老爷的性子,杀进城来,叫你一个个都做无头之鬼,那时悔之晚矣!"那鱼鳞关守城小军飞报进帅府:"启老爷,不好了,今有明州刘黑闼领兵十万,来与窦建德报仇,有将在城下讨战,请令定夺。"

那个守关的将军你道何人?他姓王,兄弟二人,一名九龙,一名九虎,原系山东人氏,后在日本琉球国内鳌鱼太子身边做个通事。五龙大会时，助秦叔宝灭了鳌鱼太子，遂降顺唐朝。他因在外国回来，带得许多奇珍异宝，送与建成、元吉，故此就做到了鱼鳞关总兵之职。当下王九龙闻报，便问众将："谁敢前去会战？"有兄弟王九虎应声道："小弟出关去会他。"王九龙道："使得，贤弟须要小心。"九虎应声道："得令！"只见他顶盔贯甲，提枪上马，奔出帅府，便令军士开了城门，放下吊桥，把马一拍，豁喇喇一马来至阵前，便喝道："无能贼寇，焉敢兴兵来犯天朝！可通个名来！"苏定方道："俺乃明州后汉王刘黑闼王爷大元帅苏定方便是。今我主欲与夏明王窦建德恩主报仇，故特兴兵来此，快通名来！"王九虎道："嗄！原来你就叫苏定方？看你前在洛阳，夜劫唐营，后来不见了，只道你砍死了，原来是怕死逃走的，今日又来送命么？你要问爷的名字么？俺乃大唐神尧高祖驾前、官封镇守鱼鳞关总兵大元帅麾下、正印先锋二老爷，叫做王九虎的是也。"苏定方道："嗄！原来是你？俺闻你是琉球国驸马的通事，与那秦琼一党，谋杀了鳌鱼太子，背义投唐，谅你难敌吾手。好好献关，饶你狗命。"九虎道："你道爷不善战么？试试爷的枪看！"耍的一枪刺过来。苏定方大怒，把枪劈面相迎。两马跑开，双枪并举，正是一个半斤对了八两。大战二十回合，马打四十个照面，不分胜负。那苏定方放下了枪，左手取弓，右手搭箭，扭回身嗖的一声，正中前心。王九虎倒翻筋斗跌下马来。苏定方回马斩了首级，掌得胜鼓回营，将首级号令营门不表。

再说唐兵飞报进帅府："启爷，不好了！二老爷阵亡，首级号令营门了！"王九龙闻言大惊，吩咐紧闭城门，不可出战。一面差官赍本，前往陕西大国长安见高祖告急求救，按下不表。

再说高祖驾坐早朝，文武百官山呼已毕，黄门官启奏道："鱼鳞关总兵官有告急本章奏闻万岁。"把本章递上龙案，高祖看了，大吃一惊，便问："两班众卿，计将安出？"班中闪出一员紫袍玉带，上前奏道："臣兵部尚书刘文静，启奏陛下，目今国无大将，难以交兵，为今之计，可赦出秦王，带罪征讨，定破明州刘黑闼之兵，将功赎罪。"高祖尚未降旨，忽然闪出殷、齐二王，一齐奏道："父王休听刘文静之言，自古兵来将挡，水来土掩。臣儿不才，愿统雄兵前往鱼鳞关，务必生擒苏定方,活捉刘黑闼。如若不胜,甘受其罪。”高祖大喜,就命建成、元吉即日兴师,高祖驾退回宫。

那二王领旨,在教场内挑选精兵十万,放炮祭旗,一路杀奔鱼鳞关来。非只一日,到了关下,有把关总兵官王九龙前来迎接,进了帅府,二王坐定,王九龙把交锋之事告诉了一遍,摆酒接风,当夜不表。

次日,二王同王九龙全身结束,顶盔贯甲,带兵出城。炮声响处,排下一阵,名曰三才阵,好利害也。正是:

杀气横冲神鬼惧,威光直透斗牛宫。

三人齐出阵前,请刘黑闼前来打话。那后汉王闻报,亲自出营,旗幡招展,也排下一阵,名曰二虎把山阵。建成拍马上前叫声:“刘黑闼!你在明州怎不做自己的草头王,却敢来犯我天朝的边界?速速退去,孤还念你是母舅之将,若不听,悔之晚矣!”刘黑闼骂道:“你那两个奸王,昔日仗着那一班狐群狗党,如今也有一日没了爪牙,谅你二人不是孤的对手。”回顾苏定方道:“你与孤擒来!”苏定方大吼一声,一马冲将出来,举枪就刺。这边有王九龙推马上前,大呼道:“不必恃强,爷爷来了!”举枪就劈。未及十个回合,被苏定方大吼一声:“着!”耍的一枪,正中王九龙咽喉,一跤跌下马去了。建成大怒,摆动金背刀来战苏定方。刘黑闼叫道:“孤家来也!”使动大刀来战建成。那元吉亦怒,摇动金枪,冲将过来。苏定方连忙截住厮杀。大战十个回合,建成哪里是刘黑闼对手,被刘黑闼拦开建成手内的金背刀,顺手扯出鞭来,往建成耍的一鞭打来,正中后心,满口喷红,伏鞍败走。刘黑闼随后赶来,元吉见建成着了一鞭,心中一慌,不防被苏定方一枪正中左腿,几乎落马,同建成一齐大败回营。不料,后面刘黑闼大叫:“众将趁势踹营!”那明州众将一齐踹进营来。好利害啊,远者枪挑,近者刀砍,只见:

枪挑将纷纷落马,刀砍兵个个身亡。

哪怕你什么三才阵势,只杀得兵翻马倒。殷、齐二王挡不住,败入关来,闭门不及,被明州兵一拥而进,只杀得尸山血海,二王失了鱼鳞关,败往紫金关去了。按下不表。再讲刘黑闼得了鱼鳞关,盘查府库,出榜安民,养兵三日,杀奔紫金关来。离城五里,炮响安营,不表。

再说那紫金关的守将，姓马名伯良，就是兵部尚书刘文静的妻舅，他本是公子出身，不谙武事。这一日正在府中饮酒作乐，摆列着：

十二红裙歌艳曲，两行翠黛斗新章。

忽有小军飞报前来："启上老爷，不好了，那殷、齐二王失了鱼鳞关，败回紫金关来了，现在城外，请老爷出去迎接。"马伯良闻报，倒吃一惊，连忙起身出城迎接。二王进城，到了帅府，见礼已毕，摆酒接风。他们三个甚是合得来，你道为何呢？原来都是酒色之徒。二王一到，马伯良凑趣逢迎，就让两个粉头前来陪酒。那粉头一个名为随地滚，一个叫做软如绵，俱生得来：

沉鱼落雁花容貌，闭月羞花媚态姣。

兵临城下，并不说起行兵打仗之事，只是吃酒取乐。建成道："马将军，你原来是个妙人儿，只是你姊夫做人不好，孤家有甚心事要做的，他却在那里偏要与孤家作对。"马伯良道："我那姊夫是不会做人的，千岁不喜他，何不用计除之？"建成道："再无便当的机会，况且兵权在他手内。"马伯良道："千岁放心，都在小臣身上，捉他一个短处，包管与千岁出气便了。"二王大喜。小军又飞报进来道："启千岁爷，不好了！刘黑闼兵马离城五里安营了。"二王大惊道："将军，这却如何是好呢？"马伯良道："不要理他，我们今日且吃酒，二位美人，奉敬二位千岁爷一杯。"两个粉头娇声软语，抬身敬酒，二王大悦。其夜尽欢而睡，一宵无话。来日，马伯良参见二王，说道："千岁爷，可速往长安去见万岁爷，说未到之前，鱼鳞关已失，如今刘黑闼兵马扎营紫金关外了。要奏臣马伯良大胜明州兵，只是兵微将寡，还要添兵救应。如此奏法，定然无事。"二王大喜，便作别起身。马伯良道："千岁，此去须要寻一个有本事的将官，前来帮助帮助，我那姊夫的首级，都在小臣身上就是了。"二王满口应承，起身往长安不表。

只这马伯良倒也会守城，凭他叫骂，只是不睬。若见攻城，他便到城上，令军士打下灰瓶石块，倒也难破。这且按下不表。

如今要说山东秦叔宝。秦叔宝同了程咬金、罗成一家同住。叔宝空闲无事，却生出一场大病。你道他生什么病？却害那吐血的病症。原来他少年吃尽劳苦，积受风霜，如三挡杨林，九战魏文通，三倒铜旗,又在澄清涧拔枣树,受这些劳伤,故害了此病症。一日睡在床上,忽然想起秦王受罪天牢,不觉两泪交流,哭道:“我那主公啊! 今生只怕不能够见你了哟!”程咬金道:“不必哭了,做我老程不着,再做起混世魔王来,杀上长安,抢了主公,那时招兵买马,积草屯粮,再保主公做起皇帝来,有何难处?”罗成喊道:“你又来了,他是个病人,如何听得你这些说话。”便叫一声:“表兄,你若记念主公,待小弟扮做客商,前往长安探望主公一番。有何不可?”叔宝听得此言,骨碌一下爬起来,坐在床上,大悦道:“表弟,你果有此心么?”正是:

一片忠心惟报主,皆因仁主爱贤臣。

毕竟罗成怎样上长安探秦王,且看下回分解。

第六十一回 殷齐王屈打罗成 淤泥河小将为神

诗曰：

正直偏遭奸计谋，英雄失志等云浮。

只因边将无良策，故使殷齐报旧仇。

当下罗成欲往长安探望秦王消息，叔宝大悦道："表弟，果肯前去，为兄的写书一封与你，你可往兵部尚书刘文静府中投下，自然得见主公的。切不可与两个奸王看破，被他看破，只恐别生异端，反为不美。须要小心，速去速来，免为兄的记念。"罗成说道："晓得了，明日就行便了。"罗成进内来别母亲、妻子，说要往陕西大国长安探望主公秦王。太太吩咐道："须要小心。"罗成道："晓得。"次日，罗成拜别了年高的母亲、年少的妻子，叮嘱好生照看幼子，又拜别了表兄表嫂，带了罗春作伴，扮做客商，往陕西大路而行。咬金相送十里才回。罗成一路而来，不止一日，已到长安。正要到刘文静府中去，记起秦表兄与自己一封书信要送到刘文静府中的，因匆匆然，不曾带得，忘记在家中了，这便如何去见他呢？他想：如今且寻旅店住下，再作商议。一头思想，却正行到一家歇店门首，便吩咐罗春把行李搬进歇店去。罗春答应，主仆二人进店。不提防正值殷、齐二王在店门首经过，早已被他看见。正是：

无心人对有心人，到底年轻未老成。

那殷、齐二王欲害秦王，时时防备这几员大将前来窥探，必要算计，摆布他个尽绝。当下一见罗成，还恐不是，又差人来打听，果然是罗成。建成、元吉大喜。次日，高祖驾坐早朝，二王奏道："臣儿奉父王旨意，领兵到鱼鳞关，不道其关已失，只得守住紫金关，被臣儿连败他数次。奈军中无有上将，未免不能擒拿贼首，望父王再发一员上将，添兵征剿。臣儿特地回朝，望父王准臣儿之奏为幸。”高祖道：“为今之计，差哪一位将官前去方好？”建成道：“今有越国公罗成，现在饭店住下，不知何故，父王可降旨一道，赐他官还旧职，挂先锋之印，前去灭贼，刘黑闼必可擒矣！”高祖允奏，即发圣旨一道，来召罗成。那罗成在旅店歇了一夜，次日正要往刘文静府中，却有圣旨下来，不怕你不接。那天使开读道：“圣旨到！跪听宣读。

> 大唐皇帝诏曰：朕思昔日玉带一事，皆秦王之罪，与尔众卿等无涉。朕思念众卿之功，不时追悔。今有明州刘黑闼为乱，兵犯紫金关，奈无大将可破。今有殷、齐二王所奏，闻卿到京，朕知大喜，还卿旧职，权挂先锋之印，前往紫金关。破贼有功，另行升赏。钦哉。谢恩。”

“愿我皇万岁，万岁，万万岁！”

读过圣旨，香案供奉，一面就有军士来接罗成上马，径往教场中来。到了演武厅上，参见二王，即挂了先锋印，祭旗放炮，前往紫金关进发。殷、齐二王把他管定，哪里肯放松他一步。罗成无奈，只得差罗春前往天牢，看了秦王一番，不表。再说兵马已到紫金关，马伯良前来迎接，同入帅府，当夜不表。次日，二王升帐，众将见礼分立两旁。建成道：“今日开兵，谁敢出阵生擒刘黑闼，活捉苏定方？”连问数声，无人答应，罗成推托不得，没奈何只得上前答应一声说道：“罗成愿往。”二王道：“你是前部先锋，逢山开路，遇水叠桥，凡遇交锋打仗，必须奋勇上前，怎么由你这样一个慢腾腾的性儿？孤这里问过几次，才出来答应，岂是做先锋的职分所为么？你如今不来答应就罢，既来领令，不可由你自性，须要生擒活捉报功，违令者斩。”罗成道：“得令！”即提枪上马，开了城门，化落落一马来到阵前，高声大叫道：“呔！你们营中可有苏定方，快快叫他出来受死！”那明州营中军士飞报进来道：“报启千岁爷，外边有将讨战，声言要元帅爷出去会他。”刘黑闼道：“那紫金关守关唐将马伯良这狗头，连日凭我们叫骂，只是闭门不出，今日想是有救兵来了，不知是谁人，待孤家亲自出去会他。”说罢，即提刀上马，三声炮响，开了营门，上前一看，认得是罗成，叫一声：

“罗将军请了，孤与将军昔日在扬州一别，闻得将军归了唐家，却无罪而被革。今日我兵杀到，无人抵敌，又来用你。眼见得唐家待人无情无义，日后太平了，依然用你不着。为今之计，我劝罗将军不如归了孤家，与你平分土地，共掌山河，有何不美？”罗成道：“刘黑闼，你这乱话休讲，今日俺奉令擒你。不要走，着罗爷爷的枪罢！”耍的一枪就刺过来。刘黑闼大怒，也挥动手中刀来战。当下二人一个枪挑，一个刀砍，这一场好杀，直杀得：

腾腾杀气冲霄汉，凛凛威风蔽日黄。

二人大战十有余合，那刘黑闼看看招架罗成不住，苏定方明晓得罗成的利害，主公焉能敌得他过？遂暗放一箭，嗖的一声射来。这里罗成一枪，正中刘黑闼，忽闻得弓弦响，罗成将身一闪，那刘黑闼就逃回营中去了。这苏定方的箭，却中在罗成腿上，罗成大怒，就拔下腿上的箭，回射苏定方，也是嗖的一声响，苏定方也将身一闪，正中在左臂上，几乎落马。罗成本欲踹营，拿捉苏定方，因腿上有些疼痛，不便再杀上去，恐被他们暗算，只得掌得胜鼓，回营缴令。

殷、齐二王问道：“罗成，今日出兵可拿下刘黑闼么？”罗成道：“今日出兵，大败刘黑闼，箭射苏定方。”二王道：“为何不踹他营盘，径自回来？”罗成道：“臣正与刘黑闼交战，不防苏定方那厮暗放一枝冷箭，中在腿上，故尔不便踹营。”二王大怒道：“唗！被他射了一箭，还说得胜回营？自古道为将者眼观四处，耳听八方。一枝冷箭尚且招架不来，焉得为上将？我且问你，昔日在家锁山，日擒五龙，这些本事哪里去了？今日要擒一个刘黑闼尚且不能，你明明欺孤家不是你的主公，一心只向世民便了。有这样的国贼，违孤家的军令，吩咐绑去砍了！”武士一声答应，把罗成绑了，推出辕门。当下有马伯良道：“千岁爷，目今用人之际，若斩罗成，这紫金关就难保了，不若放他转来，待他杀退明州之兵，挣下了功劳，怕不是二位千岁爷的？”建成道：“马将军，你但知其一，不知其二。这罗成是秦叔宝、尉迟恭的一党，都是秦王的羽翼，孤家正要一个个摆布他，日后江山方得孤家有分，故此要将他处斩。”马伯良道：“要他死有何难处？且待他破了刘黑闼，寻个衅端，慢慢杀他便了。”建成道：“既如此，死罪饶了，活罪难免，吩咐就此军前捆打四十御棍。”那武士把罗成推将转来，不由分说，打了四十御棍，两腿直打得皮开肉绽。正遇着罗春赶到，见主人如此光景，扶至帐中睡下，把看秦王之事说了一番。罗春叫道：“主人啊！你却忘记了秦爷之言，若到长安，谨防两个奸王相害，正所谓明处时时须吊胆，暗中刻刻要惊心。不道今日落在他手中，定然遭其毒害。主人啊，你不若听罗春之言，私自回家，也得安闲自在。若再住在此间，定然性命难保。”罗成闻言，大喝一声：“胡讲！自古道：忠臣不怕死，怕死不忠臣。我来探望主公，也是一番诚意，不合被两个奸王看见。但今日奉的是神尧皇帝高祖旨意，岂可不赤心尽力？若然私自回家，岂不是一则违圣旨，二则算为不忠，况又辱了我罗家名头。从今以后罗春啊，你断断不许多讲，主人自有调处。”按下不表主仆之事。再说明州营内，后汉王刘黑闼正坐在营中，早有细作打听罗成被二王痛责四十御棍之事，前来通报刘黑闼。刘黑闼一闻此报，十分大喜道：“此乃天助我也。”即忙起身，带领众将出营，手指唐营骂道：“你这两个狗王，不会用人，如此一员虎将，无罪受责。眼见得关内无人，此关唾手而得也。”说毕，统领大小三军直抵紫金关下，布起云梯，架起火炮。刘黑闼道：“今日若不破此关，誓不回营。”众将听了，大家奋勇当先，攻打十分利害。早有关内小军飞报进来道：“报启千岁爷，不好了，真正不得了了！那刘黑闼统兵十万前来攻打，我兵难以招架，危在顷刻，请旨定夺。”二王闻报，大惊道：“有这等事？”便同了马伯良一齐上城，亲自督兵紧守，只把那护城板推开，往下一看，啊唷！见这明州的兵马有四座大营盘，你看他盔滚滚甲层层，正是：

人似离山勇猛虎，马如出水狠蛟龙。

真正旗幡蔽日，金鼓震天，就像潮水一般涌将上来。建成一见三魂尽失，元吉看了六魂俱亡，抖做一团，只叫得一声：“如今怎么好？”马伯良道：“二位千岁，且是放心，不必惊慌，自古说兵来将挡，水来土掩。亏我救得罗成这员有力量的勇将在此。如今着他去，退得贼兵，将他杀了，退不得贼兵，也将他杀了。岂非一举而两得乎？”二王道：“说得有理。”火速发下金批令箭一枝，就着左营把总宋抿前去。

宋抿得令来到罗成帐中，把金批箭递与罗成说：“有二位千岁军令，着罗先锋去退兵。”罗成闻言，接了令箭，跳起身来就走。吓得罗春心惊胆跳，连忙一把扯住，叫一声：“主人啊，你要往哪里去？”罗成道：“二王令箭到，要我去出关杀贼，岂不闻救兵如救火？故此要去出关杀贼。”罗春狠命一把扯住道：“主人啊！虽是如此，但你棒疮未愈，如何出得兵，杀得贼？”罗成道：“啊呀，罗春啊！我但知报国除贼寇，那顾身躯狼狈情。况且我罗成是雄雄大丈夫，烈烈奇男子，就去不妨。”罗春道：“主人既要去，今日不曾吃饭，可用些酒饭，才好去打仗。”罗成自恃骁勇，看得明州之将不在眼中，哪里肯听罗春之言，上马提枪径奔紫金关来。罗春无奈，只得拿些面饼藏在怀中，随定罗成到了关上。二王也等不得他见礼，就道：“将军，你看他这四座营盘，这许多人马在此攻城，好不利害。你已奉了万岁爷的旨意，做了前部先锋，好自在的性儿，却坐在营内偷安。如今令你出去，定要踹他的四个营盘，生擒这两个贼首，包管在孤家身上就封你为大大的公侯，如齐景公一般。若再违了孤家的军令，莫想打了你四十，就轻轻的饶了你，一定要斩首辕门，决不轻恕！”

罗成闻言大怒，也不理二王，也不带罗春，单身独骑，开了城门，豁喇喇一马杀将出来。那些人马一见罗成，吓得像河水一般，哄的一声都退了下去。罗成摆动那杆银枪，犹如蛟龙戏水一般，踹进明州营来，如入无人之境。劈面撞着刘黑闼，罗成叫声：“哪里走！”耍耍耍，一连数枪，杀得刘黑闼甲散盔歪，众将一齐上前救护，被罗成连挑大将一十八员。苏定方赶上来，没两个回合，被罗成杀得气喘吁吁败了下去。明州兵将抵敌不住，只得撇了粮草，急忙退去四十余里，方才收拾残兵败将，安营下寨。刘黑闼只叫得一声：“老天啊老天！孤指望报仇雪耻，今日这一阵，倒被他杀得马仰人翻。眼见得不能与主公报仇的了！也罢，不如回转，再作商议。”正欲传令，早有苏定方急出止住，说道：“主公不可回兵，胜败乃兵家常事。目今唐营只有罗成一人，秦王又下天牢，众将又皆各散。臣有一计可杀罗成。此处有一地方，名曰淤泥河，待末将前去挑战，引他到此，主公可独坐对岸，两边芦苇内可埋伏三千弓箭手。罗成若见主公坐在对岸，决然弃了臣来奔主公，定然踏在淤泥河内。罗成纵有三头六臂之能，怎当得三千神箭手？罗成一死，还有何人是主公的对手？这座紫金关岂非可唾手而得？”正是：

计就月中擒玉兔，谋成日里捉金乌。

当下刘黑闼大喜道：“将军言之有理。”一一准备，依计而行不表。

再讲罗成正要追赶明州之兵，不觉杀了半日，腹中饥饿起来，腿中棒疮又疼痛难熬，只得一马来至城下叫关。二王在城上问道：“刘黑闼的首级抓下了么？”罗成道：“不曾。”又问道：“苏定方的首级可有了么？”罗成道：“也还没有。”二王道：“既无二人的首级回来，又违我的军令了。”罗成大叫道：“二位千岁言之差矣！俺罗成今日连挑贼将十有余员，又追赶贼兵数万，退去数十余里，还说违令么？既要二人首级也不难，且开了城门，待俺罗成吃饱了战饭，还你二人首级便了。”二王大怒道：“你这狗头！说得好自在的话儿。有了首级开关，若没有首级不开关的。”罗成道：“吃了战饭，再去取他首级未迟。”建成怒气直冲，吩咐左右放箭。军士一声答应，城上的箭就如雨点往下射来。罗成坐在马上，抡动一杆银枪，有笋篮大的花影，护住身上，只听得那些箭叮叮当当都分为两下去了。元吉见射他不伤，说道：“且放他进关，用些妙药调在饭内，令他吃了，庶免后患。”即吩咐开城。不提防罗春杂在众人中打听消息，听了此言，在城上大叫一声：“不可进城，我来也！”往城下一跳，奔至罗成马前，怀中取出面饼与罗成充饥。罗成正饿得很，所谓饥不择食，胡乱的吃了几个，聊且充饥。二王在城上看见，不觉大怒，只叫罗成回关用饭。

罗成正要回关，罗春道：“不可，若回关去，只怕性命不保，还是回家去的好。”道言未了，只见苏定方早一马已到，大叫一声：“罗成，你枉有功劳，殷、齐二王不能用贤，把你看得如同仇敌，今日大获全胜，饭也没得你吃，在这里吃面饼，岂不羞死了人？我劝你不如归我主公，他日一统山河，平分天下，南面称孤，有何不美？何苦与不仁不义的两个奸王立什么功劳？”罗成听见苏定方之言，心中又好气又好恼，大叫一声：“休得乱讲！我正要拿你，你往哪里走？”说罢，催马上前，耍的就是一枪刺来。苏定方举枪劈面相迎。两马跑开，双枪并举，大战十个回合，马打二十个照面。你道苏定方为何能战这二十个回合？

一来呢，罗成方才大战一场，有些辛苦，二来呢，棒疮疼痛，三来，苏定方要引他到淤泥河去。所以，勉强支持，战了二十余合。这苏定方看看招架不来了，只得虚闪一枪，回马就走。罗成随后赶来，足足追赶了十余里路，罗春也随后赶到，跑得气喘吁吁，大叫道："家主爷！"正是：

义仆忠心惟报主，事当急难特追来。

毕竟罗春说出什么话来，且看下回分解。

第六十二回　罗成魂归见娇妻　秦王恩聘众将士

诗曰：

二王毒计害贤豪，义士忠臣哪得招。

怎比世民仁德主，归心天下众英标。

当下罗春叫道："家主爷啊！你岂不晓穷寇莫追么？那明州兵将方才被家主大破，这一阵真正势穷力竭的了。那苏定方又来交战，莫非其中有诈？我劝家主爷不要追赶了。况二位奸王一心只要害你，不如早早回家去罢！"罗成听说，就住了马，正在打算。这苏定方见罗成不追，他又回马高声叫道："罗成小贼种，如今也有些怕了，故此不敢来追你爷老子。若不怕，再来，我和你见个高低。"罗成闻骂，复又大怒，赶了上去，两个又战斗起来。不上三合，罗成钩开了苏定方手中的枪，取出银装锏来，当的一锏，正中后背，几乎落马，伏鞍大败而走。罗成又赶十余里，罗春步行再也赶不上。那时罗成也住了马，心内踌躇，打算不去追赶。不想这苏定方见罗成不追，又回马骂道："罗成小贼种，有人说你是卖屁股的小官，你有心取你爷老子的首级，才为好汉，你那一锏也不在你爷老子的心上。"罗成大怒，又赶苏定方。这番苏定方不敢回马，往前且走且骂。罗成大骂道："你这瓮中之鳖，网内之鱼，我罗将军若不取你首级，誓不回兵！"说罢，紧赶紧走，慢赶慢行，看看追到了刘黑闼扎营的所在，只见刘黑闼独自一个坐在一把交椅上，大笑道："罗成，你今番该死也！"罗成一见大怒，弃了苏定方，即奔刘黑闼，一马抢来，轰通一声，陷入淤泥河内。那河内都是淤泥，只道行走得的，谁知陷住了马，再也走不起来。两边芦苇内埋伏着三千弓箭手，一声梆子响，箭如雨下。罗成虽有十分本事招架，也来不

及。只叫一声:“中了苏贼之计矣!”不防左肩上中了一箭,说声:“啊唷!”手中枪略松得一松,乱箭齐着。可怜一个罗成,正如:

蜻蜓飞入蜘蛛网,顷刻难逃一命魂。

竟射死于淤泥河内,就像柴笆子一般,一点灵魂径往山东来见妻子。

再说罗家小夫人正抱着三岁的孩子罗通睡在床上,时交二更,得其一梦,只见罗成满身鲜血,周围插箭,白战袍都染红了,上前叫道:“我那妻啊!我只因探望秦王,被建成、元吉两个奸王设计相害,逼我追赶明州后汉王刘黑闼,中了苏定方奸贼之计,射死于淤泥河内。妻啊,你好生看管孩儿,我去也!”忽闻镜架上青铜镜子跌在桌上,啪的一声响,这一响非同儿戏,将夫人惊醒,却是南柯一梦。不觉浑身冷汗直淋。次日,夫人将此事说与太太,太太一惊非小,连忙说与秦叔宝、程咬金知道,都各个惊疑此梦不吉,但尚未全信,不表。

再讲明州后汉王刘黑闼,射死了罗成,也不取首级,竟撇下死尸,重又统兵,飞奔来攻紫金关。那罗春见人马去了,忙来寻觅主人,寻至淤泥河内,见了主人的尸首,即放声大哭一场。便问乡民寻扇板门,放在淤泥河上面,然后将身捆倒,用手向下去一扯,就将罗成的尸首扯了起来。罗春身边却有银两,就买了一口上好棺木,盛殓了主人,自却做了孝子,一路奔丧回来。

不止一日,到了山东,先往家中报信。一进门来,程咬金看见,便问罗春:“为甚戴起孝来?”罗春道:“不好了!小老爷死了!”程咬金一闻此言,大叫道:“不差!不差!那日罗夫人得其一梦,定然他回家显魂了。我去通报。”一路大呼小叫说道:“不好了!罗兄弟果然死了!快请弟妇出来。”丫鬟飞报进去:“启太太、夫人,不好了!老爷没了!”太太道:“怎么讲?”丫鬟道:“老爷没了!罗春奔丧回来,棺木即刻就到了。”老太太与夫人听了这句话,吃惊不小,一个哭一声:“我那罗成儿啊!”一个哭一声:“我那相公啊!”一齐晕倒在地。罗春忙叫道:“太太苏醒!夫人苏醒!”叫了数声,婆媳二人慢慢哭将转来。此时外边棺木早已到了,停在堂中,婆媳二人真哭得伤心惨目。罗春遂把二王相害的始末这番言语,细细诉说了一遍。程咬金道:“老伯母,不必哭了,弟妇也不必伤悲。自古道既死不能复生,那两个奸王早欲将他砍做十七八段，只是主公面上不好意思。如今主公在天牢内，我们走散了，少不得这几处反王杀来，这两个奸王，少不得死在眼前的。那时若再来寻我们，待我做程咬金的啐他十七八啐。你太平时节，将我们打发回家，自耕自种，反乱之际，就又思量起我们来。”咬金又一想道：“我便是这样说，但这桩事情都是秦病鬼起的祸端，他今日哭‘我那主公啊’，明日也哭‘我那主公啊！我要看你一看不能够了’，因此惹动了罗兄弟的一片热心去探望，害出这样事来。如今死的死了，病的呢，弄得不死不活，想来也在早晚之间了。只得做我程咬金不着，照管罗通侄儿大起来，再也不要去管唐家之事，只张开两只眼睛，看他两个奸王做些什么事便了。”正说得高兴，只见家将来报道：“秦爷不好了，闻罗爷的消息，大哭一声就死了。”正所谓：“福无双至，祸不单行。”连忙来看秦叔宝。只见他家也是老小惊慌，乱哄哄的。幸亏叫了醒来，秦叔宝口口声声只叫：“罗贤弟啊！都是我做表兄的害了你也！”便哭个不住。就与罗成开丧，请僧做道场追荐不表。

再道刘黑闼杀到了紫金关下，奋勇攻打。士卒飞报进营，二王大惊，埋怨马伯良道：“孤说放他进来吃了战饭再去打仗，你说退得贼兵也将他杀了，退不得贼兵也将他杀了，故此我必要首级，然后开关。如今被他射死，兵马又来，这却如何是好？”马伯良道：“这是千岁爷自己的主意，与我什么相干？怎么埋怨起臣来？为今之计，千岁爷可再往长安求救，臣在此依旧守关，须要速去速来才好。如若耽延日期，失了紫金关，不干臣事。”建成、元吉见此关难保，巴不得要回长安。当日离了紫金关，来到长安，来见父王，言及罗成阵亡，明州兵十分凶勇，紫金关危在顷刻，望父王再遣能事将官前去救应。高祖闻言大惊，便问两班文武：“计将安出？”闪出一员大臣，执笏当胸，上殿奏道：“臣兵部尚书刘文静启奏陛下。我国久已无人，难以交兵厮杀。为今之计，可赦出秦王，前往山东寻访护国公秦叔宝到来，方可退得刘黑闼。目下紫金关无人救护，臣虽不才，愿统雄兵救应。”高祖闻言大喜道：“依卿所奏，即下旨赦秦王之罪，速往山东寻访秦恩公到来，将功折罪。”

秦王从天牢出来，进朝奏道：“臣儿不敢前去。”高祖便问：“何故?”秦王道:“臣儿一人往山东,秦叔宝若肯来是为万幸,万一他不肯前来,岂非徒然有这一番往返了?”元吉奏道:“叔宝不来,可聘尉迟恭到来,亦可战退贼兵矣。”秦王道:“贤弟差矣,你还要提起这尉迟恭怎的?他往日曾在御果园救驾,有了这样大的功劳,不能够封妻荫子,反革除他官职,受那披麻之苦,今日他还肯来帮助么?”高祖道:“昔日都是那两个畜生起妒嫉之心,将众人散去。如今秦叔宝、尉迟恭二人,不是不肯前来,只怕两个畜生又要将他算计。如今降旨一道,着秦王往山东请秦叔宝,往朔州请尉迟恭,其余一应众将都要招抚回来,官还旧职。敕封秦叔宝、尉迟恭锏鞭,上打昏君,下打奸臣,不论王亲国戚,先打后奏。那两个畜生,就不敢来算计了。”秦王大喜,连忙又奏道:“今有徐茂公先在京中,已到午门候旨。”高祖道:“宣进来!”原来都是徐茂公阴阳有准,算定这事能做成,故使刘文静奏赦秦王。秦王上奏高祖,敕封二将,方好制伏两个奸王。那时徐茂公宣至金阶,朝见已毕,高祖即着徐茂公同了秦王,往山东请秦叔宝,往朔州请尉迟恭,赐其鞭锏,寻取众将回来,官还原职。秦王领旨,同了徐茂公带了五百兵丁,前往山东不表。

再讲建成、元吉各要性命,躲在府中,再也不敢出来了。再说刘文静起兵前往紫金关拒敌,又生出一番仇怨,弄得性命难保,我且慢表。

先讲秦王同了徐茂公,君臣二人,带领五百军校,在路非止一日,已到山东。徐茂公道:“主公可将人马扎在树林幽僻之处,换了便服,前去相访,未知主公意下如何?”秦王道:“军师言之有理。”就将五百兵丁扎下,换了便服,君臣步行而来。且喜到了门首,程咬金看见说道:“噫!你是牛鼻子道人啊,一向躲在哪里,如今到此何干?你记得做军师的时节,何等贼形?今日与我一样的了。”徐茂公道:“不必胡言,主公在此。”秦王叫一声:“程王兄,孤在这里。”程咬金一见秦王,叫声:“啊呀!主公来此,生意上门了,请到里面去坐。”秦王来至里边,程咬金见过礼,秦王道:“孤闻罗王兄阵亡,他灵柩却在何处?”咬金道:“在后堂内面。”秦王道:“烦程王兄端正祭礼,待孤家祭奠一番。”程咬金领旨,忙去整备祭礼,即引秦王、茂公来到里面。秦王一进后堂,抬头看见了孝帏高挂,不觉泪如雨下,上香行礼,哭一声:“罗王兄啊！孤家怎生舍得你，你有天大的功劳，不能享太平之福，为了孤家死于战场之上，是孤家之罪也！今日可念孤家一点敬心，在此祭奠你。你英灵不爽，可来飨此微忱。”说罢心如刀割，大恸起来。里面罗夫人知秦王在此祭奠，心酸痛切，哭声甚哀。秦氏太太见媳妇悲哭，他老人家忆着丈夫身亡，全靠这个儿子，不道今又为国捐躯，也是哭一个不了。徐茂公看见，也就掉下几点泪来。程咬金见他们哭得伤心，也哭将起来：“啊呀！我那罗兄弟啊，唐家是没良心的。太平了，不用我们。如今又不知哪里杀来了，同了牛鼻子道人在此，犹猫哭老鼠假慈悲。思量来，是骗我们前去与他争天下、夺地方，正所谓瓦罐不离井上破，将军难免阵中亡。好好一个罗兄弟，英雄无敌的大将，白白的送在殷、齐二王的诡计之中，死于万弩之下，啊唷！我那罗兄弟啊！”

那一片哭声甚响，早惊动了秦叔宝，他因患病在家，住在房中调养，睡在床上，听得一片哭声，便问道：“今日为什么有此哭声？”家将禀道：“今有秦王千岁同了徐茂公在此祭奠罗爷，故此有这一片哭声。是罗太太与夫人十分恸哭，连及程爷也在那里哭个不住。”叔宝一闻此言，把双手将两眼一擦说：“秦王来了么？我正要去见他。”骨碌一声，将身爬起，那病不知不觉就好了三分。走到后堂，叫一声：“主公在哪里？”秦王道：“秦王兄，孤家在此访你。”叔宝一见秦王，即忙行礼，请秦王坐定，便问：“主公今日焉能到此，使臣得见主公，实为万幸。但此来必有所论。”秦王道：“王兄，你还不知道，只因孤家为家事被张、尹二妃搬弄，父王将孤监在天牢，众王兄俱皆革职，放回家里。那明州刘黑闼自称后汉王，声言要与孤之母舅夏明王报仇，拜苏定方为元帅，起倾国之兵杀来，把总兵官王九龙、王九虎二将杀死，夺取鱼鳞关，已到紫金关。父王命殷、齐二王出战，杀得大败，回来请救，正遇罗王兄入京，探望孤家，被二王瞧见，保他去做前部先锋。只因二王不能以贤为主，致使罗兄被贼暗算。如今金阙危在旦夕，父王因赦孤出牢，立功折罪。今奉圣旨前来，请秦王兄前去破敌立功。”秦叔宝闻言，便叫：“主公呵，罗家兄弟为国亡身，可怜他母亲妻子无人照管，臣因中表至亲，理应留臣在家照管。主公要退明州之兵，可另寻别人去罢。”徐茂公道：“今日特奉圣旨前来相召，还要前去召尉迟敬德。圣上有旨在先，仍恐殷、齐二王相欺，特敕你两个人锏鞭，上打昏君，下打奸臣，不论王亲国戚，皆先打后奏。劝你去罢！”程咬金接口道：“论理原是不该去。若封了锏鞭，令先打后奏，这两个奸王，若照旧作怪，我就打死他。圣上若封了我的斧头，我就砍十七八段。秦大哥，你就去罢！”叔宝不应。

又见里面走出一个小厮，唇红面白，眉清目秀，大耳垂轮，上形端正，总角双丱，约有三四岁光景。满身穿白，走到秦王面前来，喊声：“皇帝老子，我家爹爹为你死了，要你偿命。”秦王便问：“此是何人？”程咬金笑道：“主公，这个就是罗成兄弟的尾巴，叫做罗通。年纪虽小，倒也是有气力的，真正将门之子，日后定是一员勇将。”秦王大喜，双手把罗通抱起来，放在膝上，遂取出一锭金子与他，叫一声：“王儿，果是孤家害了你父亲，孤终久不忘你父亲一片忠心。”便对叔宝、咬金道：“孤欲过继罗通为子，二卿意下如何？”叔宝道：“主公，这就是贵人抬眼看了！”即忙唤：“罗通快下来，拜了主公。”叔宝扶定罗通，向秦王拜了八拜。里面罗夫人摆出酒来，上坐了秦王，下面众位挨次坐着。秦王说起往长安一事，二人只得应承了。

过了一夜，次日叔宝与咬金即别了秦氏太太并罗夫人及自己家小，同秦王出了门，仍到僻静处招呼了兵马，一齐取路往山后进发。不一日，已到朔州致农庄，众将人马依先拣僻静处扎伏，四人仍旧换了便服，一路往敬德家中步行而来。早有一班同尉迟恭日日吃酒的乡民父老，见了四人威风凛凛，相貌堂堂，知是唐朝大大的贵人了。慌忙前来报与尉迟敬德，说道：“今有陕西大国长安来的四位贵人，带有五百余人，把人马扎在树林中，有四位贵人换了便服，步行而来，一路访问将军老爷的府中，不知何故？”尉迟恭听了父老之言，心中一想道：“啊呀！莫非唐王有事，差这四个公卿领兵前来相请我么？呔！我想唐家的官，岂是做得的？我前番几次三番把性命去换功劳，还受两个奸王如此欺侮，若非尚书刘文静相救，几乎被他披麻拷活活处死。如今回归田里，自耕自吃，倒也无忧无虑，何等自在逍遥，好不快乐。还要去争名夺利做什么官？他来寻我，我有个道理在此。”便说：

“二位夫人在哪里?”那黑白二夫人听见呼唤,忙出来道:“相公唤妾身们出来,有何吩咐?”尉迟敬德道:“二位夫人,我对你讲,少停若有唐王差人到此寻我,你们只说我害了疯颠之症,连人也都认不出了。你们二人不可忘了,千万是这样对那来人说。”两位夫人应声:“晓得。”正是:

皆为殷齐无道理,却教勇将悔求名。

毕竟尉迟恭怎样装病,且看下回分解。

第六十三回　尉迟恭诈称疯魔　唐高祖敕封锏鞭

诗曰：

神尧高祖是明君，深晓殷齐妒嫉心。

欲使秦王求上将，先封鞭锏压奸臣。

当下尉迟恭吩咐二位夫人已毕，忙走到里面厨房下，将灶锅上黑煤取来，搽了满面，将身上的衣服扯得碎零挂落，好似十二月二十四跳灶王的花子一般。二位夫人见了这个形象，把肚肠都几乎笑断了。

却说秦王与茂公、叔宝、咬金一路访问，来到了尉迟敬德门首，即走进里面坐下。程咬金高声大叫道："黑炭团在家么？"里面黑氏夫人问道："是哪个？"咬金道："就是与你做媒人的程咬金在此！"黑氏夫人听见了程咬金三字，即同了白氏夫人走出来了，说声："啊呀！原来是程叔叔在此。丫鬟，看茶出来！"到了外厅一看，又见了秦王、叔宝、茂公都在此，又叫声："啊呀！原来千岁爷也在此。"即见过了礼，又与茂公、叔宝、咬金一齐见过了礼。里面丫鬟送出茶来。吃罢，二位夫人即忙问道："不知千岁爷到此有何贵干？"秦王就将那一番言语从头至尾说了一遍。二位夫人道："千岁爷还不曾知道，我家丈夫于数日之前不知怎么却害了疯魔之病，日日在家大呼小叫，连人也不认得，如何可以去出得兵，战得阵？岂不枉费了千岁爷一番龙驾了？"秦王闻了这番言语，只是跌足叹息。咬金、叔宝是将信将疑。那徐茂公却冷笑一声，便问："今在何处？"

话尚未完，忽听得里面大呼小叫起来。黑氏道："里面如今疯颠出来了。"秦王与三人抬头一看，只见尉迟敬德跑将出来，大叫道："反了！反了！天兵杀出来了呀！原来是列位大仙来拜我的生日。"指着叔宝道:“你是曹国舅。”看定秦王道:“你是蓝采和。”对着茂公道:“你是吕洞宾。”一把扯住咬金的手道:“你是柳树精啊! 偷了仙桃,结交四海龙王,合了虾兵蟹将,来抢我的金银宝贝。如今被我捉住在这里了。”把咬金一扯,自己反跌倒在地,骨碌碌滚来滚去,口内说个不清。忽又在地上爬将起来,说道:“如今要变一个老虎去吃人!”哦一声叫,就一个筋斗翻了进去了。

秦王看见如此光景,明知他不能前去,只得吩咐众人:“我们作别去罢。”叔宝、茂公、咬金便答应。大家作别起身,黑白二位夫人相送出门,见四人往前去了,那黑氏夫人对着白氏夫人说道:“今日相公诈为疯魔,如此这般形影,连那未卜先知的军师徐茂公也都骗信了。”二位夫人大笑不表。

再说大唐君臣四人依先来到树林僻静之处,唤五百个兵一路回程,打点往长安进发。秦王在路上叹口气道:“可惜一个尉迟恭,被革回家,怎么害了这样一个疯病,今生休矣!”茂公笑道:“主公,你还不知其细。如今不难,只消再差程咬金转去,如此如此,这般这般,包管尉迟恭就不疯魔了。”秦王闻言大喜,即吩咐程咬金带领二百兵丁前去行事。咬金领旨,即将二百余人扮做喽罗模样,自己扮了大王,火速复到致农庄上,把庄门团团围住,口称:“我乃红石山都天大王,闻得庄上有孟海公的黑白二夫人,生得十分齐整,速速送出与我做个压寨夫人,万事全休,若有半点不肯,把你这害疯病的狗头砍为万段。休得迟延,快快献来! 不然,就令喽罗们放起火来,先烧他这个牢庄。”咬金这一声喊不打紧,早惊慌了庄中这些乡邻朋友,大家都说:“不好了! 不好了! 这个当不得。”连忙飞报尉迟敬德。

那尉迟敬德正诈疯魔,打发秦王君臣去了,自以为得计,与黑白二夫人夫妻三个吃酒快乐,一闻邻友传报,直气得三尸神直爆,七窍内生烟,大怒骂道:“何处毛贼,敢来放肆?”即提鞭上马,跑出庄门,抬头一看,果见有一个大王,一张朱砂脸,似颜色画的,手执一杆长枪,再也认他不出。咬金见尉迟恭出来,高声喝骂道:“你这黑鬼可就是害疯病的狗头么? 快将夺来的两个老婆送出来与我都天大王拿去做个左右压寨夫人,我便饶你这黑贼一死。若道半个不字,将你砍为万段才休！"尉迟敬德不听犹可，听了此言，心中无名火高有三千丈，大怒骂道："啊唷唷！你这何处来的无名毛贼，敢在我尉迟爷爷这里放肆！不要走，照爷爷的鞭罢！"当的一声，将鞭打下来。咬金把枪一架，回马就走。尉迟恭大喝道："你这毛贼，往哪里走！"也把马一拍，随后赶来。忽见树林里边走出三个人来，却是秦王与叔宝、茂公，一齐大笑道："尉迟将军，害得好疯病也！"程咬金道："媒人也不认得，竟杀起来！"尉迟恭一见秦王，叫声："罢了，中了军师之计了。"连忙弃鞭下马赔罪，重新请到家中，摆酒接风。方知：

军师妙计如诸葛，诱骗将军去立功。

秦王便将从前之事，细叙始末。尉迟恭无奈，只得同了两个夫人，别了邻里，相随秦王起身，取路往陕西大国长安进发。在路不止一日，到了长安。朝见高祖，高祖大悦，立刻降旨道："今有刘黑闼兵犯紫金关，损兵折将，难以拒敌，非卿等二员虎将不能得胜，故特遣秦王世民召卿等前来，望卿等莫记从前之过。今后不论王亲国戚，如有奸佞不法，敕封卿等锏鞭，先打后奏。"即取锏鞭上殿，叔宝、敬德俯伏殿前，呈上锏鞭，高祖就提起御笔写道：

御赐钢鞭付敬德，不论王亲与国戚，

若遇不法奸伪事，即行打死无停歇。

写毕，即付与敬德，尉迟恭道："谢主万岁！"高祖又提御笔写道：

敕赐恩公锏二根，专打朝奸并佞臣。

不论王亲与国戚，任从此锏去施行。

写毕，即将锏付与叔宝，秦琼道："谢主万岁！"高祖道："二位爱卿，请即往教场挑选人马，督同众将，到紫金关去破贼，立功另行升赏。"叔宝、敬德又奏道："臣启陛下，此行必须要秦王千岁同去，以振军威。"高祖准奏，就命秦王同去。即日兴师前往紫金关进发不表。

且说殷、齐二王暗暗叫苦道："当初不合将尉迟恭屈加披麻拷，今日一个封鞭，一个封锏，都是父王御笔亲书赐予他们的，若日后要报仇来，叫我两个如何打得起？"二王十分着急，心想但愿他们此去一如罗成一样，只有出兵，没有回来便好。

不表二王心肠恶毒，再讲刘文静统领雄兵到了关中，即着马伯良为先锋，连打几阵，被杀得大败。文静大怒："如此无用将官，怎生镇坐此关?"便上本入朝，把马伯良削职回家去了。谁想马伯良哭诉姊姊刘夫人，刘夫人女流之辈，不知大义，便发起恼来，恨着丈夫，对兄弟马伯良道："你姊夫这等无情，我父母双亡已久，只留得这个兄弟，怎么就下这等毒手，将他削职赶回？也罢，兄弟啊，你姊夫现塑刘武周浑身在家内，只将此事去出首，看他做得官成还做不得官成!"马伯良闻言大喜，即将刘武周身上的衣服剥下来。次日，高祖驾坐早朝，马伯良取了衣服入朝出首。高祖不察其事，龙颜大怒，忙点兵围住府门，先将刘夫人一刀杀了。正是：

只因小忿成大怨，堪笑裙钗自害身。

可怜阖门杀害，就是马伯良的妻子亦遭其难。一面差官召回文静，路上即行处斩，此话不表。

再讲秦王到紫金关，不见刘文静，问起情由，方知其事。秦王大惊，连夜写本将刘武周作祟之事，细细奏明，差官飞奔长安。正值高祖驾坐早朝，黄门官启奏道："今有秦王千岁差官赍本到来，现在午门候旨。"高祖传旨："宣进来!"差官进朝俯伏，山呼已毕，把本章呈上龙案。高祖展开一看，方知屈杀了刘文静，龙颜大怒，即传旨将马伯良碎剐凌迟。正是：

只道害人还害己，上苍报应最公平。

此话不表。

再讲秦王兵马已到关中，你道刘黑闼为何不来攻打？只因他起兵十万前来，被罗成杀去了倒有一半，心中到底懦怯，也要学王世充的故事，差官聘请四家王子共破唐兵。你道请的是哪四家的王子呢?一个是南阳朱殿下，名唤朱登，就是南阳侯伍云召之子，承继与朱粲抚育的，故此称为朱殿下，一个是苏州沈发兴，一个是山东唐璧，一个是鲁州徐元朗。俱约即日兴师到来。是日，唐璧先到，以楚德为元帅，统领雄兵五万到来。早有小军飞报刘黑闼，刘黑闼带领众将接进营中，见过了礼。刘黑闼笑容可掬说道："有劳王爷不弃故主交情，兴兵来助，灭了唐家，情愿与王爷平分天下，同掌山河。"唐璧亦微笑回答道："不敢，弟念昔日与夏明王窦千岁情谊，恨被唐家所灭，难得刘王爷与主报仇，兴兵到此，故尔拔刀相助。”刘黑闼言称：“多谢王爷。”即吩咐摆酒接风。当夜无话。

次日升帐，即开兵到关前讨战。那唐璧头戴黄金盔，身穿杏黄袍，外罩黄金甲，腰拴碧玉带，脚下穿一双龙吞口战靴，坐下一匹黄花马，左弯弓，右插箭，暗藏钢鞭，手执一柄金背钢刀，同了刘黑闼、楚德、苏定方等一班战将出阵。独有唐璧一马当先，来到关下，高声叫道：“呔！守城军士，快报你家主将知道，今有天兵到此，快快献关与我。如若不肯，我们杀将进来，管教你玉石俱焚，那时悔之晚矣！”小军听得，飞报进来道：“启千岁爷，门外有将讨战。”秦王便问道：“哪一位王兄出去会他？”有秦琼愿往，秦王道：“王兄小心在意。”叔宝应声得令，即顶盔贯甲，挂锏悬鞭，上马提枪，放炮一声，开了关门，来至阵前。抬头一看，认得是唐璧，一时不好变脸，即欠身施礼，开言叫一声：“故主唐爷，小将甲胄在身，不能全礼，马上打拱了。”唐璧见了叔宝，叫一声：“秦琼，孤家往日待你也不薄，你反山东时节，孤家袖手旁观，不来管你，今日你恩将仇报，敢来与孤家会阵么？”叔宝道：“唐爷差矣！我主唐王与你素无仇隙，你今起兵到来，甚出于无名。我劝唐爷不如归顺了唐家，也不失王侯之位。若执迷不悟，那时悔之晚矣！”唐璧听了此番言语，不觉怒气冲天，大喝道：“胡讲！自古道：天下者乃天下人之天下，非一人之天下也。孤家争取江山，那管什么有仇无仇。你这个马快手晓得什么？不必多事，照爷爷的刀罢！”举刀就砍。叔宝使枪急忙架住了，便说道：“唐爷不必发怒，还要三思才是。”唐璧将刀又劈面砍来。叔宝又抡枪架住。一连架过三刀。叔宝便说道：“唐爷，小将曾在你标下一番，故此让你三刀。如今要还枪了啊！”唐璧哪里肯听，举刀又是砍来，叔宝把枪往上一架，那唐璧在马上就晃了几晃，这把刀也几乎架脱了，叫声：“秦琼，你这厮果然好利害也！”料来不是对手，回马就走。

后面楚德看见主公输了，便大怒拍马上前，大喝一声：“勿伤我主！俺楚爷爷来了！”摆动手中这柄神钢叉，来战叔宝。你道叔宝为何不伤唐璧？只因这唐璧乃叔宝的故主，故此不伤他的性命。今见楚德出马，便搭上手，只战得八九个回合，被叔宝钩开叉，耍的一枪刺来，正中前心，翻身跌下马来。叔宝取了首级，掌得胜鼓回营。秦王大喜，说道："秦王兄少年英雄气概，至今尚在。"遂吩咐摆酒贺功。

正饮之间，小军又飞报进来说："启上千岁爷，昔日众将俱在关外，求见千岁爷。"秦王闻言大喜，吩咐开关迎接。那一干众将，都闻得秦王赦出天牢，又封了锏鞭，不惧奸王，故此个个都来。那众将见开关迎接，即忙一同进关。朝见已毕，秦王又吩咐摆酒接风，俱留在关内听用。

再说刘黑闼见唐璧输了，又折了一员元帅楚德，心中十分不乐，忙与唐璧商议道："王爷，为今之计，唐将十分骁勇，怎生是好呢？"唐璧道："孤家想那秦琼如此利害，又不料元帅楚德竟被他伤了，且候众王子到齐，再作商议。"二王正在讲话，忽见小军飞报进来："报启王爷，今有南阳王朱登，上梁王沈发兴，大秦王徐元朗，三处人马一齐都到了。"二王大喜，一齐出来接进营中，见礼已毕，刘黑闼道："多承列位王爷，不辞跋涉而来，弟心甚觉不安。"三王道："辱蒙相召，本欲早候，乃羁迟时日，有负见招之意，望乞恕罪。"黑闼道："三位贤王说哪里话来！弟承列位王爷不弃旧主交情，特来扶持微弱，助弟为主报仇，此恩此德，自当没世不忘。"众位王子同声回答道："不敢。"刘黑闼即将交兵战败之事，一一说明，遂吩咐摆酒接风，当夜不表。

次日五鼓，众位王子升帐，众将打拱分列两旁，俱各明盔亮甲，满营杀气冲天。刘黑闼道："请问今日哪位王爷出阵？"相问未完，早有南阳王朱登道："小侄愿往。"四位王爷大悦道："御侄将门之后，年少英雄，今日出兵，决能夺取此关。但此去须要小心。"朱登道："列位王叔，不必费心，小侄此去，必须活擒唐将，方见我手段。"四位王爷大喜道："御侄言之有理。"看官，你可知那朱登就是伍云召之子伍登，他家传武艺，所以这枪法甚妙。年纪不上十八九岁，生得面如满月，头戴束发紫金冠，身穿锁子黄金甲，左插弓，右悬箭，手执长枪，坐下一匹能行惯战白花马，犹如：

　　东吴小将周公瑾，三国英雄吕奉先。

果然好一员年少英雄也。只见他带领手下兵马，出了营门，好不威风凛凛，杀气腾腾。四王大悦，一齐上马出营掠阵。只听炮响一声，朱登一马当先，来到关下，高叫："呔！守城军士，快去报与秦王知道，有能干者出来会我！"小军飞报进来："报启千岁爷，外边有一员小将讨战。"秦王便问道："哪位王兄出去会他？"闪出程咬金道："主公，小将愿往。"秦王道："程王兄，小心在意。"咬金听了，应声："得令！"便顶盔贯甲，提斧上马，放炮一声，开了关门，一马冲出，来到阵前，见了朱登，叫声："啊唷！好一个齐整的小伙儿！快通个名来，我好晓得！或者是故交之子，我好留情饶恕，若是野贼种，我就一斧砍为两段，省了多少是非。"朱登闻言大怒，喝道："你这丑鬼，休得多言！要问孤家的大名么？我乃南阳侯朱登是也。"程咬金道："嗄！你叫朱登，乃是野贼种，不要走，照爷爷的斧罢！"夹头就是一斧劈下。正是：

英雄虎将虽然勇，不及朱登万一强。

毕竟小将如何抵敌，且看下回分解。

第六十四回　五龙大战紫金关　弥天妖法战唐将

诗曰：

黑闼威名也枉然，五龙后会战关前。

谁知小将知天意，匹马归唐姓早传。

当下朱登见唐将一斧劈来，叫声：“好冒失鬼的丑匹夫！焉敢无礼？”忙举手中银枪叮当一架。程咬金当的又是一斧砍来，朱登叫声：“啊唷！好一员猛将！”话未完，当的又是一斧。一连三斧，把朱登劈得汗流浃背。说声：“好利害！”却待要走，不道第四斧就没力了。朱登微微一笑，道：“原来你是个虎头狗尾的丑鬼。”就把手中这杆银枪紧一紧，劈面来迎，一连几个回合，把程咬金杀得来：

只有招架没回兵，甲散盔歪汗直淋。

朱登见他斧头忙乱，就趁势拦开斧，扯出鞭来，当的一鞭，正中咬金左肩，便大叫一声：“啊唷！小贼种，打得你爷老子好利害！”回马便走，大败进关，来见秦王，连称利害。秦王便问：“如何，哪位王兄再去迎敌？”道言未了，闪出一将道：“主公，小将齐国远愿往。”秦王道：“将军须要小心。”齐国远应声得令，一马冲出关门，与朱登交战，不上十个回合，也大败回关。次后，史大奈出去也败了。这个朱登连败唐将三员，阵前好不威风，满心大悦。四王掠阵，见他年少英雄，好不个个欢喜。末后，尉迟恭出战，与他交手有百十余合，才杀得个对手。正是：

一个半斤对八两，石将军遇铁将军。

两下杀到日色西沉，见天色已晚，各自收兵。这小将朱登回进营中，四王接见，俱皆称贺道：“御侄如此英雄，真天神也！”吩咐摆酒庆功不表。

再说尉迟恭回进关中，言称："朱登年纪虽小，本事高强，一时难以取胜。且待明日俺家出去，必要活擒这小厮进关，才见手段。"秦叔宝道："尉迟将军不可，我知他非别，乃是南阳侯伍云召之子，非朱登也。他只因隋炀帝无道，伊祖与父，忠心不昧，祖遭荼毒，父被逼迫，继与朱粲抚养成人，原是将门之子。待末将明日出去会他，将好言说他归降主公便了。"秦王大喜道："秦王兄说得伍王兄归降，实孤家唐室之大幸也。"遂吩咐摆酒贺功。

次日，朱登小将又在关外讨战，叔宝即顶盔贯甲，挂了金装锏，提了提炉枪，上了呼雷豹，一声炮响，开了关门，来至阵前。抬头一看，只见朱登果然好一员小将也：

疑似罗成年少日，顶冠束发一般同。

那朱登立马阵前，见关中旗门开处，飞出一员唐将，真个威风凛凛，相貌堂堂，如天神一般，未曾会战，不知此将何名。忽听他高声叫道："贤侄，叔父秦叔宝在此对你讲话！"朱登听得大怒道："哇！放狗屁！你这匹夫，孤家何曾认得你？擅敢妄自尊大，称侄道叔。看枪！"说罢，挺枪就刺，叔宝也大怒道："不中抬举的小畜生！"也把手中提炉枪急架相还。二马横冲，双枪并举。正是：

棋逢敌手无高下，将遇良材各逞能。

两人大战有三十个回合，马打有六十个照面。叔宝见朱登枪法并无破绽，心中一想："是了。"即挡住了枪，说道："贤侄，我对你讲，你还有所不知，我对你说明始末，你方知我叔父不差。当年你父伍云召在扬州，曾与我有八拜之交，结为异姓兄弟，情同手足。曾对我言及贤侄寄托朱粲收养，他日长大相逢，当以正言指教。不道你令尊过世，贤侄如此英雄，也算将门有种。目今唐朝堂堂天命，岂比那刘黑闼卑微小寇？劝贤侄不如归顺唐朝，一则不失封侯之位，二则弃小就大，不使天下英雄耻笑，以成豪杰之名。贤侄以为何如？"朱登听了叔宝这番言语，心中不觉洞然省悟。只因四家王子在后掠阵，恐识破其情反为不美，只得变脸说道："不必多言，照孤家的枪罢！"一枪刺来。又战了数合，心中想道："他与我父相好，亦曾闻得朱父王说过。方才所言，十分有理。我既有归降唐朝之心，与他战斗何益？"就把枪一架，拦开叔宝手中枪，一闪说道："我不及你。"回马就走。叔宝道："哪里走！"拍马随后追来。四家王子见朱殿下败走下来，恐防有失，忙令众将放箭射住。叔宝只得带住马回进关中，不表。

再讲朱登回到营中，说道："列位王叔，那唐将秦琼果然十分利害，小侄不能及他，被他杀败而回，不好看相。"四位王爷道："胜败乃兵家常事，御侄何足介意，明日再出兵去战，务必擒拿唐将便了。"吩咐摆酒与朱登解闷不表。

再讲次日五王升帐，刘黑闼道："今日哪位将军出阵打关？"只见走过一个道人，身穿道袍，腰系丝绦，足穿芒履，肩上背上一口宝剑，上前说道："大王，今日待贫道去会阵便了。"五王一看，原来是上梁王沈发兴的军师，名唤弥天道人，是个有法力的道人。五王大喜道："军师须要小心在意。"弥天道人出了营门，来至关下，叫声："守关军士，快去通报，叫能干的将官出来会我！"关上小军飞报进帐："报启千岁爷，今日关外又是一个道人前来讨战。"秦王问道："今日哪位王兄出关会战？"闪出程咬金道："主公，昨日秦大哥辛苦了，今日待小将去会他。"秦王道："程王兄，若说道人，须要更加小心。"咬金应声得令，即提斧上马。一声炮响，开了关门，来到阵前，抬头一看，见是一个道人，咬金就对了他吐一口涎唾，说道："该晦气，我老程最恼的是牛鼻子道人，惯会作乖的。俺这里今日要杀贼，没有功夫鬼混，你去换一个来，好待我程将军赏他几斧头，也爽快些。快去换来！"那弥天道人听他说话有些呆头呆脑，不觉倒好笑起来，说道："你这呆将官，休得看小了贫道，只怕你还不是我贫道的对手哩。你不信，我与你战一战看。"程咬金道："方才与你作耍，如今实对你讲，要战一战，战两战，这都不难。只是要与你说过，我程将军不是夸口，说实在战场上交锋打仗，足足有千百来遍，凡遇这些出家人，惯会兴妖作法。今番与你交战，都要拿出真本事来，断断不许兴妖作法，做出这些鬼脸来。若讲得通，与你交战，若讲不通，与我请便罢！"弥天道人道："看你这呆将官不出，倒也乖巧，猜破我的心思。也罢，既已讲明，不动法术便了。"程咬金道："妙啊，妙啊，这个才是。如若少停杀不过作起法来，我程爷爷要把你十七八代的祖宗都骂倒的呢！"说罢，举起宣花斧就砍。

那弥天真人用剑急架相还。马步交加，一场大战。要晓得，那弥天道人是步战的，手中军器又短，如何是程咬金的对手？他那三斧头又是有名的，把这道人直杀得吁吁的喘气。没奈何，怪不得他要用起法术来了。那弥天道人口中念念有词，把手中宝剑往西北一指，大叫一声："程咬金！你看那边什么东西来了？"咬金抬头一看，便叫："啊唷！"只见西北上一股黑气，那黑气之中跑出许多豺狼虎豹、狮象恶兽等类，后面又跟定一班奇形怪状、披头散发的恶鬼，赤着身，露着体，哀哀哭泣，向咬金飞奔而来。咬金惊得魂飞天外，魄散九霄，大叫道："说过不许作法的，如今为什么又作起法来？我入死你这说谎的牛鼻子道人的亲娘！"一头骂，一头看，看来难以招架。正在心慌，只见东南上起一阵青气，这青气冲来，霎时间把这些豺狼虎豹、狮象恶兽等类，并这些披头散发、奇形怪状的恶鬼，纷纷扬扬的俱变为白纸，飞往云霄之外去了。咬金大喜，即忙回进关中缴令。不表。看官，你道方才弥天道人的妖法被何人所破？只因秦王洪福齐天，恰逢李靖云游到此，看这道人用妖法来害咬金，故将正法破之。李靖来到关外，便对守关军士道："我三原李药师，要见秦王。"军士连忙报进帅府："报启上千岁爷，今有京兆三原李药师老爷，要见千岁爷，现在关外候旨。"秦王闻报大喜，连忙同众将出关迎接。进了关门，各个叙礼问安，即吩咐摆酒接风。当夜不表。

次日，秦王升帐，众将官齐集，见过了礼。外边军士忙报进来道："启千岁爷，昨日那个道人，今日又在关外，要请李老爷出去答话。"李靖道："既如此，待贫道出去会他，自有分晓。"遂出了关门，来到阵前相见。李靖叫一声："道兄请了！"弥天道人亦称一声："道兄请了。"李靖道："请问道兄何处名山仙府，在何真人名下出家的？有如此高术，决非等闲之辈，何不再去修炼长生妙道，受其清福，何苦却在红尘之中，恋此孽障，岂不枉送了性命么？"弥天道人道："你是香山门下的徒弟，能知过去未来，善晓呼风唤雨，算得阴阳，有准有条，你且把我算一算，看可晓得我是何等之人。"李靖就在袖中把指头轮算，算来算去，再也算不明白。便道："你要我识你的本来面目也不难，且和你罢兵数日，待贫道去寻究根源出来便了。"那弥天道人呵呵大笑道："你虽是香山门下弟子，要知我的本来面目，只怕好不烦难。凭你上游三十三天，下游一十八重地狱，中游名山海岛，若寻得我的来踪去迹，才算你是一个能人。我今日先试一个手段与你看看，也见我的本事。”说罢，把剑往空一指，那一口剑，霎时间就一口变十口，十口变百口，百口变千口，千口变万口。满天都是宝剑，纷纷扬扬落下来。正是：

弥天真人异术高，满空飞剑落飘飘。

当下李靖见弥天道人作法，他也不慌不忙，呼呼大笑道：“此乃千变万化之术，贫道也会的，何足为奇。待贫道也变与你看便了。”说罢，也把宝剑向空一指，果然照样一口变了十口，十口变了百口，百口变了千口，千口变了万口，也是纷纷扬扬落将下来，倒也好看。果然：

香山门下神通广，不让弥天法力强。

两下虽然斗法，却也你不伤我，我不伤你。大家一齐收了剑，弥天道人道：“如今限你一月，前去寻访，还得我本来面目出，然后与你交兵便了。”李靖应声道：“使得。”二人各自回营。

单讲李靖回到关中，秦王问道：“军师方才出关打话一番，谅已探知弥天道人的细底。被他兴妖法，不能破贼安边，全赖军师发令施行，早除此患为幸。”李靖道：“主公有所未知，那弥天道人，我算他不是凡人得道，决然异怪奇妖变化来的。有他在内作祟，焉能破得五家王子？贫道欲请令箭一枝，着尉迟恭带领三千人马，往湖广荆州去走一遭。”秦王道：“使得。”尉迟恭听见，遂即上前来领令。李靖吩咐道：“你可带领三千人马，前往湖广荆州雷十朋处，借他的照妖镜到来临阵一用，勿得违误！”尉迟恭说：“得令！”

那尉迟恭领了军令，即带领了三千人马，一径往湖广荆州而来。在路不止一日，已到了荆州，即吩咐安营。次日，就出马来到城下，高声大叫道：“俺乃大唐神尧高祖驾前官拜都总管尉迟恭便是。今奉军师将令，要来与雷大王这里暂借照妖宝镜一用，待破了弥天道人，即当奉还。你快与我通报！”小军听得，飞报进府：“报启大王，今有大唐总管尉迟恭，说奉军师将令，特来要与大王借取宝镜破阵。”那雷十朋大王有弟兄三个：第一个是雷十朋，在荆州自称楚王，第二个为元帅，第三个为先锋。那第二、第三弟兄二人，自小闻得山东秦叔宝是个英雄，因慕想其名，故一个取名赛秦，一个取名胜秦。那赛秦的面貌与尉迟敬德无二，他也用一杆点钢枪，坐下的也是一匹乌骓马。弟兄三人闻报尉迟恭到来要借宝镜，十朋就叫声："二位御弟，那唐朝差尉迟恭到来，要借我们的宝镜，却怎生回他呢？"胜秦道："王兄，那面照妖镜是我家镇国之宝，岂可轻易借人？若然借与他们，倘或被他视为已有，那时，是弃与他好呢，还是举动干戈？动干戈又要损兵折将，耗费钱粮。况且目下刀兵正炽，万一自家要用，却如何是好？"雷十朋道："既如此，御弟可一面前去辞他，为兄的就一面点齐人马。倘他不肯，引兵归国，为兄的就统兵杀出城来，管教他不留片甲。"那雷胜秦道："王兄，你说哪里话来？你还不晓得尉迟恭的利害，他在刘武周处时节，曾日抢三关，夜劫八寨。王兄，你若今日违忤了他，为害不小。"雷十朋道："如此怎生是好？"胜秦道："王兄，我小弟倒有一个计策在此，除非如此如此，骗他进了樊城。只消这般这般，管教不劳张弓折箭，使他自毙，岂不为美？"雷十朋闻言大喜道："既如此，御弟可依计速行，骗他进来便了。"

雷胜秦奉令出城，一马来至阵前，抬头一看，见那尉迟恭面貌果然与赛秦二哥无二，同是豹头环眼，黑脸乌须。便上前开声道："尉迟将军，小将雷胜秦马上打拱了，不知将军台驾到此，有失远迎。今奉王兄之命，特请将军暂进樊城，敬治水酒一杯，与将军接风。那宝镜一事，莫说借用，就是奉送，亦理所当然。况我王兄正有归顺大唐之意，日后与将军乃是一殿之臣，幸勿见却。"尉迟恭乃是直性之人，并不疑惑，便大喜道："多谢将军美情，我当领教。"便同胜秦并马进了樊城，入帅府，把人马扎在教场。犒赏了三军，即吩咐摆酒款待。酒至中间，胜秦细细盘问他家常之事，尉迟恭见他们一派恭敬之心，只道是实，并不藏头露尾。一时高兴，就把始初打铁营生，扬州考武，金龙池收服龙马，铁羊打出双鞭，在刘武周处为先锋，后来归顺唐朝，纳取黑白二位夫人为妻，因探望秦王，打了齐王元吉，被殷王建成骗去受披麻拷打，放归田里，于山后致农庄种田，封单鞭与刘黑闼交战，因弥天道人妖法利害，故奉军师将令到贵处相借宝镜去破法，一一说得详细。其夜酒散，就在帅府宿歇，不表。

单讲胜秦出来，暗暗通知百姓，搬移城外居住，连夜拽起塞水闸板，把长江之水竟往樊城灌来。顷刻，平地水涨一丈有余，吓得那三千人马在教场内存身不住，都跑上城来。尉迟恭在帅府还未睡醒，那家将飞报进府道："不好了，水发来了！"尉迟恭梦中惊醒，只道哪里杀来了，连忙起身穿好衣服，及至走得出房，满地都是水滚将进来。尉迟恭即顶盔贯甲，上了乌骓马，离得帅府。只见府门前水涨来有五六尺了，连地都看不出，城上军士把火球火把照得雪亮。正是：

长江之水灌樊城，雷氏三雄大不仁。

毕竟尉迟恭怎解此厄，且看下回分解。

第六十五回　雷赛秦假尉迟恭　秦叔宝擒黑面贼

诗曰：

　　两员黑将貌相同，局骗唐师入彀中。

　　只道奸谋人不识，那知天意不能容。

那尉迟恭奔上城，往下一看，只见那大水顷刻涨有一丈二尺了。待到天明往城外一望，啊唷！你看波浪滚滚，一派都是大水。我且按下不表。

再说那雷十朋与二弟雷赛秦，点选人马，只等三弟胜秦行计回报，以观动静。等待五更时分，家将飞报道："三将军回来了。"胜秦下马到府，弟兄相见，雷十朋忙问："御弟，事务如何了？"胜秦大笑道："二位王兄，那尉迟恭果然中我之计，如今已为瓮内之鳖了。我细细套问尉迟恭家中之事，他便从头至尾，这些始末根由，一一说知。今已水困樊城。"雷十朋大悦。雷赛秦便说道："如此说来，尉迟恭今番性命休矣。我们速即打扮起来，好取唐家世界。"雷十朋道："此事全仗二位御弟用心，若得事成，功劳不小。"且按下荆州之事。

再讲唐营李靖，等了数日，不见尉迟恭回来，便在袖中轮指一算，大叫一声："不好了！尉迟敬德前往荆州，镜不能借，反有水灾之厄。谁去荆州救他出难，并取照妖镜前来，好破弥天道人妖法？"道言未毕，早有殷、齐二王走出说道："待孤家兄弟二人前去如何？"看官，你道这建成、元吉因何到此？只为秦王出兵，屡屡建功，高祖责备他无能，故此着他二人同来观兵。今闻军师相问，故欲建功。李靖不好违他，便说道："二位千岁要去也好，但是众将谁可保驾前行？"有秦叔宝答应道："小将愿往。"又走过黑白二夫人也说道："既然妾身夫主有难，妾身也愿随秦将军同去。”李靖欣然依允：“二位夫人同去甚好。”五人一齐领兵前行。正是：

旗分五色龙与蛇，将别贤良君与臣。

取路前行，不止一日到了荆州。吩咐扎下营盘，二人即亲到城下大声叫道：“呔！荆州守城军士听着，今有殷、齐二王提兵到此，数日前有总管尉迟恭将军来借照妖镜，为何不见回来？莫非被你暗算了么？现提兵特来救取，你若好好送还，万事全休，若道半个不字，管叫你一城百姓都做无头之鬼！”荆州小军飞报进去说：“启上大王爷，不好了！今有唐朝殷、齐二王，提兵前来救取尉迟恭。”雷十朋闻报，便令二弟雷赛秦去会他。赛秦奉命，即忙披挂上马，提枪出来。抬头一看，只见殷、齐二王身穿王服，装扮轩昂，坐在马上。赛秦即大骂道：“你这两个奸王，来寻我老子做什么？我老子受你多少欺侮！如今这里楚王甚是有道，亲贤重武，我已死心归顺了。正待要来拿你这两个奸王，消我心中之恨，你今日却来寻死路。不要走，照爷爷的枪罢！”耍的一枪刺来。二王抬眼一看，分明认得他就是尉迟恭，见此势头不善，连忙搭转马头就走，大喊：“反了！反了！”一路叫进营来。黑白二夫人连忙问道：“二位千岁王爷，何人反了，如此大叫回来？”二王道：“就是你们的尉迟恭反了！”黑白二夫人哪里肯信，便说：“二位王爷，岂有此理，我丈夫怎么肯反起来，莫非千岁爷看错了么？”二王道：“孤家兄弟二人岂有看错之理？如若你二人不信，可亲自一同出去认一认看，就知孤家之言不错了。”黑白二夫人起身就走。二王上前拦住道：“孤家说是这等说，一同出去却使不得。如今只许你一个前去认来，一个要在这里做当头的，若一齐去了，孤家放心不下。”黑氏夫人道：“这句话也怪不得千岁说。”白氏道：“既如此，待做妹儿的前去认来，姊姊可在此等着。”黑氏道：“贤妹使得，你前去可细细认来。”那白氏夫人说声：“晓得。”即忙跳上了这匹桃花马，提了这一杆凤嘴梨花枪，一马冲出营来。抬头一看，只见那对阵的将官，果然是尉迟将军在那里扬威耀武。白氏夫人哪里认得出：

天生异相却相同，黑脸乌须姓不宗。

便上前叫声：“相公，你敢是真个疯魔了么？为何做出这样事来？快快回去是正经道理。”那雷赛秦看见唐营女将出马，只见他：

轻盈好似风中柳，袅娜浑如雪里花。

倒也生得十分齐整。听他口称相公，说这两句话，心中一想，便知道他就是尉迟恭的白氏夫人，遂叫一声：“我那白氏的妻啊！我不是轻易背主投降的，只因我自从投唐以来，受了殷、齐两个奸王多少欺侮，屈加披麻拷打。那高祖皇帝也不知轻重，我做丈夫的，与他有许多汗马功劳，都是把性命去换来的，怎么不把高官厚禄的公侯贵爵与我，却只得授一个总管，焉能够有封妻荫子的地步？就是前日，又无罪恶，平白把我放归田里，仍旧往山后去自耕自吃。如今国家多难，又令主公秦王寻我们出来上阵冲锋，与他争江山、夺世界，若太平无事，依然削职归农。我仔细想将起来，其心甚是不服。今见这里荆州楚王，甚是有道，不要说尊贤爱士这许多好处，前日见到我兵到，他就摆齐銮驾，带领文武公卿，下礼躬身迎接，让我上首见礼，摆酒接风，十分恭敬。我看他一片真心实意，比起那唐家待人大不相同。谅那楚王必成大事，故此我就归顺了他。蒙他封我为一字并肩王，分茅列土，好不受享。妻啊，你可回去，同了那姊姊黑氏夫人速速过来，做个王妃，岂不好么？”正是：

一篇捣鬼无根话，骗得裙钗认了真。

那白氏夫人听了这番话，信以为实，欲待走了过去，又患二王难为黑氏。心中一想：“也罢，不若回去与姊姊商议，定计同归，有何不可？”正是：

琐琐裙钗无大义，此心那比丈夫雄。

就说：“将军既然归楚，妾身自有理会。”把头一点，马转回营。黑氏一见，连忙问道：“贤妹，真假若何？”白氏道：“姊姊，当真是他。”把方才所说之言，照样说了一遍。这黑氏不听犹可，听了此言，就勃然大怒起来，直气得：

三尸神直爆火花，七窍内阵阵生烟。

便骂道：“这贼囊子，说了如此言语，直头不是人了。贤妹，不可理他，待我去责备他便了。”说罢，提刀上马飞出营门，抬头一看，果然不差。那雷赛秦看见唐营又飞马走出一员女将，好比：

芙蓉开在黑池边，浑如一朵水青莲。

倒也生得黑里俏。心中一想，必定这个就是黑氏夫人，便又叫道："我那黑氏的妻啊！你丈夫因在唐家受了无限欺侮，今已降了楚王了。妻啊，你可过来罢！"黑氏变了脸，就大骂道："你这无耻的禽兽！我只道你是个顶天立地奇男子，故此我姊妹二人失身嫁你。再不想你是这等无礼无义的畜生！好好同我回去见主公秦王，我还与你是个夫妻，若是不听，休要怪我。"雷赛秦道："哇！贱人，我不听你，难道你又去嫁了一个丈夫不成？若不过来，不要走，待我动手拿你过来便了。"黑氏夫人大怒，举起双刀直取雷赛秦。雷赛秦又骂道："好贱人，怎敢无礼！"提起枪来就战。那雷赛秦的手段，倒也来得，黑氏只道真是他的丈夫，料战不过，只得虚闪一刀，回马就走。雷赛秦不舍追来，黑夫人就身边取出流星锤来，看见雷赛秦追近身边，即一锤打来，雷赛秦把枪一架，那流星索子却缠在枪上。雷赛秦用力一扯，像真尉迟的枪法擒他一般，被他拿了去了。黑氏心中想道："是自家的真丈夫，倒也放心，只是气他不过。"

再讲秦叔宝在阵前看战，见黑氏被他拿了，心中大怒，即便取弓搭箭，嗖的一箭射去，正中雷赛秦的左肩，只听扑通一声，应弦而倒，黑夫人与雷赛秦两人一齐跌下马来。叔宝飞马跑来，擒了雷赛秦。黑氏夫人即跳上自己坐骑回营。此言慢表。

再讲殷、齐二王见雷赛秦追黑氏的时节，只道他真个是尉迟恭归顺楚王雷十朋，即忙上马，双双径回长安，入朝来见高祖。奏道："尉迟恭归顺了楚王，封他为一字并肩王。臣儿统兵往楚，他竟要活擒臣儿弟兄前去报仇，幸臣儿二人命不该绝，走脱逃回，得见父王奏闻异事。恐生他变，望父王即行定夺。"高祖闻奏，龙颜大怒，说道："且候报到，议究便了。"此话不表。

再讲秦叔宝擒了雷赛秦，回进营中，军士推至面前，叔宝仔细一看，却看出不是尉迟恭。原来，尉迟恭上身长，下身短，那雷赛秦是上身短，下身长，一时骑在马上看他不出，今在地上就看出来了。叔宝问道："你这厮是谁？敢假冒我家尉迟恭将军的名目么？你可快快实说，还可饶你狗命，若不实说，把你立时枭首，以泄我恨！"正是：

真者是真假不来，假者是假真不成。

雷赛秦尚不肯直说，黑氏夫人上前一看，也看了出来，心中大怒，说道："你这厮到底是谁？怎敢在阵上讨我的便宜！"就赶过来，一刀将雷赛秦左耳割下。雷赛秦大叫一声："啊唷唷！痛杀我也！待我说便了。我非别人，乃是荆州楚王雷十朋的兄弟雷赛秦便是。"白氏夫人连忙问道："你这厮因何知我们的家事，前来哄骗我们？几乎上了你的当！"也赶上前，一刀割去雷赛秦右耳。雷赛秦大叫道："啊唷唷！痛死我也！"便道："这不关我事，都是俺兄弟雷胜秦设酒请尉迟将军，骗他说出这些话来，对我说了，故此我才晓得。"叔宝道："如今尉迟将军在哪里？"雷赛秦道："这也是我兄弟胜秦设计决长江之水，将尉迟将军围困在樊城，有半个月了。"叔宝道："这厮如此可恶！只是长江之水，非同小可，怎能禁止得住？若是水困半月，尉迟将军命该休矣。"雷赛秦又说道："那江水困樊城，也是仙人说定只有一丈二尺，故此前日探事小军报来说，尉迟将军同三千人马俱趴在城头上躲水，尚还未死。"叔宝道："若得未死还好，不然把你三弟兄的狗头，一齐万剐千刀，也还算为轻恕。我且问你，如今怎样一个法儿禁得水住，救得尉迟将军出来？"雷赛秦道："这事极易，此去樊城东南上，有一块大闸板，只消令军士前去放下了这块闸板，水就退矣。"

黑白二夫人听他说明，即刻起身，带领军士前往东南上来。抬头一看，果见有一闸板，有许多兵卒守住在那里，看放江水进城。二位夫人大怒，提枪舞刀，赶将过去，大喝一声，杀将起来。这些守关的楚兵，干得甚事？却被二位夫人杀散。遂令军士放下了闸板，水即渐渐退去。二位夫人大悦不表。

且说那尉迟恭，自从那夜扒上樊城，可怜三千人马在城头上，哪里来的粮草？初时杀些马匹来吃，到后渐渐不济，这些军士无法，只得在城上掘些野菜、蒿菜来充饥。不道命不该绝，却在城上掘起耗米三千石，尉迟恭大悦，这三千人马，方能不至饿死。看官，你道这米是哪里来的？原来就是前回书中，数年前金墉城李密的仓中之米，被众飞鼠盗去，搬运到此的。正是：

唐王有福全兵将，水困樊城耗米来。

所以，过了半月有余的水困之灾。这一日，忽见城下的水渐渐退去，尉迟恭大喜，即领兵马杀出樊城。正遇着黑白二夫人杀到，夫妇相逢，虽不抱头大哭，却也各人掉泪，犹如：

古木逢春花再发，月轮遇望又重圆。

相见已毕，尉迟恭便叫道："啊唷，二位贤妻啊！我做丈夫的几乎不能够与你们相见！"二位夫人道："相公，幸亏军师妙算，复令妾身姊妹同秦叔宝将军前来，活擒雷赛秦，说出水决樊城之事，妾姊妹赶来放下闸板，方得水退，救相公脱离此厄。"三人一头讲话，一头取路回营，与叔宝相会，诉说一番情由。叔宝道："将军恭喜，那雷赛秦已被小弟擒住了。可恨奸王不问明白，竟回长安去了。只怕他在高祖面前又生一番是非矣！"尉迟恭道："真者是真，假者是假，这也由他罢了。如今雷赛秦在哪里？"军士道："现囚在后营。"尉迟恭大怒，拔出宝剑，正欲去杀，秦叔宝上前止住道："不可，且取了宝镜，然后将他拿往紫金关，待主公自己发落便了。"尉迟恭怒气方平，应声道："秦将军说得是。"遂即提枪上马，来至荆州城下。那楚王雷十朋早已知此消息，与三御弟雷胜秦商议道："谋事在人，成事在天。御弟算就万全之计，无奈天不从人所愿。孤家想将起来，那唐高祖决是真命之主，我等不如投降了大唐，以全性命，有何不可？"胜秦道："王兄言之有理。"遂把降旗竖起，捧了传国照妖宝镜，出城赔罪，上前叫声："将军，都是兽弟不好，今已被擒。孤家愿将宝镜、降书、降表献上。"尉迟恭见他十分哀求，心中倒也不忍加害，遂准了他的降书，取了宝镜，回营来见叔宝，备言前事，叔宝大喜。那尉迟恭、秦叔宝，即同了二位夫人，将雷赛秦打入囚车，领了这三千人马，一同往紫金关来。

见了秦王，就把从前之事细细说了一遍。秦王大怒，吩咐把雷赛秦速行斩首。李靖忙奏道："主公，不可杀他，若杀了雷赛秦，使尉迟恭日后在万岁驾前，再也辨不清了。今主公可速令黑白二位夫人将雷赛秦解往长安，去与二王对明白了，然后凭朝廷发落，何等不美？"秦王大悦道："军师言之有理。"就命黑白二位夫人解雷赛秦往长安，去与两王对证。二员女将领旨就行，我且慢表。

再讲李靖有了这面照妖镜，就要开兵去照弥天道人的本来面目。

只听三声炮响，开了关门，分开阵势，咬金上前叫道："快叫牛鼻子道人出来！"小军飞报进营，五王闻报，一齐出来。只听得一声炮响，早已摆开阵势。弥天道人手提宝剑，走出营来，叫声："李靖，你到荆州雷十朋那里去借了照妖镜来照我么？"李靖道："然也。"那弥天道人大怒道："李靖！你若照我不出，性命难保了。请把镜子来照照看，若是看不出，近些来照。"李靖取镜在手，对照道人，只见一道白光，再也看他不出是什么东西。李靖心中想道："这也奇了，那镜中照出一道白光，决是白蛇精变来的。待问他一声看。"李靖正要动问，这弥天道人先问道："李靖：

我仙面目是何物？算你香山道学高。"

毕竟李靖怎生回对，且看下回分解。

第六十六回　宝镜照出弥天道　五王失算丧家邦

诗曰：

　　阵前斗法显神通，堪笑妖僧识见空。

　　却被祖师收伏住，焚香扫地做仙童。

当下李靖就叫道："弥天道友，我这宝镜内照你是一道白光，莫非你就是白蛇精得道来的么？"弥天道人大怒道："哇！胡说！贫道功高行大，你师林澹然还要让我三分，怎么说贫道是白蛇精？不要走，吃我一剑！"把手中宝剑劈面往李靖砍来。李靖也把手中剑急架相还。两下大战不及十个回合，李靖岂是弥天道人的对手，不若先下手为强，便口念真言，把剑对弥天道人喝声道："疾！"只见那口剑上起一道红光，犹如：

　　燎台烽火腾空焰，万朵红云扑面来。

一堆烈火往弥天道人身上烧来。那弥天道人全无惧怕，反呼呼大笑道："李靖，我只道你是香山门下，法术高强的，却原来只得如此小技，也敢来班门弄斧！"说罢，不慌不忙，也把这口剑往李靖脸上一指，那剑上就起一声霹雳，这霹雳过了，又起一阵狂风，啊唷唷，好不利害！顷刻间：

　　飞沙走石乾坤暗，日色无光神鬼惊。

反把这团烈火向李靖劈面吹来。李靖大吃一惊，即收了法术，把剑往地上一指，那平地上忽起一朵乌云，李靖跨上云头，径往东南而走。弥天道人高声喝道："由你走到哪里去，我会赶来也。"说罢，也把手中剑往地上一指，也起一朵乌云，那弥天道人也跨上云头，追赶李靖。不知追往哪里才住，我且慢表。

再说那刘黑闼呼齐人马，说道："今日不破此关，誓不回兵！"传令一齐杀出，早有苏定方催开白点马，摆动雪花枪，一马冲来。那秦王也在那里掠阵，看见苏定方一表非俗，心中欢喜。看见他冲来，叫一声："苏王兄，投顺了孤家罢！"苏定方大叫一声："唐童休走！"即劈面一枪刺来。秦王大惊，把定唐刀招架，却来不及了。正在着忙，只见头顶上放出一道金光，抓住了苏定方的枪头。苏定方想道："原来那唐朝小秦王李世民倒是个真命天子，故此顶上有金龙现出。料想刘黑闼将寡兵微，不能成事，不如归唐朝，得图出息，有何不可？"想罢，忙放落手中之枪，下马投伏，跪拜马前。秦王大喜，也便慌忙下马扶起。那边唐璧见苏定方投顺了唐朝，不觉心中大怒，摆动金背刀，杀将过来，这里程咬金催开铁脚枣骝驹，摆动宣花斧，上前敌住。

朱登见四王不能成事，唐家大将甚多，秦王天生异相，谅来天下是唐朝的了，方才苏定方又投了唐，我也只得归顺了罢。便拍马向前，逢秦叔宝迎住，叫声："贤侄，你可知天命归唐，休要执迷不悟，快快投顺了唐家，与愚叔同为一殿之臣，有何不美？"朱登叫声："叔父，你既要小侄归顺唐家，须要保举我永镇南阳。"叔宝大悦，说道："贤侄，此事都在我愚叔身上便了。"朱登大喜，即同叔宝投降于唐。秦王大悦，此言不表。

再讲那鲁州王徐元朗，见苏定方、朱登两人归唐，便心中大怒，使动手中这柄托天叉，杀将过来。尉迟恭见了，催开抱月乌骓马，摆动乌金枪，接住厮杀。上梁王沈发兴使着宝剑杀来，这边张公瑾、史大奈接住厮杀。那刘黑闼带领众将杀来，这边徐茂公招呼殷开山、马三保、段志贤、刘洪基等一齐战住。那一场狠战，非同小可，直杀得：

阴风惨惨天昏暗，怪雾腾腾日色黄。

我且按下不表。

再说那弥天道人追赶李靖，在云端内紧追紧走，慢赶慢行，正是：

急行好似离弦箭，慢行好比月边星。

赶至一山，李靖按落云头，仔细一看，原来那山名为紫阳山，有一洞府，名曰水火连环洞，乃系林澹然仙师修行之所。只见洞门前有一派仙景，正是：

乔松翠柏参天秀，鹤鹿成群绕地行。

李靖无心观看景致，径走入洞中去了。这弥天道人随后追来，也按落云头，赶至水火洞口，见李靖走入洞去，想他必去叫林澹然师父出来与自己答话了，便在洞门前耀武扬威，大喝道：“呔！李靖！你走了进去，敢是叫师父林澹然出来见我么？叫他快些出来，我在此等候，不怕你飞到天外去了。”

不表弥天道人在洞外喊叫，且说李靖到了洞中，只见师父林澹然垂帘默坐于蒲团之上，李靖走到面前，倒身下拜，说道：“师父在上，弟子李靖参见，愿师父圣寿无疆！”那林澹然开眼一看，便说道：“李靖，你到此何干？”李靖把从前之事，细细说了一遍。林澹然早已知道弥天道人出处，便说道：“他是千年的猕猴，采天地之灵气，受日月之精华，修炼得道的，可取捆妖绳出去收他进洞，听我发付，断断不可伤他性命。”李靖道：“领法旨。”林澹然起身便往后边取出捆妖绳付与李靖，李靖双手接取，辞别师父，来至洞外。弥天道人见了，大叫道：“李靖！我只道你躲得过的，原来就出来了。莫非去向师父借取什么宝贝，又来卖弄神通么？贫道不怕，你取得什么天罗地网，我也会走得出的。”李靖道：“正是借得一件宝贝在此。”弥天道人道：“我也不怕的，请用起来。”

李靖拿出捆妖绳，往空中一丢，弥天道人认得是捆妖绳，回身就走。谁知那宝贝起在空中，有霞光万道落将下来，就走也来不及了，早被捆妖绳捆住。那弥天道人就现出原形，乃是一个白猿。那捆妖绳捆在他颈上，犹如猢狲做把戏的一般，被李靖拿进洞中。林澹然道：“你这孽畜，如此无礼，取宝剑斩了罢！”李靖答应：“领法旨。”提剑正要施行，那白猿看见，跪地哀求道：“师父，可怜弟子有千年道行，乞饶一命，情愿在此修行，再不敢到红尘中去作事了。”林澹然乃得道仙师，自然慈悲，见他哀求，便开口道：“李靖，这孽畜既如此说，饶他一命，将他用水符锁住，就留在洞中，当一个道童，与我烧香扫地罢。”李靖道：“领法旨。”就将水符锁住，取下捆妖绳。白猿得放大悦，忙向林澹然座下叩谢不杀之恩，安心在洞做道童了。

李靖方才拜别师父，驾起云头，仍旧到唐营而来。只见紫金关前一道杀气冲天，阻住云头，李靖往下一看，却是两边交战，便叹息道："也是明州刘黑闼罪孽深重，纠合众王子，劫数难逃，待我暗助他一阵成功，有何不可？"就将手中宝剑往下一指，只见刮起一阵狂风，顷刻间：

千年大树连根拔，万里江湖浪泼天。

啊唷唷！好大风！飞沙走石往下打来。说也不信，那飞沙走石，只打得众王子的兵马，这唐营兵将一个也无害。我且按下不表。

再讲南阳王朱登，便叫一声："秦叔父，待小侄去招呼本部兵马，斩取刘黑闼，作进见之功。"叔宝大悦道："贤侄之言说得极是。"那朱登便一条枪、一骑马杀将转来，招齐了自家的本部人马，去归唐朝。复返身杀入明州刘黑闼阵内，这一条枪杀得好不利害，犹如：

白龙取水空中舞，带雨长蛟浪里翻。

这一场好杀！那苏定方看见朱登入阵逞能，他也高兴起来，即忙上前叫声："主公，待臣也去助他一臂之力，以破明州兵献功，有何不可？"秦王大悦，便叫道："苏王兄，须要小心。"苏定方应声："得令！"即把坐骑一拍，冲出营来。这一条白银枪使在手中，好不利害，真正了不得：

见一个来挑一个，见两个来挑一双。

直杀得惨惨愁云起，腾腾杀气生。直杀到上梁王阵里，只见张公瑾与沈发兴交战，史大奈连忙相助。只杀得沈发兴大汗直淋，料想杀他不过，幸亏军师弥天道人传授妖法，便把那手中宝剑望南一指，口中念念有词，只见那剑头上顷刻生出一团烈火，重重叠叠放将出来，啊唷唷！真个好火，犹如：

火烧赤壁孔明计，烂额焦头魏卒逃。

那烈火一团一团的往唐营二将烧来。这番张公瑾、史大奈吓得魂飞天外，魄散九宵，啊唷唷！打转马头好跑。二将只顾败走，哪里晓得云端自有李靖看见，就把宝剑往下一指，起个霹雳打下，那火就灭。沈发兴大吃一惊，不提防苏定方一马冲到，不问情由，竟向沈发兴后心一枪，翻身落马，定方便下马割取首级。

可怜独霸上梁王，赫赫威名顷刻消。

再说尉迟恭战住徐元朗，要晓得那徐元朗岂是尉迟恭的对手，不上十个回合，被尉迟恭的枪一枪刺去，正中咽喉，翻身跌下马来，尉迟恭也便下马割取首级。正是：

英雄久占大秦地，一旦威名关下亡。

再说程咬金与唐壁交战。那唐璧虽是做过山东节度使，将门之子，武艺全备，只是哪里敌得过天降将星，怎当得起程咬金这三斧头的利害。第一斧砍来，就当不起了，那程咬金不由分说，赶上前把第二斧扑通一响劈下地来，便下马走过来，割取唐璧的首级。正是：

威镇山东名久传，可怜一斧丧黄泉。

那咬金得胜飞马而去，那番只留得一个明州后汉王。刘黑闼见此光景，大叫一声："罢了！罢了！杀的杀了，降的降了，可怜数十万人马，只剩得五万有零。这番料难复仇。"就打点领兵回马而逃。只见朱登一骑马飞也赶来，刘黑闼叫声："御侄，救我一救，孤当没齿不忘大恩。"那朱登也不回言，举枪一刺，正中前心。可怜刘黑闼翻身跌下马来，朱登就上前取了首级。有诗为证：

堪笑明州后汉王，不思己力乱称强。

若能谨守遵唐室，尽可施威霸一邦。

与主复仇仇未复，请兵长志志难长。

英名丧与朱登手，此恨绵绵死不忘。

再表朱登追杀残兵，可怜这二十五万明州之兵，一时之间，杀得天昏地黑。你看这一路战场上，尸积如山，血流成河。李靖见四王已死，即便下落云头来见秦王，说道："主公，这后五龙劫会，大数注定，四王已灭，一王已归。贫道特来作别，要往海外云游去了。"秦王再三相留不住，便问弥天道人究竟是何妖怪，李靖就把师父林澹然用捆妖绳擒住千年得道的白猿，收服在仙洞使用的话，一一说明，便长揖乘风而去。秦王深喜他道行清高，有超凡脱俗之妙，只得放他去了。

当下徐茂公传令收兵，只听得一声鸣金，众将纷纷回转，都往帅府报功。程咬金得了凤鸣王唐璧的首级，尉迟恭得了上梁王徐元朗的首级。朱登进营参见秦王，叔宝奏明保举之事，并斩后汉王刘黑闼之首献功，秦王闻言大悦，说道："待孤家班师回朝，奏过父王，另行升赏。"朱登谢恩。苏定方献上沈发兴首级，其余一班众将所献大将首级，不计其数。秦叔宝便一一记明，上了功劳簿。秦王吩咐摆酒贺功，众皆大悦，直饮到：

日影西沉天外去，月光初上海东来。

一宵无话。来日秦王传旨，留尤俊达为鱼鳞关镇守总兵官，副将金甲、童环二员佐之，又留刘洪基为紫金关镇守总兵官，副将樊虎、连明佐之，两处分兵十万镇守。六将领旨，自去打点守关。秦王带领其余众将，随即班师，放炮一声，起兵就行。一路上好不得意，正所谓：

三军齐唱叨叨令，众将喜赋凯旋歌。

往陕西大国长安进发。早行夜宿，非止一日，到了长安，等次日入朝朝见，我且慢表。

先讲二王自从那日在荆州回国，奏知父王说："尉迟恭投降雷十朋，起兵谋反，臣儿二人蒙父王差往紫金关观兵，军师李靖着令秦叔宝与黑、白二夫人同往荆州，目观其情，奏闻父王定夺。"其时高祖大怒，信以为实，只等后来报到调处，不想久无捷报，正欲遣将发兵，先行拿问尉迟恭家属，恰当黑白二夫人解到雷赛秦入朝，面奏假冒之事。高祖传旨宣雷赛秦，当殿把龙目一观，果然与尉迟恭面貌丝毫无二，传旨推出朝门斩首。便唤建成、元吉上殿，埋怨道："你这两个没用的畜生，凡事最不细心，动不动好歹不分，便来轻事重报，诳奏于朝。以后若再不细心，活活将你两个畜生重处一死。"二王十分惭愧，跪于阶下，几乎把头都磕碎了。

正是从前作错事，如今没兴一齐来。

高祖喝声："去罢！"二王爬起身来，满面羞惭，退出朝门，回府不表。高祖即驾退回宫。一到来日五更三点，驾坐早朝，打起龙凤鼓，敲动景阳钟，正是：

文听鼓声朝天子，武听钟声拜圣人。

文武百官朝拜已毕，分列两班。高祖传旨："有事奏事，无事卷帘退班。"道言未了，早有一官纱帽红袍，执笏当胸，上殿奏事："臣黄门官启奏陛下，今有秦王得胜班师回朝，带领众将，现在午门候旨。"高祖闻奏，龙颜大悦，传旨宣进来。那秦王闻言，来至金阶说："臣儿世民朝见父王，愿父王万岁！"高祖道："王儿平身，你可将出兵之事，一一奏闻为父知道。”秦王领旨，便将前事一一奏上，又将功劳簿上呈龙案。高祖御手展开。从头细看一遍，龙心大悦。传旨：“宣徐茂公、秦叔宝、尉迟恭等三十七人见驾。”秦王领头，众将进朝朝见。三呼已毕，高祖喜逐颜开，说道：“朕有封诏一道，着黄门官上殿宣读。”黄门官领旨上殿，念道：“圣旨已到，跪听宣读。诏曰：

朕闻有功必赏，尔诸将勤劳王事，赤心报国，今幸班师，宜享太平。所有开国功勋，今当封敕。恩臣秦叔宝，临潼救驾，佐朕扫平宇内，晋封护国并肩王、天下都督大元帅，赐双锏，专打奸佞；尉迟恭单鞭救驾，封为虢国公，赐单鞭，先打后奏。徐茂公封英国公；程咬金封鲁国公；魏征授兵部尚书；朱登复姓伍，封开国公；苏定方封锡国公；马、段、殷、刘、尤五将，皆封为国公；一十八将，俱封总兵。故罗成，封越国公，妻封一品夫人；故刘文静，封太子太傅。赐黄金万两，建麒麟阁，表扬诸将功勋。钦此。”

毕竟怎生起造麒麟阁，且看下回分解。

第六十七回　麒麟阁旌表功臣　升仙阁奸王斗富

诗曰：

唐室山河一统成，皆因圣主得贤臣。

功勋旌表凌烟阁，众杰雄名万古称。

当下黄门官开读高祖封赠功臣诏书已毕，众将齐声三呼："万岁！万岁！万万岁！"谢恩出朝。高祖起驾回宫不表。

单讲程咬金封了鲁国公，好不快活。他就头戴金幞头，双龙抢珠扎额，身穿大红绣龙蟒袍，腰拴镶金白玉带，脚踹粉底朝靴，摇摇摆摆，欣欣然好不得意，与众功臣在朝房议造麒麟阁。先唤画工画其图形，然后打算木料砖瓦动工建造，议论纷纷不一。这程咬金最性直的，便说道："起造麒麟阁，要素之极多。蒙万岁爷赐我们金子一万两，吾们要好看，大家拿出来添补，三千银子一个在里头。须要造得那座麒麟阁飞檐走阁，齐整华严，要比那个隋炀帝昔日游幸江都起造的迷楼一般，才算我们做汗马功劳的臣子，胜似那个亡国败家的皇帝百倍了。"众人俱大笑起来，说道："程将军既是说得出这句好话，先是你为头，快拿出三千两银子来帮助，我们众人无有不遵台教的。"那程咬金方才这句说话，不过是好胜作耍之言，今见朋友笑了，他倒有些不好意思，便笑嘻嘻，呆着脸道："众位，你们大家拿了三千银子一个出来帮助，我老程也说不得了，别样事情不管，这些豆腐小菜钱，都算在我帐内便了。但是你们都要拿出来的，若有一个不拿出来，我老程就要将他十七八代祖宗都牵出来骂的。"叔宝道："你这个蠢才，如今做了国公，也该学些体面，岂可照旧做响马一般，胡言乱道的混帐，失了公卿的品格。"咬金见叔宝抢白了两句，忍气吞声，自知其过，扭起了这张嘴,再也不敢多口了。

再说当日朝廷就有旨意出来,起造麒麟阁,命工部尚书,督同该管有司官职,即日兴工起造,钦限三个月完工。那些有司官唤齐各项匠人不下数千名,纷纷起造。正是:

高阁凌虚标姓氏,巍巍不朽古今称。

足足忙乱了三月,完工复旨。早惊动了那长安城内城外的百姓,都称麒麟阁千古奇逢,难得看的。大家扶老携小,男男女女,一齐来看,都沸沸扬扬,喧喧嚷嚷说道:"啊唷唷,好齐整。"你看四周围一带,都是玛瑙石砌就的,四边亭柱,都是乌木紫檀。高有十丈,阁造三层。上铺琉璃碧瓦,四面雕龙画凤的纱窗。真个景致非凡,好一座仙人楼阁。我且慢表。

单讲高祖闻麒麟阁钦限完工,传旨摆齐銮驾,到来游玩。细细观看一遍而回,龙心大悦,命秦王写一副对联,挂于阁上。写道:

双锏打成唐世界,单鞭撑住李乾坤。

且说阁内造得极其华丽,一日高祖坐朝,黄门官启奏道:"麒麟阁摆设完备了。"高祖闻奏,命殷王建成、秦王世民、齐王元吉,弟兄三人赴麒麟阁庆贺诸位功臣。上前各个见礼已毕,那些众将只与秦王说说笑笑,惟有殷、齐二王,却无一人理他。咬金见了,心中想道:"这两个狗头,一向自恃太子,大模大样,把我们众朋友百般欺侮。尉迟恭因入天牢探望秦王,将元吉毒打一顿,被建成着了人骗入王府,屈受披麻拷打,亏得牛鼻子道人叫刘兵部相救。可怜罗成兄弟无人相救,被他们陷于死地。如今幸得高祖明白这个道理,把秦大哥的双锏与尉迟恭的单鞭,一齐御笔题诗在上,叫他们专打朝中奸佞,不论王亲国戚,先打后奏,故此他两个狗头好像哑巴子一般,不敢撒野。待我老程不免去耍他们一耍,也好与罗兄弟阴魂出出怨气,也算做好朋友一番,有何不可?"就走将过来,喊道:"呔! 你们两个在这里做什么?我家主公收纳英雄,挣下功劳,在此麒麟阁庆贺我们功臣,赐宴饮酒,好不光彩。你这两个退时倒运的废物东西,一出兵去就杀得片甲无留,大败而归,看起来真正是没用的人了! 要你们在此做什么? 只好与我弄弄鸡巴!"叔宝见他作耍,犹恐殷、齐二王不逊起来,不好看相,连忙走将过来，喝退咬金，羞得殷、齐二王含羞大怒而去。

来到府中，建成与元吉商议道："我们也造一个高阁起来，比那麒麟阁更加齐整几倍，也与我们两府的众将士日日饮酒作乐，以出出今朝被程咬金这狗头羞辱的恶气。贤弟你道如何？"元吉道："王兄说得有理。"次日，二王就拨出两府钱粮，就在那麒麟阁对面也造起一所高阁来。不消数月完工，却也与麒麟阁一般高大，也是极其华丽。上悬一个金字的匾额，名曰升仙阁。两边也有一副对联，上写道：

龙楼日日生祥瑞，凤阁朝朝起彩云。

那殷、齐二王也在里面吃酒作乐，倒造化了这一班家将，日日赐宴，陪二王吃一个醉饱。只因升仙阁造得穷工极巧的齐整，那些长安百姓，都去看二王的升仙阁，这一边的御赐麒麟阁，倒没有人来观看，渐渐冷落了。这些众英雄都不以为然，只有那个程咬金是好胜好事的，看见这些百姓都去看升仙阁，称赞阁中富贵等许多好处，独有自己这里的麒麟阁非但无人称赞，连看的人也渐渐稀少起来，心中甚是不服，想道："嗄！是了！我有个道理在此。"次日，遂买了几百担干面，叫人做起肉馅包子来，若百姓来看麒麟阁的，每人赏他包子两个，正是：

好胜之人惯吃亏，卖嘱百姓费己财。

这赏包子的消息一传扬开去，到明日众百姓俱来看麒麟阁，领赏肉馅包子，去而复来，络绎不绝的好看，真正闹热不过的兴头。程咬金扬扬得意，好不快活，果见二王那里的升仙阁一个人也没有去看了。这边二王得知这个消息，便说道："这个何难之有？明日也做起肉馅包子来，每人赏他四个包子。"这些众百姓何乐不为？真正好造化，复又去看升仙阁了，弄得那些百姓们，倒是：

两头忙乱日奔波，争夺包子少与多。

那咬金一时兴发起来，他们四个，我们这里每人赏他八个便了。一到明日，每人赏八个包子的消息传扬开去，这些众百姓最贪多的，又一齐都来观看麒麟阁了。这边殷、齐二王大怒道："赏包子有甚希罕？孤家明日每人分赏一钱银子。"这消息传出去，那些众百姓生意都不去做了，若老若幼，挨挨挤挤，都来观看升仙阁，要领赏这一钱银子，把那街道都挤满了。咬金看见这个光景，不觉大怒起来，想道："我老程因一时赌气，把家中银子都使尽了，如今连这包子都分不起了，哪里及得这两个狗头有钱，一日花费万金。"心中昏闷不过。这一日，正逢尉迟敬德吃得大醉，坐在那里说酒话，咬金便走过来对他说道："老黑，那万岁爷封你的钢鞭做什么？"尉迟恭道："万岁爷叫我专打朝中奸佞不法之臣，你难道不晓得这个缘故，又来问我么？"咬金道："如今殷、齐二王私造升仙阁，每人赏一钱银子，引得众百姓不务生理，这等不公不法，你怎么不去打他呢？"尉迟恭道："他们两个有钱，自去做畅汉，关我老子甚事？"咬金道："原来你是没有用的，当初被他骗去，屈受披麻拷打，吃了他们两个这一场大亏，如今趁此机会何不公报私仇，打他一顿？"尉迟恭是一莽之夫，听这句话，不觉：

无名火向心头起，旧恨竟从胆上生。

当即大怒，立起身来，赶至升仙阁来，手提钢鞭，虎势甚迫。程咬金心中一想道："倘然这黑炭团一时性起，打杀了这两个奸王，又是一番淘气的事，追究起来，又说是我老程参掇他去的。待我不如一路叫喊前去，等他两个狗头害怕，预先走了，我就哄骗这老黑，拆倒了这个升仙阁，岂不是好？"想停当了，连忙一路喊叫前去："殷、齐二王私造升仙阁，耗费钱粮，尉迟恭黑炭团来打了，你们大家走开些！"

二王正在升仙阁饮酒作乐，忽听下面喊叫，推开纱窗往下一看，吓得魂胆消烊。便说道："不好了，尉黑子来了！"慌忙飞奔下阁，一溜烟，弟兄两个都逃出后门走了。

那敬德抢上升仙阁来，不见了二王，正没处出气，忽见咬金走到说道："老黑，他两个虽然逃走了，打不着，这升仙阁是私造的，在此引诱百姓，何不将他拆毁了，也与万岁爷省些银钱？"那尉迟敬德正在大怒之间，忽闻咬金之言，说道："有理，有理！"连忙叫齐手下数百名家将，立刻要拆升仙阁。那班家将也怪二王一向做人不好，今闻家主吩咐，齐声答应，大家动手，不消一日工夫，就拆得干干净净。正是：

耗费钱粮起造成，一朝却遇败家精。

又把那些什物、家伙、玩器之类，都打得件件粉碎，方才住手。尉迟恭哈哈大笑，说道："打得好燥皮！"回府去了不表。

再说，那二王飞奔逃归王府，差人打听，回报道："启二位千岁王爷得知，不好了！那尉迟恭打上升仙阁，不见二位王爷，就唤手下把这一座齐齐整整的升仙阁立时拆光了，玩器、什物等项尽行打得粉碎，方才住手回去。"殷、齐二王一闻此言，直气得：

眼珠爆出眉毛外，手脚浑如冷水喷。

大叫一声："罢了！罢了！啊唷唷！尉黑子这狗头！真正了不得了！"建成道："三御弟，我们气他不过，不如把此事明日早朝奏闻父王，必要问他一个无事生非、欺君灭主的罪，杀不能杀他，打也打他一顿，才消我恨。"元吉连忙摇头道："王兄，此事算来动也动不得。况且这座升仙阁，原是我们气不甘服他们的麒麟阁，故此私自两个拿出银子来造的，怎敢奏闻父王，寻他的事，倒去拽被头讨屁臭？看来这场亏，我与王兄要吃他的了！"建成听说，又叫："三御弟，你的见识虽是，但是秦王世民手下这些将官，我为兄的心里到底恼他不过，全赖三御弟再想一个绝妙的计策来，把他们这些将官一个个弄他尽死方休，须要做得干干净净便好。"元吉听言，便把眉头一皱，顷刻计上心来，说道："有了。"建成忙问道："怎么样呢？"元吉道："王兄，我想如今天气炎热，这些将官都住在天策府内，只消王兄明日早朝启奏父王说：'那秦王手下这些将官，一向在沙场征战，汗马功劳，受尽许多辛苦，今虽宁居在天策府，今夏天暑气炎蒸，可令太医院官，虔合香茹饮汤，颁赐他们，以见父王爱贤恤士之心。'父王必然准奏。那时我们就去传那太医院官到府中来，着他暗藏巴豆、大黄等物在香茹饮汤内，颁赐前去，不怕他们不吃，若吃了下去，使他们自然一个个刮肠刮肚的泻死，岂不干净么？"建成听说，大喜道："妙，妙，妙！好计，好计！"一宵无话。

来日五更三点，二王一同入朝。只听金钟响，画鼓敲，万岁君王视早朝。真是个：

户外昭容紫袖垂，双瞻御座引朝仪。

御炉香烟一阵缭绕，高祖驾坐龙亭，传旨两班文武："有事出班奏事，无事卷帘退班。"高祖传旨方罢，有殷、齐二王上殿启奏道："臣儿建成、元吉，有事奏闻父王。"高祖道："你两个所奏何事？快快奏明。""臣儿因念秦王麾下将士，边关立功，安享未久，值此盛暑，父王爱贤恤士,何不颁赐香茹饮汤,解散炎蒸,以表父王之恩。"高祖闻奏道:"王儿之言甚善,依卿所奏,即着太医院英盖史,合就香茹饮汤,颁赐秦王府。"众将领旨,高祖朝散回宫不表。

单讲殷、齐二王退朝回府,就差内侍去召英盖史来。那英盖史闻殷、齐二王相召,慌忙来到府中,参见已毕,便问:"二位千岁召见,不知有何吩咐?"二王道:"孤家弟兄有一事相烦,不知先生可肯依孤么?"英盖史道:"千岁令旨,臣敢不遵?"二王道:"先生,孤家弟兄只为天策府一班将士,个个倚着秦王的势力,每事相欺于孤。今日万岁爷要赐他们香茹饮汤,敕着先生料理。孤家意欲拜烦先生,于每服香茹饮汤中暗藏巴豆、大黄发泻等药,待他们吃了,个个泻死,有何不美?故此,特召先生到来叮嘱。"英盖史听说此言,心中跳个不住,连忙回说道:"二位千岁爷啊,别样事无有不遵,此是险毒之事,断断不敢奉命,乞二位千岁爷另寻别人罢。"二王又道:"先生不必推辞,你今日依孤行了此事,他日孤登九五之位,就封你为一字并肩王,岂不富贵极矣!"那英盖史闻说此言,心中十分动心:"啊唷,妙啊! 若依了他,这并肩王稳稳做得成,况他是大太子,他日高祖归天,皇帝自然是他的,料无别人可夺。"因一时动了贪图富贵之心,就忘了天理好生之德,又想一想道:"这香茹饮汤况且又是皇上特赐,因吃多了作泻,与我无相干涉。"打算已定,便依允道:"既承二位千岁美意,臣敢不领命?"二王见他允了,便大喜,相送出府。英盖史回归太医院府中,连忙合好了香茹饮汤,奉旨送去不表。

且说众将士退朝回来,在天策府内居住,因天气炎热,大暑逼人,各自闲耍。程咬金扯了尉迟恭到一间书房内着象棋,咬金道:"我与你今番着一个小意思,竟是十两一盘罢。"尉迟恭道:"就着十两罢。"两个就着起象棋来。不想程咬金一连输了三盘。那程咬金最算小的,为何肯与尉迟恭着起十两银子一盘的象棋?只因前年在扬州夺状元的时节,见尉迟恭象棋甚低,其实此乃他前日未遇时运的时节,银子少,心慌意乱,故此输了,如今时运亨通,自由自在的下棋子,自然又高又精,咬金如何着得他过?所以连输三盘。咬金道:"我下你不过,如今要让我一个车才好。"尉迟恭道:"我如今不着了,你方才输与我十两一盘，这三盘银子，快快拿出来与我，待我作东备酒，相请诸位朋友吃酒，尽醉方休，有何不可？”咬金听说，哈哈大笑道：“容易，容易！我这三盘棋子决不赖你，强如你在扬州着棋，被伍云召打得做狗叫。”尉迟恭被咬金取笑了，不觉大怒起来。正是：

只道着棋寻快活，那知着出气星来。

毕竟尉迟恭怎生息怒，且看下回分解。

第六十八回 李靖丹救众国公 太宗位登显德殿

诗曰：

天意无私只有公，二王枉费逞奸雄。

世民自有人君福，士庶归心相向同。

当下尉迟恭听了程咬金取笑的言语，不觉大怒，欲待厮打起来，忽见外边家将飞报进来道："圣旨到了，快请二位公爷冠带好了，出去接旨。"两人闻报，只得连忙穿好了衣服，走出外边，与众将一同俯伏接旨。那钦差开读诏书曰：

朕深处水晶宫，尚且不胜盛夏之酷暑，想尔等众卿，同居天策府，必然烦热更甚。特命太医院虔合香茹饮汤，一体颁赐，庶不失朕爱士之心也。钦哉！谢恩。

众将士三呼万岁。谢恩已毕，请过圣旨，香案供奉，太医院英盖史复旨不表。再说程咬金连忙走将过来，说道："这是上赐的香茹饮汤，必定加料，上号透心凉的，我们大家来吃。"吩咐左右，快拿大杯过来。先是秦王一杯，然后众将各吃一杯。唯有尉迟恭与程咬金两人说道："此乃上赐来的，果然又香又甜，难得吃的，我多吃几杯。"两人贪嘴不过，大杯吃了十来杯。一个说道："啊唷，妙啊！果然爽快，透心凉的！少停我们再来吃罢，如今再去着象棋何如?"尉迟恭道："如今不着了，你要赖东道的，直头不是人，我再不信你了。"咬金道："不着就罢了。"两人各自走开，别寻头路玩耍去了。

看看到晚，众人肚中忽痛起来。咬金道："咦！这也奇了，难道吃了大大十来杯香茹饮汤，暑气还不解么？再去吃他娘罢！"走将过来，又吃了几杯。谁想更加疼痛，大叫："啊唷！啊唷！不好！不好！要出恭了！”连忙走到坑上，泻个不住。自此为始，一日最少也有五六十通。敬德亦如此。秦王众将略略好些，却也泻得头昏眼花，手足疲软，都泻倒了。

这消息传将出去，那殷、齐二王闻之大喜，说道：“妙啊，今番天策府中之人，一个也活不成了！”不道高祖在内宫闻知天策府中将士吃了御赐香茹饮汤，一齐都泻倒了，不觉大吃一惊，十分着急。又传旨速令太医院来医治。英盖史接旨，知泻药发作，打点前去医治。那殷、齐二王又来相召，到府下阶相迎，十分优待，说道：“先生真正好妙手段的郎中，其药甚灵，果然吃了你的药，就要断送性命。如今天策府内众将士命在旦夕了。圣旨着你医治，如今此去，快快送他们上路要紧！”英盖史也不敢推辞，口称：“遵命。”辞别出来，到天策府中医治，索性把大黄、巴豆放在药内煎将起来，与众将吃了，一发泻得不堪。

不表太医不良，单讲徐茂公军师，既然熟识阴阳，怎么不知二王弄鬼算计？只因此是高祖皇帝御赐的，故尔不去算得，中了二王毒计。那番见众人服了太医之药，倒一发更凶了，茂公疑心起来，把指头轮算一算，叫声：“啊呀，不好了！”连忙来见秦王，说道：“主公，可速传令诸将，勿饮汤水丸药，若再吃下去，大家性命定难保矣！”秦王忙问何故，茂公说明轮算阴阳之事，中了诡计，故不可服药。秦王大惊，不好声张，长叹一声，忙令众将莫饮汤水，省节饮食。无奈诸将食肠最大，泻是泻，吃是要吃的。正在没法，却好救星到了：

　　秦王洪福大如天，相救英雄妙手来。

那李靖从北海云游而归，到长安来见秦王。见礼已毕，秦王告知：“诸将中毒受泻，未能轻愈，军师何以治之？”李靖答道：“不妨。”随将几丸丹药放在水中，叫众将吃了。果然仙丹妙药，吃下去肚就不泻了。大家轻身行走起来，众将倒也罢了，只有程咬金与尉迟恭，心中大怒，不肯干休，就要出气。无奈泻了这几日，两脚犹如醋瓶一般的酸，再走也走不动。将养了数日，平复如旧。两人私下商议道：“那香茹饮汤是万岁赐的，药是太医院合的，只消究这太医院，自然明白。”

这日，两人同到大理寺府中来，衙役连忙通报本官，那大理寺出来迎接进厅，见礼已毕，分宾主坐下。咬金道：“我们两个今日非为别事,要借你这座公堂审究一桩事情。”大理寺应道:“是,遵教便了。”二人起身,走到公堂两边,摆下两把虎皮交椅,朝南坐下。咬金道:“贵寺请便罢。”大理寺应声晓得,里面去了。咬金唤过两名快手道:“我要拿一名钦犯,你快去拿来!”那快手禀道:“求老爷出签。”咬金喝道:“鸡巴的签!”伸臂膊过来,提笔写道:“速拿太医院英盖史回话,不得有违!”那个快手应道:“是,晓得。”知道这程将军的性格,故此不敢回言。出了府门,一路思想道:“这个人劫王杠,卖私盐,做强盗,知什么道理?这个太医院是朝廷的命官,怎么就好去拿?今我们写起一个帖儿,只说请老爷吃酒,他一定肯来,那时就不关我们事了。”算计已定,来到太医院门首,把帖子投递进去。只见家丁出来说:“你们先去,我老爷就来了。”两个快手回去不表。

再说英盖史不知底细,只道大理寺请去看病也未可知,即忙吩咐打轿往大理寺去。到了门首,不见来接,心中想道:“定是他又陪别客在内,自己进去,倒也觉得知己。”进了仪门,到甬道边,只见程咬金、尉迟恭两个会着,两边分列衙役,那英盖史心中老大一惊,只得上前打拱道:“下官不知二位公爷在此,有失进谒,望乞恕罪。”咬金是认得他的,便大喝一声:“你这狗官!怎么见了俺家还不下跪?”喝令左右:“与我抓他上来!”两边衙役一声答应,犹如鹰拿燕雀,赶将过来,连忙将他剥去冠带。太医院大怒道:“我是朝廷的命官,怎敢如此放肆!”咬金喝道:“该死的狗官!你既是朝廷的命官,怎敢药死朝廷的将官?快把香茹饮汤之事招来,免受刑法!”那英盖史听了香茹饮汤之事,惊得魂不附体,只得勉强上前来辩解道:“这是万岁的主意,与我什么相干?”说是这等说,那个身子却捉不住,抖得如翠花一般,面上失色。尉迟恭早已看出他这等心虚的形景,叫道:“程将军不必与他斗口,夹他起来,不怕他不招明白。”咬金道:“是啊。”吩咐左右:“取铜夹棍过来,把这狗官夹起来!”两边答应一声,把英盖史套入夹棍内,尽力一夹,此时:

思量叫天天不应,打点入地地无门。

可怜几乎痛死,心中好不懊恼,又不敢说出真情,只叫:“冤枉。”咬金见他不招,说道:“再换一副利害的夹棍过来!”两边应道:“是!”英盖史想道:“晦气！今日撞着了这两个活强盗,招也是个死,不招也是个死,不若招了,也免一时痛苦。”只得叫声:“愿招。”咬金吩咐画供。那英盖史一一写在纸上,呈将上来,放在案桌上。咬金看不出写些什么在上边,便对尉迟恭道:“老黑,你念一遍看。”尉迟恭看了一回,连一字也不识,不知他写的是怎样说话,便大声叫道:“大理寺出来,念与我们听!”这个大理寺躲在屏门后面,看得发笑,闻得叫唤,忙走出来,清清白白一字不错的念与他二人听了。二人大怒,跳将起来,说道:“啊唷唷！可恼,可恼！哪里有这两个奸王,如此可恶！相烦贵寺,与我把英盖史监下,待我们奏过朝廷,然后与他们讲究。”大理寺连连领教,吩咐把英盖史收监。二人辞别回府,一宵无话。明日早朝,只听:

静鞭三响王升殿,两班文武口称臣。

咬金、尉迟二人俯伏金阶,把此事细细奏明。高祖大怒,即着内侍去召殷、齐二王,又差校尉去调太医院英盖史。内侍、校尉俱称领旨,一齐出朝,各自分往。先是英盖史调至殿前,叫苦道:“是殷王、齐王二位千岁的主意,与臣无干。”二王亦到,见事发觉,大胆上殿,朝见父王。高祖便说:“又是你们两个!”二王道:“臣儿怎敢,这是太医院妄攀扯臣儿,希图漏网,待臣儿去与他质对。”高祖允奏。二王走下来,英盖史见了二王,口称:“千岁,害得臣好苦也!”殷王即忙上前,拔出宝剑,喝道:“该死的狗头,怎么牵扯孤家？看剑!”要的一剑,把英盖史砍为两段。高祖见了,明知二人同谋,欲要问罪,却是提不起这忍心,只得喝道:“此事尚未明白,怎么就大胆把他斩了?”二王道:“臣儿问他,他却言语支吾,一时性起,把他斩了。”高祖正在两难之际,只见秦王奏道:“父王,臣儿想,英盖史违旨不法,今已斩首,不必深究,着他眷属好好收殓,还给他冠带便了。至于此事,亦是众将该有数日之灾,父王不必费心,省得多事多愁。”高祖听了,也不回言,竟是退朝,大气回宫,不觉气成一病不表。

再说二王回至府中,说道:“若不斩此太医,几乎弄得不好看相。为今之计,乘父王有病,我们只说守护禁宫,假传父王圣旨,兴兵杀入天策府,把众人一个个都结果了,以绝后患。”建成、元吉商议停当,十分大喜,准备速行。正是:

周郎妙计高天下，只恐难瞒诸国公。

我且慢表二王欲行诡计，再说秦王在天策府中，知道父王怒忿成病，十分忧惧，恨不能以身代父。不想高祖之病日重一日，众将屡屡劝秦王早即帝位，以安天下之望，秦王只是不肯。那一日，徐茂公急忙来见秦王，说道："主公啊，臣观天象，那太白经天，已见两次现于秦、雍二州之分界，合应在主公身上。况且殷、齐二人所谋不轨，主公须要预备。"秦王道："军师之言差矣，自古国家立长不立幼，今殷王建成，既为长兄，又立东宫太子，自然掌山河，主社稷，九五之位是他的。军师如何说出这般话来？"茂公见秦王不允，无可奈何，只得出来与众将商议道："如今太白经天，高祖归天在即，国不可一日无主，那殷王建成，虽立东宫，心性不仁，一味奸诈，岂是人君之度？秦王主公爱贤尊士，气量宽宏，实系应世之王。无奈于礼有碍，再三推托，力请不允。我算阴阳，本月十六是登位吉期，如今怎由得他主张？"程咬金道："我们去杀了两个奸王，不怕主公不登宝位。"茂公摇手道："不妙，不妙！此非善计。我已打算在此，除非今晚众将都要全身披挂，暗藏利器，到了三更时分，敲开天策府，将门楼拆去了，拥将进去，强扶主公上马。将兵埋伏在玄武门左侧，若二王不来是他的造化，若是不见机，他统兵到来，那时追杀未迟。"众将都道："军师之计甚妙！"商议已定，各人饱食战饭，顶盔贯甲，准备好了。

是夜，一齐到天策府来敲门，秦王明知有变，吩咐不许开门。众将见不肯开，只得爬上门楼，将绳索拴缚好了，一声呐喊，大家用力一扯，拍挞一声响，把一座门楼顷刻扯倒了。众将忙一齐拥将进去，来到议事厅上。秦王骇然一惊，疾忙出来，尚未开口，早被程咬金替他顶冠、披袍、束带，扶上龙驹马，拥出天策府，送到玄武门，埋伏在要路。早有殷、齐手下探子探知消息，飞报进殷王府来："报启上千岁爷，不好了！那天策府众将都明盔亮甲，簇拥秦王进玄武门，不知何故，特此报闻，请候裁夺。"建成闻报，一惊不小，忙令内侍急请齐王。那元吉慌忙来到，建成道知其情，问道："三御弟，计将安出？"元吉道："王兄，不必着忙，我已打算在此，只消王兄速传东宫侍卫，点兵杀出，只说是奉圣旨的，要诛乱臣贼子，谅秦王自不敢抗敌，岂不一举成功矣！”建成大喜道：“御弟之言甚善。”即忙出令，点齐东宫侍卫说：“养军千日，用在一朝。今晚全在此一举，须要勇力杀出。若能灭此乱臣贼子，共享荣华富贵不小。”这些侍卫兵将齐声答应，都是戎装披挂，弓上弦，刀出鞘，威风凛凛，杀气腾腾，提了兵器，飞身上马。元吉也带侍卫家将，自以为能赶到玄武门，会集东宫众将，先要杀到天策府来。谁知惊动了尉迟敬德，他奉军师将令，领众埋伏在此，远望尘头起处火把通红，无数兵马明盔亮甲手执兵器而来，为首领兵的，却是殷王建成。尉迟恭大怒，拍马上前，大叫：“奸王，你往哪里走？”建成一见尉迟敬德，不觉着了忙，喊声：“啊呀，不好了！尉黑子来了！”便大着胆，喝道：“尉迟恭，不得无礼！孤奉万岁爷圣旨，在此巡察禁门，你统众到此，敢是要造反么！左右与我拿下了！”东宫侍卫还未上前，尉迟恭大怒，喝道：“放你狗臭屁！什么圣旨不圣旨，都是你两个奸王的诡计。今番断不容情了，吃我一鞭！”那建成见不是路，回马便走。尉迟恭放下鞭，就弯弓搭箭，嗖的一箭射去，正中建成后心。他叫声：“啊唷！”便两脚朝天，跌下马来。咬金从旁抢出，就一斧砍为两段，取了首级。

再表后面元吉，带了人马赶来，早有秦叔宝抢出，大吼一声，提枪直刺。元吉大吃一惊，叫声：“不好！”正要逃走，不想马失前蹄，一交撞下马来。叔宝举起双锏，耍的一下，把元吉打做两段。那侍卫兵将大怒，个个放箭，两边对射。秦王看见，大叫道：“我们弟兄相残，与你们众军何干？速宜各退，毋得自取杀戮，枉送性命！”那众将一闻秦王传命，方才各自散去。

却说高祖病已小愈，忽见敬德趋内请安，奏称殷、齐二王作乱，秦王率兵诛讨，今已伏戮，恐惊万岁，未敢奏行，特来谢罪。高祖一听此言，不觉泪下，病后之人，惊郁于胸，郁涨起来，竟致南柯一梦。报知秦王，秦王大哭不止。徐茂公道：“主公，死者不能复生，哭也无益，天下不可一日无主，速宜登位，然后端正大事。”秦王无奈，只得允从。即皇帝位于显德殿，百官赴阙朝贺，改为贞观元年，号曰太宗。遂颁哀诏，尊高祖为太上皇。葬殓已毕，册立长孙氏为皇后。殷、齐二王原照王礼祭祀，晋加荫封。文武百官，俱升三级。其余秦王随征将士，并皆重用。叔宝单题一本，荐伍登为南阳王，镇守南阳等处地方，以袭父职，庶不负忠良之后。秦王允奏，即封伍登为南阳王，世守南阳。伍登三呼万岁，感谢君恩，辞朝赴任不表。

再说秦王传旨，大排筵宴，犒赏士卒，开仓赈济，大赦天下。万民感戴，各国遵依。真个风调雨顺，盗息民安，修文偃武，又见太平，景象一新。有诗为证：

天眷太宗登宝位，近臣传诏赐皇封。

唐家景运从兹盛，舜日尧天喜再逢。